U0107539

国家社科基金
后期资助项目
GUOJIA SHEKE JIJIN HOUQI ZIZHU XIANGMU

魏晋文人文献整理
与文学创作研究

A Study on Interaction Between Literati's Documentation Collation and Their Literary Creation in the Wei-Jin Period

张振龙　等著

九州出版社
JIUZHOUPRESS ｜ 全国百佳图书出版单位

图书在版编目（CIP）数据

魏晋文人文献整理与文学创作研究 / 张振龙等著
－－北京：九州出版社，2023.4
ISBN 978-7-5225-1739-1

Ⅰ．①魏… Ⅱ．①张… Ⅲ．①中国文学－古典文学研
究－魏晋南北朝时代 Ⅳ．①I206.35

中国国家版本馆CIP数据核字(2023)第057152号

魏晋文人文献整理与文学创作研究

作　　者	张振龙等　著	
责任编辑	黄瑞丽	
出版发行	九州出版社	
地　　址	北京市西城区阜外大街甲 35 号（100037）	
发行电话	(010)68992190/3/5/6	
网　　址	www.jiuzhoupress.com	
印　　刷	北京旺都印务有限公司	
开　　本	710 毫米 ×1000 毫米　16 开	
印　　张	25.5	
字　　数	460 千字	
版　　次	2023 年 7 月第 1 版	
印　　次	2023 年 7 月第 1 次印刷	
书　　号	ISBN 978-7-5225-1739-1	
定　　价	108.00 元	

国家社科基金后期资助项目

出版说明

　　后期资助项目是国家社科基金设立的一类重要项目，旨在鼓励广大社科研究者潜心治学，支持基础研究多出优秀成果。它是经过严格评审，从接近完成的科研成果中遴选立项的。为扩大后期资助项目的影响，更好地推动学术发展，促进成果转化，全国哲学社会科学工作办公室按照"统一设计、统一标识、统一版式、形成系列"的总体要求，组织出版国家社科基金后期资助项目成果。

全国哲学社会科学工作办公室

目　录

引　言

在我国古代文学发展史上，魏晋是一个特殊的存在。中国古代文学发展至魏晋时期，无论是文人的文学创作实践和取得的实绩，还是文人对文学本质的认识而形成的文学思想，皆较之前有了质的飞跃，开启了我国古代文学的新局面。与魏晋文学的历史地位相一致，学界对魏晋文学的研究一直是中古文学研究的热点之一。尤其是自20世纪80年代以来，学人们在刘师培、鲁迅、王瑶等先贤研究成果的基础上，从艺术精神、文人心态、文学思想、文人集团、政治、文化等角度，对魏晋文学进行了广泛和深入的探讨，取得了丰硕的成果。这不仅为学界进一步研究奠定了重要基础，而且为学界今后如何展开研究提出了挑战。我们认为，文人作为文学的主体，是文学变迁的主要的内在因素。从考察文人的文化活动入手来对魏晋文学进行探讨应是一条有效的途径。文献整理作为文人文化活动的一种重要类别，与文人的文学创作有着密切的内在关联，所以对魏晋文人文献整理与文学创作进行全面的综合研究，不仅是可行的，而且是有重要学术价值的。

就魏晋文人文献整理与文学创作的整体研究而言，长期以来并没有受到研究者的关注，直到20世纪90年代才有部分研究成果涉及。21世纪后，随着研究者学术视野的开阔和方法的更新，相关成果也日益丰富，先后出现了一定的专题论文和硕博论文、专著。根据研究内容及方法的不同，这些成果可以分为"文献派"与"文学派"，其中前者占据主流。

一、"文献派"

"文献派"的研究主要是对魏晋时期文人文献整理概况的考察，包括通史性概述、文献整理机构考论、著作郎制度流变考察、藏书研究等内容，虽均涉及了文人文献整理与文学的关系，但研究重点主要集中在文献学及图书史方面。

（一）通论类论述。主要以曹之先生的《中国古籍编撰史》^①和霍艳芳的《中国图书官修史》^②等著作作为代表。曹先生较早关注古籍编撰问题，其《中国古籍编撰史》一书久负盛名，影响很大。该书第二章《魏晋南北朝图书编撰》对魏晋秘书监的官修史书及主要文人的典籍编撰有较为翔实的阐述，相关论述可以免去后来者爬梳资料的大量重复劳动。霍艳芳的《中国图书官修史》可以视为曹著的细化或延伸，该书第三章概述了三国两晋时期官修史书、法典和子书的情况，并单列《帝王和王室著书》一节，对皇室的"家学"渊源进行了初步探究，颇有启发意义，对我们理解魏晋时期文人的崇文风气有不可忽视的作用。

（二）考察魏晋文献整理机构的成果。代表性论著主要有郭伟玲的专著《中国秘书省藏书史》^③和高贤栋的文章《曹魏秘书寺考论》^④等。郭伟玲的《中国秘书省藏书史·蜀汉秘书监》，对蜀汉秘书监的概况有所陈述，发前人所未发，对于了解三国蜀汉文人的文献整理活动及其成果，具有较为重要的参考价值。高贤栋的《曹魏秘书寺考论》一文，对曹魏时期秘书寺演变的考论较为详细，有助于我们把握魏晋时期秘书机构职能与人事关系的演变。

（三）泛论秘书机构与文学关系的论文。其中的代表有李德辉的《论汉末魏晋秘书监及其与文学之关系》^⑤和《东汉魏晋文馆概说》^⑥两文、李猛的硕士学位论文《魏晋南北朝著作郎制度与文学之关系研究》^⑦等。上述论文从不同角度分析了汉末魏晋时期秘书机构对文学创作的影响，但较少从文献整理的角度切入。

（四）对魏晋时期藏书风气与文学关系的探讨。代表性成果主要有廖铭德的《魏晋南北朝的藏书及其影响》^⑧、邓雪峰的《魏晋南北朝的社会藏书风尚与文化发展》^⑨、郑玉娟的《魏晋南北朝时期私家藏书风尚及其文化

① 参见曹之：《中国古籍编撰史》，武汉大学出版社，2015。
② 参见霍艳芳：《中国图书官修史》，武汉大学出版社，2014。
③ 参见郭伟玲：《中国秘书省藏书史》，武汉大学出版社，2015。
④ 高贤栋：《曹魏秘书寺考论》，《兰台世界》2014 年第 1 月下半号。
⑤ 李德辉：《论汉末魏晋秘书监及其与文学之关系》，《当代教育理论与实践》2011 年第 10 期。
⑥ 李德辉：《东汉魏晋文馆概说》，《古典文学知识》2012 年第 1 期。
⑦ 李猛：《魏晋南北朝著作郎制度与文学之关系研究》，硕士学位论文，上海师范大学，2013。
⑧ 廖铭德：《魏晋南北朝的藏书及其影响》，《韶关学院学报》2002 年第 10 期。
⑨ 邓雪峰：《魏晋南北朝的社会藏书风尚与文化发展》，《前沿》2012 年第 18 期。

贡献》①等。这些研究成果研究的角度不同，皆提出了自己的见解，为本课题的研究提供了有益借鉴。

二、"文学派"

"文学派"的研究主要集中于魏晋时期的类书《皇览》与文学的关系、宗教与文学的关系、佛经翻译与文学的关系等方面，其中后两方面可以合并为一类。这一派的研究初步涉及文体学、文论等内容，"关系研究"堪称亮点，但对于魏晋时期文人的相关文献整理及其成果则较少作系统的梳理和考察。

（一）类书、子书与文学关系的研究。代表性成果主要有韩格平的《魏晋散佚子书与魏晋文学》②、姚华的《类书与中国古代文风》③、简宗梧的《赋与类书关系之考察》④和温志拔的《论魏晋南北朝的文集编纂及其与文论的关系》⑤等论文。它们分别从宏观上揭示了魏晋散佚子书与魏晋文学、类书与中国古代文风、赋与类书、文集编纂与文论之间的联系，对于我们认识魏晋时期的子书、类书、文集编纂与文学等之间的内在关联有一定的参考价值。

（二）受近现代学风的影响，宗教、宗教文献整理与文学关系的研究愈来愈受到学界的关注，相关研究成果较多，形成了专门的"宗教文学"研究门类。就与"魏晋文人文献整理与文学创作研究"相关的研究成果而言，较有分量的研究成果有詹石窗的《道教文学史》⑥、张松辉的《汉魏六朝道教与文学》⑦、蒋振华的《汉魏六朝道教文学思想研究》⑧、孙昌武的《佛教与中国文学》⑨、普慧的《中古佛教文学研究》⑩、陈传万的《魏晋南北

---

① 郑玉娟：《魏晋南北朝时期私家藏书风尚及其文化贡献》，《新世纪图书馆》2016 年第 1 期。
② 韩格平：《魏晋散佚子书与魏晋文学》，《北京大学中国古文献研究中心集刊（第 7 辑）》，北京大学出版社，2008，第 302—313 页。
③ 姚华：《类书与中国古代文风》，《东方论坛》2003 年第 2 期。
④ 简宗梧：《赋与类书关系之考察》，载漳州师范学院中文系编：《辞赋研究论文集——第五届国际辞赋研讨会》，中国文史出版社，2003。
⑤ 温志拔：《论魏晋南北朝的文集编纂及其与文论的关系》，《龙岩学院学报》2005 年第 4 期。
⑥ 詹石窗：《道教文学史》，上海文艺出版社，1992。
⑦ 张松辉：《汉魏六朝道教与文学》，湖南师范大学出版社，1996。
⑧ 蒋振华：《汉魏六朝道教文学思想研究》，中南大学出版社，2006。
⑨ 孙昌武：《佛教与中国文学》，上海人民出版社，1988。
⑩ 普慧：《中古佛教文学研究》，世界图书出版西安有限公司，2014。

朝图书业与文学》①等专著,刘育霞的《魏晋南北朝道教与文学》②、荆亚玲的《中古汉译佛典文体研究》③、李小荣的《汉译佛典文体及其影响研究》④等硕博学位论文。这些研究都有一定的创见,某些专著更是具有筚路蓝缕之功,为本课题的研究提供了重要参照。

尤其是陈传万的《魏晋南北朝图书业与文学》一书,上编从编纂、搜藏和传播三个方面对魏晋南北朝时期图书业的繁荣与文学兴盛的关系进行了描述;下编从魏晋南北朝佛典翻译等四个方面对图书业与文学发展之关系进行了探讨,从不同层面对魏晋时期的图书业与文学给予了宏观透视。此外,陈传万的《从书籍编纂看中古文学的兴盛》等文章,对书籍编纂与中古文学兴盛进行了分析,指出文学发展促进了书籍编纂的繁荣,书籍编纂又推动了文学的发展与文学的自觉。⑤这些成果对本课题也助益良多。

总括而言,学界在魏晋文人文献整理与文学创作的研究方面确实取得了可喜的成就,但也存在明显的不足。其主要表现有三:一是"文献派"缺乏结合文人文学创作案例的剖析,"文学派"缺乏相关文人文献整理活动的支撑,两派均有"偏枯"之病;二是已有研究既不系统全面,也不够深入,且总体上偏重于个案与现象的审视,理论上的透视和规律性的总结、提升不足;三是某些观点存在片面化、简单化倾向,等等。这也就意味着,关于魏晋文人文献整理与文学创作的研究不仅存在着较大的可供拓展的空间,而且有不少需要进一步补充、完善和深化的余地。而本课题正是为了弥补学界对魏晋文人文献整理与文学创作研究的不足,所进行的系统研究。

为更好地实现研究目标,本课题的研究范围主要限定在184年至420年之间。之所以如此限定,主要是考虑到两个史实:汉灵帝中平元年(184),黄巾起义爆发,中国历史进入三国时期;元熙二年(420),东晋大将刘裕废除晋恭帝,建立刘宋,中国历史步入南北朝时代。这样的时间限定使魏晋成为一个既前后联系密切又相对独立的整体。本课题在研究过程中,力求将文人的文献整理与文学创作并重,对文献整理与文学创作之间的互动性和系统性进行深度探究,以期取得实质性的进展和突破。

"文人"作为中国古代一个重要的社会群体,是从形成于先秦时期的

---

① 陈传万:《魏晋南北朝图书业与文学》,合肥工业大学出版社,2008。
② 刘育霞:《魏晋南北朝道教与文学》,博士学位论文,山东大学,2012。
③ 荆亚玲:《中古汉译佛典文体研究》,博士学位论文,浙江大学,2008。
④ 李小荣:《汉译佛典文体及其影响研究》,上海古籍出版社,1969。
⑤ 陈传万:《从书籍编纂看中古文学的兴盛》,《文学遗产》2008年第2期。

"士人"这一社会阶层演化而来的，其内涵有一个长期的演变过程。东汉以后，尤其是曹魏时期，"文人"逐步从"士人"阶层中分离出来，其内涵演化也进入了一个新的阶段。① 本课题所谓的"文人"，主要以曹道衡、沈玉成先生的《中国文学家大辞典·先秦汉魏晋南北朝卷》所收作家的标准为依据，即："1. 有诗作或辞赋等文学作品存世者；2. 有文学批评著作存世者；3. 无作品传世而据传文或史志记其能文而生平可考者；4. 许穆夫人、寺人孟子等传统记载中以之为诗人者。"② 凡符合四项标准之一者，即为"文人"。这也是需要予以特别说明的。

---

① 有关"士人"内涵演化的论述，可参看顾颉刚的《武士与文士之蜕化》(《史林杂识初编》，中华书局，1963，第85—91页)、余英时的《士与中国文化》、阎步克的《士大夫政治演生史稿》、于迎春的《秦汉士史》等论著。有关"文人"内涵的论述，可参看于迎春的《汉代文人与文学观念的演进》(东方出版社，1996)、赵敏俐的《读书仕进与精思著文》(《文学遗产》2013年第3期)、李春青的《趣味的历史：从两周贵族到汉魏文人》(生活·读书·新知三联书店，2014)等论著。

② 曹道衡、沈玉成：《中国文学家大辞典·先秦汉魏晋南北朝卷》"凡例"，中华书局，1996。

第一章　魏晋文人文献整理考

所谓"文献整理"，目前学界似乎并无统一的界定，各种文献学教材持论亦时有不同。[①] 综合各家观点，我们认为，文献整理是人们对信息进行记录、编码、解码，并呈现为物质形态的知识性行为。它通常表现为一种持续进行的动态过程，大体分为三个层次的内容：一是文字产生以后，文人对口头信息的书面化过程，为文献整理的原始含义；二是指文人对已有文献实施内容加工的行为，包括抄合、编次、复制（制作副本）、摘抄、校订文本、注疏、章句义解、申论、仿制、辨伪、翻译等不同形式和环节；三是指文人对文献典籍的分类和编制目录等知识再生产活动。通常所说的"文献整理"，主要是指后两层意思，具体包括语言转换、文本校订、意义释读、分类编目等内容，亦即信息的编码与解码过程，其成果通常表现为实体书籍的形态。

学界一般认为，我国古代文人的文献整理始于先秦。曹之先生认为："从文字、史官、文献三个方面分析，夏代已有图书出现。"[②] 文人的图书编撰等文献整理也应始于夏代，只是由于年代久远，文献整理为官府掌控，具体情况与整理者无法考证而已。根据现存文献记载，最早的文献整理家是正考父。《国语·鲁语下》载："昔正考父校商之名颂十二篇于周太师，以《那》为首，其辑之乱曰：'自古在昔，先民有作。温恭朝夕，执事有恪。'"[③] 这则史料表明，正考父曾对商颂进行了编定整理。先秦时期出现的另一位文献整理专家，是孔子。史载，孔子曾整理过"六经"。司马迁在《史记·孔子世家》中曾说："自天子王侯，中国言《六艺》者折中于夫子，

---

① 学界一般认为："中国历史上的典籍整理包括两个方面：一是分类、编目等整理；一是内容整理，包括辨伪、校勘、补遗、注疏等。"参见刘梦溪主编，李致忠、周少川、张木早：《中华文化通志·艺文典·典籍志》，上海人民出版社，1998，第367页。

② 曹之：《中国古籍编撰史》，武汉大学出版社，2015，第11页。

③ ［春秋］左丘明撰，［三国吴］韦昭注，胡文波校点：《国语》卷五《鲁语下》，上海古籍出版社，2015，第143页。

可谓至圣矣！"①孔子对"六艺"的定型，实功不可没。由于诸种条件的限制，先秦时期文人的文献整理不仅耗时较长，参与人员也较多。《论语》《孟子》《庄子》等诸子文献，或由其本人及其弟子编纂而成，或由其弟子及再传弟子整理而成。《国语》《竹书纪年》等历史著作，亦非成于一时一人之手。

两汉时期，文人的文献整理获得了初步发展，主要表现在以下四个方面：一是出现了统治者组织的大规模的文献整理活动。如史载，汉初天下既定，刘邦就下令让不同专业的专家负责整理相应的文献。成帝时，"诏光禄大夫刘向校经传、诸子、诗赋，步兵校尉任宏校兵书，太史令尹咸校数术，侍医李柱国校方技"。②不仅西汉统治者对文献整理相当重视，东汉统治者对文献整理也颇为关注，光武帝、明帝、章帝等皆是其中的代表。二是统治者重视对文献整理的管理。这主要表现为统治者对文献搜集、管理和保存工作十分重视，并设置了专门管理图书的机构和职官。汉代的兰台、东观，就是当时收集、保存档案典籍最为集中之地，而兰台令史、东观校书郎等就是管理兰台、东观的专职人员。这些专职人员对文献的整理校定、保存与流传等，均起到了积极的作用。两汉时期，兰台、东观不仅是文献典籍集中收藏的中心，也是学术交流和文人荟萃之地，文人们大都有在兰台、东观任职的经历。据《通典·职官八·秘书监》记载，桓帝延熹二年（159），"始置秘书监一人，掌典图书古今文字，考合同异，属太常"。③这无疑表明，东汉统治者对文献整理的管理达到了一个新的高度。三是涌现了一批文献整理专家。如西汉的孔安国，对孔子旧宅墙壁夹层中发现的古文经书进行了整理校订；刘向和刘歆父子均是西汉时期著名的文献整理专家，二人整理的文献涉及《易经》《古文尚书》《乐记》、仲尼弟子及后学者所记等。东汉的班固在继承刘向和刘歆父子文献整理的原则、方法的基础上，撰成《汉书·艺文志》，为后世文人认识和研究东汉之前的图书提供了重要的文献依据。章学诚在《校雠通义》卷二中指出，"刘《略》、班《志》，乃千古著录之渊源"；④《艺文》一书，实为学术之宗，明道之要"。⑤四是考辨、训释等文献整理方法的运用。如司马迁在撰写《史记》的过程中，为了收集与五帝有关的资料，进行了大量的考辨活动。

① [汉]司马迁：《史记》卷四十七《孔子世家》，中华书局，1982，第1947页。
② [汉]班固撰，[唐]颜师古注：《汉书》卷三十《艺文志》，中华书局，1962，第1701页。
③ [唐]杜佑撰，王文锦等点校：《通典》卷二十六《职官八》，中华书局，1984，第732页。
④ [清]章学诚著，叶瑛校注：《文史通义校注》，中华书局，1994，第993页。
⑤ [清]章学诚著，叶瑛校注：《文史通义校注》，中华书局，1994，第1024页。

西汉的刘向、刘歆父子和东汉的王充等在从事文献整理的过程中，均灵活地运用了考辨、训释等整理方法。除考辨、训释外，汉代文人使用的文献整理方法还有辨伪、版本、校勘、注释、标点、翻译、目录、辑佚等。

先秦是文人文献整理的产生期，西汉和东汉是文人文献整理的初步发展期。《后汉书·儒林传叙》云："初，光武迁还洛阳，其经牒秘书载之二千余两。自此以后，参倍于前。"① 这则史料表明，东汉文人的文献整理已初具规模。整体而言，在古代文人文献整理发展史上，先秦到东汉文人的文献整理处于开始和初步发展的时期，至魏晋时期才别开生面，进入了一个新的阶段。下面，笔者将对魏晋文人的文献整理进行考辨。

第一节 曹魏文人文献整理考

曹魏时期是我国古代社会发展史上一个重要的转折时期，受当时政治、文化等因素的影响，文人的文献整理也发生了重要的变化，曹魏时期也由此成为我国古代文人文献整理发展史上一个不容忽视的转型时期。这种转型既有对前代文人文献整理的继承，又有自己的创新发展，并对当时的文学创作产生了重要影响。尤其是曹丕、曹植兄弟以超迈之姿、帝胄之身推重"文学"，手定文集，畅论艺文，在其主导下，五经、别集、总集、类书的编撰和整理均成为现实政治与文化任务。曹丕提出，"盖文章经国之大业，不朽之盛事"，并赋予文学以"立德、立功、立言"三重价值意义。自此以后，"三不朽"在文人文献整理事业上呈现出合一的趋势。② 现就曹魏文人的文献整理与考辨情况，说明如下：

（一）具体时限。本节主要考察曹魏文人的文献整理成果，时限为184 年至 264 年。184 年，黄巾起义爆发，中国历史进入三国时期；265年，司马炎代魏建立西晋，中国历史进入西晋时期。

（二）文献著录。文人整理文献的书名、卷帙等，原则上以正史及《隋书·经籍志》为准，卷数仅作参考，存佚情况不论。对文人文献整理的考证，以【案】示之。

（三）判断依据。关于文人著述与文献整理成果的判断标准，一般以

---

① [南朝宋] 范晔撰，[唐] 李贤等注：《后汉书》卷七十九上《儒林列转》，中华书局，1965，第 2548 页。
② 参见张振龙：《"文章经国之大业，不朽之盛事"的再诠释》，《中国文学研究》2005 年第4 期。

其继承性内容与创新性内容的比重为依据：继承性大于创新性的，纳入文献整理成果；原创性超过继承性的，纳入文人创作。本节将因袭性与总结性的成果也纳入文人文献整理之列。

（四）文献依据。本节主要以《后汉书》《三国志》《世说新语笺疏》《文选注》《隋书·经籍志》《旧唐书·经籍志》《新唐书·艺文志》《艺文类聚》《太平御览》《太平广记》《经典释文》《补三国艺文志》等文献和已有相关研究成果为依据。

从现存的文献典籍来看，曹魏时期文人的文献整理可分为两种情况：一是可考的文人整理的文献，此又可细分为汉末（184—220）和三国（221—264）两个阶段；二是待考的文人整理的文献。

一、汉末文人文献整理考

宋枭，生卒年不详，扶风人。东汉末年曾任凉州刺史。汉灵帝中平元年（184）奏写《孝经》。见《后汉书》卷五十八《盖勋传》。

郑玄（127—200），字康成，北海高密人。东汉学者、文人。注《古文尚书》《毛诗》《论语》，又撰《论语释义》《论语孔子弟子目录》，作《孝经注》《乾象法注》等。【案：刘汝霖《汉晋学术编年》把郑玄注《古文尚书》《毛诗》《论语》《论语释义》《仲尼弟子目》系于汉灵帝中平元年（184）[①]；又据《后汉书·郑玄传》和《乐史》引《孝经序》认为汉献帝初平二年（191）郑玄述夫子之志而注《孝经》；[②]《晋书》卷十七《律历志中》载，灵帝时会稽东部尉刘洪作《乾象法》，献帝建安元年（196）郑玄作《乾象法注》。[③]】

支曜，生卒年不详，西域人。东汉末佛经翻译家。于洛阳译《成具光明经》等七部。【案：刘汝霖《汉晋学术编年》系于汉灵帝中平二年（185）[④]，此从。】

支谶，即支娄迦谶，生卒年不详，本月氏国人。东汉末佛经翻译家。译《首楞严经》二卷。见《出三藏记集》卷二和卷七。

康巨，生卒年不详，西域人。东汉末佛经翻译家。译《问地狱经》等。见《高僧传》卷一与《开元释教录》卷一。

严佛调，又名严浮调，生卒年不详，临淮人。东汉末汉人佛经翻译

---

① 刘汝霖：《汉晋学术编年》卷六，中华书局，1987，第2页。
② 刘汝霖：《汉晋学术编年》卷六，中华书局，1987，第18页。
③ [唐]房玄龄等：《晋书》卷十七《律历志中》，中华书局，1974，第498页。
④ 刘汝霖：《汉晋学术编年》卷六，中华书局，1987，第4页。

家。译《古维摩经》等。见宋释志磐《佛祖统纪》卷三十六。

服虔，字子慎，初名重，又名祇，后改为虔，生卒年不详，河南荥阳人。东汉经学家、文学家。作《春秋左氏传解》，又以《左传》驳何休之所驳汉事六十条。见《后汉书》卷七十九下《儒林列传·服虔传》。【案：李梅等《秦汉经学学术编年》系于汉灵帝中平五年（188），① 此从。】

蔡邕（132—192），字伯喈，陈留圉人。东汉散文家、辞赋家、学者。作《中台要解》，正定"六经"文字，撰集汉事，所作《灵纪》及十意，又补诸列传四十二篇等。见《后汉书》卷六十下《蔡邕列传》。【案：汉官尚书又称"中台"。陆侃如《中古文学系年》系蔡邕作《中台要解》于汉灵帝中平六年（189）② 。蔡邕撰集汉事，所作《灵纪》及十意，又补诸列传四十二篇等。尽管有些成果作于184年之前，但不少成果应作于184年至192年之间。因为作者此时的文献整理心切，自己可控时间也相对集中。】

荀爽（128—190），一名谞，字慈明，颍川颍阴人。著有《礼》《易传》《诗传》《尚书正经》《春秋条例》《汉语》；又作《公羊问》及《辩谶》，并它所论叙，题为《新书》。见荀悦《申鉴·俗嫌第三》和《后汉书》卷六十二《荀爽传》。

王允（137—192），字子师，太原祁县人。收集图书秘纬要籍与汉朝旧事。见《后汉书》卷六十六《王允传》。

康孟祥，生平不详，其先为康居国人。东汉末佛经翻译家。在洛阳译《四谛经》一卷，又与昙果共译《中本起经》，与竺大力译《修行本起经》。见《历代三宝记》卷四、《开元释教录》卷一、《高僧传》卷一。

杨彪（142—225），字文先，弘农华阴人。东汉末学者。与刘洪等续作《东观汉记》。【案：钟书林《〈东观汉记〉与东汉的国史编撰》认为，《东观汉记》的第四次编撰起于灵帝建宁三年（170），以蔡邕为核心，马日磾、杨彪、卢植、韩说、刘洪、张华等先后参与，终于蔡邕、马日磾、卢植等去世后的汉献帝兴平二年（195）。③ 此从。郑杰文、李梅《中国学术思想编年·秦汉卷》系于建安元年（196），④ 可备一说。】

应劭（？—204），字仲远，一作仲瑗，汝南南顿人。东汉末学者、散文家。删定律令为《汉仪》，撰《律本章句》《尚书旧事》《廷尉板令》《决

---

① 李梅等：《秦汉经学学术编年》，凤凰出版社，2015，第762页。
② 陆侃如：《中古文学系年》上，人民文学出版社，1985，第296页。
③ 钟书林：《〈东观汉记〉与东汉的国史编撰》，《西安文理学院学报（社会科学版）》2007年第1期。
④ 郑杰文、李梅：《中国学术思想编年·秦汉卷》，陕西师范大学出版社，2005，第579—580页。

事比例》《司徒都目》《五曹诏书》及《春秋断狱》，又集自己所作《驳议》三十篇，著《汉官礼仪故事》《风俗通义》《汉书集解音义》等。见《后汉书》卷四十八《应劭传》。【案：吴树平《风俗通义杂考》推定《风俗通义》始于汉献帝兴平元年（194）前，成于兴平元年后。曹道衡、沈玉成《中古文学史料丛考》"应劭事迹"条从之。① 刘跃进先生《秦汉文学编年史》认为，《风俗通义》早在熹平四年（175）、晚至建安二年（197）始定稿，前后长达二十二年之久。② 我们认为，刘先生的观点更有说服力，故从之。《隋书·经籍志》载，应劭撰有《汉书集解音义》二十四卷。③《后汉书》本传所云："又集解《汉书》，皆传于时。"④ 当为《汉书集解音义》。】

谢该，生卒年不详，字文仪，南阳章陵人。东汉学者。作《谢氏释》解《春秋左传》。见《后汉书》卷七十九下《儒林列传》。

乐详，生卒年不详，字文载，并州河东人。三国曹魏学者。曾条《左氏》疑滞数十事以问，撰《左氏乐氏问》七十余事。见《后汉书》卷七十九下《儒林列传·谢该传》。

卫觊（155？—229），字伯儒，河东安邑人。汉魏间散文家、书法家，以古义正定纲纪。见《三国志》卷二十一《魏书·卫觊传》。【案：汉献帝都许，改年号为建安元年（196），而卫觊以古义正定纲纪，应在都许后不久。】

綦毋闿，生卒年不详，字广明，籍贯不详。三国经学家。与宋忠等撰立《五经章句》。见《后汉书》卷七十四下《刘表传》。

宋忠，生卒年不详，字仲子，南阳章陵人。汉末经学家。与綦毋闿等撰立《五经章句》，又作《周易注》十卷、《太玄经注》九卷、《法言注》十三卷。见《后汉书》卷七十四下《刘表传》。【案：宋忠曾在建安元年（196），与綦毋闿等撰立《五经章句》，建安三年（198）又作《周易注》十卷。由此断定，《太玄经注》九卷、《法言注》十三卷也应作于建安初期。】

刘表（142—208），字景升，山阳高平人。撰《易章句》。任荆州牧期间，曾经与当地学者共同编著天文书籍《荆州星占》。见《后汉书》卷七十四下《刘表传》。【案：《经典释文序录》和《隋书·经籍志》皆有著

①　曹道衡、沈玉成：《中古文学史料丛考》，中华书局，2003，第29页。
②　刘跃进：《秦汉文学编年史》，商务印书馆，2006，第627—628页。
③　[唐] 魏徵、[唐] 令狐德棻：《隋书》卷三十二《经籍志》，中华书局，1973，第954页。
④　[南朝宋] 范晔撰，[唐] 李贤等注：《后汉书》卷四十八《应劭传》，中华书局，1965，第1614页。

录。刘表在 192 年至 208 年之间任荆州牧，《荆州星占》应在这段时间内编著。】

曹操（155—220），字孟德，沛国谯县人。东汉末政治家、诗人。撰有《孙子略解》，又有《兵书接要》《兵书要略》。见《三国志》卷一《魏书·武帝纪》。【案：曹操的《孙子略解》应作于建安四年（199）二月到十二月之间。当时曹操已平定徐州，又没有其他战事发生，可以集中精力将自己的作战经历与心得撰写出来。其编著《兵书接要》《兵书要略》的时间，应在《孙子略解》前后几年。因此，《兵书接要》《兵书要略》完成于建安初期的可能性很大。】

荀悦（148—209），字仲豫，颍川颍阴人。东汉末年史学家、政论家。作《汉纪》三十篇、《申鉴》五篇。见《后汉书》卷六十二《荀悦传》、荀悦《汉纪序》。【案：由荀悦《汉纪》序文可知，荀悦的《汉纪》三十篇始于建安三年（198），完成于建安五年（200）。】

赵岐（？—201），字邠卿，京兆长陵县人。东汉末年学者、文人。作《三辅决录》。见《后汉书》卷六十四《赵岐传》及《三辅决录序》。

虞翻（164—233），字仲翔，会稽余姚人。三国东吴经学家。著《易注》。见《三国志》卷五十七《吴书·虞翻传》。【案：由《三国志》本传"翻与少府孔融书，并示以所著《易注》"①推断，虞翻完成《易注》的时间，当在孔融任少府时。孔融任少府的时间，约在建安四年（199）至建安九年（204）上半年。】

高诱，生卒年不详，涿郡涿县人。东汉末年经学家。著《孟子章句》《淮南子注》，还有《孝经注》（今佚）、《吕氏春秋注》二十六卷、《战国策注》三十三卷（今残）等。见《吕氏春秋序》《淮南子叙》。【案：高诱少受学于同县卢植，黄巾起义爆发后，归家专事著述，成果丰硕。有研究者通过检索发现，高诱有大量征引自己所注典籍之习惯。②高诱注《淮南子》时，引用《孟子章句》达十三处。由此推断，高诱的《孟子章句》应完成于《淮南子注》之前。而高诱在《淮南子叙》中称，建安十年（205）始注《淮南子》。换言之，高诱著《孟子章句》《孝经注》《战国策》《吕氏春秋》等著作的时间，应在建安时期。其中，《孟子章句》《孝经注》久佚，《战国策》亡佚大半，《吕氏春秋》尚存其全。】

蔡琰（177—？），字文姬，陈留圉县人。东汉末女诗人。蔡邕之女，

---

① ［晋］陈寿撰，［南朝宋］裴松之注：《三国志》卷五十七《吴书·虞翻传》，中华书局，1982，第 1320 页。

② 李秀华：《高诱著述考辨》，《河南科技大学学报（社会科学版）》2009 年第 9 期。

博学有才辩，又妙于音律。奉曹操之命，缮书所忆诵家传典籍中的作品四百余篇。见《后汉书》卷八十四《列女传·董祀妻传》。

杜夔，生卒年不详，字公良，洛阳人。三国音乐家，刊定雅律。见《三国志》卷二十九《魏书·杜夔传》。【案：《三国志》本传曰："后表子琮降太祖，太祖以夔为军谋祭酒，参太乐事，因令创制雅乐。"①建安十三年（208），曹操南征荆州，刘表子刘琮降。可知，杜夔刊定雅律就在此年。】

王肃（195—256），字子雍，东海郯县人。三国魏经学家、文人。从宋忠读《太玄》，并另为《太玄》作注。见《三国志》卷十三《魏书·王朗传》。【案：王肃生于195年。据史籍载："年十八，从宋忠读《太玄》，而更为之解。"②可知，建安十八年（213），其十八岁时，作《太玄解》。】

王粲（177—217），字仲宣，山阳高平人。三国曹魏文学家。改定《巴渝舞歌》，又与卫觊并典制度，草创朝仪；撰《尚书释问》四卷、《汉末英雄记》八卷。见《晋书》卷二十二《乐志上》，《三国志》卷二十一《魏书·卫觊传》、卷二十一《魏书·王粲传》，《隋书》卷三十二《经籍志一》、卷三十三《经籍志二》等。【案：《汉末英雄记》，梁时存十卷，后又有亡佚。故《隋书·经籍志》云，《汉末英雄记》八卷，梁有十卷，后残缺。③《尚书释问》《汉末英雄记》均佚。建安时期，文人习尚谈论英雄，王粲的《汉末英雄记》应是此种习尚的产物。】

袁涣，生卒年不详，字曜卿，陈郡扶乐人。汉末官员。请曹操大收篇籍，广开献书之路。见《三国志》卷十一《魏书·袁涣传》。

荀攸（157—214），字公达，颍川颍阴人。汉末谋士。撰《魏官仪》。《隋书》卷三十三《经籍志二》著录《荀攸魏官仪》一卷。④

钟繇（151—230），字元常，颍川长社人。三国曹魏书法家。汉献帝建安十九年（214），开始整理荀攸的十二奇策；魏太和四年（230），整理未全而辞世。见《三国志》卷十《魏书·荀攸传》。

许慈，生卒年不详，字仁笃，南阳人。三国蜀汉学者。许慈与孟光、来敏等鸠合典籍、典掌旧文。见《三国志》卷四十二《蜀书》之《许慈

① ［晋］陈寿撰，［南朝宋］裴松之注：《三国志》卷二十九《魏书·杜夔传》，中华书局，1982，第806页。
② ［晋］陈寿撰，［南朝宋］裴松之注：《三国志》卷十三《魏书·王朗传》，中华书局，1982，第414页。
③ ［唐］魏徵、［唐］令狐德棻：《隋书》卷三十三《经籍志二》，中华书局，1973，第960页。
④ ［唐］魏徵、［唐］令狐德棻：《隋书》卷三十三《经籍志二》，中华书局，1973，第968页。

传》《孟光传》《来敏传》。【案：据《三国志》卷三十二《蜀书·先主传》载："（建安）十九年夏，雒城破，进围成都数十日，璋出降。蜀中殷盛丰乐，先主置酒大飨士卒，取蜀城中金银分赐将士，还其谷帛。先主复领益州牧，诸葛亮为股肱，法正为谋主，关羽、张飞、马超为爪牙，许靖、麋竺、简雍为宾友。"① 可知，建安十九年（214）夏，刘备平定益州之后，令许慈、孟光、来敏等鸠合典籍、典掌旧文。】

刘劭，生卒年不详，字孔才，广平邯郸人。汉魏间文人，作《爵制》，受诏撰《皇览》。见《后汉书·志第二十八·百官五》以及《三国志》卷二十一《魏书·刘劭传》。

曹植（192—232），字子建，沛国谯县人。汉魏间诗人、辞赋家、散文家。将自己的辞赋作品编辑为《前录》，另撰《列女传颂》一卷。② 曹植《前录自序》云："余少而好赋，其所尚也，雅好慷慨，所著繁多。虽触类而作，然芜秽者众，故删定别撰，为前录七十八篇。"③

曹丕（187—226），字子桓，沛国谯县人。汉魏间诗人、辞赋家。整理自己以往所作，编为一集，论撰所著《典论》、诗、赋，盖百余篇。下令整理《徐干、陈琳、应玚、刘桢集》《繁钦集》《孔融集》。"使诸儒撰集经传，随类相从，凡千余篇，号曰《皇览》。"④ 另撰有《列异传》⑤ 三卷。见曹丕《与王朗书》与《三国志》卷二《魏书·文帝纪》、卷二十一《魏书·吴质传》等。

王象（？—223？），字羲伯，河内人。汉魏间文人，受诏撰《皇览》。见《三国志》卷二十三《魏书·杨俊传》与《唐六典》卷十《秘书省》等。

桓范（？—249），字元则，沛人。三国曹魏政论家，与王象等典集《皇览》。见《三国志》卷九《魏书·曹真传》。

缪袭（186—245），字熙伯，东海兰陵人。汉魏学者、文人，参与编撰《皇览》。见《史记》卷一《五帝本纪》司马贞《索隐》与《隋书》卷三十四《经籍三》等。

---

① [晋]陈寿撰，[南朝宋]裴松之注：《三国志》卷三十二《蜀书·先主传》，中华书局，1982，第882页。

② [唐]魏徵、[唐]令狐德棻：《隋书》卷三十三《经籍志二》，中华书局，1973，第978页。

③ 赵幼文校注：《曹植集校注》卷三《前录自序》，人民文学出版社，1984，第434页。

④ [晋]陈寿撰，[南朝宋]裴松之注：《三国志》卷二《魏书·文帝纪》，中华书局，1982，第88页。

⑤ [唐]魏徵、[唐]令狐德棻：《隋书》卷三十三《经籍志二》，中华书局，1973，第980页。

韦诞（179—253），字仲将，京兆人。汉魏间文人、书法家，参与修撰《皇览》。见《太平御览》卷六〇一《文部十七·著书上》引《三国典略》。

郑默（213—280），字思元，荥阳开封人。魏晋目录学家。考核旧文，删省浮秽，著《魏中经簿》。见《晋书》卷四十四《郑袤传》以及《隋书》卷四十九《牛弘传》。

郑玄门人相与撰郑玄答诸弟子问五经，郑玄依《论语》作《郑志》八篇，又注《周易》《仪礼》《礼记》《尚书大传》《中候》《乾象历》，著《天文七政论》《鲁礼禘祫义》《六艺论》《毛诗谱》《驳许慎五经异义》《答临孝存周礼难》等。见《后汉书》卷三十五《郑玄传》等。【案：郑玄一生整理文献甚富，今存完整者，计有《周礼注》《仪礼注》《礼记注》（合称《三礼注》）以及《毛诗传笺》。《周易注》《左传注》等皆散佚，有清人辑本。《两汉全书》收录有《周礼》十二卷、《仪礼》十七卷、《礼记》二十卷、《易注》九卷、《尚书中候注》辑文一卷、《诗谱》二卷、《郑志》八卷，以及《毛诗郑笺》《尚书大传注》《尚书略说注》《尚书五行传注》《答临硕难礼》《丧服变除》《鲁礼禘祫义》《三礼图》《三礼目录》《周礼目录》《仪礼目录》《礼记目录》《箴膏肓》《发墨守》《释废疾》《春秋公羊郑氏义》《春秋左传郑氏义》《孟子郑氏注》《尔雅郑注》《驳五经异义》《洛书郑注》《汉宫香方郑注》等。上述作品中，定有作于190年至200年之间者，尚待学界进一步考证。】

颍容，生卒年不详，字子严，陈国长平人。东汉学者，著有《春秋左氏条例》。见《后汉书》卷七十九下《儒林列传·颍容传》。

刘桢（？—217），字公干，东平宁阳人。东汉末诗人，建安七子之一。撰有《毛诗义问》十卷。

董遇，生卒年、籍贯皆不详，字季直。东汉学者。作《老子注》，善《左氏传》，更为作《朱墨别异》，又著《周易注》十卷。[①] 见《三国志》卷十三《魏书·王朗传》裴松之注引《魏略》和《隋书》卷三十二《经籍志一》。

刘熙，生卒年不详，字成国，北海人。东汉训诂学家、经学家。作《释名》八卷、《孟子注》。【案：刘熙卒于建安末年，建安年间曾避地交州，吴人程秉、薛综与蜀人许慈等都曾从刘熙问学。据《三国志》卷六十五《吴书·韦曜传》载，凤凰二年（273），韦曜入狱，在狱中上书云："又

---

① ［唐］魏徵、［唐］令狐德棻：《隋书》卷三十二《经籍志一》，中华书局，1973，第909页。

见刘熙所作《释名》，信多佳者，然物类众多，难得详究，故时有得失，而爵位之事，又有非是。愚以官爵，今之所急，不宜乖误。囚自忘至微，又作《官职训》及《辩释名》各一卷，欲表上之。"①可知，刘熙的《释名》在东吴已广泛传播。其《释名》大体作于避地交州期间，《孟子注》（今亡佚）也应作于此时。】

王朗（156？—228），字景兴，东海郯人。汉魏学者、散文家。著《易》《春秋》《孝经》《周官》传等。见《三国志》卷十三《魏书·王朗传》。【案：王朗大约生于156年，卒于228年，建安三年（198）归曹操，其文献整理成果大部分完成于220年之前。故系于此。】

综上所述，东汉末年（184—220）从事文献整理的文人共计四十六位以上，整理经类文献四十四种以上，史类文献二十三种以上，子类文献三十一种（其中，翻译佛经十三种）以上，集类文献六种以上，提出文献整理建议、搜集图书资料、定纲纪、抄写篇章、刊定雅律等七次以上。

二、三国文人文献整理考

缪袭整理《昌言》，受命撰《魏史》纪传未成，又为所改汉短箫铙歌之乐十二曲作词，著《列女传赞》一卷。见《三国志》卷二十一《魏书·刘劭传》以及《晋书》卷二十三《乐志下》。【案：由缪袭《撰上仲长统昌言表》可知，缪袭上此表时，仲长统的《昌言》已有整理文本。该文本或是由缪袭据草稿整理而成，或是在仲长统所撰《昌言》的基础上整理而成。延康元年（220），仲长统卒，故该文本的整理时间应在黄初二年（221）。由歌词内容推断，缪袭为改汉短箫铙歌之乐十二曲所作之词，应与太和改元有关。缪袭卒于245年，《列女传赞》一卷应作于245年之前。】

曹丕以素书所作《典论》和诗赋赠送孙权，又以纸写一通赠与张昭。见《三国志》卷二《魏书·文帝纪》、卷四十七《吴书·吴主传》。【案：222年，为东吴黄武元年、魏黄初三年。建安二十二年（217），天降疫疠，次年曹丕在《与吴质书》中云："徐、陈、应、刘，一时俱逝……顷撰其遗文，都为一集。"②同时又整理自己以往所作，编为一集。这在其《与王朗书》中有明确的体现。有研究者提出："《与王朗书》表明曹丕开

---

① ［晋］陈寿撰，［南朝宋］裴松之注：《三国志》卷六十五《吴书·韦曜传》，中华书局，1982，第1463页。

② 夏传才、唐绍忠校注：《曹丕集校注》，河北教育出版社，2013，第110页。

始系统整理平生所撰文章，准备为自己编集子，而集子编完恐怕要到黄初年间。"①】

支谦，生卒年不详，字恭明，一名越，本月氏人。三国魏吴佛经翻译家。魏初开始翻译佛经，译《维摩经》。至东吴建兴二年（253），共译佛经四十余部，又注《了本生死经》等。见《高僧传》卷一《康僧会传》附《支谦传》。释道安《了本生死经序》云："魏代之初，有高士河南支恭明为作注解，探玄畅滞，真可谓入室者矣。"②

有司奏改汉氏乐舞。见《三国志》卷二《魏书·文帝纪》裴注引《魏书》。

管辂（210—256），字公明，平原人。三国曹魏术士。与单子春论《易》之五行，与何晏、钟毓论《易》，撰《周易通灵诀》二卷、《周易通灵要诀》一卷。见《三国志》卷二十九《魏书·方技传·管辂传》。【案：正始九年（248），何晏邀请管辂到家中作客，与他论《易》。正始十年（249），司马懿发动高平陵之变，诛杀曹爽、何晏。由此推断，管辂与钟毓"共论《易》义"，③应在高平陵之变之前。】

管辰，生卒年不详，平原人，管辂之弟。撰《管辂传》三卷。见《三国志》卷二十九《魏书·方技传·管辂传》和《全晋文》卷七十二。

维祇难，生卒年不详，本天竺人。三国东吴佛经翻译家。与竺律炎、支谦共译《法句经》二卷。见《出三藏记集》卷一、《佛祖统纪》卷三十六。

竺律炎，又名竺律炎，生卒年不详，本天竺人。三国东吴佛经翻译家。与维祇难、支谦共译《法句经》二卷。见《出三藏记集》卷一、《佛祖统纪》卷三十六。

程秉，生卒年不详，字德枢，汝南南顿人。三国东吴儒学家。著《周易摘》《尚书驳》《论语弼》。见《三国志》卷五十三《吴书·程秉传》。

卫觊奉命著《魏史》；又受诏典著作，作《魏官仪》。见《三国志》卷二十一《魏书·卫觊传》。【案：陆侃如认为，详绎《三国志》卷二十一《魏书·卫觊传》文意，《魏官仪》应撰于明帝即位后。④】

曹叡（205—239），即魏明帝，字元仲，沛国谯人。三国魏诗人。诏

① 刘明：《魏晋文人集的形成路径及文体辨析的关系》，《中国典籍与文化》2017年第2期。
② ［南朝梁］释僧祐撰，苏晋仁、萧鍊子点校：《出三藏记集》卷六，中华书局，1995，第251页。
③ ［晋］陈寿撰，［南朝宋］裴松之注：《三国志》卷二十九《魏书·方技传·管辂传》，中华书局，1982，第821页。
④ 陆侃如：《中古文学系年》下，人民文学出版社，1985，第467页。

司空陈群、散骑常侍刘劭等删约汉法，制《州郡令》四十五篇，《尚书官令》《军中令》合百八十余篇等。见《资治通鉴》卷七十一《魏纪三》。

王肃撰诸经传解和论定朝仪，改易郑玄旧说；撰定其父王朗所作《易传》，集《圣证论》，以讥短郑玄等。马国翰《玉函山房辑佚书》辑录其佚作有《周易王氏注》《礼记王氏注》《尚书王氏注》各二卷，《周易王氏音》《毛诗义驳》《毛诗奏事》《毛诗问难》《丧服经传王氏注》《王氏丧服要记》《春秋左传王氏注》《论语王氏义说》《孝经王氏解》《圣证论》《王子正论》各一卷，《毛诗王氏注》四卷，共计十五种二十一卷。还有《孔子家语》，其注本今传。见《三国志》卷二十七《魏书·王基传》、卷十三《魏书·王肃传》，《隋书》卷三十二《经籍志一》，《旧唐书》卷四十六《经籍志上》，《新唐书》卷五十七《艺文志一》。【案：魏明帝太和三年（229），王肃升任散骑常侍，后以常侍领秘书监，兼崇文观祭酒。可知，王肃撰诸经传解和论定朝仪，应始于此年。王肃于魏高贵乡公甘露元年（256）去世，其所整理的典籍中，除《太玄经注》完成于建安时期外，其余应完成于227年至256年之间。】

虞翻注《老子》《论语》《国语》等。见《三国志》卷五十七《吴书·虞翻传》。【案：裴注引《翻别传》曰："权即尊号，翻因上书曰……"① 可知，虞翻上书应在孙权即尊号后不久。史载，黄龙元年（229），孙权即尊号。虞翻性格疏朗率直，多次因酒犯罪，后被放逐到交州。在交州期间，虞翻以讲学著述为务，训注《老子》《论语》《国语》。】

韦昭（201—273），字弘嗣，吴郡云阳人。汉末东吴学者、文人。或避晋讳，作"卫曜"。仿汉《铙歌》，作十二曲。又依刘向故事，校定众书。见《三国志》卷六十五《吴书·韦曜传》以及《晋书》卷二十三《乐志下》。【案：《三国志》本传云："孙休践阼，为中书郎、博士祭酒。"② 史载，太平三年（258），孙休登基，改元永安。命曜依刘向故事，校定众书，应在此时。】

张昭（156—236），字子布，彭城人。三国东吴大臣、文人。著《春秋左氏传解》《论语注》；与孙绍、滕胤、郑礼等，采周、汉，撰定朝仪。见《三国志》卷五十二《吴书·张昭传》。

康僧会（？—280），其先康居人，世居天竺。三国魏吴佛经翻译家。

---

① [晋]陈寿撰，[南朝宋]裴松之注：《三国志》卷五十七《吴书·虞翻传》，中华书局，1982，第1322页。

② [晋]陈寿撰，[南朝宋]裴松之注：《三国志》卷六十五《吴书·韦曜传》，中华书局，1982，第1462页。

译《六度集经》（又名《六度无极经》《杂无极经》等）九卷、《吴品》五卷十品，注《安般守意经》。《出三藏记集》卷一注云："右二部，凡十四卷。魏明帝时，天竺沙门康僧会以吴主孙权孙亮世所译出。"①《出三藏记集》卷一《序》云："魏初康会，注述渐畅。"②释道安《安般注序》云："魏初康会为之注义。"③

曹叡下诏刊刻魏文帝《典论》，立石刻于庙门之外及太学。见《三国志》卷三《魏书·明帝纪》、卷四《魏书·三少帝纪》。

刘劭作《新律》十八篇和《律略论》。见《三国志》卷二十一《魏书·刘劭传》。【案：《资治通鉴》载，魏明帝太和三年（229），曹叡诏司空陈群、散骑常侍刘劭等删约汉法，制《新律》十八篇。】

黄龙二年（230），竺律炎在扬州译经，所出《三摩竭经》一卷、《梵志经》一卷、《佛医经》一卷。【案：刘汝霖《汉晋学术编年》据《历代三宝记》卷第五，系于魏明帝太和四年（230）。④此从。】

韦诞作《魏书》。姚振宗《隋书经籍志考证》卷三十九之三曰："《三辅决录》佚文曰：'韦诞，字仲将，除武都太守，以书不得之郡，转侍中，典作《魏书》，号《散骑书》，一名《大魏书》，凡五十篇。'"⑤【案：万斯同《魏将相大臣年表》认为，太和五年（231），韦诞留京补任侍中，⑥《魏书》约作于同时。】

孙该（？—261），字公达，任城人。三国魏辞赋家。作《魏书》。见《三国志》卷二十一《魏书·刘劭传》。【案：《史通·古今正史》载："魏史，黄初、太和中始命尚书卫觊、缪袭草创纪传，累载不成。又命侍中韦诞、应璩、秘书监王沈，大将军从事中郎阮籍，司徒右长史孙该，司隶校尉傅玄等，复共撰定。其后王沈独就其业，勒成《魏书》四十四卷。"⑦】

张揖，生卒年不详，字稚让，清河人，一云河间人。三国魏学者。

---

① [南朝梁] 释僧祐撰，苏晋仁、萧錬子点校：《出三藏记集》卷二，中华书局，1995，第31页。
② [南朝梁] 释僧祐撰，苏晋仁、萧錬子点校：《出三藏记集》卷一，中华书局，1995，第1页。
③ [南朝梁] 释僧祐撰，苏晋仁、萧錬子点校：《出三藏记集》卷六，中华书局，1995，第245页。
④ 刘汝霖：《汉晋学术编年》卷六，中华书局，1987，第128页。
⑤ [清] 姚振宗撰，刘克东、董建国、尹承整理：《隋书经籍志考证》卷三十九之三，清华大学出版社，2014，第1754页。
⑥ 二十五史刊行委员会编：《二十五史补编》第二册，开明书店，1937，第2610页。
⑦ [唐] 刘知几著，[清] 浦起龙通释，王煦华整理：《史通通释》卷十二《古今正史》，上海古籍出版社，2009，第321页。

作《广雅》《埤苍》《古今字诂》等。见清严可均辑校《全三国文》卷四十张揖《上〈广雅〉表》。【案：清严可均辑校《全三国文》卷四十云："张揖……魏初博士，一云太和中为博士。有《广雅》四卷。"①刘汝霖《汉晋学术编年》据颜师古《汉书叙例》和张揖《上〈广雅〉表》，将张揖上《广雅》和《古今字诂》系于魏明帝太和六年（232）。②其作《埤苍》也约在此时。】

王昶（？—259），字文舒，太原晋阳人。三国魏散文家。作《兵书》。见《三国志》卷二十七《魏书·王昶传》。【案：《三国志》卷二十七《魏书·王昶传》言："著《兵书》十余篇，言奇正之用，青龙中奏之。"③又载："青龙四年，诏'欲得有才智文章，谋虑渊深，料远若近，视昧而察，筹不虚运，策弗徒发，端一小心，清修密静，乾乾不解，志尚在公者，无限年齿，勿拘贵贱，卿校已上各举一人'。太尉司马宣王以昶应选。"④可见，其《兵书》约作于青龙四年（236）。】

杨伟，生卒年、籍贯皆不详。魏晋间学者，作《景初历》。见《宋书》卷十二《律历志中》。【案：《宋书》卷十二《律历志中》云："魏明帝景初元年，改定历数。"⑤可知，杨伟所著《景初历》，应为此次改定历数的成果。】

刘劭作考课法、《都官考课》七十二条、《说略》一篇、《乐论》十四篇等。见《三国志》卷二十一《魏书·刘劭传》与《晋书》卷十九《礼制上》。【案：结合《三国志》卷二十一《魏书·刘劭传》与《晋书》卷十九《礼制上》所载挚虞奏言可知，刘劭作考课法、《都官考课》七十二条、《说略》一篇、《乐论》十四篇等，应在景初二年（238）。景初三年（239）正月帝崩，事成未上。】

景初中，曹叡下令整理《曹植集》。见《三国志》卷十九《魏书·陈思王植传》。

管宁（158—241），字幼安，北海郡朱虚县人。汉末三国隐士。著《氏姓论》。见《三国志》卷十一《魏书·管宁传》。【案：本传裴松之注引《傅子》云："宁以衰乱之时，世多妄变氏族者，违圣人之制，非礼命姓之意，

---

① ［清］严可均辑校：《全三国文》卷四十，河北教育出版社，1997，第401页。
② 刘汝霖：《汉晋学术编年》卷六，中华书局，1987，第129—130页。
③ ［晋］陈寿撰，［南朝宋］裴松之注：《三国志》卷二十七《魏书·王昶传》，中华书局，1982，第744页。
④ ［晋］陈寿撰，［南朝宋］裴松之注：《三国志》卷二十七《魏书·王昶传》，中华书局，1982，第748页。
⑤ ［南朝梁］沈约：《宋书》卷十二《律历志中》，中华书局，1974，第232页。

故著《氏姓论》以原本世系。"①管宁卒于正始二年（241），《氏姓论》在其去世之前已传布甚广，故系于此。】

王基（？—261），字伯舆，东莱曲城人。三国魏文人。散骑常侍王肃著诸经传解及论定朝仪，改易郑玄旧说，而王基据持玄义，常与抗衡。撰《毛诗驳》五卷、《毛诗杂答问》五卷、《杂义难》十卷②、《东莱耆旧传》一卷。见《三国志》卷二十七《魏书·王基传》与《隋书》卷三十二《经籍志一》、卷三十三《经籍志二》等。

应璩（190—252），字休琏，汝南南顿人。三国魏诗人、散文家。受命撰《魏书》，又有《百一诗》八卷。见《三国志》卷二十一裴注引《文章叙录》以及《史通》卷十二《古今正史》。

傅玄（217—278），字休奕，一作休逸，北地泥阳人。魏晋间诗人、学者。受命撰《魏书》，卷帙不详。见《晋书》卷四十七《傅玄传》。

何晏（189?—249），字平叔，南阳人。汉魏间玄学家、文人。撰《魏明帝谥议》二卷、《老子道德论》二卷、《论语集解》十卷。还有《孝经注》一卷、《官族传》十四卷、《乐悬》一卷等。见《隋书》卷三十三《经籍志二》、《旧唐书》卷四十六《经籍志上》、《新唐书》卷五十八《艺文志二》、《三国志》卷九《魏书·何晏传》、《世说新语》卷上之下《文学》，以及《〈论语集解〉叙》《晋书·郑冲传》等。

谢承（？—240？），字伟平，山阴人。三国东吴史学家。撰《后汉书》百余卷、《会稽先贤传》七卷。见《三国志》卷五十《吴书·妃嫔传第五》。

魏刻石经《春秋》《尚书》《左氏》、三字经，共三十五碑。因碑文每字皆用古文、小篆和汉隶三种字体写刻，故称"三体石经"。见《三国志》卷二十一《魏书·刘劭传》、《晋书》卷三十六《卫恒传》、《隋书》卷三十二《经籍志一》、《资治通鉴》卷一百二十三《宋纪五》等。【案：刘汝霖《汉晋学术编年》认为，魏齐王曹芳正始二年（241），"刘馥请整顿太学，朝廷又立王朗《易传》于学官，学术界颇呈活跃之气。其立石经当在此时，故志之于此"。③《西安市出土的"正始三体石经"残石》④一文的作者由石经上"始二年三"等字样推测，正始二年三月为刊经的时间。】

① ［晋］陈寿撰，［南朝宋］裴松之注：《三国志》卷十一《魏书·管宁传》裴注引，中华书局，1982，第360页。
② ［宋］欧阳修、［宋］宋祁：《新唐书》卷五十七《艺文志一》，中华书局，1975，第1429页。
③ 刘汝霖：《汉晋学术编年》卷六，中华书局，1987，第169页。
④ 刘安国：《西安市出土的"正始三体石经"残石》，《人文杂志》1957年第3期。

桓范尝抄撮《汉书》中诸杂事，自以意斟酌之，名曰《世要论》（又名《政要论》《桓范新书》等）。见《三国志》卷九《魏书·曹爽传》。【案：此书属法家，疑成书于曹爽当政时。】

阚泽（？—243），字德润，会稽郡山阴县人。三国东吴学者。刊约《礼》文及诸注说以授二宫，为制行出入及见宾仪。又著《乾象历注》，以正时日。见《三国志》卷五十三《吴书·阚泽传》。

王弼（226—249），字辅嗣，山阳高平人。三国曹魏玄学家、文人。撰《周易注》六卷、《周易略例》一卷，《老子注》二卷、《老子指略》二卷。又有《论语释疑》二卷。见《三国志》卷二十八《魏书·钟会传》以及《经典释文序录疏证》。

夏侯玄（209—254），字太初，沛国谯县人。三国曹魏玄学家、文人。撰《道德论》《本无论》。见《三国志》卷九《魏书·夏侯玄传》。【案：《道德论》《本无论》皆为阐释《老子》之作，具有典籍整理（注解）的性质。】

向秀（227?—272），字子期，河内人。魏晋间文人。撰《庄子注》十二卷、《庄子音》一卷。见《晋书》卷四十九《向秀传》以及《经典释文序录疏证》。

郑冲（？—274），字文和，荥阳开封人。魏晋间经学家。与何晏等撰《论语集解》。魏元帝曹奂咸熙元年（264）秋，司马昭上奏，让司空荀顗定礼仪，中护军贾充正法律，尚书仆射裴秀议官制，太保郑冲总而裁焉。见《晋书》卷二《文帝纪》、卷三十三《郑冲传》。

孙邕，生卒年不详，济南人。三国曹魏学者。与何晏等撰《论语集解》。见《三国志》卷十二《魏书·鲍勋传》。

曹羲（？—249），字昭叔，沛国谯人。三国曹魏学者。与何晏等撰《论语集解》。见《三国志》卷九《魏书·曹真传附曹爽传》以及《晋书》卷三十《刑法志》、卷五十一《王接传》。

荀顗（?—274），字景倩，颍川颍阴人。魏晋间学者。与何晏等撰《论语集解》。司马昭上奏，让荀顗定礼仪，荀顗上疏请羊祜、任恺、庚峻、应贞、孔颢共删改旧文，撰定晋礼等。见《晋书》卷二《文帝纪》、卷十九《礼制上》、卷三十九《荀顗传》。

贾充（217—282），字公闾，平阳襄陵人。魏晋间文人。典定科令，兼度支考课。辩章节度，事皆施用。见《晋书》卷四十《贾充传》。

向朗（167?—247），字巨达，襄阳宜城人。三国蜀汉藏书家、学者。年逾八十，犹手自校书，刊定谬误，积聚篇卷。见《三国志》卷四十一《蜀书·向朗传》。

杜琼（？—250），字伯瑜，蜀郡成都人。三国蜀汉学者。著《韩诗章句》。见《三国志》卷四十二《蜀书·杜琼传》。

昙柯迦罗，一译昙摩迦罗，意译"法时"。生卒年不详，本天竺人。三国魏佛经翻译家。嘉平二年（250）至洛阳，在白马寺中译出《僧祇戒心》戒本一卷。不久后，又与安息国沙门昙谛在洛阳译出《四分戒本》。见《高僧传》卷一《昙柯迦罗传》、《魏书》卷一百一十四《释老志》、《佛祖统纪》卷三十六。

严畯，生卒年不详，字曼才，彭城人。三国东吴文人。著《孝经传》。见《三国志》卷五十三《吴书·严畯传》。【案：庄大钧、石静《魏晋南北朝经学学术编年》认为："严畯主要活动于孙权在位之时，故将其事系于孙权之卒年。"①】

项峻，生卒年不详。孙权末年，丁孚曾与郎中项峻等共撰《吴书》，书未成。【案：《三国志·吴书·薛莹传》载右国史华覈上疏曰："大皇帝末年，命太史令丁孚、郎中项峻始撰《吴书》。孚、峻俱非史才，其所撰作，不足纪录。"②】

薛莹（？—282），字道言，沛郡竹邑人。三国吴晋间史学家、文人。与韦曜、华覈、周昭、梁广等共撰《吴书》。见《三国志》卷五十三《吴书·薛综传》。【案：梁广，生卒年、字号、籍贯皆不详。由其参与编撰《吴书》推断，其应是以史学著称的文人。】

周昭（？—261？），字恭远，颍川人。三国东吴史学家、文人。与韦曜、薛莹、华覈等共撰《吴书》。见《三国志》卷五十二《吴书·步骘传》等。

华覈（219—278），字永先，吴郡武进人。三国东吴史学家、文人。与韦曜、薛莹、周昭等共撰《吴书》。见《三国志》卷六十五《吴书·华覈传》等。

谢慈（205—253），一作射慈，字孝宗，彭城人。三国东吴学者。撰《丧服图》及《丧服变除》五卷、《礼记音义隐》。见《隋书》卷三十二《经籍志一》。【案：《三国志·吴书·孙奋传》裴注云："（谢）慈字孝宗，彭

---

① 庄大钧、石静：《魏晋南北朝经学学术编年》，凤凰出版社，2015，第94页。
② ［晋］陈寿撰，［南朝宋］裴松之注：《三国志》卷五十三《吴书·薛莹传》，中华书局，1982，第1256页。

城人，见《礼论》，撰《丧服图》及《变除》行于世。"① 今检《通典》卷八十一、九十、九十二、一百〇二中，多引徐整、谢慈之礼学问答。其中，论丧服之义者，多为《丧服变除》中所论。】

陆凯（198—269），字敬风，吴郡人。三国东吴文人。撰《吴先贤传》四卷，又有《扬子太玄经注》十三卷。见《隋书》卷三十三《经籍志二》、卷三十四《经籍志三》以及《全三国文》卷六十九。

陆玑，生卒年不详，字元恪，吴郡人，三国东吴学者。撰《毛诗草木鸟兽虫鱼疏》二卷。见《经典释文序录》。

朱育，生卒年不详，字嗣卿，会稽山阴人。三国东吴学者。撰《毛诗答杂问》七卷、《幼学》二卷、《异字》二卷、《会稽土地记》一卷。见《三国志》卷五十七《虞翻传》裴注引《会稽典录》以及《隋书》卷三十三《经籍志二》。【案：《三国志·吴志·虞翻传》裴注引《会稽典录》曰："孙亮时，有山阴朱育，少好奇字，凡所特达，依体象类，造作异字千名以上。"② 由此推断，《异字》《会稽土地记》大致成书于孙亮时。《会稽土地记》一书，两《唐志》并作四卷。】

康僧铠，生卒年不详，天竺人。三国魏佛经翻译家。嘉平四年（252）至洛阳，于白马寺中译出《郁伽长者经》二卷、《无量寿经》二卷、《四分杂羯磨》一卷等。见《佛祖统纪》卷三十六以及《高僧传》卷一《昙柯迦罗传》。

王沈（？—266），字处道，太原晋阳人。魏晋间辞赋家、史学家。撰《魏书》四十八卷。见《晋书》卷三十九《王沈传》、《新唐》卷五十八《艺文志二》、《史通》卷十二《古今正史》等。【案：《晋书》卷三十九《王沈传》云："正元中，迁散骑常侍、侍中，典著作。与荀顗、阮籍共撰《魏书》，多为时讳，未若陈寿之实录也。"③ 魏高贵乡公正元时期，为254年至256年。】

阮籍（210—263），字嗣宗，陈留尉氏人。三国魏诗人、散文家、玄学家。与荀顗、王沈共撰《魏书》。见《晋书》卷四十九《阮籍传》。

曹髦（241—260），字彦士，沛国谯县人。三国曹魏文人。先后问《易》《尚书》《礼记》之义于太学诸博士，著《春秋左氏传音》三卷。见

---

① [晋]陈寿撰，[南朝宋]裴松之注：《三国志》卷五十九《吴书·孙奋传》裴注，中华书局，1982，第1374页。

② [晋]陈寿撰，[南朝宋]裴松之注：《三国志》卷五十七《吴书·虞翻传》裴注引《会稽典录》，中华书局，1982，第1324页。

③ [唐]房玄龄等：《晋书》卷三十九《王沈传》，中华书局，1974，第1143页。

《三国志》卷四《魏书·三少帝纪》、《隋书》卷三十二《经籍志一》、《旧唐书》卷四十六《经籍志上》。

帛延，即白延，生卒年不详，天竺人。三国魏佛经翻译家。译出《无量清净平等觉经》《佛说须赖经》等六部。见《高僧传》卷一。【案：《高僧传》云，帛延于魏甘露中译出《无量清净平等觉经》等。甘露时期，为256年至260年。汤用彤注引《开元录》云："以高贵乡公甘露三年（公元二五八）戊寅游化洛阳，止白马寺，出《无量清净》等经五部。"①可参考。】

支强梁接，魏云正无畏，生卒年不详，外国沙门。三国魏佛经翻译家。译出《法华三昧经》六卷。见《佛祖统纪》卷三十五。

钟会（225—264），字士季，颍川长社人，钟繇之子、钟毓之弟。三国魏文人、玄学家。著《母夫人张氏传》。见《三国志》卷二十八《魏书·钟会传》。

郑小同（196—259），字子真，北海高密人。三国魏经学家。撰《礼义》四卷、《郑志》十一卷。见《晋书》卷二十一《礼志下》以及《三国志》卷四《魏书·三少帝纪》。

郑默整理《魏中经簿》。《晋书》卷四十四《郑默传》云："起家秘书郎，考核旧文，删省浮秽。中书令虞松谓曰：'而今而后，朱紫别矣。'"②【案：《北史·牛弘传》云："魏文代汉，更集经典，皆藏在秘书，内外三阁，遣秘书郎郑默删定旧文。论者美其朱紫有别。"③刘汝霖《汉晋学术编年》将郑默删定旧文的完成时间，系于魏高贵乡公甘露四年。④庄大钧、石静《魏晋南北朝经学学术编年》也将其系于魏高贵乡公甘露四年（259）。⑤】

嵇康（224—263），字叔夜，谯郡铚县人。三国曹魏散文家、诗人、哲学家。写《石经》，著《春秋左氏传音》三卷、《圣贤高士传》三卷，均佚。见《晋书》卷九十二《文苑传·赵至传》、《三国志》卷二十一《魏书·王粲传》、《晋书》卷四十九《嵇康传》、《隋书》卷三十二《经籍志一》。

皇甫谧（215—282），幼名静，字士安，自号玄晏先生，安定朝那人。

①　[梁]释慧皎撰，汤用彤校注，汤一介整理：《高僧传》卷一《译经上》，中华书局，1992，第14页注[16]。

②　[唐]房玄龄等：《晋书》卷四十四《郑默传》，中华书局，1974，第1251页。

③　[唐]李延寿：《北史》卷七十二《牛弘传》，中华书局，1974，第2493页。

④　刘汝霖：《汉晋学术编年》卷七，中华书局，1987，第40—41页。

⑤　庄大钧、石静：《魏晋南北朝经学学术编年》，凤凰出版社，2015，第109页。

魏晋间学者、隐士、散文家，著《甲乙经》。见《晋书》卷五十一《皇甫谧传》、《隋书》卷三十四《经籍志三》、《四库全书总目》卷一百〇三《甲乙经提要》、姚振宗《隋书经籍志考证》卷三十七。【案：陆侃如《中古文学系年》云："秦荣光《补晋书艺文志》卷三又著录《集内经仓公论》。谧病风痹始于正始末，《甲乙经自序》所谓甘露中，吾病风，加苦聋，恐即指本年中毒事。因为在六月以前乃是甘露五年。"① 故系于元帝景元元年（260）。②】

华峤（？—293），字叔骏，平原人。晋史学家、散文家。撰《后汉书》九十七卷。见《晋书》卷四十四《华峤传》。【案：陆侃如《中古文学系年》认为，华峤补尚书郎在魏元帝景元元年（260）前后，其撰《后汉书》应始于此年。③ 有《谱叙》（应为《后汉书》自序）和《后汉书》论。】

朱士行（203—282），颍川人。三国曹魏高僧。讲解《道行般若经》。见《出三藏记集》卷十三《朱士行传》、《佛祖统纪》卷三十五、《出三藏记集》卷七《放光经记》、《高僧传》卷四、《法苑珠林》卷十八等。【案：朱士行于甘露五年（260）离开洛阳，西行求法。此前，就在洛阳钻研、讲解《道行般若经》。故系于此。】

徐整，生卒年不详，字文操，豫章人。东吴学者。撰《毛诗谱》（一作《郑玄诗谱》）三卷、《孝经默注》一卷、《豫章烈士传》三卷、《豫章旧志》八卷，又撰《三五历纪》《正历》《长历》。见《隋书》卷三十二《经籍志一》、《册府元龟》卷六百〇五《学校部·注释第一》，以及《经典释文序录》《太平御览·时序部》《旧唐书·经籍志》《新唐书·艺文志》《玉海·艺文》等。【案：《新唐志》载徐整《三五历纪》二卷（《玉海·艺文》作《三五历》）；又载徐整撰《通历》二卷、《杂历》五卷。】

葛玄（164—244），字孝先，世称葛仙翁，丹阳句容人。三国东吴道士。撰有《老子序诀》一卷、《狐刚子万金诀》二卷。见《三国志·吴书》《抱朴子外篇·自叙》。

李譔（？—261），字钦仲，梓潼涪人。三国蜀汉学者。著古文《易》《尚书》《毛诗》《三礼》《左氏传》《太玄指归》等。见《三国志》卷四十二《蜀书·李譔传》。

阮咸（？—263），字仲容，陈留尉氏人。魏晋间名士、文人。著有《易义》。见《晋书》卷四十九《阮籍传附阮咸传》以及陆德明《经典释文

---

① 陆侃如：《中古文学系年》下，人民文学出版社，1985，第596页。
② 陆侃如：《中古文学系年》下，人民文学出版社，1985，第595页。
③ 陆侃如：《中古文学系年》下，人民文学出版社，1985，第598页。

序录》。

刘徽，生卒年不详，山东人。三国曹魏学者。有《九章算术注》九卷、《九章重差图》一卷。见《晋书》卷十六《律历志上》以及《九章算术注·序》。

钟会（225—264），字士季，颍川长社人。三国魏文人、玄学家。著有《周易尽神论》一卷、《周易无互体论》三卷、《老子道德经注》二卷、《老子道德经注》二卷（一作《老子道德经注》）、《刍荛论》五卷、《道论》二十篇。见《隋书》卷三十二《经籍志一》、卷三十四《经籍志三》以及《三国志》卷二十八《魏书·钟会传》。【案：《三国志·魏书·钟会传》云，钟会死后，于其家得书《道论》二十卷，似其文。①】

曹翕（217—266），一作曹歙，沛国谯县人。魏晋间医学家。撰《曹氏灸经》五卷、《曹氏灸方》七卷、《论寒食散方》（又作《解寒食散方》）二卷。见《三国志》卷二十《魏书·东平灵王徽传》裴松之注。

应贞（？—269），字吉甫，汝南南顿人。魏晋间诗人、辞赋家。与荀顗撰定新礼，未施行。著《百一诗注》八卷、《周易论》一卷，均佚。见《三国志》卷二十一《魏书·王粲传》以及《隋书》卷三十五《经籍志四》等。

成公绥（231—273），字子安，东郡白马人。魏晋间诗人、辞赋家。与贾充等参定法律。所著有诗、赋、杂笔十余卷。见《晋书》卷九十二《文苑传·成公绥传》。

羊祜（221—278），字叔子，泰山南城人。魏晋间政治家、散文家。与荀顗撰定新礼，未施行。见《晋书》卷三十九《荀顗传》等。

庾峻（？—273），字山甫，颍川鄢陵人。魏晋间学者、散文家。与荀顗撰定新礼，又与何劭论《风》《雅》正变之义。见《晋书》卷五十《庾峻传》。

裴秀（224—271），字季彦，河东闻喜人。魏晋间学者、散文家。作《禹贡地域图》十八篇。见《晋书》卷三十五《裴秀传》。

杜预（222—285），字元凯，京兆杜陵人。魏晋间政治家、史学家、辞赋家。与贾充等定律令，既成，又为之注解。见《晋书》卷三十四《杜预传》。【案：《晋书·杜预传》云，钟会反，僚佐并遇害，唯预以智获免。②《晋书·文帝纪》载，咸熙元年（264），司马昭上奏，让司空荀顗定礼仪，

---

① ［晋］陈寿撰，［南朝宋］裴松之注：《三国志》卷二十八《魏书·钟会传》，中华书局，1982，第795页。

② ［唐］房玄龄等：《晋书》卷三十四《杜预传》，中华书局，1974，第1025页。

中护军贾充正法律。①】

孙炎，生卒年不详，字叔然，乐安人。三国经学家、训诂学家。作有《周易注》《春秋例注》《毛诗注》《礼注记》《春秋三传注》《国语注》，撰《尔雅注》七卷、《尔雅音》二卷，又注书十余篇。见《三国志》卷十三《魏书·王肃传》。【案：根据《三国志》卷十三《魏书·王肃传》的记载，孙叔然与王肃虽为同时代人，却属于不同的经学流派，王肃不好郑氏，孙叔然受学于郑玄之门。②两人整理经籍的时间大体一致，均是240年至256年之间。】

刘芳，生卒年、字号、籍贯皆不详。撰《汉灵献二帝纪》三卷，梁有六卷，后残缺。【案：据《汉灵献二帝纪》的内容推断，其应作于汉献帝被废、曹丕即位之后至刘芳去世之间，故系于此。】

周生烈，生卒年不详，字文逸（一作文逢），敦煌人。三国魏文人。撰《论语义例》。见《三国志》卷十三《魏书·王肃传》。【案：由《三国志》卷十三《魏书·王肃传》"魏初征士敦煌周生烈"③等言推断，魏初，周生烈在经学方面已取得了一定的成就，其《论语义例》也大体完成于此时。】

孟康，生卒年不详，字公休，安平广宗人。三国曹魏学者。撰《汉书音》九卷、《老子注》二卷。见《三国志》卷十六《魏书·杜恕传》裴注引《魏略》以及《隋书·经籍志》等。

隗禧，生卒年不详，字子牙，京兆人。三国曹魏学者。撰作诸经解数十万言。见《三国志》卷十三《魏书·王肃传》。【案：据鱼豢《魏略》载，黄初中，隗禧为谯王郎中。后以病还，拜郎中。史载："年八十余，以老处家，就之学者甚多。"④由此推断，隗禧撰作诸经解数十万言，应在正始时期。】

魏明帝时，失名氏撰《海内先贤传》四卷。⑤【案：《隋书·经籍志》称，《海内先贤传》四卷撰于魏明帝时，著者和具体时间待考。】

周斐，生卒年、字号、籍贯皆不详。汉魏学者、文人。撰《汝南先贤

---

① [唐]房玄龄等：《晋书》卷二《魏书·文帝纪》，中华书局，1974，第44页。

② [晋]陈寿撰，[南朝宋]裴松之注：《三国志》卷十三《魏书·王肃传》，中华书局，1982，第419—420页。

③ [晋]陈寿撰，[南朝宋]裴松之注：《三国志》卷十三《魏书·王肃传》，中华书局，1982，第420页。

④ [晋]陈寿撰，[南朝宋]裴松之注：《三国志》卷十三《魏书·王肃传》，中华书局，1982，第422页。

⑤ [唐]魏徵、[唐]令狐德棻：《隋书》卷三十三《经籍志二》，中华书局，1973，第974页。

传》五卷。① 见《隋书》卷三十三《经籍志二》。【案：据吕友仁先生考证，《汝南先贤传》可能作于魏文帝在位时期。② 我们认为，应作于曹魏实行中正制时期。有待进一步考证】

苏林，生卒年不详，字孝友，陈留外黄人。汉魏学者、文人。撰《孝经注》一卷、《陈留耆旧传》一卷，③ 又注《汉书》。见《隋书》卷三十三《经籍志二》等。【案：魏明帝景初年间，令选郎、吏高才能经者，从苏林学四经三礼。因此，苏林的《孝经注》《陈留耆旧传》等很可能撰于此时。】

圈称，生卒年不详，字幼举，陈留人。汉魏学者、文人。撰《陈留耆旧传》二卷④ 以及《陈留风俗传》。见《隋书》卷三十三《经籍志二》以及《元和姓纂》卷二等。【案：《史通·内篇·杂述》曰："故乡人学者，编而记之，若圈称《陈留耆旧》、周斐《汝南先贤》、陈寿《益部耆旧》、虞预《会稽典录》。此之谓郡书者也。"⑤ 由此推断，《陈留耆旧传》应作于《汝南先贤传》与《陈留耆旧传》之间，即魏文帝至魏明帝景初年间。】

综上所述，三国时期（221—264）从事文献整理的文人共计八十一位以上，整理经类文献八十三种以上，史类文献四十六种以上，子类文献不少于八十五种（其中翻译佛经至少五十七种），集类文献六种以上，提出文献整理建议、校定众书、定朝仪、刻石经、刊定新礼等八次以上。

三、曹魏文人整理的待考文献

《古三坟注》，今存。明何镗辑《汉魏丛书》收录有《古三坟》，题晋阮咸注。【案：关于《古三坟》的真伪，学界至今未有定论。卫绍生认为："《古三坟》之真伪，尚难断定。如此，则《古三坟》阮咸注，亦未便即加否认。西晋杜预为《春秋左氏传》作注，已明确指出《三坟》《五典》等皆是古书名。阮咸与杜预是同时代人，若是时《古三坟》尚存，则阮咸为之作注，亦是完全可能的。受时代风气的影响，竹林七贤对《周易》都很有兴趣，阮咸与阮浑的《难答论》是关于《周易》的，阮咸又曾作《易

① ［唐］魏徵、［唐］令狐德棻：《隋书》卷三十三《经籍志二》，中华书局，1973，第974页。
② 吕友仁主编：《〈汝南先贤传〉辑本注译》，中州古籍出版社，2015，第2页。
③ ［唐］魏徵、［唐］令狐德棻：《隋书》卷三十三《经籍志二》，中华书局，1973，第974页。
④ ［唐］魏徵、［唐］令狐德棻：《隋书》卷三十三《经籍志二》，中华书局，1973，第974页。
⑤ ［唐］刘知几著，［清］浦起龙通释，王煦华整理：《史通通释》卷十《杂述》，上海古籍出版社，2009，第254页。

义》。如此推断,阮咸为同属于易类的《古三坟》作注,也是有可能的。"①
卫绍生的观点可备一说。录此待考。】

韩益,生卒年、字号、籍贯皆不详。撰《春秋三传论》十卷。见《隋
书》卷三十二《经籍志一》。【案:由《晋书·武帝纪》所谓"(泰始九年
秋七月)罢五官左右中郎将、弘训太仆、卫尉、大长秋等官"②推断,韩益
应为魏末晋初人。录此待考。】

刘璠,生卒年、字号、籍贯皆不详。任魏秘书郎。撰《毛诗义》四
卷、《毛诗笺传是非》二卷。见《隋书》卷三十二《经籍志一》。【案:《隋
书》卷三十二《经籍志一》著录,将刘璠撰《毛诗义》置于王基撰《毛诗
驳》一卷、晋谢沈撰《毛诗释义》十卷之后,吴韦昭、朱育撰《毛诗答杂
问》七卷之前。据此推断,刘璠应为魏晋之间人。录此待考。】

张融,生卒年、字号、籍贯皆不详。任魏博士。撰《当家语》二卷。
【案:《隋书》卷三十二《经籍志一》录《孔子家语》二十一卷注云:"王肃
解。梁有《当家语》二卷,魏博士张融撰,亡。"③由此推断,张融应为魏
晋之间人。录此待考。】

李登,生卒年、字号、籍贯皆不详。任魏左校令。撰《声类》十卷。
见《隋书》卷三十二《经籍志一》。【案:《北史》卷三十四《江式传》引
江式《上古今文字源流表》之言曰:"忱弟静别仿故左校令李登《声类》
之法,作《韵集》五卷。"④由此推断,李登应为魏晋之间人。录此待考。】

周氏,生卒年、字号、籍贯皆不详。任魏掖庭右丞。撰《杂字解诂》
四卷。见《隋书》卷三十二《经籍志一》。【案:根据《隋书》卷三十二
《经籍志一》的著录推断,周氏《杂字解诂》四卷应成书于三国曹魏时期。
录此待考。】

周成,生卒年、字号、籍贯皆不详。撰《解文字》七卷。【案:《隋
书》卷三十二《经籍志一》著录周氏《杂字解诂》四卷注云:"梁有《解
文字》七卷,周成撰。"⑤由此推断,周成应生活在魏晋时期。录此待考。】

《毌丘俭记》三卷⑥,不著撰者。【案:正元二年(255),毌丘俭兵败被

① 卫绍生:《阮咸著述考论》,《河南师范大学学报》2010 年第 2 期。
② [唐]房玄龄等:《晋书》卷三《武帝纪》,中华书局,1974,第 63 页。
③ [唐]魏徵、[唐]令狐德棻:《隋书》卷三十二《经籍志一》,中华书局,1973,第
937 页。
④ [唐]李延寿:《北史》卷三十四《江式传》,中华书局,1974,第 1280 页。
⑤ [唐]魏徵、[唐]令狐德棻:《隋书》卷三十二《经籍志一》,中华书局,1973,第
942—943 页。
⑥ [唐]魏徵、[唐]令狐德棻:《隋书》卷三十三《经籍志二》,中华书局,1973,第
976 页。

杀。由此推断，《毌丘俭记》当成于魏末。】

鱼豢，生卒年、字号皆不详，京兆人。官至魏郎中。撰《典略》八十九卷、《魏略》三十八卷。

《魏末传》二卷，《魏氏大事》三卷。【案：《隋书》卷三十三《经籍志二》著录《魏末传》二卷注云：“梁又有《魏末传》并《魏氏大事》三卷，亡。”① 录此待考。】

《蜀平记》十卷，《蜀汉伪官故事》一卷。【案：《隋书》卷三十三《经籍志二》著录：“梁有《蜀平记》十卷，《蜀汉伪官故事》一卷，亡。”② 由二书的内容推断，二书乃蜀亡后，入魏蜀臣所作，故暂系魏末。】

《巴蜀记》一卷③。【案：《隋志》不著撰人，疑为蜀汉遗民所作。】

《宫殿簿》四卷。【案：由书中所记宫殿下及曹魏宫殿推断，其当是魏晋间人所作，故暂系于此。】

陈英宗《陈留先贤像赞》一卷④。【案：陈英宗，生卒年、字号、籍贯皆不详。《隋志》列魏苏林后、东晋江敞前，似为魏末人，故暂系于此。】

《济北先贤传》一卷⑤，《汉疏》四卷⑥。【案：作者不详。据《隋书》卷三十三《经籍志二》载，二书的作者当是魏末人。故暂系于此。】

曹魏时期文人整理的待考文献，涉及文人十六位以上，经类文献六种，史类文献十二种。

从文献记载来看，曹魏时期整理四部文献的文人一百四十三位以上，整理的四部文献至少有三百四十种，其中，经类一百三十三种以上、史类八十一种以上、子类一百一十四种（其中翻译佛经至少七十种）以上、集类十二种以上。由于文献的亡佚，曹魏时期文人的文献整理从数量上看似乎不多，但在中国古代文人文献整理发展史上却占有不可忽视的地位。

---

① ［唐］魏徵、［唐］令狐德棻：《隋书》卷三十三《经籍志二》，中华书局，1973，第960页。

② ［唐］魏徵、［唐］令狐德棻：《隋书》卷三十三《经籍志二》，中华书局，1973，第963页。

③ ［唐］魏徵、［唐］令狐德棻：《隋书》卷三十三《经籍志二》，中华书局，1973，第984页。

④ ［唐］魏徵、［唐］令狐德棻：《隋书》卷三十三《经籍志二》，中华书局，1973，第975页。

⑤ ［唐］魏徵、［唐］令狐德棻：《隋书》卷三十三《经籍志二》，中华书局，1973，第975页。

⑥ ［唐］魏徵、［唐］令狐德棻：《隋书》卷三十三《经籍志二》，中华书局，1973，第954页。

第二节　两晋文人文献整理考

263 年，蜀汉灭亡，三国鼎立之格局至此终结。265 年，司马炎代魏称帝，建立晋朝，由此形成西晋、东吴南北对峙的局面。孙皓登基以降，东吴政局急转直下，文化事业及文人文献整理活动也出现了萧条衰退的趋势。直到西晋以后，才有明显改观。因此，265 年是魏晋时期文人文献整理活动天然的分水岭。西晋初期，文人阶层的主体多是曹魏文人，故其文献整理具有曹魏后期的浓厚色彩。中期以后，由于新一代文人的成长和成熟，文献整理有了新的发展。永嘉之乱后，西晋文人渡江南下，此后的百年间，文献整理活动主要集中在江东地区。这种地域上的因缘，导致东晋文人的文献整理与东吴文人的文献整理密不可分，并彰显出不同于西晋的特色。

本节将 265 年至 420 年间的文人文献整理活动视为一个整体，分别对西晋（265—317）、东晋（318—420）两个阶段的文人文献整理成果加以细致梳理和考证。考证部分，仍以【案】示之。

一、西晋文人文献整理考

卢钦（？—278），字子若，涿郡人。魏晋间文人。将自己所作诗、赋、论、难数十篇编成一集，名曰《小道》。见《晋书》卷四十四《卢钦传》。【案：其书名盖取自扬雄"辞赋小道"之意，以示谦退。】

谯周（201—270），字允南，巴西西充人。三国蜀晋间学者、史学家、儒学家。撰《五经然否论》五卷、《论语注》十卷、《三巴记》一卷、《古史考》二十五卷、《谯子法训》八卷、《谯子五教志》五卷。见《三国志》卷四十二《蜀书·谯周传》以及《隋书·经籍志》等。

韦昭撰《春秋外传国语注》二十二卷、《毛诗答杂问》七卷、《辨释名》一卷、《孝经解赞》一卷、《汉书音义》七卷、《吴书》五十五卷、《洞纪》四卷、《官仪职训》一卷。见《三国志》卷六十五《吴书·韦昭传》以及《隋书》卷三十二《经籍志一》等。

范慎（206—274），一作范顺，字孝敬，广陵人。魏晋间名臣。撰《尚书义》二卷。【案：《隋书》卷三十二《经籍志一》著录《尚书驳议》

五卷注云："《尚书义》二卷，吴太尉范顺问，刘毅答。"①】

刘毅（216—285），字仲雄，东莱郡掖县人。魏晋时名臣。撰《尚书义》二卷。见《晋书》卷四十五《刘毅传》。【案：《隋书》卷三十二《经籍志一》著录《尚书驳议》五卷注云："《尚书义》二卷，吴太尉范顺问，刘毅答。"②又检《北堂书钞》卷六十七《国子祭酒》"刘毅博学多闻"条，引臧荣绪《晋书·武纪》云："泰始二年，诏曰'刘毅惠忠好古'云云，其以毅为散骑常侍、国子祭酒。"③当即此人。】

胡冲，生卒年不详，汝南固始人，胡综之子。晋尚书郎、吴郡太守。撰《吴历》六卷、《吴朝人士品秩状》八卷。见《三国志》卷六十二《胡综传》注引《吴录》以及《旧唐书·经籍志》《新唐书·艺文志》。

太叔裘，或作太叔求，生卒年、字号皆不详，东平人。西晋学者。撰《毛诗谱注》（一作《郑玄诗谱》）二卷。见《隋书》卷三十二《经籍志一》。【案：《隋书》卷三十二《经籍志一》著录《毛诗谱》三卷注云"吴太常卿徐整撰"；④《毛诗谱》二卷注云"太叔求及刘炫注"。⑤疑二书同为郑玄《诗谱》注本，徐整、太叔裘整理在前，隋刘炫加注疏在后，故两处记载不同。】

顾启期（222？—280？），生卒年、字号、籍贯皆不详。东吴西晋间学者。撰《娄地记》一卷、《大夫谱》十一卷、《卤载记》。见《旧唐书·经籍志》《新唐书·艺文志》以及《太平御览》卷九百九十九《百卉部六·芙蕖》。【案：姚振宗《三国艺文志》认为，是吴人，"启期"似其字而非其名。古人名字互表，有名"荣"字"启期"者；吴有顾荣字彦先，臧荣绪《晋书》有传，未详是否为同一人。】

钟离岫，生平不详。撰《会稽后贤传记》二卷。三国东吴、西晋间学者。见《隋书》卷三十三《经籍志二》。【案：《隋志》著录置于吴谢承撰《会稽先贤传》七卷与晋虞豫撰《会稽典录》二十四卷之间，当为吴末、西晋间人。《唐志》作《会稽后贤传》三卷。《太平御览》引有《会稽后贤

① ［唐］魏徵、［唐］令狐德棻：《隋书》卷三十二《经籍志一》，中华书局，1973，第913—914页。

② ［唐］魏徵、［唐］令狐德棻：《隋书》卷三十二《经籍志一》，中华书局，1973，第913—914页。

③ ［隋］虞世南：《北堂书钞》卷六十七《国子祭酒》"刘毅博学多闻"条，中国书店，1989，第242页下。

④ ［唐］魏徵、［唐］令狐德棻：《隋书》卷三十二《经籍志一》，中华书局，1973，第916页。

⑤ ［唐］魏徵、［唐］令狐德棻：《隋书》卷三十二《经籍志一》，中华书局，1973，第916页。

传》。据书名可知，应为谢承《会稽先贤传》之续作。查《三国志》卷六十《吴书·贺全吕周钟离传》，有会稽山阴钟离牧，系土著大姓，疑钟离岫为其族人。】

佚名撰《会稽先贤像赞》五卷。见《旧唐书·经籍志》《新唐书·艺文志》。【案：据书名可知，应为谢承《会稽先贤传》之增续本，绘有会稽历代先贤之图像，疑为晋人所撰。《旧唐书·经籍志》《新唐书·艺文志》亦皆著录撰者为贺氏。《太平御览》卷六百八十五《服章部二》引有《会稽先贤像赞》、卷七百〇八《服用部十》引有《会稽先贤赞》。】

佚名撰《交州杂事》九卷。见《隋书》卷三十三《经籍志二》。【案：《隋书》卷三十三《经籍志二》著录《交州杂事》九卷注云"记士燮及陶璜事"。① 据此可知，此书当为西晋人所作。今检《北堂书钞》卷一百三十五引《交州杂事》云："太康四年，林邑王范熊献紫水晶唾壶一口，青、白水精唾壶二口。"② 据此，成书在太康四年（283）以后。】

《交州以南外国传》一卷③。见《隋书》卷三十三《经籍志二》。【案：据所记内容，此书当成于魏晋之间。】

裴秀友人料其书记。史载，晋武帝泰始七年（271），秀以尚书三十六曹统事准例不明，宜使诸卿任职，未及奏而薨。其友人料其书记，得表草言平吴之事。见《晋书》卷三十五《裴秀传》。

山涛（205—283），字巨源，河内怀县人。魏晋间名士，"竹林七贤"之一。撰《山公启事》三卷。见《晋书》卷四十三《山涛传》。【案：《山公启事》当在其晚年撰集成书。】

白褒，生卒年、字号、籍贯皆不详。西晋学者。撰《鲁国记》和《鲁国先贤传》（一作《鲁国先贤志》）二卷④。见《隋书》卷三十三《经籍志二》。

薛莹撰《后汉记》一百卷、《荆扬已南异物志》。【案：《后汉记》一百卷、《荆扬已南异物志》二书应撰于《吴书》之后，当是薛莹西晋时所作。】

尚广，生卒年、字号、爵里皆不详。三国术士。撰《周易杂占》九

---

① [唐]魏徵、[唐]令狐德棻：《隋书》卷三十三《经籍志二》，中华书局，1973，第966页。

② [隋]虞世南：《北堂书钞》卷一百三十五《唾壶》"紫水精"条，中国书店，1989，第545页下。

③ [唐]魏徵、[唐]令狐德棻：《隋书》卷三十三《经籍志二》，中华书局，1973，第983页。

④ [唐]魏徵、[唐]令狐德棻：《隋书》卷三十三《经籍志二》，中华书局，1973，第974页。

卷。见《隋书》卷三十二《经籍志一》。【案：尚广其人见于《三国志》卷四十八《吴书·三嗣主传·孙皓传》裴注引干宝《晋纪》。其文曰："陆抗之克步阐，皓意张大，乃使尚广筮并天下，遇《同人》之《颐》，对曰：'吉。庚子岁，青盖当入洛阳。'故皓不修其政，而恒有窥上国之志。"① 可知，其人善于卜筮，约活动于三世纪后半期。】

殷基，生卒年不详，一名殷兴，云阳人。西晋学者。撰《春秋释滞》十卷、《通语》十卷。见《三国志》卷五十二《吴书·顾邵传》裴松之注。

沈莹（？—280），吴兴人。三国西晋之际学者。撰《临海水土异物志》一卷②。见《隋书》卷三十三《经籍志二》。【案：应为沈莹晚年所作。】

周处（236—297），字子隐，义兴阳羡人。晋文人。撰《吴书》以及《风土记》三卷。见《晋书》卷五十八《周处传》。

刘寔（209—310），字子真，平原高唐人。魏晋间学者。撰《春秋条例》二十卷、《春秋公羊达义》三卷、《集解春秋序》一卷。见《晋书》卷四十一《刘寔传》和《隋书》卷三十二《经籍志一》。

刘智，生卒年不详，字子房，平原人，刘寔之弟。魏晋间学者。撰《丧服释疑论》（又作《丧服释疑》《释疑》）二十卷、《正历》四卷。见《晋书》卷四十一《刘寔传》、卷十六《律历志上》以及《隋书》卷三十二《经籍志一》。

崔游（212?—304?），字子相，上党人。魏晋间学者。撰《丧服图》一卷。见《晋书》卷九十一《儒林列传·崔游传》。

皇甫谧撰《帝王世纪》十卷、《高士传》六卷、《逸士传》一卷、《玄晏春秋》三卷、《列女传》六卷、《黄帝三部针经》十三卷、《论寒食散方》二卷、《皇甫士安依诸方撰》一卷、《鬼谷子注》三卷、《老子道德简要义》五卷、《年历》六卷，另撰《地书》《易解》《朔气长历》《自叙》等。见《晋书》卷五十一《皇甫谧传》。【案：上述作品均成书于作者晚年。】

氾毓，生卒年不详，字稚春，济北卢县人。西晋学者。撰《春秋释疑》。见《晋书》卷九十一《儒林传·氾毓传》。

刘兆（217—282），字延世，济南东平人。西晋学者。撰《春秋公羊谷梁传》十二卷和《春秋调人》《春秋左氏全综》《周易训注》。见《晋书》卷九十一《儒林传·刘兆传》等。

---

① ［晋］陈寿撰，［南朝宋］裴松之注：《三国志》卷四十八《吴书·三嗣主传》裴注引，中华书局，1982，第1178页。

② ［唐］魏徵、［唐］令狐德棻：《隋书》卷三十三《经籍志二》，中华书局，1973，第984页。

傅玄，撰《傅子》一百二十卷、《相风赋》七卷。见《晋书》卷四十七《傅玄传》。

徐苗（?—302），字叔胄，高密淳于人。西晋学者。撰《周易筮占》二十四卷以及《五经同异评》。见《晋书》卷九十一《儒林传·徐苗传》、《太平御览》卷八百二十三《资产部三·耕》引王隐《晋书》）。

荀勖（217?—289），字公曾，颍川颍阴人。魏晋间文人、音乐家。撰《晋歌诗》十八卷、《晋宴乐歌辞》十卷、《晋中经》（一作《中经新簿》）十四卷、《杂撰文章家集叙》十卷、《汲冢书》八十七卷。见《晋书》卷三十九《荀勖传》。【案：《杂撰文章家集叙》，余嘉锡先生《世说新语笺疏》作《新撰文章家集叙》。】

卫瓘（220—291），字伯玉，河东安邑人。魏晋间书法家。撰《丧服仪》一卷、《集注论语》八卷和《易义》。见《晋书》卷三十六《卫瓘传》、《隋书》卷三十二《经籍志一》。

羊祜（221—278），字叔子，泰山南城人。魏晋间政治家、散文家。撰《老子传》二卷、《道德经注》四卷。见《晋书》卷三十四《羊祜传》、《隋书》卷三十四《经籍志三》。【案：据《晋书》本传云，羊祜卒于278年。其《老子传》当传于其晚年。】

杜预（222—284），字元凯，杜陵人。魏晋间政治家、史学家、散文家。撰《春秋左氏经传集解》三十卷、《春秋释例》十五卷、《春秋左氏传盟会图》一卷、《春秋左氏传音》三卷、《春秋左氏传评》二卷、《丧服要集》二卷、《女记赞》十卷、《善文》五十卷。见《晋书》卷三十四《杜预传》。

《古今春秋盟会地图》一卷、《春秋古今盟会地图》一卷。撰人不详。【案：题名与杜预之作相近，故系于西晋时期。】

裴秀（223—271），字季彦，河东闻喜人。魏晋间学者、散文家。撰《乐论》《冀州记》《吴蜀地图》《舆地图》，以及《禹贡地域图》十八篇（卷）。见《晋书》卷三十五《裴秀传》、《隋书》卷六十八《宇文恺传》、吴士鉴《补晋书经籍志》、《水经注》卷十六《穀水注》等。【案：裴秀门客京相璠，生卒年不详，曾协助裴秀修撰《晋舆地图》，作《春秋土地名》三卷。】

孙毓，生卒年不详，字休朗，东莞人。魏晋间学者、文人。撰《毛诗异同评》十卷、《春秋左氏传贾服异同略》五卷、《春秋左氏传义注》十八卷、《礼记音》一卷、《孙氏成败志》三卷。见《晋书》卷二十《礼志中》、《经典释文序录》。

陈统，生卒年、籍贯不详，字元方。魏晋间学者、文人。撰《难孙氏毛诗评》四卷、《毛诗表隐》二卷。见《玉海·艺文》与《太平御览》卷五百一十七。

袁准，生卒年不详，字孝尼，陈郡扶乐人。魏晋间散文家。论五经滞义，撰《丧服经传》一卷、《丧服纪》一卷、《仪礼注》一卷，为《易》《周官》《诗》作传。见《三国志》卷十一《魏书·袁涣传》裴注引《袁氏世纪》。【案：袁准为袁涣第四子。一说为阳夏人，生年不详，卒于316年。①《世说新语·雅量》载有袁孝尼曾请求向嵇康学《广陵散》之事，故年龄应小于嵇康。一说袁准生卒年为约220—300年。②】

阮侃，生卒年不详，字德如（一作德恕），陈郡人。魏晋间诗人。撰《毛诗音》。见《册府元龟》卷六百〇五《学校部·注释一》。

孔晁，生卒年、字号、里居皆不详。西晋学者。撰《汲冢周书注》与《春秋外传国语注》二十卷、《尚书义问》三卷。见《隋书》卷三十二《经籍志一》、《册府元龟》卷六百〇五《学校部·注释一》、吴士鉴《补晋志》、刘师培《春秋左氏传例略》等。

李密（224—287），初名李虔，字令伯，犍为武阳人。三国蜀晋间散文家。尝注释河内赵子声诔、诗、赋之属二十余篇。见《晋书》卷八十八《孝友列传·李密传》、《三国志》卷四十五《蜀书·杨戏传》裴注引《华阳国志》。

张华（232—300），字茂先，范阳方城人。魏晋间诗人、辞赋家。撰《神异经注》一卷、《博物志》十卷、《张公杂记》一卷、《杂记》十一卷。见《晋书》卷三十六《张华传》、《隋书》卷三十四《经籍志三》。【案：《博物志》与《张公杂记》相合正为十一卷，与《杂记》题名相重，窃疑实即一书之别本，"杂记"就是《博物志》的扩写本或者草稿（未删节本）。书佚，不可考，存疑。】

曹嘉，生卒年不详，一作曹嘉之，谯人。魏晋间诗人。撰《晋纪》十卷。见《三国志》卷二十《魏书·楚王彪传》裴松之注。

阮浑，生卒年不详，字长成，陈留尉氏人。西晋名士。撰《周易难答论》二卷（与阮咸合撰）、《周易义》。见《晋书》卷四十九《阮籍传附阮浑传》。

阮咸，生卒年不详，字仲容，陈留尉氏人。西晋名士，"竹林七贤"之一。撰《周易难答论》二卷（与阮浑合撰）、《易义》。见《隋书·经籍

---

① 郭人民、史苏苑主编：《中州历史人物辞典》，河南大学出版社，1991，第78页。

② 赵晓耕主编：《中国法律思想史》，北京交通大学出版社，2014，第124页。

志》《旧唐书·经籍志》《经典释文序录》和《晋书》卷四十九《阮籍传附阮咸传》。

陈寿（232—297），字承祚，巴西安汉人。三国蜀晋间史学家、文人。撰《三国志》六十五卷、《古国志》五十卷、《益都耆旧传》十卷、《蜀相诸葛亮集》二十四篇、《汉名臣奏》三十卷、《魏名臣奏事》四十卷。见《华阳国志·陈寿传》以及《晋书》卷八十二《陈寿传》。

华峤（?—293），字叔骏，平原人。晋史学家、散文家。撰《后汉书》九十七卷、《紫阳真人周君传》一卷。见《晋书》卷四十四《华峤传》、陈国符《道藏源流考》。【案：华峤撰《后汉书》未成而卒，由其子华彻、华畅完成。】

邹湛（235?—299），字润甫，南阳人。魏晋间诗人。撰《周易统略》五卷。见《隋书》卷三十二《经籍志一》、《新唐书》卷五十一《艺文志一》和《经典释文序录》。

何劭（236—301），字敬祖，陈国阳夏人。西晋诗人。撰《荀粲传》《王弼传》等。见《晋书》卷三十三《何劭传》。

王长文（238?—302?），字德叡（一作德儁），广汉郪县人。西晋学者。撰《春秋三传》十三篇（卷）、《通玄经》四卷、《通经》二卷、《约礼记》十篇（卷）、《无名子》十二篇（卷）。见《华阳国志·王长文传》和《晋书》卷八十二《王长文传》。【案：据《隋书·经籍志》及《晋书》本传，疑《通经》与《通玄经》为同一书。此处两存之，以俟后考。】

索靖（239—303），字幼安，敦煌人。魏晋间书法家、散文家。撰《五行三统正验论》以及《索子》二十卷、《晋诗》二十卷。见《晋书》卷六十《索靖传》。

郭琦，生卒年不详，字公伟，太原晋阳人。西晋经学家。撰《京氏易注》《谷梁注》等一百卷，以及《天文志》《五行传》。见《晋书》卷九十四《郭琦传》以及王隐《晋书》卷九。

王济（247?—292?），字武子，太原晋阳人。西晋文人。撰《易义》。见《经典释文序录》。

续咸，生卒年不详，字孝宗，上党人。十六国后赵文人。撰《远游志》十卷、《异物志》十卷、《汲冢古文释》十卷。见《晋书》卷九十一《儒林列传·续咸传》。

范隆（240?—340?），字玄嵩，雁门人。西晋文人。撰《春秋三传》《三礼吉凶宗纪》。见《晋书》卷九十一《儒林列传·范隆传》。

晋灼，生卒年、字号不详，河南人。西晋学者。撰《汉书集注》十三卷①。见《隋书》卷三十三《经籍志二》。

刘宝（？—301），字道真，高平人。西晋学者。撰《汉书驳议》二卷②。见《隋书》卷三十三《经籍志二》、刘义庆《世说新语·简傲》、颜师古《汉书叙例》。

司马彪（241？—305？），字绍统，河内人。魏晋间史学家、文人。撰《九州春秋》十卷、《续汉书》八十三卷、《古史考》二十五篇、《庄子注》二十一卷、《庄子注音》一卷、《兵记》八卷。见《晋书》卷八十二《司马彪传》。

夏侯湛（243—291），字孝若，沛国人。魏晋间诗人、辞赋家。撰《魏书》，未成；撰《新论》（一作《夏侯子新论》）十卷。见《晋书》卷五十五《夏侯湛传》、《晋书》卷八十二《陈寿传》。

华谭（244—322），字令思，扬州广陵人。西晋散文家。撰《辨道》三十卷、《新论》十卷。见《晋书》卷五十二《华谭传》、《隋书》卷三十四《经籍志三》。

潘岳（247—300），字安仁，荥阳人。西晋诗人、辞赋家。撰《关中记》一卷。见《晋书》卷五十五《潘岳传》。

石崇（249—300），字季伦，一作齐奴，渤海南皮人。西晋诗人。撰《金谷集》。见《晋书》卷三十三《石崇传》。

虞溥（249？—310？），字允源，高平昌邑人。西晋史学家、文人。撰《江表传》以及《春秋经传注》（拟题）。见《晋书》卷八十二《虞溥传》。

崔豹，生卒年不详，字正熊，渔阳人。西晋训诂学家。撰《论语集义》十卷③、《古今注》三卷。见《隋书》卷三十二《经籍志一》、《经义考》卷二百〇二、《四库全书总目》卷一百一十八。

挚虞（？—311），字仲洽，京兆长安人。西晋文论家、史学家。撰《文章志》四卷、《决疑要注》一卷、《三辅决录注》七卷、《畿服经》一百七十卷、《族姓昭穆记》十卷、《文章流别集》六十卷。见《晋书》卷五十一《挚虞传》。

左思（252？—306？），字太冲，临淄人。西晋诗人、辞赋家，"二十四友"之一。撰《三都赋注》和《五都赋》六卷、《齐都赋》（并《音》）二

---

① ［唐］魏徵、［唐］令狐德棻：《隋书》卷三十三《经籍志二》，中华书局，1973，第953页。

② ［唐］魏徵、［唐］令狐德棻：《隋书》卷三十三《经籍志二》，中华书局，1973，第954页。

③ ［唐］魏徵、［唐］令狐德棻：《隋书》卷三十二《经籍志一》，中华书局，1973，第936页。

卷。见《晋书》卷九十二《左思传》、《隋书》卷三十五《经籍志四》。

卫恒（？—291），字巨山，河东人。西晋书法家。撰《四体书势》一卷。见《晋书》卷三十六《卫恒传》。

郭象（252?—312），字子玄，河南人。西晋玄学家。撰《论语体略》二卷、《论语隐》一卷、《庄子》三十卷、《庄子音》三卷。见《晋书》卷五十《郭象传》。

张载，生卒年不详，字孟阳，博陵安平武邑人。西晋诗人、辞赋家。撰《晋书》《三都赋注》。见《晋书》卷五十五《张载传》、卷九十二《左思传》。

张亢，生卒年不详，字季阳，博陵安平武邑人。西晋文人。撰《明堂要解》。见《晋书》卷五十五《张亢传》。

杜嵩，生卒年不详，字行高，庐江灊县人。西晋散文家。撰《任子春秋》一卷。见《隋书》卷三十三《经籍志二》、卷三十五《经籍志四》。【案：《任子春秋》一书，《隋志》史部、集部兼收。】

缪播（？—309），字宣则，东海人。西晋学者。撰《论语旨序》三卷。见《晋书》卷六十《缪播传》、《隋书》卷三十二《经籍志一》。

郭颁，生卒年、籍贯皆不详，字长公。西晋史学家。撰《魏晋世语》（一作《世语》）十卷。见《三国志》多篇中的裴松之注。

贺循（260—319），字彦先，会稽山阴人。西晋名臣。撰《丧服谱》一卷、《丧服要记》十卷、《会稽记》一卷。见《晋书》卷六十八《贺循传》。

鲁胜，生卒年不详，字叔时，代郡人。西晋学者。撰《墨辩注》六篇，今存序文。见《晋书》卷六十八《隐逸列传·贺循传》。

刘逵，生卒年不详，字渊林，济南人。西晋学者。撰《丧服要记》二卷、《三都赋注》三卷，今存序文。见《晋书》卷九十二《左思传》以及《隋书》卷三十五《经籍志四》。

卫权，生卒年不详，字伯舆，陈留人。西晋学者。撰《三都赋注》三卷，今存序文。见《晋书》卷九十二《左思传》、《隋书》卷三十五《经籍志四》以及今人唐普的《左思〈三都赋〉卫权注校考》①。

陆机（261—303），字士衡，吴郡华亭人。晋诗人、辞赋家、散文家。撰《吴章》二卷、《晋纪》（一作《晋帝纪要》）四卷、《洛阳记》一卷、《要览》（一作《陆氏要览》）一卷、《连珠》一卷。见《晋书》卷五十

---

① 唐普：《左思〈三都赋〉卫权注校考》，《西南民族大学学报（人文社会科学版）》2011年第1期。

四《陆机传》与《隋书·经籍志》等。

陆云（262—303），字士龙，吴郡华亭人。西晋诗人、辞赋家、散文家。撰《陆子》十卷、《陆士衡集》二十卷，并有《陆云集》。见《晋书》卷五十四《陆云传》与《隋书·经籍志》等。【案：葛洪《抱朴子》佚文曾指出，二陆文集百余卷，可知《陆机集》《陆云集》在当时已经行世，且卷帙浩繁。】

荀崧（262—328），字景猷，颍川颍阴人。两晋学者。渡江后与刁协共定中兴礼仪制度，曾经手《蔡氏集》四十卷。见《晋书》卷七十五《荀崧传》和陆云《与兄平原书》。

荀绰，生卒年不详，字彦舒，颍川颍阴人。十六国后赵文人。撰《晋后书》十五篇（一作《晋后略记》五卷）、《百官表注》十六卷、《古今五言诗美文》五卷以及《冀州记》《兖州记》。见《隋书·经籍志》、《晋书》卷三十九《荀勖传》，以及今人陈祥谦的《荀绰〈古今五言诗美文〉考论》①等。

虞潭（263?—341?），字思奥，会稽余姚人。东晋学者。撰《大小博法》一卷、《投壶经》四卷、《投壶变》一卷。见《晋书》卷七十六《虞潭传》、《隋书》卷三十四《经籍志三》等。

傅畅（?—330），字世道，北地泥阳人。十六国后赵文人。撰《晋公卿礼秩故事》（一作《公卿故事》）九卷、《晋诸公赞》（一作《晋诸公叙赞》）二十二卷，并参撰后赵史书。见《隋书》卷三十三《经籍志二》、《史通·古今正史》等。

束晳（263?—302?），字广微，阳平元城人。晋学者、文人。撰《补亡诗》《五经通论》《三魏人士传》《七代通记》，以及《晋书》之本纪、志，参与整理《汲冢书》。见《晋书》卷五十一《束晳传》、《隋书》卷三十三《经籍志二》等。

《咸熙元年百官名》，撰者不详。【案：据题名，此书应是咸熙元年之簿录，当成于咸熙元年（264）。】

孔愉（268—342），字敬康，会稽山阴人。晋名臣。撰《晋咸和咸康故事》四卷。见《晋书》卷七十八《孔愉传》、《隋书》卷三十三《经籍志二》等。

王接（267—305），字祖游，河东猗氏人。西晋学者、散文家。撰《公羊春秋注》《列女后传》和《汲冢书王、束二家义得失论》（拟题）。见

---

① 陈祥谦：《荀绰〈古今五言诗美文〉考论》，《图书情报工作网刊》2012年第2期。

《晋书》卷五十一《王接传》等。

王庭坚，生卒年不详，陈留人。晋学者。撰《难束皙汲冢书义》（拟题）。见《晋书》卷五十一《王接传》。【案：《晋书》卷七十一《王鉴传》载："（王）鉴弟涛及弟子戴，并有才笔。……戴字庭坚，亦为著作。并早卒。"①《王鉴传》《王接传》中的"王庭坚"，是否为同一人，尚待考证。】

孔衍（268—320），一作孔演，字舒元（一作元舒），鲁国人。晋学者。撰《凶礼》一卷、《琴操》三卷、《春秋公羊传集解》十四卷、《春秋谷梁传（集解）》十四卷、《魏尚书》十卷、《汉魏春秋》九卷、《孔氏说林》二卷、《兵林》六卷。见《晋书》卷九十一《儒林列传·孔衍传》和《册府元龟》卷五百五十五。

王隐，生卒年不详，字处叔，陈郡陈县人。晋史学家。撰《晋书》九十三卷、《删补蜀记》（一作《蜀记》）七卷、《交广记》。见《晋书》卷六十二《祖逖传》、卷八十二《王隐传》。

张隐，生卒年不详，庐江太守张夔之子。晋学者。撰《论语释》一卷②、《文士传》五十卷③。见《隋书》卷三十二《经籍志一》、卷三十三《经籍志二》。【案：《隋书》卷三十三《经籍志二》著录《文士传》五十卷注云，"张骘撰"原作"张隐撰"。④魏晋时期，以文士为撰写对象的史传作品盛行，张骘、张隐皆撰有《文士传》，故此处仍按《隋志》原题"张隐撰"，归为张隐之作。】

张骘，生卒年不详，吴末晋初人。晋学者。撰《文士传》五十卷⑤。见《隋书》卷三十三《经籍志二》等。【案：《旧唐志》著录《文士传》五十卷注云"张骘撰"。《玉海》卷五十八《艺文》载："《旧志》：《文林传》五十卷，张隐撰。"⑥关于《文士传》的作者，学界或云张隐，或云张骘，故两存其说，以俟后考。】

环济，生平年、字号、籍贯皆不详。西晋学者。撰《丧服要略》一

---

① [唐]房玄龄等：《晋书》卷七十一《王鉴传》，中华书局，1974，第1891—1892页。

② [唐]魏徵、[唐]令狐德棻：《隋书》卷三十二《经籍志一》，中华书局，1973，第936页。

③ [唐]魏徵、[唐]令狐德棻：《隋书》卷三十三《经籍志二》，中华书局，1973，第976页。

④ [唐]魏徵、[唐]令狐德棻：《隋书》卷三十三《经籍志二》注[二一]，中华书局，1973，第994页。

⑤ [唐]魏徵、[唐]令狐德棻：《隋书》卷三十三《经籍志二》，中华书局，1973，第976页。

⑥ [宋]王应麟辑：《玉海》卷五十八《艺文》，江苏古籍出版社、上海书店，1987年影印，第1105页上、下。

卷①《吴纪》九卷②《帝王要略》十二卷③。见《隋书》卷三十二《经籍志一》以及《隋书》卷三十三《经籍志二》等。【案:《玉海·艺文》载,《帝王要略》十二卷,环济撰,"纪帝王及天官地理"。④列此书于"唐四十一家编年"之"魏吴晋"部分。⑤《太平御览》卷八百三十三《资产部十三》引《吴纪》或作《吴记》。】

杜育(?—311),字方叔,襄城邓陵人。西晋诗人,"二十四友"之一。撰《易义》。见《经典释文序录》。

常宽,生卒年不详,字泰恭,蜀郡江原人。晋学者、散文家。撰《蜀后志》《蜀后贤传》与《蜀志》一卷、《续益部耆旧传》(一作《梁益篇》)、《典言》五卷。见《华阳国志·常宽传》以及《隋书》卷三十三《经籍志二》等。

应詹(274—326),字思远,汝南南顿人。晋文人。撰《沔南故事》三卷。见《晋书》卷七十《应詹传》。

王廙(276—322),字世将,琅邪临沂人,王羲之之兄。晋学者。注《周易》三卷⑥。见《隋书》卷三十二《经籍志一》。

郭璞(276—324),字景纯,河东闻喜人。晋诗人、辞赋家、训诂学家。撰《葬经》以及《周易新林》四卷、《周易林》五卷、《易洞林》三卷、《毛诗拾遗》一卷、《尔雅注》五卷、《尔雅音》二卷、《尔雅图》十卷、《尔雅图赞》二卷、《方言注》十三卷、《三苍注》三卷、《山海经图赞》二卷、《山海经注》二十三卷、《水经注》三卷、《穆天子传注》六卷、《楚辞注》三卷、《子虚上林赋注》一卷、《易八卦命录斗内图》一卷、《易斗图》一卷。见《晋书》卷七十二《郭璞传》和《隋书·经籍志》等。

王涛,生卒年不详,字茂略,堂邑人。东晋史评家。撰《三国志序评》三卷。见《晋书》卷七十一《王鉴传》、《隋书》卷三十三《经籍志

---

① [唐]魏徵、[唐]令狐德棻:《隋书》卷三十二《经籍志一》,中华书局,1973,第920页。

② [唐]魏徵、[唐]令狐德棻:《隋书》卷三十三《经籍志二》,中华书局,1973,第955页。

③ [唐]魏徵、[唐]令狐德棻:《隋书》卷三十三《经籍志二》,中华书局,1973,第961页。

④ [宋]王应麟辑:《玉海》卷四十七《艺文》,江苏古籍出版社、上海书店,1987年影印,第881页上。

⑤ [宋]王应麟辑:《玉海》卷四十七《艺文》,江苏古籍出版社、上海书店,1987年影印,第892页上。

⑥ [唐]魏徵、[唐]令狐德棻:《隋书》卷三十二《经籍志一》,中华书局,1973,第909页。

二》等。

杨方，生卒年不详，字公回，会稽人。晋诗人、经学家。撰《五经钩沉》十卷、《少学》九卷、《吴越春秋削繁》（一作《吴越春秋》）五卷。见《晋书》卷六十八《杨方传》、《玉海》卷四十一等。

综上所述，西晋时期参与文献整理的文人共计九十七位以上，整理的文献至少有二百七十五种以上。其中，经部一百〇一种以上，史部一百〇九种以上，子部三十七种以上，集部二十八种以上。由此可见，西晋时期，不仅史学走向兴盛，经学也获得了较好的发展，集部较以前也有了显著提升。

二、东晋文人文献整理考

从东晋建立到东晋被南朝刘宋所取代，文人的文献整理又有了发展。现将这一时期文人文献整理的具体情况，加以细致梳理和考证。考证部分，仍以【案】示之。

张靖，生卒年、字号、籍贯皆不详。东晋学者。撰《谷梁传注》十卷、《春秋谷梁废疾笺》三卷。见《隋书》卷三十二《经籍志一》、《新唐书》卷五十一《艺文志一》。

李轨，生卒年不详，字弘范，江夏人。东晋学者。撰《周易音》一卷、《尚书音》[①]、《仪礼音》一卷、《礼记音》二卷[②]、《春秋左氏传音》三卷[③]、《春秋公羊音》一卷[④]、《小尔雅》（一作《小尔雅略解》）一卷[⑤]、《扬子法言注解》十六卷、《老子音》一卷[⑥]、《庄子音》一卷[⑦]、《二京赋音》二卷、《二都赋音》一卷、《翰林论》（卷帙不详）。【案：《隋书》卷三十二

---

① ［唐］魏徵、［唐］令狐德棻：《隋书》卷三十二《经籍志一》，中华书局，1973，第913页。

② ［唐］魏徵、［唐］令狐德棻：《隋书》卷三十二《经籍志一》，中华书局，1973，第922页。

③ ［唐］魏徵、［唐］令狐德棻：《隋书》卷三十二《经籍志一》，中华书局，1973，第928页。

④ ［唐］魏徵、［唐］令狐德棻：《隋书》卷三十二《经籍志一》，中华书局，1973，第930页。

⑤ ［唐］魏徵、［唐］令狐德棻：《隋书》卷三十二《经籍志一》，中华书局，1973，第937页。

⑥ ［唐］魏徵、［唐］令狐德棻：《隋书》卷三十四《经籍志三》，中华书局，1973，第1000页。

⑦ ［唐］魏徵、［唐］令狐德棻：《隋书》卷三十四《经籍志三》，中华书局，1973，第1001页。

《经籍志一》著录《周易音》一卷注云："东晋尚书郎李轨弘范撰。"①《隋书》卷三十五《经籍志四》注云："《二京赋音》二卷，李轨、綦毋邃撰。"又别出"《二都赋音》一卷，注云李轨撰"。②同一《二都赋》，李轨两次注音，故为同书别本。盖二人各作一卷，后人合之，遂有两本并行。】

蔡谟（281—356），字道明，陈留人。东晋重臣、学者。撰《礼记音》二卷、《丧服谱》一卷、《晋七庙议》三卷以及《汉书集解》。见《晋书》卷七十七《蔡谟传》、吴士鉴《补晋志》、严可均《全晋文》卷一百一十四等。

虞喜，生卒年不详，字仲宁，会稽余姚人。晋学者、散文家。撰《周官驳难》三卷、《丧服通疑》（一作《通疑》）、《论语注赞》九卷、《新书对张论》十卷、《安天论》六卷、《志林新书》（一作《虞喜志林》）三十卷、《广林》二十四卷、《后林新书》（一作《后林》）十卷、《毛诗略释》（一作《释毛诗略》）以及《孝经注》。见《晋书》卷十一《天文上》、《宋书》卷十三《历下》、《隋书》卷三十二《经籍志一》、《新唐书·艺文志》等。【案：类书及史传皆著录有《虞喜志林》，窃疑与《志林新书》《广林》《后林新书》为同书之异名；《广林》《后林》之卷数与《志林》大致相仿，疑为同一书。】

葛洪（283—363），字稚川，号抱朴子，又称葛仙公，丹阳句容人。晋散文家、诗人。撰《周易杂占》十卷、《丧服变除》一卷、《良吏传》十卷、《神仙传》十卷、《隐逸传》十卷、《集异传》十卷、《抱朴子内篇》二十一卷、《抱朴子内篇音》一卷、《抱朴子外篇》五十一卷、《金匮药方》一百卷、《肘后备急方》四卷，另抄五经、《史》《汉》、百家之言、方技杂事三百一十卷。见《晋书》卷七十二《葛洪传》等。【案：葛洪《抱朴子外篇·自叙》称，《内篇》属道家，《外篇》属儒家。然观《外篇》颇重老子之学，故亦归入道典部分。王明《抱朴子内篇校释（增订本）》附录二《葛洪撰述书目表》凡开列葛洪著述六十三种，今不具录。】

干宝（?—336），字令升，新蔡人。晋史学家、小说家。撰《周易注》十卷、《周易宗涂》四卷、《周易爻义》一卷、《周官驳难》三卷、《周官礼注》十二卷、《七庙议》一卷、《后养议》五卷、《司徒仪》一卷、《百志诗》九卷、《春秋左氏函传义》十五卷、《春秋序论》二卷、《晋纪》二十

---

① ［唐］魏徵、［唐］令狐德棻：《隋书》卷三十二《经籍志一》，中华书局，1973，第910页。

② ［唐］魏徵、［唐］令狐德棻：《隋书》卷三十五《经籍志四》，中华书局，1973，第1083页。

三卷、《搜神记》三十卷、《干子》十八卷、《毛诗音隐》一卷。见《晋书》卷八十二《干宝传》、《隋书》卷三十二《经籍志一》以及吴士鉴《补晋志》等。

卢谌（284—351），字子谅，范阳涿县人。晋诗人、辞赋家。撰《杂祭法》（一作《祭法》）六卷以及《庄子注》。见《晋书》卷四十四《卢谌传》等。

虞预（285?—340?）①，本名虞茂，避讳改为虞预，字叔宁，会稽人。晋史学家、散文家。撰《晋书》四十四卷、《诸虞传》十二卷、《会稽典录》二十四卷。见《晋书》卷八十二《虞预传》等。

王愆期，生卒年不详，字门子，河东猗氏人。东晋学者。撰《列女后传》和《春秋公羊经传》十三卷、《春秋公羊论》二卷、《救襄阳上都府事》一卷。见《晋书》卷五十一《王接传》、《新唐书·艺文志》等。

庾阐，生卒年不详，字仲初，颖川鄢陵人。晋诗人、辞赋家。撰《扬都赋注》（一作《扬都赋》）。见《晋书》卷九十二《文苑列传·庾阐传》等。

庾亮（289—340），字元规，颖川鄢陵人。晋名士。撰《杂乡射等议》三卷、《论语君子无所争》一卷。见《晋书》卷七十三《庾亮传》等。

谢沈（290—342），字行思（一作静思），会稽山阴人。晋史学家。撰《尚书注》十五卷、《毛诗注》二十卷、《毛诗释义》十卷、《毛诗义疏》十卷、《后汉书》一百二十二卷、《晋书》三十余卷、《文章志录杂文》八卷、《名文集》四十卷、《汉书外传》。见《晋书》卷八十二《谢沈传》与《隋书·经籍志》等。

何琦，生卒年不详，字万伦，庐江人。晋散文家。撰《论三国志》（一作《三国评论》）九卷②。见《晋书》卷八十八《何琦传》《隋书》卷三十三《经籍志二》等。

罗含（292—372），字君章，桂阳耒阳人。晋散文家。撰《湘中记》三卷。见《晋书》卷九十二《文苑列传·罗含传》。

范坚，生卒年不详，字子常，南阳顺阳人。晋辞赋家、经学家。撰《春秋释难》三卷。见《晋书》卷七十五《范坚传》、吴士鉴《补晋志》。

---

① 《晋书·虞预传》不载虞预生卒年及年岁。曹道衡等编的《中国文学家大辞典·先秦汉魏晋南北朝卷》迳称"不详"。汪维玲《浙江人物简志》上册（浙江人民出版社，1984，第 25 页）系为"约 285—约 340"。

② [唐] 魏徵、[唐] 令狐德棻:《隋书》卷三十三《经籍志二》，中华书局，1973，第955 页。

范宣（292?—345），字宣子，陈留济阳人。东晋名儒。撰《易论难》《礼论难》以及《礼记音》二卷。① 见《隋书》卷三十二《经籍志一》、《全晋文》卷一百三十等。

刘昌宗，生卒年不详。东晋经师。撰《礼音》三卷、《礼记音》五卷、《仪礼音》一卷、《明堂图》。见《经典释文》和《隋书》卷三十二《经籍志一》，以及今人杨军的《刘昌宗著述考略》② 等。【案：卢文弨、段玉裁、吴承仕均谓其为东晋人。】

曹躭，生卒年不详，字爱道，谯国人。东晋学者。撰《礼记音》二卷、《春秋左氏传音》四卷。见《经典释文序录》、《隋书》卷三十二《经籍志一》、吴士鉴《补晋志》等。

胡讷，生卒年、字号、里居籍贯皆不详。东晋学者。撰《春秋集三师难》三卷、《春秋集三传经解》十卷、《春秋三传评》十卷、《春秋谷梁传集解》（一作《谷梁胡讷集解》）。见《隋书》卷三十二《经籍志一》、吴士鉴《补晋志》等。

荀讷，生卒年不详，字世言，新蔡人。东晋学者。撰《春秋左氏传音》四卷。见《隋书》卷三十二《经籍志一》等。

曹毗，生卒年不详，字辅佐，谯国人。东晋诗人、辞赋家。撰《论语释》一卷、《曹氏家传》一卷。见《晋书》卷九十二《文苑列传·曹毗传》、《隋书》卷三十二《经籍志一》等。

李充，生卒年不详，字弘度，江夏人。东晋诗人、文论家。撰《论语释》一卷、《论语注》十卷、《周易旨》六篇、《释庄子论》二卷、《益州记》三卷、《翰林论》五十四卷，以及《尚书注》《晋元帝四部书目》。见《晋书》卷九十二《文苑列传·李充传》、《隋书》卷三十二《经籍志一》与《新唐书·艺文志》等。

孔伦，生卒年不详，字敬序，会稽人。东晋学者。集众家注，撰《集注丧服经传》一卷。见《经典释文序录》以及《隋书》卷三十二《经籍志一》。

孟陋，生卒年不详，字少孤，江夏鄳人。东晋隐士。撰《论语注》十卷。见《经典释文序录》和《晋书》卷九十四《隐逸列传·孟陋传》等。

孙盛（302—373），字安国，太原中都人。东晋史学家、散文家、玄学家。撰《魏氏春秋》二十卷、《魏氏春秋异同》八卷、《晋春秋》三十二

---

① ［唐］魏徵、［唐］令狐德棻：《隋书》卷三十二《经籍志一》，中华书局，1973，第922页。

② 杨军：《刘昌宗著述考略》，《贵州大学学报（社会科学版）》1996年第1期。

卷，以及《易象妙于见形论》《晋阳秋别本》《蜀世谱》《医卜》（拟题）。见《晋书》卷八十二《孙盛传》等。

王羲之（303—361）①，字逸少，琅邪临沂人。晋书法家、散文家、诗人。撰《兰亭诗集》和《许迈传》十卷。见《晋书》卷八十《王羲之传》、《建康实录》等。【案：《新唐志》作《许先生传》一卷，又有《小学篇》一卷。吴士鉴《补晋志》辨其为"王义"之作，今从其说，不录。】

王度，生卒年、字号皆不详，太原人。十六国后赵文人。撰《二石传》二卷、《二石伪治时事》二卷。见《隋书》卷三十三《经籍志二》、《新唐书·艺文志》。

常璩，生卒年不详，字道将，蜀郡江原人。东晋史学家、散文家。撰《汉书》（又作《汉之书》《蜀李书》）十卷、《华阳国志》十二卷。见《晋书》卷九十八《桓温传》、《隋书》卷三十三《经籍志二》、郑樵《通志·艺文略·史类·霸史》、《新唐书·艺文志》等。

江惇（305—353），字思悛，陈留人。东晋学者。撰《春秋公羊音》一卷。见《晋书》卷五十六《江惇传》、《隋书》卷三十二《经籍志一》，以及《经典释文序录》等。

庾翼（305—345），字稚恭，颍川鄢陵人。东晋书法家。撰《春秋公羊论》（一作《春秋公羊问》）二卷、《论语释》一卷。见《晋书》卷七十三《庾翼传》、《隋书》卷三十二《经籍志一》。

范汪（308—372），字玄平，南阳顺阳人。东晋医学家。撰《祭典》三卷、《祠制》（卷数不详）、《尚书大事》二十卷、《杂府州郡仪》十卷、《范氏家传》一卷、《范东阳方》一百七十六卷、《棋九品序录》一卷、《围棋九品序录》五卷以及《荆州记注》。见《晋书》卷七十五《范汪传》、《太平御览》卷七百二十二，以及《隋书·经籍志》《新唐书·艺文志》《初学记》等。

王濛（309—347），字仲祖，太原晋阳人。东晋清谈家、诗人。撰《论语义》一卷。见《晋书》卷九十三《外戚列传·王濛传》、《隋书》卷

---

① 王羲之生卒年，史书无明确记载，只是说谢万败后，"年五十九卒"。学界有多种看法：303—361 年说，307—365 年说，321—379 年说。其中 321—379 说占主流。这些说法有一定道理，但证据不足。《历代名画记》卷五"王廙"条载："廙画为晋明帝师，书为右军法。时右军亦学画于廙。廙画《孔子十弟子》，赞云：'余兄子羲之，幼而岐嶷，必将隆余堂构，今始年十六，学艺之外，书画过目便能，就余请书画法，余画《孔子十弟子图》以励之。'"由此可知，王羲之师从叔父王廙，而非父亲。王廙于 315 年拜荆州刺史，但 317 才到任，母阙，服阕升迁，322 年前后卒。因此，其"画《孔子十弟子图》以励之"应在 320 年或稍前。综上，笔者认为王羲之生年应在 303 年前后。参见 [日]冈村繁译注：《历代名画记译注》，俞慰刚译，上海古籍出版社，2002，第 256 页。

三十二《经籍志一》。

　　袁乔（312？—347？），字彦叔，陈郡阳夏人。东晋文人、学者。撰《论语注》十卷和《诗注》。见《晋书》卷八十三《袁乔传》、《隋书》卷三十二《经籍志一》。【案：吴士鉴《补晋志》云："皇侃《义疏·序》言：江熙集《论语》十三家，有晋江夏太守陈国袁宏字叔度。马国翰谓宏不字叔度，必是袁乔之误。然乔字彦叔，或又误为叔度欤？"① 可参。】

　　顾夷，生卒年不详，字君齐，吴郡人。东晋学者、文人。撰《周易难王辅嗣义》一卷、《吴郡记》二卷、《顾子》十卷、《顾子义训》十卷。见《隋书》卷三十二《经籍志一》、吴士鉴《补晋志》。【案：《吴郡记》或作一卷，而《周易难王辅嗣义》成于刺史任上，系多人讨论之记录。】

　　张凭，生卒年不详，字长宗，吴郡人。东晋学者。撰《论语注》十卷、《论语释》一卷、《老子道德经注》二卷。见《晋书》卷七十五《张凭传》，以及《世说新语·文学》《隋书·经籍志》。【案：杜光庭《道德真经广圣义序》称"宋人河南张凭"，注云"字长宗，明帝太常博士，注四卷"。② 可知，入宋后卒。】

　　孙绰（314—371），字兴公，太原中都人。东晋诗人、辞赋家、骈文家。撰《集解论语》十卷、《孙子》十二卷、《至人高士传赞》二卷、《列仙传赞》三卷。见《晋书》卷五十六《孙绰传》和《隋书·经籍志》等。【案：《三国志》裴注引有"孙绰评"③，未详何书。】

　　释道安（312—385），常山扶柳人。十六国前秦高僧、佛经翻译家。撰《四海百川水源记》一卷。见《晋书》卷一百一十四《苻坚载记下》和《隋书·经籍志》等。

　　谢万（320—361），字万石，陈郡阳夏人，谢安之弟。东晋玄学家、诗人。撰《周易系辞注》（一作《系辞注》）二卷、《集解孝经》（一作《孝经注》）一卷。见《晋书》卷七十九《谢万传》、《隋书》卷三十二《经籍志一》等。【案：两《唐志》无《集解孝经》，而有《孝经》谢万《注》一卷，卷帙相同，故知实乃一书，为集解体。】

　　江熙（325—395）④，字太和，陈留济阳人。东晋学者。撰《毛诗注》二十卷、《春秋公羊谷梁二传评》三卷、《集解论语》十卷。见《隋书》卷

---

①　[清]吴士鉴：《补晋书经籍志》卷二，载二十五史刊行委员会编：《二十五史补编》第三册，开明书店，1937，第3857页下。

②　[汉]河上公、[唐]杜光庭等注：《道德经集释》下册，中国书店，2015，第533页。

③　[晋]陈寿撰，[南朝宋]裴松之注：《三国志》卷四十二《蜀书·谯周传》裴注引，中华书局，1982，第1031页。

④　申畅、陈方平等编：《中国目录学家辞典》，河南人民出版社，1988，第11页。

三十二《经籍志一》、吴士鉴《补晋志》、《旧唐书·经籍志》等。【案：《春秋公羊谷梁二传评》一书，《隋志》不著撰人，《旧唐志》题为江熙。《集解论语》，吴士鉴《补晋书经籍志》云："《中兴书目》云：皇侃列晋卫瓘、缪播、栾肇、郭象、蔡谟、袁宏、江惇、蔡系、李充、孙绰、周怀、范宁、王珉十三家，是江熙所集。"①】

戴逵（330？—396），字安道，谯郡人。东晋书画家、散文家。撰有《五经大义》三卷、《竹林七贤论》二卷、《老子音》一卷，以及《礼记中庸注》《逍遥论》。见《晋书》卷九十四《隐逸列传·戴逵传》与《隋书·经籍志》等。

孙潜（？—397），字齐由，孙盛长子，太原中都人。东晋文人。孙放（？—385？），字齐庄，孙盛次子，孙潜弟，晋辞赋家。兄弟二人曾改写乃父孙盛所撰《晋阳秋》（删改本）。见《晋书》卷八十二《孙盛传》等。

习凿齿（？—384），字彦威，襄阳人。东晋史学家、诗人。撰《汉晋春秋》四十七卷、《襄阳耆旧记》五卷。见《晋书》卷八十二《习凿齿传》等。【案：据《晋书》本传，《襄阳耆旧记》应成书于桓温幕府时期。《汉晋春秋》应成书于荥阳太守任上，其被罢官，或与此书有关。】

袁宏（328？—376？），字彦伯，小字虎，陈郡阳夏人。东晋诗人、辞赋家、史学家。撰《易略谱》一卷、《后汉纪》三十卷、《竹林名士传》三卷，以及《罗山疏》（又名《罗浮记》《罗浮山记》《罗浮山赋》）《论语注》。见《晋书》卷九十二《文苑列传·袁宏传》等。【案：《论语注》，吴士鉴《补晋志》引《中兴书目》称，江熙《集解》引有袁宏注；然皇侃《论语义疏序》称陈国袁宏字叔度，马国翰谓为袁乔之误。未详孰是，姑两存之。《竹林名士传》，《新唐书》作《名士传》。】

袁敬仲，生平不详，陈郡阳夏人。东晋学者。撰《集议孝经》一卷、《正始名士传》三卷。【案：袁敬仲之生卒年不详，生平无考，姚振宗云"袁敬仲当为袁宏"，② 今人多从其说，然无确切证据，以俟后考。】

蔡系，生卒年不详，字子叔，陈留考城人，司徒蔡谟次子。东晋学者。撰《论语释》一卷。见《晋书》卷七十七《蔡谟传》与《隋书》卷三十二《经籍志一》等。

李颙，生卒年不详，字长林，江夏人。东晋诗人、学者。撰《集解

---

① [清] 吴士鉴：《补晋书经籍志》卷二，载二十五史刊行委员会编：《二十五史补编》第三册，开明书店，1937，第3858页上。

② [清] 姚振宗：《隋书经籍志考证》卷二，载二十五史刊行委员会编：《二十五史补编》第三册，开明书店，1937，第5353页下。

尚书》（一作《古文尚书集注》）十一卷、《尚书新释》二卷、《周易卦象数旨》六卷、《尚书要略》二卷。见《晋书》卷九十二《文苑列传·李充传》、《隋书》卷三十二《经籍志一》，以及《旧唐书·经籍志》《经典释文序录》等。

韩伯（332—380），字康伯，颖川长社人。东晋玄学家、训诂学家。撰《周易注》三卷、《周易系辞注》二卷。见《晋书》卷七十五《韩伯传》和《隋书》卷三十二《经籍志一》。【案：据《隋志》载，《周易注》（《系辞》以下）三卷，与《周易系辞注》仅有卷数差别，疑为一书。】

车胤（333？—401？），字武子，南平人。东晋大臣。撰《孝经注》一卷。见《晋书》卷八十三《车胤传》与《隋书》卷三十二《经籍志一》。【案：两《唐志》著录有车胤《讲孝经义》四卷，疑即此书之别本。】

张璠（335？—405？），字号不详，安定人。晋史学家。撰《周易注》（一作《周易集解》）十二卷、《后汉纪》三十卷。见《经典释文序录》、吴士鉴《补晋志》等。

范宁（339？—401？），字武子，范汪次子，南阳顺阳人。东晋文人。《全晋文》卷一百二十五小传云："孝武初温卒，始为馀杭令，迁临淮太守，封阳遂乡侯。征拜中书侍郎，出为豫章太守，免。"[1]撰《古文尚书舜典注》一卷、《尚书注》十卷、《春秋谷梁传集解》十二卷、《春秋谷梁传例》一卷、《礼杂问》十卷、《论语别义》十卷以及《范宁启事》（一作《启事》）三卷。见《隋书》卷三十二《经籍志一》和《全晋文》卷一百二十五等。【案：《隋志》著录有范廙《论语别义》十卷。清代学者多以为范宁有《论语注》，丁国钧《补晋书艺文志》引晁公武《读书后志》谓，"范廙"或"范宁（甯）"之讹。今两存之，以俟后考。《范宁启事》之名，应仿拟《山公启事》。】

綦毋邃，生平不详，疑为会稽人。东晋学者。撰《孟子注》九卷、《列女传》七卷、《二京赋音》二卷、《三都赋注》三卷、《诫林》三卷。见《隋书》卷三十三《经籍志二》、卷三十四《经籍志三》、卷三十五《经籍志四》等。【案：綦毋氏郡望在会稽。刘师培《经学教科书》称，綦毋邃是晋人。查綦毋邃有《驳尚书奏章太妃服》文，哀靖皇后王穆之卒于兴宁三年（365）。由此推断，綦毋邃应卒于365年以后。】

徐邈（343—397），字仙民，东莞人。东晋学者。撰《周易音》一卷、《古文尚书音》一卷、《尚书音》五卷、《毛诗音》十六卷、《毛诗音》二

①　[清]严可均辑校：《全晋文》卷一百二十五，河北教育出版社，1997，第1281页。

卷、《礼记音》三卷、《春秋左氏传音》三卷、《春秋谷梁传注》十二卷、《春秋谷梁传义》十卷、《答春秋谷梁义》三卷、《论语音》二卷、《五经音》十卷、《庄子音》三卷、《庄子集音》三卷、《楚辞音》一卷。见《隋书》卷三十二《经籍志一》、卷三十四《经籍志三》、卷三十五《经籍志四》等。

顾恺之（349？—410？），一作顾凯之，字长康，小字虎头，晋陵人。东晋画家、辞赋家、诗人。撰《启蒙记》三卷、《启疑记》三卷、《晋文章纪》。见《晋书》卷九十二《文苑列传·顾恺之传》、《隋书》卷三十二《经籍志一》以及今人龚斌的《东晋桓温幕府文士及文学活动考略》。[①]

裴启，生卒年不详，字荣期，河东人。东晋小说家。撰《语林》十卷。见《隋书》卷三十四《经籍志三》等。

杨佺期（？—399），字号不详，弘农人。东晋名将。撰《洛阳图》一卷。见《晋书》卷八十四《杨佺期传》、《隋书》卷三十三《经籍志二》等。

贾弼，生卒年不详，字翳儿，平阳人。撰《姓氏簿状》七百一十二卷、《山公表注》（卷帙不详）。见《隋书·经籍志》《旧唐书·经籍志》《新唐书·艺文志》等。【案：吴士鉴《补晋书经籍志》卷四云："山涛《山公启事》三卷，《隋志》、两《唐志》作十卷，《文选》注引贾弼之《山公表注》，或即是书。"[②]】

徐广（352—425），字野民，东莞姑幕人。晋宋间史学家、辞赋家。撰《车服杂注》一卷、《毛诗背隐义》二卷、《礼论答问》八卷、《礼答问》十一卷、《答问》四卷、《晋纪》四十五卷、《史记音义》十二卷、《弹棋谱》一卷。见《宋书》卷五十五《徐广传》和《隋书·经籍志》等。

张湛，生卒年不详，字处度，高平人。东晋散文家。撰《养生要集》十卷、《养性集》二卷、《列子注》八卷、《古今九代歌诗》七卷、《古今箴铭集》十四卷。见《新唐书》卷五十九《艺文志三》等。

祖台之，生卒年不详，字符辰，范阳人。东晋小说家。撰《志怪》二卷。见《晋书》卷七十五《王湛传》、《隋书》卷三十四《经籍志三》等。

刘程之（354—410），字仲思，人称刘遗民，彭城人。东晋诗人、隐士。撰《老子玄谱》一卷。见《隋书》卷三十四《经籍志三》。

范泰（355—428），字伯伦，南阳顺阳人。晋宋间文人。撰《古今善言》三十卷等。见《南史》卷二十三《范泰传》。

---

① 龚斌：《东晋桓温幕府文士及文学活动考略》，《云梦学刊》2019 年第 1 期。
② ［清］吴士鉴：《补晋书经籍志》卷四，载二十五史刊行委员会编：《二十五史补编》第三册，开明书店，1937，第 3893 页下。

郭澄之,生卒年不详,字仲静,太原人。晋宋间小说家。撰《郭子》三卷。见《隋书》卷三十四《经籍志三》。

殷仲堪(?—400),字仲堪,陈郡长平人。东晋玄学家、文人。撰《毛诗杂义》四卷、《常用字训》一卷、《策集》一卷、《(殷荆州)要方》一卷、《杂集》一卷。见《晋书》卷八十四《殷仲堪传》、《隋书》卷三十二《经籍志一》以及卷三十五《经籍志四》等。

殷仲文(?—407),字仲文,陈郡长平人。东晋诗人。撰《孝经注》一卷。见《晋书》卷九十九《殷仲文传》、《隋书》卷三十二《经籍志一》。

殷叔道(?—407),陈郡长平人。东晋文人。撰《孝经注》一卷。见《隋书》卷三十二《经籍志一》。

王镇之(357—422),字伯重,琅邪临沂人。晋宋间文人。撰《童子传》二卷。见《宋书》卷九十二《良吏列传·王镇之传》、《隋书》卷三十三《经籍志二》。

袁山松(?—401),或作袁崧,字山松,陈郡阳夏人。东晋诗人、史学家。撰《后汉书》一百卷、《郡国志》等。见《晋书》卷八十三《袁山松传》、《隋书》卷三十三《经籍志二》等。

苻朗(?—389),字远达,略阳临渭人。十六国前秦文人。撰《苻子》二十卷。见《晋书》卷一百一十四《苻坚载记下附苻朗》、《隋书》卷三十四《经籍志三》等。

刘裕(363—422),字德舆,小字寄奴,彭城人。晋宋间政治家、军事家。撰《兵法要略》一卷。见《新唐书》卷五十五《艺文志三》。

陶潜(365?—427),一名渊明,字元亮,浔阳柴桑人。晋宋间诗人、散文家。撰《搜神后记》十卷。见《晋书》卷九十四《隐逸列传·陶潜传》、《隋书》卷三十三《经籍志二》。

张莹,生卒年、字号、籍贯皆不详。东晋史学家。撰《史记正传》九卷、《后汉南记》五十五卷。见《隋书》卷三十三《经籍志二》。

郭缘生,生卒年、字号、籍贯皆不详。东晋史学家。撰《武昌先贤志》二卷、《述征记》二卷。见《隋书》卷三十三《经籍志二》。

戴祚,字延之,生卒年、籍贯皆不详。晋末散文家、小说家。撰《甄异传》三卷、《西征记》二卷、《宋武北征记》一卷。见《隋书》卷三十三《经籍志二》和鲁迅的《古小说钩沉》。【案:《隋书》卷三十三《经籍志二》著录有《西征记》二卷、一卷,分别题戴延之撰、戴祚撰,应为同书的两个版本。《宋武北征记》一卷,题戴氏撰,录此备考。】

周祗,生卒年不详,字颖文,陈郡人。东晋辞赋家、散文家。撰《崇安记》二卷。见《旧唐书》卷四十六《经籍志上》。

桓玄（369—404），字敬道，一字灵宝，谯国龙亢人。东晋诗人、辞赋家。撰《周易系辞注》二卷，自作《起居注》。见《晋书》卷九十九《桓玄传》。

裴松之（370—449），字世期，河东闻喜人。晋宋间史学家、文人。撰《集注丧服经传》一卷。见《宋书》卷六十四《裴松之传》、《隋书》卷三十二《经籍志一》。【案：《宋书·裴松之传》称，裴松之于晋末征为国子博士，故断《集注丧服经传》为晋末之作。《三国志注》《述征记》《西征记》《北征记》《晋纪》，应作于南朝宋时。】

傅亮（374—426），字季友，北地灵州人。晋宋间政治家、文人。撰《续文章志》二卷、《应验记》（又名《观世音应验记》《光世音应验记》）一卷。见《宋书》卷四十三《傅亮传》、《隋书》卷三十三《经籍志二》。

王诞（375—413），字茂世，琅邪临沂人。晋末文人。撰《四帝诫》三卷等。见《隋书》卷三十五《经籍志四》。

周续之（377—423），字道祖，雁门广武人。晋宋间隐士、学者。撰《公羊传注》《诗序义》以及《圣贤高士传赞注》三卷。见《宋书》卷九十三《周续之传》等。

荀伯子（378—438），颍川颍阴人。晋宋史学家。撰《晋史》《荀氏家传》《桓玄传》《薛常侍传》等。见《宋书》卷六十《荀伯子传》等。【案：史载，晋安帝义熙年间，著作郎徐广举伯子及王韶之并为佐郎，助撰晋史。义熙十二年（416），书成表上。】

王韶之（380—435），字休泰，琅琊临沂人。晋宋间史学家、文人。撰《后汉林》二百卷、《晋纪》十卷、《孝子传赞》三卷、《隆安纪》（又名《崇安记》《晋安陆记》）十卷以及《晋安帝阳秋》《晋安帝纪》《南雍州记》《南康记》。见《宋书》卷六十《王韶之传》等。【案：《隆安记》一书，《隋志》不载，见《南史·萧韶传》。据《宋书》本传载，《晋安帝纪》记东晋安帝时事，止于义熙九年（413），故编入东晋部分。】

谢混（381？—412），字叔源，小字益寿，陈郡阳夏人，谢琰少子。东晋诗人。撰《文章流别本》十二卷，已佚。见《晋书》卷七十九《谢混传》、《隋书》卷三十五《经籍志四》。

谢公义（385—433），字灵运，以字行。晋宋间诗人。作《撰征赋》（并注）。见《宋书》卷六十七《谢灵运传》等。【案：谢灵运《撰征赋》作于418年。《宋书》本传所载赋文，有谢灵运自注，颇涉地理及名物故事。】

综上所述，东晋时期参与文献整理的文人计八十三位以上，整理的文献至少有二百七十六种。其中，经部至少一百二十五种，史部至少八十八种，子部至少四十一种，集部至少二十二种。与两晋时期相比，整理的经部文献从第二位上升到了第一位。

三、两晋文人整理的待考文献

两晋时期，文人文献整理缺疑者多，现据《隋志》，将这一时期存疑待考的部分酌情梳理如下。

晋处士孙氏《孝经注》一卷。见《隋书》卷三十二《经籍志一》。

董勋《问礼俗》十卷，董子弘《问礼俗》九卷。见《隋书》卷三十二《经籍志一》。【案：董勋、董子弘之生平皆不详。二书名同卷异，疑为一书。勋、弘二字意义相连，窃疑董勋即董子弘。】

《送总明馆孝经讲》一卷、《送总明馆孝经议》一卷。见《隋书》卷三十二《经籍志一》。【案：《隋志》不著撰人。据题目可知，二书乃总明馆讲学稿，为晋武帝侍读文臣所撰集。】

栾肇，生卒年不详，字永初，太山人。官至尚书郎。撰《周易象论》三卷、《论语释疑》十卷、《论语驳序》二卷。见《隋书》卷三十二《经籍志一》。

杨义，生卒年不详，字玄舒，汝南人。官至司徒右长史。晋经学家、辞赋家。撰《周易卦序论》一卷、《毛诗辨异》三卷、《毛诗异义》二卷、《毛诗杂义》五卷。见《隋书》卷三十二《经籍志一》。

李彤，生卒年、字号、籍贯皆不详。官至朝议大夫。撰《字指》二卷、《单行字》四卷以及《圣贤冢墓记》一卷。见《隋书》卷三十二《经籍志一》。

吕忱，字伯雍，生卒年、籍贯不详，晋东莱弦令。撰《字林》七卷。吕静，生卒年不详，晋安复令。撰《韵集》六卷。见《隋书》卷三十二《经籍志一》。【案：据《北史·江式传》载，吕氏兄弟似为魏末人。《隋志》别有《韵集》十卷，疑为吕静书之别本。】

黄颖，生卒年、字号皆不详，南海人。晋儒林从事。撰《周易注》十卷。

方范，生卒年、字号、籍贯皆不详。撰《春秋经例》十二卷、《经例》（一作《春秋左氏经例》）十卷。见《隋书》卷三十二《经籍志一》。【案：《隋志》唯《春秋经例》，《旧唐志》唯《春秋左氏经例》，《新唐志》但称

《经例》六卷。疑为一书。】

程阐，生卒年、字号、籍贯皆不详。撰《春秋谷梁传（集注）》十六卷。见《隋书》卷三十二《经籍志一》。

高龙，生卒年、字号皆不详。范阳人，官至河南太守。撰《春秋公羊传》十二卷。见《隋书》卷三十二《经籍志一》。【案：高龙之生平不详。《唐志》作"高袭"。《隋志》著录《春秋公羊传》于孔衍《集解》前。《经典释文序录》云："高龙《注》十二卷。字文，范阳人，东晋河南太守。"① 据文意，"文"字下当有脱字。查《隋志》有高文洪，疑即此人。】

王婴，生卒年、字号、籍贯皆不详。官至松滋令。撰《古今通论》二卷。

王延，生卒年、字号、籍贯皆不详。官至荡昌长。撰《文字音》七卷、《翻真语》一卷。见《隋书》卷三十二《经籍志一》。【案：据《晋书·地理下》载，荡昌属合浦郡。又《晋书·孝友传》别有西河王延。】

王义，生卒年、字号、籍贯皆不详。官至下邳内史。撰《小学篇》一卷、《文字要记》三卷。

梁觊，生卒年、字号、籍贯皆不详。官至东晋国子博士。撰《论语注》十卷。

东晋范邵《谷梁传解》（拟题），范雍《谷梁传解》（拟题），范泰《谷梁传解》（拟题），范凯《谷梁传解》（拟题）。【案：今本范宁《谷梁集解》引有四人之说，疑皆有《谷梁》注解，以上四种据此补出。范邵为范宁从弟，范泰、范雍、范凯皆为范宁子。②】

郤原，生卒年、字号、籍贯皆不详。撰《论语通郑》（一作《通郑》）一卷。【案：《隋志》著录于王濛、蔡系等注后，③ 可知其为东晋儒生。】

《张程孙刘四家谷梁传集解》四卷。【案：吴士鉴《补晋志》云："《经义考》云：四家当是张靖、程阐、孙毓、刘瑶。"④】

陈铨，生卒年、字号、籍贯皆不详。撰《丧服经传》一卷。【案：《隋志》著录于孔伦《集注》后，裴松之《集注》、雷次宗《略注》前，当亦晋人。】

潘叔度，生卒年、字号、籍贯皆不详。撰《春秋经合三传》十卷、

---

① 吴承仕著，秦青点校：《经典释文序录疏证》，中华书局，1984，第130页。
② 赵伯雄：《春秋学史》，山东教育出版社，2014，第227页。
③ ［唐］魏徵、［唐］令狐德棻：《隋书》卷三十二《经籍志一》，中华书局，1973，第936页。
④ ［清］吴士鉴：《补晋书经籍志》卷一，载二十五史刊行委员会编：《二十五史补编》第三册，开明书店，1937，第3865页下。

《春秋成夺》十卷。【案:《隋志》经部列潘叔度于韩益后、胡讷前,故疑为魏末晋初人。待考。】

王述之,生卒年、字号、籍贯皆不详。撰《春秋左氏经传通解》四卷、《春秋旨通》十卷。见《隋书》卷三十二《经籍志一》。【案:两《唐志》均作"王延之",吴士鉴《补晋志》列为晋人。查《晋书》著录有王述,然不言能为儒学。王延之（421—484）,字希季,琅琊临沂人,祖王裕,父王升之。】

王该,生卒年、字号、籍贯皆不详。撰《文章音韵》二卷。【案:据《晋书·张寔传》载:"遣督护王该送诸郡贡计,献名马方珍、经史图籍于京师。"①《弘明集》卷十三著录有王该,作《日烛》一篇,未知是否为同一人。】

李概,生卒年、字号、籍贯皆不详。撰《修续音韵诀疑》十四卷、《音谱》四卷。【案:《晋书·戴洋传》著录有祖约部将李概②,或即此人。】

《谷梁音》一卷。撰人不详。【案:《隋志》不著撰人,系范宁《集解》后,当为东晋人所撰。】

刘德明,生卒年、字号、籍贯皆不详。撰《丧服要问》六卷。【案:刘德明之生平不详,《隋志》著录于贺循之后、宋庾蔚之前,当为晋人。】

孔君揩,生卒年、字号、籍贯皆不详。训《春秋谷梁传》五卷。见《隋书》卷三十二《经籍志一》。【案:"孔君揩训"疑作"孔君指训",《隋志》误"指"为"揩"。"指训"犹言"指归"。】

以上经部,涉及文人三十四位,文献四十八种。

陆翙,生卒年、字号、籍贯皆不详。官至西晋国子助教。撰《邺中记》（一作《石虎邺中记》）二卷。

卢綝,生卒年、字号不详,范阳涿县人。据《晋书·熊远传》载,东晋初为尚书郎。据《隋志》载,后官至廷尉。撰《晋八王故事》十卷、《晋四王起事》四卷。

王蔑,一作王篾,生卒年、字号、籍贯皆不详,任祠部郎。撰《史汉要集》二卷。见《隋书》卷三十三《经籍志二》。【案:《隋志》著录《史汉要集》二卷,晋祠部郎王蔑撰。集部曹毗后有《王篾集》五卷,两《唐志》入东晋。《隋志》注云:"抄《史记》,入《春秋》者不录。"③】

① ［唐］房玄龄等:《晋书》卷八十六《张寔传》,中华书局,1974,第 2227 页。
② ［唐］房玄龄等:《晋书》卷九十五《戴洋传》,中华书局,1974,第 2473 页。
③ ［唐］魏徵、［唐］令狐德棻:《隋书》卷三十三《经籍志二》,中华书局,1973,第 961 页。

盖泓《朱崖传》一卷。见《隋书》卷三十三《经籍志二》。【案：《隋志》注云："伪燕聘晋使盖泓撰。"①盖泓仕燕，而朱崖极南，何以撰此书？殊不可解。录此备考。】

邓粲，生卒年、字号不详，长沙人。官至荆州别驾。撰《晋纪》十一卷。②见《隋书》卷三十三《经籍志二》。【案：邓粲父邓骞，元帝时（317—323）曾任湘州主簿。由此推测，邓粲应活动于东晋中后期。】

萧广济，生卒年不详，东晋辅国将军。撰《孝子传》十五卷。③见《隋书》卷三十三《经籍志二》。

剡令江敞《陈留志》十五卷。黄逢元《补晋书艺文志》云："剡令江敞撰。《隋志》《新、旧唐志》作《陈留人物志》，卷同。"④

《大司马陶公故事》三卷。【案：史载，陶侃卒于334年，则此书当成于其卒后不久。】

《郗太尉为尚书令故事》三卷。【案：史载，郗鉴于323年至325年间任尚书令，339年卒，则此书似成于339年以后。】

《桓玄伪事》三卷。【案：史载，桓玄卒于404年，则此书当成于404年至420年间。】

《晋东宫旧事》十卷。

孟仪，生卒年不详，官至临贺太守。撰《周载》三十卷。

《庐江七贤传》二卷。

《司州记》二卷。

《晋中州记》。【案：见吴士鉴《补晋书经籍志》卷二、文廷式《补晋书艺文志》卷二、黄逢元《补晋书艺文志》卷二。】

张方《楚国先贤传（赞）》十二卷。

范瑗《交州先贤传》三卷。

会稽太守熊默《豫章旧志》三卷。【案：熊默其人始末不详。《晋书》卷七十一《列传第四十一》著录有《熊远传》，称熊远为豫章南昌人，熊默或为其同族。】

---

① ［唐］魏徵、［唐］令狐德棻：《隋书》卷三十三《经籍志二》，中华书局，1973，第983页。

② ［唐］魏徵、［唐］令狐德棻：《隋书》卷三十三《经籍志二》，中华书局，1973，第958页。

③ ［唐］魏徵、［唐］令狐德棻：《隋书》卷三十三《经籍志二》，中华书局，1973，第976页。

④ 黄逢元：《补晋书艺文志》，载二十五史刊行委员会编：《二十五史补编》第三册，开明书店，1937，第3924页下。

熊欣《豫章旧志后撰》一卷。【案：熊欣其人始末不详。据题目可知，《豫章旧志后撰》乃熊默《豫章旧志》之续书。由此推断，熊欣盖为熊默之子孙或族人。】

《零陵先贤传》一卷。【案：吴士鉴《补晋书经籍志》云："陶氏《说郛》，题司马彪撰。"①】

《蜀文翁学堂像题记》二卷。【案：此书似为蜀末、西晋人所撰。】

李概《战国春秋》二十卷、《左史》六卷。【案：李概其人始末不详。查《晋书·艺术·戴洋传》，有祖约部将李概②，或即此人。】

《西京杂记》二卷。【案：旧题葛洪撰。关于《西京杂记》的作者，学界主要有五种观点，分别是刘歆说、葛洪说、刘歆葛洪说、吴均说、萧贲说与无名氏说等。其中，葛洪说和刘歆葛洪说的影响较大。】

《秦汉已来旧事》十卷。

《汉武帝故事》二卷。

《汉世要记》一卷。

《汉魏吴蜀旧事》八卷。

晋世《三辅故事》二卷。【案：《三辅故事》，成书时间不详，《隋志》仅云"晋世撰"。③东晋偏安江左，故疑此书成书于西晋。】

《山海经音》二卷。

《洛阳记》四卷。【案：西晋陆机、东晋杨佺期及晋末戴祚均有《洛阳记》之作，然无四卷者，故疑此书为晋末人合编本。】

李氏《益州记》三卷。

《凉州异物志》一卷。【案：《博物志》《水经注·河水注》均引有《凉土异物志》，或即此书。清人张澍以为，此书为宋膺所撰。】

《林邑国记》一卷。【案：《水经注》引有《林邑记》，疑为同书异名。】

庾仲雍《湘州记》二卷、《江记》五卷、《汉水记》五卷。【案：庾仲雍其人始末不详，疑为晋末或宋初人。《南史》有庾仲容，或作仲雍。姚振宗《隋书经籍志考证》称，"似庾穆之即仲雍也"。④】

檀道鸾，生卒年不详，字万安，晋末人。撰《续晋阳秋》二十卷。

① [清] 吴士鉴：《补晋书经籍志》卷二，载二十五史刊行委员会编：《二十五史补编》第三册，开明书店，1937，第 3867 页上。
② [唐] 房玄龄等：《晋书》卷九十五《戴洋传》，中华书局，1974，第 2473 页。
③ [唐] 魏徵、[唐] 令狐德棻：《隋书》卷三十三《经籍志二》，中华书局，1973，第 983 页。
④ [清] 姚振宗撰，刘克东、董建国、尹承整理：《隋书经籍志考证》卷二十一《史部十一》，清华大学出版社，2014，第 1754 页。

【案：据《宋书》卷九十四《恩幸列传·徐爰传》载，南朝宋世祖六年（458），尚书金部郎檀道鸾参与修撰《宋书》。《续晋阳秋》书名仍避简文宣郑太后阿春讳，则此书当为晋末之作。】

《九州郡县名》九卷。

《并帖省置诸郡旧事》一卷。

郭义恭《广志》二卷。【案：元人陶宗仪《说郛》、清人马国翰《玉函山房辑佚书》皆认为，郭义恭是晋人。王利华《郭义恭〈广志〉成书年代考证》一文称，《广志》或为北魏中期之前的作品。①】

以上史部，涉及文人三十八位，文献四十二种。

《老子杂论》一卷。【案：《隋志》注云"何、王等注"。②疑此书乃晋人集何晏、王弼等诸家之说而成。】

《无宗论》四卷、《圣人无情论》六卷。【案：《隋志》不著撰人，次于阮侃之后，似为晋人撰集。侯康《补三国艺文志》卷四及姚振宗《三国艺文志》卷三均著录有钟会《道论》二十篇，姚振宗《三国艺文志》卷四又录《圣人无情论》，并云："《隋志》道家云，梁有《圣人无情》六卷，不著撰人，似即此书。大抵始于何晏，而钟会等述之，王弼非之。其后或亦有所傅益，故多至六卷。南朝梁阮孝绪《七录》以出自众人，非一家言，故不著撰人。"③】

《管郭近要诀》一卷。【案："管"当指管辂，"郭"当指郭璞。此书疑为晋人所撰。】

清河张嗣《老子道德经注》二卷。【案：张嗣其人始末不详。《隋志》列于王弼、蜀才之间，④《经典释文序录》系张凭上。唐杜光庭《道德真经广圣义序》称"清河张嗣"，注云"注四卷，不知年代"。⑤《晋书·赵至传》有江夏相张嗣宗，或即其人。】

邯郸氏《老子注》二卷。

常氏《老子传》二卷（经传）。

孟氏《老子注》二卷。【案：唐杜光庭《道德真经广圣义序》有梁道

① 王利华：《郭义恭〈广志〉成书年代考证》，《文史》1999 年第 3 辑，中华书局，1999，第 143—151 页。

② ［唐］魏徵、［唐］令狐德棻：《隋书》卷三十四《经籍志三》，中华书局，1973，第 1000—1001 页。

③ ［清］姚振宗：《三国艺文志》卷四，载二十五史刊行委员会编：《二十五史补编》第三册，开明书店，1937，第 3288 页中。

④ ［唐］魏徵、［唐］令狐德棻：《隋书》卷三十四《经籍志三》，中华书局，1973，第 1000 页。

⑤ 杜光庭等注：《道德经集释》下册，中国书店，2015，第 533 页。

士孟安排（号"大孟"），作经义二卷。梁道士孟智周（号"小孟"），注五卷。①】

盈氏《老子注》二卷。【案：窃疑此孟氏及盈氏，即经部之孟氏及盈氏，然无确凿证据，待考。】

孟氏《庄子》十八卷（录一卷）。【案：孟氏《庄子》十八卷与孟氏《老子注》二卷之"孟氏"，疑为同一人，然无确凿证据，待考。】

《庄子文句义》三十卷。【案：《隋志》著录于王叔之之前，疑为东晋末年撰。】

东晋议郎清河崔譔《庄子注》十卷。

东晋临贺太守孟仪《子林》二十卷。

《集注庄子》六卷。【案：《隋志》不著撰人，著录于崔譔、李颐之间，当为晋人所撰。】

晋河东裴楚恩《道德经注》二卷。【案：《隋志》等不载，据唐杜光庭《道德真经广圣义序》补。】

晋江州从事蔡韶《闵论》二卷。

《刑声论》一卷、《通古人论》一卷。【案：《隋志》均著录于名家类。疑为晋人所撰。】

何氏《杂记》十卷。【案：《隋志》附录于子部张华《张公杂记》后，似为晋人所撰。】

以上子部，涉及文人十七位，文献十九种。

《录魏吴二志诏》二卷、《三国诏诰》十卷。

晋蜀郡太守李彪《百一诗（注）》二卷。

萧广济《海赋注》一卷。

《设论集》三卷。【案：《隋志》注云"东晋人撰"。②待考。】

《杂荐文》十二卷、《荐文集》七卷。【案：《隋志》附录于山涛、范宁《启事》后，杜预、殷仲堪前，则当为晋人所撰集。】

以上集部，涉及文人五位，文献七种。

两晋时期，存疑待考部分的文人文献整理情况大致为：参与文献整理的文人共有九十三位，整理文献共一百一十六种。其中，经部四十八种，史部四十二种，子部十九种，集部七种。

总括而言，两晋时期，不计佛教、道教文献，参与文献整理的文人共

① 杜光庭等注：《道德经集释》下册，中国书店，2015，第534页。

② ［唐］魏徵、［唐］令狐德棻：《隋书》卷三十四《经籍志三》，中华书局，1973，第1086页。

有二百七十三位，整理的文献至少有六百六十七种。其中，经部二百七十四种以上，史部二百三十九种以上，子部九十七种以上，集部五十七种以上。由此可见，两晋时期，史学走向兴盛，经学获得了较大的发展，集部也比前代有了显著提升。

第三节　两晋文人佛道文献整理考

两晋时期，文人对佛教文献和道教文献的整理是这一时期文人文献整理的重要内容之一，不仅整理规模更大、参与者更多，成果也更为丰硕。下面，拟对两晋文人对佛教文献和道教文献的整理情况进行梳理和考证。

一、文人佛教文献整理考

两晋时期是佛经汉译的重要时期，自法护来华后，大量佛典被译介引进。由于地缘及政治形势的影响，北方地区尤其是河西凉州地区和洛阳、长安等巨都名城，成为佛经译介的重镇。而南方地区的"出经"活动，直到东晋中后期才逐渐形成气候。

（一）西晋文人佛教文献整理考

康僧会所译佛经，有一部分完成于其晚年时期（265—280）。《出三藏记集》卷十三本传曰："康僧会，其先康居人，世居天竺。其父因商贾，移于交阯。会年十余岁，二亲并亡，以至性闻。既而出家，砺行甚峻。为人弘雅有识量，笃志好学，明解三藏，博览六经，天文图纬，多所贯涉，辩于枢机，颇属文翰。时孙权已制江左，而未有佛教。会欲运流大法，乃振锡东游。以吴赤乌十年至建邺，营立茅茨，设像行道。……皓问罪福之由，会具为敷析，辞甚精辩。皓先有才解，欣然大悦，因求看沙门戒。会以戒文秘禁，不可轻宣，乃取《本业》百三十五愿，分作二百五十事，行住坐卧，皆愿众生。皓见慈愿致深，世书所不及，益增善意，即就会受五戒。……会于建初寺译出经法，《阿难念弥经》《镜面王》《察微王》《梵皇王经》《道品》及《六度集》，并妙得经体，文义允正。又注《安般守意》《法镜》《道树》三经，并制经序，辞趣雅赡，义旨微密，并见重后世。会以晋武帝太康元年卒。"①

颍川朱士行抄《放光经》梵本九十章。《放光经记》云:"惟昔大魏颍川朱士行,以甘露五年出家学道为沙门,出塞西至于阗国,写得正品梵书胡本九十章,六十万余言。以太康三年遣弟子弗如檀,晋字法饶,送经胡本至洛阳。"②注云:"二十卷者。"③

尸梨蜜传出《大孔雀王神咒》一卷、《孔雀王杂神咒》一卷。【案:《出三藏记集》卷十三本传云:"尸梨蜜,西域人也。时人呼之为高座……西晋永嘉中始至此土,止建初寺。丞相王导一见而奇之,以为吾之徒也。由是名显……蜜善持咒术,所向皆验。初,江东未有咒法,蜜传出《孔雀王》诸神咒,又授弟子觅历高声梵呗,传响于今。年八十余,咸康中卒。"④《高僧传》本传作"帛尸梨蜜"。⑤】

《高坐道人别传》(一作《高坐别传》)。【案:此为僧传,撰者不详。据题目可知,乃是尸梨蜜死后,晋人所作。】

竺昙摩罗刹(意为"法护")译出《等目菩萨经》二卷、《闲居经》十卷、《小品经》七卷、《(佛心)总持经》一卷、《超日明经》二卷、《删维摩诘经》一卷、《虎耳意经》(一作《二十八宿经》)一卷、《无忧施经》一卷、《五福施经》一卷、《楼炭经》五卷、《勇伏定经》二卷、《严净定经》(又名《序世经》)一卷、《慧明经》一卷、《(大)迦叶本经》一卷、《光世音大势至受决经》一卷、《诸方佛名经》一卷、《目连上净居天经》一卷、《普首童经》一卷、《十方佛名》一卷、《三品修行经》一卷、《金益长者子经》一卷、《众佑经》一卷、《观行不移四事经》一卷、《小法没尽经》一卷、《四妇喻经》一卷、《庐夷亘经》一卷、《诸祝咒经》三卷、《廬罗王经》一卷、《龙施经》一卷、《檀若经》一卷、《马王经》一卷、《普义经》一卷、《鹿母经》一卷、《给孤独明德经》一卷、《龙王兄弟陀达诫王经》一卷、《劝化王经》一卷、《百佛名》一卷、《更出阿阇世王经》二卷、《植众德本经》一卷、《沙门果证经》一卷、《龙施本经》(又名《龙施女经》

---

① [南朝梁] 释僧祐撰,苏晋仁、萧鍊子点校:《出三藏记集》卷十三,中华书局,1995,第512—515页。

② [南朝梁] 释僧祐撰,苏晋仁、萧鍊子点校:《出三藏记集》卷七,中华书局,1995,第264—265页。

③ [南朝梁] 释僧祐撰,苏晋仁、萧鍊子点校:《出三藏记集》卷七,中华书局,1995,第264页。

④ [南朝梁] 释僧祐撰,苏晋仁、萧鍊子点校:《出三藏记集》卷十三,中华书局,1995,第521—522页。

⑤ [南朝梁] 释慧皎撰,汤用彤校注,汤一介整理:《高僧传》卷一《译经上》,中华书局,1992,第29页。

《龙施本起经》）一卷、《佛悔过经》一卷、《三转月明经》一卷、《解无常经》一卷、《胎藏经》一卷、《离垢盖经》一卷、《小郁迦经》一卷、《阿阇贳女经》一卷、《贾客经》二卷、《人所从来经》一卷、《诫罗云经》一卷、《雁王经》一卷、《十等藏经》一卷、《雁王五百雁俱经》一卷、《诫具经》一卷、《决道俗经》一卷、《猛施经》（又名《猛施道地经》）一卷、《城喻经》一卷、《耆阇崛山解经》一卷、《譬喻三百首经》二十五卷、《比丘尼戒经》一卷、《诫王经》一卷、《三品悔过经》一卷、《贤首菩萨斋经》（又名《菩萨斋法》）一卷、《普耀经》八卷、《圣尘印经》（又名《阿遮昙摩文图》）。

聂承远译出《超日明经》（又名《超日明三昧经》）二卷、《迦叶诘阿难经》一卷、《越难经》一卷。此外，还参与《光赞》《须真天子经》《首楞严三昧》《正法华经》等佛典的翻译工作。

释法矩、释法立参与译出《楼炭经》六卷、《大方等如来藏经》（又名《佛藏方等经》）一卷、《法句本末经》（又名《法句喻经》《法句譬经》）四卷、《福田经》（又名《诸德福田经》）一卷。【案：法炬之生卒年、籍贯皆不详。《祐录》附《法护传》于聂承远后，当是惠、怀之际人。】

帛法祖译出《惟逮经》（一作《惟逮菩萨经》）一卷以及《弟子本起经》《五部僧经》《首楞严经注》。

帛法祚译出《放光波若经注》，造《显宗论》。

昙摩罗察译出《须真天子经》（又名《须真天子问四事经》）二卷。

《方等泥洹经》（又名《大般泥洹经》）二卷。

《宝藏经》（又名《文殊师利宝藏经》《文殊师利现宝藏》）二卷、《德光太子经》（又名《赖吒和罗所同光德太子经》）一卷。

《文殊师利悔过经》（又名《文殊师利五体悔过经》）一卷、《持人菩萨经》三卷。

《修行经》（又名《修行道地经》）七卷、《阿惟越致庶经》四卷。

《海龙王经》四卷、《大善权经》（又名《慧上菩萨问大善权经》《慧上菩萨经》《善权方便经》《善权方便所度无极经》）二卷。

《光赞经》十卷、《正法华经》（又名《方等正法华经》）十卷、《持心经》（又名《持心梵天所问经》《等御诸法经》《庄严佛法诸义经》）六卷、《普超经》（又名《阿阇世王品》《阿阇世王经》《文殊普超三昧经》）四卷。

《宝女三昧经》（又名《宝女三昧经》《宝女问慧经》）四卷、《普门经》（又名《普门品》）一卷。

《密迹经》（又名《密迹金刚力士经》）五卷。

聂道真出《魔逆经》一卷、《文殊师利净律经》（又名《净律经》）一卷。

《离垢施女经》一卷。

康法畅造《人物始义论》。

《宝髻经》（又名《宝髻菩萨所问经》《菩萨净行经》《宝结菩萨经》）二卷、《法没尽经》（又名《空寂菩萨所问经》）一卷。

支愍度《合维摩诘经》五卷、《合首楞严经》八卷。

卫士度《道行波若经》二卷、《道行经》（又名《摩诃般若婆罗蜜道行经》）二卷。

《贤劫经》（又名《贤劫三昧经》《贤劫定意经》）七卷、《度世品经》（又名《度世经》）六卷、《如来与显经》（又名《兴显如幻经》）四卷。

朱士行出《放光经》（又名《旧小品经》）二十卷。【案：《出三藏记集》卷二注云："晋元康元年五月十五日出，有九十品。"①】

竺叔兰出《放光经》二十卷、《异维摩诘经》三卷、《首楞严经》二卷。见《出三藏记集》卷十三。

《大哀经》（又名《如来大哀经》）七卷、《渐备一切智德经》十卷。

《菩萨十住经》一卷、《五盖疑结失行经》一卷。

《顺权方便经》（又名《惟权方便经》《顺权女经》《转女身菩萨经》）二卷、《五百弟子（自说）本起经》（又名《五百弟子自说本末经》）一卷、《佛（为菩萨）五梦经》（又名《太子五梦经》）一卷、《如幻三昧经》三卷、《舍利弗悔过经》一卷、《弥勒菩萨（所问）本愿经》一卷、《胞胎（受身）经》一卷、《（菩萨）十地经》一卷。

《摩调王经》一卷。【案：《出三藏记集》卷二注云："出《六度集》。太安三年正月十八日出。"② 又有异出一卷本。】

《照明三昧经》一卷、《所欲致患经》一卷。

《阿差末经》（又名《阿差末菩萨经》）四卷、《无极宝经》（又名《无极宝三昧经》）一卷。

上述有名可考的参与佛教文献整理的僧人共十五位，整理者不明的佛典四十种，共整理佛教文献不少于一百四十七种。

---

① ［南朝梁］释僧祐撰，苏晋仁、萧鍊子点校：《出三藏记集》卷二，中华书局，1995，第31页。

② ［南朝梁］释僧祐撰，苏晋仁、萧鍊子点校：《出三藏记集》卷二，中华书局，1995，第38页。

（二）东晋文人整理的佛教文献考

《于法兰传》。

竺法济撰《高逸沙门传》。【案：释道安《阴持入经序》称："太阳比丘竺法济。"①】

《修行本起经》二卷。【案：《出三藏记集》卷三注云："安公言，南方近出，直益《小本起》耳。《旧录》有《宿行本起》，疑即此经。"②又有《关中法济道人与凉州同学书》。】

支遁撰《圣不辩之论》《道行旨归》。

于法开撰《议论备豫方》一卷。

释道安、释法和撰《道行经序注》一卷、《大智论抄》（又名《要论》）二十卷，以及《般若经注》《密迹经注》《安般经注》《析疑》《甄解》《道安录》《综理众经目录》。

丘道护撰《丘道护录》一卷。

郗超撰《支法师序传》，卷帙不详。

《支遁别传》（又名《支遁传》《支法师传》）。

释道流、竺道祖撰《众经录》（又名《道祖录》），分《魏录》《吴录》《晋录》《河西录》四部分。

昙谛撰《会通论》《神木论》。

卑摩罗又出《十诵律》（重校本）六十一卷。

康法邃出《譬喻经》（又名《正譬喻经》）十卷。

昙摩耶舍出《差摩经》一卷。

佛驮跋陀罗（汉译名佛贤）出《观佛三昧经》八卷、《新无量寿经》二卷、《禅经（修行方便）》（又名《庾伽遮罗浮迷》《修行道地》《不净观经》）二卷、《大方等如来藏经》（又名《如来藏经》）一卷、《菩萨十住经》一卷、《出生无量门持经》一卷、《新微蜜持经》一卷、《本业经》一卷、《净六婆罗蜜经》一卷、《文殊师利发愿经》一卷、《大方广佛华严经》五十卷、《摩诃僧祇律》（又名《婆麤富罗律》）四十卷。

僧伽提婆出《阿毗昙心》《三法度》《中阿含经》。

释慧远撰《庐山录》一卷，以及《匡山集》《法性论》等。

---

① ［南朝梁］释僧祐撰，苏晋仁、萧鍊子点校：《出三藏记集》卷六，中华书局，1995，第249页。

② ［南朝梁］释僧祐撰，苏晋仁、萧鍊子点校：《出三藏记集》卷三，中华书局，1995，第98页。

释法显撰《佛国记》一卷、《法显传》二卷、《法显行传》一卷，译出《大般泥洹经》六卷、《方等泥洹经》二卷、《摩诃僧祇律》四十卷、《僧祇比丘戒本》一卷、《杂阿毗昙心》十三卷、《杂藏经》一卷、《佛游天竺记》一卷，以及《綖经》《长阿含经》《杂阿含经》《弥沙塞律》《萨婆多律抄》。

《灭十方冥经》一卷。

释慧观抄撰《十诵律要录》（拟题）二卷。

竺僧度撰《毗昙旨归》。

竺慧超撰《胜鬘经注》。

上述有名可考的参与佛教文献整理的僧人共二十位，整理者不明的佛典四种，共整理佛教文献不少于六十一种。

（三）两晋文人整理的待考佛教文献

《张骞出关志》一卷。【案：此"张骞"，似指经录所称汉明帝时，取经使者"张骞"。《张骞出关志》疑为两晋僧徒所撰，系此待考。】

《江表行记》一卷、《淮南记》一卷、《京师录》七卷。【案：前二种疑为南游僧人所撰，《京师录》疑为晋末宋初之作。】

以上两晋文人整理的待考佛教文献共有四种。

总括而言，两晋时期，有名可考的从事佛教文献整理的僧人共有三十五位，整理者不明的佛典四十四种，待考的佛典四种，整理的佛教文献至少有二百一十二种。吴士鉴《补晋书经籍志》一书所著录的郗超《东山僧传》、法安《志节沙门传》等，查慧皎《高僧传序》并无确切篇名，故未统计在内。

二、文人道教文献整理考

两晋时期是道教逐渐走向成熟、定型的时期。这一时期的道教文献广涉四部，具备"总藏"（repertoire）属性。由《抱朴子内篇》《魏书·释老志》《隋书·经籍志》等书的著录可知，这一时期，所有的道家或道教典籍均可称作"道书""道典"，分为《老子》学、神仙学、张道陵道教学三个品级，经戒、饵服、房中术、符箓四个大类。由于年代夐远、文献损毁，两晋的许多道书仅残见于中古书目之中，实难窥全豹。今广为收罗，整理如下。

（一）书目所载文人整理的道典

魏华存（252—334），字贤安，任城人，魏舒之女。撰《清虚真人王君内传》一卷、《黄庭经》一卷。

《太极左仙公葛君内传》一卷。

《太极葛仙公传》一卷、《葛仙公别传》。

许逊，生卒年、字号皆不详，丹阳人。撰《太上灵宝净明飞仙度人经法》五卷、《太上灵宝净明飞仙度人经法释例》一卷、《太上净明院补奏职局奏元都省须知》一卷、《灵剑子》一卷、《灵剑子引导子午记》一卷。

王浮撰《老子化胡经》。

范长生，字蜀才，时称范贤，涪陵人。撰《老子道德经注》二卷。

刘璞撰《灵宝五符经》。【案：刘璞，正史无传。为魏华存长子，生卒年不详。《抱朴子内篇·仙药》有《老子入山灵宝五符》，疑即此书。或云即《灵宝经》，未详是否。】

葛氏撰《序房内秘术》一卷。【案：或云葛洪作。检《抱朴子内篇·释滞》，葛洪自言记郑隐房中术口诀，疑即此书。】

顾谷撰《顾道士新书论经》（又名《顾道士论》）三卷。

失名氏撰《葛洪别传》。

康泓撰《道人单道开传》（又名《单道开传》）一卷。【案：据《晋书·艺术列传》本传，单道开"恒服细石子，一吞数枚，日一服，或多或少。……日服镇守药数丸，大如梧子，药有松蜜姜桂伏苓之气，时复饮茶苏一二升而已"。[1] 知单道开乃道教徒，《高僧传》收入书中，似有隐情。】

孙登，生卒年不详，字仲山，太原中都人。撰《老子道德经注》（一作《老子道德经集注》）二卷、《老子道德经音》（一作《老子音》）一卷。【案：魏晋时期，有多人名"孙登"。《晋书·孙楚传》称："楚之曾孙登，少善名理，注《老子》行于世。"[2]《经典释文序录》作《老子道德经集注》，注云："字仲山，太原中都人，东晋尚书郎。"[3] 杜光庭《道德真经广圣义序》著录有孙登（字公和）之《老子注》，而无孙仲山之《老子道德经集注》，盖系误认。】

刘黄老，生卒年不详，彭城人。撰《老子注》。

① ［唐］房玄龄等：《晋书》卷九十五《艺术列传·单道开传》，中华书局，1974，第2491—2492页。

② ［唐］房玄龄等：《晋书》卷五十六《孙登传附孙统传》，中华书局，1974，第1544页。

③ 吴承仕著，秦青点校：《经典释文序录疏证》，中华书局，1984，第158页。

郭元祖，生卒年不详。撰《列仙传赞》二卷、《列仙赞序》一卷。

王诩，生卒年不详，号鬼谷先生，琅邪临沂人。撰《关令内传》一卷。

李颐，一作李颐，字景真，号玄道子，颍川襄城人。撰《庄子注》（一作《庄子集解》）三十卷。

杨羲（330—387），籍贯不详，东晋道士，正史无传。撰《上清真经》。见《真诰》卷二十《真胄世谱》。

许谧（305—367），一作许穆，字思玄，高阳人。撰《真仙传》。

许翙，生卒年不详，字道翔，又字玉斧，高阳人。东晋道士。撰《玉斧符》十卷。

郭历，一作郭麾，生卒年不详，西平人。撰《石氏星官（注）》十九卷、《星经》七卷。【案：《晋书·艺术列传》称："郭麾，西平人也。少明式《易》，仕郡主簿。"① 疑即此人。盖"麾"字残缺，讹为"厤"字。】

范邈撰《南真传》。《真诰》卷七曰："范中候名邈，即是撰《南真传》者。"②

《中黄制虎豹符》《洞房先进经》《九真经》《剑经》《灵飞六甲经》以及《裴真人本末》（一作《清灵传》）。【案：撰者虽不详，然葛洪《抱朴子》既已著录，应最晚成于西晋时期。】

上述整理者中，有名可考的道士共有十八位，整理者不明的道教文献十种，有名可考与无名可考的道士整理的道教文献有三十六种。

（二）《抱朴子内篇》之前文人整理的道典

葛洪在《抱朴子内篇·遐览》中，对晋人所谓的"道书"做了总结性著录。现将相关书目分为经记、符箓两类，分别移抄于下：

1. 经记

《三皇内文》三卷③、《元文》三卷、《混成经》二卷、《玄录》二卷、《九生经》一卷、《二十四生经》一卷、《九仙经》一卷、《灵卜仙经》一

---

① ［唐］房玄龄等：《晋书》卷九十五《艺术列传·郭麾传》，中华书局，1974，第2497页。

② ［日］吉川忠夫、［日］麦谷邦夫编：《真诰校注》卷七，朱越利译，中国社会科学出版社，2006，第236页。

③ 案：《三皇内文》又称《三皇文》，由《天皇文》《地皇文》《人皇文》构成，各篇可单独称名。《校释》标点为《三皇内文天地人》，误。同样的还有《元文》上中下三卷。道书每以上、中、下分篇，各篇往往自有卷帙。凡《抱朴子·内篇》所言上、中、下者，皆为三篇或三卷。

卷、《十二化经》一卷、《九变经》一卷、《老君玉历真经》一卷、《墨子枕中五行记》五卷、《温宝经》一卷、《息民经》一卷、《自然经》一卷、《阴阳经》一卷、《养生书》一百〇五卷、《太平经》五十卷①、《九敬经》一卷、《甲乙经》一百七十卷、《青龙经》一卷、《中黄经》一卷、《太清经》一卷、《通明经》一卷、《按摩经》一卷、《道引经》十卷、《元阳子经》一卷、《玄女经》一卷、《素女经》一卷、《彭祖经》一卷、《陈赦经》一卷、《子都经》一卷、《张虚经》一卷、《天门子经》一卷、《容成经》一卷、《入山经》一卷、《内宝经》一卷、《四规经》一卷、《明镜经》一卷、《日月临镜经》一卷、《五言经》一卷、《柱中经》一卷、《灵宝皇子心经》一卷、《龙蹻经》一卷、《正机经》一卷、《平衡经》一卷、《飞龟振经》一卷、《鹿卢蹻经》一卷、《蹈形记》一卷、《守形图》一卷、《坐亡图》一卷、《观卧引图》一卷、《含景图》一卷、《观天图》一卷、《木芝图》一卷、《菌芝图》一卷、《肉芝图》一卷、《石芝图》一卷、《大魄杂芝图》一卷、《五岳经》五卷、《隐守记》一卷、《东井图》一卷、《虚元经》一卷、《牵牛中经》一卷、《王弥记》一卷、《腊成记》一卷、《六安记》一卷、《鹤鸣记》一卷、《平都记》一卷、《定心记》一卷、《龟文经》一卷、《山阳记》一卷、《玉策记》一卷、《八史图》一卷、《入室经》一卷、《左右契》一卷、《玉历经》一卷、《升天仪》一卷、《九奇经》一卷、《更生经》一卷、《四衿经》十卷、《食日月精经》一卷、《食六气经》一卷、《丹一经》一卷、《胎息经》一卷、《行气治病经》一卷、《胜中经》十卷、《百守摄提经》一卷、《丹壶经》一卷、《岷山经》一卷、《魏伯阳内经》一卷、《日月厨食经》一卷、《步三罡六纪经》一卷、《入军经》一卷、《六阴玉女经》一卷、《四君要用经》一卷、《金雁经》一卷、《三十六水经》一卷、《白虎七变经》一卷、《道家地行仙经》一卷、《黄白要经》一卷、《八公黄白经》一卷、《天师神器经》一卷、《枕中黄白经》五卷、《白子变化经》一卷、《移灾经》一卷、《厌祸经》一卷、《中黄经》一卷②、《文人经》一卷、《涓子天地人经》一卷、《崔文子肘后经》一卷、《神光占方来经》一卷、《水仙经》一卷、《尸解经》一卷、《中遁经》一卷、《李君包天经》一卷、《包元经》一卷、《渊体经》一卷、《太素经》一卷、《华盖经》一卷、

---

① 案:《御览》引《太平经》载有王羲之、郗愔事,二人在葛洪后,可知《太平经》曾经东晋及南朝人增删递修,卷帙有分合。《抱朴子·遐览》载,东晋有五十卷本《太平经》,与东汉于吉一百七十卷本不同,而《甲乙经》卷数与之相合,命名则与皇甫谧《针灸甲乙经》同,未详其情。

② 案:上已有《中黄经》一卷,疑为重出。

《行厨经》一卷、《微言》三卷、《内视经》一卷、《文始先生经》一卷、《历藏延年经》一卷、《南阙记》一卷、《协龙子记》七卷、《九宫》五卷、《三五中经》一卷、《宣常经》一卷、《节解经》一卷、《邹阳子经》一卷、《玄洞经》十卷、《玄示经》十卷、《箕山经》十卷、《鹿台经》一卷、《小僮经》一卷、《河洛内记》七卷、《举形道成经》五卷、《见鬼记》一卷、《无极经》一卷、《宫氏经》一卷、《真人玉胎经》一卷、《道根经》一卷、《候命图》一卷、《反胎胞经》一卷、《枕中清记》一卷、《幻化经》一卷、《询化经》一卷、《金华山经》一卷、《凤网经》一卷、《召命经》一卷、《保神记》一卷、《鬼谷经》一卷、《凌霄子安神记》一卷、《去丘子黄山公记》一卷、《王子五行要真经》一卷、《小饵经》一卷、《鸿宝经》一卷、《邹生延命经》一卷、《安魂记》一卷、《皇道经》一卷、《九阴经》一卷、《杂集书录》一卷、《银函玉匮记金板经》一卷、《黄老仙录》一卷、《原都经》一卷、《玄元经》一卷、《日精经》一卷、《浑成经》一卷、《三尸集》一卷、《呼身神治百病经》一卷、《收山鬼老魅治邪精经》三卷、《入五毒中记》一卷、《休粮经》三卷、《采神药治作秘法》三卷、《登名山渡江海敕地神法》三卷、《赵太白囊中要》五卷、《入温气疫病大禁》七卷、《收治百鬼召五岳丞太山主者记》三卷、《兴利宫宅官舍法》五卷、《断虎狼禁山林记》一卷、《召百里虫蛇记》一卷、《万毕高丘先生法》三卷、《王乔养性治身经》三卷、《服食禁忌经》一卷、《立功益算经》一卷、《道士夺算律》三卷、《移门子记》一卷、《鬼兵法》一卷、《立亡术》一卷、《练形记》五卷、《郄公道要》一卷、《角里先生长生集》一卷①、《少君道意》十卷、《樊英石壁文》三卷、《思灵经》三卷、《龙首经》一卷、《荆山记》一卷、《孔安仙渊赤斧子大览》七卷、《董君地仙却老要记》一卷、《李先生口诀肘后》二卷、《墨子五行记》五卷以及《五岳真形图》《白虎七变法》《玉女略微》。【案：检《抱朴子内篇·遐览》，《李先生口诀肘后》以上的三十八种道书，载明卷帙；又言凡不言卷数者，皆为一卷。《墨子五行记》五卷以及《五岳真形图》《白虎七变法》《玉女略微》四种，散见于《遐览》经目之后，亦抄合于此处，以便统摄。】

2. 符箓

《自来符》《金光符》《通天符》《五精符》《石室符》《玉策符》《枕中符》《小童符》《九灵符》《六君符》《玄都符》《黄帝符》《少千三十六将军符》《延命神符》《天水神符》《四十九真符》《天水符》《青龙符》《白

---

① 案："角里先生"当为"角里先生"之误。《校释》仅《至理篇》不误，其余两处"角"均误作"角"。

虎符》《朱雀符》《玄武符》《朱胎符》《七机符》《九天发兵符》《九天符》
《老经符》《七符》《大捍厄符》《玄子符》《武孝经燕君龙虎三囊辟兵符》
《包元符》《沉羲符》《禹蹻符》《消灾符》《八卦符》《监乾符》《雷电符》
《万毕符》《八威五胜符》《威喜符》《巨胜符》《采女符》《玄精符》《玉历
符》《北台符》《阴阳大镇符》《枕中符》《军火召治符》以及《太玄符》三
卷、《治百病符》十卷、《厌怪符》十卷、《壶公符》二十卷、《九台符》九
卷、《六甲通灵符》十卷、《六阴行厨龙胎石室三金五木防终符》合五百
卷、《玉斧符》十卷。【案:《抱朴子内篇·遐览》云:"此皆大符也。其余
小者,不可具记。"①】

　　检《抱朴子内篇·遐览》所载道书,凡二百六十二种。其中,经记图
略二百〇六种,符箓五十六种。

(三)《抱朴子内篇》所载文人整理的道典

　　东晋初期,已经存在大量道书。这些道书中,凡撰者不详、真伪难辨
者,多为魏晋道士伪托。现将除《遐览》外,《抱朴子内篇》中所载的道
书移抄于下:

　　《论仙》:《仙经》《神仙集》。

　　《对俗》:《玉策记》《昌宇经》《玉钤经》。

　　《金丹》:《太清丹经》三卷、《九鼎丹经》一卷、《金液丹经》一卷、
《黄帝九鼎神丹经》三卷、《太清观天经》九篇(卷)、《太清经》三卷、
《五灵丹经》一卷。【案:《金丹》篇共载有三十九种道书,有三十一种丹
法,文长不录。《太清经》疑为《太清观天经》,然《金丹》称"其法俱
在《太清经》中卷",②《观天经》凡九篇,上三篇不传人,中三篇沉水不
传,仅下三篇传世,是为《神丹经》。根据"但不及太清及九鼎丹药"推
断,③此《太清经》别是一书,与《神丹经》《观天经》无涉,凡有上中下三
卷,故记为三卷。不言卷数者,凡三十二种,以《金丹》所引观之,实皆
一卷。以此计之,凡五十三卷。】

　　《微旨》:《易内戒》《赤松子经》《河图记命符》《经》《彭祖之法》。
【案:卷帙不详。其中,《易内戒》《河图记命符》当为谶纬之书,则东晋
道教徒亦有合纬谶入道教者。此《经》不详,《微旨》引曰:"经云,大急

　　① 王明:《抱朴子内篇校释(增订本)》卷十九《遐览》,中华书局,1986,第335页。
　　② 王明:《抱朴子内篇校释(增订本)》卷四《金丹》,中华书局,1986,第78页。
　　③ 王明:《抱朴子内篇校释(增订本)》卷四《金丹》,中华书局,1986,第78页。

之极,隐于车轼。"① "彭祖之法,最其要者。其他经多烦劳难行,而其为益不必如其书。人少有能为之者。口诀亦有数千言耳。"② 王明《抱朴子内篇校释(增订本)》以其为《彭祖经》而不录,故特为补出。】

《释滞》:《海中记》《郄萌记》。

《仙药》:《神农四经》《老子入山灵宝五符》《太乙玉策》《昌宇内记》《玉经》《中黄子服食节度》《开明经》《小神方》《两仪子饵销黄金法》《饵丹砂法》。【案:《对俗》篇著录之《玉策记》《昌宇经》,似即《太乙玉策》《昌宇内记》。《金丹》篇著录之《小神丹方》,疑即《小神方》,《小饵黄金方》疑即《小饵黄金法》,《两仪子饵销黄金法》疑即《两仪子饵黄金法》。】

《辩问》:《灵宝经》三卷。【案:《抱朴子内篇·辩问》称:"《灵宝经》有《正机》《平衡》《飞龟授袟》凡三篇,皆仙术也。"③ 其中,《正机》《平衡》已见《释滞篇》,今合并于此。】

《极言》:《荆山经》《龙首记》《黄石公记》。【案:《抱朴子内篇·遐览》著录有《龙首经》一卷,疑即《龙首记》,暂别出。】

《杂应》:《甘始法》《黄帝云液泉法》《老子篇中记》以及戴霸集《金匮绿囊崔中书黄素方》,华他集《百家杂方》约五百卷、《暴卒备急方》一百一十卷、《暴卒备急方》九十四卷、《暴卒备急方》八十五卷、《暴卒备急方》四十六卷。【案:检《杂应》篇,各家医方题名各异。今姓名、题名不详,暂以卷数为别。据《暴卒备急方》之书名推断,其当指《暴卒方》与《备急方》。王明《抱朴子内篇校释(增订本)》标点为一书,④ 当系误读。《隋志》子部载有《阮河南药方》十六卷,注云"阮文叔撰"。⑤ "阮文叔"应为阮叔文之误倒。⑥ 】

《黄白》:《神仙经黄白之方》二十五卷、《黄白中经》五卷以及《九丹方》《金银液经》《玉牒记》《铜柱经》《龟甲文》。【案:"九丹",王明《抱朴子内篇校释(增订本)》不以其为书;然"受九丹"并非丹药,而是丹方,故此处拟题为《九丹方》。另,《黄白》篇所引《枕中鸿宝》,《论仙》

① 王明:《抱朴子内篇校释(增订本)》卷六《微旨》,中华书局,1986,第128页。
② 王明:《抱朴子内篇校释(增订本)》卷六《微旨》,中华书局,1986,第129页。
③ 王明:《抱朴子内篇校释(增订本)》卷十二《辩问》,中华书局,1986,第229页。
④ 王明:《抱朴子内篇校释(增订本)》卷十五《杂应》,中华书局,1985,第272页。
⑤ [唐]魏徵、[唐]令狐德棻:《隋书》卷三十四《经籍志三》,中华书局,1973,第1042页。
⑥ 王明:《抱朴子内篇校释(增订本)》卷十五《杂应》校释〔四七〕,中华书局,1986,第280页。

有《鸿宝枕中书》;《遐览》有《鸿宝经》,又有《淮南鸿宝万毕》,可知重出。《龟甲文》疑即《遐览》之《龟文经》。根据《抱朴子内篇》及道经的命名规则,《黄白》篇所载诸方皆可视作单行本道典。为节省篇幅,此处一律不录。】

《登陟》:《九天秘记》《太乙遁甲》《囊中立成》《遁甲中经》《介先生法》《金简记》《论百鬼录》《白泽图》《九鼎记》《老君黄庭中胎四十九真秘符》。【案:《金简记》疑即《释滞》之"金简玉字"。】

《地真》:《九加之方》《神芝图》《神丹金诀记》。

《祛惑》:《太清中经》《观天节详》《老君竹使符左右契》。【案:《太清中经》疑即《太清经》中卷,暂别出之。《观天节详》当为《太清观天经》之节要本。】

佚文:《黄帝医经·蝦蟆图》(一作《黄帝医经》)、《姚光书》一卷,以及《三皇图》《中经》。【案:《抱朴子内篇·佚文》载:"吴世有姚光者,有火术。吴主躬临试之。积获数千束,光坐其上,又以数千束获累之。因猛风燔之,火尽,谓光当已化为烟烬。而光恬然端坐灰中,振衣而起,把一卷书,吴主取而视之,不能解也。"① 据以拟目。《上清真法》一种,严可均疑之。《中经》存有佚文,言及药石,疑即《黄白》篇之《黄白中经》。】

以上所载道书,共计一百〇一种。

(四)存疑的文人整理的道典

《抱朴子内篇》《隋书·经籍志》等文献中亦著录有若干种存疑的道典,虽托名汉魏,但大体仍不外晋人手笔。这里单列为存疑类,以俟后考。

《周公城名录》,撰者不详。据题目可知,应为宫殿簿录之书,似可归入地志、地记之属。

西汉董仲舒《李少君家录》。

《汉禁中起居注》,撰者不详。《隋志》不载此书。疑即《汉武帝内传》及《汉武故事》所本,非起居注之体。

西汉刘向《鸿宝枕中书》。

西汉孔安国《孔安国秘记》。

西汉李遵《太元真人东乡司命茅君内传》一卷。陈国符《道藏源流

---

① 王明:《抱朴子内篇校释(增订本)》附录一,中华书局,1986,第358页。

考》称，此书"亦于晋代出世"。①

安丘望之《老子章句》。

西汉王褒《上清正法》（一作《上清真法》）。

东汉张道陵《旨教经》。存疑。

东汉陈寔（字仲弓）《异闻记》。

曹魏王图《道机经》五卷。【案：原题"尹喜撰"，葛洪《抱朴子内篇》辨其为曹魏军都王图所作。】

李氏《太上真人内记》一卷。【案："太上真人"即关尹喜，见南宋赵希弁《昭德先生读书后志》卷二。】

晋末《太极左仙公请问经》。

晋安帝世葛巢甫《太极真人敷灵宝斋戒威仪诸经要诀》。【案：陶弘景《真诰·叙录》曰："葛巢甫造构《灵宝》，风教大行。"② 由此推断，此《灵宝》当即"威仪"类，故云"风教大行"。】

上述待考的道教文献中，有整理者姓名者凡九人，整理文献共计十五种。

以上四部分，共计有整理者姓名的道士二十七位，整理的道教文献共计四百一十四种，其中，存疑待考者有十五种。此外，《抱朴子内篇·勤求》称："干吉容嵩桂帛诸家，各著千所篇。"③ 据此推断，两晋整理的道典达到三四千卷，数量远远超过同期的佛教文献，占到同期四部典籍总量的一半以上，堪称"历史洪流"。

两晋时期，从事佛道文献整理的文人至少有六十二位，整理的佛道文献至少有六百三十种，不仅体量巨大，成就亦值得肯定。据此，我们可以得出如下结论：相较于汉代和曹魏，两晋文人整理的四部文献（包括佛道文献），规模更大、参与者更多、成果更丰硕、种类更丰富、范围更广、形式更多样，堪称晋前文化典籍的总结性整理。

---

① 陈国符：《道藏源流考（新修订版）》，中华书局，2014，第9页。

② ［日］吉川忠夫、［日］麦谷邦夫编：《真诰校注》卷十九，朱越利译，中国社会科学出版社，2006，第575页。

③ 王明：《抱朴子内篇校释（增订本）》卷十四《勤求》，中华书局，1986，第255页。

第二章　魏晋文人文献整理的转型和发展

魏晋时期文人文献整理的情况，我们已在第一章进行了梳理和考察，那么这个时期文人文献整理在中国古代文人文献整理发展史上处于什么样的地位？其特征如何？则是本章要解决的问题。因为通过这一问题的探讨，不仅可以窥探出该期文人的文献整理在继承前代文人文献整理传统的基础上，有了怎样的发展，而且还可为我们探讨魏晋文人文献整理对同期文学创作产生的影响打下基础。

第一节　曹魏文人文献整理的转型

本节旨在对曹魏时期文人的文献整理在中国古代文人文献整理发展史上的地位和作用，予以专门论述。与前代相比，曹魏文人文献整理发生了明显的变化，标志着我国古代文人文献整理进入了一个转型时期。

一、转型的重要表现

曹魏时期，文人文献整理发生了重要的转型。具体而言，文人文献整理的内容、形式、主体、参与整理的人数、处所、耗时等，皆有了新的变化。

一是在内容上，出现了由以经、史、子类作品为主，到以经、史、子、集类作品为主的转变。先秦时期，文人文献整理在内容上主要是以史、子类作品为主，具体表现在诸子散文与历史散文等方面。虽然我们今天也把这些作品视为文学作品，并把其作为先秦文学中散文的代表文本来讲授、研究，但从其内容以及先秦文人对待诸子散文与历史散文的态度来讲，是属于历史与哲学的范畴。起码而言，先秦文人的文学观念是泛文学观，并不像我们今天，对这两类散文的纯文学特质予以特别的关注。

　　两汉时期，文人文献整理的内容以经类作品为主。如该期文人对五经文献的整理，出现了不同的学派、师派，即使是对同一经典文本的整理也出现了不同的门派。《汉书·艺文志》载，西汉时期整理《易》的凡十三家，二百九十四篇；整理《书》的凡九家，四百一十二篇；整理《诗》的凡六家，四百一十六卷；整理《礼》的凡十三家，五百五十五篇；整理《乐》的凡六家，百六十五篇；整理《春秋》的凡二十三家，九百四十八篇；整理《论语》的凡十二家，二百二十九篇；整理《孝经》的凡十一家，五十九篇。东汉时期，文人文献整理的内容仍以经类作品为主。《后汉书·儒林列传》载："及光武中兴，爱好经术，未及下车，而先访儒雅，采求阙文，补缀漏逸。"[1] 以至于"经牒秘书载之二千余两，自此以后，参倍于前"。[2] 尽管有汉一代，文人也对辞赋、乐府等被后来称之为集类的作品进行了整理，如西汉后期刘向、刘歆父子对诗赋的整理就是代表。但总体而言，此时集类作品作为文人文献整理的内容还未成为与经、史、子相提并论的独立类别。

　　文人文献整理以经类作品为主的情况到东汉中后期开始有了变化，即文人的文献整理逐渐转向了对经类、史类、子类和集类作品的普遍关注；但对于经类、史类、子类作品的整理依然是此期文人文献整理的重要内容。如对经类作品的整理，《后汉书·儒林列传》中就有较详细具体的记载："（马）融授郑玄，玄作《易注》，荀爽又作《易传》，自是《费氏》兴，而《京氏》遂衰。"[3] "扶风杜林传《古文尚书》，林同郡贾逵为之作训，马融作传，郑玄注解，由是《古文尚书》遂显于世。"[4] 只不过这个时期因古文经学的兴起，文人对经类作品的整理又偏向于以古文经学为主而兼容今文经学的倾向，但整理对象上以经类文献为主则是此时文人文献整理的主流。曹之先生云："就图书内容而言，先秦子书多，两汉经书多，这与政治气候有关：诸子是战国百家争鸣的产物，经书是'罢黜百家，独尊儒术'的结果。"[5] 对史类、子类作品的整理，也是该期文人文献整理的重要对象。如《后汉书》卷五《安帝纪》载："（永初四年）诏谒者刘珍及《五

① ［南朝宋］范晔撰，［唐］李贤等注：《后汉书》卷七十九上《儒林列传上》，中华书局，1965，第2545页。

② ［南朝宋］范晔撰，［唐］李贤等注：《后汉书》卷七十九上《儒林列传上》，中华书局，1965，第2548页。

③ ［南朝宋］范晔撰，［唐］李贤等注：《后汉书》卷七十九上《儒林列传上》，中华书局，1965，第2554页。

④ ［南朝宋］范晔撰，［唐］李贤等注：《后汉书》卷七十九上《儒林列传上》，中华书局，1965，第2566页。

⑤ 曹之：《中国古籍编撰史》，武汉大学出版社，2015，第65—66页。

经》博士，校定东观《五经》、诸子、传记、百家艺术，整齐脱误，是正文字。"①《后汉书》卷二十六《伏湛传》也云："永和元年，诏（伏）无忌与议郎黄景校定中书《五经》、诸子百家、艺术。元嘉中，桓帝复诏无忌与黄景、崔寔等共撰《汉记》。"②从中不难看出，东汉中后期执政者对经类、史类、子类作品整理的重视程度。

这个时期对集类作品的整理，也是文人文献整理不容忽视的内容。关于集部作品整理的起源，据张可礼先生《别集述论》一文，学界主要有四说："一是起源于先秦子书说。主此说的是钱穆。……二是起源于西汉说。持此说的是梁代萧绎和清人姚振宗。……三是起源于东汉说。持此说的有唐人魏征和宋人晁公武。……四是起源于晋代说。其代表人物是清代章学诚。"综合以上诸说后，张先生进行了综合分析，指出："别集的起源至晚应是在刘歆时，按先有别集，后有总集的情理推测，也可能在刘向，甚至在西汉初期就出现了。"③张可礼先生从别集产生之历史，说明集的起源时间，我们认为是很有说服力的。但集类作品成为文人文献整理的重要对象，则是在东汉中后期。《后汉书·冯衍传》载有汉章帝时对冯衍作品重视的一段史料："（冯衍）居贫年老，卒于家。所著赋、诔、铭、说、《问交》、《德诰》、《慎情》、书记说、自序、官录说、策五十篇，肃宗甚重其文。"④之后，章帝又诏告中傅，汇集东平王苍的作品，供章帝阅览。⑤章帝之后，文人对集类作品的整理愈益受到重视。这在《后汉书》所载的文人传记中有明确的反映。这些人物的作品之所以被范晔详细地予以一一列出，我们认为至少可以说明三个问题：第一，反映出东汉中后期，文人对自己和同时代文人创作的文学作品非常重视；第二，该期文人对自己和同时代文人创作的文学作品给予了较好的搜集整理，所以才得以流传后世，成为范晔修史时集类作品的重要来源；第三，东汉中后期文人重视对文学作品搜集整理的意识已开始自觉。由此可以看出，东汉中后期文人的文献整理内容，虽然关注到了对集类作品的整理，但在文人看来，其作为一种文献类别还未独立，即还未成为与经类、史类、子类相提并论的独立类

---

① ［南朝宋］范晔撰，［唐］李贤等注：《后汉书》卷五《安帝纪》，中华书局，1965，第215页。

② ［南朝宋］范晔撰，［唐］李贤等注：《后汉书》卷二十六《伏湛传》，中华书局，1965，第898页。

③ 张可礼：《别集述论》，《山东大学学报》2004年第6期。

④ ［南朝宋］范晔撰，［唐］李贤等注：《后汉书》卷二十八下《冯衍传》，中华书局，1965，第1003页。

⑤ ［南朝宋］范晔撰，［唐］李贤等注：《后汉书》卷四十三《东平宪王苍传》，中华书局，1965，第1441页。

别。所以，此时文人的文献整理总体上仍是以经、史、子集类作品为主。

曹魏时期，文人文献整理在内容上才真正发生了实质性转变，即文人对集类作品的整理更为突出，成为与经类、史类、子类相提并论的独立类别。当然这个时期文人对经类、史类和子类文献的整理仍是文人文献整理的重要内容。经类如綦毋闿、宋忠等撰《五经章句》，颍容著《春秋左氏条例》，刘桢著《毛诗义问》十卷[①]，孔融著《春秋杂义难》五卷[②]，王粲著《尚书问》二卷[③]，士燮也注过《春秋》，王肃为《尚书》《诗》《论语》《三礼》《左氏》解、作《国语》《尔雅》诸注等；史类如荀悦删《汉书》作《汉纪》，《三国志》卷五十三《吴书·薛综传》载右国史华覈曾上疏建议修撰史书，蜀地的陈寿著《益部耆旧传》、杨戏著《季汉辅臣赞》[④]等；子类如三国曹魏的董遇作《老子训注》，沈友注《孙子兵法》[⑤]，等等。以上文人对经类、史类、子类文献的整理仍承前人整理之传统，可以说也取得了不俗的成绩。

曹魏时期，文人的文献整理在内容上超出前代文人并成为该期文人文献整理特色的，且对后代文人文献整理产生重要影响的，乃是对文学作品即集类文献的整理。如该期文人中，有曹植、曹丕对自己文集的整理，有曹植让杨修对自己文集的整理，有曹丕对建安六子文集的整理，有曹丕对孔融文集的整理，有曹叡对曹植文集的整理等。就是说曹魏的建安时代，文坛上重要的代表作家"三曹""七子"中的文学作品，除曹操的文学作品因史料缺乏，不能确知是否被搜集整理过之外，其他九人的作品集都有文献明确记载被文人搜集整理过，有的作家别集被搜集整理的还不止一次。如曹植的别集就是如此，不仅曹植自己整理过，他自己整理自己的别集亦不止一次，而且杨修和曹叡等文人也整理过。文人别集如此被当代文人收集整理，或自己搜集整理，或他人搜集整理，或官方搜集整理，且这么普遍、涉及人数这么多，并有别集被多次、多人搜集整理，在历史上还是前所未有。所以，无论是从文人文献整理的广度、涉及的作家数量来看，还是从整理的频次和成效来看，曹魏时期文人对作家集类作品的整理，与对经、史、子等三类作品的整理相比，也不逊色。

---

① 俞绍初:《建安七子集》附录《建安七子著作考》，中华书局，2005，第 348 页。
② 俞绍初:《建安七子集》附录《建安七子著作考》，中华书局，2005，第 333 页。
③ 俞绍初:《建安七子集》附录《建安七子著作考》，中华书局，2005，第 338 页。
④ ［晋］陈寿撰，［南朝宋］裴松之注:《三国志》卷四十五《蜀书·杨戏传》，中华书局，1982，第 1079 页。
⑤ ［晋］陈寿撰，［南朝宋］裴松之注:《三国志》卷四十七《吴书·吴主传》裴注引《吴录》，中华书局，1982，第 1117 页。

尤为重要的是，在中国古代文人文献整理发展史上，曹魏时期文人对集类文献的整理才真正成为与经、史、子比肩的一大独立类别。因为这个时期不仅出现了以上所举数量可观的由文人整理的文人作品集，而且出现了以曹丕为代表整理的以"集"命名的文人总集与别集。如曹丕的《又与吴质书》云："昔年疾疫，亲故多离其灾，徐、陈、应、刘，一时俱逝，痛可言邪！……何图数年之间，零落略尽，言之伤心。顷撰其遗文，都为一集。"①此即他整理的总集《徐干、陈琳、应场、刘桢集》。又《三国志》卷二《魏书·文帝纪》载："帝好文学，以著述为务，自所勒成垂百篇。"②对此裴松之注引《魏书》也曰："帝初在东宫，疫疠大起，时人彫伤，帝深感叹，与素所敬者大理王朗书曰：'生有七尺之形，死惟一棺之土。惟立德扬名，可以不朽，其次莫如著篇籍。疫疠数起，士人彫落，余独何人，能全其寿？'故论撰所著《典论》、诗赋，盖百余篇，集诸儒于肃城门内，讲论大义，侃侃无倦。"③曹丕整理文人作品总集和别集的实践，正如有研究者所云："具备了判定文人集形成的两个基本条件：其一所编文人作品是以诗赋为主的各体文章，属于集部的范畴，而不同于经史和子书著述；其二，文人作品编明确称以'集'名，摒弃了《后汉书·文苑传》繁琐罗列文人名下各体文章篇目而缺乏总题名以统系的弊端。这既解决了'集'起自何时，也界定了自编集始自建安黄初时期，而且还表明刘师培所说之'总集''别集'亦均在曹丕手中完成。……文学（集部）典籍第一次获得了与经史和诸子文献并列的地位。……意味着建安黄初时期开始孕育四部的产生。"④之后郑默与荀勖等文人的四部文献分类法，就与曹丕等文人的集类文献整理实践有着密切的内在关联。综上所述，曹魏时期文人文献整理活动转型的表现之一，就是内容上发生了由以经、史、子类作品为主，到以经、史、子、集类作品为主的转变。

二是在形式上，有一个从对政治、历史的记载编撰和经典的删定，到对文献的搜集、校订、训诂、解题、传疏，再到新的典籍类别类书与四部编撰的过程。先秦时期文人的文献整理主要是对政治家、思想家言论的载录与编辑整理，对政治、历史事件的记载编撰，对主要经典的删定和编排等。如《论语》就是孔子弟子及其再传弟子对孔子言论的记载，或对孔子

① 夏传才、唐绍忠校注：《曹丕集校注》，河北教育出版社，2013，第 110 页。
② ［晋］陈寿撰，［南朝宋］裴松之注：《三国志》卷二《魏书·文帝纪》，中华书局，1982，第 88 页。
③ ［晋］陈寿撰，［南朝宋］裴松之注：《三国志》卷二《魏书·文帝纪》裴注，中华书局，1982，第 88 页。
④ 刘明：《魏晋文人集的形成路径及文体辨析的关系》，《中国典籍与文化》2017 年第 2 期。

翻的《老子注》，王弼的《老子注》二卷、《老子指略》二卷，向秀的《庄子注》十二卷、《庄子音》一卷，皇甫谧的《鬼谷子注》，何晏的《老子道德论》二卷，钟会的《老子道德经注》二卷，董遇的《老子注》等，为个体整理之代表。曹丕下令编撰的《皇览》乃为集体编撰类书的典型，被誉为"类书之祖"。

由以上我们对曹魏时期文人文献整理主体的大体梳理，就可清晰认识到，该期文人的文献整理，无论是对经、史、子类著作的整理，还是对集类著作的整理，文人个体整理的著作数量远远多于文人集体整理的著作的数量，与集体整理相比，个体整理占据着绝对优势。这与前代文人文献整理的主体以集体整理为主、以个体整理为辅的情况相比，是一个大的转变。这种转变开启了文人文献整理主体以个体整理为主体、以集体整理为辅的新风。此后直到明清，我国古代文人文献整理的主体，总体上是以个体整理为主、以集体整理为辅的，而这种格局是由曹魏时期文人的文献整理活动所奠定的。

四是从文人参与文献整理的人数来看，先秦时期参与文献整理的文人人数一般较多，并且许多参与的文人因种种原因或缺乏记载，或记载不明，或亡佚等，而不能被后人所知。如先秦文人对《诗经》的整理与编撰，孔子弟子及其再传弟子对《论语》编撰等，皆成之于众人之手。两汉时期，一般而言，由官方组织的文献整理活动，通常参与的文人较多；不是由官方组织的而是由文人自发的文献整理活动，参与的人数就相对较少。如西汉时期《七略》书目的整理与编修，据曹之先生考证，参与编修的有刘向、刘歆、任宏、尹咸、李柱国、陈农、王龚、臣望（姓氏不详）、班斿、富参等文人。① 此时也出现了文人单独整理文献的情况，这主要表现为个人的行为。如经学家贾逵，著有《左传解诂》《周官解诂》《国语解诂》《毛诗贾氏义》《古文尚书训》等。又如时间跨越一百一十六年的《东观汉记》的整理（尽管开始于汉明帝永平五年，但大部分时间是东汉中期以后）。据史书记载，先后参与的文人有马严、班固、孟异、陈宗、杜抚、贾逵、刘珍、刘复、李尤、崔寔、马日磾、蔡邕、卢植、刘洪等二十四人。但总体而言，官方组织的有众多文人参与的文献整理，与文人个人出于对文化学术的执着与追求而进行的文献整理，这两种情况在东汉可以说大体相当，不分伯仲。

曹魏时期，文人参与文献整理的人数，仍承前代之遗风。只要是官

---

① 曹之：《中国古籍编撰史》，武汉大学出版社，2015，第 56 页。

方组织的文献整理活动参与的文人就多。如曹丕登基后，下令编撰的类书《皇览》，史书记载参与编撰的有王象、刘劭、缪袭、韦诞、桓范等文人。与之相对，大凡是文人自己主动开展的文献整理活动，参与的人数就少。如刘桢、王粲、王弼、王肃、程秉、虞翻等文人对儒家经典的整理，董遇、王弼、向秀、何晏、钟会等对道家经典的整理，曹植、曹丕等对自己创作作品的整理等。不过与前代相比，曹魏文人参与文献整理的人数，就众人参与同一文献的整理而言，其参与文献整理的人数也有明显的下降。如卫觊、缪袭、韦诞、应璩、王沈、阮籍、孙该、傅玄等撰定的《魏书》，他们大多数只是参与了某一阶段的整理工作，最后由王沈编定；何晏、郑冲、孙邕、曹羲、荀顗等人的《论语集解》，多是他们独立完成的，只是何晏把每人的注解汇集一起罢了。所以此时即使是文人集体整理的文献，其人数也较之前文人的集体整理要少得多。尤为值得一提的是，曹魏时期，文人单独承担对某一文献整理的情况要多于众人参与对同一文献整理的情况。

五是从文献整理的处所来看，曹魏时期文人文献整理的处所也发生了新的变化。先秦时期，文人整理文献的处所，因史料乏载，详情难知。曹之先生认为，我国最早的图书源于夏代："当时的图书编撰家已无从查考，但是有一点可以肯定，当时学在官府，图书编撰由官方垄断，所有图书均由集体编撰，著作权属于集体所有。"①《国语·鲁语下》载："昔正考父校商之名颂十二篇于周太师，以《那》为首，其辑之乱曰：'自古在昔，先民有作。温恭朝夕，执事有恪。'"②正考父是西周宣王时宋国的大夫，他编定《商颂》的地点可能在周太师处，也可能在其办公之处，不管在哪里，可以肯定是办公场所。孔子对"六经"的整理，处所不定，尤其是孔子晚年周游列国，居无定所，其对文献的整理也随其周游而定，相对比较灵活多变。《史记·孔子世家》曰："孔子去曹适宋，与弟子习礼大树下。"③"孔子之时，周室微而礼乐废，《诗》《书》缺。追迹三代之礼，序《书传》，上纪唐虞之际，下至秦缪，编次其事。"④由此判定，孔子对"六经"的整理，其处所确实是不定的。

西汉以后，文人整理文献的处所与先秦相比，相对比较固定，尤其

---

① 曹之：《中国古籍编撰史》，武汉大学出版社，2015，第 11 页。
② ［春秋］左丘明撰，［三国吴］韦昭注，胡文波校点：《国语》卷五《鲁语下》，上海古籍出版社，2015，第 143 页。
③ ［汉］司马迁：《史记》卷四十七《孔子世家》，中华书局，1982，第 1921 页。
④ ［汉］司马迁：《史记》卷四十七《孔子世家》，中华书局，1982，第 1935—1936 页。

是由国家组织的文献整理活动，一般都在藏书之所。如西汉刘向等人对经传诸子诗赋等文献的整理。据《三辅图黄》卷六记载刘向于成帝之末，校书天禄阁，专精覃思。天禄阁是藏典籍之所，为汉初萧何时所造。可知天禄阁应是刘向、刘歆父子校书的场所。另根据澳门学者邓骏捷的考证，石渠、温室也是刘向、刘歆父子校书的地方。① 东汉时期，文人整理文献的处所也多在藏书之所或图书管理机构。如《东观汉记》的编修地点开始在兰台和仁寿阁，安帝永初年间以后改在东观；还有秘书官署就是文人经常从事文献整理的地方。当然，汉代文人整理文献的处所也有在文人自己住所的。这主要表现为文人私自整理文献的行为。如东汉经学家、天文学家贾逵对儒家经典的传注，东汉科学家、文学家张衡的《周官训诂》《太玄经注解》等，应是在自己家中完成的。

曹魏时期，文人文献整理的处所除在国家藏书之所外，大多数文人从事文献整理活动的处所皆是自己的住所。如曹植对自己辞赋集的整理和作品的编目，他让杨修对自己作品的刊定等，就是在曹植与杨修的住所。这往往是文人自己的个人文献整理行为。同时，随文人活动的迁移，活动区域的变化，文人文献整理的场所也表现出较强的流动性与不固定性。如曹操的《孙子略解》《兵书接要》就不是完成于某一固定场所，而是完成于曹操南征北战的戎马生涯之中。

六是从文献整理所用的时间来看，先秦时期文人的文献整理一般来说耗时较长，时间的跨度也较大，很多典籍不仅出于众人之手，而且并非成就于一时一世。如《诗经》的整理，就有采诗、献诗、删诗等说法，这本身就说明《诗经》的成书定型经过了一个比较长的整理过程。再如《周易》："过去有一种说法，叫作'易更三圣'，即《周易》的形成经过三个圣人之手：第一个圣人是伏羲氏，他画了八卦；第二个圣人是周文王，他演绎八卦为六十四卦；第三个圣人是孔子，他为经文作了注解。《周易》非一人完成，从这个意义上说，'易更三圣'是正确的。但是，《周易》又绝不是三个'圣人'所能够完成的，它是在一个相当长的时期内由许多人集体写成的。"②

两汉时期，除大型的文献整理所用时间较长以外，如刘向、刘歆等人整理的《七略》，历时二十余年，东汉时《东观汉记》的修撰整理始于汉明帝永平五年（62），至汉灵帝光和元年（178）完成，历时一百一十六年。其他文人整理文献的时间，一般而言较先秦时期有所缩短。尤其是这

---

① 邓骏捷：《刘向校书考论》，人民出版社，2012，第133—136页。

② 曹之：《中国古籍编撰史》，武汉大学出版社，2015，第15页。

个时期文人对经典的注解，多为个人行为，成之一人之手，所用时间相对不长。如西汉毛亨的《毛诗诂训传》，东汉杨终的《春秋章句》等。再加上东汉后期古文经学日益盛行，代替了今文经学繁琐的注经方式，在儒家经典注释方面追求简约，所以大多文人注经所用的时间也会有所减少。如东汉贾逵一生著有《左传解诂》《国语解诂》《周官解诂》《古文尚书训》《周易贾氏义》《尚书古文同异》《春秋左氏长经章句》《毛诗贾氏义》《春秋三家经本训诂》等，所著经传义诂及论难百余万言，是汉代整理经典最多的学者之一。再如马融，遍注群经，不仅著《三传异同说》，又遍注《论语》《诗》《易》《尚书》《三礼》等。这些学者一生整理典籍宏富，故对某一经典的整理不会花费太长时间。

这种情况到了曹魏时期，表现得更为充分。如曹植对自己作品的整理，曹丕对建安诸子集的整理应该说所用时间不会很长。就连曹丕下令编撰的类书《皇览》亦是如此，该书始编于延康元年（220），据胡道静先生考证，成书时间当为黄初三年（222）。[①]《三国志·魏书·杨俊传》裴松之注引《魏略》云：《皇览》"合四十余部，部有数十篇，通合八百余万字"。[②] 这部八百余万字的类书，在王象、缪袭、韦诞和桓范等人的努力下，不到三年就完成了，可见曹魏时期文人整理文献所用的时间大大缩短了。当然，此时也有文人文献的整理所用时间较长的，如对魏史《魏书》的整理就是如此。但这种花费时间较长的文献整理在曹魏时期并不占主导。

总之，曹魏时期文人文献整理与前代文人的文献整理相比，整体上确实发生了明显的新变化，标志着在我国古代文人文献整理发展史上步入了一个转型时期。这不仅表现在文人文献整理的内容、形式和主体上，而且还表现在文人文献整理所参与的人数、整理的处所、耗时等方面。这一转型也确定了此后文人文献整理的基本走向。

二、转型的主要特征

在我国古代文人文献整理演进史上，曹魏时期是文人文献整理发生重要转型的时期。有关其转型的主要表现，我们在上文已进行了分析和探讨。现在我们主要从文人文献整理的对象、方式、目的、分类、身份、态度等方面，对曹魏文人文献整理转型的特征进行概括与总结，以便从另一

---

① 胡道静：《中国古代的类书》，中华书局，1982，第41—42 页。
② ［晋］陈寿撰，［南朝宋］裴松之注：《三国志》卷二十三《魏书·杨俊传》裴注引《魏略》，中华书局，1982，第664 页。

层面揭示其本质属性与价值意义。

一是在整理对象上，曹魏文人不仅重视对前代作品的整理，而且出现了对自己或同时代人的作品进行整理的新动向。先秦时期文人的文献整理一般是对前代的作品进行整理。如《诗经》的成书，主要有采诗说、陈诗说、献诗说、删诗说，其文本来源比较广泛。"总的说来，《诗》文本的来源包括了周王朝乐官保存下来的宗教仪式乐歌，公卿列士自作并献于王朝的歌谣，还有来自各地的民间之诗。这些作品最初的数量，应比《诗》三百篇多，司马迁说'古诗三千余篇'（《史记·孔子世家》），应是可信的。至于'去其重'，删选而成《诗》的工作，今人已经证实在孔子以前即已完成。但孔子以诗为教，对《诗》作过'正乐'的工作，可能对《诗》的编排体例、内容、文字进行过调整校改，使其更合乎春秋卿大夫'造士'与取资利用的要求。"① 这就说明孔子对《诗》的整理是对前人整理的进一步补充与完善。战国时期出现的诸子之学，其成书多亦出自诸子领袖的弟子与再传弟子之手。《论语》就不说了，据学者考证，《孟子》"由门人万章、公孙丑编成，非孟子自著"。② 《墨子》《韩非子》二书，也是由墨子门人、韩非子门徒整理而成的。

两汉时期，文人的文献整理亦多表现为对前代作品的整理，这主要表现为经、史两类文献的整理上。汉代是经学昌盛的时代，也是史学发展史上一个重要的时期，文人对儒家经典的整理和对历史著作的编修成为汉代文人文献整理的重点，取得了丰硕的成果。而这些成果所依据的文献典籍文本或成于前人之手，或为已发生之史实。但我们应予以充分重视的是，汉代也出现了文人文献整理在整理对象、内容方面的新现象。如司马相如"未死时，为一卷书，曰有使者来求书，奏之"。③ 《四库全书总目》卷一百四十八《集部总序》云："泊乎汉代，始有词人。迹其著作，率由追录。故武帝命所忠求相如遗书"。④ 东汉明帝永平十七年（74），"神雀群集，孝明诏上《神爵颂》，百官颂上，文皆比瓦石，惟班固、贾逵、傅毅、杨终、侯讽五颂金玉，孝明览焉"。⑤ 《隋书·经籍志》载有傅毅《神雀颂》一卷，据《东观汉记》等史书记载，为本年所编。这无疑表明，从西汉至东汉中

① 韩高年：《春秋卿大夫的文献整理及其文化意义——从元典生成看民族精神的确立》，《西北师大学报》2009 年第 5 期。

② 曹之：《中国古籍编纂史》，武汉大学出版社，2015，第 32 页。

③ ［汉］司马迁：《史记》卷一百一十七《司马相如列传》，中华书局，1982，第 3063 页。

④ ［清］永瑢等：《四库全书总目》卷一百四十八《集部总序》，中华书局，1965，第 1267 页上。

⑤ ［汉］王充：《论衡》卷二十《佚文篇》，上海人民出版社，1974，第 312 页。

期就已经出现了文人对自己的作品、对当代文学作品进行整理的现象。尽管这种情况在该期并不是很普遍，在文人文献整理活动中也不占主导，但其必然彰显了文人文献整理的新开拓与新走向。

曹魏时期，对自己作品和同时代人的作品进行整理则成为文人文献整理的重要内容。尤其文人对自己与同时代文人文学作品的整理成为该期文人文献整理活动中一道亮丽的风景。如曹植《前录自序》云："余少而好赋，其所尚也，雅好慷慨，所著繁多。虽触类而作，然芜秽者众，故删定别撰，为前录七十八篇。"① 根据曹植所言"删定别撰，为前录七十八篇"，这应是建安年间作者对自己的辞赋作品进行的一次整理。曹植对自己作品的整理不止这一次。据其《与杨德祖书》云："今往仆少小所著辞赋一通相与。"② 此信写于建安二十一年（216），时曹植二十五岁，本年作者把自己所著辞赋进行整理，整理之后一并寄给杨修，希望杨修予以批评指正。《晋书·曹志传》载："（晋武）帝尝阅《六代论》，问（曹）志曰：'是卿先王所作邪？'志对曰：'先王有手所作目录，请归寻按。'还奏曰：'按录无此。'帝曰：'谁作？'志曰：'以臣所闻，是臣族父冏所作。以先王文高名著，欲令书传于后，是以假托。'帝曰：'古来亦多有是。'顾谓公卿曰：'父子证明，足以为审。自今已后，可无复疑。'"③ 这则文献为我们提供了曹植生前曾给自己创作的作品编有手稿目录的证据，说明曹植不仅对自己的辞赋进行过亲自整理，还对自己的所有作品进行过整理，并且还编制了作品目录。这在当时并非个案。如《三国志·魏书·文帝纪》云："初，帝好文学，以著述为务，自所勒成垂百篇。"④ 裴松之注引《魏书》曰："帝初在东宫，疫疠大起，时人凋伤，帝深感叹，与素所敬者大理王朗书曰……故论撰所著《典论》、诗赋，盖百余篇，集诸儒于肃城门内，讲论大义，侃侃无倦。"⑤ 又裴注引胡冲《吴历》曰："帝以素书所著《典论》及诗赋饷孙权，又以纸写一通与张昭。"⑥ 曹丕《典论自叙》也云："余是以少诵诗、论，及长而备历五经、四部，《史》《汉》、诸子百家之言，靡不毕览。所著书、论、诗、赋凡六十篇，至若智而能愚，勇而能怯，仁以接物，恕以

---

① 赵幼文校注：《曹植集校注》卷三《前录自序》，人民文学出版社，1984，第434页。
② 赵幼文校注：《曹植集校注》卷一《与杨德祖书》，人民文学出版社，1984，第154页。
③ ［唐］房玄龄等：《晋书》卷五十《曹志传》，中华书局，1974，第1390页。
④ ［晋］陈寿撰，［南朝宋］裴松之注：《三国志》卷二《魏书·文帝纪》，中华书局，1982，第88页。
⑤ ［晋］陈寿撰，［南朝宋］裴松之注：《三国志》卷二《魏书·文帝纪》，中华书局，1982，第88页。
⑥ ［晋］陈寿撰，［南朝宋］裴松之注：《三国志》卷二《魏书·文帝纪》，中华书局，1982，第89页。

及下，以付后之良史。"① 由以上史料可推知，曹丕生前，曾多次对自己的作品进行过比较全面的整理，甚至又进行了多次副本誊写，分别送与孙权和张昭。此时的曹操，也曾对其著述进行了编辑整理。《三国志·魏书·武帝纪》注引孙盛《异同杂语》云：魏武帝"博览群书，特好兵法，抄集诸家兵法，名曰《接要》，又注《孙武》十三篇，皆传于世"。② 同书又注引《魏书》曰："太祖自统御海内，芟夷群丑，其行军用师，大较依孙、吴之法，而因事设奇，谲敌制胜，变化如神。自作兵书十万余言，诸将征战，皆以新书从事：临事又手为节度，从令者克捷，违教者负败。"③ 在曹操生前南征北战的过程中，他自己作的十万余言兵书，就已以新书的形式出现，成为诸将作战的重要参考书籍。可见，作为当时的军事家与政治上领导者的曹操，对自己所注兵书就进行了整理。自己为自己整理别集的还有吴国的薛综。《三国志》卷五十三《吴书·薛综传》载："凡所著诗赋难论数万言，名曰《私载》，又定《五宗图述》《二京解》，皆传于世。"④ 再如缪袭《撰上仲长统昌言表》云："统字公理，少好学，博涉书记，赡于文辞。……汉帝在许，尚书令荀彧领典枢机，好士爱奇，闻统名，启召以为尚书郎。后参太祖军事，还复为郎。延康元年卒，时年四十余。统每论说古今世俗行事，发愤叹息，辄以为论，名曰《昌言》，凡三十四篇。"⑤ 缪袭的《撰上仲长统昌言表》证明，在仲长统死前，其《昌言》就已撰写完毕，且已整理编订成册。缪袭与仲长统是好友，缪袭此表应写于仲长统去世不久。若以此推断，《昌言》应是仲长统本人在自己政治思想杂论基础上整理而成的。

　　曹魏时期文人文献整理的另一重要成就，就是对同时代人的作品的整理。其实早在东汉中期的和帝时期，就有文人对同时代人的作品进行过整理。如班昭死后，其儿媳就将班昭的作品编撰成集。《后汉书》卷八十四《列女传·班昭传》载："（班昭）所著赋、颂、铭、诔、问、注、哀辞、书、论、上疏、遗令，凡十六篇。子妇丁氏为撰集之，又作《大家

①　夏传才、唐绍忠校注：《曹丕集校注》，河北教育出版社，2013，第 252 页。
②　[晋] 陈寿撰，[南朝宋] 裴松之注：《三国志》卷一《魏书·武帝纪》裴注引，中华书局，1982，第 3 页。
③　[晋] 陈寿撰，[南朝宋] 裴松之注：《三国志》卷一《魏书·武帝纪》裴注引，中华书局，1982，第 54 页。
④　[晋] 陈寿撰，[南朝宋] 裴松之注：《三国志》卷五十三《吴书·薛综传》，中华书局，1982，第 1254 页。
⑤　张兰花、程晓菡校注：《三曹七子之外建安作家诗文合集校注》，河北教育出版社，2013，第 186 页。

赞》焉。"① 但当时，文人对同时代人的作品的整理还不普遍。到了曹魏时期，文人对同时代人的作品的整理才成为文人文献整理中的重要景观。如建安二十一年（216），曹植把自己所著辞赋进行整理，整理之后一并寄给杨修，希望杨修予以批评指正。杨修在《答临淄侯笺》中云："伏想执事，不知其然，猥受顾锡，教使刊定。"② 由此可知，曹植把自己的辞赋寄给杨修还有另一目的，就是让其整理编定自己的辞赋作品。关于建安时期文人整理同时代文人作品的情况，我们还可以从曹植在建安十九年（214）写的《与吴季重书》中得到一些信息。信中在赞扬了吴质的文采之后说："其诸贤所著文章，想还所治复申咏之也。可令憙事小吏讽而诵之。"③ 曹植说，诸贤所著文章，想必你吴质回到你的治所朝歌城后还会阅读。这说明当时文人对当时作家的作品进行收集保存以供自己学习诵读，已成为文人的一种习尚。这种习尚本身就属于文人文献整理的有机组成部分。这在吴质《答东阿王书》中也可得到印证。其云："还治讽采所著，观省英玮，实赋颂之宗，作者之师也。众贤所述，亦各有志。"④ 如曹丕写于建安二十三年（218）的《又与吴质书》云："昔年疾疫，亲故多离其灾，徐、陈、应、刘，一时俱逝，痛可言邪！昔日游处……何图数年之间，零落略尽，言之伤心。顷撰其遗文，都为一集。"⑤ 曹丕有感于建安二十一年（216）的疾疫夺走了建安文人徐干、陈琳、应场、刘桢、王粲等人的生命，为了纪念亡友，把他们的作品进行搜集整理，"都为一集"。《三国志·魏书·明帝纪》载：太和四年，"戊子，诏太傅三公：以文帝《典论》刻石，立于庙门之外"。⑥ 曹植死后数年，明帝曹叡又下诏整理曹植集。《三国志·魏书·陈思王植传》云："景初中诏曰：'……撰录（曹）植前后所著赋颂诗铭杂论凡百余篇，副藏内外。'"⑦ 曹丕也曾下令整理孔融的作品。《后汉书·孔融传》载："魏文帝深好融文辞，每叹曰：'杨、班俦也。'募天下有

---

① ［南朝宋］范晔撰，［唐］李贤等注：《后汉书》卷八十四《列女传·班昭传》，中华书局，1965，第2792页。

② 张兰花、程晓菌校注：《三曹七子之外建安作家诗文合集校注》，河北教育出版社，2013，第107页。

③ 赵幼文校注：《曹植集校注》卷一《与吴季重书》，人民文学出版社，1984，第143页。

④ 张兰花、程晓菌校注：《三曹七子之外建安作家诗文合集校注》，河北教育出版社，2013，第157页。

⑤ 夏传才、唐绍忠校注：《曹丕集校注》，河北教育出版社，2013，第110页。

⑥ ［晋］陈寿撰，［南朝宋］裴松之注：《三国志》卷三《魏书·明帝纪》，中华书局，1982，第97页。

⑦ ［晋］陈寿撰，［南朝宋］裴松之注：《三国志》卷十九《魏书·陈思王植传》，中华书局，1982，第576页。

上融文章者，辄赏以金帛。所著诗、颂、碑文、论议、六言、策文、表、檄、教令、书记凡二十五篇。"① 吴国孙皓也曾命人整理过薛综的作品。《三国志》卷五十三《吴书·薛综传》载："建衡三年，（孙）皓追叹莹父综遗文，且命莹继作。"② 可见，曹魏时期文人为同时代的文人整理别集亦成为文人文献整理的重要内容。

有关曹魏时期，文人对自己或同时代人的作品进行整理的例子还有不少，尽管我们不可能一一寻找出直接的证据，但从文人的相关作品中还可以看出些许端倪。如卞兰的《赞述太子赋》曾云："窃见所作典论，及诸赋颂，逸句烂然，沈思泉涌，华藻云浮，听之忘味，奉读无倦。"③ 卞兰的《赞述太子赋》则说明卞兰对曹丕的《典论》与赋颂等作品非常熟悉，卞兰就拥有这些作品的副本。这些作品副本或是曹丕送给他的，或是其他文人传抄给他的，或是他自己搜集到的，或是自己抄录的，但不管哪种方式，都说明曹丕的作品经过当时文人的整理之后才得以有效传播的。由以上分析不难看出，文人对自己或同时代人的作品进行整理是曹魏时期文人文献整理所呈现出的特征之一。

二是在组织方式上，曹魏时期文人的文献整理彰显出有组织整理与自发整理兼存、形式更加多元、组织日益严密科学的特点。先秦时期，文人的文献整理是有组织的。《国语·周语中》载，晋国使随会聘于周，"归乃讲聚三代之典礼，于是乎修执秩以为晋法"。④ 徐元诰《国语集解》云："修，备也。执，主也。秩，官也。谓晋于是始备主三代典礼之官也。修执秩，所以实行讲聚也。"⑤ 随会归晋国后，认识到三代典礼的重要，所以晋国才开始"讲聚三代之典礼"，完备了晋国之礼法。这种有组织有目的地对文献的整理，《左传》中也有记载。据《左传·文公六年》载，季文子在出聘晋国之前，命人搜求遭丧之礼典文献以备不虞，就是如此。

两汉时期，文人的文献整理活动所昭显的有组织性更加突出。这一方面表现为最高统治者，常常以诏令的方式组织文人进行文献整理。西汉

① ［南朝宋］范晔撰，［唐］李贤等注：《后汉书》卷七十《孔融传》，中华书局，1965，第2279页。
② ［晋］陈寿撰，［南朝宋］裴松之注：《三国志》卷五十三《吴书·薛综传》，中华书局，1982，第1254页。
③ 张兰花、程晓菡校注：《三曹七子之外建安作家诗文合集校注》，河北教育出版社，2013，第164页。
④ ［春秋］左丘明撰，［三国吴］韦昭注，胡文波校点：《国语》卷二《周语中》，上海古籍出版社，2015，第45页。
⑤ 徐元诰撰，王树民、沈长云点校：《国语集解》卷二《周语中》，中华书局，2002，第61页。

建立之初，就"大收篇籍，广开献书之路"。①之后汉武帝、汉成帝继承先轨，进一步加强与推动了文人的文献整理。其中表现为统治者逐步完善了图书收藏整理的制度。如两汉时期除设置有石渠阁、石室、金匮、天禄阁、温室、东观、仁寿阁等藏书机构外，还配有图书整理及管理的官职。如西汉成帝建始四年（前29），"罢中书宦者，又置尚书五人，一人为仆射，而四人分为四曹，通掌图书秘记章奏之事，各有其任"。②百官中有尚书令、尚书仆射、尚书，尚书又有左右丞、侍郎、令史，还有兰台令史"掌奏及印工文书"。③又专设有校书郎，主要从事文献整理工作。

　　不仅中央政府重视典籍的搜集整理，地方诸侯、私人也根据自己的兴趣，有组织地搜集整理文献。如西汉时期的河间献王和淮南王，"从民得善书，必为好写与之，留其真，加金帛赐以招之。由是四方道术之人不远千里，或有先祖旧书，多奉以奏献王者，故得书多，与汉朝等。是时，淮南王安亦好书，所招致率多浮辩。献王所得书皆古文先秦旧书，《周官》、《尚书》、《礼》、《礼记》、《孟子》、《老子》之属，皆经传说记，七十子之徒所论"。④就私人藏书而言，汉代许多的经学大师本身就是藏书家，他们对学术尤其是儒学的钟爱，使他们有目的、有计划地去搜集相关文献，并进行收藏和整理。如班固私修国史，若无家藏充足丰富的典籍文献，其私修国史工作就无法展开。所以，无论从国家中央政府层面，还是从地方诸侯、私人层面，秦至东汉后期文人文献整理与先秦相较，组织性更强，途径也日益多元。

　　曹魏时期，文人文献整理的方式又发生了转变，呈现出新的特征，即有组织整理与自发整理并重、形式日趋多元、组织日益严密科学。这种趋势从东汉后期的安帝时就开始了。如安帝永初四年（110），邓太后掌权时，"诏使与校书刘騊駼、马融及《五经》博士，校定东观《五经》、诸子传记、百家艺术，整齐脱误，是正文字"。⑤这种有组织的文献整理，一方面是对之前文人有组织进行文献整理的继承；另一方面，从"校定"和"整齐脱误，是正文字"等用语中，也彰显出整理的形式更加多元，组织

---

① ［汉］班固撰，［唐］颜师古注：《汉书》卷三十《艺文志》，中华书局，1962，第1701页。

② ［唐］房玄龄等：《晋书》卷二十四《职官》，中华书局，1974，第730页。

③ ［晋］司马彪撰，［南朝梁］刘昭注补：《后汉书志》卷二十六《百官三》，中华书局，1965，第3600页。

④ ［汉］班固撰，［唐］颜师古注：《汉书》卷五十三《景十三王传》，中华书局，1962，第2410页。

⑤ ［南朝宋］范晔撰，［唐］李贤等注：《后汉书》卷八十上《文苑列传上·刘珍传》，中华书局，1965，第2617页。

也愈益科学。顺帝、灵帝时期，亦多次下诏以不同形式组织文人开展文献整理活动。延熹二年（159），桓帝"初置秘书监官"，①"秘书监一人，秩六百石"，②"掌典图书古今文字，考核异同"。③从这些记载可以看出，东汉后期，统治者不仅对文书、档案与图书诸项工作的管理逐步加强了，而且还使其工作向专业化、职业化（即考核异同）方向发展。这种有组织地对文人文献整理的管理，曹魏时期较之前更趋完备。如建安十八年（213），曹操称魏王，设立了整套官职，"置秘书令，典尚书奏事，即中书之任也。兼掌图书秘记"。④曹丕称帝后，又对秘书官署进行了调整。黄初初，他将秘书令的职辖一分为二，分设秘书立中书，"置中书令，典尚书奏事，而秘书改令为监……掌艺文图籍"。⑤曹丕的这一举措，使中书、尚书、秘书三者分立，分工职责更加明确，使东汉桓帝设立的秘书监得到了恢复与发展，进一步突出了皇家图书机构的专业化与职业化。对此，杜佑的《通典·职官·秘书监》记载更加系统。其文曰："（魏武帝）置秘书令，典尚书奏事。文帝黄初初，乃置中书令，典尚书奏事，而秘书改令为监，掌艺文图籍之事。"⑥这些表明，曹魏时期统治者有组织地进行文献整理更加普遍和规范，郑默的《魏中经簿》的出现，正是此时文人文献整理实践进入规范化、科学化的有力例证。《隋书》卷四十九《牛弘传》引牛弘《请开献书之路表》云："魏文代汉，更集经典，皆藏在秘书、内外三阁，遣秘书郎郑默删定旧文。时之论者，美其朱紫有别。"⑦郑默奉诏利用搜集的大量典籍删定旧文，编制了国家书目《魏中经簿》。特别是郑默在编制《魏中经簿》中所运用的分类法，通过西晋荀勖编制《中经新簿》的继承和发展，基本确立了甲乙丙丁这一四部文献分类法，为以后文人文献整理提供了比较规范、科学的基本遵循，成为文人文献整理的重要原则与方法。

就文人自发的文献整理而言，曹魏时期也是一个重要的变革时期。从

① ［南朝宋］范晔撰，［唐］李贤等注：《后汉书》卷七《孝桓帝纪》，中华书局，1965，第306页。
② ［南朝宋］范晔撰，［唐］李贤等注：《后汉书》卷七《孝桓帝纪》注引《汉官仪》，中华书局，1965，第306页。
③ ［宋］李昉等：《太平御览》卷二百三十三引《东观汉记》，中华书局，1960，第1106页上。
④ ［唐］李林甫等撰，陈中夫点校：《唐六典》卷十《秘书省》"秘书监"条，中华书局，1992，第295页。
⑤ ［南朝梁］沈约：《宋书》卷四十《百官下》，中华书局，1974，第1246页。
⑥ ［唐］杜佑撰，王文锦等点校：《通典》卷二十六《职官八·秘书监》，中华书局，1988，第732—733页。
⑦ ［唐］魏徵、［唐］令狐德棻：《隋书》卷四十九《牛弘传》，中华书局，1973，第1298页。

东汉班昭的儿媳丁氏对班昭的文集进行整理，到建安时期的曹植、曹丕对自己文学作品的搜集删订与编定，再到魏文帝曹丕、魏明帝曹叡分别对孔融、曹植作品的编纂；从东汉经师如郑玄等人对儒家经典的传注，到建安时期曹操对兵书的注释，再到魏齐王曹芳时期何晏、向秀等对《老子》《论语》《庄子》等典籍的注解等，都是一种自发的文献整理行为。就连曹植让杨修刊定自己的辞赋作品，曹丕对建安诸子文集的整理，从曹植与曹丕二人本身而言，也是一种自发的行动。这些文人自发整理文献的个人行为与统治者有组织整理文献的官府行为不同，不仅不带有明显的强制性、被动性，而且组织性、计划性也相对淡化一些，但文人作为文献整理个体的自觉性、主动性和非功利性更为突出。

概而言之，就有组织的文献整理来说，曹魏时期文人文献整理逐步转向专业化与职业化；就自发的文献整理而言，该期文人文献整理则呈现出自觉化、主动化与非功利化的特点。所以，曹魏时期文人文献整理活动的转型，在组织方式上凸显出有组织整理与自发整理并存、形式更加多样、组织更加严密和科学的特征。

三是在整理目的上，曹魏时期文人的文献整理所彰显的为文学与艺术、为我整理与为他整理并重的追求更加鲜明。先秦时期，文人文献整理的目的一般是为政治教化的。韩高年指出："春秋时期，礼乐制度中的宗教色彩逐步淡化，而其中蕴含的实践理性和政治理性被加以充分的注意，记载前言往行的典籍和文献蕴藏着对现实政治和社会实践具有参考价值的经验，这就促使对前代典籍的整理成为各诸侯国一种内治和邦交的需要。"①《诗经》的编辑整理，孔子对六经的整理等，都具有明确的政治教化目的。与此相关，先秦文人为了实现自己的政治教化目的，在文献整理时往往选择古圣先贤的言行文本（或是书面的，或是口传的）进行整理。如该期文人对《左传》《国语》和上博简《武王践阼》等文献的整理。晁福林先生认为，战国时代的古史编撰又分为两类，其中一类"是有丰富内容的依据前代材料重新改铸的古史，这类古史著作中，具有较多求真精神的是以《左传》、《国语》等为代表的作品，另外还有不少是以今律古的作品，《武王践阼》篇可以视为典型"。②可见，先秦时期文人文献整理，从目的上看，主要是借助对他人的典籍和文献的整理来实现自己的政治教化

---

① 韩高年：《春秋卿大夫的文献整理及其文化意义——从元典生成看民族精神的确立》，《西北师大学报》2009年第5期。

② 晁福林：《从上博简〈武王践阼〉看战国时期的古史编撰》，《史学理论研究》2011年第1期。

目的。

两汉时期，文人文献整理的目的以及为实现此目的所凭借的整理的文献发生了变化。此时文人文献整理的目的从先秦时期的以政治教化为主转化为对政治教化和学术的并重。如该期文人对儒家经典的整理："由于经学传承的流派众多，学派间虽有沟通兼容，但是互为壁垒、相互攻击、党同伐异的学派间矛盾与斗争行为更为常见。因此统治者从政治权威的角度弥缝不同学派间的学术分歧、确立统一的学术标准，无论是对政治的稳定还是文化学术的发展，都有积极的意义。正是认识到这一点，两汉统治者先后通过石渠阁会议、白虎观会议和刊立太学石经等方式统一经说。"①从西汉到东汉，文人文献整理的目的与先秦相比，既是为政治教化的，又是为文化学术的，是为政治教化与为文化学术的统一。这个时期为了实现自己文献整理的目的，文人借以整理的文献在经、史方面主要以整理他人的典籍与文献为主。如该期文人对今文经学与古文经学文献的整理，其文献文本皆为前人著作。汉代文人对史类著作的整理，也多借助于前代或他人的文献典籍，如东汉明、章帝时期兰台文人与东观文人的史书整理编撰活动就是如此。汉代文人为实现自己的文献整理目的，借以整理的文献在子、集方面主要是以前代文人的作品为主。据《汉书·艺文志》载，西汉共五十七个赋家赋作被收录，诸子共二十八家。这些作品的整理者虽然多数史无记载，但却被班固的《汉书·艺文志》收录，其收集整理的时代为东汉之前。东汉文人借以整理的文献在子、集方面的体现与西汉一致，亦是以前代文人的作品为主。由此我们可以作出如下结论：两汉时期，文人文献整理的目的主要以政治教化与文化学术为主，为达到这一目的，文人借以整理的文献无论是经、史方面，还是子、集方面，主要以前代文人的作品为主。

曹魏时期，文人文献整理的目的与为实现此目的所凭借的整理的文献则呈现出新的特点。此期文人文献整理的目的与之前相比，转向了以文化学术与文学为主。就曹魏时期文人文献整理的文化学术目的而言，主要承前代文人文献整理之遗风，具体体现在对经、史、子类文献的整理上。这是由我国古代经、史、子类文献常常被视为文化学术文献的代表这一认识和观念决定的。这可以通过以下相关文献予以证明。如汉献帝兴平二年（195），杨彪与刘洪等续作《东观汉记》；汉献帝建安二年（197），"时始迁都于许，旧章埋没，书记罕存。（应）劭慨然叹息，乃缀集所闻，著

---

① 禹平:《汉代儒生的社会活动研究》，博士学位论文，吉林大学，2008，第218页。

《汉官礼仪故事》，凡朝廷制度，百官典式，多劭所立。……又集解《汉书》，皆传于时"。① 杨彪与刘洪等续作的《东观汉记》，应劭所著的《汉官礼仪故事》《汉书集解音义》等，其目的就是文化学术。至于该期文人整理的子类著作，其著作与整理者的文化学术目的也非常明确。《三国志·魏书·杜恕传》载："初，恕从赵郡还，陈留阮武亦从清河太守征，俱自薄廷尉。谓恕曰：'相观才性可以由公道而持之不厉，器能可以处大官而求之不顺，才学可以述古今而志之不一，此所谓有其才而无其用。今向闲暇，可试潜思，成一家言。'在章武，遂著《体论》八节。"② 正如有论者所指出："到了汉魏时期，尤其是东汉晚期以后，受时代风气所渐，出现了驰说以邀誉，著作以弋名的现象，言说与著作本身成为炫耀的对象，也就成为名誉的主要载体，而原本的'道'似乎退居到附属物的地位。汉魏子书，从'言以载道'向'借言流名'的转变是一个渐进的过程，其间并没有一个截然的界限，也并不是说哪一些子书作者只是'言以载道'而不想流名，哪一些子书作者只想流名而根本不在意'载道'。而是说，在汉魏子书漫长的发展过程中，曾经有一个阶段，在某些作者的潜意识里存在着对先秦诸子'言以载道'传统的有意偏离，著作的重心转向著作者个人，书中多着墨于个人现实状况的种种描述，并试图在所言之'道'上盖下自己的大名以期永远流传。"③ 这种以企永远流传的价值追求，就蕴含有对文化学术的阐扬与执着。如该期应劭的《风俗通义序》、桓范的《世要论·序作》等作品中，皆有对立言自觉追求的明确阐发。《风俗通义序》云："周秦常以岁八月遣𬨎轩之使，采异代方言，还奏籍之，藏于秘室。及嬴氏之亡，遗脱漏弃，无见之者。蜀人严君平有千馀言，林闾翁孺才有梗概之法，扬雄好之。天下孝廉，卫卒交会，周章质问，以次注续，二十七年，尔乃治正，凡九千字，其所发明，犹未若《尔雅》之阂丽也。张竦以为悬诸日月不刊之书。予实顽暗，无能述演，岂敢比隆于斯人哉！顾惟述作之功，故聊光启之耳。"④《世要论·序作》也云："夫著作书论者，乃欲阐弘大道，述明圣教，推演事义，尽极情类，记是贬非，以为法式，当时可行，后世可修。且古者富贵而名贱废灭，不可胜记。唯篇论俶傥之人，为不朽耳。夫夺名于百代之前，而流誉于千载之后，以其览之者益，

① ［南朝宋］范晔撰，［唐］李贤等注：《后汉书》卷四十八《应劭传》，中华书局，1965，第1614页。
② ［晋］陈寿撰，［南朝宋］裴松之注：《三国志》卷十六《魏书·杜恕转》，中华书局，1982，第507页。
③ 尹玉珊：《汉魏子书研究》，博士学位论文，中国社会科学院，2010，第34页。
④ ［清］严可均辑校：《全后汉文》卷三十三，河北教育出版社，1997，第338页。

闻之者有觉故也。"① 曹魏时期文人文献整理重视经、史、子文献整理的倾向，从前文论述该期文人文献的整理主体时，所举的相关实例中也能得到充分说明。

曹魏时期文人文献整理的另一重要目的就是转向了文学，即为文学而进行文献整理成为该期文人文献整理的重要目的和价值体现之一。这主要表现在此时文人对集类作品的整理上。从文人文献整理的活动演变史上看，文人对集类作品进行整理从西汉时代就开始了。如刘向、刘歆父子对《诗赋略》的整理，汉代统治者对辞赋与乐府诗歌的搜集整理，班昭儿媳丁氏对班昭集的整理，傅毅对《神雀颂》的整理等，都可以透视出汉代文人对集类作品整理所做的积极努力。但那时文人对集类作品的整理与当时文人整体的文献整理相比来说，所占的比例是很小的，在文人整个文献整理中并不占主导地位，占主导的是经、史与子类文献的整理；而且其整理的目的也不是为了文学，而是为了政治教化。也就是说，尽管东汉后期前文人的文献整理中出现了对集类作品的整理，但对集类作品的整理是出于统治者政治教化上的需要，准确而言是出于政治统治的需要。直到曹魏时期，文人对集类作品的整理才由出于政治教化的需要转向文学自身的需要。如范晔的《后汉书·文苑列传》，在每位文人传记之末，都列举其创作的各类文学作品，并说明凡多少篇。正如章学诚所云："自东京以降，迄乎建安、黄初之间，文章繁矣。然范、陈二史，所次文士诸传，识其文笔，皆云所著诗、赋、碑、箴、颂、诔若干篇，而不云文集若干卷，则文集之实已具，而文集之名犹未立也。"② 又如《后汉书·孔融传》载，曹丕之所以搜集整理孔融的别集，是因为"魏文帝深好融文辞，每叹曰：'杨、班俦也。'募天下有上融文章者，辄赏以金帛"。③ 魏明帝曹叡下诏整理曹植的别集，是由于陈思王"自少至终，篇籍不离于手，诚难能也"。④ 曹植在《前录自序》中直述亲自编订自己的辞赋别集《前录》，是基于"余少而好赋"⑤ 的兴趣。就曹丕整理自己的文集而言，是其"文章经国之大业，不朽之盛事"⑥ 立言价值观的具体体现。曹丕整理建安诸子的作品而成为一

① ［清］严可均辑校：《全三国文》卷三十七，河北教育出版社，1997，第 377 页。
② ［清］章学诚著，叶瑛校注：《文史通义校注》卷三《内编三·文集》，中华书局，1994，第 296 页。
③ ［南朝宋］范晔撰，［唐］李贤等注：《后汉书》卷七十《孔融传》，中华书局，1965，第 2279 页。
④ ［晋］陈寿撰，［南朝宋］裴松之注：《三国志》卷十九《魏书·陈思王植传》，中华书局，1982，第 576 页。
⑤ 赵幼文校注：《曹植集校注》卷三《前录自序》，人民文学出版社，1984，第 434 页。
⑥ 夏传才、唐绍忠校注：《曹丕集校注》，河北教育出版社，2013，第 238 页。

集，是为了保存好友的文学作品，以表达对亡友的缅怀之情。就连曹丕下诏整理的类书《皇览》也有文学上的目的。《三国志·魏书·文帝纪》载："初，帝好文学，以著述为务，自所勒成垂百篇。又使诸儒撰集经传，随类相从，凡千余篇，号曰《皇览》。"① 所以，从曹魏时期文人对文学作品的整理来看，其主要目的之一就是为了文学，即借对文学作品的整理实现不朽的人生价值追求。同时，他们所整理的集类作品多为自己的作品，或同时代文人的作品。可见，曹魏前文人对集类作品的整理和曹魏时期文人对集类作品的整理，在目的上具有明显的不同。曹魏前文人整理的集类作品，不仅目的上是为政治教化服务的，而且其整理的对象，或是前代文人的文学作品或是同时代文人创作的文学作品，彰显出为他人整理的倾向。曹魏时期文人整理的集类作品，不仅目的上是为文学的，而且其整理的对象或是整理者自己的文学作品，或是同时代文人创作的文学作品，则表现出为我整理和为他整理并重的追求。

综上所述，与前代文人文献整理的目的相比，曹魏时期文人文献整理的目的，在总体上呈现出以文化学术与文学为主、以为我整理和为他整理并重的显著特征。这种特征对以后文人文献整理的目的产生了积极而深远的影响。

四是在文献的分类上，曹魏时期文人文献整理的分类日益规范严谨，标准也趋于统一。先秦时期文人的文献整理，就有了分类意识，尽管这种意识并不一定那么理性与自觉。如《诗经》中风、雅、颂的分类，其分类的依据与标准，根据风、雅、颂的内容及其功用，应该是以诗的功能及其作用、运用的场所等来划分的。但据学界多数学者的观点，是以音乐来划分的。不过对此也有不少学者提出了其他观点。如高亨先生在《诗经今注》中就主张《诗经》是以地域来划分的；周满江先生认为《诗经》是按音乐、作者和政治等来划分的；② 韩高年则认为由乐官合仪式之歌的为颂，讽刺之用的为雅，抒情言志的为风。③ 就先秦时期文人整理的其他文献来说，如《论语》《孟子》《老子》《庄子》等诸子之书，《尚书》《国语》《左传》等历史之书，大体也是以其内容或诸子各派领袖的思想言论来汇集整理的。虽然先秦时期文人的文献整理，在分类上有自己的初步认识和划分

---

① ［晋］陈寿撰，［南朝宋］裴松之注:《三国志》卷二《魏书·文帝纪》，中华书局，1982，第88页。
② 洪湛侯:《诗经学史》，中华书局，2002，第25页。
③ 韩高年:《春秋卿大夫的文献整理及其文化意义——从元典生成看民族精神的确立》，《西北师大学报》2009年第5期。

的依据，但整体上比较杂乱，缺乏统一的、科学的标准。如在文献整理的分类上，就每部单独成书的典籍而言，有以音乐来划分的，有以国别来划分的，有以著者来划分的，有以内容来划分的，有的甚至一书兼具多种划分标准；就某一部分书中的某一类而言，也有标准不一的。所以有学者说："综合先秦典籍中的'志曰'或'志有之曰'的内容来看，'志'总的来说是记事、记言类韵语的泛称，但如果具体来说，其内容和类型又表现出相当繁杂的特点，涉及社会生活的各个方面。"① 了解了这些，对学界关于《诗经》等先秦文献分类标准的争论也就属于情理之中了。

两汉时期，文人文献整理的类别日趋明确，彰显出向专业与职业化方向发展的态势。如西汉建立之初，刘邦就"命萧何次律令，韩信申军法，张苍定章程，叔孙通制礼仪，陆贾造《新语》"。② 武帝时期，由军政杨仆整理了兵书，并编就了一部专科目录《兵录》。成帝时期，对文献进行了一次全面的、大规模的整理活动。《汉书·艺文志》云："至成帝时，以书颇散亡，使谒者陈农求遗书于天下。诏光禄大夫刘向校经传诸子诗赋，步兵校尉任宏校兵书，太史令尹咸校数术，侍医李柱国校方技。每一书已，向辄条其篇目，撮其旨意，录而奏之。会向卒，哀帝复使向子侍中奉车都尉歆卒父业。歆于是总群书而奏其《七略》。"③《七略》之首的"辑略"是每部书总序和类序的汇编；"六艺略"包括《易》类、《书》类、《诗》类、《礼》类、《乐》类、《春秋》类、《论语》类、《孝经》类、小学类等九类；"诸子略"包括儒家、道家、阴阳家、法家、名家、墨家、纵横家、杂家、农家和小说家共十类；"诗赋略"包括屈原赋之属、陆贾赋之属、孙卿赋之属、杂赋、诗歌共五类；"兵书略"包括兵权谋、兵形势、兵阴阳、兵技巧共四类；"数术略"包括天文、历谱、五行、蓍龟、杂占、刑法共六类；"方技略"包括医经、经方、房中、神仙共四类。所以，从"分类可以看出，《七略》一书正显示出一套相当完备严格的图书编目分类系统"。刘向刘歆父子"所创立的图书六分法《七略》，正是我国古典历史文献学正式形成的开端，又对今后的经、史、子、集四分法起了一个起迪④ 和催生作用"。⑤ 刘向父子的文献分类确实起到了承前启后的作用，既继承了先

---

① 韩高年：《春秋卿大夫的文献整理及其文化意义——从元典生成看民族精神的确立》，《西北师大学报》2009 年第 5 期。
② ［汉］班固撰，［唐］颜师古注：《汉书》卷一下《高帝纪》，中华书局，1962，第 81 页。
③ ［汉］班固撰，［唐］颜师古注：《汉书》卷三十《艺文志》，中华书局，1962，第 1701 页。
④ 笔者按："起迪"应为"启迪"。
⑤ 许正文：《西汉时期刘向父子的古籍编校与整理》，《延安大学学报》2010 年第 6 期。

秦以来文人文献整理分类实践所积累的经验，又进行了全面思考与归类，使文献的分类更趋于科学与系统。

东汉文人在进行文献整理时，便很好地继承了西汉文人文献整理的分类标准。这主要表现在两个方面：第一，班固的《汉书·艺文志》，就直接继承了《七略》的六分法。曹之先生曾撰文指出："《汉书·艺文志》不仅在类目安排方面因袭了《七略》，而且它所著录的图书，绝大多数是直接从《七略》抄来的。"① 当然，《汉书·艺文志》对《七略》中归类不够准确、不够恰当之处，也进行了必要调整；对《七略》中没有收录，而班固认为比较重要的，又进行了增加；对《七略》中著录重复的则予以删去。即做了一些"出""入""增""省"的工作。这说明《汉书·艺文志》在《七略》的基础上又进一步把分类内容和著录办法规范化了。第二，东汉文人的其他文献整理在内容分类上也日趋规范，注重按内容的类别予以整理。如安帝永初四年（110），邓太后诏令整理校定文献的内容有五经、诸子传记、百家艺术；安帝元初四年（117），诏刘珍等整理儒家经典；顺帝永和元年（136），诏伏无忌等校定五经、诸子百家、艺术；灵帝熹平四年（175），诏蔡邕等人正定六经。以上所说的五经、诸子传记、百家艺术、诸子百家等，是对《七略》分类的继承与综合。因为在刘向父子《七略》之前，文人文献整理在分类上是零乱的，缺乏全面的、整体的宏观视野与构思，仅着眼于某一部书或某一内容文献的整理；刘向父子的《七略》出现之后，全面的、整体的、系统的文献整理的分类意识才得到加强，并走向理性的自觉。

曹魏时期，文人文献整理的这种分类意识又得到了进一步增强和深化。如曹植对自己辞赋的整理，定为《前录》七十八篇，并对自己的作品编有手稿目录。由此推知，曹植为自己编定的手稿目录应是按作品内容和文体编定的。曹丕也曾整理自己的作品，并素书《典论》与诗赋，分送于孙权和张昭，可见曹丕把自己的《典论》与诗赋是按类（兼包文类和体类）分开的。再如曹丕对建安诸子作品的整理，从史料记载来看，仅对他们的文学作品进行了搜集与整理，而对诸子的其他类作品（如经传等）没有予以应有的关注与整理。所以我们今天看到的建安诸子的作品多为文学作品，而其他作品却很少看到，有些仅存书目和只言片语。如孔融的《春秋杂议难》五卷、王粲的《尚书问》二卷、刘桢的《毛诗义问》十卷等。这一方面说明在这个时期，文人对文献中文学作品的重视；另一方面，也

① 曹之：《两汉魏晋南北朝古籍编目史略》，《图书情报论坛》2001 年第 2 期。

说明了文人对文献的类别归属意识是很强的，以至于成为当时文人认识和了解文献、阅读文献，获取知识的一种普遍观念。

曹魏文人文献整理的类别意识，也可由其从小接受教育时，所阅读的书目类别非常清晰得到证明。如《三国志·魏书·陈思王植传》曰："年十余岁，诵读《诗》《论》及辞赋数十万言。"①《三国志·魏书·文帝纪》裴注引《魏书》云："年八岁，能属文。有逸才，遂博贯古今经传诸子百家之书。"②就连曹丕本人在《典论·自叙》中亦云："余是以少诵诗、论，及长而备历五经、四部，《史》《汉》、诸子百家之言，靡不毕览。"③无名氏《中论序》在阐述徐干身世时也说："年十四，始读五经……故能未至弱冠，学五经悉载于口。博览传记，言则成章操翰成文矣。"④以上所举，分把诗、论、辞赋、经传、诸子百家、五经、四部、传记等一一列出，说明曹魏时期文人对文献的归类确实达到了前所未有的高度。尤其值得我们关注的是，曹丕明确地把"五经"与"四部"并列，尽管因史料缺乏我们无法确知他所说的"四部"是否就是后来文献整理中的甲乙丙丁四部，但可以推断两者应有演进史上的关联。在曹丕之后的郑默，史载其历任秘书郎、司徒左长史等职，在其生前曾编有书籍编目专书《中经》。虽然该书早已亡佚，具体情况不能确知，但其却是按照甲乙丙丁四部来对文献进行分类的，这一分类应该是以前人的分类经验为基础的。曹丕所说的四部，在一定程度上说明在建安时期已有文献划分的四部方法，郑默的四部法应该是对刘向父子《七略》和曹丕所说的四部类分法的继承和发展，并对以后文献分类产生了重要而深远的影响，其典型就是晋代荀勖所编的《中经新簿》。史载："魏氏代汉，采掇遗亡，藏在秘书中、外三阁。魏秘书郎郑默，始制《中经》，秘书监荀勖，又因《中经》，更著《新簿》，分为四部，总括群书。一曰甲部，纪六艺及小学等书；二曰乙部，有古诸子家、近世子家、兵书、兵家、术数；三曰丙部，有史记、旧事、皇览簿、杂事；四曰丁部，有诗赋、图赞、《汲冢书》。大凡四部合二万九千九百四十五卷。但录题及言，盛以缥囊，书用缃素。至于作者之意，无所论辩。"⑤足见

---

① ［晋］陈寿撰，［南朝宋］裴松之注：《三国志》卷十九《魏书·陈思王植传》，中华书局，1982，第557页。
② ［晋］陈寿撰，［南朝宋］裴松之注：《三国志》卷二《魏书·文帝纪》，中华书局，1982，第57页。
③ 夏传才、唐绍忠校注：《曹丕集校注》，河北教育出版社，2013，第252页。
④ ［清］严可均辑校：《全三国文》卷五十五，河北教育出版社，1997，第535页。
⑤ ［唐］魏徵、［唐］令狐德棻：《隋书》卷三十二《经籍一·总序》，中华书局，1973，第906页。

《中经新簿》就是在郑默《中经》的基础上而编定的。这不仅从编目的书名上可以得到直接印证，而且荀勖对文献的划分亦是按四分法来进行的，只不过称之为甲乙丙丁四部而已。所以，曹魏时期文人文献整理在分类上走向了标准统一和归类规范、科学、系统化的道路，基本奠定了中国古代文献整理归类的基础。

五是在文献整理者的身份上，曹魏时期参与文献整理的文人日益向学者化、作家化迈进，也昭显出该期文人文献整理不同于之前的新特质，多是以作家为主、以学者为辅的学者化的文学家。先秦时期文献整理者的身份比较复杂。如编定《商颂》的正考父是西周宣王时宋国的大夫，整理过"六经"的孔子是春秋末期的思想家、政治家和教育家。而先秦诸子著作皆为其弟子及再传弟子整理而成。正如严可均在《书管子后》所说："先秦诸子，皆门弟子或宾客或子孙撰定，不必手著。"[1] 章学诚也说："古人并无私自著书之事，皆是后人缀辑。"[2] 可知，先秦时期整理文献的文人身份，大多史籍无载，也就是说先秦文献的整理多出于众人之手，非一人一时之功。很多文献的整理编定时间与整理编定者无法得以确定。曹之先生曾云："先秦著作的编撰者和成书时间很难说清，只能根据图书内容和有关条件，提供一个比较接近实际的答案。先秦图书编撰者多为诸子首领及其门徒。"[3] 所以，先秦时期文献的整理者大多数的身份无法明确，能够明确身份的只是少数。除前面我们所举有大夫、思想家、政治家、教育家外，还有晋国的士会，郑国的子产、游吉，晋国的叔向、韩宣子、魏绛等各国卿大夫，《左传》《国语》关于他们言行的记载中就涉及他们对前代文献的整理活动。[4] 另外，先秦时的采诗、献诗、陈诗等作为搜集整理《诗》文本的制度，其搜集整理者有遒人、行人、使者等知识者群体或阅历丰富者，甚至还有那些年老衣食无靠者，身体有残疾而生活无靠者。

两汉时期，文献整理者的身份多为学者型的官吏、爱好文化学术的学者与研究者、经学家和史学家、文学家，还有一些专门从事文献搜集与整理的专职人员。总体而言，身份也比较复杂，但对文献的了解、认识与掌握也要更加专门化、职业化，多为研究某一类文献的学者和专家。他们同

---

[1] 余嘉锡:《古书通例》卷四《辨附益第四》"古书不皆手著"条引，载余嘉锡:《目录学发微 古书通例》，上海古籍出版社，2013，第223—224页。

[2] 余嘉锡:《古书通例》卷四《辨附益第四》"古书不皆手著"条引，载余嘉锡:《目录学发微 古书通例》，上海古籍出版社，2013，第224页。

[3] 曹之:《中国古籍编撰史》，武汉大学出版社，2015，第64页。

[4] 韩高年:《春秋卿大夫的文献整理及其文化意义——从元典生成看民族精神的确立》，《西北师大学报》2009年第5期。

时还具有良好的口头与书面表达能力，尤其是书写能力较先秦时期有了较大的提升。如此时的刘向、刘歆等这些文献整理者都是著名的经学家，又是学者，还创作了一定的文学作品，也是文学家或作家。司马迁、班固等，是著名的历史学家，又是学者、文学家。与先秦时期相比，已有了明显的变化，即这个时期的整理者多为某一行业或某一领域的专家。如西汉初的萧何、张苍为律令专家，韩信是军事专家，叔孙通是礼仪专家。汉武帝之后，文献整理者多为经学家，如孔安国、戴圣、刘向、刘歆等，都是当时著名的经学大师。不仅如此，该期的文献整理者，还具有较高的文学素养，其重要表现就是不少文献整理者都创作过数量不等的文学作品，且有作品传世，是当时文坛具有一定代表性的文学家或作家。如司马相如、司马迁、班固等。同时，他们大多都有做官的经历，也有不少任过博士之职。汉代博士的任务主要是为国家培养儒学高级人才，王国维《汉魏博士考》便认为其职"在教授及课式"。[①] 吴宗国称："太学博士并不是单纯的经师，还承担着议政、制礼、藏书、试策、出使多项职能。"[②] 或出任地方长吏，如刘歆在哀帝时就先后任河内太守、五原太守、涿郡太守；或仕朝入拜卿相，如叔孙通在高祖时就担任过九卿之首的奉常。所以两汉时期，文献整理者的身份尽管总体上比较复杂，但与先秦时期相比，已开始向专业化、学术化方向迈进，即他们不仅普遍具有高的文化学术修养，而且还拥有较强的文学素养或者书写与表达能力。

曹魏时期，文献整理者的身份又迈进了一个新的阶段，其文学化、学者化的色彩更加彰显。如果说汉代以前，文献整理者的身份是以学者为主、作家为辅的文学化的学者的话，那么曹魏时期的文献整理者，其身份则是以作家为主、以学者为辅的学者化的文学家。下面，我们把该期具有代表性的文献整理者的身份情况罗列于下：

荀爽：献帝时拜平原相，又拜司空。名士、文学家。

荀悦：献帝时初辟曹操府，迁秘书监、侍中。史学家、政论家。

高诱：建安十年任司空掾，后任濮阳，迁监河东。学者。

颍容：汉献帝时避乱荆州。学者。

曹操：灵帝时举孝廉，为郎，迁济南相，献帝时为司空。政治家、军事家、诗人。

杨修：献帝建安初，举孝廉，除郎中，为曹操仓曹属主簿。文人。

刘桢：建安初为曹操军谋祭酒，后为五官中郎将文学。诗人。

---

① 王国维：《观堂集林》卷四，中华书局，1959，第 195 页。

② 吴宗国：《中国古代官僚政治制度研究》，北京大学出版社，2004，第 55 页。

王粲：建安时被赐爵关内侯，后任侍中。诗人、辞赋家。

董遇：汉献帝兴平中关中扰乱，与兄依将军段煨。学者。

曹丕：曾任五郎中郎将，帝王。八岁能属文，诗人、辞赋家。

曹植：诸侯王。博学善文，能诵俳优小说。诗人、辞赋家、散文家。

王象：曹丕代汉，授散骑常侍、迁常侍，封列侯。文人。

郑默：曹魏时先后任秘书郎、司徒左长史。学者、文人。

卫觊：献帝时授尚书郎；魏国建，任侍中、拜尚书。散文家、书法家。

缪袭：建安中，辟御史大夫府。学者、文人。

杜琼：东吴时先后任谏议大夫、左中郎将、大鸿胪、太常等。学者。

薛综：孙权时任五官中郎将，后为太子少傅。文人。

虞翻：入仕东吴，任富春县长，举茂才。学者、文人。

韦曜：任东吴丞相掾、尚书郎、中书郎、博士祭酒等。学者、文人。

张昭：任东吴长史，拜辅吴将军等。大臣、文人。

刘劭：建安时为计吏、秘书郎；曹魏时为尚书郎。文人。

韦诞：建安时授郎中；明帝时为武都太守，转侍中等。文人、书法家。

孙该：年二十为上计掾，后迁博士、司徒右长史、著作郎。辞赋家。

王昶：建安后期为太子文学，曹丕即位拜散骑侍郎，迁兖州刺史。散文家。

王朗：先后为魏郡太守，迁太守、奉常、大理，后任司空等。学者、散文家。

曹叡：黄初二年封齐王，七年继王位，即魏明帝。诗人。

应璩：曹丕代汉，官散骑侍郎，迁散骑常侍；正始时迁侍中。诗人、散文家。

应贞：魏末为司马炎参军，泰始三年为太子中庶子，迁散骑常侍。诗人、辞赋家。

何晏：齐王芳时迁散骑常侍、侍中、吏部尚书。玄学家、文人。

桓范：建安时为相府掾属，魏明帝时为中领军、尚书等。政论家。

王弼：正始时为尚书郎。玄学家、文人。

向秀：景元四年后官至黄门侍郎、散骑常侍。辞赋家。

王肃：正始元年为广平太守，后拜议郎，迁太常，加散骑常侍。经学家、文人。

王沈：高贵乡公正元中迁散骑常侍、侍中、典著作。辞赋家、史学家。

阮籍：司马昭时曾任侍中、东平相、步兵校尉等。诗人、散文家、玄学家。

钟会：任齐王芳秘书郎、尚书郎等，司马昭时迁黄门侍郎等。文人、玄学家。

嵇康：历官郎中、中散大夫。散文家、诗人、玄学家。

王基：举孝廉出身，迁中书侍郎，后任安丰太守等。文人。

阮咸：曾任散骑侍郎。名士、文学家。

裴秀：正始九年迁黄门侍郎，晋时迁司空。学者、散文家。

薛莹：东吴时为秘府中书郎、散骑中常侍等，晋时任散骑常侍。史学家、文人。

以上所列凡四十一人，其中直接在文学史上以文学著称的有二十一人。尽管以文人或学者著称，但都有文学作品传世，亦被收入文学家大辞典。也就是说，这四十一人都是该期文坛上的代表作家。他们之所以载入史册，被当代人和后人称道，在很大程度上靠的就是他们的文学成就。尤其是曹操、曹丕、曹植、王粲、刘桢、应瑒、阮籍、嵇康等人，更是其中的典型。他们虽然也是博通众学的学者，但他们的文学成就远远要高于他们的学术成就。一言以蔽之，他们多是学者型的作家或文学家。

六是从文人文献整理的态度来说，曹魏时期也发生了重要的变化，即文人在进行文献整理时更重视自己对所整理对象的自我理解与见解，展现出不拘于成见的独立精神。先秦时期，文人对待文献整理所持的态度是"述而不作"。这主要以孔子为代表。"述而不作"出自《论语·述而》篇中孔子的这段话："述而不作，信而好古，窃比于我老彭。"① 对此班固有如下解释："周道既衰，坏于幽厉，礼乐征伐自诸侯出，陵夷二百余年而孔子兴，以圣德遭季世，知言之不用而道不行……于是应聘诸侯，以答礼行谊。西入周，南至楚，畏匡厄陈，奸七十余君。适齐闻《韶》，三月不知肉味；自卫反鲁，然后乐正，《雅》《颂》各得其所。究观古今之篇籍……于是叙《书》则断《尧典》，称乐则法《韶舞》，论《诗》则首《周南》。缀周之礼，因鲁《春秋》，举十二公行事，绳之以文武之道，成一王法，至获麟而止。盖晚而好《易》，读之韦编三绝，而为之传。皆因近圣之事，以立先王之教，故曰'述而不作，信而好古'；'下学而上达，知我者其

---

① ［宋］朱熹：《论语集注》卷四，载［宋］朱熹：《四书章句集注》，中华书局，1983，第93页。

天乎'！"①对于何为"述"、何为"作"，清人焦循在其《雕菰集·述难二》中云："人未知而己先知，人未觉而己先觉，因以所先知先觉者教人，俾人皆知之觉之，而天下之知觉自我始，是为'作'。已有知之觉之者，自我而损益之；或其意久而不明，有明之者，用以教人，而作者之意复明，是之谓'述'。"②张舜徽先生在其《中国文献学》中说得更为清楚："凡是前无所承，而系一个人的创造，这才叫作'作'，也可称'著'；凡是前有凭籍，而但加以编次整理的功夫，这自然只能叫作'述'。"③换言之，思想内容完全原创的叫"作"，非完全原创的则属于"述"。

西汉武帝时期，"在中国历史上首开诏取私人著作藏入内府之例"。④《史记·司马相如传》载："相如既病免，家居茂陵。天子曰：'司马相如病甚，可往从悉取其书；若不然，后失之矣。'使所忠往，而相如已死，家无书。问其妻，对曰：'长卿固未尝有书也。时时著书，人又取去，即空居。长卿未死时，为一卷书，曰有使者来求书，奏之。无他书。'其遗札书言封禅事，奏所忠。忠奏其书，天子异之。"⑤正如曹之先生所云："汉代诏求私人著作之举，大大调动了文人学者著书立说的积极性。"⑥从卓文君的言语我们可以看出，到了西汉武帝时期，由于时代的变化，著书立说成为文人学者的人生追求之一，其对待文献整理的态度较先秦时期亦发生了稍微的转变，即文人对自己的著述看得更重。所以卓文君才说司马相如"时时著书"，而不说"时时述书"。这种变化在西汉其他文人身上也有较明显的表现。司马迁在《报任少卿书》中云："近自托于无能之辞，网罗天下放失旧闻，略考其行事，综其终始，稽其成败兴坏之纪，上计轩辕，下至于兹，为十表，本纪十二，书八章，世家三十，列传七十，凡百三十篇，亦欲以究天人之际，通古今之变，成一家之言。草创未就，会遭此祸，惜其不成，已就极刑而无愠色。仆诚以著此书，藏之名山，传之其人，通邑大都，则仆偿前辱之责，虽万被戮，岂有悔哉？"⑦他在《史记·太史公自序》中亦述说了自己著《史记》的目的与态度。尽管司马迁自言所撰《史记》不能与孔子《论语》相提并论，但其自谦之中仍透露

---

① ［汉］班固撰，［唐］颜师古注：《汉书》卷八十八《儒林传》，中华书局，1962，第3589—3590页。

② ［清］焦循：《雕菰集》卷七《杂著·述难二》，中华书局，1985，第103页。

③ 张舜徽：《中国文献学》，中州书画社，1982，第31页。

④ 曹之：《中国古籍编撰史》，武汉大学出版社，2015，第64页。

⑤ ［汉］司马迁：《史记》卷一百一十七《司马相如列传》，中华书局，1982，第3063页。

⑥ 曹之：《中国古籍编撰史》，武汉大学出版社，2015，第68页。

⑦ ［清］严可均辑校：《全汉文》卷二十六，河北教育出版社，1997，第502—503页。

出"作"的意义，沟通天人、志在不朽。扬雄一生"实好古而乐道，其意欲求文章成名于后世"，①仿拟群经而立言树名。张舜徽先生评班固论扬雄著述云："然则雄所述造，盖无文而不规效前修，又不第《法言》《太玄》然也。著述之体，至此一变，自东汉以来，士子竞以著书为弋名之具，雄实开其先云。"自注云："以前吕不韦、刘安之书，乃纂辑体例，与私门著述不同。司马迁之书，则自创义例，与意存模拟有别，皆当别论，不与此同也。"②扬雄的这种整理文献的态度对东汉文人产生了重要影响。王充在其《论衡·自纪》云："身与草木俱朽，声与日月并彰，行与孔子比穷，文与扬雄为双，吾荣之。身通而知困，官大而德细，于彼为荣，于我为累。偶合容说，身尊体佚，百载之后，与物俱殁，名不流于一嗣，文不遗于一札，官虽倾仓，文德不丰，非吾所臧。"③从中可以看出王充追求立言不朽的自觉。这种自觉在曹魏文人的文献整理活动中也得到了很好的继承和发展。

曹魏时期，文人把文献整理作为自己实现立言不朽的重要途径，已成为文人文献整理的普遍风尚。具体而言，他们主要借助于对文献整理这一"六经注我""我注六经"的方式，来彰显自己对所整理对象的体会和见解，从而达到人生价值的永恒。如赵岐在《〈孟子〉题辞》中曰："孟子退自齐梁，述尧、舜之道，而著作焉。此大贤拟圣而作者也。七十子之畴，会集夫子所言以为《论语》。《论语》者，五经之錧辖，六艺之喉衿也。《孟子》之书，则而象之。"④张舜徽先生在其《广校雠略》中评赵岐语云："赵氏此言，直以拟圣作书昉于孟氏。"⑤郑玄在《诫子书》中也云自己以"念述先圣之元意，思整百家之不齐"⑥为己任，范晔也曾这样评价郑玄所整理的群经，他说："郑玄括囊大典，网罗众家，删裁繁诬，刊改漏失，自是学者略知所归。"⑦可见，郑玄所整理的诸种经籍，不仅集古文

---

① ［汉］班固撰，［唐］颜师古注：《汉书》卷八十七下《扬雄传》，中华书局，1962，第3583页。
② 张舜徽：《广校雠略　汉书艺文志通释》卷一《著述体例论十篇》，华中师范大学出版社，2004，第12页。
③ ［汉］王充：《论衡》卷三十《自纪篇》，上海人民出版社，1974，第454页。
④ ［汉］赵岐注，［宋］孙奭疏，龚抗云等整理：《孟子注疏》序中之《题辞解》，山东画报出版社，2004，第16页。
⑤ 张舜徽：《广校雠略　汉书艺文志通释》卷一《著述体例论十篇》，华中师范大学出版社，2004，第11页。
⑥ ［南朝宋］范晔撰，［唐］李贤等注：《后汉书》卷三十五《郑玄传》，中华书局，1965，第1209页。
⑦ ［南朝宋］范晔撰，［唐］李贤等注：《后汉书》卷三十五《郑玄传》，中华书局，1965，第1213页。

经学之大成，且能熔今文古文于一炉，遍注群经，兼采众长，时下己意，故学者云从。史学家荀悦在《汉纪序》中也明确了自己整理编撰《汉纪》的目的，他说："夫立典有五志焉。一曰达道义，二曰章法式，三曰通古今，四曰著功勋，五曰表贤能。于是天人之际，事物之宜，粲然显著，罔不备矣。"① 荀悦的立典有五志的观点，不仅表达了作者立典的直接目的，也蕴含了作者借立典以彰显自己的著史观念和对历史的独特理解。再如王肃，他之所以著《孔子家语》，就是因为"恐其将绝，故特为解，以贻好事之君子"。② 他所说的"特为解"，也饱含了作者对圣人孔子"实事之论"③ 的体会和感受。何晏的《论语集解序》也曰："前世传授师说，虽有异同，不为训解。中间为之训解，至于今多矣。所见不同，互有得失。今集诸家之善，记其姓名，有不安者颇为改易，名曰《论语集解》。"④ 陆德明的《经典释文序录》曾曰："何晏集孔安国、包咸、周氏、马融、郑玄、陈群、王肃、周生烈之说，并下己意为集解。"⑤ 何晏的《论语集解序》与陆德明的《经典释文序录》，从不同层面说明了何晏为《论语》作集解蕴含的其对所解释对象的价值判断。又如向秀的《庄子注》也是这方面的代表。《晋书》卷四十九《向秀传》云："向秀字子期，河内怀人也。清悟有远识，少为山涛所知，雅好老庄之学。庄周著内外数十篇，历世才士虽有观者，莫适论其旨统也，秀乃为之隐解，发明奇趣，振起玄风，读之者超然心悟，莫不自足一时也。"⑥ 向秀的"隐解"之所以能产生使"读之者超然心悟，莫不自足一时也"的效果，就在于其开掘出了《庄子》一书所具有的"奇趣"，所以开启了"振起玄风"的新时代。

该期文人在文献整理过程中所显示出来的表己意、达己志、彰主见的自主意识是比较强烈的。与孔子的"述而不作"、古文经学派的"我注六经"相比，虽然在内在精神上有一脉相承之处，但其昭示的自我独立之意识也是显而易见的。这无疑表明，曹魏文人对待文献整理的态度已发生了质的变化。他们既重视对经、史、子类文献的整理，又重视对集类文献的整理，而且不管是整理哪类文献，皆凸显自己的独特见解。其明显表征之一，就是该期文人常常把文献整理者与文学作品等著作的创作者概称之为

① 张兰花、程晓菡校注：《三曹七子之外建安作家诗文合集校注》，河北教育出版社，2013，第689页。
② ［清］严可均辑校：《全三国文》卷二十三，河北教育出版社，1997，第235页。
③ ［清］严可均辑校：《全三国文》卷二十三，河北教育出版社，1997，第235页。
④ 韩格平主编：《魏晋全书》第一册，吉林文史出版社，2006，第454页。
⑤ 吴承仕著，秦青点校：《经典释文序录疏证》，中华书局，1984，第141页。
⑥ ［唐］房玄龄等：《晋书》卷四十九《向秀传》，中华书局，1974，第1374页。

"作者"或"文人"。这种称谓所蕴含的意义与以前相比是有变化的，即以前文人的"述而不作"重在对经典本义的阐释与坚守，两汉文人兼重经典之本义与自己之见解，曹魏文人则更重视自己对经典的理解。

以上所述，是我们对曹魏时期文人文献整理转型特征的总体概括与探讨。需要注意的是，曹魏时期文人文献整理转型的特征远不止这些。如以文献整理为目的的机构、制度开始出现，并走向常规化与制度化等，也是该期文人文献整理转型的特征，只不过相对于其他而言，还不够突出而已，所以我们就不在此详加论述了。

三、转型的阶段性

曹魏时期文人文献整理的转型，与之前相比，还呈现出明显的阶段性。我们依据曹魏文人文献整理的实际，把该期文人文献整理的转型分为迁都于许之前、许都时期、邺下文人集团时期、邺下文学集团时期、建安文人集团解体之后、齐王芳至元帝时期六个阶段。

第一阶段是曹操迁都于许之前，从汉献帝初平元年（190）始，到兴平二年（195）终。建安元年（196），曹操将兵迎献帝于洛阳，迁都于许，从此挟天子以令诸侯，掌握了朝政的实际大权，文人文献整理则进入下一阶段。这一阶段，文人文献整理主要表现为，初平元年（190）董卓迁都关中，王允悉数收敛兰台、石室图书秘纬要者以从，到长安后皆分别条上，又集汉朝旧事所当施用者，一并奏之，为经籍的保存做出了贡献。对此《后汉书·王允传》载："及董卓迁都关中，允悉收敛兰台、石室图书秘纬要者以从。既至长安，皆分别条上。又集汉朝旧事所当施用者，一皆奏之。经籍具存，允有力焉。"[1]

第二阶段是许都时期，从建安元年（196）到建安八年（203）。这个时期，文人对《五经》、典章制度与历史文献的整理成为该期文献整理的一大内容。在《五经》整理方面，文人主要继承之前文人整理经学文献的传统，对儒家经典予以解释。这主要出现在社会政治环境相对稳定的荆州，代表就是綦毋闿、宋忠的《五经章句》。《后汉书·刘表传》云："建安元年……表招诱有方，威怀兼洽，其奸猾宿贼更为效用，万里肃清，大小咸悦而服之。关西、兖、豫学士归者盖有千数，表安慰赈赡，皆得资全。遂起立学校，博求儒术，綦毋闿、宋忠等撰立《五经》章句，谓之

---

① ［南朝宋］范晔撰，［唐］李贤等注：《后汉书》卷六十六《王允传》，中华书局，1965，第2174页。

后定。"① 在典章制度、历史文献的整理方面，如应劭删定律令整理而成的《汉仪》、应劭的《汉官》《礼仪故事》和荀悦的《汉纪》等就是代表。

此外，曹操对诸兵家经典的注解和对其他兵书的集抄等，是该期文人文献整理的另一内容。曹操的军旅生涯共经历了三十六年，时间上从他官拜骑兵都尉算起，即汉灵帝中平元年（184），到汉献帝建安二十五年（220）正月在洛阳病逝。其间，他参加大小战役五十多次，长期的军事战斗经历不仅使他获得了丰富的实战经验，而且促使他深刻地认识到兵书战略在战争中的巨大作用。所以为了提高作战的成效，他精心搜集存世的兵书，并细心研读，撰写了《孙子略解》《兵书接要》《兵书要略》《兵法》等多种军事理论著作，其中《孙子略解》被认为是现存《孙子兵法》的最早注释本，也是传世《孙子兵法》的最早定本，对《孙子兵法》的传播起到了举足轻重的作用。

据历史记载，曹操于建安三年（198）九月东征吕布，两月之后攻下邳城。次年二月，回到昌邑，四月渡过黄河，围射犬，薛洪、缪尚投降；八月，因袁绍引兵进军，曹操领兵驻守在黎阳；九月回到许都，时隔三个月，曹操又一次出兵官渡。随后就是与袁绍在官渡相持了大半年，最终取得了官渡之战的胜利。② 有研究者据文献大体推测，曹操的《孙子略解》应作于建安四年（199）二月到十二月之间。在这不到一年的时间里，曹操平定了徐州，生活相对比较平静，即使有围射犬的活动，对手已经被史涣、曹洪击败，曹操并没有经历战斗。这就为曹操集中精力完成这部书稿提供了时间上的保证。从曹操所作注释的数量分布上也能印证此书稿的完成时间。曹操为《孙子兵法》作注，当依据十三篇顺序，由前往后作注。但由《孙子略解》我们看到，曹操所作的注释疏密不均，如《计》篇有二十三条注释，《作战》二十条、《谋攻》三十二条，几乎每句下都有注释，后面的《形》《势》两篇稍显稀疏，密度不如从前，这可能跟曹操四月进军射犬有关。而《虚实》《军争》《九变》三篇，注文又比较密集，之后注文又变得稀疏，甚至几句一注释，最多的注文有三十五条。之后的《地形》篇注释仅仅十四条，而《九地》六十四条，是所注数量和密度之冠。篇末的《火攻》和《用间》注文非常简略，分别是十二条和九条，给人以草草结尾的感觉。这一变化在一定程度上反映曹操在建安三年（198）九

---

① ［南朝宋］范晔撰，［唐］李贤等注：《后汉书》卷七十四下《刘表传》，中华书局，1965，第2421页。引文中的"綦母阍"，即"綦母闿"。

② ［晋］陈寿撰，［南朝宋］裴松之注：《三国志》卷一《魏书·武帝纪》，中华书局，1982，第16—19页。

月从战场回来后，集中精力注释《孙子》，注释到《九地》篇遭遇袁绍南侵，于是草草结尾以致最后两篇注文简略。[①] 这说明曹操为《孙子兵法》所作的注，很可能就是在这段时间完成的，时间充足时作的注就相对详细一些，反之就相对简略一些。

第三阶段是邺下文人集团时期，建安九年（204）到建安十五年（210）。建安九年（204），曹操攻袁氏，破邺城，从此邺城便成了曹氏政治活动的中心，此时文人的文献整理成果主要有为总结政治得失荀悦所撰的《申鉴》，为创制雅乐杜夔刊定雅律，以及刘桢的《毛诗义问》等。

刘桢的《毛诗义问》十卷这一经学著作，从现存的片段看，很注重名物的训诂，颇合于汉儒治经的家法。刘桢与《诗》的关系，由当今留下的残损文献，仍可窥见一斑。其《鲁都赋》曰："崇七经之旨义，删百氏之乖违。"[②] 也就是说刘桢推崇《诗》《书》《礼》《乐》《易》《春秋》《论语》等儒家经典之旨意，删除不合儒家旨意的言论，显然表达出整理诸如《诗经》等儒家经典之志。又曰："采逸礼于残竹，听遗诗乎达路。"[③] 即刘桢收集整理《诗》《礼》等残简遗篇，彰显出诗人对保存和传播儒家文献的责任与自觉。就刘桢《毛诗义问》中的"义问"而言，应属于针对《诗》的语言进行的训诂解释，是典型的经学阐释法。同时，刘桢的训释还对《毛诗传笺》的相关内容进行了一定的补充说明，既翔实又具体。由此我们不难看出，刘桢不仅推崇儒家经典，又有整理儒家经典之志，还在《毛诗义问》中对《毛诗传笺》有所补充，是其对《毛诗》整理的重要成果。刘桢于初平三年（192）归曹，当时他只有十八九岁，作《毛诗义问》的可能性不大。况且此时曹操忙于政治事务，归曹的文人也都服务于政治，刘桢也无时间和精力作《毛诗义问》；建安九年（204），曹操占据邺城之后，文人相对有了较多的可以自己支配的时间，这也为刘桢从事《毛诗》的整理提供了条件。建安十六年（211）刘桢因"平视甄氏"而获罪，一年以后才获释，紧接着刘桢又生了一场大病，之后卒于建安二十二年（217）的大疾疫中。据此推断，刘桢的《毛诗义问》应该作于曹操攻克邺城之后、刘桢获罪之前这一阶段。

第四阶段是邺下文学集团时期，时间从建安十六年（211）到建安二十四年（219）。建安二十二年（217）的瘟疫，徐干、陈琳、应玚、刘桢，一时俱逝，王粲也病逝于征吴途中，二十三年（218），繁钦卒，二十四

---

① 吕昕：《论曹操的兵学成就》，硕士学位论文，华中师范大学，2007，第12页。
② 俞绍初辑校：《建安七子集》卷七《鲁都赋》，中华书局，2005，第200页。
③ 俞绍初辑校：《建安七子集》卷七《鲁都赋》，中华书局，2005，第200页。

年（219），杨修被杀。至此邺下文人主要成员已大部分凋零，文人集团事实上已经自然解体。建安二十五年（220），曹丕登基，迁都洛阳，改元黄初。此时文人的文献整理活动，除高诱的《淮南子注》、荀攸的《魏官仪》等之外，最值得关注的就是对文人文集的整理成为这一阶段文人文献整理的主体。

首先，曹植生前曾编辑过自己的辞赋。曹植《前录自序》云："余少而好赋，其所尚也，雅好慷慨，所著繁多。虽触类而作，然芜秽者众，故删定别撰，为前录七十八篇。"① 很显然，这是曹植将自己前期所创作的辞赋，删除"芜秽"，编定为《前录》，其中不包括诗和文。曹植在《与杨德祖书》中也提到过对自己创作的辞赋进行编辑一事："今往仆少小所著辞赋一通相与。"② 还曾赠送给杨修，让其刊定。对此，杨修的《答临淄侯笺》有云："猥受顾赐，教使刊定。"③ 细考《与杨德祖书》中的"仆少小好为文章，迄至于今二十有五年矣"，④ 则此书应作于建安二十一年（216）。⑤

其次，曹丕也整理了自己的作品，形成文集。曹丕作《典论·论文》评孔融等七子之文，其中提到他整理了自己的诗赋作品。史载："帝初在东宫，疫疠大起，时人彫伤，帝深感叹，与素所敬者大理王朗书曰：'生有七尺之形，死唯一棺之土，唯立德扬名，可以不朽，其次莫如著篇籍。疫疠数起，士人彫落，余独何人，能全其寿？'故论撰所著《典论》、诗赋，盖百余篇，集诸儒于肃城门内，讲论大义，侃侃无倦。"⑥ "论撰"即是编辑、整理之意，可知他曾对自己的诗赋作品进行过整理。另外，在其《典论·自叙》中也曾言："所著书、论、诗、赋凡六十篇。"⑦《三国志》卷二《魏书·文帝纪》裴松之注引胡冲《吴历》载："帝以素书所著《典论》及诗赋饷孙权，又以纸写一通与张昭。"⑧ 曹丕此举和曹植把自己的辞赋作品交给杨修刊定一样，都说明他们已经把自己的创作整理成集了。

最后，建安二十四年（219），曹丕整理了《建安六子集》。"曹丕作书

① 赵幼文校注：《曹植集校注》卷三《前录自序》，人民文学出版社，1984，第434页。
② 赵幼文校注：《曹植集校注》卷一《与杨德祖书》，人民文学出版社，1984，第154页。
③ ［晋］陈寿撰，［南朝宋］裴松之注：《三国志》卷十九《魏书·陈思王植传》裴注引《典略》，中华书局，1982，第560页。
④ 赵幼文校注：《曹植集校注》卷一《与杨德祖书》，人民文学出版社，1984，第153页。
⑤ 陈治国：《宋以前曹植集编撰状况考略》，《湖北成人教育学院学报》2003年第2期。
⑥ ［晋］陈寿撰，［南朝宋］裴松之注：《三国志》卷二《魏书·文帝纪》裴注引《魏略》，中华书局，1982，第88页。
⑦ 夏传才、唐绍忠校注：《曹丕集校注》，河北教育出版社，2013，第252页。
⑧ ［晋］陈寿撰，［南朝宋］裴松之注：《三国志》卷二《魏书·文帝纪》裴注引胡冲《吴历》，中华书局，1982，第89页。

与吴质，追念王粲、陈琳、徐干、阮瑀、应玚、刘桢等六人；并将六人遗文结为一集"。① 曹丕《又与吴质书》曰："昔年疾疫，亲故多离其灾，徐、陈、应、刘，一时俱逝，痛何可言邪！……顷撰其遗文，都为一集。"② 建安二十五年（220），曹丕下令整理了《孔融集》。《后汉书·孔融传》曰："魏文帝深好融文辞，每叹曰：'扬、班俦也。'募天下有上融文章者，辄赏以金帛。所著诗、颂、碑文、论议、六言、策文、表、檄、教令、书记凡二十五篇。"③ 曹丕整理的《建安六子集》《孔融集》为以后《建安七子集》的形成奠定了重要基础。

第五阶段是建安文人集团解体之后，建安二十五年（220）到魏明帝景初末年（239）。这一阶段曹操和多数文人都已作古，曹植和曹丕还比较年轻，但曹丕登上帝位后，身份地位、社会角色变化较大，主要忙于处理政治事务，疏于文学创作；只有曹植一人还积极从事文学的创作。此期还健在的建安文人在继承此前编撰别集、总集之风的基础上，逐渐开始从事类书的编撰活动。

首先，我国第一部官修类书《皇览》完成编撰。史载："初，帝（曹丕）好文学，以著述为务，自所勒成垂百篇。又使诸儒撰集经传，随类相从，凡千余篇，号曰《皇览》。"④ 当时曹丕诏令王象、桓范、缪袭、刘劭、韦诞等人，开始编撰工作，从延康元年（220）开始，"数岁成，藏于秘府，合四十余部，部有数十篇，通合八百余万字"。⑤ 王应麟辑《玉海》卷五十四《艺文》云："类事之书，始于《皇览》。"⑥ 因此，《皇览》被后人称为"类书之祖"。

其次，魏明帝青龙二年（234），郑默编成魏国官方藏书目录《中经》（又称《魏中经簿》）十四卷，按照文献内容分类整理。这一文人文献整理的重要成果，开创了我国古代图书四部分类的先河。

最后，曹植去世数年后的景初年间，魏明帝曹叡下诏整理了《陈思王集》。《三国志·魏书·陈思王植传》载明帝诏云："陈思王昔虽有过失，既

① 俞绍初辑校：《建安七子集》附录《建安七子年谱》，中华书局，2005，第 459 页。
② ［晋］陈寿撰，［南朝宋］裴松之注：《三国志》卷二十一《魏书·王粲传》裴注引《魏略》，中华书局，1982，第 608 页。
③ ［南朝宋］范晔撰，［唐］李贤等注：《后汉书》卷七十《孔融传》，中华书局，1965，第 2279 页。
④ ［晋］陈寿撰，［南朝宋］裴松之注：《三国志》卷二《魏书·文帝纪》，中华书局，1982，第 88 页。
⑤ ［晋］陈寿撰，［南朝宋］裴松之注：《三国志》卷二十三《魏书·杨俊传》裴注引《魏略》，中华书局，1982，第 664 页。
⑥ ［宋］王应麟辑：《玉海》卷五十四《艺文·承诏撰述》，广陵书社，2003，第 1025 页下。

克己慎行，以补前阙，且自少至终，篇籍不离于手，诚难能也。……撰录植前后所著赋颂诗铭杂论凡百余篇，副藏内外。"①此次魏明帝下诏撰录曹植的作品，再加上曹植生前自己编辑整理的辞赋，大概就是后来的《陈思王集》的雏形。

第六阶段就是齐王芳至元帝时期，即正始元年（240）到魏元帝曹奂咸熙元年（264）。这一阶段活跃在文坛上的主要是以何晏、王弼等为代表的玄学家，以及以阮籍、嵇康为代表的竹林七贤。此时文人的文献整理主要有以下几个方面。

首先，史类文献的整理成果突出。如魏明帝景初三年（239），应璩、傅玄、缪袭等受命撰《魏书》，何晏撰《魏明帝谥议》二卷。魏齐王曹芳正始元年（240），谢承撰《后汉书》百余卷、《会稽先贤传》七卷。魏齐王曹芳正始二年（241），杨戏著《季汉辅臣赞》。魏齐王曹芳正始三年（242），桓范作《世要论》。魏齐王曹芳嘉平四年（252），薛莹与韦曜、华覈、周昭、薛莹、梁广等撰《吴书》。魏高贵乡公正元二年（255），王沈、荀顗、阮籍撰《魏书》四十八卷。魏元帝景元元年（260），华峤始撰《后汉书》九十七卷等。

此时文人在史类文献整理方面的另一内容，就是执政者对律令、朝仪等国家层面的法律、礼仪制度文献的整理非常重视，并取得了不菲的成就。如魏齐王曹芳正始三年（242），阚泽刊约《礼》文及诸注说，制定出入及见宾礼仪；又著《乾象历注》，以正时日。正始七年（246），贾充典定科令，辩章节度，事皆施用。魏元帝曹奂咸熙元年（264），司马昭上奏，让荀顗定礼仪，中护军贾充正法律，尚书仆射裴秀议官制，太保郑冲总而裁之，始建五等爵，命裴秀议官制，杜预为律令作注解，等等。这说明该期统治者与文人面对社会政治局势的新变化，都表现出浓郁的历史意识，以便通过编撰史书来总结历史经验教训、彰显自己的合法性，从而更好地为政治服务。

其次，对儒家和道家经典的整理是该期文人文献整理的又一亮点，并呈现出援道入儒或以儒释道，儒道合流的新变化。如魏齐王曹芳正始四年（243），王弼撰《周易注》六卷、《周易略例》一卷、《老子注》二卷、《老子指略》二卷、《论语释疑》二卷，向秀撰《庄子注》十二卷、《庄子音》一卷。魏齐王曹芳正始五年（244），何晏撰《老子道德论》二卷。正始六年（245），何晏撰《论语集解》十卷，王肃撰定其父王朗所作《易传》。

---

① ［晋］陈寿撰，［南朝宋］裴松之注：《三国志》卷十九《魏书·陈思王植传》，中华书局，1982，第576页。

魏齐王曹芳嘉平二年（250），杜琼著《韩诗章句》，王肃作《家语解》。魏齐王曹芳嘉平四年（252），严畯著《孝经传》。魏元帝景元元年（260），曹髦著《春秋左氏传音》三卷。元帝景元二年（261），李譔著古文《易》《尚书》《毛诗》《三礼》《左氏传》《太玄指归》，王基撰《毛诗驳》《毛诗答问》《驳谱》。魏元帝景元四年（263），嵇康著《春秋左氏传音》三卷，阮咸著《易义》。魏元帝曹奂咸熙元年（264），钟会著《周易尽神论》一卷、《周易无互体》三卷、《老子道德经注》二卷，孙炎撰《礼记注》三十卷、《尔雅注》七卷、《尔雅音》二卷和《周易例》《春秋例》等。

最后，佛经的翻译进入了一个新的阶段，取得了丰硕的成果。如魏齐王曹芳正始八年（247），康僧会至建业始译佛经。据《高僧传》卷一《康僧会传》记载，从吴黄武元年（222）至建兴（252—253）中，译出《维摩》《大般泥洹》《法句》《瑞应本起》等四十九经，并注《了本生死经》等，其中应有不少是在该期译出的。再如魏齐王曹芳嘉平二年（250），昙柯迦罗译《僧祇戒心》；嘉平四年（252），康僧铠译《郁伽长者经》二卷、《无量寿经》二卷；高贵乡公正元元年（254），昙摩迦罗与昙谛在洛出《四分戒本》；甘露元年（256），白延至洛阳译出《无量清净平等觉经》《佛说须赖经》等六部，正无畏至交州译《法华三昧经》六卷等。此时东吴的建业和曹魏的洛阳是佛经的两大翻译中心，尤其是东吴的建业在佛经翻译与传播上较之前进入了一个快速发展时期，为后来佛经翻译和传播奠定了基础。尤为值得注意的是，魏元帝景元元年（260），作为第一位汉族僧人的朱士行，从事《道行般若经》的研究、讲解，由此开启了中西文化交流的新途径。

要之，曹魏时期文人的文献整理与之前文人的文献整理相比，发生了重要的转型，并在继承两汉文人文献整理传统的基础上，彰显出明显的阶段性。同时该期文人不仅对史类、集类等作品给予了重视和关注，而且开启了后来文献整理中按文类（文体）整理的风尚。

第二节　两晋文人文献整理的发展

两晋时期文人的文献整理，在曹魏时期文人文献整理的基础上又有了发展。本节主要通过对两晋文人文献整理的成果进行定量分析和定性分析，对两晋文人文献整理的发展从内容与分布、主体与整理形式、分类方法、成就与不足等方面进行归纳和阐释，并对其轨迹加以勾勒。

文人文献整理的发展体现于内容及形式的方方面面。相较于以往，两晋时期文人的文献整理更加活跃，在目的、形式、途径、性质、内容等方面均有所不同，其范围之广、内容之博、成果之众、专家之盛、形式之繁富、方法之创新，均进入了新的发展阶段，呈现出较为鲜明的特征。

一、内容与分布

两晋时期文人的文献整理，无论是整理内容的类别上，还是整理内容的具体分布上，皆较之前有了一个较大的发展。为了对该期文人的文献整理在内容与分布方面的状况有一个比较全面的认识和了解，下面将从四部文献、出土文献和佛教、道教文献等方面，分别予以论述。

（一）四部文献

根据本书第一章第二节对两晋文人文献整理活动的梳理和考察，可知两晋文人整理的四部文献中，经部最多，占到总量的四成多；集部最少，仅占总量的百分之九。表面来看，与之前相比，经、史、子、集四部文献的数量，尤其是排列顺序并没有发生根本的改变，但实际上，却蕴含着不变中有变的重要讯息。总体而言，主要体现在以下几个方面。

一是经部文献方面，以注疏为主。《诗》类和《尚书》类文献主要围绕前人之说加以生发或辩驳，《毛诗》、郑玄《诗》说、孔安国《尚书》解等成为发挥的主要对象。《乐》类文献主要是对既有歌曲的重新谱词，出现了一些歌辞选集。《周易》的经学属性下降，子学性质强化。台湾学者徐芹庭在《易经源流：中国易经学史》一书中指出，蜀才《易注》精于象数诂训，翟元《易注》归宗于荀爽，向秀《易注》务人事之日用，张璠《集解》偏重玄学，干宝《易注》留思于京房，王廙《易注》巧于文辞偏于玄言。[①] 可知，当时《易》学研究具有某种子学化和日常化的实用主义倾向。据《隋志》等书所载，《易》占类文献成果数量突出，就能印证这一点。《春秋》类以《左传》注疏最为学者所重。"三礼"之类成果众多，尤以丧服类最为热门。小学类之《论语》《孝经》与字书、音书等工具书在该期也颇受学者关注，产生了一批整理成果；书法、绘画等"小道"类的艺术门类亦进入了文人文献整理的视野，并出现了相关的整理成果。由于南北对峙，东晋学风有南北差异，文人文献整理亦呈现出地域化分布的

---

① 徐芹庭：《易经源流：中国易经学史》上册，中国书店，2008，第435—437页。

特点。

二是史部文献地位更加凸显，多种门类全面繁荣。中国自古重视史部文献的纂修，战国时期"史官放绝"，西汉始立史官，[①] 而《七略》《汉书·艺文志》仍将史籍归入六艺略中的《春秋》类，呈现出经史合一的特点。[②] 西晋荀勖撰《中经新簿》，将史记、旧事等史书列为丙部，史部正式与经部分开，是为史书成为独立部类之始。史部下面，又可进一步细分为正史、杂史（杂传记）、故事、律令、仪注、地理书、谱牒、簿录等。在该期文人史类文献整理中，由官方主导的几乎遍涉各个小的门类，由文人私自主导的则集中于对前朝史和国史的整理。同时，杂史类文献与当代史的编修也成为该期文人史类文献整理中的重要内容，不仅涌现了大量的杂史著作，而且出现了编修当代史的热潮。由于门阀制度对著作机构和秘书机构的把持，西晋中期以后著作郎大都由高门子弟担任，他们纷纷为本族及姻亲故旧立传，[③] 故而史部别传、家传等杂传数量众多，有目可查者一百余种。笔者据清人吴士鉴《补晋书经籍志》一书统计，两晋文人别传不下一百一十七种，其中有五种具有僧传或仙传属性，可归为佛教或道教文献，故实得文人别传一百一十二种。它们与《姓氏簿状》这样的谱牒汇编互为呼应，很大程度上实现了别传的家传化。朱希祖先生在其《中国史学通论》一书中就明确指出，"家传之作源出于谱牒"，"谱牒之中，有状、有记、有碑、有传，故家传者，谱牒之一体也"。[④] 此外，《列女传》系列文献的整理与之前相比，亦取得了较大进展；史钞数量相当可观，[⑤] 其中某些史钞性质的文献整理成果，如《通语》《七代通记》《洞纪》《周载》《帝

---

① ［唐］魏徵、［唐］令狐德棻：《隋书》卷三十三《经籍志·史部序》，中华书局，1973，第 956 页。

② 《七略》《汉书·艺文志》将史籍归入六艺略之《春秋》类，有学者认为是因为史籍数量太少，不足以单独立类。这种看法显然是很片面、立不住脚的。从《汉书·艺文志》诸多门类可以看出，很多小类的书籍数量寥寥无几，还不如史籍多，却能够独立成类。这就足以证明，"数量太少"之论难以成立。我们认为，汉代学者之所以将史籍归为《春秋》类，是因为《春秋》本为六艺之一，兼议论于叙事之中，同时又是编年史之源头性代表作。汉朝以经学治国，故而经史合一，并史籍入《春秋》，以符合"以类相从"、溯源辨流之总体分类观与学术史观。

③ 这类史传杂文的撰写大都有所凭据，或直接增删旧文而成，故仍是史籍整理的范畴，属于"述"，而难以称得上"作"。

④ 朱希祖：《中国史学通论》，商务印书馆，2015，第 36 页。

⑤ 例如，晋祠部郎王蔑撰有《史汉要集》二卷，"抄《史记》，入《春秋》者不录"。（《隋书·经籍志》，中华书局，1973，第 961 页。）又如东晋时期有抄本《吴志》传世，可参见中华书局点校本《三国志》附录东晋写本残卷书影；葛洪撰有《汉书钞》三十卷，见《隋志》史部；等等。

王要略》《十五代略》等，均具有较为明显的通史性质。①

三是子部诸子学继汉末曹魏之后迅速复兴，出现了一批整理成果。相对而言，此期对先秦诸子学的关注和整理可谓不温不火，而"近世子家"②则成为此期子部文献整理的主要内容。其中兵家和纵横家稍有抬头，而"道家"（按照当时的普遍观点，"道家"包含道家、道教及佛家）则大放异彩；方技术数类文献大盛，医卜星占、天文历算等门类相对突出，还出现了《范东阳方》等医方汇纂，具有一定的医学类书性质。③

四是集部文献数量较两汉、曹魏时期又有了明显上升。《隋志》集部著录曹魏中后期文人文集有二十八家，两晋文人文集三百九十家，其中《诸葛亮集》《陆机集》《陆云集》《蔡氏集》《孙楚集》等文集在两晋时期已经成书行世，且流传较广。晋人所编当代文集之确凿可考者至少三十四家：房玄龄等所撰的《晋书》明言当时有文集行世者九人，见于《卢谌传》《傅玄传》《束皙传》《王鉴传》《干宝传》《应贞传》《顾恺之传》《郭澄之传》《陶潜传》；分文体著录者二十六家，见于《羊祜传》《张华传》《卢钦传》《傅祗传》《郭象传》《皇甫谧传》《陆机传》《陆云传》《夏侯湛传》《纪瞻传》《杨方传》《葛洪传》《虞预传》《孙盛传》《袁乔传》《江逌传》《韦謏传》《成公绥传》《邹湛传》《张翰传》《庾阐传》《曹毗传》《李充传》《袁宏传》《罗含传》《王凝之妻谢氏传》。去除重复，计有羊祜、张华、卢钦、傅祗、郭象、皇甫谧、陆机、陆云、夏侯湛、纪瞻、杨方、葛洪、虞预、孙盛、袁乔、江逌、韦謏、成公绥、邹湛、张翰、庾阐、曹毗、李充、袁宏、罗含、谢道韫等凡三十四家。这无疑代表了一种学术新方向。编订前人文集与当代文集成为该期文人文献整理的主体任务之一，由此产生了一批全集、别集，若干诗文选集（含同题诗文集、专题诗文集）和文学评论集，"晋人选晋诗""晋人选晋文"成为事实。据我们的梳理统计，此期文人整理的集类著作有：夏侯湛的《夏侯子》（自选

---

① 案：根据陈国符先生《道藏源流考》一书的相关考察，"洞"表"通"意，主要是道教经典的总称方式。此三种史书，尤其是《洞纪》一种，明显契合道藏"三洞"的命名方式。笔者以为，可能与撰者的道家—道教思想背景有关。具体情况还有待后续考证。参见陈国符：《道藏源流考（新修订版）》，中华书局，2014。

② ［唐］魏徵、［唐］令狐德棻：《隋书》卷三十三《经籍志·经部序》，中华书局，1973，第906页。

③ 张舜徽先生在《中国文献学》一书中，对"类书"的概念做了有益的创新性表述。他认为，只要是按照一定门类和目的抄合起来的大部头书钞，其实都可以算是类书。我们认为这一表述是很有见地的，但学界还存在一些不同看法，故而这里采取比较稳妥的表述，称《范东阳方》等书钞"有类书性质"。参见张舜徽：《中国文献学》，上海古籍出版社，2005。

论文三十余篇）和《魏宴乐歌辞》（魏宴乐歌辞集），荀勖的《晋宴乐歌辞》（晋宴乐歌辞集），傅玄的《相风赋》（相风赋专集）和《七林》（汉魏晋"七体"合集），华廙的《善文》（经书要事钞），陈勰的《杂碑》和《碑文》（皆是碑文选集），陈寿的《汉名臣奏》（两汉名臣奏章选集）与《魏名臣奏》（曹魏名臣奏章选集），杜嵩的《任子春秋》（文集），石崇的《金谷集》（金谷诗专集），程咸的《华林园诗集》（华林园诗专集），索靖的《晋诗》（西晋诗歌选集），挚虞的《文章流别集》《文章流别志》《流别论》《文章志》（古文章选集暨评论集），李充的《翰林集》《翰林论》（作品选暨评论集），车灌的《碑文》（碑文选集），王履的《书集》（书信作品选集），晋群臣集体整理的《木连理颂》《晋歌章》（木连理颂选集），王羲之的《兰亭诗集》（兰亭诗合集），伏滔等人的《元正宴会诗集》（元正宴会诗合集），张湛的《古今九代歌诗》（晋前九代歌诗选集）和《古今箴铭集》（晋前箴铭选集），李彪的《百一诗注》（应璩《百一诗》注解），殷仲堪的《论集》（论文总集）和《策集》（策文集），谢混的《文章流别本》（古文章选集暨评论集）等，共五十八种。由此可见，此时文人整理集类文献的范围更广阔，参与整理的文人人数更多。不仅如此，文人自编文集的现象更加普遍，命名方式多样。例如，杜预的《善文》（散文集）、卢钦的《小道》、华谭的《辨道》、韦谡的《典林》等，自主性较强。随着文人对女性著述的重视，该期还出现了文人整理的几部两汉女性作家的文集。

（二）出土文献

两晋文人对出土文献的整理不仅是该期文人文献整理的重要实践，也是此时文人文献整理的积极开拓。这是继西汉武帝时期文人对孔子壁书等文献进行整理之后，中国古代文人文献整理史上的又一典范。其代表就是对汲冢战国竹书的整理。此次文献整理是由西晋政府主导的，下令召集了当时全国最权威的著名学者参与校理工作。具体来说，先由荀勖、束皙、卫恒、挚虞等摹写、隶定、厘分篇章、校勘，随后束皙、续咸、郭璞等人又进行了细致的句读、训释、章句等诠释工作，使之由"天书"变成当世学者所共同享有的文献资料。该文献总计十九种七十六篇，^①其中经部六种，史部十种，子部三种，比重依次为 31.58%、52.63%、15.79%，内容以史记为主。这批出土文献的整理与研究活动前后持续数十年，并有几部重要的私人研究成果问世，郭璞甚至据以证明《山海经》不诬，^②汲冢书遂成为两晋显学之一。除此之外，此期还有其他出土文献，例如东晋伏滔的《北征记》载："皇天场北古时陶穴，晋时有人逐狐入穴，行十里许，得书二千余卷。"^③又有嵩高山竹简，《晋书·束晳传》云："时有人于嵩高山下得竹简一枚，上两行科斗书。"^④此外，还有枚赜所献《古文尚书》等。这些古文献的整理也成为两晋时期文人文献整理的亮点。

（三）佛道文献

由于两汉之际佛教的传入，道教在东汉的产生与发展，文人对有关佛教和道教文献的整理也开始出现。进入两晋以后，文人对佛道文献的整理也进入一个新的阶段，成为文人文献整理的重要组成部分。

1. 佛典概况

首先，两晋时期的佛典译介等文献整理活动及其成果呈现出明显的阶段性。汉末三国以来，佛教呈现兴盛的势头，孙权、曹丕等均在政策上予以支持，佛经翻译等文献整理活动日渐频繁。西晋泰始年间，月支沙门竺法护至洛阳，带来大批佛经，翻译部数甚多，史称"佛教东流，自此而盛"^⑤，此后汉译佛经数量逐渐加速增长。东晋以降，义学突起，佛经注疏渐多，支遁、道安、慧远、慧观等高僧，不仅并有文采，诗文可读，而且皆为义疏大师。在他们的带动下，佛教经疏数量及质量均稳步提升。

其次，两晋时期的佛典翻译涵盖面广，经、律、论三藏经典均有译

---

① 关于汲冢竹书的整理情况，在前文梳理西晋文人文献整理时已有展示，具体分类以《隋志》为准。案：荀勖、挚虞所定篇卷有别。通计《晋书·束晳传》所载，凡七十六篇，而史官云七十五篇，误也。其杂书十九篇内容不详，查《隋志》著录《汲冢书》有《纪年》十二卷，并《竹书同异》一卷；《周书》十卷，似仲尼删书之余；《古文琐语》四卷。荀勖所校理凡得八十七卷，与挚虞不同，可知整理时篇卷各有分合。所谓"十五部"，可能是合并四种《易》书为一种之后的情况。

② ［清］严可均辑校：《全晋文》卷一百二十一郭璞《注山海经叙》，河北教育出版社，1997，第1234—1235页。

③ 秦荣光：《补晋书艺文志》卷一，载二十五史刊行委员会编：《二十五史补编》第三册，开明书店，1937，第3799页。

④ ［唐］房玄龄等：《晋书》卷五十一《束晳传》，中华书局，1974，第1433页。

⑤ ［唐］魏徵、［唐］令狐德棻：《隋书》卷三十五《经籍志四》，中华书局，1973，第1097页。

介，其中经藏最盛，论藏次之，律藏最逊。通过频繁的"出经"活动，僧侣和士大夫信徒们引进了一批大部头经典，主要有大乘佛教的《放光般若经》《维摩诘经》《法华经》《泥洹经》《金光明》《成实论》《僧祇律》《华严经》等，以及小乘佛教的《十诵律》《四方律》《长阿含经》《增一阿含经》《阿毗昙论》等重要典籍。

最后，汉地本土佛教杂传记等文献亦开始出现。《出三藏记集》及《高僧传》等典籍中具有若干条汉地某僧人某居士"造""作"某经"论"之类的记载，便是汉地本土佛教杂传记文本生成的可靠记录。就译介整理方式而言，同本异译及补苴前译占主导，一些重要佛教经典甚至有多个不同译本，并进而产生了"会译本"这一特殊的文献整理和呈现体式，在方法论和学术史上影响深远。

2. 道典概况

与以大量译介印度及西域佛教经典为主要特征的佛教文献整理不同，两晋时期文人的道家、道教文献整理，其对象为本土文献。从文人整理的相关成果来看，也呈现出阶段性特征。魏末至西晋时期，文人对道家、道教的文献整理，主要表现为对占卜经典《周易》和道家经典文本《老子》《庄子》等的宗教化注解（这与儒家经学中的《周易注》具有本质上的不同），以及对道教传说中众多仙人的传记文本的编撰和整理，其中民间杂方技类的文献整理成果相对数量巨大。两晋之际至东晋灭亡，文人对道家、道教的文献整理，则主要集中于对神仙道教文献的整理，由此带来了丹方符箓之学的兴盛，并彰显出良好的发展态势。此时文人对道家、道教的文献整理，不仅技术性的方技文献被有意识地纳入丹鼎符箓等超现实性的宗教概念体系之中，而且涌现了如郭璞、葛洪等以文学家著称的文人也成为从事道家、道教文献整理的杰出代表，使该期文人的道教、道教文献整理进一步向宗教化、专业化、体系化、等级化的方向迈进。与此同时，就道家、道教文献整理成果而言，该期道家、道教已经呈现出派系分离的一些势头。有些学者据此认为，这一时期存在不同道家、道教教派之间的相互竞争和排斥现象等，应该说是有一定道理的。从道书的命名和分类来审度，也在一定程度上反映了作者的文章分类思想。据《抱朴子内篇·遐览》所载，两晋时期的道书有经、记、法、术、诀、律、禁、方、书、文、图、录、契、仪、集、要、微、览等名目，可分为经、戒、记、方、集等五个大类，其中以"经"命名的占据着绝对优势。事实上，在这些命名为"经"类的文献中,有不少只够得上"传""记"的层次。[①] 这表明东晋时期文人关于对道家、道教文献整理的分类标准和体系还不成熟,文献典籍内部的等级结构层次尚未明确和稳定。此外,该期还出现了一批僧人所撰的《老子》《庄子》义解,这一方面反映出两晋时期"道家"统摄佛家的基本事实,僧人需要借助道家的典籍来宣传和传播佛教学说,因而采取了玄学这一中间学术门类作为载体;另一方面也在一定程度上反映出东晋中后期玄学、佛学合流的学术倾向和思想状况。

二、主体与整理形式

两晋时期文人文献整理的主体与形式,与曹魏时期相比,也有了一定程度的变化和发展,呈现出鲜明的时代特征。

从两晋文献整理的文人构成来看,具有明显的地域性。两晋时期,颍川、陈留、陈郡、会稽、吴郡等地,作为文人辈出与汇聚之地,从事文献整理的文人数量也多,文献成果亦比较突出。就其学术背景而言,这些文人大都具有较高的文化学术修养,文学素养亦不容忽视,部分文人兼具整理者、创作者和评论家等多重身份。从该期经史子集四部文献的整理者身份来看,仍以儒生和士大夫为主,一些著名的文献整理专家,如荀勖、李充等兼有法家思想背景。与汉代和曹魏相较,两晋文人作为文献整理的主体,其人员构成上也发生了新的变化,即僧人居士在从事文献整理的比重也有了大的提升。这一方面,表现为有不少名僧参与了对四部文献与佛教文献的整理;另一方面,像葛洪等崇尚道教的文人,也参与了对道家、道教文献的整理。不仅如此,该期还出现了一批具有职业性质的撰述家和诗文选家。

从组织方式、实施主体和完成方式等因素来看,文人文献整理的方式,概括而言有官修与私撰、自纂与代纂、独纂与合纂之分,并存在不同程度上的交叉;官修多为合纂,私撰则多为独纂。该期官修活动主要集中于实用层面的礼仪、律历(含法律、历法、乐律、度量衡等)、正史(国史及前代史)和五经正义等四个方面,属于"国家标准"的制订;此外伴有官方档案及御制诗文的整理和润饰工作,其中尤以传统的"典校中经"最为著名。[②] 规模较大的官修活动主要有《论语集解》《魏书》《吴书》《晋律》《汲冢竹书》《晋书》《新礼》,以及中兴礼仪和历代起居注等,通常以

---

① 曹之:《中国古籍编撰史》下编《道教典籍》,武汉大学出版社,2015,第492页。

② 霍艳芳:《中国图书官修史》,武汉大学出版社,2014,第56—57页。

国家文化工程的面貌呈现。其中律令和礼制的删定是重中之重，其结果就是此类文献整理成果的大量问世。[①] 值得注意的是，该期佛教文献整理活动中出现了"译场"制度。此种制度是一种全新的"出经"活动管理和运作机制，在翻译活动的实施场所、人员分工和工艺流程等方面均有明确规定，是之前所没有的文人文献整理的新形态和新模式。该期文人的私人文献整理活动，比前代也更为活跃，内容不仅覆盖经史子集四部，还包括佛教文献与道教文献。就数量而言，文人的文献整理，总体上彰显出以文人私人整理为主、以官方主导整理为辅的格局，反映出私人撰修逐渐取代官方编修而成为文人文献整理主流的趋势。这种趋向虽然在曹魏时期已显露端倪，但两晋时期则日趋明显。

从具体的文献整理方法和形式来看，两晋时期经、史类文献主要是对前人著述的清理，包括笺释、义疏、订正、驳难、商榷、申论、汇编（集解）、选摘（异同评、书钞）等形式；子、集类主要是对已有资料的编选，类型多样，子部有大部头的专门资料汇编，集部有诗集、诗选、文集、文选（专体文选及专题文选）、评论集等。经部、集部文献有代纂与自纂之别，尽管代纂仍占据主流，但自定著述较曹魏时期增加明显，在文人文献整理中的总体地位逐渐提升；文人文集的整理也主要按照文体进行分类编次。此外，承继汉魏学风，文人崇尚博学的风尚得到进一步发展，两晋文人文献整理中的书钞蔚为大观，可以说既是这一风尚的典型表现，又是这一风尚的结果。根据此时文人文献整理中的抄纂形式与删削幅度大小，可以分为"总钞"（汇编）与"要钞"（摘抄）两种，多为按类抄集，符合"以类相从"的基本原则。私人编修活动中涌现了一批卷帙浩繁的资料汇编，主要在谱牒、医方、道书等不同学科领域。如贾弼的《姓氏簿状》七百一十二卷，署名华他（华佗）的《百家杂方》约五百卷，同名医方集《暴卒备急方》一百一十卷本、九十四卷本、八十五卷本、四十六卷本，[②] 葛洪抄集《金匮药方》一百卷，另有经、史、百家、方技杂钞三百一十卷，范汪集钞《范东阳方》一百七十六卷，道教典籍中有杂符箓合集

---

① 例如，魏末修订律法，据《晋书·刑法志》载："制《新律》十八篇，《州郡令》四十五篇，《尚书官令》、《军中令》，合百八十余篇。"（《晋书》卷三十《刑法志》，第923页。）《晋律》的修订催生了贾充的《刑法律本》二十一卷、《晋令》四十卷，杜预的《律本》二十一卷、《杂律》七卷等，均属于新定《晋律》的子目或衍生品；而西晋《新礼》的讨论撰定，亦催生了挚虞的《决疑注》、傅瑗的《晋新定仪注》四十卷、失名氏的《晋新定仪注》十四卷等专门书籍的问世。

② 参见本书第一章第三节"文人道教文献整理考"部分。《抱朴子内篇·杂应篇》所载编撰者名氏未可全信，故此处仅以卷帙为别，不著姓氏。

五百卷、《甲乙经》一百七十卷、《太平经》五十卷，等等。甚至该期的一些子书也具有书钞的性质，或者说是书钞的变体。如傅玄《傅子》，正如史书所载："（傅玄）撰论经国九流及三史故事，评断得失，各为区例，名为《傅子》，为内、外、中篇，凡有四部、六录，合百四十首，数十万言，并文集百余卷行于世。"① 由此可以看出，两晋文人文献整理中"述中有作"的自觉意识和"成一家之言"的价值指向。此期文人所整理的一些文集，事实上也属于"总钞"之一种，总集就是如此。《隋书》卷三十五《经籍志四》云："总集者，以建安之后，辞赋转繁，众家之集，日以滋广，晋代挚虞，苦览者之劳倦，于是采摘孔翠，芟剪繁芜，自诗赋下，各为条贯，合而编之，谓为《流别》。是后文集总钞，作者继轨，属辞之士，以为覃奥，而取则焉。"②

随着佛经在中土的大量译介和传播，佛教文献整理中亦出现了"经钞"，甚至形成一类专门的"略出经"（亦简称为"出经"），如《四十二章经》《道行经》《大智论抄》等就是其中的代表；③ 释慧观的《法华宗要序》、竺僧度的《毗昙旨归》等，则为其变体。另外，佛经讲义这种形式也应予以注意。如卑摩罗叉讲《十诵律》，慧观"深括宗旨，记其所制内禁轻重，撰为二卷"。④ 这便是典型的佛经讲义。从形式与内容来看，佛经讲义实际上也与书钞存在着内在相似性，可以视为佛经要钞的一种形式。

就两晋文人的佛理文献整理而言，整理方法创新表现得最为明显。择其要者来说，具体有以下两个方面。其一，"出经"机制。"出经"与"译经"不同，"包括整个工序里其他每一项工作"，⑤ 是一项众人合作的文献整理活动。与译场制度模式相适应，两晋时期正式确立了一整套考究而严密的"出经"流程，即出经本（诵出）→译经（传译或宣译）→正义（证义）→润饰→校对。其分工细密，有一套比较规范的流程，大体有"出胡本"、传译、译经、写经、笔受、义证、撰集、校订、润饰等环节，部分"出经"成果还要进行后续的删钞（节要）、合订、补译、注疏等整理，其

① ［唐］房玄龄等：《晋书》卷四十七《傅玄传》，中华书局，1974，第1323页。
② ［唐］魏徵、［唐］令狐德棻：《隋书》卷三十五《经籍志四》，中华书局，1973，第1089—1090页。
③ 《道行经》载："晋惠帝时，卫士度略出。"（第45页）《大智论抄》载："晋安帝世，庐山沙门释慧远，以论文繁积，学者难省，故略要抄出。"（第64页）参见［南朝梁］释僧祐撰，苏晋仁、萧錬子点校：《出三藏记集》，中华书局，1995。
④ ［南朝梁］释慧皎撰，汤用彤校注，汤一玄整理：《高僧传》卷二《卑摩罗叉传》，中华书局，1992，第64页。
⑤ 张佩瑶：《传统与现代之间：中国译学研究新途径》，湖南人民出版社，2012，第137—138页。

程序复杂，参与者众多（常常数百上千人），历时长久，均为本土汉文文献整理活动所罕见。其二，合抄与合本子注。两晋时期，在儒家经部文献的整理过程中，出现了经传合写、多本合抄的形式。例如刘兆的《春秋左氏全综》，史载：其"为《春秋左氏》解，名曰《全综》，《公羊》、《谷梁》解诂皆纳经传中，朱书以别之。又撰《周易训注》，以正动二体互通其文。凡所赞述百余万言"。① 他不但把《春秋》经与《左氏传》合写一本之内，还将《公羊传》《谷梁传》的解诂文字纳入经、传之中，又特意用红色颜料或墨汁书写，以示区别，如此一来，融合众多书籍于一本之内，不仅在方法上有其独到之处，而且其学术史地位也是其他运用单一文献整理形式整理的文献成果所无法比拟的。但可惜的是，这一方法并未得到儒生的广泛使用，相近体例的成果较少，著名者有杜预的《春秋左氏经传集解》，所谓"元凯注《左传》分经之年与传相附"，② 以及氾毓的《春秋释疑》，史载其"合《三传》为之解注，撰《春秋释疑》"。③ 追溯其近源，似是本诸王弼《周易注》"分爻之象辞，各附其当爻下言之"④ 的经传合写体例，其远源则可能是东汉马融等人"就经为注"的学术传统。⑤ 但其做法无疑要比前贤时彦更为便利、高明、全面、细致、系统。与刘兆大约同时或稍后，僧人也开始使用合抄法处理经书，称之为"合本"，如支敏度整理的《合维摩诘经》《合首楞严经》与昙无兰整理的《十诵比丘戒本》等，进而演化成陈寅恪先生所谓"合本子注"的独特形式。据前人考证，"合本子注"主要有两种方式。一为合抄式，即同本异译的拼合，称"合异""集异""合译"，最初针对翻译的语言问题。⑥ 如昙无兰《大比丘二百六十戒三部合异》为"三部合异，粗断起尽，以二百六十戒为本，二百五十者为子，以前出常行戒全句系之于事末"。⑦ 其书将同本异译（同一梵本的不同汉译本）处理为本文与子注的关系，近似于底本、校本和参校本的

① ［唐］房玄龄等：《晋书》卷九十一《刘兆传》，中华书局，1974，第 2350 页。

② ［三国魏］王弼注，［晋］韩康伯注，［唐］孔颖达疏，［唐］陆德明音义：《周易注疏》卷二，中央编译出版社，2012，第 44 页。

③ ［唐］房玄龄等：《晋书》卷九十一《氾毓传》，中华书局，1974，第 2351 页。

④ ［三国魏］王弼注，［晋］韩康伯注，［唐］孔颖达疏，［唐］陆德明音义：《周易注疏》卷二，中央编译出版社，2012，第 44 页。

⑤ ［唐］孔颖达《礼记正义》云："马融为《周礼注》，欲省学者两读，故具载本文。"饶宗颐先生据此谓："盖后汉以来，始就经为注。"（饶宗颐《老子想尔注校证》，上海古籍出版社，1991，第 1 页。）

⑥ ［南朝梁］释僧祐撰，苏晋仁、萧鍊子点校：《出三藏记集》卷八支敏度《合维摩诘经序》，中华书局，1995，第 310 页。

⑦ ［南朝梁］释僧祐撰，苏晋仁、萧鍊子点校：《出三藏记集》卷十一，中央编译出版社，2012，第 415 页。

关系，基本思路是分章断句、事类相从、子母相系，呈现为一句两译的结构形式。[①] 道安整理《道行集异注》时则进行了改进，"今集所见，为解句下。……铨其得否，举本证抄"，[②] 不作增损。这使得"同本异译的关系高度淡化"，其体例与集解体式相近，注解性质更强。[③] 支遁的《大小品对比要钞》亦用子母相从之法，对比研究之意味更为显著。二为尾注式，"以诸经之异者注于句末"，[④] 如昙无兰所整理的《三十七品经》，兼有"注疏"与"校勘记"的功用。尽管各种"合本"的面貌略有不同，而合抄众本、对比研究的基本整理思路则保持了一致。我们认为，这种做法很可能是在借鉴吸收儒家经典整理方式之后进行创新的结果。

文人对文人自己创作的辞赋作品予以作注，是两晋时期文人文献整理中另一值得注意的整理范式。自注虽然在两汉时期已经出现，但还缺乏确凿可信的书面证据。西晋左思《三都赋》有音、注，刘孝标《世说新语注》引《左思别传》，谓皆为左思自作而托名他人，以求自重其文；东晋庾阐的《扬都赋》有注，严可均《全晋文》谓其为自作。由于后来雕版印刷取代了手抄本的缘故，这些旧书旧注原貌如何皆不可知，即便现今学界有学者以东北亚旧钞本校对中国本土刊刻本，虽然为我们的相关研究提供了一个新视角，但对于两晋时期文人的文献整理而言，其可信度是有限的，故可存而不论。与这些不同，东晋义熙年间，谢灵运所作《撰征赋》并注，系确凿的辞赋自注，据《宋书》本传所载文本，似乎原文便采用的是随文加注的方式，其方法创新似乎与汉魏经师训读古文经和三体石经的传统方式有关。[⑤] 这就说明最迟在东晋晚期，文人辞赋自注已经成为文人文献整理的一种新形态，其价值是不容忽视的。

三、文献分类方法

随着文人文献整理实践的不断开展，其整理文献的分类方法也不断完善。两晋时期文人文献整理的分类方法，较曹魏时期也有了明显的进步。

① 于溯：《陈寅恪"合本子注"说发微》，《史林》2011 年第 3 期。
② ［南朝梁］释僧祐撰，苏晋仁、萧錬子点校：《出三藏记集》卷七，中华书局，1995，第264 页。
③ 于溯：《陈寅恪"合本子注"说发微》，《史林》2011 年第 3 期。
④ ［南朝梁］释僧祐撰，苏晋仁、萧錬子点校：《出三藏记集》卷十昙无兰《三十七品经序》，中华书局，1995，第371 页。
⑤ 《章炳麟论学集》释文部分的相关论述，参见章炳麟：《章炳麟论学集》，北京师范大学出版社，1982。

《汉书·艺文志》六略三十八种①的分类体例，在曹魏时期已经不能很好地满足现实需求，文献分类子目在事实上已经突破了六略三十八种而达到四十余种，②故魏晋之际兴起并正式确立的甲乙丙丁四部分类系统，成为两晋时期的"国家标准"，文献分类方法至东晋而臻完善。较之汉魏时期，经史合一的旧有谱系被打破，史部正式独立为一个大类，集部正式确立，子书与文集的分野不断明晰，又新增子部"道家"类（道家、道教）及佛教文献两个系统（当时视佛道二教为"道家"而归入子部，具体情况可参见《隋志》）。东晋初期，李充调整了西晋"四部"的内容和次序，将汲冢书从丁部（集部）调整至丙部（史部），四部分类法更加科学规范。史称两晋著述第一人的葛洪，就曾亲自分其著述为子书、文集、史传三类，子书有内、外，分属道、儒两家，文集分碑诔诗赋、移檄章表，史传分神仙、良吏、隐逸、集异等，反映出"著述篇章"③的分类更趋清晰明确，代表了文人文献整理分类已达到一个新的水平。

两晋文人的文献整理中还出现了文献整理及分类的新方法——色彩分类法，即用不同颜色表示不同分类。它最迟在东晋中期已经出现，原本是具有道教思想倾向的文人记录"仙真降授"之经文、以彩纸制作符箓、以朱笔批注图书④的方法，也用于道教徒抄录道家经文，后来逐渐发展为以"五色"区分类别的方法，⑤适用范围也得到了拓展，并发展为颇具特色的文献载体形制和书籍装帧形式（如"五色笺"等），后世以四色书签区分经史子集四部的做法，便应追溯到此。此法可能与刘兆《春秋左氏全综》有关，也可能源自汉魏时期官府以书帙色彩区别书籍⑥的做法。同时，道教惯用的三才分级、九品分卷、五行分类（命名）及干支分类法等以数分类的思想和实践，在此期文人文献整理中较之前也有了更为鲜明的彰显，为其在文献整理史上赢得了一席之地，因而也值得注意。

此外，与汉魏文人的文献整理以篇为主的形制不同，两晋文人的文献

---

① ［汉］班固撰，［唐］颜师古注：《汉书》卷三十《艺文志》，中华书局，1962，第1781页。

② ［清］姚振宗《后汉艺文志·叙录》曰："综四部，为类四十有二，附以佛、道，凡四十四类。"（乌程氏刻印适园丛书本，1916。）

③ ［唐］房玄龄等：《晋书》卷七十二《葛洪传》，中华书局，1974，第1913页。

④ ［日］吉川忠夫、［日］麦谷邦夫编：《真诰校注》卷十八《握真辅》，朱越利译，中国社会科学出版社，2006，第545页。

⑤ 《抱朴子内篇·金丹》及《真诰校注·握真辅、甄命授》均有记载。

⑥ 《御览·文部》引《晋中经簿》曰："盛书有缥帙、青缣帙、布帙、绢帙。"（秦荣光：《补晋书艺文志》卷一，载二十五史刊行委员会编：《二十五史补编》第二册，开明书店，1937，第3798页。）

整理以卷为主、以篇为辅。学术性文献整理成果的编次操作，基本以篇为自然单位进行分卷处理，加之纸张逐渐普及，一般一篇就是一卷，如陈寿的《三国志》、吕雅的《格论》、常宽的《典言》等均是如此。这一点在都城大赋及其音、注的整理上体现得尤为明显和普遍，单行本或者合订本辞赋基本都符合这一特点；诗文集则不尽然。晋人书信中常常言及某人诗文若干纸、若干卷（捲），但相关史料对其文集的著录则折并为若干卷，数量上有了明显压缩，可知此时期诗文集的编次分类更加细致，注意并篇裁卷，兼顾了卷帙的平衡。

四、成就与不足

从数量上看，两晋文人文献整理取得了丰硕成果，达到汉魏以来的历史新高。较之汉魏时期，该期文献形制更为成熟、规范，整理方式更加丰富多样，富于创新性。而从文人文献整理的质量（学术价值）来看，后人对该期文人文献整理成就的评判，可谓见仁见智。学界一般认同古人基于经学本位的已有价值判断，较为一致地认为：两晋时期文人经部文献整理成果不外是汉魏旧说的延续，涉及王学、郑学之争及南学、北学之争，博而寡要，总体学术价值不高。[①]史部文献众体纷出，形式多样，但驳杂混乱，失于检束。子部文献"体势漫弱""类多依采"，[②]某些子书兼有文集性质，似乎并未充分认识到子书"以立意为宗，不以能文为本"[③]的本质属性；方技术数之类的文献，虽然成果丰硕，但总体较驳杂多端并无实质突破。集部文献的整理成就值得肯定，数量较汉魏时期大大增多，不论是自定文集还是代他人整理、修订文集都有明显增长，而且文集的编纂体例也大致完备，有目录、正文、叙录等必要组成部分，基本奠定了此后文集的常规样态。具体而言，别集、专体选集与总集均有创获，尽管集部仍属文章学范畴，但其"美文"的属性更为彰显；选集下评语的方式，也令人耳目一新。此外，官修成果往往质量更高，但随着西晋后期著作郎人选的滥俗化，其质量开始下滑；私人撰述的水平参差不齐，但数量优势在一定程

---

① ［宋］晁公武撰，孙猛校证：《郡斋读书志校证》卷一，上海古籍出版社，1990。四部文献典籍的数量大体上对应着四部间的力量对比，从这个角度来看，魏末两晋时期经学的"保持地位"相对于非经学的"道家"及诸子之学的复兴，便已呈现落后态势。

② ［南朝梁］刘勰撰，范文澜注：《文心雕龙注》卷四《诸子》，人民文学出版社，1958，第310页。

③ ［南朝梁］萧统编：《文选·序》，上海书店，1988年影印，第2页。但这只是一个方面；从另一个角度看，这种子书重文采的做法，亦可视为学术著作文学化的表征，代表了中古时期学术文学化的潜在发展趋势。

度上弥补了质量劣势，其中亦不乏学术精品流传。后世所谓"六朝人礼学最精"的判语，很大程度上便要归功于这个时期繁荣昌盛的文人文献整理活动及其成果所奠定的学术基础。

五、用途与发展轨迹

就文人的文献整理而言，一方面是个体行为，其现实目的及用途大多是学术争鸣或时事批评，如对前人著述或观点的驳难、订补、申论等，以及对历代治乱得失的反思、总结等内容，在此基础上兼有"立言不朽"的超现实目标；另一方面，国家意志始终主导着文人文献整理的主流，带有鲜明的政治烙印。随着两晋时期不同阶段主要政治矛盾的变化，文人文献整理亦因受其影响而有所变动，其参与者及文献整理成果的质量和分布等亦发生改变。因为政治实用性和政治指向性始终是文人优先考量的"铁门槛"，文人的"立德""立言"以至"立功"均需要经由史传或其他文献典籍加以筛选、评点、定性，才能达到其自我预期。因此，两晋时期文人的文献整理亦具有鲜明的阶段性和目的性，其纵向演变轨迹呈现出明显的起伏波动：西晋初期的文献整理侧重于论证司马氏政权的合法性，并为镇压敌对势力提供法律、礼制和道义上的依据；西晋后期的文献整理主要围绕"润饰宏业"、歌功颂德展开，从各领域表现司马氏文治之盛；东晋大部分时间面临内忧外患，思想控制多所未逮，但仍力求维持"中兴"和"盛世"的主旋律，故经学和史学备受重视，佛学与道教气势如虹，相关文献整理成果随之大量涌现。综观两晋近一百五十年，统治者一贯标榜"晋承汉祚"，故该期文人文献整理的宏观目标在于夸耀文治、标榜武功；而主流之外的其他各种非主流思想，亦经由文章与文人整理的文献得到表达和传承，文人私撰活动成为文人个体表达思想、实现自我价值的重要途径。故两晋时期文人文献整理在价值取向上表现出鲜明的工具论色彩。

综上所述，相较于汉代和曹魏时期，两晋时期文人的文献整理呈现出以下八大明显特征：一是成果总量巨大，类型多样，包括传、注、笺、疏、解诂、章句、音义、集解等阐发形式以及选集、总集、别集、资料汇编、书钞等组合方式，文献整理成果的"文体"[①]与语体具有明显的文学化趋势；二是整理对象众多，来源庞杂，时间跨度大，既有本土传世四部文献，又有出土先秦文献，还有外来佛教典籍，可谓"全面开花"；三是传

---

① 案：此处之"文体"，采用刘师培《中国中古文学史讲义》中的观点，大致包括著述作品的风格、体式与文学性等方面的内容。

统文献仍是文人文献整理的主体，四部分类理论正式提出并在实践中不断完善，分类系统更趋细化和完善，专门化水平不断提高；四是佛、道文献的整理初具规模，并在整理方式和方法上实现了重大创新，其中道教文献整理成果在数量和文学性上更胜一筹，而佛教文献整理在形式、机制和文本质量上独领风骚，反过来又促进了此后佛教之外其他文献整理方式的革新；五是尽管文人的出身门第不同，但其参与文献整理热情皆很高涨，有关文献整理的业务素养和文学素养普遍较高，往往身兼整理者、创作者和评论者三种角色，文章、学术互动频繁而更趋深入；六是文献整理的组织与完成方式多样化，官方主持的文献整理在正史撰修等方面仍稳居主导，此外的其他方面则以文人私人的文献整理占据主流；七是文献整理的组织实施仍以工具论为指导思想，受政治形势主导，但经历了从现世实用性到非现世实用性（如著述不朽、增广异闻等目标）的转变，整体上开始由"务实"转向"务虚"；八是总体学术水平及学术成就并未超越汉代和曹魏时期，但文献阐释渗入了新学风，经学文献被重新诠释，援道入儒、儒玄双修和以"格义"之法从事佛经翻译、佛玄兼修，成为此时文人文献整理的重要特征，也蕴含着新的学术转变契机和学术增长点，为此后文章学术的发展奠定了坚实基础。

第三章　魏晋文人文献整理对文学创作的影响

文献整理作为魏晋时期文人文化生活中一项重要活动，对文人的文学创作产生了重要影响。其主要表现在文体、题材、文学观念、创作风格和主体文学修养等方面。当然，文人的文献整理对文学创作的影响并不限于这些，还应包括文献整理成果对文学作品传播与保存的作用等。目前学界对此也有所论述。[①] 但由于这种影响主要是施加于文学创作外部的，故本章未将其纳入考察范围。

第一节　对文体的影响

文人的文献整理与文学创作，从其产生时起就存在着密切的内在关联。因为，文人既是文献整理的主体，又是文学创作的主体。不过，随着时代的变迁，文人的文献整理对文学创作的影响也呈现出不同的特点。先秦时期，文、史、哲不分，许多文献既是文学典籍，也是哲学典籍和历史典籍。文人对文献的整理，就是对哲学、历史、文学文献的整理。这种文献整理本身就属于文人文学活动的一部分。秦汉以后，文人的文献整理又得到了进一步发展，尤其是到了曹魏时期，文人的文献整理迈入了一个新的阶段，成为我国古代文人文献整理演进史上一个重要的时期。受此影响，此期文人文学创作的文体也发生了相应的新变化。

一、曹魏时期

我国古代文体的创作，不仅受文体功能以及文人对文体的认识、理解的文体观念的影响，还受文人文献整理的影响。先秦时期文人对文献的整理主要集中在诗、诸子散文、历史散文等与现实社会生活关系密切的文体

---

① 　参见金达芾:《佛教典籍对六朝志怪小说的留存》,《文史知识》2012 年第 10 期。

上。他们创作的文体也主要以诗、诸子散文、历史散文等文体为主。因为先秦时期，文人的文献整理与文体创作在不少情况下是同步进行的，是集整理与创作于一体的。如先秦语类文献由"国语"到"家语"的变化，[①]对先秦历史散文与诸子散文的发展与定型都产生了直接的推动作用。傅斯年先生在《战国文籍中之篇式书体》一文中指出，记言是战国时代文体的初步，《论语》《孟子》《庄子》《管子》《晏子》中若干部分，以及《墨子》的演说体都属于这一系列；进一步发展就是舍去记言文体而据题抒论，如《商君书》《荀子》《韩非子》等；到了战国晚期，书的观念方才出现，如《吕氏春秋》。[②]傅先生所说战国时期文人文体创作的演进，尽管是多种原因影响的结果，但文人的文献整理是推动文体创作变化的一大原因。两汉时期，随着文人文献整理的普及与展开，文人对文体的认识较先秦日趋深入，对文人相关文体创作的推动也更加明显。此时以《毛诗序》《尚书序》等为代表的序体文的出现，以汉赋四大家为代表的辞赋创作的繁荣，以及以汉乐府为代表的乐府诗歌创作的发展等，就与该期文人的文献整理紧密相连。

曹魏时期，文人的文献整理类别的规范化与科学化，对文人创作的文体产生的影响更为明显。这不仅表现在该期文人的非诗类文体创作方面，而且体现在文人的诗歌创作上。

（一）对非诗类文体的影响

曹魏时期文人文献整理对文人非诗类文体创作的影响，表现比较直接和明显的，主要以论体文、辞赋、杂传等为代表。

1. 论体文

曹魏时期文人文献整理的发展，使文人论体文的创作进入了一个新的阶段，曹丕的《典论·论文》和桓范《世要论》中的《序作》《赞象》《铭诔》，以及阮籍的《乐论》《达庄论》《通老论》，嵇康的《声无哀乐论》，何晏的《无为论》《无名论》等，均是论体文的典范之作。

曹丕是曹魏时期从事文献整理文人中的一位关键人物。他不仅具有丰富的文献整理的实践经历，而且创作了《典论·论文》这篇文学批评的专题论文。其中有关文体的批评，"在继承前人对语体格式等形式探讨基础

---

① 夏德靠：《先秦"家语"文献的编纂、分类及文体意义》，《徐州师范大学学报》2012 年第 1 期。

② 傅斯年：《中国古代思想与学术十论》，广西师范大学出版社，2006，第 136—138 页。

上，引入'文气'说，开始关注形式规范与主观性情、艺术风貌等的有机融合，是对文体学的新拓展。"①曹丕的文体学批评，固然与当时文人的谈论、文学地位的提高等因素有关，但其文献整理的实践经历是最重要的因素，尤其是对建安诸子文集整理的实践经历，使其对文体的认识和把握较以前有了进一步的发展与深化。这主要表现在曹丕在对文体进行分析时，不仅体现出建立在比较基础上的整体性原则，而且还彰显出建立在自己主体情感体验基础上的浓郁的理论色彩。曹丕提出："夫文本同而末异，盖奏议宜雅，书论宜理，铭诔尚实，诗赋欲丽。此四科不同，故能之者偏也；唯通才能备其体。"②既指出了不同的文体有其相通相同之处，即"文本同"，又指出了不同文体的特征与风格存在着不同，即"末异"；既总结了不同文体在风格特征上的不同具体表现："奏议宜雅，书论宜理，铭诔尚实，诗赋欲丽"；又透视了作家与文体创作之间的关系："此四科不同，故能之者偏也；唯通才能备其体。"更为可贵的是，曹丕还结合自己对建安诸子文集的整理体验，逐一对其创作的实绩在文体上的不同体现予以了概括和归纳："王粲长于辞赋，徐幹时有齐气，然粲之匹也。……然于他文，未能称是。琳、瑀之章表书记，今之隽也。应玚和而不壮。刘桢壮而不密。孔融体气高妙，有过人者；然不能持论，理不胜词；至于杂以嘲戏，及其所善，扬、班俦也。"③不仅如此，曹丕还对造成建安诸子擅长不同文体创作的原因给予了理论上的深度分析和总体概括："文以气为主，气之清浊有体，不可力强而致。譬诸音乐，曲度虽均，节奏同检，至于引气不齐，巧拙有素，虽在父兄，不能以移子弟。"④这些观点的提出，是与其对建安诸子作品集和自己文学作品集等文献整理的实践经历密切相关的。可以说，在一定程度上正是因为曹丕对建安诸子作品的集中整理，才使他对文学文体不仅有了深刻的理解与认识，而且达到了新的理论高度。

　　桓范的《世要论》是该期又一篇具有代表意义的政论文。其中也有对个别文体的论析，如其中的《序作》《赞象》《铭诔》就是论述文体的重要篇章。虽然不及曹丕的论述全面和系统，但也是该期文人文献整理对文学文体影响的重要表现之一。如《序作》中对"书论"文体功能和当时该文体创作存在的不良倾向等进行了理论总结和分析。认为著作书论是"阐弘大道，述明圣教，推演事义，尽极情类，记是贬非，以为法式，当时可

① 吴承学、何诗海:《古代文体学要籍叙录（三）》,《古典文学知识》2014 年第 5 期。
② 夏传才、唐绍忠校注:《曹丕集校注》, 河北教育出版社, 2013, 第 237 页。
③ 夏传才、唐绍忠校注:《曹丕集校注》, 河北教育出版社, 2013, 第 235—236 页。
④ 夏传才、唐绍忠校注:《曹丕集校注》, 河北教育出版社, 2013, 第 237 页。

行，后世可修。且古者富贵而名贱废灭，不可胜记，唯篇论俶傥之人为不朽耳"。① 并不是"转相放效，名作书论，浮辞谈说，而无损益"。② 所以，"世俗之人，不解作体，而务泛溢之言，不存有益之义"，③ 是不对的。《赞象》中对"赞"体特点、作用等给予了梳理与归纳。明确指出："夫赞象之所作，所以昭述勋德，思咏政惠，此盖《诗·颂》之末流矣。"④ 正是如此，才决定了"赞"这一文体，不仅"由上而兴，非专下而作"；⑤ 而且"上章君将之德，下宣臣史之忠。若言不足纪，事不足述，虚而为盈，亡而为有，此圣人之所疾，庶几之所耻也"。⑥ 在《铭诔》篇中，针对铭诔创作中存在的"门生故吏合集财货，刊石纪功，称述勋德，高邈伊周，下陵管晏，远追豹产，近逾黄邵。势重者称美，财富者文丽"⑦ 的时弊，进行了抨击，揭示了其"外若赞善，内为己发"⑧ 的本质。其后果既"欺曜当时"，⑨ 又"疑误后世"，⑩ 所以主张"赏生以爵禄，荣死以诔谥，是人主权柄"。⑪ 把诔谥之权归于人主。桓范这些有关文体的认识，就是建立在其从事《皇览》和"抄撮《汉书》中诸杂事，自以意斟酌之"⑫ 等文献整理基础之上的。

曹魏后期随着文人文献整理的演变，文人对以《老》《庄》为代表的道家文献与以《论语》《易》等为代表的儒家文献的整理，成为该期文人文献整理的重要内容，并出现了儒道合流的新趋向。受此影响，文人创作的论体文也发生了转化，出现了一批阐述儒家、道家思想的专题论文。阮籍的《乐论》《达庄论》《通老论》《通易论》，嵇康的《声无哀乐论》，何晏的《无为论》《无名论》等就是这类专题论文的代表。如阮籍的《乐论》，《三国志·魏书·高贵乡公髦纪》载：甘露元年（256）夏四月"丙辰，帝幸太学，问诸儒曰：圣人幽赞神明……讲《易》毕，复命讲《尚

① 郁沅、张明高编选：《魏晋南北朝文论选》，人民文学出版社，1996，第 60 页。
② 郁沅、张明高编选：《魏晋南北朝文论选》，人民文学出版社，1996，第 61 页。
③ 郁沅、张明高编选：《魏晋南北朝文论选》，人民文学出版社，1996，第 61 页。
④ 郁沅、张明高编选：《魏晋南北朝文论选》，人民文学出版社，1996，第 61 页。
⑤ 郁沅、张明高编选：《魏晋南北朝文论选》，人民文学出版社，1996，第 61 页。
⑥ 郁沅、张明高编选：《魏晋南北朝文论选》，人民文学出版社，1996，第 61 页。
⑦ 郁沅、张明高编选：《魏晋南北朝文论选》，人民文学出版社，1996，第 62 页。
⑧ 郁沅、张明高编选：《魏晋南北朝文论选》，人民文学出版社，1996，第 62 页。
⑨ 郁沅、张明高编选：《魏晋南北朝文论选》，人民文学出版社，1996，第 62 页。
⑩ 郁沅、张明高编选：《魏晋南北朝文论选》，人民文学出版社，1996，第 62 页。
⑪ 郁沅、张明高编选：《魏晋南北朝文论选》，人民文学出版社，1996，第 62 页。
⑫ ［晋］陈寿撰，［南朝宋］裴松之注：《三国志》卷九《魏书·曹爽传》裴注引《魏略》，中华书局，1982，第 290 页。

书》。……于是复命讲《礼记》。① 正像陈伯君先生所云:"疑此文乃阮籍为高贵乡公散骑常侍时奉命讲《礼记》(《乐记》为《礼记》之一篇)或与诸儒辩论之作。"② 结合阮籍《乐论》的内容,陈伯君先生所论是有道理的。阮籍的《达庄论》《通老论》《通易论》,嵇康的《声无哀乐论》,何晏的《无为论》《无名论》等作品的创作,也分别受到了他们文献整理活动直接或间接的影响。

2. 辞赋

曹魏时期文人辞赋的创作,在继承汉代的基础上又有了新的发展,标志着古代文人辞赋创作又进入了一个新的时期。从该期文人创作的实绩而言,辞赋创作是文人文学创作的主要文体之一。据文献记载,该期文人创作可考的辞赋达二百八十篇左右。就数量来说是与该期文人创作的诗歌相比肩的另一重要文体。之所以如此,除受文人辞赋创作的传统、文人文学创作的价值追求和爱好等因素影响之外,其中不可忽视的一个原因就是文人对辞赋作品整理的推动和影响。一方面,汉代文人的辞赋整理活动,对曹魏时期文人的辞赋创作产生了间接影响;另一方面,曹魏文人的辞赋整理活动,则直接成为当时文人创作辞赋的重要动因。尤其是作为该期文人杰出代表的曹植等文人所开展的辞赋整理活动,不仅为文人的文献整理树立了典范,而且大大调动了文人从事辞赋创作的主动性、积极性。

对此,我们可以从该期文人的辞赋创作实践中得到证实。因为该期文人在从事辞赋创作时,常常把前代文人的辞赋作品作为自己创作的范本。如曹植的《七启序》曰:"昔枚乘作《七发》,傅毅作《七激》,张衡作《七辩》,崔骃作《七依》,辞各美丽,余有慕之焉!遂作《七启》,并命王粲作焉。"③《酒赋序》也曰:"余览杨雄《酒赋》,辞甚瑰玮,颇戏而不雅,聊作《酒赋》,粗究其终始。"④ 曹植在这两篇赋序中,直接书写了他创作《七启》的原因,是因为他羡慕枚乘的《七发》、傅毅的《七激》、张衡的《七辩》和崔骃的《七依》等赋作的"辞各美丽";他创作《酒赋》的原因,是因为看到杨雄的《酒赋》,虽然辞甚瑰玮,但颇戏而不雅。尽管作者并没有直接告知我们这些辞赋创作与其文献整理有关,但并不代表作者的辞赋创作与文献整理没有关联。如果我们对两者关系做一深层的透

---

① ［晋］陈寿撰,［南朝宋］裴松之注:《三国志》卷九《魏书·高贵乡公髦纪》,中华书局,1982,第135—138页。

② ［三国魏］阮籍著,陈伯君校注:《阮籍集校注》上卷,中华书局,2012,第77页。

③ 赵幼文校注:《曹植集校注》卷一,人民文学出版社,1984,第6页。

④ 赵幼文校注:《曹植集校注》卷一,人民文学出版社,1984,第125页。

视，就不难发现其中的必然联系。一是曹植在创作这两篇辞赋之前，不仅认真阅读了枚乘的《七发》、傅毅的《七激》、张衡的《七辩》、崔骃的《七依》，以及杨雄的《酒赋》等作品，而且还对其提出了蕴含自己价值判断的评价。这种阅读和评价本身就是文人文献整理的一种独特方式。二是作者所阅读的这些辞赋作品，可能是由前代文人文献整理流传下来的，也可能是作者从前代文人文献整理成果中抄录而来的，不管哪种来源，皆与文人的文献整理密切相关。更何况曹植整理自己的辞赋选集《前录》后创作的辞赋作品，更明显受到了他整理自己辞赋作品这一活动的影响。

再如陈琳的《武军赋》也与其文献整理活动有关。《武军赋序》云："回天军，振雷霆之威，于易水之阳，以讨瓒焉。鸿沟参周，鹿弧十里，荐之以棘。乃建修橹，干青霄，窜深隧，下三泉。飞梯、云冲、神钩之具，瑰异谲诡之奇，不在《孙》、《吴》之篇，《三略》、《六韬》之术者，凡数十事，秘莫得闻也。乃作《武军赋》曰……"① 由序文可见，作者之所以创作《武军赋》，主要是缘于曹操的这次征讨，所用之具，所采之术，是之前兵书《孙》《吴》《三略》《六韬》等没有记载的。由此判定，作者创作《武军赋》不仅仅有借辞赋这一文体再现此次征伐活动的文学目的，而且还有借助于文学创作来展现此次征伐所用之具、所采之术，从而弥《孙》《吴》《三略》《六韬》等兵书不足补的目的。这后一目的，一方面赋予了作者的创作具有了集文献整理与文学创作于一体的特征，另一方面也是作者系统搜集阅读《孙》《吴》《三略》《六韬》等兵书文献这一文献整理活动影响的直接结果。所以，陈琳的《武军赋》也是文人文献整理对辞赋创作影响的表征。

嵇康的《琴赋》，同样是这方面的代表作品。其序曰："余少好音声，长而玩之，以为物有盛衰，而此无变，滋味有厌，而此不倦，可以导养神气，宣和情志，处穷独而不闷者，莫近于音声也。是故复之而不足，则吟咏以肆志，吟咏之不足，则寄言以广意。然八音之器，歌舞之象，历世才士，并为之赋颂，其体制风流，莫不相袭，称其才干，则以危苦为上，赋其声音，则以悲哀为主，美其感化，则以垂涕为贵，丽则丽矣，然未尽其理也。推其所由，似元不解音声，览其旨趣，亦未达礼乐之情也。众器之中，琴德最优，故缀叙所怀，以为之赋。其辞曰……"② 由序文可知，嵇康在创作此赋之前，对有关音乐的作品和功能等方面的文献，曾进行过搜集、阅读等文献整理方面的工作，在认识到这些作品"体制风流，莫不相

---

① 俞绍初辑校:《建安七子集》卷二，中华书局，2005，第38页。
② 戴明扬校注:《嵇康集校注》卷二，人民文学出版社，1962，第83—84页。

袭，称其才干，则以危苦为上，赋其声音，则以悲哀为主，美其感化，则以垂涕为贵"等"丽"的特征的同时，更认识到了其"未尽其理"的不足，及其造成这一不足的原因，主要在于"未达礼乐之情"。所以，作者才选择众多乐器之中德最优的琴作为书写对象，借以缀叙所怀。总之，曹魏时期文人的文献整理，对该期文人的辞赋这一文体的创作产生了积极的影响。

3. 杂传

"杂传"作为一种文体，脱胎于史书中的人物传记，其名最早见于《汉书·艺文志》，是指正史列传之外的与其相似的作品。在杂传形成过程中，司马迁的《史记》起到了关键性作用。正如程千帆先生在《史传文学与传记之发展》一文中所言："盖自司马氏创立列传，叙事之法，已进以人物为中心。其间或以一人为一传，或合数人为一传，而其性行同类者，则更以品汇相从，又或取子书成法，以为自序。故较而论之，则有专传，有合传，有类传，有自传。后世杂传之体，初不出此四者之外。斯其原本马迁列传之明证。"[①] 西汉刘向的《列仙传》《列士传》《列女传》《孝子传》等，标志着这一文体的形成。曹魏时期，杂传又得到了很好发展，成为杂传发展史上的兴盛期。可以说，这一局面的形成，既是该期文人文献整理对文人文体创作影响的体现，也是该期文人文献整理对杂传文体创作影响的直接表征。据研究者统计："三国时期的散传作品有61部；类传作品25部，加上作者已不可分的苏林、圈称、袁汤三人著《陈留耆旧传》，郑廑、赵谦、陈术、祝龟、王商等五人著《巴蜀耆旧传》，总共有33部；家传作品6部；自传作品5部；行状作品5部，合计110部，在数量上远远大于三国之前。其中，散传作品是数量激增的一大门类，三国之前散传作品有19部，到了三国时期数量有其三倍之多。就行状作品而言，三国之前仅存汉丞相仓曹傅胡幹所作《杨元伯行状》一部，而到了三国时期则有《先贤行状》、《汉魏先贤行状》、《海内先贤行状》、《汝南先贤行状》、《先贤传行状》等五部，这不能不说是一种进步。"[②] 如无名氏的《董卓别传》《蔡邕别传》《李燮别传》《卢植别传》《王允别传》《何颙别传》，圈称、苏林的《陈留耆旧传》，侯瑾的《皇德传》，无名氏的《曹瞒传》《曹操别传》《魏武别传》《郑玄别传》《邴原别传》《赵云别传》《平原祢衡传》《祢衡别传》，钟会的《钟会母张氏传》，无名氏的《蔡琰别传》《华佗别传》《葛仙公别传》，管辰的《管辂别传》，无名氏的《李先生传》《蒲元别传》《司马

---

① 程千帆：《闲堂文薮》，齐鲁书社，1984，第162页。
② 辛志峰：《三国杂传研究》，硕士学位论文，山东师范大学，2015，第18页。

徽别传》《孔融别传》《诸葛亮别传》《吴质别传》《费祎别传》《任嘏别传》《孟宗别传》《胡综别传》《陆绩别传》《桓阶别传》《何晏别传》《诸葛恪别传》《献帝传》《荀彧别传》《孙资别传》《刘廙别传》《虞翻别传》《赵岐别传》《管宁别传》《杨彪别传》《边让别传》《楼承先别传》《程晓别传》《傅巽别传》《潘勖别传》《曹植别传》《贾逵别传》《孙权传》，王粲的《英雄记》，曹丕的《海内士品》，魏明帝曹叡的《先贤传》，魏明帝时无名氏的《海内先贤传》，谢承的《会稽先贤传》，三国东吴陆胤的《广州先贤传》，三国东吴陆凯的《吴先贤传》，三国曹魏董巴的《中官传》，徐整的《豫章烈士传》，等等，就是该期文人创作的杂传作品的典型例证。

曹魏时期文人杂传创作的兴盛，原因是多方面的，但文人文献整理的影响却是其中一个不可忽视的因素。这一方面，可由文人从事史部传记文献整理的传统得到说明。《隋书·经籍志》曰："古之史官，必广其所记，非独人君之举。《周官》，外史掌四方之志，则诸侯史记，兼而有之。……是以穷居侧陋之士，言行必达，皆有史传。……又汉时，阮仓作《列仙图》，刘向典校经籍，始作《列仙》《列士》《列女》之传，皆因其志尚，率尔而作，不在正史。后汉光武，始诏南阳，撰作风俗，故沛、三辅有耆旧节士之序，鲁、庐江有名德先贤之赞。郡国之书，由是而作。魏文帝又作《列异》，以序鬼物奇怪之事，嵇康作《高士传》，以叙圣贤之风。因其事类，相继而作者甚众，名目转广，而又杂以虚诞怪妄之说。推其本源，盖亦史官之末事也。载笔之士，删采其要焉。鲁、沛、三辅，序赞并亡，后之作者，亦多零失。今取其见存，部而类之，谓之杂传。"① 正是自先秦以来文人修史即整理史部文献的传统，成为曹魏时期文人创作传体文的极大动力。

另一方面，曹魏时期统治者又加强了对文献整理的管理，强化了管理机构的文献整理职能。《晋书·职官志》记载："著作郎，周左史之任也。汉东京图籍在东观，故使名儒著作东观，有其名，尚未有官。魏明帝太和中，诏置著作郎，于此始有其官，隶中书省。"② 其职责则是"掌国史，集注起居"。③ 著作佐郎分为正郎和佐郎，大约嘉平以后，曹魏又置著作佐郎。正郎和佐郎分工不同，刘知几《史通·史官建置》曰："旧事，佐郎职

① ［唐］魏徵、［唐］令狐德棻：《隋书》卷三十三《经籍志二》，中华书局，1973，第981—982页。
② ［唐］房玄龄等：《晋书》卷二十四《职官志》，中华书局，1974，第735页。
③ ［唐］魏徵、［唐］令狐德棻：《隋书》卷二十六《百官志上》，中华书局，1973，第723页。

知博采，正郎资以草传。"① 佐郎主要负责诸种史料文献的搜集，正郎主要负责执笔修撰。其结果大大增强了文人文献整理的意识，并走向自觉。这在该期文人创作的杂传中就有体现。如赵岐《三辅决录》序云："三辅者，本雍州之地。世世徙公卿吏二千石及高赀皆以陪诸陵。五方之俗杂会，非一国之风，不但系于《诗·秦、豳》也。其为士，好高尚义，贵于名行，其俗失则趋势进权，惟利是视。余以不才，生于西土，耳能听而闻故老之言，目能视而见衣冠之畴，心能识而观其贤愚。常以玄冬梦黄发之士，姓玄名明字子真，与余寤言，言必有中，善否之间无所依违，命操笔者书之。近从建武以来，暨于斯今，其人既亡，行乃可书，玉石朱紫，由此定矣，故谓之《决录》矣。"② 赵岐所述表面上看，其创作《三辅决录》是受梦中黄发之士玄明之命而为，实际上这只是他的一种托词，真正的原因则源于其"耳能听而闻故老之言，目能视而见衣冠之畴，心能识而观其贤愚"的责任心与自觉意识。再如管辰的《管辂别传》也曰："向使辂官达，为宰相大臣，膏腴流于明世，华曜列乎竹帛，使幽验皆举，秘言不遗，千载之后，有道者必信而贵之，无道者必疑而怪之；信者以妙过真，夫妙与神合者，得神则无所惑也。恨辂才长命短，道贵时贱，亲贤遐潜，不宣于良史，而为鄙弟所见追述，既自闇浊，又从来久远，所载卜占事，虽不识本卦，捃拾残馀，十得二焉。至于仰观灵曜，说魏、晋兴衰，及五运浮沉，兵革灾异，十不收一。无源何以成河？无根何以垂荣？虽秋菊可采，不及春英，临文慷慨，伏用哀惭。将来君子，幸以高明求其义焉。"③ 从"无源何以成河？无根何以垂荣？虽秋菊可采，不及春英，临文慷慨，伏用哀惭。将来君子，幸以高明求其义焉"等表述中，我们可以感受到其创作意识的强烈和自觉。了解了此，曹魏时期杂传这一文体何以如此兴盛，就不难理解了。

（二）对诗歌的影响

曹魏时期，文人文献整理对文人诗歌的创作也产生了积极的影响，具体体现在文人的乐府诗与五言诗的创作上。

---

① ［唐］刘知几著，［清］浦起龙通释，王煦华整理：《史通通释》卷十一《史官建置》，上海古籍出版社，2009，第 287 页。

② ［汉］赵岐撰，［晋］挚虞注，［清］张澍辑，陈晓捷注：《三辅决录·原序》，三秦出版社，2006，第 2 页。

③ ［晋］陈寿撰，［南朝宋］裴松之注：《三国志》卷二十九《魏书·管辂传》裴注引《管辂别传》，中华书局，1982，第 828 页。

1. 乐府诗

曹魏时期文人乐府诗的创作进入了一个新的时期，尤其是三曹乐府诗的创作标志着乐府诗发展史上乐府诗达到了一个新的高度，开拓了文人乐府诗的新境界。

据《乐府诗集》曹植创作的乐府诗现存四十三首，如《置酒》《明月》和《鼙舞歌》五篇，以及《门有车马客行》《野田黄雀行》《天地》《惟汉行》《鰕鳝篇》《吁嗟篇》《蒲生行浮萍篇》《当来日大难》《丹霞蔽日行》《秋胡行》《豫章行》二首，还有《升天行》《白马篇》《名都篇》《美女篇》《磐石篇》①等。曹植在《鼙舞歌》序中就述说了自己创制新歌的情形："汉灵帝西园鼓吹有李坚者，能鼙舞，遭乱西随段颎。先帝闻其旧有技，召之。坚既中废，兼古曲多谬误，异代之文，未必相袭，故依前曲，改作新歌五篇。不敢充之黄门，近以成下国之陋乐焉。"②由此可知，曹植创作乐府诗，主要是基于"古曲多谬误"的判断。而"古曲多谬误"的认识判断，是与其对古曲文献的整理分不开的。

曹操是此时乐府诗创作的另一代表。《三国志》卷一《魏书·武帝纪》裴注引《魏书》云："御军三十余年，手不舍书，昼则讲武策，夜则思经传，登高必赋，及造新诗，被之管弦，皆成乐章。"③《宋书·乐志》也云："《但歌》四曲，出自汉世。无弦节，作伎，最先一人唱，三人和。魏武帝尤好之。"④曹操在当时之所以擅长创作新诗，有多方面的原因，但配乐演唱是其中不可或缺的一大因素。

因为两汉时期乐府配乐是被执政者垄断的，这种情况一直延续至曹魏。这在史籍中有很好的记载。如《三国志·魏书·杜夔传》载："后表子琮降太祖，太祖以夔为军谋祭酒，参太乐事，因令创制雅乐。……时散郎邓静、尹齐善咏雅乐，歌师尹胡能歌宗庙郊祀之曲，舞师冯肃、服养晓知先代诸舞，夔总统研精，远考诸经，近采故事，教习讲肄，备作乐器，绍复先代古乐，皆自夔始也。"⑤对此《宋书·乐志》也云："汉末大乱，众乐沦缺。魏武平荆州，获杜夔，善八音，尝为汉雅乐郎，尤悉乐事，于是以为军谋祭酒，使创定雅乐。时又有邓静、尹商，善训雅乐，哥师尹胡能哥

---

① 向回：《曹植乐府不入乐说质疑》，《暨南学报》2008 年第 1 期。
② 赵幼文校注：《曹植集校注》卷二，人民文学出版社，1984，第 323 页。
③ ［晋］陈寿撰，［南朝宋］裴松之注：《三国志》卷一《魏书·武帝纪》，中华书局，1982，第 54 页。
④ ［南朝梁］沈约：《宋书》卷二十一《乐志三》，中华书局，1974，第 603 页。
⑤ ［晋］陈寿撰，［南朝宋］裴松之注：《三国志》卷二十九《魏书·杜夔传》，中华书局，1982，第 806 页。

宗庙郊祀之曲，舞师冯肃、服养晓知先代诸舞，夔悉总领之。远考经籍，近采故事，魏复先代古乐，自夔始也。而左延年等，妙善郑声，惟夔好古存正焉。文帝黄初二年，改汉《巴渝舞》曰《昭武舞》……其众哥诗，多即前代之旧；唯魏国初建，使王粲改作登哥及《安世》《巴渝》诗而已。"①《隋书·音乐志》也云："文帝黄初，改《昭容》之乐为《昭业乐》，《武德》之舞为《武颂舞》，《文始》之舞为《大韶舞》，《五行》之舞为《大武舞》。明帝初，公卿奏上太祖武皇帝乐曰《武始》之舞，高祖文皇帝乐曰《咸熙》之舞。又制乐舞，名曰《章斌》之舞，有事于天地宗庙，及临朝大飨，并用之。"②据以上史籍所述，在曹魏时期曹操、曹丕、曹叡先后以不同方式，或命乐师杜夔等以先代古乐创制雅乐，或命王粲等文人改作登歌及《安世》《巴渝》诗等。这表明在当时能够创制乐歌或改制乐歌的一般而言是统治者的特权。

当然，曹魏时期，只有统治者能够使自己创作的乐府配乐演唱，其他文人只是在统治者需要时奉命而作的乐府才有机会被入乐演唱。也就是说曹魏时期，曹氏父子创作的乐府诗和命王粲等文人改造的乐府诗，是为了满足乐府机构配乐演唱的需求，具有明显的政治目的。而这也恰恰证明了当时乐府机构搜集、整理乐府作品是其重要的功能之一，此功能又是促使曹氏父子自己创作乐府和命令文人创作乐府的极大动力。曾智安的《清商曲辞研究》认为曹魏明帝时，为满足对相和歌的需求和方便管理日益增多的后宫伎人，很可能就设置了"清商署"。③"曹操现存21首乐府歌诗，皆为相和歌辞；曹丕现存23首乐府歌诗，除两首鼓吹曲辞外，皆为相和歌辞……魏明帝曹叡亦有10首相和歌辞，曹魏统治阶级对乐府歌诗创作的喜爱可见一斑"。④王粲的舞曲歌四首、《从军行》五首，陈琳的《饮马长城窟行》，阮瑀、左延年、嵇康也都有歌诗，缪袭有魏鼓吹曲十二首，东吴的韦昭也制有十二曲等等。可见，曹魏时期文人的乐府诗创作确实达到了一个新的水平，其中文人的相关文献整理活动应起了积极的促进作用。

2. 文人五言诗

曹魏时期，在诗歌史上值得关注的又一现象就是文人五言诗的空前发展。在此时有两位比较关键的文人，即曹植和阮籍。曹植是诗歌史上第一位大力从事文人五言诗创作的诗人，阮籍是诗歌史上第一位全力从事文人

---

① ［南朝梁］沈约：《宋书》卷十九《乐志一》，中华书局，1974，第534页。

② ［唐］魏徵、［唐］令狐德棻：《隋书》卷十五《音乐志下》，中华书局，1973，第350页。

③ 曾智安：《清商曲辞研究》，博士学位论文，首都师范大学，2006，第24页。

④ 钱梦佳：《魏晋乐府诗学研究》，硕士学位论文，苏州大学，2017，第7—8页。

五言诗创作的诗人。正是这两位诗人创作实践的带动、引领，以及当时其他诗人在创作上的附和，才促使曹魏成为诗歌发展史上继古诗十九首之后"五言腾踊"的时代，从而为五言诗成为诗歌的一种重要诗体奠定了坚实基础。

那么，文人五言诗为何在曹魏时期得到了这么好的发展？又为何特别受到曹植、阮籍等文人的青睐？这既有其偶然因素，但也有其必然因素。偶然因素主要与曹植、阮籍等文人的个人情感、性格以及爱好等有一定的关联，对此我们不予以具体展开。原因在于这一偶然因素，对我们探讨该期文人的文献整理与文学创作没有必然的内在关联。在此我们重点予以关注的就是他们从事五言诗创作的必然因素。因为这一因素正是我们透视该期文人的文献整理与文学创作关系的关键所在。

曹魏时期文人五言诗的飞速发展，文人文献整理的影响是不可忽视的重要因素。如曹植，其文集在他生前就经过自己的整理和编目，其中应包括诗歌在内。曹植去世后，魏明帝于景初年间又下令进行了整理。此次"撰录植前后所著赋、颂、诗、铭、杂论，凡百余篇，副藏内外"。① 一方面，这一活动不仅撰录了曹植创作的五言诗的代表作品，使这些诗作得到了系统保存，为其传播打下了基础；另一方面，也为当时和后来文人从事五言诗的创作提供了学习模仿的范例，并激发了文人借助于五言诗的创作留名青史的价值追求。曹魏后期文人的五言诗创作当与此有一定的关联。

同时，曹魏时期文人所开展的一些集五言诗创作与整理于一身的活动，也对曹魏后期文人的五言诗创作产生了积极影响。如该期文人的邺下创作与《邺下集》整理就是文人集五言诗创作与整理于一身的活动。黄节的《谢康乐诗注》曾引《初学记》所辑《魏文帝集》中的"为太子时，北园及东阁讲堂并赋诗，命王粲、刘桢、阮瑀、应场等同作"一语，指出"此即《邺中集》诗也"。② 晋宋之际的谢灵运也创作有《拟魏太子邺中集诗》。虽然目前学界对曹丕的《邺中集》存在着不同看法，但总体而言肯定者多。笔者也同意这种观点。就肯定者而言，又有两种看法。一种认为《邺中集》是曹丕整理的总集。如李明曾综合学界有关曹丕整理《邺中集》的诸种观点、西晋石崇的《金谷集》、东晋王羲之的《兰亭集》之后，推断云："根据《拟魏太子邺中集诗》，亦可还原为曹丕主持邺下宴集，后来辑录参与邺下之游的诸子诗文编了集子，也撰写集序，与《金谷集》的

---

① 卢弼集解：《三国志集解》卷十九《魏书·陈思王植传》，上海古籍出版社，2012，第1601页。
② 黄节注：《汉魏六朝诗六种》，人民文学出版社，2008，第682页。

文本体制如出一辙。《金谷集作诗》诗题指《金谷集》潘岳作诗,《邺中集诗》应指《邺中集》所作诗。故谢灵运确实见到了曹丕编的集子,而集子之名就是《邺中集》。唐初修《隋志》此集已亡佚,原因可能是邺下诸子均有个人文集单行流传(著录在《隋志》及它的小注,小注是南朝梁阮孝绪的《七录》),遂致《邺中集》渐趋湮没。"① 另一种观点认为,《邺中集》"乃是曹丕为纪念邺中文会宴集所创作的诗,它与所谓的曹丕'都为一集'的徐、陈、应、刘之遗文无关,也不是当时参与宴集的八人各自创作的诗的一个合集"。② 这两种观点无论哪一种,皆不能否认曹丕与其他文人的文献整理,对曹丕为纪念邺中文会宴集所创作的诗的影响。因为,曹丕不仅是当时邺中文会宴集的领导者、参与者、创作者,也是建安诸子去世后诸子作品的搜集者和整理者。他所创作为纪念邺中文会宴集的《邺中集》,恰恰就是文人文献整理对文人五言诗这一诗体影响的有力证据。

　　这种文人的文献整理对文人五言诗创作的影响,在明帝以后也有鲜明的体现。如刘勰的《文心雕龙·时序》有载:"至明帝纂戎,制诗度曲,征篇章之士,置崇文之观,何刘群才,迭相照耀。少主相仍,唯高贵英雅,顾盼合章,动言成论。于时正始余风,篇体轻澹,而嵇阮应缪,并驰文路矣。"③ 何晏、刘劭、王肃等皆是崇文观的重要成员,度诗制曲和文献整理是其主要职责。从中也就不难看出,崇文观中的文人,他们所从事的度诗制曲和文献整理两者所存在的相互关联中,文献整理对其度诗制曲的影响。虽然我们现在看到流传至今的何晏、刘劭、王肃等创作的文人五言诗并不多,但这也不足以否认这种影响的存在。正是受此种风气的浸染,正始时期的嵇康、阮籍、应璩、缪袭等文人也并驾齐驱于文坛。

　　尤其是这个时期阮籍的五言诗创作,堪称文人五言诗的杰出代表。其作品就是在诗歌史上熠熠生辉的《咏怀诗》八十二首。清代吴汝纶云:"八十二首决非一时之作,疑其总集生平所为诗,题为咏怀耳。"④ 臧荣绪《晋书》也载:"籍拜东平相,不以政事为务,沈酒日多。善属文论,初不苦思,率尔便成,作五言诗《咏怀》八十余首,为世所重。"⑤ 阮籍的《东

① 刘明:《魏晋文人集的形成路径及文体辨析的关系》,《中国典籍与文化》2017年第2期。
② 许云和:《从〈邺中集〉到〈拟魏太子邺中集〉——曹丕书写建安文学史的历史意义》,《文学遗产》2018年第6期。
③ [南朝梁] 刘勰撰,范文澜注:《文心雕龙注》卷九,人民文学出版社,1958,第674页。
④ [三国魏] 阮籍著,陈伯君校注:《阮籍集校注》卷下《咏怀诗·集评》,中华书局,2012,第209页。
⑤ [南朝梁] 萧统编:《文选》卷二十一颜延之《五君咏》李善注引,上海书店,1988年影印,第289页。

平赋》有云："甘丘里之旧言兮，发新诗以慰情。信严霜之未滋兮，岂丹木之再荣。《北门》悲于殷忧兮，《小弁》哀于独诚。"① 无论从吴汝纶的评介、臧荣绪《晋书》的记载，还是从阮籍《东平赋》的书写，我们皆能感受到文献整理与阮籍《咏怀诗》创作的关联。对此钱志熙先生认为："阮籍的《咏怀八十二首》，极有可能是在任东平太守前后开始创作的。也就是说，是在四十五六岁的时候开始写作的。到他五十四岁去世时还有八九年的时间。《咏怀八十二首》，当是在这个时期集中创作出来的。其原本写作形式，就带有系列的组诗的性质。臧氏直言'作五言《咏怀》八十余首'，也正是交代它们原本为一整体。"② "作为直接促使咏怀诗创作的事件，参与编撰《魏书》、应郑冲等人要求撰写司马昭加九锡的劝进书，都是原因之一。"③ "《三国志·魏书·王卫二刘傅传》引《文章叙录》记载：'曹爽执政，多违法度，（应）璩为诗以讽焉。其言虽颇谐合，多切时要，世共传之。'又《文选》李善注引张方贤《楚国先贤传》：'汝南应休琏作百一篇诗，讥切时事，遍以示在事者，咸皆怪愕，或以为应焚弃之。何晏独无怪焉。'阮籍作《咏怀诗》，很可能是受到应璩《百一诗》的启发，其艺术性较应诗更高，内容上虽不像应诗那样讽喻切直，但其愤世嫉俗之意更过于应氏，如果当时就已流行，则不可能没有反响。"④ 钱志熙先生的这些推断，我们认为是有道理的。由此我们也就明白了阮籍的五言诗创作，不仅与他对自己创作的五言诗的整理、编撰《魏书》等活动有关，也与应璩《百一诗》的整理有关。

总之，曹魏时期文人文献整理的转型，对文人创作的文体产生了积极影响。这主要体现在文人创作的论体文、辞赋、杂传、乐府和文人五言诗等文体上。

二、两晋时期

两晋时期，文人的文献整理和曹魏时期相比，又有了一定程度的发展。受此影响，该期文人创作的文体呈现出一定的消长和分化，一些文献典籍类别变成文体，一些旧有文体在宗教文献典籍冲击下发生新变。据

① ［三国魏］阮籍著，陈伯君校注：《阮籍集校注》卷上，中华书局，2012，第 11 页。
② 钱志熙：《论阮籍〈咏怀诗〉——组诗创作性质及其主题的逻辑展开》，《东方丛刊》2008 年第 1 期。
③ 钱志熙：《论阮籍〈咏怀诗〉——组诗创作性质及其主题的逻辑展开》，《东方丛刊》2008 年第 1 期。
④ 钱志熙：《论阮籍〈咏怀诗〉——组诗创作性质及其主题的逻辑展开》，《东方丛刊》2008 年第 1 期。

记载，两晋时期文人们常用的文体至少有诗、赋、碑、诔、铭、箴、颂、论、奏、说、七、哀辞、哀策、对问、图谶十五种，[①] 远多于《典论·论文》所列举的"四科八体"。在"论序益繁"[②] 的总体形势下，文人文体创作实践亦取得了大的进展，但完全新创者极少。以下举其尤著者予以论述，包括新兴文体与文章变体两种情况，考量的标准在于其形式、内容或用途的"常"与"变"。由于两晋时期文人文献整理对文学文体的影响与曹魏时期相比，有了新的变化，为了对此变化有具体的认识和了解，我们也按照文体的类别逐一探讨。

（一）对非诗类文体的影响

1. 笺

"笺"本是一种竹制书写载体，汉魏时期成为经学注疏的一种体裁，称"笺疏"或"笺注"，如《毛诗》有郑玄《笺》，张华《博物志》云："圣人制作曰经，贤者著述曰传，郑康成注《毛诗》曰笺。"[③] 魏末至西晋时期，笺注仍盛。如曹魏刘潘有《毛诗笺传是非》二卷，晋张靖有《春秋谷梁废疾笺》三卷等。这些著作中的"笺"实际上是对文献典籍注释的一种体例，多指记识某事的文字，已表现出"文体"的某些特征。

由于这些文字具有说明、标识、表达等方面的功能，所以文人又把书信也称为"笺"，如此"笺"成了一种文体的名称。"笺"作为一种文体而言，在曹魏时期就已出现，并被文人所运用。如杨修的《答临淄侯笺》，吴质的《答魏太子笺》《在元城与太子笺》《答文帝笺》，应璩的《与曹公笺》《荐和虑则笺》《荐贲伯伟笺》《与曹昭伯笺》等，正是建立在这样的基础上。魏张揖的《广雅·释诂》云："奏、笺、表、诏、筛、条、记、敕、标、谏、檄，书也。"[④]

两晋时期，"笺"这一文体也进入了一个新的阶段。这不仅表现在文人对"笺"这一文体的认识上，更重要的则表现在文人的创作实践上。西

---

① 案：陆机《文赋》有诗、赋、碑、诔、铭、箴、颂、论、奏、说十种，挚虞《文章流别论》残文有颂、赋、诗、七、箴、铭、哀辞、哀策、对问、碑、图谶十一种，去其重复，实得十五种。

② 刘师培：《中国中古文学史讲义》，上海古籍出版社，2006，第53页。

③ ［晋］张华：《博物志》卷四，载上海古籍出版社编：《汉魏六朝笔记小说大观》，上海古籍出版社，1999，第209页。

④ ［清］王念孙著，钟宇讯点校：《广雅疏证》卷四下《释诂》，中华书局，1983，第131页下。

晋吕忱的《字林》云："笺，表也，识也"。^①就把"笺"作为了书记文体的一种，与"表"相近。所以作为一种文体，"笺"在两晋时期又获得了较大发展，形成了文人"上书称笺之例"。^②如华谭作《辨道》三十卷而"上笺进之"。^③挚虞有《谏改除晋增位一等表》《致齐王冏笺》《典校五礼表》，刘廙、陆机也皆有笺体佳作。《文心雕龙·书记》曰："笺者，表也，表识其情也。崔寔奏记于公府，则崇让之德音矣；黄香奏笺于江夏，亦肃恭之遗式矣。公幹笺记，丽而规益，子桓弗论，故世所共遗；若略名取实，则有美于为诗矣。刘廙谢恩，喻切以至；陆机自理，情周而巧；笺之为善者也。原笺记之为式，既上窥乎表，亦下睨乎书，使敬而不慑，简而无傲，清美以惠其才，彪蔚以文其响，盖笺记之分也。"^④至此，"笺"也由原来文人经学注疏的一种文体，逐步演变为与"表"相近的表识其情的文体。

2. 序文

序文由来久远，汉魏时期亦为注疏之体，如西汉有《毛诗序》，仿拟《周易》"十翼"之用意。西汉时期，"序"并不被视为独立文体，只是本文之外叙述始末的附属文字——或者称为"副文本"，诔、碑、哀、吊等文体皆可有序。^⑤事实上，自西汉以来所存在的"叙"这一文体，主要用于文献整理中记写相关信息。《说文》卷三攴部释"叙"曰"次弟（第）也"，段玉裁注云"古或假序为之"，^⑥后人据此而称"'序'者，绪而陈者也"。^⑦东汉和曹魏时期，经过文人的创作实践，"序"作为一种文体又获得了进一步发展。尤其是随着两晋文人文献整理活动的兴盛与文学创作的频繁，文人作"叙"十分普遍，有赋序、诗序、文序，完全突破了"序书"的范围而成为事实上的独立文体。诗序如吴人张翰的《诗序》云："永康之末，疾苦痿瘵，故人颇候之。常以闲静，为著诗一首，分句改纸，各有别读。"^⑧这是《毛诗序》式的对自己写作缘起的自述。传序，属

---

① ［唐］陆德明：《经典释文》卷五，中华书局，1983，第53页。
② ［汉］许慎撰，［清］段玉裁注：《说文解字注》，上海古籍出版社，1981，第191页。
③ ［唐］房玄龄等：《晋书》卷五十二《华谭传》，中华书局，1974，第1453页。
④ ［南朝梁］刘勰撰，范文澜注：《文心雕龙注》卷五《书记》，人民文学出版社，1958，第456—457页。
⑤ 《文心雕龙·序志》云："魏文述典，陈思序书，应玚文论。"《诔碑》曰："夫属碑之体，资乎史才。其序则传，其文则铭。"《哀吊》云："陆机之吊魏武，序巧而文繁。"（［南朝梁］刘勰撰，范文澜注：《文心雕龙注》，人民文学出版社，1958，第726、214、241页。）
⑥ ［汉］许慎撰，［清］段玉裁注：《说文解字注》，上海古籍出版社，1981，第126页。
⑦ ［明］吴讷、［明］徐师曾著，于北山、罗根泽校点：《文章辨体序说 文体明辨序说》，人民文学出版社，1962，第12页。
⑧ ［清］严可均辑校：《全晋文》卷一百○七，河北教育出版社，1997，第1096页。

于史传别体，如傅玄之"序马钧"①，江逌的《阮籍序赞》，郭元祖的《列仙赞序》（郭氏有《列仙传赞》一书），当即其人的叙传并传赞。谱叙，属于家谱中的叙，例如华峤的《谱叙》《温氏谱叙》②等。颂亦有叙，如葛洪作《富民塘颂》，有《序》叙张闿生平事迹；③支遁作有《释迦文佛像赞序》《阿弥陀佛像赞序》等，系一组佛像颂赞的序文。诔文亦有叙，如孙绰之《刘惔诔叙》，叙其生前行迹。④不唯如此，佛教文献整理活动中诞生了大量"出经记""出经后记"，集中收录于《出三藏记集》等书中，亦为序文体例而兼有题跋属性。观两晋诸序的创作，大抵以书写人物生平、事件的始末为主，当然也寄寓了作者褒扬之类的情感，实际上多为正史"叙传"的变体。

关于书序，汉魏时期就出现了。但汉代的书序多是文人为自己的书作的序，三国时才出现文人为他书作序的情况。正如刘师培先生所云："汉人惟为己书作序，未有为他书作序者。有之，自三国始"。⑤如三国时曹丕作他序较多，以建安诸子集叙及《典论·自叙》见称，是自序与他序兼工的代表人物。然而为他人作序并不仅限于书或文集，至迟西晋时期已出现了为他人文章作序的典型例证，其中最为人所熟知的故事是皇甫谧、刘逵、卫权等人为左思的《三都赋》作序延誉、申述指归。⑥由于当时都城赋大多篇幅较长、单独行世，⑦故而这种序亦属"为他书作序"之例。这是汉晋时期秘阁校书者长期沿用的书序、目录、进书表等一系列方法在此期发生文体下移，并因序文的普及而被常规化的结果。左思的这组都城赋，除自序之外还有三篇他序，本文之外附带如此之多的副文本，这在当时无疑属于创举，在两晋时期也无疑具有开创性质。自此之后，文人为他人赋

---

① ［晋］陈寿撰，［南朝宋］裴松之注：《三国志》卷二十九《魏书·方技传·杜夔传》裴注，中华书局，1982，第807—808页。

② 《世说新语·品藻》作"序"。参见［南朝宋］刘义庆著，［南朝梁］刘孝标注，余嘉锡笺疏，周祖谟、余淑宜、周士琦整理：《世说新语笺疏》中卷下，中华书局，1983，第517页。

③ 《世说新语·规箴》"廷尉张闿"条余嘉锡案语。参见［南朝宋］刘义庆著，［南朝梁］刘孝标注，余嘉锡笺疏，周祖谟、余淑宜、周士琦整理：《世说新语笺疏》中卷下，中华书局，1983，第562页。

④ ［南朝宋］刘义庆著，［南朝梁］刘孝标注，余嘉锡笺疏，周祖谟、余淑宜、周士琦整理：《世说新语笺疏》中卷下，中华书局，1983，第482页。

⑤ 刘师培：《中国中古文学史讲义》，上海古籍出版社，2006，第18页。

⑥ ［唐］房玄龄等：《晋书》卷九十二《文苑列传·左思传》，中华书局，1974，第2375—2377页。

⑦ 这既可从"洛阳纸贵"的典故中得到印证，亦可从《汉书·艺文志》及《隋书·经籍志》所著录的都城大赋篇目中得到印证。

作、文集、学术著述作序的情况愈发盛行，蔚为风气。浸润既久，自序与他序并盛，文人乃用心作序，序文往往胜于本文。譬如成公绥，尽管不善于作赋，但其赋序作得很好，其"《啸赋》见贵于时……赋少深致，而序各有思，读诸赋不如读其序也"。① 支遁《释迦文佛像赞序》以六言为主，骈四俪六，其《阿弥陀佛像赞序》亦以骈句行文，其偶俪文风已与南朝骈文差别不大。由此可见，两晋文人对这一文体的看重和讲究。

此时尤为值得重视的是，文人创作的反映自己文献整理内容的序文，或者说为自己文献整理成果而作的序文，成为该期文人序体文的重要组成部分。如袁宏的《〈后汉纪〉序》《七贤序》，张华的《〈博物志〉序》，孙统的《〈高柔集〉叙》，荀勖的《上〈穆天子传〉序》，裴秀的《〈禹贡九州地域图〉序》，石崇的《〈楚妃叹〉序》《〈琵琶引〉序》《〈金谷诗〉序》，杜预的《律序》《〈春秋左传〉序》《〈春秋左传〉后序》《〈杜预集〉序》，程咸的《〈华林园诗〉序》，傅玄的《〈七谟〉并序》《〈连珠〉序》《〈拟四愁诗〉序》，皇甫谧的《〈三都赋〉序》《〈高士传〉序》《自序》，左思的《三都赋序》，孙绰的《〈三月三日兰亭诗〉序》，潘尼的《七月七日玄圃园诗序》，陆机的《要览序》，卫权的《左思三都赋略解序》，刘逵的《注左思蜀都吴都赋序》，葛洪的《西京杂记序》《抱朴子序》《关尹子序》《肘后备急方序》，郭璞的《尔雅叙》《方言叙》《注山海经叙》，嵇含的《〈南方草木状〉序》，华峤的《谱叙》，夏侯湛的《〈周诗〉叙》《东方所画赞并序》《夏侯称夏侯荣叙》《羊秉叙》，郭象的《〈庄子〉序》，陈邵的《〈周礼〉论序》，束皙的《补亡诗序》，鲁胜的《注墨辩叙》，范宁的《〈春秋谷梁传集解〉序》，干宝的《晋纪总论》《搜神记序》，张湛的《〈列子注〉序》，张璠的《〈易集解〉序》，等等，皆是其中的代表。这些序都是文人文献整理对其文人文体创作影响的直接结果。

3. 颂赞文

颂赞文是该期文人文献整理对文人文体创作影响的又一典型。根据史料记载，先秦时期的"赞"本为唱发之辞，汉代逐渐变成史官的针砭文字。如《文心雕龙·颂赞》曰："迁史固书，托赞褒贬。约文以总录，颂体以论辞，又纪传后评，亦同其名。"② "颂"本是"美盛德之形容，以其成功告于神明者也"③ 的祭祀辞，战国末期逐渐下移为文人吟咏性情的工具之

---

① ［明］张溥著，殷孟伦注:《汉魏六朝百三家集题辞注》，商务印书馆，1961，第138页。
② ［南朝梁］刘勰撰，范文澜注:《文心雕龙注》卷二《颂赞》，人民文学出版社，1958，第158页。
③ 张少康、卢永璘编选:《先秦两汉文论选》，人民文学出版社，1996，第344页。

一，屈原《橘颂》"情采芬芳，比类寓意，又覃及细物矣"。① 汉魏文人的"细物颂"创作亦取得了不菲成绩。由于质近文似，颂、赞二体逐渐合流，加之句式独特，逐渐呈现出"亦诗亦文"的鲜明倾向。

受文人史传和佛教文献整理的影响，两晋文人创作的颂赞体文字达到高潮，② 史赞与佛像赞的创作均取得了可观的成就，且表现出明显的模式化迹象。③ 两晋史赞作品，如庾阐的《虞舜像赞》《二妃像赞》《孙登赞》，傅玄的《魏德颂》，袁宏的《三国名臣传序赞》，孙绰的《〈至人高士传〉赞》《〈列仙传〉赞》，夏侯湛的《虞舜赞》《左丘明赞》《颜子赞》《闵子骞赞》《管仲像赞》《鲍叔像赞》《范蠡赞》《鲁仲连赞》《庄周赞》《东方朔画赞并序》，挚虞的《太康颂》《释奠颂》《连理颂》《庖牺赞》《神农赞》《黄帝赞》《帝尧赞》《夏禹赞》《殷汤赞》《周文王赞》《周武王赞》《周宣王赞》《汉高祖赞》《汉文帝赞》《孔子赞》《颜子赞》《左丘明赞》，薛莹的《〈后汉纪〉光武赞》《明帝赞》《章帝赞》《安帝赞》《桓帝赞》《灵帝赞》，陆机的《汉高祖功臣颂》《孔子赞》《王子乔赞》《夏育赞》等，或是直接或是间接受文人史传文献整理活动影响而产生的。像袁宏的《三国名臣序赞》所论主题为君臣相知之事，乃系阅读《三国志》之后的一组"读后感"，与陶潜的《读史述》九章相似，属于咏史主题，与咏史四言诗比较接近。其文用典比较密集，有《史》《汉》赞述之风。此外，画赞体（含像赞）如傅玄有《古今画赞》等，亦为史赞。此类多可作为诗六艺之"颂"的文章化表述的案例，其用意则一仍史传，兼寄褒贬。故《文心雕龙·颂赞》云："挚虞品藻，颇为精核……及魏晋辨颂，鲜有出辙。……陆机积篇，惟功臣最显；其褒贬杂居，固末代之讹体也。"④

佛像颂赞作为该期文人整理佛教文献的产物，是佛教僧徒对本土赞文体改造的结果，其最明显的创新和不同在于改变了传统颂赞四言为主的句式，而以五言赞颂为主、六言为辅。像支遁创作的少量六言颂赞，如《释迦文佛像赞》等；以及创作的大量五言佛颂赞，如《文殊师利赞》《弥勒赞》《维摩诘赞》《善思菩萨赞》等。此外还有"经赞"体，如张翼的《道

---

① ［南朝梁］刘勰撰，范文澜注：《文心雕龙注》卷二《颂赞》，人民文学出版社，1958，第 157 页。

② 李山：《中国散文通史·魏晋南北朝卷》，安徽教育出版社，2013，第 351 页。

③ 李山：《中国散文通史·魏晋南北朝卷》，安徽教育出版社，2013，第 348 页。

④ ［南朝梁］刘勰撰，范文澜注：《文心雕龙注》卷二《颂赞》，人民文学出版社，1958，第 158 页。

树经赞》《三昧经赞》等多为五言赞。① 此类赞体文虽然歌颂的是佛教人物或佛经，但行文中却不乏道家等诸子学术词语。如《文殊师利赞》中的"童真领玄致""擢此希夷质"② 之句，就带有某种调和中、梵的色彩。这些佛像赞由于作者书写对象内容等方面的原因，整体艺术水准还没有达到很高的境界，不及圣贤像赞影响大，但从中我们不难窥知文人的佛教文献整理对此类颂赞体文体变革的影响。支遁的《闲首菩萨赞》《不眴菩萨赞》《月光童子赞》等五言颂赞，与此期的佛偈在体式上均采用了五言诗的形制，可能在一定程度上与严格意义上的抒情文学创作还有些区别，但其糅合诗文的这一创作实践，无疑是具有启示意义的尝试，后世以诗为文以及以文为诗的创作恐怕就与两晋以来的这种"宗教文学"不无干系。

4. 檄移文

两晋文人的文献整理对其从事檄移文的创作也起了积极的作用。与两汉时期檄文主舆论声讨的功用稍有不同，檄文在魏晋时期的常规作用是"檄征"，有文、武之分，武檄用于征召士兵，文檄用于征召文人为属官。前者如桓范劝曹爽"移檄征天下兵"③、司马越"羽檄征天下兵"④ 等；后者如郗鉴"檄江惇为兖州治中"⑤、顾秘"檄葛洪为将兵都尉"⑥ 等。由于两晋时期军事行动频繁，檄文的号令、威慑作用亦得到进一步的强化与普及，可谓"兵马未动，檄文先行"。例如庾阐有《檄李势文》《为郗道徽檄青州文》等。刘师培认为，两晋"檄之佳者，庾阐、袁豹也"。⑦ 移文，如陆机之《移百官》文，"言约而事显，武移之要者也"。⑧ 这些檄移名作大多为散体，但也逐渐流露出骈俪化的倾向。尤其值得注意的是，该期佛教僧徒创造性创作的"檄魔文"，具有文体开创意义。

露布文作为一种文体，始于东汉末年。《文章缘起》曰："露布，汉贾洪为马超伐曹操作。"⑨ 清代赵翼的《陔余丛考》卷二十一"露布"条也持

---

① 李秀花：《论支遁诗文对汉译佛经之容摄》，《西南交通大学学报（社会科学版）》2011 年第 5 期。
② 张富春：《支遁集校注》卷下，巴蜀书社，2014，第 424 页。
③ ［唐］房玄龄等：《晋书》卷一《宣帝纪》，中华书局，1974，第 18 页。
④ ［唐］房玄龄等：《晋书》卷五《孝怀帝纪》，中华书局，1974，第 121 页。
⑤ ［唐］房玄龄等：《晋书》卷五十六《江惇传》，中华书局，1974，第 1539 页。
⑥ ［唐］房玄龄等：《晋书》卷七十二《葛洪传》，中华书局，1974，第 1911 页。
⑦ 刘师培：《中国中古文学史讲义》，上海古籍出版社，2006，第 57 页。
⑧ ［南朝梁］刘勰撰，范文澜注：《文心雕龙注》卷四《檄移》，人民文学出版社，1958，第 379 页。
⑨ ［南朝梁］任昉撰，陈懋仁注：《文章缘起注》，中华书局，1985，第 11 页。

此种观点。① 又《三国志·魏书·王肃传》裴松之注引《魏略》云："贾洪字叔业，京兆新丰人也。好学有才……后马超反，超劫（贾）洪，将诣华阴，使作露布。洪不获已，为作之。司隶钟繇在东，识其文，曰：'此贾洪作也。'及超破走，太祖召洪署军谋掾。犹以其前为超作露布文，故不即叙。"② 曹魏的曹操也创作了不少的露布文。郑樵《通志·艺文略》载有魏武帝《露布》九卷，整理者不可考。徐明认为："如果确有曹操撰写的露布编集成书，且九卷之多，据年代推当是檄文一类。"③ 是有道理的。受文人撰集《魏武帝露布文》九卷的影响，之后文人的露布文创作亦获得了发展。西晋司马冏被杀后，荀闿"与冏故史李述、嵇含等露板请葬"。④ 东晋支遁《上书告辞哀帝》亦是"露板以闻"⑤ 的"露布"形式，其内容则是奏疏。由此可以看出，两晋时期某些相近文体互相渗透的发展趋势。

5. 玄言赋和谐谑文

如果说以上文体主要是两晋文坛文体方面的"新兴之秀"，那么玄言赋和谐谑文则可以称作文坛文体方面的旧体之新变。这种新变主要是就文章的内容和用途而言的。由于任何文体都是内容与形式的统一，当文本的思想内容超越固有文体形式之后，该文本便会呈现出"有名无实"或者"文不对题"的新特征，因此不妨称之为常规文体的变体。事实上这种情况在两晋时期文人的文学创作实践中是比较常见的。此时很多著名文人在强调作文与论文应当"辨体"的同时，又故意打破成规，创作出若干"不伦不类"的"破体"作品，其主观的刻意错位往往具有相应的文献整理的学术背景与实践经历，用意则与中国当代文学理论所谓的"文体试验""先锋写作"等有异曲同工之妙，故破例收入"变体"并加以简要论述。

由于两晋时期文人对"三玄"（《周易》《老子》《庄子》）文献的整理，得以使大量的有关"三玄"注疏类的文献整理成果相继问世。文人的这些文献整理对其文学创作的典型表现，就是玄学义理亦渗透到文人的辞赋创作领域，出现了"玄言赋"这一新的辞赋范式，并使得东晋文坛的"文

---

① ［清］赵翼著，栾保群、吕宗力点校：《陔余丛考》卷二十一"露布"条，商务印书馆，1957，第411—412页。
② ［晋］陈寿撰，［南朝宋］裴松之注：《三国志》卷十三《魏书·王肃传》裴注引《魏略》，中华书局，1982，第421页。
③ 徐明：《"露布"考释》，《河北大学学报》1997年第2期。
④ ［唐］房玄龄等：《晋书》卷三十九《荀闿传》，中华书局，1974，第1159页。
⑤ ［清］严可均辑校：《全晋文》一百五十七，河北教育出版社，1997，第1646页。

体""由单趋复"，① 发生了一定的新变。这种"新变"主要在于将散文与辞赋杂糅，把"体物"之赋改造为"言志"之赋，由此使赋的形式服从并让位于其思想内容，造成了辞赋从"形式主义"到"内容主义"的翻转，其文体功能在事实上被消解殆尽。典型的玄言赋当属西晋庾敳的《意赋》，此赋重点书写了动荡时局下的文人心境，正像史籍所载："（庾）敳见王室多难，终知婴祸，乃著《意赋》以豁情，犹贾谊之《服鸟》也。"② 其况"正在有意无意之间"。③ 作者选择抽象的"非赋之所尽"④ 的"意"作为描写对象，所言涉及存亡荣辱及真人高士的行藏轨迹，其"状难写之物"虽不能"如在眼前"，语言朴素少华且不免赘余辞费，但毕竟反映出极高的逻辑思辨水平，这种写法也为后世江淹书写《别赋》《恨赋》等提供了直接的艺术借鉴。类似的作品还有其《幽人箴》，基本上就是用韵文重新编排了《老子》中的一些格言，⑤ 称为"书钞"也未尝不可，读来味同嚼蜡，远不如《老子》原文富有味道，以今天的眼光审视，这种文本已算不上严格意义的文学作品，但在当时却赢得了广泛的声誉而得以流传广布，表现出晋人在政局动荡下以玄学为寄托的独特审美趣味与某种悲剧性的生命美学意识。

魏晋之际，"谐隐"文章比较盛行。《文心雕龙·谐隐》云："潘岳丑妇之属，束皙卖饼之类，尤而效之，盖以百数。魏晋滑稽，盛相驱扇。"⑥ 受其影响，两晋文人也创作了一些游戏之作，大抵以严肃的文体形式来书写滑稽的内容，"体"的概念被淡化而娱乐的性质被凸显，文体固有功能被弱化或遮蔽，从而使其与传统的文体相比，发生了变化，因此亦应视为文章之变体。西晋张敏《头责子羽文》开其风气，其后陆云作《嘲褚常侍》及《牛责季友》，后者与《头责子羽文》相近。此外又有专论《笑林论》⑦；束皙"曾为《饼赋》诸文，文甚俳谐"；⑧ 鲁褒有名作《钱神论》，

---

① 刘师培：《中国中古文学史讲义·导论》，上海古籍出版社，2006，第 8 页。
② ［唐］房玄龄等：《晋书》卷三十九《庾敳传》，中华书局，1974，第 1395 页。
③ ［南朝宋］刘义庆著，［南朝梁］刘孝标注，余嘉锡笺疏，周祖谟、余淑宜、周士琦整理：《世说新语笺疏》上卷下《文学》，中华书局，1983，第 256 页。
④ ［南朝宋］刘义庆著，［南朝梁］刘孝标注，余嘉锡笺疏，周祖谟、余淑宜、周士琦整理：《世说新语笺疏》上卷下《文学》，中华书局，1983，第 256 页。
⑤ ［清］严可均辑校：《全晋文》卷三十六，河北教育出版社，1997，第 375 页。
⑥ ［南朝梁］刘勰撰，范文澜注：《文心雕龙注》卷三《谐隐》，人民文学出版社，1958，第 271 页。
⑦ ［南朝宋］刘义庆著，［南朝梁］刘孝标注，余嘉锡笺疏，周祖谟、余淑宜、周士琦整理：《世说新语笺疏》中卷上《雅量》，中华书局，1983，第 360 页。
⑧ ［南朝宋］刘义庆著，［南朝梁］刘孝标注，余嘉锡笺疏，周祖谟、余淑宜、周士琦整理：《世说新语笺疏》中卷上《雅量》，中华书局，1983，第 379 页。

等等。晋宋之际甚至形成了专门的游戏文选集《谐谑文》等。更有甚者，檄文本是严肃的军事文书，而弘君举作《食檄》这样的奇文；祭文主肃穆哀矜，而袁宏又有像《祭牙》的谐谈作品。足见两晋时期游戏文字与文人嘲谑之风何其盛行，蔚为一代之大观。尽管谐谑文的主体部分诙谐逗趣，但并非完全"无益时用"，[①] 有相当部分乃是嬉笑怒骂的讽刺性杂文。就《全晋文》所见，有自嘲，有挖苦，有抨击时世，其共性特点是针对现实问题，借由常见文体而加以艺术变形，通过夸张、比拟等手段影射时事，寓寄托于滑稽，归旨趣于讽喻。从某种意义上说，游戏文字也成为两晋文人文体试验的试验田；然究其大端，要在览古感怀、有为而作。

6. 论体文等其他文体

论体文在两晋时期亦取得了一定进展，这与该期文人的文献整理也存在着相应的关联。如袁菘整理《后汉书》一百卷，创作《〈后汉书·光武纪〉论》《章帝纪论》《献帝纪论》；孙盛整理《魏氏春秋》二十卷、《晋阳秋》三十二卷，创作《〈魏氏春秋〉评（一）》《〈魏氏春秋〉评（二）》《〈魏氏春秋〉异同评》《〈晋阳秋〉评》《〈老子〉疑问反讯》；华峤整理《后汉书》九十七卷，创作《〈汉后书〉江革毛义论》《丁鸿论》《郎𫖮论》《王允论》；皇甫谧整理《帝王世纪》十卷、《年历》六卷、《高士传》六卷、《逸士传》一卷、《列女传》六卷、《玄晏春秋》三卷，创作《〈帝王世纪〉汉高祖论》《光武论》六卷以及《〈高士传〉焦先论》《〈列女传〉庞娥亲论》；挚虞整理《三辅决录注》七卷、《文章流别集》，创作《明堂郊祀议》《祀皋陶议》《庙设次殿议》《释服议》《挽歌议》《丧佩议》《吉驾导从议》《公为所寓服议》《傍亲服议》《师服议》《为皇太孙服议》《诸侯觐建旗议》《皇太子称臣议》《夫人不答妾拜议》《遣将议》《会朝堂五辂制度议》《驳潘岳古今尺议》《文章流别论》；束皙整理《发蒙记》一卷，又参与了汲冢竹书的整理，创作《答汲冢竹书释难书》《玄居释》《发蒙记总论王肃圣证论》；贺循整理《丧服谱》一卷、《丧服要记》十卷，创作《颍川豫章庙主不毁议》《追尊琅邪恭王为皇考议》《追谥周处议》《广昌乡君丧停冬至小会议》《丁潭为琅邪王哀终丧议》《嗣新蔡王滔不得还嗣章武议》《弟兄不合继位昭穆议》《又议》《遭难未葬入庙议》《在丧者不祭议》《出后子为本亲服议》《师弟子相为服议》《琅邪世子谥议》《答傅纯问改葬服》《祭仪》；陆机整理《晋记》四卷、《洛阳记》一卷、《要览》若干卷，创作《晋书限断议》《辨亡论上》《辨亡论下》《五等论》；干宝整理《周

---

① ［南朝梁］刘勰撰，范文澜注：《文心雕龙注》卷三《谐隐》，人民文学出版社，1958，第271页。

易注》十卷、《周易宗涂》四卷、《周官注》十二卷、《春秋左氏传义》十五卷、《晋纪》二十三卷、《搜神记》三十卷等，创作《晋纪总论》《晋纪论晋武帝革命》《晋纪论姜维》《山亡论》《司徒议》；习凿齿整理《汉晋春秋》四十七卷，创作《晋承汉统论》；张璠整理《周易集解》十二卷、《后汉纪》三十卷，创作《〈后汉纪〉论蔡邕为朱穆谥》《论张松法正》，等等。两晋文人文献整理对论体文创作的影响，由此可见一斑。

设论作为一种文体，主要用于议事说理与陈述意见，东方朔的《答客难》与扬雄的《解嘲》初步确立了设论体的文体范式。两晋时期的设论体，主要有"甲乙论"与"宾主问答"等形式，也与文人的文献整理活动中的考辨之风等有一定的联系。如蜀汉大臣费祎就是设论的高手。史载，"司马懿诛曹爽，（费）祎设甲乙论平其是非。甲以为曹爽兄弟凡品庸人……乙以为懿感曹仲付己不一"，最后点明"（曹）爽无大恶"而司马懿"僭滥不当"①的结论，持论公允而敢于指斥西晋当局，具有较强的现实政治意义。西晋张华有《甲乙问》之作，东晋葛洪作《抱朴子内篇·辩问》，其中亦有"甲虽多所鉴识而或蔽于仙，乙则多所不通而偏达其理"②的设论方式；博士弟子北海徐叔中在驳难孙绰的礼仪观点时，亦以"甲乙"为论，明确主张"立甲乙为名称"③以便于论事，其说代表了两晋时期文人对于"甲乙论"这一论辩方式和行文方式的普遍认识。

两晋的"宾主对答"式的设论文，如皇甫谧"为《释劝论》以通志焉。其辞曰……遂究宾主之论，以解难者，名曰《释劝》"。④东晋释道恒之《释驳论》，亦"设宾主之论"。⑤这种"宾主对答"的展开方式，实际上都是对汉大赋中"对客""解嘲"等体式的变形，其渊源似乎可以追溯到《庄子》的"三言"。此种文体被视为散文赋亦未尝不可，它与"甲乙论"同样具有某种程度上的纵横家底蕴，从这个角度来看，束晳"作《玄居释》以拟《客难》"⑥亦可归入此列。

---

① ［晋］陈寿撰，［南朝宋］裴松之注：《三国志》卷四十四《蜀书·费祎传》裴注引殷基《通语》，中华书局，1982，第1062页。

② 王明：《抱朴子内篇校释（增订本）》卷十二《辩问》，中华书局，1986，第226页。

③ ［清］严可均辑校：《全晋文》卷七十七挚虞《理疑》，河北教育出版社，1997，第801页。

④ ［唐］房玄龄等：《晋书》卷五十一《皇甫谧传》，中华书局，1974，第1411页。

⑤ ［清］严可均辑校：《全晋文》卷一百六十三释道恒《释驳论并序》，河北教育出版社，1997，第1713页。

⑥ ［唐］房玄龄等：《晋书》卷五十一《束晳传》，中华书局，1974，第1428页。

西晋时期又有所谓"引"①体者，系从史传中分来，当是史赞史评之类。此外还有佛、道碑文及所谓"佛情小说"等，也与文人的文献整理有密切的关联。只不过这些文体尚不成熟且影响不大，故此不赘述。

（二）对诗歌的影响

1. 玄言诗与佛理诗

文人的佛、道文献整理对两晋诗歌的影响，主要在于催生了玄言诗、佛理诗等准宗教诗作及宗教诗学，形成了相应的诗风，并最终将两晋诗歌的发展方向导向了哲理诗与山水田园诗这一全新领域。西晋大体承袭汉魏学风，经学获得一定发展，诞生了一大批代表性的经史文献整理成果，其诗学宗尚总体上与汉魏保持一致，仍旧是《诗》《骚》传统，所谓"体则《诗》、《骚》，傍综百家之言。……逮乎西朝之末，潘、陆之徒虽时有质文，而宗归不异也"。②同时，在正始时期兴起的谈玄之风于两晋时期日益兴盛，其标志就是玄学家整理的玄学文献也大量出现，并对文人的文学创作产生了重要影响。其表现就是对诗学及文学审美宗尚的渗透，郭璞援道家之语入诗，许询、孙绰等人的玄言诗也继之而起，"并为一时文宗，自此作者悉体之。至义熙中，谢混始改"。③

与玄言诗相呼应，由于两晋之际佛教文献的大量译介整理和传播，佛学思想亦在"黄老道家"这一宿主的荫庇下无孔不入，其"三世之言"亦随之而渗透进文学领域，出现了佛理诗，支遁的佛理诗就是其中的典范之作。就其现存的诗作数量来说，逯钦立先生的《先秦汉魏晋南北朝诗》中《晋诗》卷二十辑十八首，严可均的《全晋文》卷一百五十七录十四首（这十四篇赞实是以诗的形式写的，故笔者把其归为诗），共三十二首。这是同时代的其他玄言诗家与诗僧无法望其项背的。《八关斋诗三首》《咏怀诗五首》《咏禅思道人诗》则是其中的代表。由此佛理诗与玄言诗一道共同主导了东晋的诗坛，使先秦以来的《诗》《骚》传统步入了低谷时期。

因此，东晋诗歌总体上与当时的道家、道教文献兴盛之风相一致，呈

---

① 陆云《与兄平原书》曰："作引甚单，常欲引之未得。兄所作引甚好。"参见［清］严可均辑校：《全晋文》卷一百〇二，河北教育出版社，1997，第1075页。
② ［南朝宋］刘义庆著，［南朝梁］刘孝标注，余嘉锡笺疏，周祖谟、余淑宜、周士琦整理：《世说新语笺疏》上卷下《文学》，中华书局，1983，第262页。
③ ［南朝宋］刘义庆著，［南朝梁］刘孝标注，余嘉锡笺疏，周祖谟、余淑宜、周士琦整理：《世说新语笺疏》上卷下《文学》，中华书局，1983，第262页。

现出宗尚"道法"的特征，审美主导思想由儒家转为道家，^①并伴有某些佛教义理成分。东晋之后，又逐渐形成了所谓的"禅林诗"，即以禅林为描写对象的诗歌，其作大都清幽明快，能够表现禅境和禅心，与山水诗渊源颇深，可视为写景诗的特殊形态。东晋张翼的《赠沙门竺法珺》三首等，可作为典范。

2. 偈

偈为佛教所特有，系从印度传入的一种文体，本指梵文经文中穿插的总结教义或经义的整齐韵语。它兼有汉语文体中诗的形式与文的内容，是一种边缘文体。根据内容的不同，它可以分别与不同文体对应，因而是比较复杂的；但总体上可以分为诫勉偈与颂赞偈两类。早在东汉的支娄迦谶翻译的佛经中就有佛偈的段落，至三国西晋的支谦、康僧会、支恭明、竺叔兰、竺佛念、竺法护等佛经翻译家译作中，日益增多，其句式有四言、五言、六言、七言等，其中五言偈最特殊，我们认为它是佛经汉译过程中佛教僧徒有意借用或模拟五言诗形式的产物，旨在迎合士大夫的玄谈趣味。西晋竺法护所译的《正法华经·药草品》中，以雨水喻如来说法的情形就是代表。其文云："譬如纯黑云，涌出升虚空，普雨佛世界，遍覆于土地。……应时而降雨，激灌一切地，旱涸枯溪涧，一切得浸渍。惠泽无不到，众源皆涌溢。深谷诸广野，林麓楂幽薮。萌叶用青仓，药草无数生。樛木诸丛林，滋长大小树。众药咸茂殖，茎干华实繁。"^②慧远报鸠摩罗什偈（"本端竟何从"）^③，便徒具诗形而难称为诗。

七言偈则是佛教经师在汉译佛经的过程中，借用或模拟中国七言歌谣形式的产物，应是佛教徒为迎合市井民众审美趣味而做的艺术变形。七言偈与后来的说唱体佛经故事等，同为宣传佛教教义的重要手段。东汉支

---

① 关于檀道鸾《续晋阳秋》所云："至江左李充尤盛。故郭璞五言始会合道家之言而韵之。"（[南朝宋]刘义庆著，[南朝梁]刘孝标注，余嘉锡笺疏，周祖谟、余淑宜、周士琦整理：《世说新语笺疏》上卷下《文学》，中华书局，1983，第262页。）学界存在不同理解。余嘉锡根据《宋书》及《文心雕龙》断定"此必原本残阙，宋人肆臆妄填，乖谬不通"。（[南朝宋]刘义庆著，[南朝梁]刘孝标注，余嘉锡笺疏，周祖谟、余淑宜、周士琦整理：《世说新语笺疏》上卷下《文学》，中华书局，1983，第265页。）陈允吉先生则认为通行本不误，进而断定清谈只是玄言诗产生的诱发因素之一，不能忽视佛教"三世之言"的特殊作用；郭璞《游仙诗》以道家神仙之言引入玄言，而以支遁、许询、孙绰为代表的东晋文人则转而吸收佛教言论入玄言诗，导致"平典似《道德论》"之作大行于世。（陈允吉：《古典文学佛教溯源十论》，复旦大学出版社，2002，第4—9页。）此处依据典籍概况及作品情况，从余嘉锡之说。

② [日]大藏出版株式会社编：《大正藏》第9册，新文丰出版股份有限公司，1996，第83页下。

③ [清]严可均辑校：《全晋文》卷一百六十一，河北教育出版社，1997，第1688页。

娄迦谶翻译的《佛说般舟三昧经》中，就有不少七言偈。两晋的佛教经师在翻译佛典时，继承并发展了这一形式。西晋竺法护翻译的《生经》《贤劫经》《大宝积经》《修行道地经》《佛说弘道广显三昧经》《大哀经》《离垢施女经》，东晋法显翻译的《大般泥洹经》、佛驮跋陀罗翻译的《大方广佛华严经》等，很多地方就采用了五言偈的形式。陈允吉在《东晋玄言诗与佛偈》一文中云："玄言诗在佛教开始深入华夏文化之际登上诗坛，算得上是我国文学史上一次短暂的诗体鼎革，诸如此类与此方传统习惯背道而驰的大胆改作，在缺乏外来事物沟通的情况下是殊难达成的。当时经翻译过来的大量天竺佛偈，业已具备了对本地诗歌潜移默化的能力，完全可充当许、孙、支遁等创作说理篇章的兰本。这种诗体上的参照和借鉴，就是催促玄言诗成熟分娩具有关键意义的直接动因。""肇自东汉末年，佛偈就随着经典传译进入华土，仅举其时支娄迦谶所译的几部大乘经典，其间译出之偈颂段落即未尝少见。嗣经三国西晋支谦、支恭明、康僧会、竺佛念、竺法护、竺叔兰等一大批译师的努力，迄至东晋初叶，佛偈出译之数量已甚可观，其译文形式也很快被固定下来。为与中土流行的诗歌篇句结构保持一致，它们分别被译成三言、四言、五言、六言、七言、八言等各种句式，以五言偈颂最居显要地位；而梵偈四句一首的结构特点，也刚好与本地诗歌不谋而合。整个魏晋南北朝时代翻译的佛典，五言偈颂之多要大大超过另外几种伽陀译文句式的总和，譬如东晋时代新译出的《中论》、《百论》、《阿毗昙心论》等论书要籍，乃一概以五言偈的形式结句谋篇。汉译佛偈内容上的抽象费解照旧未变，而梵偈原来具有的音节调谐之美，却在转梵为华的译述过程中丧失殆尽，加上翻成汉语的偈颂文字每句末尾都不押韵，念诵起来诘屈拗口诚属无可避免的了。"[①] 从中可以看出，两晋时期佛教经师的佛经文献整理对偈这一文体形式所产生的影响。

3. 游戏诗与歌谣

所谓游戏诗，是指文人出于娱乐或与娱乐有关的某种特定目的而进行的变体诗创作，其内容或形式一般突破成规，具有很大的随意性，故而因具有"文字游戏"的属性而得名。由于汉魏时期乐府民歌的流传、整理和文人的仿作，起源于汉代杂言民歌及回文镜铭的"回文诗"在两晋时期亦十分活跃，成为文人逞才的重要途径之一。对此，唐人皮日休就有清晰的认识和解说。其《松陵集》卷十《杂体诗序》云："晋傅咸有《回文反复诗》二首，云反复其文者，以示忧心展转也，'悠悠远迈独茕茕'是也，

由是反复兴焉。晋温峤有《回文虚言诗》云'宁神静泊，损有崇无'。由是回文兴焉。"①《晋书·列女传》载："窦滔妻苏氏，始平人也，名蕙，字若兰。善属文。滔，苻坚时为秦州刺史，被徙流沙，苏氏思之，织锦为回文旋图诗以赠滔。宛转循环以读之，词甚凄惋，凡八百四十字，文多不录。"②文中所云的"回文旋图诗"被世人称为一代名作。这类诗作形式上具有游戏的特点，内容或关乎学术（玄学），或表寄深情，表现出民歌灵巧多变的独有品质。

两晋时期，受文人文献整理的影响，部分道教文献出现了采用民间普遍流行的七言谚谣形式书写的文体，即"歌诀"。例如东晋前期结集成书的《黄庭经》，便是全本使用七言句式阐发教理的典型文本，其《内经》用韵"句句连押"，"与曹魏七言诗相吻合"。③又如葛洪所传郑隐关于"真人守身炼形之术"的口诀，亦是整齐的七言句式。其文曰："始青之下月与日，两半同升合成一。出彼玉池入金室，大如弹丸黄如橘，中有嘉味甘如蜜，子能得之谨勿失。既往不追身将灭，纯白之气至微密，升于幽关三曲折，中丹煌煌独无匹，立之命门形不卒，渊乎妙矣难致诘。"④不难看出，道教歌诀的汉乐府渊源与对后世文人七言诗的沾溉。

要之，与曹魏时期文人文献整理对文体的影响相比，两晋时期文人文献整理对文体的影响，既有继承，也有变化。具体表现在对笺、序、颂赞、檄移、玄言赋和谐谑文、论体文等非诗类文体，以及玄言诗、佛理诗、偈、游戏诗与歌谣等诗歌的影响上。

第二节　对文学创作题材的影响

文人的文献整理与文学创作题材之间，存在着这样或那样的联系。因为文人作为文献整理和文学创作的主体，一方面，文人整理的文献内容会在文人的创作中自觉或不自觉地表现出来；另一方面，文人文献整理的本身也会在其创作中得到有意或无意的表达。所以，文人文献整理对文人文学创作题材的影响，不仅是巨大的，而且不同时期文人的文献整理对文学

① ［唐］皮日休：《松陵集》卷十《杂体诗序》，景印文渊阁四库全书本。案："虚言"即"玄言"。
② ［唐］房玄龄等：《晋书》卷九十六《列女传》，中华书局，1974，第2523页。
③ 詹石窗：《道教文学史》，上海文艺出版社，1992，第44—45页。
④ 王明：《抱朴子内篇校释（增订本）》卷六《微旨》，中华书局，1986，第128页。

创作题材的影响也是不同的。

一、曹魏时期

曹魏时期作为文人文献整理历史上一个转型的时期，文人文献整理对文人文学创作题材的影响也具有转型的色彩。先秦时期文人文献整理对文人文学创作的影响，是自然而然发生的，有时是同时发生的。先秦时期，文人文献整理一部分表现为对口头文学的书面整理，这种整理本身就是集文献整理与文学创作于一体的，文人文献整理活动同时又是文人的一种特殊的文学创作活动。这在诸子散文、历史散文和《诗经》等题材上皆有不同的体现。

两汉时期，随着文人文献整理的进一步展开，文人的文学创作在题材上也发生了相应变化。如对《楚辞》的整理就是如此。西汉初年，由于刘邦等人对楚文化的喜好，屈原等人的作品被广泛传习并走向兴盛。这种对屈原等人作品的传习实际上也是文人文献整理的一种特殊形式。文人在传习过程中有意无意地影响到他们的文学创作。汉初贾谊的《鹏鸟赋》《吊屈原赋》等，就是受屈原作品影响而创作的名作。再如汉初刘邦命萧修订秦法，韩信、张苍整理兵书，叔孙通定礼仪。这些文献整理活动重在汉初国家制度的建设，直接或间接促进了汉初政论文的发展。汉初政论文之所以能紧扣时代之急务，阐发理政之要，着重解决实际问题，是与汉初文人的文献整理态度与目的密切相关的。同时，两汉时期文人的有关采集乐府、献赋与搜集辞赋、编撰史书等文献整理活动，也丰富了文人创作的乐府诗歌、散体大赋、史传散文等文学作品的题材，尤其是对儒家经典的整理校订，使该期的文学在内容上彰显出浓郁的经学色彩。可见，汉代文人的文献整理对该期文学题材的影响是非常明显的。

曹魏时期，文人文献整理的转变，导致了文人文学创作在题材上的重要变化。第一，受文人文献整理的影响，文人的文学创作在书写内容上出现了与文人文献整理的内容相关的题材。荀悦就创作了一系列以书写历史事件、历史人物和文化学术等为内容的散文。如《申鉴》《高祖赞》《高后赞》《文帝赞》《贯高张敖论》《立张氏为惠帝后论》《列侯论》《禄制论》《灾异论》《时务论》《立制度论》《冯唐论》《文帝遗诏短丧论》《景帝赐江都王非天子旌旗论》《高帝封王侯约论》《封匈奴徐卢等论》《三游论》《丞相封侯论》《神怪论》《斩任安论》《昌邑王论》《王吉请改正尚主之礼论》《单于朝位论》《石显论》《赦论》《矫制立功论》《经籍论》《王商论》《立定陶王昕为太子论》《罢司空论》《州牧论》《阿保乳母论》《原涉论》《郑崇论》等，就与荀悦从事《汉纪》等文献整理的活动息息相关。此外，桓范的《世要论》，何晏的《无为论》《无名论》，鱼豢的《〈儒宗传〉论》《〈武诸王传〉论》《〈王繁阮陈路传〉论》《〈佞幸秦朗孔桂传〉论》《〈许攸娄圭传〉论》《〈勇侠传〉论》《〈徐福等传〉论》《〈外夷传〉论》《〈张昭传〉论》，王弼的《难何晏〈圣人无喜怒哀乐论〉》，阮籍的《乐论》《通易论》《达庄论》《通老论》，周昭的《〈新论〉论步骘严峻等》《又论薛莹等》等，也与他们的文献整理有一定的关联。上述作品中，有些本身就是作者对前代相关文献整理编撰的结果，如桓范的《世要论》；有些则在内容上充分吸取了前人著作中的内容或材料从而为己所用，如阮籍的《乐论》《通易论》《达庄论》《通老论》等。

同时，受此期文人文献整理的影响，有不少文人还创作了一些杂文与笔记等著作。在中华文化传统中，自先秦以来就文史不分，历史与小说也有千丝万缕的联系。曹魏时期，历史与小说的关系愈加密切。其表现就是杂史、杂传、笔记等小说类著作的不断涌现。诸如王粲的《汉末英雄记》、曹丕的《海内士品》、魏明帝的《先贤传》、谢承的《会稽先贤传》、嵇康的《圣贤高士传赞》，以及约作于建安前后的无名氏的《汉武帝故事》①等，就是其中的代表作品。这些以描写古人古事为主要内容的小说类著作的出现，文人的文献整理中的修史活动是最直接的一个原因。

第二，直接反映文人文献整理内容作品的大量出现，促成了文人文献整理文学的确立。在此有必要对"文献整理文学"这一概念予以说明和界定。之所以提出这一概念，笔者主要出于四个方面的考虑：一是从中国古代文人的泛文学或大文学的文学观念，即从古代文人心目中的文学的实际内涵来立论的；二是在中国古代不仅书写文人文献整理的作品确实存在，而且数量相当可观，作为古代文学的研究者不能忽视这一历史及其存在；三是书写文人文献整理的作品，在内容上有其重要的作用与价值，且是其他题材的文学无法取代的；四是这一在题材上具有特殊意义的文学至今还没有引起古代文学研究界应有的关注，即使有部分学者的成果对此有所论及，但也多限于文献学领域，仅有少数涉及了文人的文献整理对文学的影响，但并没有把这类作品作为文学对象和一种文学类型来研究，这也是

---

① 有关《汉武故事》的作者，前人有东汉班固、西晋葛洪、南朝王俭等多种说法，然皆无确凿证据。今人刘文忠先生综合诸说，依据书中所描写的社会现象，推论作者应为建安前后人，较为合理，此从。参见刘文忠：《〈汉武故事〉写作年代新考》，载刘文忠：《中古文学与文论研究》，学苑出版社，2000，第40—47页。

与其在古代文学史上的实际地位不相符的。有鉴于此，笔者提出"文献整理文学"这一概念，借以特指古代文人创作的以文人的文献整理为书写对象或主题的文学。在我国古代文学发展史上，有关对文人文献整理的书写源远流长。与古代文学史上其他类型的文学一样，文献整理文学作为一种文学的类型，从产生、发展到独立也经过了较长的历史演进过程。在这一演进过程中，曹魏时期是一个重要的节点。因为，这个时期是我国古代社会发生重要转型的时期，与此相一致，文人的文献整理在继承前代的基础上，也有了创造性的发展，文人文学书写的主题也得到了新的开拓。文人的文献整理作为文人文学书写的一项主要内容发生了从量到质的变化，标志着古代文学发展史上文献整理文学作为古代文学百花园中一种题材类型获得了确立。

一方面，文人的文献整理作为文人文学书写的对象获得了独立，出现了大量的文人创作的以书写文人文献整理为主的文学作品。如刘洪的《上言王汉〈月食注〉之失》、陈琳的《答东阿王笺》，王粲的《荆州文学记官志》《尚书问》，杨修的《答临淄侯笺》，曹丕的《叙诗》《叙陈琳》《叙繁钦》《与大理王朗书》《又与吴质书》《追崇孔子诏》，王朗的《论乐舞表》，吴质的《答东阿王书》，卞兰的《赞述太子赋表》，曹植的《与吴季重书》《与杨德祖书》，缪袭的《撰上仲长统昌言表》《奏改〈安世哥〉为享神哥》《乐舞议》等。这些作品中书写的文人文献整理的内容，彻底摆脱了依附于政治、文化、学术、道德教化等内容的地位。另一方面，对创作这些作品的主体——文人而言，把文献整理作为自己文学书写对象的主体意识也发生了质的变化，开始步入自觉的新阶段。这在曹植、曹丕等文人所创作的文献整理文学中皆有不同的反映。曹植的《薤露行》曰："孔氏删诗书，王业粲已分。骋我径寸翰，流藻垂华芬。"① 由此可见，作者已经自觉地将文献整理作为立言不朽的价值追求。又如孔融的《答虞仲翔书》对虞仲翔整理的《周易注》给予了高度评价。文曰："示所著《易传》，自商瞿以来，舛错多矣。去圣弥远，众说骋辞。曩闻延陵之理乐，今睹吾子之治《易》，乃知东南之美者，非但会稽之竹箭焉。又观象云物，察应寒温，原其祸福，与神会契，可谓探赜穷道者已。"② 把虞翻的《周易注》称之为与"会稽之竹箭"相提并论的"东南之美"，评价不可谓不高。这些评价与曹魏前相比，较少受政治和执政者意志的影响，是文人主观价值观念的体现。

① 赵幼文校注：《曹植集校注》卷三，人民文学出版社，1984，第433页。
② 俞绍初辑校：《建安七子集》卷一，中华书局，2005，第18页。

尤其值得注意的是，该期文人的文献整理直接促成了书写整理文献目的、内容等典籍序文的产生。如刘劭的《新律序略》，就是这类作品的代表。魏明帝时期，面临汉律体系繁多杂乱，存在重复或抵触等问题，于太和三年（229）下令改革刑制，命陈群、刘劭、韩逊、庾嶷、黄休、荀铣等删约旧科、采取汉律之长修订魏法，共编成《新律》十八篇、《州郡令》四十五篇和《尚书官令》《军中令》等总计一百八十余篇，分别作为刑事、民事、军事、行政等方面的律令法规。其中的《新律》最为重要，为曹魏时期国家的基本律典。《新律序略》就是刘劭为新律颁布所作的序文。文中对《新律》十八篇的具体编撰情况、适用范围等进行了比较详细的说明，使我们对当时整理《新律》的总体概况有一个清晰明了的认识。再如荀悦的《汉纪序》，也对自己整理《汉纪》的内容、缘由、过程、目的等进行了具体书写。其他还有何晏的《论语集解序》、王弼的《周易略例序》、王肃的《尚书王氏注序》《孔子家语解序》等，也是反映其文献整理内容的作品。这些序文与其他散文相比，具有五方面的独特价值：一是叙述了著者对所述典籍的流传与学术传承，展示了其发展流传的学术轨迹，具有重要的学术史意义；二是对所序文献的学术贡献等进行了比较客观科学的总结和评价；三是对所序对象整理编订等情况进行了说明，还文献整理活动以历史的动态过程，由此我们既可以比较清晰地了解著者整理编撰的体例与方法，也能窥探出他整理该文献的编辑思想和理念，为我们研究古代文人文献整理编撰史及其思想理论提供了重要的第一手文献资料；四是蕴含有著者自己文献整理的心得体会，具有一定的情感内容，有的表现为著者对文献作者的同情之理解，有的则借文献作者或文献文本以寄托自己的情志，即"六经注我"或"我注六经"；五是著者不仅对文献本身的文学思想进行了挖掘和阐发，而且还借其表达了自己对文学本质特征的看法，具有丰富的文学思想史的价值。

第三，曹魏时期，政论体散文的书写内容也发生了重要变化，那种"阐弘大道，述明圣教，推演事义，尽极情类，记是贬非"，[1] 疏离于经学之外的关注社会现实政治的论体散文得到了勃兴。这也是与该期文人的文献整理紧密相关的。刘勰《文心雕龙·论说》云："至石渠论艺，白虎通讲；聚述圣言通经，论家之正体也。"[2] 近代学者章太炎在《论式》中亦说："汉

---

[1] ［清］严可均辑校：《全三国文》卷三十七桓范《世要论·序作》，河北教育出版社，1997，第 377 页。

[2] ［南朝梁］刘勰撰，范文澜注：《文心雕龙注》卷四，人民文学出版社，1958，第327 页。

世独有石渠议奏，文质相称，语无旁溢，犹可为论宗。"① 当代有学者也指出："'论'这一文体在汉代的兴盛，与朝廷组织的'石渠议奏'与'白虎观会议'这类大规模讲经论议的活动以及编写的相关论文密切相关。"② 刘勰、章太炎所揭示的汉代论体散文与文献整理之间的关系，对我们认识和了解曹魏时期文人的论体散文创作内容的演进具有重要的启示意义。曹魏时期，以"论"命名的著作大量出现，代表作品有孔融的《周武王汉高祖论》《圣人优劣论》《汝颖优劣论》《肉刑论》《同岁论》，王粲的《爵论》《儒史论》《三辅论》《安身论》《务本论》，阮瑀的《文质论》，应玚的《文质论》，徐干的《中论》，曹植的《汉二祖优劣论》《成王汉昭论》《相论》《辨道论》《魏德论》《令禽恶鸟论》《仁孝论》《辅臣论》《释疑论》《征蜀论》，曹丕的《汉武帝论》《周成汉昭论》《交友论》《太宗论》，丁仪的《周成汉昭论》《刑礼论》，吴质的《将论》，刘廙的《政论》，曹叡的《正朔论》，高贵乡公的《颜子论》，曹冏的《六代论》，曹羲的《至公论》《肉刑论》，夏侯玄的《肉刑论》《乐毅论》《辨乐论》，钟会的《四本论》《刍荛论》，陈群的《汝颖人物论》，蒋济的《三州论》《蒋子〈万机论〉》，王朗的《相论》，刘劭的《乐论》，傅巽的《奢俭论》，卢毓的《冀州论》，任嘏的《道论》，王昶的《三戏论》，薛靖的《朝日夕月论》，何晏的《韩白论》《白起论》《冀州论》《九州论》《无为论》《无名论》，丁谧的《肉刑论》，杜恕的《体论》《笃论》，李康的《命运论》，嵇康的《养生论》《声无哀乐论》《释私论》《管蔡论》《明胆论》，王俊的《表德论》，诸葛亮的《交论》《甘戚论》，来敏的《本蜀论》，费祎的《甲乙论》，诸葛恪的《出军论》，张昭的《宜为旧君讳论》，姚信的《昕天论》等。上述作品既与该期文人的谈论风尚有一定的联系，也与该期文人的文献整理之间存在着必然的关联。

综上所述，我们主要从三个方面就该期文人的文献整理对创作题材影响的表现作了大体论述。其实曹魏时期文人文献整理对创作题材影响的体现是多方面的，影响的程度也是不一的，有些表现具体、直接一些，有些表现则笼统、间接一些。在此，我们仅就该期文人文献整理对文人文学创作题材影响比较明显的方面进行了探讨。

① 傅杰编校：《章太炎学术史论集》，中国社会科学出版社，1997，第51页。
② 李春青：《汉代"论"体的演变及其文化意味》，《清华大学学报》2014年第2期。

二、两晋时期

两晋文人治学，尚博而重文，往往文章与学术并兼，互为资益。如王沈"好书，善属文"；① 司马攸"爱经籍，能属文，善尺牍"；② 司马骏"少好学，能著论，与荀颛论仁孝先后，文有可称"；③ 等等。所以，两晋文人的文献整理与文学创作题材的关系也更密切。就两晋文人的文献整理对其文学创作题材的影响而言，由于文人文献整理四部分法的出现和日趋明确，与曹魏时期相比，又出现了新的变化，并呈现出新的特点。这主要体现在两晋文人整理的四部文献与佛道宗教文献，对其文学创作题材所产生的影响各有侧重。有鉴于此，分别阐述两晋文人整理的四部文献与佛道宗教文献对文学创作题材所产生的影响，既有助于透视两晋文人文献整理对文学题材影响的时代特征，也有助于彰显其与曹魏时期的不同。

（一）四部文献

1. 经部文献

两晋文人经部文献整理对文学创作题材的影响，是与该期经学的地位与文人整理经部文献的具体内容相一致的。因为此时执政者标榜"以孝"治理天下，所以经学很大程度上将各种应用文体纳入礼教体制之内，大量文章均被限定为礼制、律法、仪注、诏令、章奏等议事内容。刘勰所说的"文章之用，实经典枝条……详其本源，莫非经典"；④ 颜之推所说的"夫文章者，原出五经"⑤ 等，皆成为文人从事文学创作的重要原则。有学者指出，两晋应用类文体亦未能摆脱儒家对于文类的实用性控制，大部分文章叙写、表现或讨论的主要是儒家经典及其礼制、仪式的内容：颂赞祝盟、封禅文等对应吉礼，碑诔哀吊、墓志祭文对应凶礼，诏策制敕对应人君之礼，章表奏启对应人臣之礼，誓词檄文对应军礼，诗歌亦与礼制关联密切。⑥ 其中，最为典型的是韵文领域的诗、颂赞文和散文领域的议事章奏、说理、论难、驳议等议论文。诗如西晋的束皙，《晋书·束皙传》载，他才学博通，著有《五经通论》。他创作的《补亡诗》六篇（《南陔》《白

---

① ［唐］房玄龄等：《晋书》卷三十九《王沈传》，中华书局，1974，第1143页。
② ［唐］房玄龄等：《晋书》卷三十八《司马攸传》，中华书局，1974，第1130页。
③ ［唐］房玄龄等：《晋书》卷三十八《司马骏传》，中华书局，1974，第1125页。
④ ［南朝梁］刘勰撰，范文澜注：《文心雕龙注》卷十《序志》，人民文学出版社，1958，第726页。
⑤ 王利器：《颜氏家训集解（增补本）》卷四《文章》，中华书局，1996，第237页。
⑥ 贾奋然：《文体观念与文化意蕴》，中国社会科学出版社，2016，第58—71页。

华》《华黍》《由庚》《崇丘》《由仪》），是其经部文献整理实践影响其文学创作题材的明证。此外，夏侯湛的《补周诗》以及潘岳"载其宗祖之德及自戒"①的《家风诗》②等，均是二人有鉴于《诗经》残缺，根据相应的诗教精神所作的补续之作。文如晋武帝太康九年（288），挚虞受命修订荀顗的《五礼》，作《典校五礼表》《讨论新礼表》《驳潘岳古今尺议》。挚虞的《典校五礼表》系"讨论故太尉（荀）顗所撰《五礼》"后，"表所宜损增"③之作，内容是关于荀顗旧礼说的价值判断和增损主张，是其受命修订荀顗《五礼》的直接产物。又如李充著《论语注》十卷、《论语释》一卷，创作了《学箴》。闫春新在《李充〈论语〉注简论》一文中指出，李充思想的特别之处就在于李充的《论语》注与其他曹魏西晋玄学家的《论语》注相比，不仅儒道兼综，而更侧重儒家思想，区别于魏晋玄学家所主张的"儒"末"道"本的思想。④而这一思想在李充的《学箴》中又得到了很好的体现，可以说李充《学箴》中所彰显的思想倾向，是他整理《论语》的直接产物。再如宣舒的《申袁准从母论》，乃是对袁准关于孝子为从母服丧丧制之说的申论。总之，该期文人创作的议礼之文，大体不外对五经精神内容的发挥和再阐释，仍属于"述而不作"的层次。

　　两晋文人的经部文献整理对文学创作题材影响的另一表现，就是该期文人文学创作中对经部典籍的征引。晋人文章中征引五经书名的频次甚高，以《全晋文》粗略计之：《诗》不下九十次，《书》约八十次，《礼》二百一十余次，《易》七十余次，《春秋》不下一百七十次；另有《论语》七处，《孝经》六处。其具体如下：其中《诗》七十七次，《小雅》三次，《大雅》两处，《周颂》一处，《国风》两次，《关雎》九次；《书》四十二次，《尚书》十次，《周书》三次，《虞书》十二处，《尧典》四次，《洪范》五次；《礼》一百〇六次，《礼记》三十一处，《丧服》十九处，《周礼》四十四处，《周官》十二处，《谥法》五处；《易》七十余次；《春秋》一百一十六处，《左传》二十八处，《谷梁》十一处，《公羊》十五处。其余具体篇目未计。⑤这些书名及篇目大多出现于论事奏议等议论文之中。由此可

① ［南朝宋］刘义庆著，［南朝梁］刘孝标注，余嘉锡笺疏，周祖谟、余淑宜、周士琦整理：《世说新语笺疏》上卷下《文学》，中华书局，1983，第253页。
② 据《世说新语·文学》载，潘岳《家风诗》系受夏侯湛《补周诗》启发而作，亦为模拟《周颂》之作。（［南朝宋］刘义庆著，［南朝梁］刘孝标注，余嘉锡笺疏，周祖谟、余淑宜、周士琦整理：《世说新语笺疏》卷上下《文学》，中华书局，1983，第253页。）
③ ［唐］房玄龄等：《晋书》卷十九《礼志上》，中华书局，1974，第581页。
④ 闫春新：《李充〈论语〉注简论》，《齐鲁学刊》2003年第4期。
⑤ 以上仅粗略统计五经书名及部分篇目。

见，两晋时期文人作文是以五经为立论之根基的，议事文章尤其如此。近人刘师培在评价本期的议礼之文时称："其议礼之文，明辨畅达，亦文学之足述者也。"① 可谓中肯之论。

2. 史部文献

两晋时期文人史部文献整理对文学创作题材的影响，主要体现在志人、志怪小说创作的繁荣，以及史部文献整理成为文人文学书写的对象等方面。

首先，正史和杂传记是志人、志怪小说的渊薮，文人的史部文献整理影响该期文人的志人、志怪小说创作是非常明显的。一方面，两晋史官以鬼神为实有而将其载入正史，直接为志怪小说提供了摘抄之素材，如《搜神记》便是如此。《隋书·经籍志》云："魏文帝又作《列异》，以序鬼物奇怪之事，嵇康作《高士传》，以叙圣贤之风。因其事类，相继而作者甚众，名目转广，又杂以虚诞怪妄之说。推其本源，盖亦史官之末事也。"② 其中所言"推其本源，盖亦史官之末事也"，就明确指出了志人、志怪小说创作与史官的关联，而此种关联的核心，就是文人所从事的史书编撰和整理。这一关联自东汉末年以来已成为文人创作相关文学作品的传统。正如史籍所云："自后汉以来，学者多钞撮旧史，自为一书，或起自人皇，或断之近代，亦各其志，而体制不经。又有委巷之说，迂怪妄诞，真虚莫测。"③ 遂为志怪、志人之别裁，居然成一代之大观。另一方面，此时史部地理类典籍将山水纳入文学。文人在从事地记的纂修过程中，不仅包举人士物产之富，还对山川名胜如数家珍，这对于东晋中后期的山水描写和山林文学产生了不可忽视的影响和启发。

其次，史部文献本身成为文人谈论、点评和注解的对象，为论体文的创作提供了对象和素材。例如陆云《与兄平原书》称："陈寿《吴书》有《魏赐九锡文》及《分天下文》，《吴书》不载。又有严陆诸君传，今当写送。兄体中佳者，可并思诸应作传。"④ 不仅如此，此时文人开展的史部文献的整理在一定程度上促进了两晋文人史论创作的繁荣。如陆机的《辨亡论》《五等论》《汉高祖功臣颂》等作品，与其从事《晋纪》《晋惠帝起居

---

① 刘师培：《中国中古文学史讲义》，上海古籍出版社，2006，第 58 页。
② ［唐］魏徵、［唐］令狐德棻：《隋书》卷三十三《经籍志二》，中华书局，1973，第982 页。
③ ［唐］魏徵、［唐］令狐德棻：《隋书》卷三十三《经籍志二》，中华书局，1973，第962 页。
④ ［清］严可均辑校：《全晋文》卷一百〇二陆云《与兄平原书》，河北教育出版社，1997，第 1037 页。

注》《晋惠帝百官名》《吴书》等史类文献的整理是分不开的。又如陆云读皇甫谧《高士传》有感而作《逸民赋》①，江统作《徙戎论》②广陈地理形势，干宝《晋纪·总论》历数西晋兴衰之机，皆为史论名篇。此外，两晋文人的咏史诗也在诗歌发展史上进入了成熟阶段。如阮籍、左思、陶潜等人的《咏史》之作，亦与此时文人修史之风影响下史论创作的繁荣有关，只不过是运用诗体来论史罢了。其中陶潜《读史述》九章系"读史记有所感而述之"③的"读后感"，是诗化的史论文。

最后，晋武帝命荀勖、束皙等博通之士对汲冢书等出土文献的整理，有力推动了文人的文学创作。因为此次文献整理活动前后持续了数十年，参加的文人多是当时的博通之士。在文献整理过程中面对一些问题，引发了当时学界名家挚虞、束皙、王庭坚、潘滔等人的若干学术论争与对有关义理优劣的评判，④由此催生了一批学术论文和文学作品。学术论文方面，有荀勖的《上穆天子传序》、束皙的《答汲冢竹书释难书》⑤、郭璞的《注山海经叙》等；文学作品方面，有李充的《穆天子赋》等。同时，文人对该批文献中《竹书纪年》的整理、注解和抄副流布，亦促进了两晋时期编年史的大量创作和整理，使得编年体成为撰修史书的主流，史书所谓"学者因之，以为《春秋》则古史记之正法，有所著述，多依《春秋》之体"，⑥即为其证。

3. 子部文献

两晋时期文人对子部文献的整理，在延续曹魏时期"纯以推极利弊为主"⑦风格的同时，又表现出尚博、摘藻的时代特征，其核心内容在于批评，具体批评对象则涵盖古今，无所不涉。受此影响，晋人论体文的创作往往博涉经、史，出入子、集。傅玄作文"关切治道，阐启儒风，精意名言，往往而在"。⑧《傅子》一书中，人物品评占据相当篇幅，⑨其书对于东

---

① ［清］严可均辑校：《全晋文》卷一百〇二陆云《与兄平原书》，河北教育出版社，1997，第 1036 页。

② ［唐］房玄龄等：《晋书》卷三十九《江统传》，中华书局，1974，第 1529—1534 页。

③ ［清］严可均辑校：《全晋文》卷一百十二，河北教育出版社，1997，第 1138 页。

④ ［唐］房玄龄等：《晋书》卷四十九《束皙传》《王接传》等篇，中华书局，1974。

⑤ ［清］严可均辑校：《全晋文》卷八十七，河北教育出版社，1997，第 932 页。

⑥ ［唐］魏徵、［唐］令狐德棻：《隋书》卷三十三《经籍志二》，中华书局，1973，第 959 页。

⑦ 刘师培：《中国中古文学史讲义》，上海古籍出版社，2006，第 24 页。

⑧ ［清］纪昀总纂：《四库全书总目提要》卷九十一《子部·儒家类》，河北人民出版社，2000，第 2345 页。

⑨ 原书久佚，此以残文观之。参见［清］严可均辑校：《全晋文》卷五十《傅玄》六《傅子·补遗下》，河北教育出版社，1997。

晋裴启《语林》及晋末郭澄之《郭子》等志人小说集的创作和编撰亦深有启发。"葛洪的《抱朴子》涉及政治批评、风俗批评、人物批评、文学批评和道教养生等诸多方面",①其《外篇》中的《君道》《臣节》《勖学》《崇教》《任能》《用刑》《审举》《擢才》等名目,明显是针对时政而作,具有"开药方"的性质;其论体文亦大体相似,如其《养生论》虽名曰养生,而实际上将养生与国家治理互相比附,提出"至人能治其身,亦如明主能治其国"的高明论断,最后得出"且夫善养生者,先除六害,然后可以延驻于百年。何者是耶? 一曰薄名利,二曰禁声色,三曰廉货财,四曰损滋味,五曰除佞妄,六曰去沮嫉。六者不除,修养之道徒设尔! 盖缘未见其益"②的结论,具有政论和时务策的浓厚色彩,指摘时政弊病的意识相当明确。

两晋文人对法家文献的整理,也为文人撰文批判时政提供了方法上的借鉴。如义熙年间:"江左袁、何二贤,并商略治道,讽刺时政……依傍韩非《五蠹》之篇,遂讥世之阙,发五横之论。"③此外,随着该期医方的整理汇纂,文人作品中亦表现出"以方药入文"的现象。如葛洪的《养生论》便是典型的例子。文中有云:"一人之身,一国之象也。胸腹之设,犹宫室也;支体之位,犹郊境也;骨节之分,犹百官也;膝理之间,犹四衢也;神犹君也;血犹臣也;炁犹民也。故至人能治其身,亦如明主能治其国。"④在此,葛洪就明显借鉴了医家的气血论和用药配伍的"君臣"说,与《黄帝内经》中的某些提法有类似之处,读来新颖而透辟,令人印象深刻。

4. 集部文献

两晋时期文人对集部文献的整理较之前有了进一步的发展,其对文人文学创作题材的影响也进入了一个新的阶段。

首先,两晋文人整理的诗文总集和选集,不仅为文人的文学创作提供了优质的模拟范本和批量套作的模板,而且还为文人模拟文学的泛滥在一定程度上起了推波助澜的作用,造成了形式主义创作的盛行。如单行本汉

---

① 杨康:《葛洪〈抱朴子〉与汉晋文学批评演变·摘要》,博士学位论文,中国人民大学,2017。

② [清]严可均辑校:《全晋文》卷一百一十六,河北教育出版社,1997,第1188页。这种论法可能受到了《黄帝内经·素问·灵兰秘典论》的影响和启发。

③ [清]严可均辑校:《全晋文》卷一百六十三释道恒《释驳论》序,河北教育出版社,1997,第1713页。

④ [清]严可均辑校:《全晋文》一百一十六,河北教育出版社,1997,第1188页。《抱朴子内篇·地真》中有一段文字,与此有详略之别。参见王明:《抱朴子内篇校释(增订本)》,中华书局,1986,第326页。

魏都城大赋的整理流布刺激了左思《赵都赋》《三都赋》、曹毗《湘中赋》《魏都赋》《扬都赋》①、庾阐《扬都赋》等大赋的创作。

其次，妇女作品集的编选，一方面促进了女性作家的文学创作，另一方面也强化了文人对于女性群体的关注与描写，各种"神女""寡妇"等类型的女性形象成为两晋诗赋的"常客"。如张敏有《神女赋》《神女传》，曹毗有《神女杜兰香传》，潘岳有《寡妇赋》，等等。这种以辞赋写人的做法，又促成了辞赋向史传的靠拢，其叙事性在张敏《奇士刘披赋》《神女赋（并序）》等赋作中得到了极大扩展，辞赋与史传（别传、杂传等）的界限被人为消解。

最后，文人对《楚辞》《山海经》等古代优秀文学遗产的整理，打开了文人的视野和想象，拓展了其驰骋辞藻的疆域。《楚辞》各章成为"九体"骚赋的范例，如《离骚》催生了嵇康《卜疑》、挚虞《愍骚赋》、曹摅《述志赋》等一批辞赋名篇，而《天问》《招魂》等则成为傅玄《拟天问》《拟招魂》的仿效对象。汉代文学作品亦成为文人创作模拟的文本，如傅玄有《客难》《七谟》《连珠》《拟四愁诗》《口铭》等。此外，各种奇珍异兽、芳草苗木亦成为两晋文人礼赞的内容，如郭璞有《山海经图赞》《尔雅图赞》等，"动植必赞，义兼美恶，亦犹颂之变耳"。② 这些都大大扩张了两晋文苑的辖域，使文学成为广阔天地的缩影，并给予后哲以启迪。

综上所述，两晋时期文人的文献整理对文学创作题材的影响既是广泛的，也是多样的。无论是该期文人经部文献、史部文献的整理，还是该期文人子部文献、集部文献的整理，都对文人文学创作的题材产生了影响。这些影响有其积极的一面，也有其消极的一面。就积极的一面而言，开拓了文学书写的疆域，丰富了文学的题材；就消极的一面来说，在一定程度上促使了该期文学创作题材上模拟、因袭等形式主义风气的兴起和盛行。

（二）佛道宗教文献

佛道宗教文献本身具备一定的文学性，具有想象力丰富、人物形象丰满、修辞手法多样等特征，成为中国古代文学中的一个特殊分支，形成了"宗教文学""佛教文学""道教文学"等专门称谓和研究门类。相关研究论著数量巨大，但大多是从宗教对文学的单方面影响展开研究的，没有以

---

① ［清］严可均辑校：《全晋文》卷一百〇七，河北教育出版社，1997，第 1092 页。

② ［南朝梁］刘勰撰，范文澜注：《文心雕龙注》卷二《颂赞》，人民文学出版社，1958，第 158 页。

宗教文献作为落脚点。这里试图以典籍为依据，对两晋文人佛道宗教文献整理对文学创作题材的影响进行探讨。

1. 道教文献

道教徒自称，道教典籍系真仙降临所授。① 但两晋时期的道典，实际上多是葛洪、杨羲、许谧、许翙等道教徒造作的。葛洪、杨羲、许谧、许翙等均具备较高的文学素养，他们造作的道教诗、文、经书等，均具有文学创作与道教文献整理双重属性。詹石窗先生《道教文学史》一书将该期"道教文学"的样式分为炼丹诗、咒语诗、游仙诗、步虚词、神仙传记五种，便是着眼于道书文本的文学性因素。其中，神仙传记可以归为"文"，另外四种可归入"诗"，均具有一定可读性和文学性。如东晋道书《玉清隐书》长于场面描绘，布景手法圆熟，具有较高的叙事性。② 受该期文人道教文献整理活动影响，道教"列仙"成为文人创作的重要对象和主题。例如郭元祖《列仙传赞》之类"传赞"，多是《列仙传》书成之后，所追加的颂赞诗文；阮籍《咏怀诗·二妃游江滨》亦神接仙真，虽叙二妃与郑交甫之事，而"如何金石交，一旦更离伤"③ 两句，一语双关，借由仙凡情事慨叹人间交游情谊之不常。又如嵇康《游仙诗》中的"长与俗人别，谁能睹其踪"，④ 合乎丹道隐遁之精神；湛方生有四言诗《庐山神仙诗》，序称慕仙之情；⑤ 庾阐有《采药诗》及十首《游仙诗》，大抵写仙人隐者之行迹，其中的"遥望至人玄堂，心与罔象俱忘"，⑥ 则直接写玄理；郭璞、葛洪的《游仙诗》亦屡屡为学界提及，成为道家、道教文学的代表作品。这些玄学经典影响下的文学作品可以称作"玄理文学"。两晋文人视鬼神为实有，加之道教"张皇鬼神"，⑦ 文人遂大造志怪之书。干宝的《搜神记》、祖台之的《志怪》等，均托名为道家、道教典籍。《四库全书总目提要》卷一百四十六《子部·道家类》云："后世神怪之迹，多附于道家；道家亦自矜其异，如《神仙传》《道教灵验记》是也。"⑧ 两晋时期的志怪小说可分为"地理博物体""杂史杂传体""记梦叙幻体"三种，均具有不同程度

---

① 《太平经合校·神祝文诀》云："天上有常神圣要语，时下授人以言，用使神吏应气而往来也。"（王明编：《太平经合校》，中华书局，1960，第181页。）

② 张继禹主编：《中华道藏》第32册，华夏出版社，2004，第707—708页。

③ 逯钦立辑校：《先秦汉魏晋南北朝诗·魏诗》卷十，中华书局，1988，第497页。

④ 逯钦立辑校：《先秦汉魏晋南北朝诗·魏诗》卷九，中华书局，1988，第488页。

⑤ 逯钦立辑校：《先秦汉魏晋南北朝诗·晋诗》卷十五，中华书局，1988，第943页。

⑥ 逯钦立辑校：《先秦汉魏晋南北朝诗·晋诗》卷十二，中华书局，1988，第875页。

⑦ 鲁迅：《中国小说史略》，中国和平出版社，2014，第29页。

⑧ ［清］纪昀总纂：《四库全书总目提要》卷一百四十六《子部·道家类》，河北人民出版社，2000，第3736页。

上的"道味"。^①抄撮史传异事方面，如《搜神记》虽是为"发明神道之不诬"，但往往涉及生活趣味，牵涉仙凡之恋、精诚感应等内容。^②例如其中《东海孝妇》一节，便是糅合并改造刘向《说苑·贵德》《列女传·陈寡孝妇》及《淮南子·览冥训》《汉书·于定国传》《论衡》等作品中的故事情节而成。虞预的《会稽典录·上虞寡妇》、王韶之的《孝子传·周青》等篇目又加以敷演变化，由此形成了"孝妇""冤妇"的故事母题，对后世文学创作的影响十分深远。

值得注意的是，两晋时期的确出现了道教徒有意虚构神道"小说"的案例。蔡诞、古强、河东项曼都等，就是其中的代表。据《抱朴子内篇》记载，蔡诞修仙无果而心有不甘，于是依据《黄庭经》《太清中经》《观天节详》(《观天经节详》)等道书，编造、宣言自身"仙游"时所见昆仑、天宫之景物。成都太守吴文转述其说云："仰视之，(昆仑)去天不过十数丈也。上有木禾，高四丈九尺，其穗盈车，有珠玉树沙棠琅玕碧瑰之树，玉李玉瓜玉桃，其实形如世间桃李，但为光明洞彻而坚，须以玉井水洗之，便软而可食。每风起，珠玉之树，枝条花叶，互相扣击，自成五音，清哀动心。……又见昆仑山上，一面辄有四百四十门，门广四里，内有五城十二楼，楼下有青龙白虎，蜿蛇长百余里，其中口牙皆如三百斛船，大蜂一丈，其毒煞象。又有神兽，名狮子辟邪、天鹿焦羊，铜头铁额、长牙凿齿之属，三十六种，尽知其名，则天下恶鬼恶兽，不敢犯人也。其神则有无头子、倒景君、翕鹿公、中黄先生、与六门大夫。……五河皆出山隅，弱水绕之，鸿毛不浮，飞鸟不过，唯仙人乃得越之。其上神鸟神马，幽昌、鷫鹏、腾黄、吉光之辈，皆能人语而不死。"^③这段将近六百字的说辞，多用隐语称谓，情节虽然诡谲骇俗，却给人以如亲临其境之感。故情节较为完整，其事与古强、河东项曼都等相类，^④而可以称得上"有意为文"。这些文人明知鬼神虚无，而故意编造美丽的谎言来欺骗听众，以自尊显。尽管动机不纯，但是他们所具有的虚构神话故事的高度自觉意识不应被忽视。从文学传统及场景构造方面来看，不妨与挚虞的《思游赋》同读。

---

① 詹石窗:《道教文学史》，上海文艺出版社，1992，第145页。
② 詹石窗:《道教文学史》，上海文艺出版社，1992，第160—161页。
③ 王明:《抱朴子内篇校释(增订本)》卷二十《祛惑》，中华书局，1986，第349—350页。
④ 古强、项曼都之事，参见王明:《抱朴子内篇校释(增订本)》卷二十《祛惑》，1986，第347—350页。

2. 佛教文献

在佛教文献整理发展史上，东晋文人的佛教文献整理活动及其成果是大放异彩的关键时期。这些文本作为"翻译文学"，对于中国本土文学创作的影响是不容小觑的。两晋时期，本土僧人及文人士大夫均有大量佛教题材的作品，内容涉及器物、造像、雕塑等，十分广泛，甚至佛理阐述也被纳入文学创作的领地，大大扩展了中国本土文学的题材容摄限度和形象体系。

其一，佛教文献为文人的文学创作提供了新的描写对象，为文学表达开拓了广阔的领域。具体表现为，一方面，佛像成为该期文人颂赞类文体书写的一大内容，如支遁有《释迦文佛像赞》《阿弥陀佛像赞》等。另一方面，与佛、高僧有关的器物亦成为该期文人创作关注的主题，如慧远的《澡灌铭》等就是描摹澡灌之作。作者在序文中称："得靡罗勒石澡灌一枚，故以此铭答之。"① 此外，连同造像之事、僧人，亦被纳入记颂礼赞范围。前者如慧远的《襄阳丈六金像颂》、谢灵运的《无量寿佛颂》等；后者则有支遁的《法护像赞》《于法兰像赞》《于道邃像赞》等。

其二，两晋时期，不仅文人的佛教文献整理为文人创作提供了海量的新的论议主题，而且作为逻辑严密的辩论样本的佛教文献，还为文人创作提供了思维方式上的借鉴，② 促使文人创作了大量的异彩纷呈的佛教义理论难作品。例如东晋郗超笃信佛教，其《奉法要》全以佛理立论，征引排比《异出十二门经》《正斋经》《泥洹经》《成具经》等多部佛经；③ 其《与谢庆绪书论三幡义》④ 讨论"色空"之理，可惜只存残文数句而难窥全貌。其他如裴頠的《崇有论》、慧远的《沙门不敬王者论》、宗炳的《明佛论》(《神不灭论》) 等，亦为著名的涉佛论文。这些"旧瓶装新酒"的作品，在思辨性和抽象程度方面独擅胜场，⑤ 在当时本土文人的同体之作中别开生面，拓展出"另一广阔领域"。⑥ 部分文学素养较高的僧人，如支遁、道安、慧远等，其诗文创作甚至在体裁与主题两个层面成功地容摄了佛经元素，形成了"佛理诗"等特殊文学样式，有效拓宽了两晋诗歌及中古诗文的发展

---

① ［清］严可均辑校：《全晋文》卷一百六十二慧远《澡灌铭序》，河北教育出版社，1997，第 1707 页。
② 普慧：《佛教对中古议论文的贡献和影响》，《文学评论》2007 年第 4 期。
③ ［清］严可均辑校：《全晋文》卷一百一十，河北教育出版社，1997，第 1122—1125 页。
④ ［清］严可均辑校：《全晋文》卷一百一十，河北教育出版社，1997，第 1122 页。
⑤ 普慧：《佛教对中古议论文的贡献和影响》，《文学评论》2007 年第 4 期。
⑥ 李山：《中国散文通史·魏晋南北朝卷》，安徽教育出版社，2013，第 349 页。

道路。①

其三，佛教文献故事的翻译整理活动及其成果为两晋时期文人的小说创作提供了故事素材。台静农先生曾指出，魏晋六朝时期佛教对小说创作的影响并非洗礼式的，该期文人对于鬼神等灵怪故事的记写与传说，往往是"彼此不相干"的。②该文对佛教文献对文学的影响态度较为保守，我们认为两者之间是有关联的。例如此时小说中的名数概念就与该期文人的佛教故事的翻译整理有一定的联系。

以上我们分别从两晋文人的经部文献、史部文献、子部文献、集部文献、道教文献、佛教文献的整理，对该期文人文学创作题材的影响进行了一一论述。可以看出，两晋文人文献整理对文人文学创作题材的影响不仅是广泛的，而且是深远的。与曹魏时期相较，有了一定程度的开拓和发展。当然，两晋文人文献整理对文学创作题材的影响，不仅有其积极的一面，也有其消极的一面。如该期文人文学创作题材上所呈现的模拟、因袭等形式主义文风，就是其中的典型表现。

第三节　对文学观念的影响

中国古代文人文学观念的演进，不仅体现在文人的文学创作、文人的文学理论著作之中，还体现在文人的其他文学活动或学术活动之中。尤其是文人的文献整理，是我们透视文人文学观念发展变化的一个重要窗口。这是因为在中国古代，文人的文献整理是文人文学观念形成的重要前提与基础，在很多情况下，文人的文学观念也是借助于文人文献整理的成果得以表达和彰显的。

一、曹魏时期

曹魏时期是中国古代文人文学观念发生重要变化的时期，这一变化是多种因素共同作用的结果，但文人文献整理的作用却是极其重要的。从发生学的角度而言，一种思想观念的发生发展是一个动态的复杂的过程。正如让·皮亚杰所云："每一件事情，包括现代科学最新理论的建立在内，都

---

① 李秀花：《论支遁诗文对汉译佛经之容摄》，《西南交通大学学报（社会科学版）》2011 年第 5 期。
② 台静农：《佛教故实与中国小说》，载《中国古典小说研究资料汇编·佛教对中国小说之影响》上册，天一出版社，1982，第 5 页。

有一个起源问题，或者必须说这样一些起源是无限地往回延伸的，因为一些最原始的阶段本身也总是以多少属于机体发生的一些阶层为先导的，如此等等。所以，坚持需要一个发生学的探讨，并不意味我们给予这个或那个被认为是绝对起点的阶段以一种特权地位；这倒不如说是注意到存在着一个未经清楚界定的建构，并强调我们要了解这种建构的原因和机制就必须了解它的所有的或至少是尽可能多的阶段。"① 我们对我国古代文人文学观念演变的探讨与认识，重点不仅要去寻找"那个被认为是绝对起点的阶段"，还要去认识与了解古代文人文学观念建构的历史过程及其原因和机制。我国古代文人文学观念的演进与古代文人的每一类文学活动，甚至每一类文学活动的每一阶段都有密切的联系。从这一意义上说，我们古代文人文学观念的发生发展也与古代文人的文献整理活动及其每一阶段存在着割不断的联系。

先秦时期，文人的文学观念与该期文人的文献整理及其每一阶段紧密相联。如文人的采诗、献诗活动作为《诗经》整理活动的一个重要部分，"成为表达氏族情感和沟通政治情绪的工具，完成了从'神明昭告'向'天子听政'的转变"，② 赋予了《诗经》很强的社会伦理和政治功能。再如该期孔子的文学观念、"立言"文学观念等，也与文人的文献整理有关。

两汉时期，文人的文献整理对文人的文学观念也产生了明显影响。可以说，大多文人的文学观念直接或间接地与文人的文献整理存在着这样或那样的联系。如《毛诗序》中的文学观念、司马迁与班固的文学观念等，分别与《毛诗序》的作者对《诗》的整理、司马迁对《史记》的编撰整理、班固对《汉书》的编撰整理等密不可分。《毛诗序》对诗歌的文学本质、功能的概括和总结，就与《毛诗序》作者对《诗经》全面系统的整理和其文献整理的释诗方式有关。前者为《毛诗序》作者形成总体的诗学观念奠定了基础，后者则为其准确而深刻的表达提供了文学实例的支撑。司马迁的文学观念，也深受其编撰《史记》这一文献整理活动的影响。其"发愤著书说"的提出，就建立在司马迁撰写《史记》过程中，对《诗》《周易》《春秋》《离骚》《国语》《吕览》和韩非子的《说难》《孤愤》等作品进行整理这一活动基础之上的。班固之所以评司马相如赋云："'相如虽多虚辞滥说，然要其归引之于节俭，此亦《诗》之风谏何异？'扬雄以为

---

① ［瑞士］皮亚杰：《发生认识论原理》，商务印书馆，1997，第18—19页。
② 王齐洲：《"诗言志"：中国古代文学观念发生的一个标本》，《清华大学学报》2010年第1期。

靡丽之赋，劝百而风一，犹骋郑卫之声，曲终而奏雅，不已戏乎！"①不同意扬雄的辞赋观，其重要原因也在于其对司马相如、扬雄和其他两汉辞赋家的作品进行整理的实践经历。

曹魏时期，随着文人文献整理活动的进一步开展，文人的文学观念亦开始步入新的历史时期。首先，此时文人的文学观念摆脱了儒家诗教的束缚，真正走向了审美、抒情的新阶段。其代表就是曹丕的"文以气为主""诗赋欲丽""盖文章经国之大业，不朽之盛事"等文学观点。这些观点的形成与曹丕对建安诸子文集的搜集整理是有关系的。正是因为曹丕对建安诸子文集亲自整理的经历与体验，使他深深地认识到文学创作与文学表达、文学风格是与文人的"气"密不可分的，或者说文人具有什么样的"气"，决定了他会创作什么样的作品，包括语言表达、情感内容和呈现的文学风格等；正是由于曹丕对建安诸子诗赋的整理编辑，才使他认识到诗赋两种不同文体的共性审美特征；正是缘于曹丕对建安诸子文章的搜集汇总，才使他认识到了建安诸子作品所具有的立言价值，提出了"盖文章经国之大业，不朽之盛事"的主张。

其次，曹丕《典论·论文》的出现，促成了曹魏时期文人的文学观念由情感形态向理论形态的转变。曹丕《典论·论文》这一专业文学理论批评著作的出现，有文化的、文学创作及文人立言价值观念、谈论风习等诸种原因，但曹丕对建安诸子和自己文学作品的整理是其重要的原因之一。在我国古代文学思想史上，不少文学思想论著的出现，皆与文人的文学整理相关联。从《毛诗序》到《典论·论文》等，无不如此。实际而言，古代文人的学术观点和文学思想或观念的形成、提出，和我们今天的学术观点与文学理论主张的形成、提出有大体相同的基础，那就是对相关文献资料的搜集、编排和考订，只有经过了这样一个对文献材料的综合整理过程，才能从微观上对材料有比较透彻的理解和认识，从宏观上对材料有一个总体的全面的理性审视和把握。因为对文献材料的整理编辑过程，就是对文献材料的消化、体会与理解的过程，更是一个对其梳理、综合、概括归纳和理论提升的过程。我们今天从事学术研究或文学理论研究，都要强调文献搜集和整理的重要性，因为它是学术研究的重要基础，又是学术研究的重要组成部分。然而，目前学界在从事古代文人文学观念研究的时候，似乎对古代文人的文献整理对其文学观念的影响与作用关注不足。所以，我国古代文人文学观念的形成与我们今天研究者学术观念的

①　［汉］班固撰，［唐］颜师古注：《汉书》卷五十七下《司马相如传》，中华书局，1962，
　　第 2609 页。

形成的相通之处，就是文人和研究者的相关文献整理是其文学观念与学术观念形成的重要基础。了解了此，我们不仅理解了曹魏时期文人的文献整理及其转型，对文人文学观念的影响起了怎样的作用，而且明白了曹丕的《典论·论文》在古代文人文学观念演进过程中做出的开创性贡献的重要原因。

最后，受文人文献整理的影响，曹魏时期文人的文学观念中对文学价值与作用的认识有了一个大的飞跃，即立言价值观在文人的人生价值观中由余事走向了主导。早在先秦时期，文人的"三不朽"的价值观念就得到了确立。这在《左传·襄公二十四年》中有明确的记载，只不过立言是处于立德、立功之后。随着历史的发展，武功的直接效果远远优出于文治，"士不遇"常态化，这些事实迫使我国古代文人愈来愈认识到立德、立功的艰难，对于他们而言，立德、立功、立言这"三不朽"中，只有立言是最现实最可行的。所以，立言往往成为文人在立德、立功无法达成时实现人生价值追求的自然选择。这种选择虽然有政治、机遇等诸多方面的原因，但文人的文献整理无疑是促成文人追求立言的最直接的一大动力。从古代的文献记载来看，司马迁、扬雄、王逸等都对"立言"人生价值观的追求有明确的描述，后人也以"名山事业"作为概括。曹魏时期的文人在继承前代文人这一价值追求的基础上，又有了新的发展。如荀悦在《汉纪序》中曰："夫立典有五志焉：一曰达道义，二曰彰法式，三曰通古今，四曰著功勋，五曰表贤能。"① 曹植在《与杨德祖书》中也曰："若吾志未果，吾道不行，则将采庶官之实录，辩时俗之得失，定仁义之衷，成一家之言，虽未能藏之于名山，将以传之于同好。"② 杨修的《答临淄侯笺》也曾曰："若乃不忘经国之大美，流千载之英声，铭功景钟，书名竹帛，斯自雅量，素所畜也，岂与文章相妨害哉？"③ 曹丕的《典论·论文》更是这样说道："盖文章经国之大业，不朽之盛事。年寿有时而尽，荣乐止乎其身，二者必至之常期，未若文章之无穷。是以古之作者，寄身于翰墨，见意于篇籍，不假良史之辞，不托飞驰之势，而声名自传于后。"④ 由以上所列文献，我们可以看出，曹魏时期的荀悦、曹植、杨修和曹丕等，与之前的文人相比，他们对自己文献整理的立言不朽的价值意义已有了更明确的

---

① ［清］严可均辑校：《全后汉文》卷六十七，河北教育出版社，1997，第 645 页。
② 赵幼文校注：《曹植集校注》卷一，人民文学出版社，1984，第 154 页。
③ 张兰花、程晓菡校注：《三曹七子之外建安作家诗文合集校注》，河北教育出版社，2013，第 107 页。
④ 夏传才、唐绍忠校注：《曹丕集校注》，河北教育出版社，2013，第 238 页。

把握和更自觉的追求。一方面，他们感受到了前代文人之所以留名后世、为人所敬仰，不仅与他们创作的文学作品有关，还与他们的文献整理及其成果有关。也就是说，依靠其文献整理的活动及成果，也能实现立言不朽的理想。另一方面，他们真正认识到了文献整理本身的重要价值，文献整理既是立言的有机组成部分，又可以使文人已经创作的作品通过这一整理活动得以有效保存和传播。所以，文人的文献整理对曹魏时期文人的文学观念产生的重要影响是文人的其他活动无法取代的。

二、两晋时期

文人文献整理，尤其是文学典籍的整理，既是对前人著述及创作成果之经验与不足的分析、总结与吸收，又是文人自我文化心理的集中展示与现实例证，同时兼有自我认知验证、修正与重构的性质和效用。受文献整理活动及其成果的影响，在继承两汉和曹魏传统的基础上，两晋文人的文学观念，表现在文学批评上苦心孤诣，其评点并非玄学式的空谈，而是基于作品细读之上的理性分析，因此颇富真知灼见。通过文献整理实践，两晋文人对"文学"本质与价值的认识和定位发生了改变，鉴赏及批评能力获得了较大提升，相关文体理论更趋成熟。

（一）对文学认识的变化

两汉时期，"文章"的地位得到了一定的强化和提高，所谓"能属文著述，是谓文章，司马迁、班固是也"。① 曹魏时期，"文章"在两汉的基础上又有了进一步发展，迈进了相对独立的新阶段，被誉为"经国之大业，不朽之盛事"。② 文人的地位亦随之提升，达到了前所未有的新高度。"文章之士""文学之士"与"性实之士""清静之士""法理之士""意思之士""制度之士""策谋之士"等并举，③ 所谓"文章之材，国史之任也"。④ 吴末华覈上书，宣称倘使韦昭主修，则《吴书》当垂千载"为"不朽之书"，⑤ 亦展示出东吴文人对于"才士""有文学"的高度重视。更

① 李崇智校笺：《〈人物志〉校笺》卷上《流业》，巴蜀书社，2001，第 65 页。
② 夏传才、唐绍忠校注：《曹丕集校注》，河北教育出版社，2013，第 238 页。
③ ［晋］陈寿撰，［南朝宋］裴松之注：《三国志》卷二十一《魏书·刘劭传》，中华书局，1982，第 619 页。
④ 李崇智校笺：《〈人物志〉校笺》卷上《流业》，巴蜀书社，2001，第 73 页。
⑤ ［晋］陈寿撰，［南朝宋］裴松之注：《三国志》卷六十五《吴书·韦曜传》，中华书局，1982，第 1464 页。

为重要的是，夏侯惠在表荐刘劭时，还明确地将"文章"与"文学"分为二端，指出"文章之士爱其著论属辞"。① 到了西晋初年，荀勖整理《中经新簿》时，更是明确提出"文章家"的概念，编撰出《新撰文章家集叙》②一书。这些均反映出魏末至晋初时期，文学逐渐同经学分庭抗礼的重要史实。

曹魏时期，承继汉末以来的重文风气，在文人文献整理活动及其成果的刺激下，文人文学观念从"言志"转向"缘情"。"情志之辩"最初讨论的是文学产生之根源的问题，后来拓展为文学本质与价值取向之争。曹魏后期，玄学以"自然""全真"为指归，文人遂有重情、多情之文。及至西晋泰始年间，诏书充溢"情""思"字样，张华父子、陆机兄弟于是倡"先情后辞"之说，太康乃有"诗缘情"之论。此时文人以为文学乃表情达意之工具，既可以抒发个体情感，又可以议事经国，是实现自我价值和"不朽"的重要途径，由此形成了空前的崇文氛围。文人对名家作品极力追捧，司马攸"爱经籍，能属文，善尺牍，为世所楷"；③ 左思《三都赋》"洛阳纸贵"；庾阐《扬都赋》"都下纸为之贵"；④ 谢灵运"每有一诗至都邑，贵贱莫不竞写，宿昔之间，士庶皆遍，远近钦慕，名动京师"。⑤ 就连释慧观所撰述的卑摩罗叉《十诵律》讲义，也达到"都人缮写，纸贵如玉"⑥ 的地步。在创作上，两晋文人继承了文人立言的价值追求，普遍以文学作品立身、立名以期不朽，如葛洪明确表示其作品要"寄意于后代"，⑦而文人作品托名借重以期传世不朽的现象亦逐渐增多。⑧ 对此，苏彦解释

---

① ［晋］陈寿撰，［南朝宋］裴松之注：《三国志》卷二十一《魏书·刘劭传》，中华书局，1982，第 619 页。

② 《隋志》原作"杂撰"，余嘉锡《世说新语笺疏》引前人之说，辨明其为"新撰"，系《中经簿》之副产品。

③ ［唐］房玄龄等：《晋书》卷三十八《齐王攸传》，中华书局，1974，第 1130 页。

④ ［南朝宋］刘义庆著，［南朝梁］刘孝标注，余嘉锡笺疏，周祖谟、余淑宜、周士琦整理：《世说新语笺疏》上卷下《文学》，中华书局，1983，第 258 页。

⑤ ［南朝梁］沈约：《宋书》卷六十七《谢灵运传》，中华书局，1974，第 1754 页。

⑥ ［南朝梁］释慧皎撰，汤用彤校注，汤一玄整理：《高僧传》卷二《卑摩罗叉传》，中华书局，1992，第 64 页。

⑦ 王明：《抱朴子内篇校释（增订本）》卷十六《黄白》，中华书局，1986，第 283 页。

⑧ 如曹同作《六代论》，因曹植"文高名著，欲令书传于后，是以假托"，晋武帝称"古来亦多有是"。（［唐］房玄龄等：《晋书·曹志传》，中华书局，1974，第 1390 页。）又如《世说新语笺疏·文学》注引《左思别传》载，左思自作《三都赋注》，而托名刘渊林、卫伯舆、皇甫谧。参见［南朝宋］刘义庆著，［南朝梁］刘孝标注，余嘉锡笺疏，周祖谟、余淑宜、周士琦整理：《世说新语笺疏》上卷下《文学》中华书局，1983，第 246—247 页。

说:"不为文学,何以知世之资。"① 由此可知,此时文人已将文学视为立身之术。

两晋文人的博学风尚,尤其是对于史部的特殊关注,亦渗透到雅文学"何为"的视野,文人对"文学应当怎么样"和"创作什么样的文学"等问题进行了深入思考。陆机《文赋》曰:"伊兹文之为用,固众理之所因。恢万里而无阂,通亿载而为津。俯贻则于来叶,仰观象乎古人。济文武于将坠,宣风声于不泯。涂无远而不弥,理无微而弗纶。配沾润于云雨,象变化乎鬼神。被金石而德广,流管弦而日新。"② 在陆机看来,文学本质上可以宣畅"众理",超越地域、联结古今、沟通天人,应当用来"济文武"之功,宣扬"风声"(文明教化和改易风俗),颂美"德音"和德政。这就不仅把文学视为"经国之大业,不朽之盛事",还将其功用扩大到近乎无所不能的地步。其他文人亦有种种不同表述,综合众说,可以归结为两点:辞赋应当"宗经入史",诗文应当情辞并重。前者主要是史部文献整理活动及其成果对作家创作心理的影响,不妨称作"史官意识"或"史官情结";后者主要是集部文献整理活动及其成果影响下的产物,突出表现为评价标准的藻饰化倾向和创作的绮丽文风。二者相互纠缠,共同继承了《诗》《骚》传统。

(二)文学观念理论形态的成熟

两晋文人继承并发展了汉代尤其是曹魏以来文人的文论成果,文学观念在理论形态上,多方面均趋向于成熟。在现象层面表现为文人文学点评活动的繁荣,在理论层面集中表现为文体理论的成熟。

1. 文人文学点评活动的繁荣

就现象层面而言,两晋文人的文学点评活动的繁荣具有五方面的表征:第一,点评活动日常化、生活化,部分文人"以敷文析理自娱"。③ 例如庾亮、谢安评庾阐《扬都赋》,潘岳评夏侯湛《补周诗》,王济评孙楚诗,阮孚评郭璞诗,袁乔评孙绰《庾公诔》,刘惔评王修《贤人论》,孙绰评潘岳、陆机、曹毗之文,范启评孙绰《天台赋》,晋简文帝评许询五言

---

① [清]严可均辑校:《全晋文》卷一百三十八苏彦《苏子》,河北教育出版社,1997,第1495页。

② [清]严可均辑校:《全晋文》卷九十七陆机《文赋》,河北教育出版社,1997,第993页。

③ [南朝宋]刘义庆著,[南朝梁]刘孝标注,余嘉锡笺疏,周祖谟、余淑宜、周士琦整理:《世说新语笺疏》中卷下《赏誉》注引檀道鸾《续晋阳秋》,中华书局,1983,第477页。

诗，等等。这些点评大多是在文人的家庭聚会或友朋会谈的坐席之上随意进行的，极少做作之痕迹。

第二，点评对象的拓展和范围的扩大。两晋文人不仅善于评论他人的作品和文学才能，也善于精准地认识和评价自我。如陆云练达道书，长于作游仙诗和辞赋，自称"作《游仙诗》故自能……陈琳大荒甚极，自云作必过之"；① 谢万作《八贤论》，顾夷曰"我亦作，知卿当无所名"；② 袁宏亦有"江左无我，卿当独步"③ 之语。

第三，点评途径多样化。例如陆机、陆云兄弟以书信论文，李充则以训诫（《起居诫》④）论文，方式多样而殊途同归。"摘句评"成为当时文人一种常见的文学批评方式，无论是对《诗经》还是对时人作品，两晋文人均有摘句论诗的习惯，这在《世说新语》中不乏例证。

第四，点评专业化。两晋文学"评论家"，通常亦是文学创作的高手，如袁宏被东晋的王珣赞为"文章之美，故当推此生"；陆机被南朝的钟嵘称为"太康之英"，许询、孙绰被南朝刘勰尊为"一时文宗"；张华、左思、陆云、挚虞、李充、葛洪、郭璞等均誉满文坛。同时，这些文人又均是文献整理领域著名的专家。由此可见，两晋文学理论水平的提高与文人的文献整理活动密切相关。基于广博学识和文献整理经验，两晋著名文人的文学点评直指要害，往往能够引导文学欣赏之舆论，引领一时文学创作之风气。例如皇甫谧、张华等人，为左思作序而《三都赋》洛阳纸贵；庾阐的《扬都赋》，因庾亮褒誉而"人人竞写，都下纸为之贵"。⑤ 这些文人的文学评论赢得了社会的高度认可，引发了文人的热烈响应，由此促成了两晋时期文人鉴赏力与文学理论素养的提升。

第五，点评反馈实时化。与点评生活化相对应，两晋许多文人的文章修改行为亦完成于坐席论文之时。如庾阐的《扬都赋》⑥、袁宏的《北征赋》⑦ 等大赋名篇均是在论文之席的当场进行点评的，而且互有反复。这

---

① ［清］严可均辑校：《全晋文》卷一〇二陆云《与兄平原书》，河北教育出版社，1997，第 1037 页。

② ［南朝宋］刘义庆，［南朝梁］刘孝标注，余嘉锡笺疏，周祖谟、余淑宜、周士琦整理：《世说新语笺疏》中卷上《方正》，中华书局，1983，第 319 页。

③ ［南朝梁］沈约：《宋书》卷八十五《谢庄传》，中华书局，1974，第 2167—2168 页。

④ ［清］严可均辑校：《全晋文》卷五十三，河北教育出版社，1997，第 558 页。

⑤ ［南朝宋］刘义庆著，［南朝梁］刘孝标注，余嘉锡笺疏，周祖谟、余淑宜、周士琦整理：《世说新语笺疏》上卷下《文学》，中华书局，1983，第 258 页。

⑥ ［南朝宋］刘义庆著，［南朝梁］刘孝标注，余嘉锡笺疏，周祖谟、余淑宜、周士琦整理：《世说新语笺疏》上卷下《文学》，中华书局，1983，第 257 页。

⑦ ［南朝宋］刘义庆著，［南朝梁］刘孝标注，余嘉锡笺疏，周祖谟、余淑宜、周士琦整理：《世说新语笺疏》上卷下《文学》，中华书局，1983，第 270—271 页。

说明两晋文人的文学点评活动进入了全面自觉的新阶段，在点评机制和反馈机制上均获得重大突破。

2. 文体理论的成熟

两晋文人的文学理论有文体论、修辞论、声律论等，其中文体论是重心。因此，文体论的成就最能代表该期文人的文学理论修养水平。两晋文人的文体理论主要包括体裁格式与风格倾向两方面的内容，其中后者是两晋文人争论的重点和焦点所在。其大体表现为：其一，两晋文人具有高度的文体自觉和辨体意识，对各种不同文体的格式特征及行文风格等均有独特见地，并常常将二者合而论之。如陆机在继承曹丕的《典论·论文》对诗赋等八种文体特征进行高度概括的基础上，在《文赋》中对诗赋等十种文体进行了更加细致的总结。其文云："诗缘情而绮靡，赋体物而浏亮。碑披文以相质，诔缠绵而凄怆。铭博约而温润，箴顿挫而清壮。颂优游以彬蔚，论精微而朗畅。奏平彻以闲雅，说炜晔而谲诳。虽区分之在兹，亦禁邪而制放。要辞达而理举，故无取乎冗长。"[①] 不仅将十种文类不同的行文风格特点给予了理论概括，使人们对他们之间的区别有了明确的认识；而且还指出了这些文体所具有的共同旨趣，即都要符合"禁邪制放"的雅正要求和"辞达理举"的中和美学观念。李充《翰林论》较陆机的《文赋》又有了发展，进一步明确了诸种不同文体的"宜"与"忌"，如"容象图而赞立，宜使辞简而义正"；"表宜以远大为本，不以华藻为先"；"驳不以华藻为先"；"研核名理，而论难生焉，论贵于允理，不求支离"；"在朝辨政而议奏出，宜以远大为本"。[②] 其在《起居诫》中也云："军书羽檄，非儒者之事……语不虚诞，而檄不切厉，则敌心陵；言不夸壮，则军容弱。"[③] 由此可见，西晋时期文人对文体的认识已经很明确，东晋时期则更加精审。同时，两晋文人还十分重视相近文体的辨析。其中，以陆云提出的"碑文似赋"[④] 之说最具代表性。陆云所谓的"碑文通大悦愉有似赋"，道出了当时碑文书写中追求藻饰的文风；他主张的碑文"质之为佳"，[⑤] 既是对当时"碑文似赋"倾向的委婉批评，又代表了当时文人对于这一问题

① ［清］严可均辑校：《全晋文》卷九十七陆机《文赋》，河北教育出版社，1997，第991页。
② ［清］严可均辑校：《全晋文》卷五十三，河北教育出版社，1997，第561页。
③ ［清］严可均辑校：《全晋文》卷五十三，河北教育出版社，1997，第558页。
④ ［清］严可均辑校：《全晋文》卷一百〇二陆云《与兄平原书》，河北教育出版社，1997，第1041页。
⑤ ［清］严可均辑校：《全晋文》卷一百〇二陆云《与兄平原书》，河北教育出版社，1997，第1041页。

已有了明确的认识。我们认为，陆云所说的"似"乃是就赋、颂等文体的叙事性而言，所谓的"质"则是就其内容规范而言；该论题反映出赋、颂两体在两晋藻绘作风下的混融趋势，表明魏晋文人的文体论已触及文体的实质层面。两晋文人对作家个性风格的辨析，大多也都精准透辟，不过多散见于其点评言论之中，此不赘述。

其二，两晋文人对文体风格的认识也迈入了一个新阶段。东汉以来，文人重"文"（文采）意识不断深化，蜀汉时秦宓"扬文藻见瑰颖"，并公然宣称："六经由文起，君子懿文德，采藻其何伤！"①曹丕亦云："诗赋欲丽。"及至西晋，陆机主张"诗缘情而绮靡，赋体物而浏亮"，潘岳追求"摛藻清艳"，引领了两晋时期缛丽精巧的文风。②文人对文学之审美性、情感性与功利性做出重新审视，并试图兼顾三者，由此形成辞赋宗经尚实、诗文重学的总体风格宗尚。

两晋文人对大赋的评点及创作皆以五经及《史记》《汉书》为价值准绳，使史传笔法及正名辨体观念在辞赋领域得以普及，表现出宗经尚实的倾向。精于文学批评的陆云将辞赋视为文章中的大手笔，称之为"大文"，感慨"大文难作"。③皇甫谧谓"赋为古诗之流"，应当宗经而并重文采，其云："古人称不歌而颂谓之赋。然则赋也者，所以因物造端，敷弘体理，欲人不能加也。引而申之，故文必极美，触类而长之，故辞必尽丽。然则美丽之文，赋之作也。昔之为文者，非苟尚辞而已，将以纽之王教，本乎劝戒也。"④左思认为，司马相如、扬雄、班固、张衡等前代辞赋大家都倚仗"假称珍怪，以为润色"；"于辞则易为藻饰，于义则虚而无征"；提出辞赋应当写实的观点。以此为基础，左思进一步指出，辞赋创作唯有采取"美物者贵依其本，赞事者宜本其实"⑤的求实精神和文学观，才能达到读之"能居然而辨八方"⑥的效果和阅读体验。左思的《三都赋》，以三国史实为素材，从地理形制、历史人物、民俗物产以及政治等方面，对蜀都、吴都和魏都三个都城进行了描写与叙述。其"稽之地图""验之方

① ［晋］陈寿撰，［南朝宋］裴松之注：《三国志》卷三十八《蜀书·秦宓传》，中华书局，1982，第974页。
② 关于陆机所谓"绮靡"的含义，学界存在不同的界说和阐释。可参看姜剑云《二十世纪陆机研究综述》一文（姜剑云：《太康文学研究》，中华书局，2003，第313—314页。）
③ ［清］严可均辑校：《全晋文》卷一〇二陆云《与兄平原书》，河北教育出版社，1997，第1037页。
④ ［清］严可均辑校：《全晋文》卷七十一皇甫谧《三都赋序》，河北教育出版社，1997，第747页。
⑤ ［南朝梁］萧统编：《文选》卷四左思《三都赋序》，上海书店，1988年影印，第56页。
⑥ ［南朝梁］萧统编：《文选》卷四左思《三都赋序》，上海书店，1988年影印，第55页。

志"①的写实原则，直接源自司马迁《史记》的"实录"精神，代表了两晋文人的"史官情结"与"史官意识"。潘岳《西征赋》历数秦汉史事，②具有"怀古"意味和史诗情怀，这种以大赋叙写一代史事的尝试直接为南朝庾信的《哀江南赋》提供了模板。孙绰为东晋文宗，其论赋亦主契合经典、羽翼五经，其云"《三都》、《二京》，五经鼓吹"，③刘孝标注云"言此五赋是经典之羽翼"。④庾亮等论庾阐《扬都赋》时，亦持类似主张。可见该期文人已经清醒地认识到大赋的史鉴性质，并有意"以赋为史"或"以赋佐史"。归根结底，其理论来源仍是班固《两都赋序》"或以抒下情而通讽谕，或以宣上德而尽忠孝，雍容揄扬，著于后嗣，抑亦雅颂之亚"⑤的经典表述。

　　文献整理养成了两晋文人的博学风尚，催生了他们对摛藻逞才的追求，突出表现为文人在诗文创作及相关批评活动中非常重视自己学养的彰显。所谓"学养"，主要是指摛藻水平与玄学造诣两方面。由于学术传承的述作关系传统，文人往往将前人的优秀著述成果视为标杆而主动向其看齐，不论是学术还是文章，都具有"考镜源流"的自觉倾向，由此两晋时期文人所谓的"学养"便隐含了重视成说的学风和模拟的文风。傅玄《七谟序》所谓的"属文之士……承其流而作之"；"通儒大才……引其源而广之"；"并陵前而邈后，扬清风于儒林"等，⑥便反映出文人重视学养、溯源辨流、模拟前贤，已成为当时文人创作时共同遵循的不成文的原则。同样的情况，还表现并适用于文学（批评）理论领域。如陆机、陆云兄弟早年论文主张以辞为先，后来受张华父子的影响，转为先情后辞、兼取悦泽，⑦所以陆机才发了"诗缘情而绮靡"之论，提倡"声为情变"，⑧成为西晋尚情而摛藻的典型代表。再如葛洪，将理趣与藻饰融为一体，其《抱朴子外篇》及杂文作品"骋辞章于来世"，其《抱朴子内篇》"勤勤缀之于翰墨"，

① ［南朝梁］萧统编：《文选》卷四左思《三都赋序》，上海书店，1988 年影印，第 56 页。
② ［清］严可均辑校：《全晋文》卷九十，河北教育出版社，1997，第 938—942 页。
③ ［南朝宋］刘义庆著，［南朝梁］刘孝标注，余嘉锡笺疏，周祖谟、余淑宜、周士琦整理：《世说新语笺疏》上卷下《文学》，中华书局，1983，第 260 页。
④ ［南朝宋］刘义庆著，［南朝梁］刘孝标注，余嘉锡笺疏，周祖谟、余淑宜、周士琦整理：《世说新语笺疏》上卷下《文学》，中华书局，1983，第 260 页。
⑤ ［南朝梁］萧统编：《文选》卷一班固《两都赋序》，上海书店，1988 年影印，第 1—2 页。
⑥ ［清］严可均辑校：《全晋文》卷四十六，河北教育出版社，1997，第 475 页。
⑦ ［清］严可均辑校：《全晋文》卷一百〇二陆云《与兄平原书》，河北教育出版社，1997，第 1038 页。
⑧ ［清］严可均辑校：《全晋文》卷九十六陆机《遂志赋序》，河北教育出版社，1997，第 986 页。

而犹自称"皆直语""无藻饰"。① 此时的另一文人代表李充，则认为只有像"孔文举之书，陆士衡之议"那样的作品，才称得上"文"。② 到了东晋中期，则正式出现了"爱才藻"与"爱高迈"两种倾向。《晋书·孙绰传》载："（孙）绰与（许）询一时名流，或爱询高迈，则鄙于绰，或爱绰才藻，而无取于询。"③ 二人并为一时文宗，皆有隐士之行，恰恰代表了摘藻与理趣这两种不同的创作倾向和审美趣味。此外，因受佛教文献影响，两晋文人创作及文论中亦不时出现佛教术语。由此可知，两晋时期的文体风格理论与当世文人从事的文献整理存在着直接关联。

情、志同源，《易经》重文，尚情、摘藻本为《诗》《骚》所固有。无论是辞赋宗经尚实还是诗文重学，都是《诗》《骚》传统在两晋时期的新变，亦可视为文学分化形势下儒家正统文学观念的"复古"。刘勰认为："自司马相如、王褒、扬雄诸贤，世尚赋颂，皆体则诗、骚，傍综百家之言。及至建安，而诗章大盛。逮乎西朝之末，潘、陆之徒虽时有质文，而宗归不异也。"④ 如"潘勖凭经以骋才"；⑤ 苏彦《苏子》"誉商韩而诋孟子"，却盛称五经；⑥ 挚虞"上《太康颂》以美晋德"，⑦ 仍是《毛诗序》"美盛德之形容"理论的翻版；李充《翰林论》谓"应休琏五言诗百数十篇，以风规治道，盖有诗人之旨"，⑧ 具有"美刺""讽喻"说的鲜明特点。又如《晋书·徐邈传》云："帝宴集酣乐之后，好为手诏诗章以赐侍臣，或文词率尔，所言秽杂，邈每应时收敛，还省刊削，皆使可观，经帝重览，然后出之。"⑨ 更是晋人雅正文学观的典型案例。这样的同类之作，还有温峤的《侍臣箴》，主张"均士抗礼""思二雅之遗风"，⑩ 与《尚书》《周礼》关于太子保傅的职责要求基本一致。故"史官情结"亦是《诗》《骚》传统的变

① 王明：《抱朴子内篇校释（增订本）》卷十六《黄白》，中华书局，1986，第283—284页。
② ［清］严可均辑校：《全晋文》卷五十三，河北教育出版社，1997，第561页。
③ ［唐］房玄龄等：《晋书》卷五十六《孙绰传》，中华书局，1974，第1544页。
④ ［南朝宋］刘义庆著，［南朝梁］刘孝标注，余嘉锡笺疏，周祖谟、余淑宜、周士琦整理：《世说新语笺疏》中卷上《方正》注引檀道鸾《续晋阳秋》，中华书局，1983，第310页。
⑤ ［南朝梁］刘勰撰，范文澜注：《文心雕龙注》卷十《才略》，人民文学出版社，1958，第699页。
⑥ ［清］严可均辑校：《全晋文》卷一百三十八苏彦《苏子》，河北教育出版社，1997，第1432页。
⑦ ［唐］房玄龄等：《晋书》卷五十一《挚虞传》，中华书局，1974，第1424页。
⑧ 穆克宏主编：《魏晋南北朝文论全编》，上海远东出版社，2012，第92页。
⑨ ［唐］房玄龄等：《晋书》卷九十一《儒林列传·徐邈传》，中华书局，1974，第2356页。
⑩ ［清］严可均辑校：《全晋文》卷八十，河北教育出版社，1997，第833页。

体，是一种泛化了的"宗经"理念，其与"雅正""宗经"等当时常见命题或提法的分流，不仅凸显了文人对于史籍功能与价值的高度肯定，也反映了两晋时期文人观念中关于史部文献与经部文献正式分离这一客观历史事实。

综上所述，两晋时期不仅有大量文学作品集及五经注疏问世，而且在各种思想观念的共同浸润之下，文人的文学观念发生了从"诗言志"到"诗缘情"的深刻变化，使得五经"兴观群怨"、心系天下之优良传统与文人骋辞任性之新风交织并进，并统一于该期文人文学观念所彰显的文学普遍价值（主要针对文人群体而言）之中，由此促成了两晋文学批评理论与创作风格理论的进一步成熟。在此过程中，文学功能获得极大扩展，相近文体被有目的地进行了整合，以便更好地完成作家赋予文本的任务，各种文体及其变体不仅被用于明道征圣、服务政治意识形态之需要，更被文人广泛用于言情叙事，举凡纪事论玄、酬答唱和、体物状景、图写美人等，几乎无所不包、无所不能，成为个体解放与自我表现的催化剂和传声筒，进而成就了两晋名士的千古风流。这些虽然在曹魏时期也有不同的体现，但其在深度和广度等方面，两晋则更为典型。

第四节　对文学创作风格的影响

文人文献整理与文人文学创作风格也存在着一定的关联。这在一定程度上是与文人文献整理的对象、性质等密切相关的。因为文人文献整理的对象、性质，正如以上三节所论那样既会对文人文学创作的文体、题材以及文人的文学观念产生影响，也会影响到文人文学创作的语言、修辞手法乃至书写方式等。这些影响的共同作用就会使文人的文学创作风格发生变化。所以，不同时期文人的文献整理对文人创作风格的影响也是不同的。

一、曹魏时期

曹魏时期，文人文献整理对文人文学创作风格的影响，与文人文献整理的对象、性质等有关。先秦时期，由于文人文献整理与文学创作在多数情况下是一体的，所以文人文献整理对文学创作风格的影响，主要是通过两种形式来展现的。一种形式就是文人文献整理活动本身，也就是说文人在对文学文本进行整理时，对其文本进行了加工和改造。另一种形式则是文人通过对文献的整理，积累了丰富的相关知识与文学方面的素养，如此由整理文献而获得的知识与文学素养就会在他们从事文学创作时表现出来，从而使他们的创作风格呈现出新的特征。如这个时期文人的采诗、献诗与陈诗文献整理活动，为实现采诗、献诗和陈诗的目的——统治者的"观风察政"需要，采诗者、献诗者和陈诗者往往运用比兴等艺术手法，对搜集到的诗歌进行整理、分类和加工，不仅形成了《诗》的美刺褒贬的诗教传统，而且使其呈现出温柔敦厚、委婉曲折的风格。以前学界在对《诗经》风格的探讨时，多从文本本身的艺术手法与表情述意的方法等角度来予以审视。这虽然不失为是一种有效的研究方法，但如果从《诗经》文本的形成过程来予以透视，尤其是从不同的整理《诗经》主体出发，可以为我们提供揭示《诗经》总体风格的新维度。因为对《诗经》整理的众多主体都不同程度地参与了《诗经》文本的再创造，即他们中的每一个个体都对其所整理的《诗经》文本的最终定型做出了自己的努力和贡献。所以，我们今天所见到的《诗经》文本凝聚着众多整理者的智慧。缘此整理者的《诗经》整理活动对《诗经》风格的形成所起的作用不仅是自然的，也是情理之中的。这其中以采诗、献诗和陈诗者为突出代表。如《诗经》中的国风，一般是地方乐歌。它主要反映的是不同地域民众对政治、社会和爱情等方面的所见、所思和所感。它在创作之初，应该不是我们今天所见到的样态，肯定在搜集整理和流传过程中，它经过了不同整理者的整理加工和润色，然后才得以形成我们现在所见到的文本面貌。

两汉时期，文人对汉乐府的搜集和整理，使汉乐府不仅在语言上趋于雅化或文学化，而且在叙事和抒情的手法上也更曲折和委婉含蓄，呈现出比较浓郁的文人化特征。如《后汉书·南蛮传》云："阆中有渝水，其人多居水左右。天性劲勇，初为汉前锋，数陷阵。俗喜歌舞，高祖观之，曰：'此武王伐纣之歌也。'乃命乐人习之，所谓《巴渝舞》也。"①从这段记载可以看出，刘邦在接受民俗歌舞时，赋予了文本以政教的意义，并下令乐人习之，加以推广。这种接受态度在汉代已成为一种普遍倾向。如司马迁在《史记·乐书》中就云："凡作乐者，所以节乐。君子以谦退为礼，以损减为乐，乐其如此也。以为州异国殊，情习不同，故博采风俗，协比声律，以补短移化，助流政教。"②汉代文人对乐府民歌的接受，在赋予其文本以政教的内涵，使其具有诗教色彩的同时，又对其进行了加工或润色，

---

① ［南朝宋］范晔撰，［唐］李贤等注：《后汉书》卷八十六《南蛮西南夷列传》，中华书局，1965，第2842页。

② ［汉］司马迁：《史记》卷二十四《乐书》，中华书局，1982，第1175页。

使其趋于典雅，具有诗歌的韵致和美感。因为汉代乐府的重要职能之一，就是搜集文人诗、民间歌谣，并对其配乐，更重要的是令文人造为诗赋，其中的《十九章之歌》就是代表。司马相如等人造作的《十九章之歌》即今存的《郊祀歌》十九章，为朝廷郊祭的专用乐章。这类乐府旨在娱悦天神、沟通天人，故而比较晦涩难懂，呈现出明显的典雅雍容的特色：咏唱舒缓平和；语句整齐，韵律比较谐洽；用字古典，造语生拗。① 所以文人对汉乐府的搜集和整理等活动对汉乐府总体风格的形成，其作用是不容忽视的。

曹魏时期，随着文人文献整理的发展，文人的文学创作风貌亦发生了较大变化。这主要表现在以下方面。首先，曹魏时期文人史类文献的整理，使文人创作的赋体文学呈现出求实的特征。此时文人史类文献的整理紧承东汉前期班彪、班固父子修撰《汉书》的传统，又有了进一步的发展。这种史类文献整理对文人最重要的影响就是不仅丰富了他们的历史知识，而且还培养了他们重史与求是求真的意识和思想观念。同时，这些文人多博通经史，多是史学家与文学家。所以，他们在从事文学创作的过程中，其重史与求是求真的意识和思想观念就会有意无意地对其文学创作产生影响，蕴含于创作的文本之中，使作品彰显出浓郁的实录倾向。这个时期文人创作的纪行赋和京都赋，就是如此。尽管这种创作倾向在该期之前就有明显的表现，刘歆的《遂初赋》、班彪的《北征赋》、班固的《两都赋》、张衡的《二京赋》、蔡邕《述行赋》等，就是这样的作品。但曹魏时期文人辞赋创作中"据事直书"的"实录"倾向仍有突出的表现。这主要以应场的《撰征赋》、王粲的《初征赋》《述征赋》、曹丕的《述征赋》、曹植的《述行赋》《述征赋》、徐干的《序征赋》、阮瑀的《纪征赋》、繁钦的《述行赋》《述征赋》、杨修的《出征赋》、阮籍的《东平赋》等为代表。这些辞赋作品中的求实风貌与文人史类文献的整理是有一定关联的。

其次，曹魏时期文人的文学创作中，出现了重抒情、讲辞采的创作倾向。这一创作风尚也与此时文人的文献整理有内在的联系，尤其是和该期文人重视对集类文献的整理联系更为密切。因为文人对集部文献整理的经历，使他们对集类作品的抒情性、审美性、娱乐性等文学特征有了更加切实的认识与体悟，这就促使他们在接下来的文学创作中不自觉地去追求、去实践。但这一追求和实践，具体到不同文人的创作又展示出不同的个性。如曹植对自己作品的整理实践，使其在创作中更加重视词采的追

① 参见张峰屹：《西汉文学思想史》，南开大学出版社，2001，第142—145页。

求，其作品呈现出文质兼备的风格特征，被钟嵘称之为："骨气奇高，词采华茂。情兼雅怨，体被文质。粲溢今古，卓而不群。"① 再如曹丕对建安诸子文集的整理，使其对文学的价值功用及文人之间的友谊有了更深刻的感知，其作品呈现出深曲真挚的特色。其《典论·论文》，就是这方面的典范之作。又如阮籍的咏怀诗，钟嵘在《诗品》中评曰："言在耳目之内，情寄八荒之表。……厥旨渊放，归趣难求。"② 刘勰在《文心雕龙·明诗》中也说其诗"阮旨遥深"。③ 阮籍的诗之所以"厥旨渊放，归趣难求""阮旨遥深"，既与"属魏晋之际，天下多故，名士少有全者"④ 的政治生态有关，也与阮籍"尤好《庄》《老》"⑤ 的学术情趣有关，更与阮籍整理自己的诗歌和编撰史书的实践有关。因为阮籍编辑自己的诗歌以及从事史书的编撰等文献整理实践，在一定程度上为他在当时政治、文化生态环境下的诗歌创作，提供了如何创作，运用什么样的手法创作，才能不危及自己生命的启迪与借鉴。所以，曹魏时期文人创作中重抒情、讲辞采这一创作倾向的形成，文人的文献整理起了积极的作用。

最后，曹魏时期文人经类文献的整理，对其依经立义的文学创作也产生了一定影响。其表现之一，就是该期文人的文学创作由受今文经学影响的单一性转向同时受今古文经学影响的综合性，使其文学创作呈现出兼具今古文经学的综合特征。自先秦以来，对经类文献的整理就是中国古代文人文献整理的重要内容之一。曹魏时期，文人文献整理发生了重要转型，即文人对经类文献的整理由以今文经学整理为主向以古文经学为主兼重今文经学整理的转变。正如皮锡瑞的《经学历史》所云："后汉经学盛于前汉者，有二事。一则前汉多专一经，罕能兼通。……后汉则尹敏习欧阳《尚书》，兼善《毛诗》、《谷梁》、《左氏春秋》……蔡玄学通五经。此其盛于前汉者一也。一则前汉笃守遗经，罕有撰述。……后汉则周防撰《尚书杂记》三十二篇，四十万言。……马融著《三传异同说》，注《孝经》、《论语》、《诗》、《易》、《三礼》、《尚书》。此其盛于前汉者二也。风气益开，性灵渐启；其过于前人之质朴而更加恢张者在此，其不及前人之质朴而未免杂糅者亦在此。至郑君出而遍注诸经，立言百万，集汉学之大

---

① ［南朝梁］钟嵘著，曹旭集注：《诗品集注（增订本）》卷上，上海古籍出版社，2011，第117—118页。

② ［南朝梁］钟嵘著，曹旭集注：《诗品集注（增订本）》卷上，上海古籍出版社，2011，第151页。

③ ［南朝梁］刘勰撰，范文澜注：《文心雕龙注》卷二，人民文学出版社，1958，第67页。

④ ［唐］房玄龄等：《晋书》卷四十九《阮籍传》，中华书局，1974，第1360页。

⑤ ［唐］房玄龄等：《晋书》卷四十九《阮籍传》，中华书局，1974，第1359页。

成。"① 我们之所以不厌其烦地征引皮氏的这么一大段话，是因为通过皮氏的叙述，可以很清晰地了解和认识西汉与东汉经学的发展与整理情况，并且很容易辨出其异同。就整理的内容而言，西汉多专于一经，且是今文经；东汉多兼治众经，表现出兼取今古文经的特征。就整理的方式而言，西汉多笃守经义，罕有撰述；东汉则多有撰述，阐发己意，尤其是东汉后期多用章句、解诂、训注等形式来整理经类典籍。郑玄、刘桢等文人对于经类文献的整理，就是明证。由于文人经类文献整理的影响，该期文人经学文献整理中兼取今古文经学的特点，在其文学创作中也得到了很好的体现，彰显出既有今文经学成分又有古文经学成分的思想倾向。如此时文人创作的文学作品中对经类文献的引用，其典源不仅有取之于今文经学典籍的，也有取之于古文经学典籍的。据我们统计，孔融作品中的用典，取自《左传》的二十五次、《公羊传》的八次、《谷梁传》的两次，取自《诗经》的二十三次、《韩诗外传》的四次；② 曹操散文中的用典，取自《左传》的十一次、《公羊传》的四次。③ 这在曹魏时期其他文人的作品中也有不同的体现。

其表现之二，就是文人经类文献整理中的注经方式对文人文学创作方式的影响。如注经往往有序，这时文人创作也出现了正文之前的序。我们认为文学创作中正文前的序文应与文人注经的序文有着某种内在的关联。对此目前学界似乎并未予以应有的关注。从中国古代序体文的发展来看，经历了由经书之序到文学作品之序这样一个演进过程。曹魏时期，文人经类文献整理的序与文学创作的序都开始多了起来，这两者之间并不是简单的巧合，而有其发展的内在之关联。在一定意义上，文人文学作品的序是受文人经类文献整理的序的影响而创作的，这也是文人文学创作中依经立义的具体表现。

其表现之三，就是文学创作中"经"的色彩开始淡化以及对用典的日益重视。前者主要表现在文学作品内容上的经学色彩不像以前那样浓厚了，道德说教与经世教化的内容少了。后者则具体表现为文人文学创作中用典出现了新的变化，不仅用典的形式灵活多样，反用与活用成为用典的主要形式，语言更加概括，出现了按类隶事的作品；而且用典自然浑成，

① ［清］皮锡瑞著，周予同注释:《经学历史》四《经学极盛时代》，中华书局，2004，第
　84—85 页。
② 张振龙:《孔融作品用典的文学史意义》，《齐鲁学刊》2012 年第 1 期。
③ 张振龙:《曹操散文中的语典和事典》，《中州学刊》2012 年第 1 期。

贴切恰当，显得更加含蓄委婉、意味无穷。[①] 文人在创作中对经类典故的引用，亦开始注重对其文学和审美特性的挖掘，来为自己的抒情言志服务，彰显出鲜明的文学色彩。对此笔者已有《从用典看曹植对〈诗经〉的接受及其文艺思想》等论文进行过专题分析，[②] 兹不赘述。

综上所论，曹魏时期文人的文献整理对文人文学创作风格的影响，不仅是存在的，而且表现也是多方面的。

二、两晋时期

与文人文献整理的变化相一致，两晋文人文献整理对文人文学创作风格的影响，也呈现出与曹魏不同的特点。具体而言，两晋文人文献整理对文人文学创作风格的影响，主要集中在语言技巧、修辞手法和立意布局等书写方式方面。

（一）语言技巧

这里所谓的"语言技巧"，是指刨去修辞手法之后的遣词造句的基本功力，包括炼字与锻句两个层面。两晋时期，文人文献整理的广泛开展，给该期文人的文学创作留下了比较明显的印记。

1. 炼字

炼字主要包括生僻字词、联翩字、联绵词、叠词的使用，以及字形单复的安排、上下文用字的避忌重复等。正如刘勰所云："是以缀字属篇，必须练择：一避诡异，二省联边，三权重出，四调单复。"[③] "爱奇之心，古今一也。"[④] 但相较于汉赋的好用奇字、生僻字、生造字，魏晋以来的辞赋基本是没有"怪字癖"的。两晋时期的辞赋虽然在一定程度上沿袭和保留了某些生僻字词，如木华《海赋》有渹、沖瀜、飂、潏、淜沸之类生僻字[⑤]，潘岳《沧海赋》有"嶙崔嵬崒""鲐鱼鰫鳢""鸥鸿鹈鹕，鸳鹅鸡鹪"

---

① 张振龙：《建安文人用典的创新特征》，《安徽大学学报》2010年第2期。

② 张振龙：《从用典看曹植对〈诗经〉的接受及其文艺思想》（《求索》2008年第5期）、《建安前期文人的用典及其文学观念》（《社会科学研究》2008年第6期）、《广泛地汲取　自觉地创新——建安后期文人用典的总体特征》（《江汉论坛》2008年第9期、《建安文人用典的审美特征》（《求索》2009年第3期）等。

③ ［南朝梁］刘勰撰，范文澜注：《文心雕龙注》卷八《练字》，人民文学出版社，1958，第624页。

④ ［南朝梁］刘勰撰，范文澜注：《文心雕龙注》卷八《练字》，人民文学出版社，1958，第625页。

⑤ ［清］严可均辑校：《全晋文》卷一百〇五，河北教育出版社，1997，第1068—1069页。

之类的名物，^① 郭璞《江赋》亦有"潚淲浤潚，灦濴灔濬""瀎涓灡瀹""湨涽濆濿""鮅鰊鰦鮋"等怪僻字词。^② 这些怪僻字词诘屈聱牙，需要翻检字书、查阅旧诂，但密度已经大大降低，总体上趋于简单平易。在用字的审美趣味上，两晋辞赋呈现出由壮美转向优美、由堆砌转向摘藻的趋势。刘勰认为："自晋来用字，率从简易，时并习易，人谁取难。"^③ 炼字的一个重要原则是上下文用字重复，对应的技巧就是要用同义词替换，^④ 但两晋佛教徒的作品并不避忌用字重复。随着该期文人对玄学文献的整理，一些玄学术语也被移植到文人创作的作品中。如"亹亹"^⑤ 一词本是人物品术语，就被文人移植到颂赞文中。在《全晋文》中，"亹亹"出现二十一次，"亹亹某人"几乎成为颂赞的标准句式。不仅儒家文人爱用，连佛教徒的佛像（佛教）颂赞也纷纷使用，至有"亹亹玄绪，翳焉莫抽""辞喻清约，运旨亹亹""亹亹玄轮奏""亹亹赞死生""亹亹玄心运"之句。辞赋作品中更有大量套语，如崒嵬、嵯峨等，可以称得上文人的"必用词汇"，甚至还出现了因袭旧句的大量例子。如左思《吴都赋》"东西胶葛"句，与扬雄《羽猎赋》"纵横胶葛"及《汉书·扬雄传》"其相胶葛兮"之句如出一辙；潘岳《西征赋》"夕获归于都外，宵未中而难作""皇鉴揆余之忠诚，俄命余以末班""纷吾既迈此全节，又继之以盘桓^⑥ 等句基本来自《离骚》。这种因袭作风，在很大程度上是由辞赋体式的固有特征所决定的，可以用文学创作的"通变"和学术思想中的"述而不作"观念加以解释。刘勰《文心雕龙·通变》云："夫夸张声貌，则汉初已极，自兹厥后，循环相因，虽轩翥出辙，而终入笼内。……诸如此类，莫不相循，参伍因革，通变之数也。"^⑦ 这一方面固然反映出文人创作偏好模拟、语言创新力不高的弊病；另一方面，也证明了两晋文人能够吸收、借鉴前代文人作品的语言，并注意在因循旧文时颠倒语序，以实现"陌生化"等"新变"艺术的效果机

① ［清］严可均辑校：《全晋文》卷九十，河北教育出版社，1997，第938页。
② ［清］严可均辑校：《全晋文》卷一百二十，河北教育出版社，1997，第1224—1225页。
③ ［南朝梁］刘勰撰，范文澜注：《文心雕龙注》卷八《练字》，人民文学出版社，1958，第624页。
④ ［南朝梁］刘勰撰，范文澜注：《文心雕龙注》卷八《练字》，人民文学出版社，1958，第624—625页。
⑤ 例如《世说新语笺疏·赏誉》"谢太傅未冠"条云："向客亹亹，为来逼人。"参见［南朝宋］刘义庆著，［南朝梁］刘孝标注，余嘉锡笺疏，周祖谟、余淑宜、周士琦整理：《世说新语笺疏·赏誉》，中华书局，1983，第465页。
⑥ ［清］严可均辑校：《全晋文》卷九十，河北教育出版社，1997，第939—940页。
⑦ ［南朝梁］刘勰撰，范文澜注：《文心雕龙注》卷六《通变》，人民文学出版社，1958，第520—521页。

制。①

同时，两晋文人的文学创作对于语体似乎并不十分在意，一些作家往往将"掌珠""伉俪"等俗语引为"文辞"。②如潘岳《悼亡赋》云："且伉俪之片合，垂明哲乎嘉礼。"③张华《元皇后哀策文》亦有"王假有道，义在伉俪"④之句，都是以俗语入哀辞的典型例子。⑤又如曹摅诗用"呦哟"而获"诡异"之疵。⑥此外，佛典的翻译整理输入了大量双音节词和印度及西域外语句式，特别是"长行"等繁难长句，也促进了该期文人的文学创作，尤其是俚俗文学创作的语体变革。⑦与藻饰风尚相对，葛洪提出了"至真贵乎天然"⑧的主张。但是葛洪自身的创作却未能严格践行，其子书《抱朴子》便是此期摛藻文饰的力作。不过，其书对于民间风俗及传说等话题颇为重视，甚至还直接引用俗语作为论证的材料。⑨这种有意向民间学习的作风，代表了该期文学下移的某种迹象和雅俗互动的特点。所以，值得研究者高度重视。

2. 锻句

锻句是指句子的声律安排、词类安排及其他非修辞格的润饰功夫。它偏重于修辞，这里仅就句子的风格稍作提及。受文人文献整理活动繁盛和博学风尚的影响，该期文人的阅读量较之前代普遍增加，涌现出一批如皇甫谧般"博综典籍百家之言"⑩的文人，这就有意无意形成了他们对前人诗作尤其是诗句的仿拟。傅玄、陆机、左思等均以拟作古诗而闻名。以陆

---

① 《文心雕龙·定势》云："效奇之法，必颠倒文句，上字而抑下，中辞而出外，回互不常，则新色耳。"参见［南朝梁］刘勰撰，范文澜注：《文心雕龙注》卷六《定势》，人民文学出版社，1958，第531页。

② ［南朝梁］刘勰撰，范文澜注：《文心雕龙注》卷五《书记》，人民文学出版社，1958，第460页。

③ ［清］严可均辑校：《全晋文》卷九十一，河北教育出版社，1997，第943页。

④ ［清］严可均辑校：《全晋文》卷五十八，河北教育出版社，1997，第606页。

⑤ 案：《文心雕龙》以"伉俪"为俗语。《全晋文》中凡9处，涉及左思、左棻、王彪之、江渊等，其中潘岳最多。

⑥ ［南朝梁］刘勰撰，范文澜注：《文心雕龙注》卷八《练字》，人民文学出版社，1958，第624页。

⑦ 孙昌武：《佛典与中国古典散文》，《文学遗产》1988年第4期。

⑧ ［晋］葛洪撰，杨明照校笺：《抱朴子外篇校笺》下册卷四十《辞义》，中华书局，1991，第392页。

⑨ 《抱朴子内篇·勤求》云："里语有之：人在世间，日失一日，如牵牛羊以诣屠所，每进一步，而去死转近。此譬虽丑，而实理也。达人所以不愁死者，非不欲求，亦固不知所以免死之术，而空自焦愁，无益于事。故云乐天知命，故不忧耳，非不欲久生也。"参见王明：《抱朴子内篇校释（增订本）》卷十四《勤求》，中华书局，1986，第253页。

⑩ ［唐］房玄龄等：《晋书》卷五十一《皇甫谧传》，中华书局，1974，第1409页。

机为例，根据陆云《与兄平原书》三十五首的相关信息，其"清词丽句"的锻句追求，是以对前代及同时代文人诗作的阅读、评点、借鉴和改良为基础的。他的《苦寒行》《从军行》等诗作，多有模拟与雕琢之痕迹，亦"往往对语言和辞藻做了较新的尝试"；其《为顾彦先赠妇》诗中的"京洛多风尘，素衣化为缁"一句，朴素而有深致，曲得代言之妙。所谓"清词丽句必为邻"，其藻饰作风开启了南朝的摛藻风气，对于推动文学演进实功不可没。①

（1）声律安排

诗文注重声律，曹魏时期的三曹父子已有所认识。②两晋文人在继承前代文人声律观念的基础上，对声律的理解和认识更加深入。刘勰《文心雕龙·声律》云："陈思潘岳，吹籥之调也；陆机左思，瑟柱之和也。"③道出了陈思、潘岳、陆机、左思等文人对声律的不同追求。陆机的《文赋》也强调作文要做到"其会意也尚巧，其遣言也贵妍。暨音声之迭代，若五色之相宣"，④首开音韵之论；⑤其诗文好用楚韵，张华对此颇有灼见。⑥为避免诗文一韵到底或频繁换韵所带来的节奏不明快等问题，陆云提出了"四言转句，以四句为佳"的主张，并对陆机《七羡》及己作《喜霁赋》的用韵进行了探讨。⑦《晋阳秋》载："（袁）宏尝与王珣、伏滔同侍（桓）温坐，温令滔读其赋，至'致伤于天下'，于此改韵。云：'此韵所咏，慨深千载。今于"天下"之后便移韵，写送之致，如为未尽。'滔乃云：'得益"写"一句，或当小胜。'桓公语宏：'卿试思益之。'宏应声而益，王、伏称善。"⑧可见，东晋文人在诗文创作中，对韵律的考量已经突破了字句辞藻层面，开始从篇章结构、情感转折及艺术效果等层面进行综合

---

① 刘跃进主编：《中国文学通史》第一卷《先秦至隋代文学》，江苏文艺出版社，2011，第339—340页。

② 《文心雕龙》卷七《章句》云："昔魏武论赋，嫌于积韵，而善于资代。"卷九《总术》曰："魏文比篇章于音乐。"参见［南朝梁］刘勰撰，范文澜注：《文心雕龙注》，人民文学出版社，1958，第571、656页。

③ ［南朝梁］刘勰撰，范文澜注：《文心雕龙注》卷七《声律》，人民文学出版社，1958，第553页。

④ ［清］严可均辑校：《全晋文》卷九十七，河北教育出版社，1997，第992页。

⑤ 朱东润：《中国文学批评史大纲》，上海古籍出版社，2001，第29页。

⑥ ［南朝梁］刘勰撰，范文澜注：《文心雕龙注》卷七《声律》，人民文学出版社，1958，第553页。

⑦ ［清］严可均辑校：《全晋文》卷一百〇二陆云《与兄平原书》，河北教育出版社，1997，第1038页。

⑧ ［南朝宋］刘义庆著，［南朝梁］刘孝标注，余嘉锡笺疏，周祖谟、余淑宜、周士琦整理：《世说新语笺疏》上卷下《文学》中"桓宣武命袁彦伯作《北征赋》"条注引，中华书局，1983，第270—271页。

考量。

（2）词类安排

尽管词类安排与炼字和声律存在某种程度的交叉重叠，但这种用词方法并非修辞格，而是一种语言综合运用的技巧。汉末曹魏文人就已经注意到虚词与实词的词序安排，两晋时期又有了发展。由于这一语言技巧的综合运用，造成了行文语气的起伏变化与朗诵效果的悦耳动听。如陆云指出陆机《感丘赋》"文中有'于是'、'尔乃'，于转句诚佳。然得不用之益快，有故不如无。又于文句中自可不用之，便少亦常"。① 今天看来，删去确实更佳。又如实词运用方面，两晋文人一方面避忌重复，另一方面又刻意或运用"重复"手法而造成连贯，或利用顶真而达到复沓效果。这在两晋文人的诗文中，均可找到例证。如陆机《日出东南隅行》首四句云："扶桑升朝晖，照此高台端。高台多妖丽，濮房出清颜。"② 由日出到高台，由高台到美人，便在切题的同时起到不错的层进效果。同样的例子还有荀勖的奏议，其文曰"省吏不如省官，省官不如省事，省事不如清心"，③ 以顶针手法层层深入从而导出个人观点，引人入胜，颇具匠心。与词类安排受佛教典籍的影响相一致，两晋文人对行文句式的安排也受到了佛教典籍的影响，长句、复句的应用渐多和口语的采入，则成为该期小说写作的鲜明特色。如《搜神记》卷五"蒋子文"条中的"我当为此土地神，以福尔下民。尔可宣告百姓，为我立祠。不尔，将有大咎""吾将大启佑孙氏，宜为我立祠；不尔，将使虫入人耳为灾""吾不祀我，将又以大火为灾"④ 等句段，便系照录（或代拟）蒋子文自白，颇具民间生活气息。

（二）修辞手法

1. 用典

用典这一修辞手法经过先秦两汉文人的创作实践，至曹魏时期而臻成熟，确立了自觉借古书抒情达意的文学创作范式。⑤ 两汉时期文人用典的典源总体上集中于经部和史部，所谓"引用典故多本之于经传《史》、

---

① ［清］严可均辑校：《全晋文》卷一百〇二陆云《与兄平原书》，河北教育出版社，1997，第1038页。

② 逯钦立辑校：《先秦汉魏晋南北朝诗》，中华书局，1988，第652页。

③ ［唐］房玄龄等：《晋书》卷三十九《荀勖传》，中华书局，1974，第1154—1155页。

④ ［晋］干宝撰，汪绍楹校注：《搜神记》，中华书局，1979，第57页。

⑤ 张振龙：《广泛地汲取 自觉地创新——建安后期文人用典的总体特征》，《江汉论坛》2008年第9期。

《汉》，事事灼然易晓"；① 源于子部、集部之典则处于弱势。但这一局面至曹魏以后的两晋时期已经明显发生改变。尤其是随着文人编撰文集的大量问世，两晋文人创作中的用典来源结构也不断优化，源于集部、子部之典的数量均呈上升趋势，而集部典故的增长更为明显，这从孔融、曹植、陆机三人的诗文用典情况可以得到直观印证。（见表3-1）

表 3-1　孔融、曹植、陆机诗文用典情况

代表作家	用典情况						
	经部	史部	子部	集部	总量	典源重心	备注
孔融②	111	74	24	7	254	经、史	
曹植②	280余	140余	130余	30余	500余	经、史、子	诗120余处，辞赋110余个，散文350余
陆机③	989	247	164	413	1813	经、史、集	诗768、散文628、辞赋416个

　　在两晋文人的用典中，尽管仍然以经史典故为主，如西晋时"世以为工"的司马攸的《太子箴》，不足三百字的篇幅内就有至少十处五经典故，皆为历史教训，④ 具有"以史为鉴"的鲜明特征，但随着四部文献及宗教文献整理成果的大量问世，两晋文人的用典已经无所不包，甚至兼及民间传说了。与史官叙事相类似，辞赋家的行文亦往往带有鲜明的志怪属性。如左思《三都赋》有"金马碧鸡""鬼弹火井"之典；⑤ 葛洪用典"好攻异端"，⑥ 其《抱朴子内篇·释滞》中自"夫乘云玺产之国"至"亦何怪也"⑦一段，用典密集而多神话故事，皆"五经所不载，周孔所不说"，⑧ 其文望之有飘然之气，不仅体现了作者为文好奇的目的，而且可窥探出以博物多识为文的态度，可谓罕有其匹者。郭璞《注山海经叙》亦大量使用神异传

　　① ［清］张潮、［清］杨复吉、［清］沈楙悥等编纂：《昭代丛书》第三册《壬集补编》卷四十八黄子云《野鸿诗的》，上海古籍出版社，1990，第2583页上。
　　② 张振龙：《孔融作品中的用典及其文艺思想》，《学术交流》2009年第3期。
　　② 刘玉娇：《曹植作品用典研究》，硕士学位论文，信阳师范学院，2011，第1、14页。
　　③ 黄远明：《陆机作品用典研究》，硕士学位论文，福建师范大学，2015，第11—13页。
　　④ ［唐］房玄龄等：《晋书》卷三十八《司马攸传》，中华书局，1974，第1132—1133页。
　　⑤ ［南朝宋］刘义庆著，［南朝梁］刘孝标注，余嘉锡笺疏，周祖谟、余淑宜、周士琦整理：《世说新语笺疏》上卷下《文学》"左太冲作《三都赋》"条刘孝标注引《左思别传》，中华书局，1983，第246页。
　　⑥ 王明：《抱朴子内篇校释（增订本）》卷十六《黄白》，中华书局，1986，第283页。
　　⑦ 王明：《抱朴子内篇校释（增订本）》卷八《释滞》，中华书局，1986，第154—155页。
　　⑧ 王明：《抱朴子内篇校释（增订本）》卷八《释滞》，中华书局，1986，第155页。

说。又如庾阐《扬都赋》中从"若夫奇神儵诡"至"尚曷足语哉"一段，"是以"之前大量使用《楚辞》等先秦神话传说，其下则多用《三国志》事，用典密集而熨帖，读之不嫌做作。余嘉锡指出："魏晋诸名士，不独善谈名、理，即造次之间，发言吐词，莫不风流蕴藉，文采斐然。"① 又如《爨宝子碑》，四百字内用典达十五处，其中《诗经》六处，兼及《周易》《庄子》《楚辞》等。② 由此判定，此期文人作品用典之风已达何种程度。

总之，两晋文人用典的数量、频次、密度、来源广度及水平皆达到汉魏以来新的高度。

2. 对偶

两晋时期，文人创作的诗文与之前相比，总体而言"偶语益增"，③ 兼摄言对、事对、反对、正对等。正如刘勰所云：此时的作者，"析句弥密，联字合趣，剖毫析厘。然契机者入巧，浮假者无功"。④ 例如张载《七哀》中的"汉祖想枌榆，光武思白水"之句，得正对之体；而张华《杂诗》中的"游雁比翼翔，归鸿知接翮"、刘琨《重赠卢谌》中的"宣尼悲获麟，西狩泣孔丘"之句，则伤于骈枝合掌。⑤ 两晋文人的文学创作虽然以使事用典为先，不以骈词俪语为主，但也出现了不少作者在创作中追求骈词俪语的现象。如陆机的诗文偶句已多，他的《文赋》以对句显长，他的诗歌《日出东南隅行》曰："高台多妖丽，濬房出清颜。淑貌耀皎日，惠心清且闲。美目扬玉泽，蛾眉象翠翰。鲜肤一何润，秀色若可餐。窈窕多容仪，婉媚巧笑言。暮春春服成，粲粲绮与纨。金雀垂藻翘，琼佩结瑶璠。方驾扬清尘，濯足洛水澜。蔼蔼风云会，佳人一何繁。南崖充罗幕，北渚盈軿轩。清川含藻景，高岸被华丹。馥馥芳袖挥，泠泠纤指弹。悲歌吐清响，雅舞播幽兰。丹唇含九秋，妍迹陵七盘。赴曲迅惊鸿，蹈节如集鸾。绮态随颜变，沈姿无定源。俯仰纷阿那，顾步咸可欢。遗芳结飞飙，浮景映清湍。冶容不足咏，春游良可叹。"⑥ 整首诗凡二十句，除首句之外，对句高达十九组。这样绮丽的形制和风格固然展现了作者高超的语言修养，

---

① ［南朝宋］刘义庆著，［南朝梁］刘孝标注，余嘉锡笺疏，周祖谟、余淑宜、周士琦整理：《世说新语笺疏》上卷上《德行》，中华书局，1983，第 10 页。

② 吴彦勤：《〈爨宝子碑铭〉用典笺证——兼议汉晋文体的诔碑合流》，《昆明师范高等专科学校学报》2015 年第 3 期。

③ 刘师培：《中国中古文学史讲义》，上海古籍出版社，2006，第 53 页。

④ ［南朝梁］刘勰撰，范文澜注：《文心雕龙注》卷七《丽辞》，人民文学出版社，1958，第 588 页。

⑤ ［南朝梁］刘勰撰，范文澜注：《文心雕龙注》卷七《丽辞》，人民文学出版社，1958，第 589 页。

⑥ 逯钦立辑校：《先秦汉魏晋南北朝诗》，中华书局，1988，第 652—653 页。

但也有不尽完美之处。如"淑貌耀皎日，惠心清且闲"就不甚工整，与下句"美目扬玉泽，蛾眉象翠翰"呈隔句对的模式，有容饰过盛之嫌；下文两处"一何"则显词乏，全诗颇有繁芜之累，隐然具有赋的铺排意味，可视为"诗的文化"或"文的诗化"的早期征兆。又如司马攸的《太子箴》，全文仅二百余字，主体均为对句，如："亲仁者功成，迩佞者国倾……赢废公族，其崩如山；刘建子弟，汉祚永传。楚以无极作乱，宋以伊戾兴难。……无曰父子不间，昔有江充；无曰至亲匪贰，或容潘崇。谀言乱真，谮润离亲……固亲以道，勿固以恩；修身以敬，勿托以尊。自损者有余，自益者弥昏。庶事不可以不恤，大本不可以不敦。见亡戒危，睹安思存。"①语言平易而议论精审，引经据典而合辙押韵，颇见编排之功力。东晋以降，此风更盛。高僧支遁学综儒、释，其文用典博洽，且偶俪可观，开一代之新风。如其《上书告辞哀帝》一文，主体部分为四言、六言句式，对仗之句甚多，使事用典包举儒、释，情理并佳，②显示出东晋文章骈俪化的明显趋势。

3. 比喻及博喻

比喻是佛经常用手法之一，佛家有"八喻"之说，③又有专门的"譬喻经"系列，其所采用的手法之一就是博喻。佛家所谓的"譬喻"，既包括佛教寓言故事，又包括譬喻修辞格，并与中国本土的博喻、排比融会贯通。汉译佛典延续了佛经原典的精神和风格，如《法华经》"七喻"等善用比喻，对本土文学的影响也较为明显。两晋道典亦善用譬喻，像"视诸侯之位如过客，视金玉之宝如砖石，视纨绮如弊帛者""为道者，譬如持炬火入冥室中""财色之于己也，譬彼小儿贪刀刃之蜜"等④，皆为譬喻之类，其造势效果不亚于七体文的大段器物罗列，说教更加触动人心。两汉时期的"博喻"本指一连串的比喻铺排，即所谓"广引博喻"，本质上是一种赋法（铺陈），是比喻和排比两种修辞手法的复合形式。两晋时期，作为修辞手法的博喻已经很常见。如葛洪《抱朴子外篇》有《博喻》《广譬》二篇，其连续征引史实以解说儒家经世之意的做法，与陆机《演连珠》很相似；又如裴𫖮作《崇有论》《贵无论》二文，"才博喻广，学者不

---

① ［唐］房玄龄等：《晋书》卷三十八《齐王攸传》，中华书局，1974，第 1133 页。
② ［清］严可均辑校：《全晋文》卷一百五十七，河北教育出版社，1997，第 1646 页。
③ 南本《大般涅槃经》卷第二十七载佛语曰："喻有八种：一者顺喻，二者逆喻，三者现喻，四者非喻，五者先喻，六者后喻，七者先后喻，八者遍喻。"
④ ［日］吉川忠夫、［日］麦谷邦夫编：《真诰校注·甄命授篇》，朱越利译，中国社会科学出版社，2006，第 205—207 页。

能究"。① 于此可见"博喻"手法在两晋之成熟与普遍。

此外，佛经故事在修辞上，多用对比和夸张。例如以提婆达多等反面形象同佛陀一心求法的正面形象形成鲜明的反差，由此造成善恶的决然对立。② 这种对比方式，与大赋、七体中极言声色富贵以彰显廉士守道不移精神之做法比较一致。又如西晋竺法护所译《普曜经》载调达与菩萨斗法的场景，③ 大有"挟太山以超北海"的意味。这些故事对于志怪故事的影响和启发，是不言而喻的。而道教典籍为免于俗人谤讥，多运用隐语，《抱朴子内篇·论仙》《黄白》《登陟》等篇均有大量例证，此不赘述。

（三）立意布局

两晋文人对集部文献的整理，使大量文人的文集得以编撰和流传，对该期文人的文学创作产生了重要的促进作用。其典型表现，就是不少文人的文学创作是基于前人作品之上，这在促使文人创作上的模拟之风走向炽盛的同时，借助于对诸体文法的模拟学习也体现出一定的创新。从选题、选体到构思、行文，两晋文人的作文法则大体上可分为三步：其一曰明体。"文章各体，至东汉而大备。汉魏之际，文家承其体式，故辨别文体，其说不淆"。④ 此期文人文法之核心在于"明体"，能够"辨体"而不混淆，其诀窍大概在于考辨文体之古今流变。傅玄倡为"引其源而广之"⑤ 之论，其《七谟序》《连珠序》均穷溯流变，而后自出机杼，创为新篇；嗣后左思起而应之，《三都赋序》指点汉赋，评骘古今；挚虞《文章流别志论》辨体溯源，后出转精。至如陆机、陆云等太康文人亦善辨体。"明体"之后，作文的关键在于根据应用需求来选择合适的文章体裁。以应用文为例，长期典掌机要和诏令的荀勖指出："凡发号施令，典而当则安，悦有驳者，或致壅否。凡职所临履，先精其得失。使忠信之官，明察之长，各裁其中，先条上言之。然后混齐大体，详宜所省，则令下必行，不可摇动。"⑥ 其说从选体、内容及应用效果三个层面对诏、令、教、敕等

① ［南朝宋］刘义庆著，［南朝梁］刘孝标注，余嘉锡笺疏，周祖谟、余淑宜、周士琦整理：《世说新语笺疏》上卷下《文学》，中华书局，1983，第 202 页。
② ［晋］释法炬、［晋］释法立合译：《法句譬喻经》，载荆三隆、邵之茜：《法句譬喻经注译与辨析》，中国社会科学出版社，2013。
③ 阿莲：《文以载道：佛教文学观》，宗教文化出版社，2009，第 22—23 页。
④ 刘师培：《中国中古文学史讲义》，上海古籍出版社，2006，第 17 页。
⑤ ［清］严可均辑校：《全晋文》卷四十六傅玄《七谟序》，河北教育出版社，1997，第 476 页。
⑥ ［唐］房玄龄等：《晋书》卷三十九《荀勖传》，中华书局，1974，第 1155—1156 页。

下行行政公文的"体"作出了严谨、切实的规定和指导，突出其令行禁止的要求。观其章疏，颇有条贯，可谓当行，而其立论之思想，无疑乃是法家的"法本位"观念。

其二曰剪裁。两晋时期玄学盛行，老、庄主"得意忘言"之论，清谈持要言不烦之律，文人遂于行文之繁简详略颇为重视，俨然成中古尚简士风之佐证。① 西晋初期的傅玄标举"辞丽而言约"之"文体"，② 论文已重精要。二陆作为西晋文宗，"士衡才优，而缀辞尤繁；士龙思劣，而雅好清省"。③ 陆云认为，陆机《二祖颂》中"民不辍叹"之句可省，④ 以符合"出语警策"⑤ 之原则，可见西晋文人尤其重视剪裁。以前文所引陆机《日出东南隅行》等证之，陆云的批评是中肯的。而陆机本人亦十分重视文章的剪裁，强调扼要精当而又注意具体情况具体分析，其《文赋》云"要辞达而理举，故无取乎冗长"，⑥ 对行文的简洁风格作出了明确界定；继而指出作文时，"或仰逼于先条，或俯侵于后章，或辞害而理比，或言顺而义妨。离之则双美，合之则两伤。考殿最于锱铢，定去留于毫芒。苟铨衡之所裁，固应绳其必当。或文繁理富，而意不指适。极无两致，尽不可益。立片言而居要，乃一篇之警策。虽众辞之有条，必待兹而效绩。亮功多而累寡，故取足而不易"。⑦ 这就把文人的"铨衡"功夫和剪裁技巧联系在一起，点出繁简应视行文的具体语境而定，同时别具匠心地强调要善于在文章的关键部位下功夫，以精要的语句实现画龙点睛的效果，这种行文"立警策"的观点是之前文人所未曾明确提及的。葛洪推重二陆之作，面对稽君道"二陆优劣"之问，他援引朱淮南"二陆重规沓矩，无多少也"之语，以证明二陆有优劣、利钝之分；最后，对二陆之文作出总体性评价，"吾见二陆之文百许卷，似未尽也。……方之他人，若江汉之与潢污。及其精处，妙绝汉魏之人""陆君之文，犹玄圃之积玉，无非夜光也"。⑧ 及

---

① 范子烨:《论"简"——中古士人的一种审美观念》,《南京师范大学文学院学报》2005 年第 3 期。

② ［清］严可均辑校:《全晋文》卷四十六傅玄《连珠序》,河北教育出版社,1997,第 475 页。

③ ［南朝梁］刘勰撰,范文澜注:《文心雕龙注》卷七《熔裁》,人民文学出版社,1958,第 544 页。

④ ［清］严可均辑校:《全晋文》卷一百〇二,河北教育出版社,1997,第 1037 页。

⑤ 傅刚:《"文贵清省"说的时代意义——略谈陆云〈与兄平原书〉》,《文艺理论研究》1984 年第 2 期。

⑥ ［清］严可均辑校:《全晋文》卷九十七,河北教育出版社,1997,第 991 页。

⑦ ［清］严可均辑校:《全晋文》卷九十七,河北教育出版社,1997,第 992 页。

⑧ 葛洪《抱朴子外篇》佚文,参见［清］严可均辑校:《全晋文》卷一百一十七,河北教育出版社,1997,第 1199 页。

东郡张骏论文，称其治下文人谢艾"繁而不可删"，王济"略而不可益"，是为其自觉之极致，"可谓练熔裁而晓繁略矣"。① 又如孙绰论文，谓"潘岳浅净，陆机深芜"；② 曹毗"才如白地明光锦，裁为负版绔，非无文采，酷无裁制"；③ 颇以剪裁为重而不惟文采是从，显示出玄学观照下的清醒认识。更有甚者，郗超与道安各据一端。史载："郗嘉宾钦崇释道安德问，饷米千斛，修书累纸，意寄殷勤。道安答直云：'损米。'愈觉有待之为烦。"④ 于此足见晋人删繁就简之用心，差可与繁缛文风互证轩轾。

其三曰章法。两晋文人作文之章法也深有文献整理影响之痕迹，善于借鉴吸收前人作品及史传文字的优长。就创作论而言，李充《翰林论》一书便以章法为先。如其谓木华《海赋》"壮则壮矣，然首尾负揭，状若文章，亦将由未成而然也"，⑤ 直言不讳地指出其构思章法有欠成熟。由于今天所见《海赋》只有三段残文，已经很难验证其欠缺何在，也就无法考较李充"章法论"的细节。陆机的《文赋》是文学化的理论著作，不仅其构思与结构本身传达了陆机的文学思想，其文本内容所分析讨论的亦为文学创作理论问题，无论是赋文本身的形式还是赋文的内容层面，《文赋》都极为重视行文章法，其"立片言而居要，乃一篇之警策"之论已高出汉代文人一大截。陆机强调作文应以构思和理致作为主干，并对构思时的心境做出了精致的描摹，由此构建起成首部体系完备的文学创作论：构思之初，"耽思傍讯，精骛八极，心游万仞。……收百世之阙文，采千载之遗韵。……观古今于须臾，抚四海于一瞬。……然后选义案部，考辞就班……馨澄心以凝思，眇众虑而为言。笼天地于形内，挫万物于笔端。始蹰躇于燥吻，终流离于濡翰。理扶质以立干，文垂条而结繁。信情貌之不差，故每变而在颜。"⑥ 这种具体到构思和写作时作家内心意识流动的高超写作理论，很可能源自陆机对《国语》等书的研究经验和揣摩心得。刘师培对此曾有一段精彩评述："《国语》之文虽重规叠矩而不绝其繁，句句在虚实之间而各有所指。文气聚而凝，选词安而雅，陆文得其法度遂能据以

① ［南朝梁］刘勰撰，范文澜注：《文心雕龙注》卷七《熔裁》，人民文学出版社，1958，第544页。
② ［南朝宋］刘义庆著，［南朝梁］刘孝标注，余嘉锡笺疏，周祖谟、余淑宜、周士琦整理：《世说新语笺疏》上卷下《文学》，中华书局，1983，第269页。
③ ［南朝宋］刘义庆著，［南朝梁］刘孝标注，余嘉锡笺疏，周祖谟、余淑宜、周士琦整理：《世说新语笺疏》上卷下《文学》，中华书局，1983，第271页。
④ ［南朝宋］刘义庆著，［南朝梁］刘孝标注，余嘉锡笺疏，周祖谟、余淑宜、周士琦整理：《世说新语笺疏》中卷上《雅量》，中华书局，1983，第372页。
⑤ 穆克宏主编：《魏晋南北朝文论全编》，上海远东出版社，2012，第92页。
⑥ ［清］严可均辑校：《全晋文》卷九十七，河北教育出版社，1997，第991页。

成家。如《辨亡》《五等》二论，每段重叠十余句，而句各有义，绝不相犯，斯并善于体味《国语》所致。"① 由此推而广之，两晋文人文章之章法大体均与其生平之治学专业及文献整理相关，精于某经某书则其作文便往往得某家之力。又如金圣叹曾指出：王濬作《自理表》以辩诬，"其妙乃在不作起笔，只将从前事情逐一逐一直述，早令专擅自由之谤，不辨而明"；庾亮《让中书监表》"信笔写来，而曲折淋漓，尽情尽事"，"段段剀直，又段段曲折"；杜预《遗令》深得《左传》"玲珑宛转"之笔法，读之"一似经解，一似游记"；② 潘岳《闲居赋序》"并不多费笔墨，而随手皆起层折"，故"最善为层折"。③ 结合前文第一章中第二节相关两晋文人文献整理的成果，不难发现文人的治学背景与其文学创作确有深刻关联。如论者所言，晋代子书沿袭曹魏遗绪，颇有法家之风。受其影响，部分文人的议论文亦以"极言利弊"为构思捷径，这在傅玄、葛洪二家表现较为明显。此外，如陆机《赴洛道中作》、谢灵运《石壁精舍还湖中作》等诗皆用移步换景之法，是两晋文人情感空间化或者说空间情感化的佳作，展示出晋人构思之巧与章法之妙。

（四）其他影响

除我们在以上所论问题之外，两晋文人文献整理对文人文学创作的影响还表现在其他方面。在古代文人文学创作演进史上，就文人所彰显的文学创作的自觉意识而言，汉代文人的辞赋创作已露出端倪。曹魏时期，文人文学创作的自觉意识得到了进一步凸显。两晋时期，文人的创作意识更加自觉。就涉及的文体来说，这种文学自觉不仅从辞赋扩大到颂赞，而且文人所流露出的逞才意识和争名色彩也更加明显。如陆氏兄弟常常在书信中约定或者计划作某文，继而付诸实践，并以书信往还进行讨论。这在陆云《与兄平原书》三十五篇书信中，有具体的记载。同时，此时的神仙传记，如《汉武帝内传》一篇，其本身是对汉以来西王母传说及记载的整合与发挥，兼具整理与创作双重属性，而撰者对西王母形象的刻画则别出机杼。又如陶潜继承前人"闲情""闲邪"的立意，其《闲情赋》以"十愿"对抒情主人公的心理进行了细腻刻画，④ 与张衡《四愁诗》的模式已经大不相同。还有佛道文献中对梦境的特别关注与再现，道教文献对于"仙真

① 刘师培：《中国中古文学史　汉魏六朝专家文研究》，商务印书馆，2010，第139页。
② 刘师培：《中国中古文学史　汉魏六朝专家文研究》，商务印书馆，2010，第139页。
③ 周锡山：《金圣叹文艺美学研究》，上海人民出版社，2016，第343—344页。
④ ［清］严可均辑校：《全晋文》卷一百十一，河北教育出版社，1997，第1132页。

下降""文人仙游"之场面描写，佛经故事对"证道"等小说情节之专注以及表现出来的"俗文学化"之倾向等，均与文人的文献整理有直接或间接的关联，值得注意和进一步探究。其中道家、道教徒所惯用的"仙真下降"及"文人仙游"叙事模式，以及叙事中夹杂男女酬唱诗歌的做法，连同其瑰丽别致的场景描摹，与唐人《游仙窟》等神人交感类作品之体式基本一致，实际上已经具有了高度的传奇化色彩，其承上启下之功，实不可埋没。

与曹魏时期相比，两晋文人文献整理对文人创作风格的影响更具有特色。该期文人的文学创作在炼字、锻句等语言技巧的讲究，用典、对偶、比喻及博喻等修辞手法的运用，明体、剪裁和章法等立意布局的设计等方面，皆实现了创造性的发展，并成为该期文人创作的一种自觉追求。这种创作风尚，确实使文人的文学创作彰显出文学的形式之美，这是应该予以肯定的。但也不可否认，这种对文学形式的过度追求，也开启了文学创作中的形式主义之风，从而使文学失去了内容上应有的深刻和厚度。这和曹魏文人的文学创作相比，又不得不说是一种缺憾与不足。

第五节　对文人文学创作素养的影响

文人的文献整理之所以与文人的文学创作存在着诸种关联，其中最重要的一点就是文人本身。因为文人既是文献整理的主体，又是文学创作的主体。文人文学创作素养的提高尽管有不同途径，但文人的文献整理则是其中有效的一种。文人文献整理对文学创作的影响，包括是如何影响的，影响了哪些方面，文学创作中是怎样具体反映的等，最后皆是由文人这一文献整理与文学创作主体的文学素养决定的。所以，文献整理对文人文学创作素养的影响，不仅是文献整理对文人文学创作影响的重要表现，也是文人文献整理对文学创作影响的关键环节。

一、曹魏时期

文人的文学创作是一个复杂的系统工程。其重要基础与前提就是文人要具备文学创作的相关知识与素养。曹魏时期，文人的文献整理恰恰为文人的文学创作储备了必要的相关知识，提高了他们的文学创作素养。

首先，文人的文献整理为文人文学创作提供了相应的知识储备。这在曹魏前文人的文献整理与创作中就已有明显的体现。如汉代文人对史类文献的整理，就丰富了他们对相关历史事件与历史人物的认识和了解。班固在《司马迁传》中赞曰："司马迁据《左氏》《国语》，采《世本》《战国策》，述《楚汉春秋》，接其后事，讫于天汉。其言秦汉，详矣。至于采经摭传，分散数家之事，甚多疏略，或有抵梧。亦其涉猎者广博，贯穿经传，驰骋古今，上下数千载间，斯已勤矣。"①司马迁之所以能创作出被鲁迅先生誉为"史家之绝唱，无韵之《离骚》"的不朽文学巨著《史记》，对前代和当代史料的搜集、整理是重要原因之一。东汉时期班固的《汉书》也可作如是观。再如蔡邕一生花费二十余年"撰集汉事"，补续汉史，这种丰富的史类文献整理的经历，不仅使他对汉代历史事件和历史人物了如指掌，而且还培养了他超拔的史学才能，使其对历史事件和历史人物的评价比较公允。这可以通过他所撰写的碑文予以说明。有学者指出："碑文主要靠裁断，故'资乎史才'。蔡邕正具有这方面的才能，因此他的碑文写得典雅、精允，为常人所不能及。"②刘勰《文心雕龙·诔碑》云："自后汉以来，碑碣云起。才锋所断，莫高蔡邕。观杨赐之碑，骨鲠训典，陈郭二文，词无择言。周乎众碑，莫非清允。其叙事也该而要，其缀采也雅而泽。清词转而不穷，巧义出而卓立。"③在刘勰看来，东汉以来碑文大量出现，但就才华而言没有比蔡邕高的。他的《杨赐碑》，具有《尚书》训典中的刚健；《陈寔碑》《郭泰碑》，用词恰当；《周勰碑》等文，精要得体；叙事简明扼要，辞采雅润；清词流转，义巧卓立。在此刘勰也认识到了蔡邕创作碑文的非凡才华与《尚书》等典籍的关联。我们认为这种关联的桥梁就是蔡邕史类文献整理的经历。

曹魏时期，文人借助于文献整理为自己从事文学创作储备所需相应知识的意识更为自觉。曹操就是其中的典型代表。如曹操对兵书的整理，不仅使其对用兵之道、攻守之法有了理论上的认识，而且有效指导了他的战争实践。也正是因为这些理论与实践的有机结合，又使曹操作战的理论和实践知识得到了切实的充实与丰富，增强了他指挥作战的实效性，提高了他作战指挥的军事才能，使他成为一位在当时乃至在中国军事发展史上为数不多的集理论与实践于一身、承前启后的军事战略家和军事思想

① ［汉］班固撰，［唐］颜师古注：《汉书》卷六十二《司马迁传》，中华书局，1962，第2737页。
② ［汉］蔡邕著，邓安生编：《蔡邕集编年校注》前言，河北教育出版社，2002，第10页。
③ ［南朝梁］刘勰撰，范文澜注：《文心雕龙注》卷三《诔碑》，人民文学出版社，1958，第214页。

家；培养了他军事家的恢宏气度与气吞宇宙的霸气，以及非凡胆识和无畏精神。这些成为他文学创作的重要精神层面的知识元素。其表现就是其作品中充溢着一种情系天下、征服天下的豪情和"老骥伏枥，志在千里；烈士暮年，壮心不已"①的壮志。学界对曹操作品的解读，多从其时代政治与文化、文人心态及曹操本人的个性等方面去审视其那种伟人的气度。我们认为这固然不错，但还有深入拓展的空间。如果我们从曹操整理孙子兵书的角度予以审视，更能透视出其作品中那种精神气度的文化原因。因为曹操作为集政治家、军事家与文学家于一身的雄才大略之人，其政治家与军事家的素养和才能都直接跟他长时期从事孙子兵书的整理，著述《孙子略解》《兵书接要》等有内在的联系。夏传才先生云："曹操青年时代即熟读兵法，十八九岁时习抄《孙子兵法》，开始作注。这项工作延续时间很长，从他的注中可以看出，写有他指挥攻取徐州的战例经验，则是他四十岁以后的事了。由此可知，曹操的《孙子》注，是他长期记录、不断增补的，写出了他的心得体会，并结合了他领军多年的实战经验，不乏真知灼见，也间有《孙子》原文所未及的若干补充。"②可见，读兵书，注兵书，在曹操一生中所占的位置，贯穿了其生命的最黄金时期。仅此而言，我们就可判知兵书整理工作在曹操整个军事生涯中的地位，及其对曹操思想与人生的重要影响。

对此我们还可以通过曹操为《孙子》作的序、注等具体例证予以说明。他在《〈孙子〉序》中云："圣人之用兵，戢时而动，不得已而用之。吾观兵书战策多矣，孙武所著深矣。孙子者，齐人也，名武，为吴王阖闾作《兵法》一十三篇，试之妇人，卒以为将，西破强楚入郢，北威齐、晋。后百岁余有孙膑，是武之后也。审计重举，明画深图，不可相诬。而但世人未之深亮训说，况文烦富，行于世者，失其旨要，故撰为略解焉。"③在此篇序中，曹操明确指出，在他看到的众多兵书战策中，孙武所著的《孙子》最深刻，且具有实战的效果。而当时又没有相关对《孙子》一书深刻透彻的注释与解说，面对其烦富的文本，人们又不容易把握其旨要，所以他才对《孙子》逐篇逐段进行注解。由此我们就可以认识到曹操所具有的军事才能的潜质与非凡。经过注解《孙子兵法》的实践，曹操的军事才能在理论与实践上有了质的飞跃与提升，曹操由此具备了军事家与政治家的素养。这些素养使其在从事统一大业的实践中更加自信、更加踌

---

① 夏传才校注：《曹操集校注》，河北教育出版社，2013，第 22 页。
② 夏传才校注：《曹操集校注》，河北教育出版社，2013，第 203 页。
③ 夏传才校注：《曹操集校注》，河北教育出版社，2013，第 203—204 页。

踌满志，使其对实现统一大业的理想更加坚定、更加义无反顾。而这些又作为一种精神与意志充溢在其文学创作之中，成为其作品内在精神的有机组成部分。我们每当读到曹操的作品时，都深深地感到有一种无以遏制的向上升腾的积极的强大力量，使人奋发，使人昂扬，使人豪志满怀。正如其《让县自明本志令》所云："袁术僭号于九江，下皆称臣，名门曰'建号门'，衣被皆为天子之制，两妇预争为皇后。志计已定，人有劝术使遂即帝位，露布天下。答言：'曹公尚在，未可也。'后孤讨禽其四将，获其人众，遂使术穷亡解沮，发病而死。及至袁绍据河北，兵势强盛，孤自度势，实不敌之，但计投死为国，以义灭身，足垂于后。幸而破绍，枭其二子。又刘表自以为宗室，包藏奸心，乍前乍却，以观世事，据有当州，孤复定之，遂平天下。身为宰相，人臣之位已极，意望已过矣。今孤言此，若为自大，欲人言尽，故无讳耳。设使国家无有孤，不知当几人称帝，几人称王。"① 上面所引，直言无忌，从肺腑中流出，既痛快淋漓，又大气磅礴，可谓豪气四溢，气吞山河。更值得我们去深思和体味的是，曹操的这番肺腑之言让人感到一股浓浓的真挚之情，在当时只有曹操能这样说，也只有曹操才敢这样说。因为曹操说的这些话表达的是当时一种客观事实，这种事实是靠曹操的能力与气势来赢得的。而他的军事家、政治家的能力、魄力又是与其对兵书的整理活动密不可分的。再如《步出夏门行·观沧海》曰："东临碣石，以观沧海；水何澹澹，山岛竦峙。树木丛生，百草丰茂，秋风萧瑟，洪波涌起。日月之行，若出其中；星汉灿烂，若出其里。幸甚至哉！歌以咏志。"② 建安十二年（207），曹操北征乌桓。五月亲率大军北征，经无终（今天津蓟州区），出卢龙塞（今河北喜峰口一带），直捣柳城（今辽宁朝阳南），于九月胜利班师，第二年正月返回邺城。这是作者在班师途中所作。此诗表面写登山望海，展示大海的广阔、深邃、壮观、博大，是建安诗坛的山水名作，也是古代诗歌史上第一篇通篇写景的佳构。但其深层意义则是借景以抒己之情，是一篇借景抒情的名篇，可谓"一切景语皆情语也"。那么现在我们要分析的关键之点，就是作者借描写大海之景抒的是什么情。一般的解读认为抒发的是作者广阔的胸怀。这固然有理，但略显笼统。因为广阔的胸怀有多种，有一般人的广阔胸怀，有政治家的广阔胸怀，有文学家的广阔胸怀，有思想家的广阔胸怀，如此等等，不一而足。那么曹操抒发的是一种什么样的广阔胸怀。我们认为，他抒发的是集政治家的广阔胸怀、军事家的广阔胸怀与文学家的

① 夏传才校注：《曹操集校注》，河北教育出版社，2013，第131页。
② 夏传才校注：《曹操集校注》，河北教育出版社，2013，第19页。

广阔胸怀于一体的广阔胸怀。这种胸怀既具有政治家宰相肚里能撑船式的大度、运天下如掌中的支配驾驭能力，又饱含着军事家统领三军所向披靡、英勇无敌的谋略胆识和率直奔放的豪气，又充溢了文学家丰富真挚的情感与非凡想象力。曹操北征乌桓凯旋之时，行至碣石山之地，面临渤海之景，顿生政治家、军事家、文学家之情，兴之所至，自然发之，创作了这首被清代沈德潜誉为有"吞吐宇宙气象"①的典范之作。如果曹操没有同时具有政治家的胸怀、军事家的胸怀与文学家的胸怀，这种"吞吐宇宙气象"就不会那么强烈、浓郁、真挚。《让县自明本志令》《步出夏门行·观沧海》若是出自别人之手、之口，就给人一种虚假之感；但它们出自曹操之手、之口，我们就会自然生发出真实无妄的感受。同时，这种真实无妄之感还源于这些作品在当时也只有曹操能够写出，也只有曹操敢于写出；这些话语也只有曹操能够说出，也只有曹操敢于说出。而这又是与曹操本人的才能、胆识与内在气度、个人人格等是密切相关的。曹操的才能、胆识、气度、人格等方面的培养和形成，其整理兵书的活动经历是一重要原因。曹魏时期其他文人如刘桢、曹植、何晏、王弼等文人的文献整理也为其文学创作提供了相应的知识储备。

其次，曹魏时期文人的文献整理提高了文人从事文学创作的技能。曹魏时期是我国文学史上"文的自觉"的时期，而"文的自觉"的主要内涵之一，就是该期文人作文意识的自觉。就该期文人而言，文献整理除了可为自己的文学创作储备必要的知识外，还可提高自己的文学创作技能。如曹植的文学作品之所以具有"词采华茂"的特征，不仅与他追求词采的审美趋向、运用词采的技巧密不可分，也与他从事文献整理的经历息息相关。他在《前录自序》中云："故君子之作也，俨乎若高山，勃乎若浮云。质素也如秋蓬，摛藻也如春葩。氾乎洋洋，光乎皓皓，与雅颂争流可也。余少而好赋，其所尚也，雅好慷慨，所著繁多。虽触类而作，然芜秽者众，故删定别撰，为前录七十八篇。"②在序中，作者一方面说明了自己整理自己赋作的目的，即删除芜秽的赋作；另一方面又阐述了自己的文学价值判断标准，即真正的有道德有修养的文学家的作品，既要有充实的内容，又要有华美的形式；要像高山那样俨雅，像浮云那样勃郁，像秋蓬那样素朴充实，像春葩那样鲜艳华美；如江河洋洋洒洒奔泻大地，如日月光芒万丈照耀长空。曹植的文学审美价值标准，用我们今天的话来说，就是内容与形式的完美统一；用钟嵘评价曹植作品的话来说，就是"骨气奇

---

① ［清］沈德潜选：《古诗源》卷五，文学古籍刊行社，1957，第104页。
② 赵幼文校注：《曹植集校注》卷三，人民文学出版社，1984，第434页。

高，词采华茂"。①曹植的这种文学审美标准，成为他文学创作实践的指导。在建安文坛上，曹植被称为"建安之杰"的原因，就是因为他取得的杰出的文学成就。尤其是他创作的后期，不管是题材内容方面，还是艺术手法和语言运用的技巧方面，都进入了一个成熟时期。曹植文学创作的成功，固然与其人生经历、创作实践有关，但他对自己文学作品的整理也是使其文学创作走上成熟与成功的重要因素。曹植对自己作品的整理，既是对自己作品的搜集、编辑与整理，又是对自己作品的删削与订正，并始终伴随着对自己作品的检验、反思和自我评价，从而形成了他对自己作品整理删定的标准。这种标准不仅是构成其文学思想的重要元素，也是其从事文学创作实践的有力指导，并且在创作实践中他还会有意或无意地不断强化这一标准。这样如何使自己的文学创作达到这一标准，通过什么样的技巧、运用什么样的词采等也不得不成为他为达到这一标准而思考的问题。上面所引其《前录自序》中曹植文学观念中文学审美价值标准就是其思考与实践的结果。由此可见，曹植的文献整理对其文学创作技能的影响不仅是非常明显的，也是高度自觉的。除曹植外，王粲、曹丕、嵇康、阮籍等，也是这方面的代表。曹魏时期，文人文学创作文人化特征的空前彰显，就与文献整理对文人创作技能的提高有关。

最后，曹魏时期的文献整理，培植了文人乡土文学和家族文学的观念，使其从事乡土文学和家族文学创作的意识得到了增强。对地方文献的整理，是曹魏时期文人文献整理的一大内容。有关该期文人地方文献整理兴起的原因，刘跃进先生认为有三：一是史学传统，二是地方割据，三是门阀制度。②《隋书·经籍志》载："后汉光武，始诏南阳，撰作风俗，故沛、三辅有耆旧节士之序，鲁、庐江有名德先贤之赞。郡国之书，由是而作。"③其实文人对地方文献的整理，西汉时期就开始了，这在《汉书·艺文志》中就有部分收录。曹魏时期文人整理地方文献的情况又有了明显改观，成果也日益丰硕。《后汉书》中的李贤注、《三国志》中的裴松之注，以及《太平御览》《山堂考索》《说郛》和大型类书等著述的古注中，皆有征引。此外，清代辑佚学家的作品中（如王谟辑的《汉唐地理书钞》、马国翰辑的《玉函山房辑佚书》、孙星衍辑的《平津馆丛书》等）也保存了

---

① ［南朝梁］钟嵘著，曹旭集注：《诗品集注（增订本）》卷上，上海古籍出版社，2011，第117页。
② 刘跃进：《汉唐时期地方文献的收集、整理与研究》，《国家图书馆学刊》2008年第1期。
③ ［唐］魏徵、［唐］令狐德棻：《隋书》卷三十三《经籍志二》，中华书局，1973，第982页。

比较丰富的地方文献资料，但缺乏系统地整理。一九九七年出版了刘伟毅的《汉唐方志辑佚》，书中存在的问题较多，对此陈尚君、刘跃进、卞东波等诸位先生业已指出。曹魏时期文人对地方文献的整理，大大增强了文人从事乡土文学和家族文学创作的自觉意识，对乡土文学和家族文学创作的关注也成为该期文人文学创作的重要组成部分，在一定程度上提高了乡土文学和家族文学在文人文学观念中的地位。所以，该期乡土文学和家族文学的兴起与发展，就是文人这一文学观念在其创作中的具体实践和表现。刘跃进先生的相关研究就指出了这个时期文人对地方文献的整理和地域文学、家族文学的兴起、发展之间的因果关联。概而言之，这个时期文人对地方文献的整理，对文人文学创作产生了积极影响，不仅促进了地域文学的兴起与发展，使这个时期的文学呈现出浓郁的地域色彩；而且家族文学的兴起与发展，使这个时期的文学彰显出鲜明的家族特征。①

综上所述，曹魏时期文人的文献整理对文人文学创作素养的影响，主要表现在三个方面：一是为文人文学创作提供了相应的知识储备；二是提高了文人从事相关文学创作的技能；三是培植了文人乡土文学和家族文学的观念，使其从事乡土文学和家族文学创作的意识得到了前所未有的增强。当然，该期文人的文献整理对文人文学创作素养的影响远不止此，有待学界继续对这一问题的深度挖掘与研究。

二、两晋时期

与曹魏时期相比，两晋时期文人的文献整理有了新的发展，尤其是在文献整理的内容和门类上，不仅有了明显的拓展，而且得到了进一步的细化。一系列文人别集和总集的整理，使文人对文学本质和书写技巧等有了更深入的体悟和把握，这在为该期文人从事文学创作提供更广、更新知识的同时，也赋予了他们更高的创作技能，该期文人的文学创作素养也呈现出与曹魏文人不尽相同的特色。

第一，两晋文人对儒家、道家文献的整理，为其文学创作提供了儒、道方面的思想素材。对儒家、道家文献的整理，早在正始文人的文献整理中就有了很好的实践。正始时期，玄学家对儒家、道家等文献的整理，或援道入儒，如何晏的《论语集解》、王弼的《周易注》；或以儒释道，如王弼的《老子注》等，皆不同程度地实现了儒、道思想的合流。这一文献整理实践，使该期文人同时具备了儒家、道家的知识和修养，呈现出儒道

---

① 参阅刘跃进先生的相关论著，以及近几年的相关博士学位论文，此不赘述。

兼修的特点。这些知识和修养在该期文人的文学创作中，得到了相应的书写和表现。如王弼的《周易略例》《老子指略例》，有研究者认为："从性质上看，《周易略例》与《老子指略例》都属通论性质的例言或后叙。"①王弼的《周易略例》《老子指略例》不仅是当时"论"体文的代表，在"论"体文发展史上也具有不可忽视的价值意义。其突出表现，就是其儒道合一的倾向。对此，《文心雕龙·论说》云："魏之初霸，术兼名法；傅嘏王粲，校练名理。迄至正始，务欲守文；何晏之徒，始盛玄论。于是聃周当路，与尼父争途矣。详观兰石之才性，仲宣之去代，叔夜之辨声，太初之本玄，辅嗣之两例，平叔之二论，并师心独见，锋颖精密，盖人伦之英也。"②刘勰从论说文的发展历史出发，通过对代表作家、代表作品来具体论述其演变的轨迹。在刘勰看来，"论"作为一种文体，在其发展演变史上，无论是理论上的探索创新，还是辩论的精细严密，曹魏是"论"这一文体发生重要变革的时代。这一变革，开始于傅嘏的《本无性论》、王粲的《去伐论》，到了正始时期，才出现了嵇康的《声无哀乐论》、夏侯玄的《本无论》、王弼的《易略例》上下篇、何晏的《道德》二论之类的具有独立创见、笔锋锐利、论述精密的论中杰作。

两晋时期，文人在继承正始玄学家文献整理经验的基础上，又有了一定的发展，郭象的《庄子注》、张湛的《列子注》等就是典型的代表。受此影响，儒道双修也成为该期文人的显著特征，其文学创作也带有浓郁的儒道色彩。刘勰的《文心雕龙·论说》在论述王弼、何晏的创作之后，继续说道："至如李康运命，同论衡而过之；陆机辨亡，效过秦而不及；然亦其美矣。次及宋岱郭象，锐思于几神之区；夷甫裴頠，交辨于有无之域；并独步当时，流声后代。然滞有者，全系于形用；贵无者，专守于寂寥；徒锐偏解，莫诣正理；动极神源，其般若之绝境乎。逮江左群谈，惟玄是务；虽有日新，而多抽前绪矣。"③在刘勰看来，李康的《运命论》、陆机的《辨亡论》，以及宋岱、郭象、王衍、裴頠等人的论文，均高出了同时代其他文人的水平。刘勰之所以把西晋李康、陆机、宋岱、郭象、王衍、裴頠等文人的论文与正始嵇康、夏侯玄、王弼、何晏等人的论文放在一起评价，在很大程度上就是取决于他们论文中所具有的"聃周当路，与

---

① 杨鉴生：《王弼研究》，河南人民出版社，2012，第 92 页注①。
② ［南朝梁］刘勰撰，范文澜注：《文心雕龙注》卷四《论说》，人民文学出版社，1958，第 327 页。
③ ［南朝梁］刘勰撰，范文澜注：《文心雕龙注》卷四《论说》，人民文学出版社，1958，第 327 页。

尼父争途"的论辩内容。即使如李康、陆机、宋岱、王衍、裴頠等，从目前所见的相关文献中没有关于他们整理儒家、道家文献的记载，但他们都是当时玄学家的代表，也深受儒家、道家典籍思想的浸润，这也就是他们创作的"论"体作品被刘勰称颂的原因。

再如李充的思想，也是以儒为本、儒道兼宗的。这在其文学作品中有鲜明的表现，《起居诫》《学箴》等就是代表。如《起居诫》曰："温良恭俭，仲尼所以为贵。小心翼翼，文王所以称美。圣德周达无名，斯亦圣中之目也。中人而有斯行，则亦圣人之一隅矣。而末俗谓守慎为拘吝，退慎为怯弱，不逊以为勇，无礼以为达。异乎吾所闻也。床头书疏，亦不足观。……军书羽檄，非儒者之事。但家奉道法，言不及杀，语不虚诞，而檄不切厉，则敌心陵；言不夸壮，则军容弱。请姑舍之，以待能者。"① 文中书写了诸如做人标准、为人之道，自己不擅长军事文书的写作，以及所受的教育、行文、语言表达等皆与军事文书的要求格格不入等内容，饱含着浓郁的以儒为本、儒道兼宗的思想色彩。他的《学箴》也体现了儒道兼宗的思想。正如作者在《学箴序》中所言："老子云：'绝仁弃义，家复孝慈。'岂仁义之道绝，然后孝慈乃生哉？……惧后进惑其如此，将越礼弃学而希无为之风，见义教之杀而不观其隆矣，略言所怀，以补其阙。引道家之弘旨，会世教之适当，义不违本，言不流放，庶以祛困蒙之蔽，悟一往之惑乎！"② 李充在《起居诫》《学箴》等作品中彰显的儒道兼宗思想，与其文献整理的经历是分不开的。《晋书·李充传》载："（李）充注《尚书》及《周易旨》六篇，《释庄论》上下二篇。"③《隋书·经籍志》也著录有李充《论语注》十卷，《论语释》一卷。他整理的文献中，既有儒家经典又有道家经典。这说明他的这些文献整理实践，不仅奠定了其以儒为主、儒道兼宗的知识结构，而且形成了他"家奉道法""语不虚诞""言不夸壮"的行文风格与语言表达习惯。因此，李充也成为两晋时期文人文献整理对其文学创作素养影响的又一例证。

第二，两晋文人的文献整理，使许多文献得以以图书的形式呈现出来，极大地推动了图书的有效传播和流通，为更多的文人提供了读书的机会，提高了文人阶层的文学素养和知识水平。据《汉书·艺文志》记载：

---

① ［清］严可均辑校：《全晋文》卷五十三，河北教育出版社，1997，第 558 页。
② ［清］严可均辑校：《全晋文》卷五十三，河北教育出版社，1997，第 558—559 页。
③ ［唐］房玄龄等：《晋书》卷九十二《李充传》，中华书局，1974，第 2391 页。

"大凡书，六略三十八种，五百九十六家，万三千二百六十九卷。"① 可知，西汉后期国家藏书有三十八种，五百九十六家，一万三千二百六十九卷。经过东汉、三国和西晋文人的搜集整理，至西晋后期，国家所藏的甲乙丙丁四部文献共二万九千九百四十五卷。《隋书·经籍志》载："魏氏代汉，采掇遗亡，藏在秘书中、外三阁。魏秘书郎郑默，始制《中经》，秘书监荀勖，又因《中经》，更著《新簿》，分为四部，总括群书。一曰甲部，纪六艺及小学等书；二曰乙部，有古诸子家、近世子家、兵书、兵家、术数；三曰丙部，有史记、旧事、皇览簿、杂事；四曰丁部，有诗赋、图赞、《汲冢书》，大凡四部合二万九千九百四十五卷。"② 经过东晋文人的整理，至南朝宋元嘉八年（431），国家所藏图书达到了六万四千五百八十二卷。史云："东晋之初，渐更鸠聚。著作郎李充，以勖旧簿校之，其见存者，但有三千一十四卷。充遂总没众篇之名，但以甲乙为次。自尔因循，无所变革。其后中朝遗书，稍流江左。宋元嘉八年，秘书监谢灵运造《四部目录》，大凡六万四千五百八十二卷。"③ 与东晋末年国家的藏书量相比，因为又经历了南朝宋初的十一年，这个数字虽然会有所增加，但不会增加很多，大体可作为东晋末年国家藏书量的参照。

两晋文人的文献整理不仅使国家藏书的类别、数量有了明显的增加，为图书的更广泛传播和流通奠定了基础，更为重要的是，这些文人文献整理的标准和成果也使读者的文学修养得到了切实提高。汉初文人的文献整理，取得了"文学彬彬稍进，《诗》《书》往往间出"④ 的显著效果。两晋时期，文人文献整理的广泛开展与整理成果的大量涌现，促进了图书的进一步普及和传播，极大地激发了文人追求文学修养的积极性和主动性。其结果，一方面不仅提升了文人作为文献整理主体的思想境界和文学修养，而且提高了接受者、阅读者的思想境界和文学修养；另一方面，又为当时文人的文学创作提供了遵循原则。这些均从不同侧面对文人阶层总体的知识水平和创作技能产生了影响。其具体表现就是该期文人与其前的文人相比，读书的热情更加高涨，对知识的渴求也更加强烈，博学善文成为文人阶层的共同风尚。对此我们只要对该期文人的生平履历做一梳理，就

---

① ［汉］班固撰，［唐］颜师古注：《汉书》卷三十《艺文志》，中华书局，1962，第1781页。

② ［唐］魏徵、［唐］令狐德棻：《隋书》卷三十二《经籍志一》，中华书局，1973，第906页。

③ ［唐］魏徵、［唐］令狐德棻：《隋书》卷三十二《经籍志一》，中华书局，1973，第906页。

④ ［汉］司马迁：《史记》卷一百三十《太史公自序》，中华书局，1982，第3319页。

不难明白。如郑冲"起自寒微，卓尔立操，清恬寡欲，耽玩经史，遂博究儒术及百家之言"；① 何曾"好学博闻"；② 何劭"博学，善属文，陈说近代事，若指诸掌"；③ 羊祜"博学能属文"；④ 杜预"博学多通"；⑤ 裴秀"儒学洽闻"；⑥ 裴頠"弘雅有远识，博学稽古，自少知名"；⑦ 张华"学业优博，辞藻温丽，朗赡多通，图纬方伎之书莫不详览"；⑧ 司马孚"温厚廉让，博涉经史"；⑨ 司马攸"爱经籍，能属文，善尺牍，为世所楷"；⑩ 冯紞"少博涉经史，识悟机辩"；⑪ 王濬"博涉坟典"；⑫ 卢钦"笃志经史"；⑬ 阮籍"博览群籍，尤好《庄》《老》"；⑭ 嵇康"博览无不该通，长好《老》《庄》"；⑮ 皇甫谧"就乡人席坦受书，勤力不怠。居贫，躬自稼穑，带经而农，遂博综典籍百家之言"；⑯ 邵续"朴素有志烈，博览经史，善谈理义，妙解天文"；⑰ 温峤"博学能属文"；⑱ 郗鉴"少孤贫，博览经籍，躬耕陇亩，吟咏不倦"；⑲ 贺循"少玩篇籍，善属文，博览众书，尤精礼传"；⑳ 刁协"少好经籍，博闻强记"；㉑ 高崧"少好学，善史书"；㉒ 葛洪"少好学，家贫，躬自伐薪以贸纸笔，夜辄写书诵习，遂以儒学知名"；㉓ 司马彪"专精学习，故得博览群籍，终其缀集之务"；㉔ 谢沈"博学多识，明练经史"；㉕ 徐广

① ［唐］房玄龄等：《晋书》卷三十三《郑冲传》，中华书局，1974，第 991 页。
② ［唐］房玄龄等：《晋书》卷三十三《何曾传》，中华书局，1974，第 994 页。
③ ［唐］房玄龄等：《晋书》卷三十三《何劭传》，中华书局，1974，第 999 页。
④ ［唐］房玄龄等：《晋书》卷三十四《羊祜传》，中华书局，1974，第 1013 页。
⑤ ［唐］房玄龄等：《晋书》卷三十四《杜预传》，中华书局，1974，第 1025 页。
⑥ ［唐］房玄龄等：《晋书》卷三十五《裴秀传》，中华书局，1974，第 1039 页。
⑦ ［唐］房玄龄等：《晋书》卷三十五《裴頠传》，中华书局，1974，第 1041 页。
⑧ ［唐］房玄龄等：《晋书》卷三十六《张华传》，中华书局，1974，第 1068 页。
⑨ ［唐］房玄龄等：《晋书》卷三十七《宗室列传》，中华书局，1974，第 1081 页。
⑩ ［唐］房玄龄等：《晋书》卷三十八《文六王列传》，中华书局，1974，第 1130 页。
⑪ ［唐］房玄龄等：《晋书》卷三十九《冯紞传》，中华书局，1974，第 1162 页。
⑫ ［唐］房玄龄等：《晋书》卷四十二《王濬传》，中华书局，1974，第 1207 页。
⑬ ［唐］房玄龄等：《晋书》卷四十四《卢钦传》，中华书局，1974，第 1255 页。
⑭ ［唐］房玄龄等：《晋书》卷四十九《阮籍传》，中华书局，1974，第 1359 页。
⑮ ［唐］房玄龄等：《晋书》卷四十九《嵇康传》，中华书局，1974，第 1369 页。
⑯ ［唐］房玄龄等：《晋书》卷五十一《皇甫谧传》，中华书局，1974，第 1409 页。
⑰ ［唐］房玄龄等：《晋书》卷六十三《邵续传》，中华书局，1974，第 1703 页。
⑱ ［唐］房玄龄等：《晋书》卷六十七《温峤传》，中华书局，1974，第 1785 页。
⑲ ［唐］房玄龄等：《晋书》卷六十七《郗鉴传》，中华书局，1974，第 1796 页。
⑳ ［唐］房玄龄等：《晋书》卷六十八《贺循传》，中华书局，1974，第 1830 页。
㉑ ［唐］房玄龄等：《晋书》卷六十九《刁协传》，中华书局，1974，第 1842 页。
㉒ ［唐］房玄龄等：《晋书》卷七十一《高崧传》，中华书局，1974，第 1895 页。
㉓ ［唐］房玄龄等：《晋书》卷七十二《葛洪传》，中华书局，1974，第 1911 页。
㉔ ［唐］房玄龄等：《晋书》卷八十二《司马彪传》，中华书局，1974，第 2141 页。
㉕ ［唐］房玄龄等：《晋书》卷八十二《谢沈传》，中华书局，1974，第 2152 页。

"世好学，至广尤为精纯，百家数术无不研览"，^①等等。此外，《晋书》中还著录有孝友、忠义、良吏、儒林、文苑、外戚、隐逸、艺术、列女等人物传记。这些传记中的传主多是博学之人，不仅是某一领域的专家，而且有较高的文学艺术素养。可见，两晋时期文人作为一个社会阶层或群体，博览群籍已成为他们生活的重要组成部分，读书学习成为其生活的常态。而学习的生活化、普遍化的重要前提，就是图书典籍的丰富与普及。该期文人的文献整理，无疑是使图书典籍丰富与普及的重要基础。

第三，两晋时期，文人为创作整理文献的意识更为明确和自觉，文献整理成为文人提高自己文学创作素养的重要目的。曹魏时期，文人读书为文、整理文献为文的意识已经开始走向自觉，两晋时期这一自觉意识更为突出。一方面，这可以通过文人传记中的有关记载予以说明。《晋书》传记对传主生平的记载，常常是连同其文献整理成果和文学创作成果一并载录的。这虽然在东汉后期和曹魏文人的传记中就有体现，但两晋时期更为普遍和典型；二者的书写顺序，一般是传主的文献整理成果在前，文学创作成果在后。如《晋书·傅玄传》曰："玄少孤贫，博学善属文，解钟律。性刚劲亮直，不能容人之短。郡上计吏，再举孝廉，太尉辟，皆不就。州举秀才，除郎中，与东海缪施俱以时誉选入著作，撰集魏书。"^②又载："撰论经国九流及三史故事，评断得失，各为区例，名为《傅子》，为内、外、中篇，凡有四部、六录，合百四十首，数十万言，并文集百余卷行于世。"^③《晋书·卢谌传》载：卢谌"撰《祭法》、注《庄子》，及文集，皆行于世"。^④以上所举《晋书》所记傅玄、卢谌的成就，就是文献整理成果在前，文学创作成果在后。我们认为，这一书写顺序不是无缘无故的，而是有其特殊原因的。因为，在《晋书》作者看来，文人的文献整理与其文学创作有着内在的因果关联，文人之所以从事文献整理，在一定意义上就是为了文学创作。否则他也不会在载录文人成果时都遵照这一书写顺序。对《晋书》作者而言，两晋文人的整理文献为文的意识不仅是明确的，也是自觉的。

与傅玄、卢谌相似的还有挚虞、束晳、王接等文人。如挚虞，史云："撰《文章志》四卷，注解《三辅决录》，又撰古文章，类聚区分为三十

① ［唐］房玄龄等：《晋书》卷八十二《徐广传》，中华书局，1974，第2158页。
② ［唐］房玄龄等：《晋书》卷四十七《傅玄传》，中华书局，1974，第1317页。
③ ［唐］房玄龄等：《晋书》卷四十七《傅玄传》，中华书局，1974，第1323页。
④ ［唐］房玄龄等：《晋书》卷四十四《卢钦传》，中华书局，1974，第1259页。

卷，名曰《流别集》，各为之论，辞理惬当，为世所重。"①束皙，史载："才学博通，所著《三魏人士传》、《七代通记》、《晋书·纪》《志》，遇乱亡失。其《五经通论》、《发蒙记》、《补亡诗》、文集数十篇，行于世云。"②王接，史载："注《公羊春秋》，多有新义。时秘书丞卫恒考正汲冢书，未讫而遭难。佐著作郎束皙述而成之，事多证异义。时东莱太守陈留王庭坚难之，亦有证据。皙又释难，而庭坚已亡。散骑侍郎潘滔谓接曰：'卿才学理议，足解二子之纷，可试论之。'接遂详其得失。挚虞、谢衡皆博物多闻，咸以为允当。又撰《列女后传》七十二人，杂论议、诗赋、碑颂、驳难十余万言，丧乱尽失。"③挚虞的《文章流别论》"辞理惬当"，是因为他整理过《文章流别集》；束皙的《三魏人士传》《七代通记》等，其相关知识修养有些就来自编著《晋书·纪》和《志》等文献典籍的实践；王接所论束皙与王庭坚关于汲冢书辩难的得失，挚虞、谢衡"咸以为允当"，也跟王接注《公羊春秋》、参与整理汲冢书的经历有一定的联系。这点从史臣对他们创作的评价中，也可得到证实。史臣曰："挚虞、束皙等并详览载籍，多识旧章，奏议可观，文词雅赡，可谓博闻之士也。或摄官延阁，裁成言事之书；或莅政秩宗，参定禋郊之礼。……王接才调秀出，见赏知音。"④在史臣看来，挚虞、束皙等人的奏议可观、文词雅赡，是其详览载籍、多识旧章的结果；王接的才调秀出，被知音所欣赏，也在于他的博通；不管是挚虞、束皙的详览载籍、多识旧章，还是王接的博通，其文学创作的素养皆源自他们的文献整理。所以，他们也是整理文献为文的杰出代表。

另一方面，两晋文人整理文献为文的自觉意识，还体现在为他人提供阅读学习、提高文学素养的范本。如《隋志·经籍志四》在论述总集的起源发展时说道："总集者，以建安之后，辞赋转繁，众家之集，日以滋广，晋代挚虞，苦览者之劳倦，于是采摘孔翠，芟剪繁芜，自诗赋下，各为条贯，合而编之，谓为《流别》。是后文集总钞，作者继轨，属辞之士，以为覃奥，而取则焉。"⑤《四库全书总目·总集序》也云："文籍日兴，散无统纪，于是总集作焉。一则网罗放佚，使零章残什，并有所归；一则删汰

---

① ［唐］房玄龄等：《晋书》卷五十一《挚虞传》，中华书局，1974，第1427页。
② ［唐］房玄龄等：《晋书》卷五十一《束皙传》，中华书局，1974，第1434页。
③ ［唐］房玄龄等：《晋书》卷五十一《束皙传》，中华书局，1974，第1436页。
④ ［唐］房玄龄等：《晋书》卷五十一《束皙传》，中华书局，1974，第1436页。
⑤ ［唐］魏徵、［唐］令狐德棻：《隋书》卷三十五《经籍志四》，中华书局，1973，第1089—1090页。

繁芜，使莠稗咸除，菁华毕出。是固文章之鉴衡，著作之渊薮矣。"① 古代文人开展文献整理的目的，或是"苦览者之劳倦，于是采摘孔翠，芟剪繁芜"；或是"网罗放佚，使零章残什并有所归"；或是"删汰繁芜，使莠稗咸除，菁华毕出"。所以，保存文献以便被后人阅读学习，提高其文学素养，是文人从事文献整理的主要目的。对此，我们还可以从文人自己的文学创作中，找到有力证据。如陆机的《遂志赋序》曰："昔崔篆作诗以明道述志，而冯衍又作《显志赋》，班固作《幽通赋》，皆相依仿焉。张衡《思玄》、蔡邕《玄表》、张叔《哀系》，以此前世可得言者也。崔氏简而有情，《显志》壮而泛滥，《哀系》俗而时靡，《玄表》雅而微素，《思玄》精炼而和惠，欲丽前人，而优游清典，漏《幽通》矣。班生彬彬，切而不绞，哀而不怨矣。崔蔡冲虚温敏，雅人之属也。衍抑扬顿挫，怨之徒也。岂亦穷达异事而声为情变乎？余备托作者之末，聊复用心焉。"② 在序中，陆机坦言，自己在阅读、学习了崔篆和冯衍的《显志赋》、班固的《幽通赋》、张衡的《思玄》、蔡邕的《玄表》、张叔的《哀系》之后，受到启发，"备托作者之末，聊复用心焉"，创作了《遂志赋》。陆机之所以能够阅读、学习崔篆、冯衍等人的赋作作品，主要归功于文人的文献整理。正是因为文人的文献整理，才使崔篆等文人的作品得以有效保存和传播，否则陆机也就不会这么便利就能够得到这些作品，以供自己阅读、学习和提高自己修养之用。又如《世说新语·文学》载："裴郎作《语林》，始出，大为远近所传。时流年少，无不传写，各有一通。"③《世说新语·轻诋》注引《续晋阳秋》曰："晋隆和中，河东裴启撰汉、魏以来迄于今时，言语应对之可称者，谓之《语林》。时人多好其事，文遂流行。"④ 裴启搜集汉魏以来言语应对之可称者，将其整理编撰为《语林》，以至于"大为远近所传，时流年少，无不传写，各有一通"，时人多好其事，《语林》得到了广泛传播。再如干宝的《搜神记序》云："虽考先志于载籍，收遗逸于当时，盖非一耳一目之所亲闻睹也，又安敢谓无失实者哉！卫朔失国，二传互其所闻；吕望事周，子长其两说。若此比类，往往有焉。从此观之，闻见之难一，由来尚矣。夫书赴告之定辞，据国史之方策，犹尚若此，况仰述千载之前，记殊俗之表，缀片言于残阙，访行事于故老，将使事不二

① ［清］永瑢等：《四库全书总目》下，中华书局，1965，第1685页。
② ［清］严可均辑校：《全晋文》卷九十六，河北教育出版社，1997，第986页。
③ ［南朝宋］刘义庆著，［南朝梁］刘孝标注，余嘉锡笺疏，周祖谟、余淑宜、周士琦整理：《世说新语笺疏》上卷下《文学》，中华书局，1983，第269页。
④ ［南朝宋］刘义庆著，［南朝梁］刘孝标注，余嘉锡笺疏，周祖谟、余淑宜、周士琦整理：《世说新语笺疏》下卷下《轻诋》，中华书局，1983，第844页。

迹，言无异途，然后为信者，固亦前史之所病。"① 干宝还在序言中道出了
"幸将来好事之士录其根体，有以游心寓目而无尤焉"的写作目的。该期
文人创作的集文献整理与文学创作于一体的作品，有不少就是阅读了其他
文人同类作品之后受到启发而创作的。《隋志·史部杂传序》云："魏文帝
又作《列异》，以序鬼物奇怪之事，嵇康作《高士传》，以叙圣贤之风。因
其事类，相继而作者甚众，名目转广，而又杂以虚诞怪妄之说。"②

第四，两晋时期，史官主要负责整理、编纂前朝史料史书和搜集记录
本朝史实，这一实践经历不仅使他们具备了历史、典章制度、治国理政经
验等方面的丰富知识，还使他们具备了一定的文采和文字表达能力，从而
使他们的文学创作素养得到了切实提升。这些文人常常被统治者指令创作
与他们的知识、文学素养一致，能够发挥其特长的文学作品。两晋时期的
哀策文，就多是由史官受命而为的。如晋武帝泰始四年（268），晋文明王
皇后崩，命史官为《晋文明王皇后哀策文》；③晋武帝泰始十年（274），晋
武元杨皇后崩，乃命史臣作《晋武元杨皇后哀策文》叙怀。④《艺文类聚》
卷十三著录有著作郎张华的《晋武帝哀策文》⑤，著作郎郭璞的《元皇帝
哀策文》⑥，命史官"述德寄辞"的《晋成帝哀策文》⑦，命国史"述德铭勋"
的《晋康帝哀策文》⑧，作者身份不详的《晋穆帝哀策文》⑨，命史臣"叙述
圣德"的《晋简文帝哀策文》⑩，著作郎王珣的《晋孝武帝哀策文》⑪；《艺

---

① ［晋］干宝：《搜神记序》，载上海古籍出版社编：《汉魏六朝笔记小说大观》，上海古籍出
版社，1999，第 277 页。
② ［唐］魏徵、［唐］令狐德棻：《隋书》卷三十三《经籍志二》，中华书局，1973，第
982 页。
③ ［唐］房玄龄等：《晋书》卷三十一《后妃传上》，中华书局，1974，第 951 页。
④ ［唐］房玄龄等：《晋书》卷三十一《后妃传上》，中华书局，1974，第 954 页。
⑤ ［唐］欧阳询撰，汪绍楹校：《艺文类聚》卷十三《帝王部三》，上海古籍出版社，1999，
第 247 页。
⑥ ［唐］欧阳询撰，汪绍楹校：《艺文类聚》卷十三《帝王部三》，上海古籍出版社，1999，
第 248 页。
⑦ ［唐］欧阳询撰，汪绍楹校：《艺文类聚》卷十三《帝王部三》，上海古籍出版社，1999，
第 251 页。
⑧ ［唐］欧阳询撰，汪绍楹校：《艺文类聚》卷十三《帝王部三》，上海古籍出版社，1999，
第 252 页。
⑨ ［唐］欧阳询撰，汪绍楹校：《艺文类聚》卷十三《帝王部三》，上海古籍出版社，1999，
第 253 页。
⑩ ［唐］欧阳询撰，汪绍楹校：《艺文类聚》卷十三《帝王部三》，上海古籍出版社，1999，
第 254 页。
⑪ ［唐］欧阳询撰，汪绍楹校：《艺文类聚》卷十三《帝王部三》，上海古籍出版社，1999，
第 254 页。

文类聚》卷十五著录有著作郎潘岳的《景献皇后哀策文》①,著作郎张华的《元皇后哀策文》②;《晋书》卷五十三《愍怀太子传》著录的《愍怀太子哀策文》③,等等。有研究者指出:"哀策文作为一种具有旌表皇帝、皇妃等人功德的哀悼文,具有很强的仪式性,须于已故皇帝、皇妃等陵前宣读,以引导群臣同哭别,因此其体式必然要典雅、凝重,同时又要具有很强的情感煽动性。"④同时具备上述才学、知识等文学素养的文人,史官无疑是首选。

再如诔这一文体,两晋时期多为著作郎所作。《文心雕龙·诔碑》中提到的两晋时期作有诔文的人,只有潘岳;《文选》共著录了八篇诔文,仅潘岳就占了四篇。有研究者指出:"著作郎官所撰之诔的优秀率更高、传写率更高。这种情况的出现,当然与诔文的体制及文学特质和著作郎官的才学、知识储备有紧密的联系。"⑤著作郎官所拥有的才学、知识等文学素养,与其所从事的文献整理工作息息相关。也就是说,他们的文学创作素养,主要来自其文献整理的实践。

第五,两晋时期文人的佛经翻译活动,为其文学创作提供了佛教知识的支撑,提高了他们从事相关文学创作的素养。慧远就是其中的重要例证。慧远创作的《明报应论》《三报论》等作品,就是阐述佛教因果报应思想的专题论文。其《三报论》曰:"经说业有三报:一曰见报,二曰生报,三曰后报。见报者,善恶始于此身,即此身受。生报者,来生便受。后报者,或经二生、三生、百生、千生,然后乃受。受之无主,必由于心,心无定司,感事而应。应有迟速,故报有先后。先后虽异,咸随所遇而为对。对有强弱,故轻重不同。斯乃自然之赏罚,三报之大略也。"⑥文中对佛教的"三世因果报应"说进行了具体说明和阐释。其《庐山东林杂诗》云:"崇岩吐清气,幽岫栖神迹。希声奏群籁,响出山溜滴。有客独冥游,径然忘所适。挥手抚云门,灵关安足辟。流心叩玄扃,感至理

---

① [唐]欧阳询撰,汪绍楹校:《艺文类聚》卷十五《后妃部》,上海古籍出版社,1999,第284页。
② [唐]欧阳询撰,汪绍楹校:《艺文类聚》卷十五《后妃部》,上海古籍出版社,1999,第285页。
③ [唐]房玄龄等:《晋书》卷五十三《愍怀太子传》,中华书局,1974,第1463页。
④ 李猛:《魏晋南朝著作郎制度与文学之关系研究》,硕士学位论文,上海师范大学,2013,第62—63页。
⑤ 李猛:《魏晋南朝著作郎制度与文学之关系研究》,硕士学位论文,上海师范大学,2013,第67页。
⑥ [清]严可均辑校:《全晋文》卷一百六十二,河北教育出版社,1997,第1699页。

弗隔。孰是腾九霄，不奋冲天翮。妙同趣自均，一悟超三益。"①该诗又名
《游庐山》，作于晋安帝元兴三年（404）慧远在一次游览庐山之后，是一
首典型的玄言诗。清代的沈德潜评此诗曰："自有一种清奥之气。"②诗中的
"希声""灵关""玄扃"，反映了作者对佛教之理与道教、道家之理互通
的体悟；"妙""悟""三益"，反映了作者对佛教之理和儒家之理融汇的理
解。这一既富有理趣又不乏情志，且两者又统一于自然山水之中的境界，
应来自佛理的浸润和沾溉的文学素养，而这又是建立在他所从事的佛经翻
译实践之上的。

两晋时期，佛教经师为佛教经书、诗文所作的专题序文，是其佛经翻
译活动的直接成果。经序方面，有康僧会的《法镜经序》，释道安的《十
二门经序》《阴持入经序》，释道叡的《小品经序》《大品经序》，释僧肇的
《长阿含经序》等；诗序、文序方面，有康僧渊的《代答张君祖诗序》，支
遁的《八关斋序》和支昙谛的《灵鸟山铭序》等。这两类序文一般除说明
经书、诗文创作的缘由和流传情况外，还对其思想、体例和翻译等内容
进行了介绍；佛教经典的序文，还要对佛经的思想内容予以概括。如释
僧肇的《〈百论〉序》曰："《百论》者，盖是通圣心之津涂，开真谛之要
论也。……乃仰慨圣教之凌迟，俯悼群迷之纵惑，将远拯沉沦，故作斯
《论》，所以防正闲邪，大明于宗极者矣。是以正化以之而隆，邪道以之而
替，非夫领括众妙，孰能若斯？《论》有百偈，故以百为名。……其为论
也，言而无党，破而无执。……以弘始六年岁次寿星，集理味沙门与什考
校正本，陶练覆疏，务存《论》旨，使质而不野，简而必诣，宗致划尔，
无间然矣。"③序文中，释僧肇不仅介绍了自己创作《百论》的缘由，解释
了《百论》的书名由来，指出了《百论》的特点在于"言而无党，破而无
执"，还对译者和翻译情况等进行了叙述。释僧肇从事佛教文献整理的实
践经历，使其具有了创作《〈百论〉序》等专题作品的知识与素养。两晋
时期，其他佛教经师所作的序文，大多也可作如是观。

第六，两晋时期文人的文献整理，成为文人志怪小说创作的知识源泉。
如张华的《博物志》、干宝的《搜神记》、葛洪的《神仙传》等小说的材料
来源与成书，无不如此。关于张华《博物志》的材料来源与成书，王嘉在
《拾遗记》中云："张华字茂先，挺生聪慧之德，好观秘异图纬之部，捃采天
下遗逸，自书契之始，考验神怪，及世间闾里所说，造《博物志》四百卷，

---

① 逯钦立辑校：《先秦汉魏晋南北朝诗·晋诗》卷二十，中华书局，1988，第1085页。
② ［清］沈德潜选：《古诗源》卷九，中华书局，2006，第181页。
③ ［清］严可均辑校：《全晋文》卷一百六十五，河北教育出版社，1997，第1735页。

奏于武帝。"① 干宝在《搜神记自序》中,对于《搜神记》的材料来源和成书情况进行了书写。其文曰:"虽考先志于载籍,收遗逸于当时,盖非一耳一目之所亲闻睹也,又安敢谓无失实者哉! ……今之所集,设有承于前载者,则非余之罪也。若使采访近世之事,苟有虚错,愿与先贤前儒分其讥谤。"②关于《神仙传》的材料来源与成书,葛洪在《神仙传序》中写道:"抄集古之仙者见于仙经、服食方及百家之书,先师所说、耆儒所论,以为十卷。"③可见,该期文人编著的志怪小说的材料,或取自以前的文献典籍,或取自当时的诸种传说。有研究者指出:"魏晋南北朝志怪小说集的作品来源大致分两类:一是书面记载,一是口头讲述。但是结合编著者关于新、旧故事的选取视角,这两类来源又可以细分为六类:一是各类图书典籍;二是各类口头传说;三是改编类故事,指原故事的人物和情节不变只是细节的增减;四是'继承性创新'故事,即借鉴、仿效原故事的情节模式新创作的故事;五是'镕旧铸新'型故事,即融合多个其他故事的情节创作的新故事;六是'独立性创新'的故事,即自铸新辞、无复依傍,完全新型的故事。从编著者的视角看,前三类属于'旧作',后三类属于'新创'。"④详细阐述了该期文人的文献整理与志怪小说创作之间的知识渊源。

郭璞、戴祚等文人的文献整理,也为其志怪小说创作奠定了知识基础。如郭璞的《〈尔雅〉叙》云:"夫《尔雅》者,所以通训诂之指归,叙诗人之兴咏,总绝代之离词,辩同实而殊号者也。诚九流之津涉,六艺之钤键,学览者之潭奥,摛翰者之华苑也。若乃可以博物不惑、多识于鸟兽草木之名者,莫近于《尔雅》。"⑤郭璞在叙文中,对《尔雅》的性质、功能,尤其是"可以博物不惑、多识于鸟兽草木之名"的作用给予了概括和总结。在郭璞看来,《尔雅》不仅可以开阔读者的视野,增长读者的知识,而且还能提升读者的文学表达等方面的素养。郭璞之所以能够成为两晋作家的典范,与其注《尔雅》《山海经》等文献整理的实践经历密不可分。这一实践经历为其从事相关的文学创作,提供了必要的知识与素养。

① 〔晋〕王嘉撰,〔南朝梁〕萧绮录,齐治平校注:《拾遗记》,中华书局,1981,第210—211页。李剑国的《唐前志怪小说史》认为,这则材料虽然存有疑点,但其对我们了解这则材料的来源与成熟具有一定的启示。参见李剑国:《唐前志怪小说史》,人民文学出版社,2011,第314页。

② 〔唐〕房玄龄等:《晋书》卷八十二《干宝传》,中华书局,1974,第2150—2151页。

③ 〔晋〕葛洪:《神仙传》,《影印文渊阁四库全书》第1059册,台湾商务印书馆,1986,第257页。

④ 张传东:《魏晋南北朝志怪小说集成书研究》,博士学位论文,山东大学,2018,第87页。

⑤ 〔清〕严可均辑校:《全晋文》卷一百二十一,河北教育出版社,1997,第1233页。

其《玄中记》，就与其为《山海经》作注时所获得的知识和书写手法等存在着密切的联系，这也是为何《玄中记》中会存有《山海经》的影子的原因所在。又如《甄异传》的作者戴祚，曾撰《西征记》一卷。他编著《甄异传》，应与其编撰《西征记》的经历有关。就两晋时期文人创作的志怪小说来说，依据编著者对作品加工整理与创作的参与情况，志怪小说集的编著者与集内小说作者之间的身份，大体有三种关系：一是从图书典籍中原文抄录而来的，编著者只是编者的身份；二是编著者参与了志怪故事的加工、整理，编著者兼有作者身份，或对原故事进行了诸如丰富细节、丰满人物形象等方面的增饰性改编，或对来自口头传说的志怪故事进行加工、润色、写定与补充；三是编著者就是作者，两者身份完全一致。①

两晋时期，文人的文献整理对文学创作素养的影响，除以上六点之外，还表现在对地记文献的整理与文学创作等方面。如张协在《安石榴赋》中所言的"考草木于方志，览华实于园畴。穷陆产于苞贡，差英奇于若榴"，②就直接道出了方志与辞赋创作之间的关系。再如陆机的《齐讴行》《吴趋行》与谢灵运的《会吟行》等作品，《齐讴行》是"述齐地之美"③之作，《吴趋行》是"吴人以歌其地"④的作品，《会吟行》"意与《吴趋行》同类"。⑤有研究者指出，若对这三首诗进行细读，就会发现"三首诗的题材与魏晋地记的内容如出一辙，诗中包括地理、山川、物产、疆域、城池、建筑、风俗、人物等方面，几乎涵括了当时地记的所有内容。可见它们与魏晋时期的地记有着内在的血缘关系，可以说，三首乐府诗是概括化和韵语化的地记"。⑥在此，研究者深刻揭示出了陆机与谢灵运的地记知识对其诗歌创作的影响。潘岳、张载、挚虞、束晳、郭璞等文人，也是这方面的典型。对此，学界已有比较系统的探讨，此不赘述。

总之，两晋文人的文献整理对其文学创作素养的影响，是多方面的。而这些影响并不是各自独立、互不联系的，而是相互影响、相互关联的，有时甚至是共同体现在文人身上的。

① 张传东：《魏晋南北朝志怪小说集成书研究》，博士学位论文，山东大学，2018，第83页。
② ［清］严可均辑校：《全晋文》卷八十五，河北教育出版社，1997，第886页。
③ ［唐］吴兢：《乐府古题要解》卷下，载丁福保辑：《历代诗话续编》上册，中华书局，1983，第47页。
④ ［南朝梁］萧统编，［唐］李善等注：《六臣注文选》卷二八李善注引崔豹《古今注》，中华书局，1987年影印，第525页上。
⑤ ［南朝梁］萧统编，［唐］李善等注：《六臣注文选》卷二八张铣注，中华书局，1987年影印，第527页上。
⑥ 马燕鑫：《魏晋六朝地记与文学书写》，《文学遗产》2019年第2期。

第四章 魏晋文人文学创作对文献整理的影响

魏晋文人的文学创作呈现出明显的继承性和发展性，正如刘勰所云："晋世文苑，足俪邺都。"[①] 总体而言，魏晋时期文人的文学创作较前一历史时期有所进展，并在一定程度上表现出家族化和地域化趋势。这一趋势对于该期文人的文献整理活动亦产生了深刻影响，从而呈现出文学创作典籍化的鲜明特征和发展走向。本章主要从文人文献整理的内容、文献整理的思想和方法两个方面，考察魏晋文人的文学创作对文献整理的促进作用。

第一节 对文献整理内容的影响

文献整理的实质，是对礼乐等典章制度及其他思想成果的明确化和书面化过程。因为文章是文献的基本形态，所以文人创作对文献整理的直接影响之一，就体现在内容层面。这种影响是全面而精微的，很难逐一考证。相对而言，史部、子部、集部著述的文学性更为明显，且其文献大都兼涉继承性与创新性，可视为文学创作与文献整理的统一体。从理论上来说，根据文本继承性与创新性的比重可以区分出文学创作与文献整理的界限：若继承性高于创新性，则属整理范畴；反之，则属于文学创作成果。但事实上，由于古今文学观念的差异，现行理论对于魏晋时期文本之"继承与创新"的界定未必合乎当时的实际情况，故两者的绝对界限是很难准确把握的，因而也难以决然区分。

笼统言之，曹魏与西晋时期，文人对前代文集的编撰大体属于对已有诗赋等文学作品的抄撰。如曹植的《前录》、曹丕的《孔融集》《建安六子集》、曹叡的《曹植集》、薛综的《私载》、陈寿的《诸葛亮集》、荀勖的《新撰文章家集叙》等文献整理成果，均是如此。其后，随着日常应用公

---

① ［南朝梁］刘勰撰，范文澜注：《文心雕龙注》卷十《才略》，人民文学出版社，1958，第 702 页。

文写作及文学创作的日趋繁盛，文人对文体类别的甄辨需求日渐增强，于是文人又根据文体及文章内容的不同，对已有文献加以分类编集和整理，使之成为写作的范本和研究的对象，同时成为文人展示和宣扬自我文学观念的重要载体。这种情况在曹魏时期就成为文人文献整理的一大亮点，其典型就是曹丕下令编纂的《皇览》。两晋时期，文人对文献进行分类编集和整理日趋频繁，以至成为文人文献整理的重要方面。如挚虞的《文章流别集》、李充的《翰林集》、索靖的《晋诗》、陈勰的《碑集》《碑别集》等，便是其中的代表性成果。这些成果在宣扬文献整理者文学评价标准的同时，也在一定程度上客观反映了此时文人文学创作体式的丰富多样。反之，在一定意义上说，魏晋文人文学创作实践的多样化，不仅促成了魏晋文人文献整理内容及分类标准的多样化（参见表 4-1），而且推动了其分类思想和分类方法的革新与系统化。

表 4-1 魏晋选集概览表

撰者	集名	卷数	内容性质	记载
曹植	《前录》		自选删定辞赋 78 篇	《前录序》
曹丕	《曹丕集》		自所勒成垂百余篇	《三国志·文帝纪》
	《孔融集》		收孔融文章 25 篇	《后汉书·孔融传》
	《建安六子集》		将六人遗文结为一集	《又与吴质书》
曹叡	《曹植集》		赋颂诗铭杂论凡 100 余篇	《三国志·曹植传》
薛综	《私载》		选诗、赋、难、论数万言	《三国志·薛综传》
夏侯湛	《夏侯子》		自选论文 30 余篇	《晋书·夏侯湛传》
荀勖	《魏宴乐歌辞》	7	魏宴乐歌辞集	《隋志》集部
	《晋宴乐歌辞》	10	晋宴乐歌辞集	
傅玄	《相风赋》	7	《相风赋》专集	
	《七林》		汉魏晋"七体"合集	挚虞《文章流别论》
华廙	《善文》		经书要事钞	《晋书·华廙传》
陈勰	《杂碑》	22	碑文选集	《隋志》集部
	《碑文》	15		
陈寿	《汉名臣奏》	30	两汉名臣奏章选集	
	《魏名臣奏》	30	曹魏名臣奏章选集	
杜嵩	《任子春秋》	1	个人文集	
石崇	《金谷集》		《金谷诗》专集	《金谷诗序》

续表

程咸	《华林园诗集》		《华林园诗》专集	《华林园诗序》
索靖	《晋诗》	20	西晋诗歌选集	《晋书·索靖传》
挚虞	《文章流别集》	30	古文章选集暨评论集	《晋书·挚虞传》《隋志》集部
	《文章流别志》			
	《流别论》	2		
	《文章志》	4		
李充	《翰林集》	3	作品选暨评论集	《隋志》集部
	《翰林论》	54		
车灌	《碑文》	10	碑文选集	
王履	《书集》	80	书信作品选集	
晋群臣	《木连理颂》	2	《木连理颂》选集	
	《晋歌章》	10	晋代歌辞集	
王羲之	《兰亭诗集》		《兰亭诗》合集	《兰亭诗序》
伏滔等	《元正宴会诗集》	4	《元正宴会诗》合集	两《唐志》、《补晋志》
张湛	《古今九代歌诗》	7	晋前九代歌诗选集	《隋志》集部
	《古今箴铭集》	14	晋前箴铭选集	
李彪	《百一诗注》	2	应璩《百一诗》注解	
殷仲堪	《论集》	86	论文总集	
	《策集》	1	策文集	
谢混	《文章流别本》	12	古文章选集暨评论集	

　　由表 4-1 可知，曹魏时期文人集类文献的整理与之前相比，其鲜明特点的就是对当代文人作品的整理。两晋时期又很好地继承了这一传统，文人对当代文人作品的抄撰与删集则成为该期文人集类文献整理的常规任务之一，文人创作成果不仅在子部、集部中占据相当份额，其影响亦渗透到经部、史部典籍的纂修之中，使得注疏之作的"文体"与语体均"由单趋复"，呈现出明显的文学化。

　　文人文献整理的文学化，在该期玄学家身上表现得最为突出。如《魏氏春秋》称王弼"注《易》，往往有高丽言"。① 刘师培也评王弼云："其为文，句各为义，文质兼茂，非惟析理之精也。……王（弼）、何（晏）注经，其文体亦与汉人迥异。"② 刘师培进一步指出："厥后郭象注《庄子》，

---

① ［清］严可均辑校：《全晋文》卷十八何劭《王弼传》，河北教育出版社，1997，第191 页。
② 刘师培：《中国中古文学史讲义》，上海古籍出版社，2006，第33—34 页。

张湛注《列子》，李轨注《法言》，范宁注《谷梁》，其文体并出于此，而汉人笺注文体无复存矣。"① 《文士传》称："（郭）象作《庄子注》，最有清辞遒旨。"② 这些例证从不同角度，反映了魏晋文人在注疏经典的过程中对文采的重视。魏晋文人文献整理的这一文学化倾向，显然与其文学创作追求文采的价值标准是密切相连的。此外，魏晋文人的文学创作往往具有某些"先锋"色彩，其文体创新实践亦丰富了文献整理形式。为了便于从宏观上把握魏晋文人文学创作对文献整理内容的影响，下面拟分别从诗歌、辞赋、杂传记、碑文、杂文等方面，予以论述。

一、诗歌

魏晋文人的诗歌创作对其文献整理的影响，主要集中于集部。

第一，文人创作的诗作为文学总集及文人别集的整理提供了原始材料，进而为选集的编辑整理提供了母本。如曹魏时期，曹丕整理的自己作品集和《孔融集》《建安六子集》、曹叡整理的《曹植集》中所收录的诗歌部分。史载，曹丕于献帝建安二十二年（217），整理自己的作品一百余篇；献帝建安二十四年（219），曹丕整理了《建安六子集》。再如魏明帝太和元年（227），缪袭为所改汉短箫铙歌之乐十二曲作词。据《晋书·乐志下》载："及魏受命，改其十二曲，使缪袭为词，述以功德代汉。改《朱鹭》为《楚之平》，言魏也。改《思悲翁》为《战荥阳》，言曹公也。改《艾如张》为《获吕布》，言曹公东围临淮，擒吕布也。改《上之回》为《克官渡》，言曹公与袁绍战，破之于官渡也。改《雍离》为《旧邦》，言曹公胜袁绍于官渡，还谯收藏死亡士卒也。改《战城南》为《定武功》，言曹公初破邺，武功之定始乎此也。改《巫山高》为《屠柳城》，言曹公越北塞，历白檀，破三郡乌桓于柳城也。改《上陵》为《平南荆》，言曹公平荆州也。改《将进酒》为《平关中》，言曹公征马超，定关中也。改《有所思》为《应帝期》，言文帝以圣德受命，应运期也。改《芳树》为《邕熙》，言魏氏临其国，君臣邕穆，庶绩咸熙也。改《上邪》为《太和》，言明帝继体承统，太和改元，德泽流布也。其余并同旧名。"③ 可知缪袭所改的十二曲，在当时就得到了及时的整理。

两晋时期，文人对同时代人创作的诗歌进行整理的现象更为普遍。这

---

① 刘师培：《中国中古文学史讲义·导论》，上海古籍出版社，2006，第8页。

② ［南朝宋］刘义庆著，［南朝梁］刘孝标注，余嘉锡笺疏，周祖谟、余淑宜、周士琦整理：《世说新语笺疏》上卷下《文学》注引，中华书局，1983，第206页。

③ ［唐］房玄龄等：《晋书》卷二十三《乐志下》，中华书局，1974，第701页。

不仅是受此时文人"立言"不朽价值观的影响所致，而且是文人借文献整理以实现立言不朽的具体体现。这是因为文人"立言"不朽的价值追求，既包括文人的文学创作，又包含文人对所创作的作品的整理。如卢钦，就受文人作诗和整理诗作风气的影响，把自己创作的诗文作品整理为《小道》。《晋书·卢钦传》载："所著诗赋论难数十篇，名曰《小道》。"[1] 应璩也把自己创作的诗歌整理为《百一诗》八卷。不仅如此，此时还出现了对诗歌进行专类整理的情况。如索靖所选编的《晋诗》二十卷便是这类成果的典型代表。《晋诗》属于"晋人选晋诗"，具有某种开创意义。

第二，文人集会时所作的诗歌，为其进行专题诗集的整理提供了材料。魏晋文人承继之前文人集会的风气，文人宴集之中往往赋诗唱和、助兴侑酒，会上或会后又公推主持人或文名最高者，将与会众人之作编撰为专集。魏晋文人的"文会"作为当时常见的文化盛事，甚至出现了上巳节集会的固定形式。如曹魏时期，曹丕曾将建安文人在邺下宴集之时所创作的唱和诗作编为《邺中集》，开启了文人编撰文会专题诗集的先河。

两晋时期，文人集会得到了发扬光大，集会的规模与频次明显扩大和增加。如西晋石崇组织金谷之会，与会者被要求"各赋诗，以叙中怀。或不能者，罚酒三斗"。[2] 其同题诗作被及时汇编成《金谷集》，并由石崇作序叙其本末；程咸等人有华林园之会，其作品被汇编为《华林园诗集》；[3] 东晋王羲之等人在会稽举行兰亭之会，同题诗作被汇编为《兰亭集》，孙绰、王羲之皆有序文总述其事；伏滔、袁豹、谢灵运等有元正之会，同题诗作被汇编为《元正宴会诗集》四卷，等等。此后，文人集会日益普遍，甚至连皇帝都亲临盛会。文人们在集会上创作的诗作被编订成专题诗集（总集），不仅提高了文人作诗的热情和技巧，也对该期文人诗别集和诗选集的编纂产生了巨大的推动作用。

第三，魏晋文人补亡诗的创作，作为文人对《诗经》整理的一种特殊方式，是该期文人以文学创作形式进行的文献整理活动。束皙的《补亡诗》，就是这方面的代表。其《补亡诗序》云："皙与同业畴人，肄修乡饮之礼，然所咏之诗，或有义无辞，音乐取节，阙而不备。于是遥想既往，存思在昔，补著其文，以缀旧制。"[4] 可见，束皙创作《补亡诗》的主要目

---

① ［唐］房玄龄等：《晋书》卷四十四《卢钦传》，中华书局，1974，第1255页。

② ［清］严可均辑校：《全晋文》卷三十三石崇《〈金谷诗〉序》，河北教育出版社，1997，第346页。

③ ［清］严可均辑校：《全晋文》卷四十四程咸《〈华林园诗〉序》，河北教育出版社，1997，第447页。

④ ［清］严可均辑校：《全晋文》卷八十七，河北教育出版社，1997，第910页。

的，就是补《诗经》中"有义无辞"的《南陔》《白华》《华黍》《由庚》《崇丘》《由仪》这六篇诗作。束皙的《补亡诗》语言流丽，对偶精当，不脱西晋气息。

魏晋文人创作的玄言诗、佛理诗等，宣传道家、道教和佛教教义，以诗歌的形式丰富了宗教文献的形制与内容，成为文人整理宗教文献的重要素材。许询、孙绰等人的玄言诗和支遁、张君祖、康僧渊、道安等人的佛理诗等，就是如此。檀道鸾《续晋阳秋》云："（许）询有才藻，善属文。自司马相如、王褒、扬雄诸贤，世尚赋颂，皆体则《诗》、《骚》，傍综百家之言。及至建安，而诗章大盛。逮乎西朝之末，潘、陆之徒虽时有质文，而宗归不异也。正始中，王弼、何晏好《庄》、《老》玄胜之谈，而世遂贵焉。至江左李充尤盛。故郭璞五言始会合道家之言而韵之。（许）询及太原孙绰转相祖尚，又加以三世之辞，而《诗》、《骚》之体尽矣。询、绰并为一时文宗，自此作者悉体之。至义熙中，谢混始改。"①《文心雕龙·时序篇》曰："自中朝贵玄，江左称盛，因谈余气，流成文体。是以世极迍邅，而辞意夷泰，诗必柱下之旨归，赋乃漆园之义疏。"②又钟嵘《诗品序》云："永嘉时，贵黄、老，尚虚谈。于时篇什，理过其辞，淡乎寡味。爰及江表，微波尚传：孙绰、许询、桓、庾诸公诗，皆平典似《道德论》。建安风力尽矣。"③上述文献从不同方面揭示了玄言诗产生的原因。一方面，文人创作的玄言诗是文人谈玄风习影响的结果；另一方面，文人创作的玄言诗又为文人相关诗歌文献的整理提供了材料。支遁、康僧渊等人创作的佛理诗，也可作如是观。

两晋时期，文人创作的拟古诗也是该期文人诗歌创作的一种题材与形式。"拟古诗"之"拟"，为模仿之意，是后人模仿前人诗作的技法、表意或仅冠以旧题而进行的诗歌创作。该期文人创作的拟古诗，是当时模拟之风对诗歌创作影响的结果。西晋是文人拟古诗创作的重要发生期。陆机的《拟古诗》十二首，傅玄的《拟四愁诗》四首，张华的《拟古诗》一首，张载的《拟四愁诗》等，就是文人拟古诗的代表作品。这些诗作，表面看来是文人为了学习前人诗作的创作技巧、表意这一创作风气的体现，实际上还包含了文人借此展示自己的文采，与模拟对象一较高下的价值诉求。

---

① ［南朝宋］刘义庆著，［南朝梁］刘孝标注，余嘉锡笺疏，周祖谟、余淑宜、周士琦整理：《世说新语笺疏·文学》第 85 条注引《续晋阳秋》，中华书局，1983，第 262 页。

② ［南朝梁］刘勰撰，范文澜注：《文心雕龙注》卷九《时序》，人民文学出版社，1958，第 675 页。

③ ［南朝梁］钟嵘著，曹旭集注：《诗品集注（增订本）》，上海古籍出版社，2011，第 28 页。

因此，在模拟创作完成之后，他们还会对这些作品进行整理，以便保存与传播。这是此时文人文学创作对文献整理影响的一种独特表现形式。

二、辞赋

魏晋文人的辞赋创作对其文献整理内容的影响，主要在于辞赋集、字书与类书的编撰这两个方面，同时也渗透到史部文献之中。

曹魏时期，曹植有鉴于自己创作的辞赋作品芜秽者众，故删定别撰，整理成《前录》七十八篇；曹丕也曾多次整理自己创作的辞赋作品。两晋时期，又出现了文人对都城赋、述征赋的整理。都城大赋方面，前有西晋左思的《三都赋》洛阳纸贵，后有东晋庾阐的《扬都赋》都下纸贵，[①] 还有左思的《赵都赋》、曹毗的《湘中赋》《魏都赋》《扬都赋》、傅玄的《正都赋》以及由此衍生的郗超、孙绰的同题之作《天台山赋》等。述征赋方面，有傅玄的《叙行赋》《西征赋》，潘岳的《西征赋》，陆云的《南征赋》，袁宏的《东征赋》《北征赋》等。更有甚者，陶范为了让父亲陶侃被写进《东征赋》中，不惜以武力威胁作者袁宏。[②] 这不仅反映出两晋文人对于大赋的偏爱与重视，还昭显出他们以大赋佐史的观念。在某种程度上，大赋可以视为地理博物之作或铺排之人物别传。

汉代大赋以炫博耀奇、堆垛词藻著称，尤好用生词僻字。所以，汉代就出现了赋家作赋之后，为赋自注音义的现象。魏晋时期尤其是两晋以后，此种做法愈益频繁和突出。如左思作《三都赋》，《隋书·经籍志》著录有《杂都赋》十一卷，注云：“《齐都赋》二卷并音，左思撰。”[③] 可知，左思不仅自作有《齐都赋音》，还为自己所作之赋作过其他注解，附于赋文之下。《世说新语·文学》“太冲作《三都赋》”条引《左思别传》曰：“（左）思造张载，问岷、蜀事，交接亦疏。皇甫谧西州高士，挚仲治宿儒知名，非思伦匹。刘渊林、卫伯舆并蚤终，皆不为思《赋》序注也。凡诸注解，皆思自为，欲重其文，故假时人名姓也。”[④] “自注本”的问世，在当时并不是个案。庾阐的《扬都赋》并《音》等，亦是如此。此外，两晋

---

① ［南朝宋］刘义庆著，［南朝梁］刘孝标注，余嘉锡笺疏，周祖谟、余淑宜、周士琦整理：《世说新语笺疏》上卷下《文学》，中华书局，1983，第258页。

② ［南朝宋］刘义庆著，［南朝梁］刘孝标注，余嘉锡笺疏，周祖谟、余淑宜、周士琦整理：《世说新语笺疏》上卷下《文学》，中华书局，1983，第273页。

③ ［唐］魏徵、［唐］令狐德棻：《隋书》卷三十五《经籍志四》，中华书局，1973，第1083页。

④ ［南朝宋］刘义庆著，［南朝梁］刘孝标注，余嘉锡笺疏，周祖谟、余淑宜、周士琦整理：《世说新语笺疏》上卷下《文学》，中华书局，1983，第247页。

时期，还出现了文人对同时代其他文人创作的辞赋作品的整理。如张载的《三都赋注》、刘逵的《三都赋注》三卷、卫权的《三都赋注》三卷等。其本文及自注、其他文人注，亦成为文人文献整理的对象和内容

辞赋与字书及小学有着天然的联系，汉代辞赋大家如司马相如、扬雄等，多为小学专家，东汉许慎的《说文解字》颇引其说。都城大赋讲究摛藻铺排的文体特性，决定了赋家必定胪列大量生僻字词，用以张本造势；赋作、自注以及他注就必然会大量借鉴前人训诂成果，为己所用；于是便使得赋注文本具备了浓厚的小学色彩。如西晋左思的《三都赋》，在《三都赋序》中就自谓其作有"归诸诂训"①的特点，所以辞赋一出不少文人为之作注，出现了诸如张载的《魏都赋注》、刘逵的《吴都赋注》《蜀都赋注》，以及卫权为左思赋作的《略解》等著作。对此《晋书·文苑列传·左思传》载："（左思）造《齐都赋》，一年乃成。复欲赋三都，会妹芬入宫，移家京师，乃诣著作郎张载，访岷邛之事。遂构思十年，门庭籓溷皆著笔纸，遇得一句，即便疏之。自以所见不博，求为秘书郎。及赋成，时人未之重。思自以其作不谢班张，恐以人废言，安定皇甫谧有高誉，思造而示之。谧称善，为其赋序。张载为注《魏都》，刘逵注《吴》《蜀》而序之曰：'观中古以来为赋者多矣，相如《子虚》擅名于前，班固《两都》理胜其辞，张衡《二京》文过其意。至若此赋，拟议数家，傅辞会义，抑多精致，非夫研核者不能练其旨，非夫博物者不能统其异。世咸贵远而贱近，莫肯用心于明物。斯文吾有异焉，故聊以余思为其引诂，亦犹胡广之于《官箴》，蔡邕之于《典引》也。'陈留卫权又为思赋作《略解》，序曰：'余观《三都》之赋，言不苟华，必经典要，品物殊类，禀之图籍；辞义瑰玮，良可贵也。有晋征士故太子中庶子安定皇甫谧，西州之逸士，耽籍乐道，高尚其事，览斯文而慷慨，为之都序。中书著作郎安平张载、中书郎济南刘逵，并以经学洽博，才章美茂，咸皆悦玩，为之训诂；其山川土域，草木鸟兽，奇怪珍异，金皆研精所由，纷散其义矣。余嘉其文，不能默已，聊藉二子之遗忘，又为之《略解》，祇增烦重，览者阙焉。'自是之后，盛重于时，文多不载。司空张华见而叹曰：'班张之流也。使读之者尽而有余，久而更新。'于是豪贵之家竞相传写，洛阳为之纸贵。"②这些辞赋文本及其注解，一方面为字书音书、大赋单行本及赋集的整理提供了内容和材料；另一方面，注解本身也是一种文献整理的表现。再如晋人根据孙绰等人所持的辞赋为"五经羽翼"的看法而撰成《五都赋》之类的都城

① ［南朝梁］萧统编：《文选》卷四左思《三都赋序》，上海书店，1988年影印，第74页。
② ［唐］房玄龄等：《晋书》卷九十二《左思传》，中华书局，1974，第2376—2377页。

赋选集，也为"增长事类，抑亦于文为益"①的小学文献的整理提供了文献支撑。

此外，魏末、西晋时期文人辞赋用典的创作需求，催生了陆机《要览》等典故类书②的纂集成书。这些典故类书的出现，不仅是文人从事文学文献整理历史中，集部典籍向专门化方向发展的体现，更是文人文学创作对文人文献整理影响的重要表征。

魏晋时期盛行仿作大赋的风气，在此模拟文风的影响下，文人的同题赋作也大量出现。例如傅玄、张华、潘岳、左棻、孙楚、陶侃、卢浮、杜万年、牵秀等，均有《相风赋》，这便不难理解为何傅玄选编《相风赋》七卷。根据类书中残存的魏晋同题赋作来推测，当时此类同题赋集和专题赋集应当不在少数，只不过由于兵燹等原因而没有流传下来罢了。一言以蔽之，魏晋文人辞赋的创作活动对文人有关辞赋文献整理的影响是广泛和深远的。

三、杂传记

魏晋时期，文人杂传记类文学的创作，对文人的文献整理也产生了多方面的深刻影响。

其一，魏晋文人继承了前代文人传记类文学的传统，彰显出集创作与文献整理于一体的特征，正史中的传记类作品就是该期文人创作对文献整理影响的一大表征。如薛莹，《三国志·吴书·薛莹传》载："右国史华覈上疏曰：'臣闻五帝三王皆立史官，叙录功美，垂之无穷。汉时司马迁、班固，咸命世大才，所撰精妙，与六经俱传。大吴受命，建国南土。大皇帝末年，命太史令丁孚、郎中项峻始撰《吴书》。孚、峻俱非史才，其所撰作，不足纪录。至少帝时，更差韦曜、周昭、薛莹、梁广及臣五人，访求往事，所共撰立，备有本末。昭、广先亡，曜负恩蹈罪，莹出为将，复以过徙，其书遂委滞，迄今未撰奏。臣愚浅才劣，适可为莹等记注而已，若使撰合，必袭孚、峻之迹，惧坠大皇帝之元功，损当世之盛美。莹涉学既博，文章尤妙，同寮之中，莹为冠首。今者见吏，虽多经学，记述之才，如莹者少，是以惓惓为国惜之。实欲使卒垂成之功，编于前史之末。奏上之后，退填沟壑，无所复恨。'皓遂召莹还，为左国史。……太康三

---

① ［北齐］魏收：《魏书》卷九十一《江式传》，中华书局，1974，第1963页。
② ［清］马国翰《玉函山房辑佚书》卷七十五《陆氏要览辑本序》（清光绪九年长沙嫏嬛馆刊本）云：陆机《要览》"上曰连璧，中曰述闻，下曰析名"，故可推知其为典故类书。

年卒。著书八篇，名曰《新议》。"① 再如王隐，《晋书·祖纳传》载其与祖纳相善，自陈："当晋未有书，而天下大乱，旧事荡灭，君少长五都，游宦四方，华裔成败，皆当闻见，何不记述而有裁成？应仲远作《风俗通》，崔子真作《政论》，蔡伯喈作《劝学篇》，史游作《急就章》，犹皆行于世，便成没而不朽。仆虽无才，非志不立，故疾没世而无闻焉，所以自强不息也。况国史明乎得失之迹，俱取散愁，此可兼济，何必围棋然后忘忧也？"祖纳因此荐举王隐，称："（王隐）清纯亮直，学思沈敏，《五经》、群史多所综悉，且好学不倦，从善如流。若使修著一代之典，褒贬与夺，诚一时之俊也。"② 但因钟雅阻止而不果。《晋书》卷八十二本传亦载其言，略有异同："父铨，历阳令，少好学，有著述之志，每私录晋事及功臣行状，未就而卒。隐以儒素自守，不交势援，博学多闻，受父遗业，西都旧事多所谙究。……贫无资用，书遂不就，乃依征西将军庾亮于武昌。亮供其纸笔，书乃得成，诣阙上之。隐虽好著述，而文辞鄙拙，芜舛不伦。其书次第可观者，皆其父所撰；文体混漫义不可解者，隐之作也。"③ 这些正史中的传记作品，从文学创作的角度而言，是文人创作的结果；从文献整理的角度来看，又是文献整理的结晶，是集文学创作与文献整理于一体的典型体现。而这一体现在一定程度上也是文人文学创作对文献整理影响的范例。因为华覈之所以举荐薛莹撰修国史，主要在于其"涉学既博，文章尤妙，同寮之中，莹为冠首"；祖纳之所以荐举王隐为史官，也在于其"清纯亮直，学思沈敏，《五经》、群史多所综悉"，具有史官的知识修养与著述才能。这说明文人的文学创作才能是从事史类文献整理的重要条件。文人要想从事史类文献的整理必须要提升自己的文学创作素养。这也是该期众多史学家又是文学家的重要原因。所以，该期正史中的传记作品，就是文人文学创作对杂传类文献整理影响的重要体现之一。

其二，东汉文人崇尚谈论的风尚，发展到魏晋逐渐演变成为文人的清谈之风，在此风的长期浸润下，魏晋文人表现出对名人传记的高度重视，达到了与对正史比肩的程度，甚至有过之而无不及。如袁宏的《名士传》，把此时的名士分为"正始名士""竹林名士""中朝名士"，谢安亦有类似

① ［晋］陈寿撰，［南朝宋］裴松之注：《三国志》卷五十三《吴书·薛莹传》，中华书局，1982，第 1256 页。
② ［唐］房玄龄等：《晋书》卷六十二《祖逖传》，中华书局，1974，第 1698 页。
③ ［唐］房玄龄等：《晋书》卷八十二《王隐传》，中华书局，1974，第 2142—2143 页。

看法。^① 文人这种私修国史的行为，实际上是文人对史官职能的"僭越"和接盘。从某种意义上说，魏晋文人对人物进行"品藻""品评"，是其口头创作的一种人物杂传。这些口头创作被文人记录下来，就是对口头创作文献的一种整理，而记录的文本就是文人文献整理的成果。现今我们看到的诸种典籍中有关该期文人品评人物记载的文献，很多就是对当时文人口头谈论的文献进行整理而成的。

其三，出于攀比门第、标榜地方物产人物之盛的动机等方面的原因，魏晋文人非常热衷于对诸种杂传记的编撰，这也成为文人文学创作对文献整理影响的特殊形式。受此影响，魏晋时期出现了大量的文人撰集的家谱、家传、家训、家书、地记、州郡耆旧传等各式杂传记，现存魏晋人的别传就有一百余种。这些杂传也是当时文人集文学创作与文献整理于一身的体现，与当时文人编撰的正史中的人物传记作品相似，也是文人文学创作对文献整理影响的一种表现。

其四，魏晋时期任过著作郎这一官职的不少文人，亦撰写了大量的传记，为史部文献的整理提供了借鉴。魏晋改革著作郎制度后，规定"著作郎一人，谓之大著作郎，专掌史任，又置佐著作郎八人。著作郎始到职，必撰名臣传一人"。^② 诸如陈寿、荀勖、傅玄、张华、华峤、华畅、张载、张亢、陆机、潘岳、束皙、潘尼、孙楚、曹毗、鲁胜、王沈、王瓒、谢沈、何嵩、干宝、王恭、庾阐、朱凤、卞壶、李充、袁乔、江逌、孙绰、刘琨、王修、王珉、殷仲堪、罗启生、王蕴、吴隐之、伏滔、徐广、陶潜等，都曾充任大著作郎、著作郎或著作佐郎，史官职能在一定时期内得到强化与规范。一般而言，充任著作郎的文人，大多具有较高的文学创作素养，创作了不少人物别传等文学作品。如何劭的《王弼传》、谢朗的《王堪传》等，就是其中的典型代表。这些杂传记为相关的人物传记编撰和国史的编修提供了丰富的材料和底稿，有效促进了文人对史部文献的整理。魏晋时期，那些早已亡佚的多种旧《晋书》，便大多是据此类材料增删而成的。

此外，魏晋时期，宗教信徒的杂传记创作亦成就不俗。道教徒创作了大量神仙传、隐士传、方士传等，而佛教信徒则撰写了一批僧传和比丘尼传。这些宗教人物传记，不仅具有纪其本末的史传底色，还具有"知人论

---

① ［南朝宋］刘义庆著，［南朝梁］刘孝标注，余嘉锡笺疏，周祖谟、余淑宜、周士琦整理：《世说新语笺疏》上卷下《文学》"袁彦伯作《名士传》成"条，中华书局，1983，第272页。
② ［唐］房玄龄等：《晋书》卷二十四《职官志》，中华书局，1974，第735页。

世"的宗教文献阐释作用。这些宗教信徒创作的杂传记，实际上是以传记的形式对宗教教义等作出的大篇幅、长视角阐释，其目的性超过了传统史部典籍。魏晋文人创作的这些杂传记类作品的出现，也促使该期文人常常将其单独造册流布，加强了对此类文献的整理，从而在一定意义上实现了史传文学创作与史传整理相统一的复合状态。

四、碑文

碑文这一文体，于东汉后期出现了文人的创作高峰。经历了东汉后期的鼎盛之后，因魏晋执政者禁碑令①的推行，魏晋文人的碑文创作虽然有所萎缩，但仍有相当数量的碑文墓志问世。仅《水经注》前二十四卷，所载魏晋墓碑、祠碑就有数十种。②继蔡邕之后，又出现了西晋郭象、东晋孙绰等一些碑文名家。郭象生前"著碑论十二篇"。③从其作品名称来看，似乎曾就碑文理论进行过相关探讨。孙绰的碑文为一代之绝，史载："温、王、郗、庾诸公之薨，必须绰为碑文，然后刊石焉。"④关于两晋时期文人立碑及民间为官长立碑之风气，葛洪在其《抱朴子内篇·极言》中云："今世君长迁转，吏民思恋，而树德颂之碑者，往往有焉。"⑤人们对碑文的现实需求，催生了文人的大量创作实践。这不仅为魏晋文人编撰碑文集增加了驱力，也为魏晋文人编撰碑文集提供了丰富材料。陈勰的《杂碑》二十二卷、《碑文》十五卷和车灌所辑《碑文》十卷等碑文选集，就是该期文人碑文创作对文人文献整理影响所产生的成果。

五、杂文

在中国古代杂文发展史上，魏晋是杂文创作兴盛的时期。这种杂文创作的兴盛，又为文人从事此类文献的整理奠定了基础，形成了文人文献整理中新的杂文结集门类。对问、七体、连珠等，便是魏晋文人创作的三种杂文作品。⑥杂文作为一种文体，有汉一代文人的拟作就不绝如缕，至魏晋更得到了进一步的发展。对问体，如郭璞的《客傲》；七体，如左思的

---

① ［南朝梁］沈约：《宋书》卷十五《礼志二》，中华书局，1974，第407页。
② ［北魏］郦道元撰，陈桥驿校证：《水经注校证》，中华书局，2007。
③ ［唐］房玄龄等：《晋书》卷五十《郭象传》，中华书局，1974，第1397页。
④ ［唐］房玄龄等：《晋书》卷五十六《孙绰传》，中华书局，1974，第1547页。
⑤ 王明：《抱朴子内篇校释（增订本）》卷十三《极言》，中华书局，1986，第242页。
⑥ ［南朝梁］刘勰撰，范文澜注：《文心雕龙注》卷三《杂文》，人民文学出版社，1958，第254—256页。

《七讽》；连珠体，如傅玄的《连珠》、陆机的《演连珠》等，皆为一代之高者。好事者类聚其文，遂编为一体之专集，成《七林》《连珠》《设论》诸集。杂体文章专辑，亦包括群臣所献同题之作。如《木连理颂》二卷，就是东晋太元十九年（394）群臣所上同题颂的总集。[①] 该期文人创作的专题奏议策文或廷议对策，亦得到汇集编选。如《魏时群臣表伐吴策》一卷，就是群臣议事策文的总集。又如中央公卿和地方各级档案主管部门对秀才、孝廉策文的编撰，也是典型的专辑编选。《诸州策》四卷等，就是其中的代表作品。设论，有释道恒因感于时人对佛教的质难而创作的《释驳论》等，稍后亦为《设论集》所收录。

　　魏晋时期，文人创作的其他论体文也各放异彩。影响所及，出现了不少文人以"论"来命名的著述成果。经部有《圣证论》《五经然否论》《乐论》等，史部有《论三国志》（《三国评论》）《三国志评》《竹林七贤论》《六代论》[②]等，子部有《物理论》《正论》《体论》《笃论》《道论》《析言论》等，集部有《设论集》等，可谓涵盖四部。同时，受文人创作的"驳""议""启事""奏事"等作品影响，涌现了文人以"驳""议""启事""奏事"等来命名的文献典籍。代表作品有《山涛启事》《范宁启事》等。[③] 书序、诗文序及佛教出经记等，则成为后世文人整理相关文献时的重要参考资料。这在《出三藏记集》中保存较多，可以视为某些佛教文献在魏晋时期的整理简史。魏晋文人创作的大量序文，承担了述史的部分功能。例如袁宏的《七贤序》《三国名臣序赞》，便是对竹林七贤和三国名臣历史行状的规格化述评，称为精简版的"评传"也未尝不可。因此，当后者被单独编次成书时，便成为一部颇有分量的杂史。不仅如此，通常所谓的谱、籍、簿、录、方、术、占、式（式法）、律、令、法、制、符、契、券、疏、关、刺、解、牒、状、列、辞、谚等，均属于"书记""笔札"之类的应用文体，在魏晋时期也都基本成为专门的文献典籍类别（主要在史部和子部，少量在集部），且仍保留了其应用文的属性，所谓"虽艺文

---

① ［唐］魏徵、［唐］令狐德棻：《隋书》卷三十五《经籍志四》，中华书局，1973，第1084页。

② 曹冏的《六代论》虽以"论"为名，实际上却是以书的形式流传的。《晋书·曹志传》言其"欲令书传于后"，即是明证。参见［唐］房玄龄等：《晋书》卷五十《曹志传》，中华书局，1974，第1390页。

③ 《三国志·吴书·华覈传》云："（韦）曜、（华）覈所论事章疏，咸传于世也。"由此推断，三国后期，章奏表疏等公文作品已单独结集行世了；魏末两晋时期，文人撰集有大量公文选集传世。参见［晋］陈寿撰，［南朝宋］裴松之注：《三国志》卷六十五《吴书·华覈传》，中华书局，1982，第1469页。

之末品，而政事之先务也"。① 值得注意的是，魏晋时期文人编著的《中经簿》《中经新簿》《新撰文章家集叙》等书目和新礼新律等规章制度，以及谱牒疏状等官府档案等，按照今天的文献分类标准，应被归属于不同的门类，但在当时却都是对各体文章的分类撰集和再创作。这是该期文人文学创作对文人文献整理影响的一大表现。

此外，魏晋时期本土文人的文学创作，亦为佛道信徒从事佛道宗教文献的整理提供了文学营养和材料来源。有学者指出，"宗教与文学在性质上本来相通，佛教自产生以来就具有文学传统，佛教宣传需要借助文学形式"；而"历代结集佛典大量利用了现成的文学资料，不少佛典是给文学作品附会以佛理形成的"。② 道教文学与道教经典，亦是如此。因此，文人及宗教信徒与各种典籍结下了不解之缘。魏晋文人的文学创作活动及其成果，也为该期宗教文献的整理提供了借鉴之资，客观上促进了宗教文献典籍文学化的进程。

第二节　对文献整理思想和方法的影响

在我国古代文人文献整理演进史上，一代文人有一代文人的文献整理实践，一代文人有一代文人的文献整理思想与方法。各代文人之间既有其内在的继承性，也有其时代的创新性。魏晋作为古代文人文献整理历史中的重要阶段，与之前相比，文人不仅具备了文献整理的自觉意识，而且还形成了更系统更科学的文献整理思想与方法。其典型表现就是，"整理"这一概念的提出。据《晋书》卷三十九《荀勖传》载，荀勖"领秘书监，与中书令张华依刘向《别录》，整理记籍"。③ 据《宋书》卷六十七《谢灵运传》载，宋太祖登基初年，"使（谢灵运）整理秘阁书，补足遗阙"。④ 这两处的"整理"，均与桓温"出外整理衣冠"⑤ 之"整理"的意思相同，为"整饬、梳理"之意。晋宋之际的著名文人范晔，在其《狱中与诸甥书》中自称自己的《后汉书》较之《汉书》"博赡不可及之，整理未必愧也"。⑥

① ［南朝梁］刘勰撰，范文澜注：《文心雕龙注》卷五《书记》，人民文学出版社，1958，第 457 页。
② 孙昌武：《文坛佛影》，中华书局，2001，第 4 页。
③ ［唐］房玄龄等：《晋书》卷三十九《荀勖传》，中华书局，1974，第 1154 页。
④ ［南朝梁］沈约：《宋书》卷六十七《谢灵运传》，中华书局，1974，第 1772 页。
⑤ ［唐］房玄龄等：《晋书》卷九十八《桓温传》，中华书局，1974，第 2571 页。
⑥ ［南朝梁］沈约：《宋书》卷六十九《范晔传》，中华书局，1974，第 1830 页。

在此范晔所提出的"整理"这一概念，尽管与荀勖、谢灵运等所说的"整理"有相同之处，即皆具有"规整有条理"之意；但更重要的是，范晔所提出的"整理"是针对"博赡"而言的。这就赋予了"整理"更鲜明的特质，即使其明显具有了"使规范"的意义；与传统的"典校中经"的概念范畴已大不相同，其内涵已经突破了"校理"的范围。由此推知，"文献整理"的概念在魏晋时期已然具备了较为完备的内涵。

文人的文献整理是指导思想与操作方法的统一，在技术上无法进行分割，统一于文献整理者的分类标准与成果之中。文人的文学创作对其文献整理分类标准的影响是潜移默化、不易察觉的，而且广泛分布于众多的文献整理案例中。本节主要立足于魏晋文人文献整理的分类思想，分别从思想渊源、方法演变与创新等方面，对文人的文学创作对其文献整理的影响进行分析论述。

一、"以类相从"的法家渊源

"以类相从"的类似表述，最早见于《周易·乾卦·文言》。其文曰："本乎天者亲上，本乎地者亲下，则各从其类也。"[1] 其基本思想是基于阴阳二分的二元构成论，主要用来区分物的类别，亦即所谓的"君子以类族辨物"。[2] "以类相从"作为一种分类思想，源自先秦诸子中的法家，固定表述最早出于《荀子》。《荀子·正论篇》云："治古不然。凡爵列、官职、赏庆、刑罚，皆报也，以类相从者也。一物失称，乱之端也。"[3] 荀子论述的是法治思想下的"刑罚得中"，[4] 体现的是循名责实的正名主义逻辑。

两汉时期，"以类相从"逐渐从法治理念演变为按类编次法条和礼仪制度的方法论，并衍生出诸如"条流派别"[5] "以事类相从"[6] "集类为

① ［三国魏］王弼注，［晋］韩康伯注，［唐］孔颖达疏，［唐］陆德明音义：《周易注疏》卷一，中央编译出版社，2012，第32页。
② ［三国魏］王弼注，［晋］韩康伯注，［唐］孔颖达疏，［唐］陆德明音义：《周易注疏》卷三，中央编译出版社，2012，第103页。
③ ［清］王先谦撰，沈啸寰、王星贤点校：《荀子集解》，中华书局，1988，第328页。
④ ［清］王先谦撰，沈啸寰、王星贤点校：《荀子集解》，中华书局，1988，第328页。
⑤ ［唐］魏徵、［唐］令狐德棻：《隋书》卷三十三《经籍志二》，中华书局，1973，第967页。
⑥ ［南朝宋］范晔撰，［唐］李贤等注：《后汉书》卷四十六《陈宠传》，中华书局，1965，第1549页。

篇，结事为章"① "以类相从……删叙润色"② "删采其要"③ 等具体方法，具有"因循损益"的方法论特征。不仅如此，"以类相从"在文人文献整理的实践中，也成为文人文献整理的一种方法。如汉桂阳太守卫飒撰《史要》十卷，就是"约《史记》要言，以类相从"④ 而成。尽管这种史钞性质的文献整理还不具备理论上的普遍性，但是将"以类相从"作为一种文献整理的方法运用到文献整理的实践之中，无疑具有实践和理论上的重要价值。

曹魏黄初年间下令整理编纂的大型政书《皇览》，也是按照"诸儒撰集经传，随类相从"⑤ 的原则编纂而成的。魏末、西晋时期，官方整理新律所遵从的"仍其族类，正其体号"⑥ 的原则，亦为"以类相从"这一方法的延续。而当时"辩章旧典，删革刑书"⑦ 所蕴含的整理者自觉的学术史意识，也与它的影响有关。这是因为"以类相从"不仅仅具有方法论上的意义，而且还具有理论上的指导价值，这两者是相互联系、内在统一的有机整体。正是如此，"以类相从"作为一种理论和方法，亦被文人运用于当时礼仪制度的修订活动。如司马昭平定蜀国之后，"命（荀）颛定礼仪。颛上请羊祜、任恺、庾峻、应贞、孔颛共删改旧文，撰定晋礼"。⑧ 晋初，具有法家思想背景且曾参与新律制订⑨ 的荀勖，负责点校《中经》，"以类相从"的法典编次思想被其确立为自己文献整理分类的基本理念，并将法典"部分甲乙"的方法加以发挥和推广，分图书为甲乙丙丁四部，正式建

---

① ［唐］房玄龄等：《晋书》卷三十《刑法志》，中华书局，1974，第 923 页。
② ［南朝宋］范晔撰，［唐］李贤等注：《后汉书》卷四十八《应劭传》，中华书局，1965，第 1613 页。
③ ［唐］魏徵、［唐］令狐德棻：《隋书》卷三十三《经籍志二》，中华书局，1973，第 967 页。
④ ［唐］魏徵、［唐］令狐德棻：《隋书》卷三十三《经籍志二》，中华书局，1973，第 961 页。
⑤ ［晋］陈寿撰，［南朝宋］裴松之注：《三国志》卷二《魏书·文帝纪》，中华书局，1982，第 88 页。
⑥ ［唐］房玄龄等：《晋书》卷三十《刑法志》，中华书局，1974，第 927 页。
⑦ ［唐］房玄龄等：《晋书》卷四十《贾充传》，中华书局，1974，第 1167 页。
⑧ ［唐］房玄龄等：《晋书》卷三十九《荀颛传》，中华书局，1974，第 1151 页。
⑨ 《晋书》卷三十九《荀勖传》载："（荀勖）在尚书，课试令史以下，核其才能，有暗于文法，不能决疑处事者，即时遣出。"（第 1157 页）荀勖由此提出："增置文法之职，适恐更耗扰台阁。"（第 1156—1157 页）所谓"文法"，就是法家的"刻法深文"。由此可见，荀勖具有法家思想背景。《晋书》本传又载其以中书监"领著作，与贾充共定律令"（第 1153 页），其四部分类法应借鉴过法条分类方法。参见［唐］房玄龄等：《晋书》，中华书局，1974。

立起甲乙丙丁四部分类标准。①

东晋初年，"幼好刑名之学"的李充点校《中经》，"删除烦重，以类相从，分作四部，甚有条贯，秘阁以为永制"，② 实现了"以类相从"方法的国家标准化。其典型成果就是《晋元帝四部书目》，经、史、子、集四部分类的方法也由此得以大体定型。

魏晋时期文人文献整理实践中"以类相从"的编辑分类方法，与先秦以来文人创作的作品中所蕴含的"以类相从"的思想观念具有直接或间接的内在关联。因此可以说，在某种意义上正是魏晋文人从对前代文人创作的法家子书与法律条文等作品进行整理编次的实践中，所获得的"以类相从"的创作启示，才促成了文人文献整理中以类相从的四部分类理论的日益完善和成型。

二、按文体写作与按文体分类编次

魏晋时期，四部分类法基本解决了文章内容上的区分，而文人不同文体的创作实践所造成的文学功能的分化，使诸种文体各自的功能愈来愈凸显。因此，文人在文学创作实践中对文体功能的这一认知，迫使其在文献整理实践中不得不考虑文学文体上的差别，并有意地予以区分借以突出不同文体的不同功能。这是文人文学创作对文人文献整理影响的又一重要体现。正是在文人文学创作的这一背景之下，按文体分类也成为当时文人文献整理中普遍运用的区分与整理文献的标准。实际上这也是"以类相从"思想在文人文献整理中的具体表现。

文人按文体写作与按文体分类，并非始于魏晋，但在魏晋时期却更加细化、精确、普遍。这在文人的史传著录和文集整理活动中，几乎成为一种共识。如《三国志》卷二《魏书·文帝纪》裴松之注引《魏书》载，曹丕"论撰所著《典论》、诗赋，盖百余篇"。③ 胡冲《吴历》云："以素书所

---

① 据《史记·惠景间侯者年表集解》及《隋志》史部刑法类序，法令部分甲乙最迟在西汉之初已然。查《晋书·刑法志》汉、魏旧律令详细分类，有《令甲》《令乙》《令丙》等。（［唐］房玄龄等：《晋书》卷三十《刑法志》，中华书局，1974，第 922—924 页。）可见，在荀勖校理《中经》之前，甲乙丙之分已经在律法校理领域沿用数世。经籍目录部分甲乙丙丁，最初是由荀勖《中经簿》确立起来的，其方法乃是对法学典籍分类成例的移植，并做了改进和推广，也可能参考了《太平经》以天干分部的思路。

② ［唐］房玄龄等：《晋书》卷九十二《李充传》，中华书局，1974，第 2391 页。

③ ［晋］陈寿撰，［南朝宋］裴松之注：《三国志》卷二《魏书·文帝纪》裴注引《魏书》，中华书局，1982，第 88 页。

著《典论》及诗赋饷孙权，又以纸写一通与张昭。"①《典略》也载曹植以"少小所著词赋一通"与杨修。②魏明帝景初年间下诏曰："撰录（曹）植前后所著赋颂诗铭杂论凡百余篇，副藏内外。"③陈寿《三国志》在著录三国及晋初文人的作品时，也是按文体分类编排的。如《三国志·蜀书·谯周传》云："凡所著述诗论赋之属，垂百篇。"④《三国志·吴书·薛综传》曰："凡所著诗赋难论数万言，名曰《私载》。"⑤《三国志·吴书·华覈传》载："（韦）曜、（华）覈所论事章疏，咸传于世也。"⑥陈寿自己也明确表示整理《诸葛亮集》所用的方法就是"删除复重，随类相从"。⑦东晋葛洪的《抱朴子外篇》，也采用了按文体著录的方法。挚虞主张新修礼仪，应当"省文通事，随类合之，事有不同，乃列其异"，达到"文约而义举"⑧的效果，而其《文章流别集》采用的也是"类聚区分"⑨、考辨流别的方法。例如其对东汉晚期文人桓麟作品的著录，《后汉书·桓麟传》唐李贤注引挚虞《文章志》，称"（桓）麟文见在者十八篇，有碑九首，诔七首，《七说》一首，《沛相郭府君书》一首"。⑩西晋文人所作《孙惠别传》同样遵从按文体著录的方式，其叙孙惠作品云"惠文翰凡数十首"，⑪便是将其作品中的文翰作为一类。晋宋时期所修旧晋史著录两晋文集二十六家，均是按照文体分类罗列，应当是延续了挚虞的著录方式。例如《魏氏春秋》载

① ［晋］陈寿撰，［南朝宋］裴松之注：《三国志》卷二《魏书·文帝纪》裴注引《吴历》，中华书局，1982，第89页。
② ［晋］陈寿撰，［南朝宋］裴松之注：《三国志》卷十九《魏书·陈思王植传》裴注引《典略》，中华书局，1982，第559页。
③ ［晋］陈寿撰，［南朝宋］裴松之注：《三国志》卷十九《魏书·陈思王植传》，中华书局，1982，第576页。
④ ［晋］陈寿撰，［南朝宋］裴松之注：《三国志》卷四十二《蜀书·谯周传》，中华书局，1982，第1041页。
⑤ ［晋］陈寿撰，［南朝宋］裴松之注：《三国志》卷五十三《吴书·薛综传》，中华书局，1982，第1254页。
⑥ ［晋］陈寿撰，［南朝宋］裴松之注：《三国志》卷六十五《吴书·华覈传》，中华书局，1982，第1469页。
⑦ ［晋］陈寿撰，［南朝宋］裴松之注：《三国志》卷三十五《蜀书·诸葛亮传》，中华书局，1982，第930页。
⑧ ［唐］房玄龄等：《晋书》卷十九《礼志上》，中华书局，1974，第582页。
⑨ ［唐］房玄龄等：《晋书》卷五十一《挚虞传》，中华书局，1974，第1427页。
⑩ ［南朝宋］范晔撰，［唐］李贤等注：《后汉书》卷三十七《桓麟传》注〔三〕，中华书局，1965，第1260页。
⑪ ［晋］陈寿撰，［南朝宋］裴松之注：《三国志》卷五十《吴书·孙贲传》裴松之注引，中华书局，1982，第1211页。

魏末嵇康"所著诸文论六七万言，皆为世所玩咏"；① 西晋卢钦"所著诗赋论难数十篇，名曰《小道》"；② 傅祗"著文章驳论十余万言"；③ 郭象"著碑论十二篇"；④ 皇甫谧"所著诗赋诔颂论难甚多"；⑤ 夏侯湛"著论三十余篇"；⑥ 纪瞻"所著述，诗赋笺表数十篇"；⑦ 东晋初期葛洪自述其"所著碑诔诗赋百卷，移檄章表三十卷"；⑧ 虞预"所著诗赋碑诔论难数十篇"，⑨ 等等。作为"实证主义"史家，⑩ 晋末宋初的范晔重修《后汉书》时特意设立《文苑传》，对于东汉文人作品的著录方式亦为按文体罗列，极好地佐证了两晋文人在整理文献时，运用按文体著录的广泛性。如汉末桓麟"所著碑、诔、赞、说、书凡二十一篇"，其子桓彬"所著《七说》及书凡三篇"⑪ 等，就是如此。

　　两晋文人的子书创作及其编排，亦昭显出"类聚而求"⑫ 的追求。如《傅子》兼综四部而"各为区例"；⑬《郭子》"连类叙之，故自有意"。⑭ 不难看出，魏晋文人在创作时具有的自觉分类意识。⑮ 该期文人文学创作中的自觉分类意识，亦对文献整理体制产生了影响。如挚虞《文章流别集》与郭璞《尔雅图赞》等，均把史传赞颂移植到集部文献整理体制方面。⑯

---

① [晋] 陈寿撰，[南朝宋] 裴松之注：《三国志》卷二十一《魏书·王粲传》裴注引，中华书局，1982，第 606 页。

② [唐] 房玄龄等：《晋书》卷四十四《卢钦传》，中华书局，1974，第 1255 页。

③ [唐] 房玄龄等：《晋书》卷四十七《傅祗传》，中华书局，1974，第 1332—1333 页。

④ [唐] 房玄龄等：《晋书》卷五十《郭象传》，中华书局，1974，第 1397 页。

⑤ [唐] 房玄龄等：《晋书》卷五十一《皇甫谧传》，中华书局，1974，第 1418 页。

⑥ [唐] 房玄龄等：《晋书》卷五十五《夏侯湛传》，中华书局，1974，第 1499 页。

⑦ [唐] 房玄龄等：《晋书》卷六十八《纪瞻传》，中华书局，1974，第 1824 页。

⑧ [唐] 房玄龄等：《晋书》卷七十二《葛洪传》，中华书局，1974，第 1913 页。

⑨ [唐] 房玄龄等：《晋书》卷八十二《虞预传》，中华书局，1974，第 2147 页。

⑩ 《宋书》卷六十九《范晔传》载范晔《狱中与诸甥侄书以自序》有"言之皆有实证，非为空谈"之语，史官以为"晔《自序》并实"。参见 [南朝梁] 沈约：《宋书》卷六十九《范晔传》，中华书局，1974，第 1830—1831 页。

⑪ [南朝宋] 范晔撰，[唐] 李贤等注：《后汉书》卷三十七《桓彬传》，中华书局，1965，第 1260—1261 页。

⑫ [南朝梁] 刘勰撰，范文澜注：《文心雕龙注》卷四《诸子》，人民文学出版社，1958，第 308 页。

⑬ [唐] 房玄龄等：《晋书》卷四十七《傅玄传》，中华书局，1974，第 1323 页。

⑭ [南朝宋] 刘义庆著，[南朝梁] 刘孝标注，余嘉锡笺疏，周祖谟、余淑宜、周士琦整理：《世说新语笺疏》中卷下《赏誉》余嘉锡案语，中华书局，1983，第 470—471 页。

⑮ 亦与仿拟学风有关。如袁准《袁子正书》仿拟《论语》及《法言》，谯周佚文仿拟《论语》。参见 [清] 严可均辑校：《全晋文》卷五十五，河北教育出版社，1997，第 570—580 页；卷七十，第 730—731 页。

⑯ [南朝梁] 刘勰撰，范文澜注：《文心雕龙注》卷二《颂赞》，人民文学出版社，1958，第 158 页。

《文章流别集》收录选文并进行评论，再加以"赞曰"之类的总结性评语，显然是移植了史传结尾惯用的述评体制；《尔雅图赞》对《尔雅》中所收词语和名物加以训释后，接着画图示意，再对图示加以文学颂赞，使得动植"细物赞"与图赞（像赞）合二为一，统一于既有的经学训诂体式之中。《文章流别集》《尔雅图赞》开创了以文学创作附益文献整理的新方式，极大地丰富了魏晋时期集部文献的整理体例和形制。

三、"枝条五经"与四部分类的结构层次

受学术风气与文学创作传统的浸染，魏晋文人在文学创作中自觉不自觉地以五经为思想指导，其作品往往呈现出"辅经"特征，子书与辞赋诗文的创作尤为如此。刘勰曾指出，晋代子书"繁辞虽积，而本体易总，述道言治，枝条五经"。[①] 魏晋文人在创作之初，就将自我价值定位在"辅经"的次要地位。魏晋文人的辞赋创作与辞赋批评，亦自觉向汉赋看齐。他们常以《三都赋》和《二京赋》之类的润饰宏业之作为范本，自觉以《五经》鼓吹"为艺术追求的模板，辞赋集因此具备了天然的说教色彩。魏晋文人在文献整理环节，抄辑文人作品时又采用分类辑录的方式，相关的说理或说教作品被集中在一起，形成了状貌多样的文献整理成果。这不仅使经学的教化功能再次被凸显和强化，而且在内容层面左右了文人文献整理时的文献分类。

东晋初年，李充校理典籍，"因荀勖旧簿四部之法，而换其乙、丙之书"，[②]"删除烦重，以类相从，分作四部：五经为甲，史记为乙，诸子为丙，诗赋为丁，甚有条贯，秘书以为永制"。[③] 这一调整，使得四部文献的结构层次在事实上被固定下来。甲乙丙丁的先后位次，代表了四部文献的重要程度，史、子、集三部文献"枝条五经"的地位，亦为官方所认可，并成为判定和划分文献的标准与依据。其"因荀勖旧簿四部之法，而换其乙、丙之书，没略众篇之名，总以甲、乙为次"[④] 的思路，与论体文中设论文"设为甲乙之论"的逻辑似乎存在某种内在关联。

---

① ［南朝梁］刘勰撰，范文澜注：《文心雕龙注》卷四《诸子》，人民文学出版社，1958，第308页。

② ［唐］释道宣：《广弘明集》卷三阮孝绪《七录序》，上海古籍出版社，1999，第112页。

③ 秦荣光：《补晋书艺文志》卷一，载二十五史刊行委员会编：《二十五史补编》第二册，开明书店，1937，第3799页。

④ ［唐］释道宣：《广弘明集》卷三阮孝绪《七录序》，上海古籍出版社，1999，第112页。

四、史官情结与文献整理的自觉意识

与辞赋创作中不时流露的"史官情结""史官意识"相一致，魏晋文人还将其"著述不朽"观念转化为文献整理的自觉意识，具备了传承文化的高度自信和责任担当。东晋的袁宏不仅是著名的文学家、玄学家，还是著名的史学家。他创作的《七贤序》《三国名臣序赞》等作品，就具有"以文当史"的鲜明特色。但他似乎并不满足于此，在历览旧史之后又亲自执笔删削，重新撰成《后汉纪》三十卷。他之所以编撰《后汉纪》，主要在于在他看来，反映东汉历史的已有四家《汉纪》及《山阳公载记》等存在着阙略错缪，不足以"通古今而笃名教"，所以自己才当仁不让地承担起"正史书"的文化使命，以期"弘敷王道""寄其高怀"。[①] 这种借史书"弘敷王道""寄其高怀"的观点，不仅肯定了史书著述所具有的立功、立德的功能，而且肯定了史书著述所具有的立言不朽的价值。这既是对三国史学家韦昭"当世之士，宜勉思至道，爱功惜力，以佐明时，使名书史籍，勋在盟府，乃君子之上务，当今之先急"[②] 见解的继承发展，又是孙绰主张的"典籍文章之言也。治出于天，辞宣于仁"[③] 在文献整理上的具体体现。这种史官情结所蕴含的价值追求，已成为两晋文人从事史籍文献整理的共识和自觉意识。

李暠《手令诫诸子》云："古今成败，不可不知，退朝之暇，念观典籍，面墙而立，不成人也。"[④] "念观典籍""敦悦典籍"[⑤] "滋味典籍"[⑥] 等观念，充分体现了两晋文人爱好典籍的风尚。基于这样共性的价值追求和爱好典籍的习尚，魏晋文人或积极从事史传创作，或竭力搜罗典籍珍本，或自觉承担校理典籍、阐发经典本义的文化使命。这些"网罗天下放失旧闻""沟通天人之际"的工作，本属于古史官的职责，所谓"古者史官既司典籍，盖有目录，以为纲纪"；[⑦] 但是到了魏晋时期，具有史官意识或史官情结的文人自觉承担起这一职责，文献整理由此成为文人"铁肩担道义，妙手著文章"的普遍途径。如此一来，魏晋文人的"史官意识"就

---

① ［清］严可均辑校：《全晋文》卷五十七，河北教育出版社，1997，第590页。
② ［晋］陈寿撰，［南朝宋］裴松之注：《三国志》卷六十五《吴书·韦曜传》，中华书局，1982，第1461页。
③ ［清］严可均辑校：《全晋文》卷六十二《孙子》，河北教育出版社，1997，第649页。
④ ［清］严可均辑校：《全晋文》卷一百五十五李暠《手令诫诸子》，河北教育出版社，1997，第1631页。
⑤ ［唐］房玄龄等：《晋书》卷九十四《隐逸列传·朱冲传》，中华书局，1974，第2430页。
⑥ ［清］严可均辑校：《全晋文》卷四十三杜预《自述》，河北教育出版社，1997，第439页。
⑦ ［唐］魏徵、［唐］令狐德棻：《隋书》卷三十三《经籍志二》，中华书局，1973，第992页。

被转化成为文人高度自觉的文献整理意识，并从根本上推动了此期以图书业为主体的文化事业的快速发展和进步。

五、"三才"分级、"九品"分卷与"五行"分类

东汉时期，道教徒造作道书时经常运用三分法。如《太平经·兴帝王篇》中有"元气有三名""形体有三名""天有三名""地有三名""人有三名""政有三名"等表述。① 这种方式被前辈学人概括为"三名一体"。② 其类推方式，基于《周易》时代的天、地、人"三才"说。道教最重数术与数理推演，"三三得九"，又推演为"九品"命名法。如《九生经》《九变经》《九奇经》③、九转丹法等。这种三分法逐渐固化为道教徒的经典逻辑方式之一。④ 如医方类的《本草经》，将天下药物分为上中下三品；⑤《神农四经》称"上药令人身安命延""中药养性，下药除病"。⑥ "三尸"理论，亦属此类。后人认为，上述三分法的运用，"皆出于神仙术数家言"。⑦ 三分法及其叠加而成的九分法，至魏晋时期成为道教徒评定道书品级的常规方法。如《三皇内文天地人》三卷、《元文》上中下三卷等，采用的就是这套逻辑。其标准分类分级模式是上上、上中、上下、中上、中中、中下、下上、下中、下下。如《太清观天经》"有九篇，云其上三篇不可教授，其中三篇世无足传，常沈之三泉之下，下三篇者，正是丹经上中下，凡三卷也"。⑧《抱朴子内篇》所称"某某中经"者，如《黄白中经》《遁甲中经》《牵牛中经》《三五中经》等，大都分为三级九等。

魏晋文人所造的道书，不仅在外在形制上分为三级九等，在内容结构模式上也彰显出上中下三分法的显著表征。如《太清观天经》下三篇即《太清丹经》，便将丹法及其对于不同资质之修炼者的效果分为三品，宣称"上士得道，升为天官；中士得道，栖集昆仑；下士得道，长生世间"。⑨

---

① ［南朝宋］范晔撰，［唐］李贤等注：《后汉书》卷三十下《襄楷传》李贤注，中华书局，1965，第 1081 页。

② 任继愈主编：《中国道教史》，上海人民出版社，1990，第 20 页。

③ 王明：《抱朴子内篇校释（增订本）》卷十九《遐览》，中华书局，1986，第 333 页。

④ "九品"所代表的思维模式究竟渊源何自，学界目前似乎尚无定论。此处归之道家—道教，只是一种可能。

⑤ ［南朝梁］陶弘景编，尚志钧、尚元胜辑校：《本草经集注（辑校本）》卷一《序录》，人民卫生出版，1994，第 6—7 页。

⑥ 王明：《抱朴子内篇校释（增订本）》卷十一《仙药》，中华书局，1986，第 196 页。

⑦ 胡孚琛：《魏晋神仙道教：抱朴子内篇研究》，人民出版社，1989，第 269 页。

⑧ 王明：《抱朴子内篇校释（增订本）》卷四《金丹》，中华书局，1986，第 76 页。

⑨ 王明：《抱朴子内篇校释（增订本）》卷四《金丹》，中华书局，1986，第 76 页。

《抱朴子内篇·黄白》又引"仙经"曰："朱砂为金，服之升仙者，上士也；茹芝导引，咽气长生者，中士也；餐食草木，千岁以还者，下士也。"① 由此可知，上中下三分法在魏晋时期已被固定为"三卷九品"或者"三品九卷"的特有格式。后来道教所谓的"三洞"，实际上就是三分法的系统化。② 这种三分法的格式，既与道书的创作实践直接相关，又与魏晋时期的九品论人制相合。东汉后期兴起的文人以优劣论文的创作风尚，到曹魏时期转变为对帝王、地方人物优劣的关注与抒写。孔融、曹丕、曹植等，皆有此方面的作品。曹魏后期"九品官人法"的实施，"九品论文"的苗头亦潜滋暗长，至南朝而正式形成了钟嵘《诗品》的九品论诗法。在这种文章分级思想的影响下，文人依据创作水平与藻饰程度的高低而编撰作品选集，也就在情理之中了。

此外，道教徒制作和复制、使用符箓的方法，亦表现出鲜明的"五行"分类意识。其"用五帝符，以五色书之"、③ 入名山"以五色缯各五寸，悬大石上"、④ 隐居山泽"作五色蛇各一头"⑤ 以辟蛇蝮等方术，以及五色龙、五色龟、五色光、五色云、五色石、五色琅玕、五色芝（五德芝、菌芝、夜光芝）、五色云母、五色笺等名物，⑥ 或对应五方神祇，或隐含"五德"，在"三才"之外别开"五行"分类体系。这一"五行"分类体系，在道教典籍中形成一种独特的分类方法。如《老子入山灵宝五符》《枕中五行记》《墨子五行记》《灵宝五符经》等，便是如此命名的。"五行"分类体系常常以色彩（五色）作为标示，依托类比的逻辑，同自然存在（包括人体）发生对应关联，从而构筑起一元论哲学下的分类系统。如道家、道教所谓"五玉者，随四时之色，春色青，夏赤，四季月黄，秋白，冬黑"。⑦ 又如道教称"五脏之气，从两目出，周身如云雾，肝青气，肺白气，脾黄气，肾黑气，心赤气，五色纷错"，⑧ 都体现出上述的推演逻辑。"五行"分类意识在道教文献的结撰及命名、分类实践中被逐渐推广，又被普遍运用于文人整理的其他文献领域，由此形成的色彩分类法对后世文献分类方法的影响十分深远。

① 王明：《抱朴子内篇校释（增订本）》卷十六《黄白》，中华书局，1986，第287页。
② 陈国符：《道藏源流考》，中华书局，1963，第2页。
③ 王明：《抱朴子内篇校释（增订本）》卷四《金丹》，中华书局，1986，第76页。。
④ 王明：《抱朴子内篇校释（增订本）》卷十七《登涉》，中华书局，1986，第303页。
⑤ 王明：《抱朴子内篇校释（增订本）》卷十七《登涉》，中华书局，1986，第305页。
⑥ 散见《抱朴子内篇》中的《对俗》《金丹》《仙药》《杂应》《登涉》《祛惑》诸篇及《佚文》。另有五兵、五印、五香、五辛等名数，均体现出基于五行思维的"五分法"品质。
⑦ 王明：《抱朴子内篇校释（增订本）》卷十五《杂应》，中华书局，1986，第275页。
⑧ 王明：《抱朴子内篇校释（增订本）》卷十五《杂应》，中华书局，1986，第275页。

除了以"五"命名外，道教的六甲、六丁、六壬、六癸等名数及其相关符箓经记，① 如《六甲通灵符》《六阴玉女经》等，亦丰富了东汉以来以《太平经》为代表的干支命名法和干支分类法。② 这些以"六"为名的道教文献（含以"三十六"为名者），亦成为道教文献整理中一道独特的风景。此外，还有以"七"为名的，亦可视为此种命名和分类方法的延伸或拓展。

综上所述，魏晋文人文献整理中，道典的命名和分类所彰显出的"数类"的方法论特色，已经具有了文献分级的初步等级意识。但总体而言，这种命名和分类方法尚未形成逻辑严密的体系，因此还很不成熟。由于魏晋"道家"以"数类"命名和分类的方法与文学创作之间的关系并不十分密切，故这里不再展开讨论。

---

① 王明《抱朴子内篇校释（增订本）》卷十五《杂应》引《甘始法》曰："召六甲六丁玉女，各有名字，因以祝水而饮之，亦可令牛马皆不饥也。"《杂应》又云："服六壬六癸之符，或行六癸之炁。"又有"六阴神将""折青龙之草，以伏六丁之下""六甲父母"等说法。参见王明:《抱朴子内篇校释（增订本）》，中华书局，1986，第 269、267、270—271 页。

② 东汉中后期成书的《太平经》，已经采用天干分部法来区别经书的内容。《后汉书·襄楷传》载襄楷上书曰："臣前上琅邪宫崇受干吉神书，不合明听。"李贤注云："神书，即今道家《太平经》也。其经以甲、乙、丙、丁、戊、己、庚、辛、壬、癸为部，每部一十七卷也。"参见 [南朝宋] 范晔撰，[唐] 李贤等注:《后汉书》卷三十下《襄楷传》，中华书局，1965，第 1080 页。

第五章 魏晋文人文献整理与文学创作的生态环境

魏晋时期文人文献整理之所以呈现出新的风貌，文人的文献整理和文学创作之间之所以能够相互影响、相互推动和共同发展，不仅与该期文人文献整理与文学创作的物质基础、政治生态、统治者的喜好与文化政策密切相关，而且与该期文人从事文献整理和文学创作的主体意识、社会习俗等也存在着内在的逻辑关联。所以，对这些生态环境进行逐一探讨和分析，既有助于我们更加深入地认识和理解魏晋文人文献整理何以发生、何以如此，而且对我们系统把握和审视文人文献整理与文学创作之间的关系何以产生、何以这样，皆具有重要的价值。

第一节 物质基础：经济的发展和纸张的普及

魏晋时期，不管是文人的文献整理，还是文人的文学创作，其产生发展皆需要以一定的物质条件为基础。具体而言，从事文献整理和文学创作的文人，不仅要有可以支撑他们进行相关文献整理和文学创作的经济基础，还要有能够满足他们从事文献整理和文学创作的书写载体。一句话，他们要具备支撑其文献整理与文学创作的经济条件和价廉、便利的书写载体。魏晋时期的文人恰恰具备了这些条件，这就为其从事文献整理与文学创作奠定了重要的物质基础。

首先，魏晋时期社会经济的发展，为文人进行文献整理和文学创作提供了必要的经济支撑。也就是说，对魏晋时期的一般文人而言，在经济上他们是有条件从事自己所需要的文献整理和文学创作的。一方面，魏晋时期社会政治局势动荡不安，统治者对如何恢复经济、发展经济非常重视。因为这既是其治国的根本，也是其统治得以延续的基石。所以，无论是三国还是西晋和东晋，统治者都采取了一系列不同的恢复生产和发展经济的措施。三国时期，长期的割据混战确实给当时的社会经济造成了极大破坏。这在史籍中有明确记载。如仲长统在《理乱篇》中曰："汉二百年而遭王莽之乱，计其残夷灭亡之数，又复倍乎秦、项矣。以及今日，名都空而不居，百里绝而无民者，不可胜数。"① 毛玠也对曹操说："今天下分崩，国主迁移，生民废业，饥馑流亡，公家无经岁之储，百姓无安固之志，难以持久。"② 面对如此境况，对当时的争霸者而言，需要解决的首要问题，就是恢复和发展经济。谁能做到这一点，谁就能在争霸中抢占先机，为自己成就霸业奠定重要的经济基础。

当时的争霸者对此皆有清醒的认识，在彼此征伐的过程中，都非常重视恢复和发展经济。如曹操，初平三年（192）任兖州牧时，就采纳毛玠提出的"夫兵义者胜，守位以财，宜奉天子以令不臣，修耕植，畜军资，如此则霸王之业可成也"③ 的建议。建安元年（196），又采纳枣祗、韩浩的屯田意见，在许昌地区实行民屯。史云："是岁用枣祗、韩浩等议，始兴屯田。"④ 裴松之注引《魏书》也曰："自遭荒乱，率乏粮谷。诸军并起，无终岁之计，饥则寇略，饱则弃余，瓦解流离，无敌自破者不可胜数。袁绍之在河北，军人仰食桑椹。袁术在江、淮，取给蒲蠃。民人相食，州里萧条。公曰：'夫定国之术，在于强兵足食，秦人以急农兼天下，孝武以屯田定西域，此先代之良式也。'是岁乃募民屯田许下，得谷百万斛。于是州郡例置田官，所在积谷。征伐四方，无运粮之劳，遂兼灭群贼，克平天下。"⑤ 建安初期，又采纳卫觊的"今宜如旧置使者监卖，以其直益市犁牛，百姓归者以供给之。勤耕积粟，以丰殖关中，远者闻之，必多竞还"⑥ 的计策，在关中召集当时的流民，为其提供农具和耕牛，使其成为自耕农，等等。这些屯田制和自耕农制等措施，经过实施皆取得了明显成效。《三国志·魏书·任峻传》记载："是时岁饥旱，军食不足，羽林监颍川枣祗建置

① ［南朝宋］范晔撰，［唐］李贤等注：《后汉书》卷四十九《仲长统传》，中华书局，1965，第1649页。
② ［晋］陈寿撰，［南朝宋］裴松之注：《三国志》卷十二《魏书·毛玠传》，中华书局，1982，第374页。
③ ［晋］陈寿撰，［南朝宋］裴松之注：《三国志》卷十二《魏书·毛玠传》，中华书局，1982，第374—375页。
④ ［晋］陈寿撰，［南朝宋］裴松之注：《三国志》卷一《魏书·武帝纪》，中华书局，1982，第14页。
⑤ ［晋］陈寿撰，［南朝宋］裴松之注：《三国志》卷一《魏书·武帝纪》裴松之注引《魏书》，中华书局，1982，第14页。
⑥ ［唐］房玄龄等：《晋书》卷二十六《食货志》，中华书局，1974，第784页。

屯田，太祖以峻为典农中郎将，募百姓屯田于许下，得谷百万斛，郡国列置田官，数年中所在积粟，仓廪皆满。"①《三国志·魏书·国渊传》也云："太祖欲广置屯田，使渊典其事。渊屡陈损益，相土处民，计民置吏，明功课之法，五年中仓廪丰实，百姓竞劝乐业。"②可见，曹魏的屯田制在许昌等中原之地实行数年之后，不仅"所在积粟，仓廪皆满""仓廪丰实"，百姓安居乐业；就是在关中实施的自耕农制度，也收到了"流人果还，关中丰实"③的效果。

曹操是这样，曹丕、曹王芳等其他曹魏统治者，以及东吴的统治者等，也是如此。在执政期间，他们先后采取了兴修水利、务农重谷等措施，不同程度地促进了农业等经济的发展。《三国志·魏书·贾逵传》载，文帝即位，贾逵任豫州刺史，"外修军旅，内治民事，遏鄢、汝，造新陂，又断山溜长溪水，造小弋阳陂，又通运渠二百余里，所谓贾侯渠者也"。④《三国志·魏书·文帝纪》也载，黄初六年（225），"通讨虏渠"。⑤曹王芳统治的正始时期，采用邓艾实行军屯的策略，"遂北临淮水，自钟离而南横石以西，尽沘水四百余里，五里置一营，营六十人，且佃且守。兼修广淮阳、百尺二渠，上引河流，下通淮颍，大治诸陂于颍南、颍北，穿渠三百余里，溉田二万顷，淮南、淮北皆相连接。自寿春到京师，农官兵田，鸡犬之声，阡陌相属"。⑥东吴的孙权也吸纳陆逊等人的建议，采取了务农重谷的政策。史曰："于时三方之人，志相吞灭，战胜攻取，耕夫释耒，江淮之乡，尤缺储峙。吴上大将军陆逊抗疏请令诸将各广其田。权报曰：'甚善。今孤父子亲自受田，车中八牛，以为四耦。虽未及古人，亦欲与众均其劳也。'有吴之务农重谷，始于此焉。"⑦这些措施对恢复和发展社会经济起到了积极的作用。

两晋时期，统治阶层也同样重视经济的发展。西晋时期，司马氏集团的平蜀灭吴，实现了国家军政和财政的短暂统一，客观上促进了劳动力

①　[晋]陈寿撰，[南朝宋]裴松之注：《三国志》卷十六《魏书·任峻传》，中华书局，1982，第489页。

②　[晋]陈寿撰，[南朝宋]裴松之注：《三国志》卷十一《魏书·国渊传》，中华书局，1982，第339页。

③　[唐]房玄龄等：《晋书》卷二十六《食货志》，中华书局，1974，第784页。

④　[晋]陈寿撰，[南朝宋]裴松之注：《三国志》卷十五《魏书·贾逵传》，中华书局，1982，第482页。

⑤　[晋]陈寿撰，[南朝宋]裴松之注：《三国志》卷二《魏书·文帝纪》，中华书局，1982，第84页。

⑥　[唐]房玄龄等：《晋书》卷二十六《食货志》，中华书局，1974，第785页。

⑦　[唐]房玄龄等：《晋书》卷二十六《食货志》，中华书局，1974，第782—783页。

的地域流动和生产、管理技术的交流，刺激了生产力水平的提升，造就了"太康盛世"，也保证了文人文献整理活动的顺利进行。此时尽管屯田制遭到了破坏，但为恢复和发展经济，武帝司马炎又采取了占田制，不仅耕地面积有了明显的扩大，而且人口也有了显著增加。史载："是时天下无事，赋税平均，人咸安其业而乐其事。"① 西晋后期，为逃避八王之乱，大量中原劳动力渡江南下，经济重心也随之南移。东晋偏安江南，"民户境域，过半于天下"，② 气候优越，土壤肥沃，人民勤劳，物产丰饶，加之绝少战乱，经济达到空前繁荣。正如史家所云："江南之为国盛矣。……自晋氏迁流，迄于太元之世，百许年中，无风尘之警，区域之内，晏如也。"③ 该期统治者为了缓和诸种社会矛盾，还实施了减免赋税等政策。《晋书·食货志》载："咸和五年，成帝始度百姓田，取十分之一，率亩税米三升。六年，以海贼寇抄，运漕不继，发王公以下余丁，各运米六斛。是后频年水灾旱蝗，田收不至。咸康初，算度田税米，空悬五十余万斛，尚书褚裒以下免官。穆帝之世，频有大军，粮运不继，制王公以下十三户共借一人，助度支运。升平初，荀羡为北府都督，镇下邳，起田于东阳之石鳖，公私利之。哀帝即位，乃减田租，亩收二升。孝武太元二年，除度田收租之制，王公以下口税三斛，唯蠲在役之身。八年，又增税米，口五石。至于末年，天下无事，时和年丰，百姓乐业，谷帛殷阜，几乎家给人足矣。"④ 统治者在减免百姓赋税的同时，又借助提高王公大臣口税，增加国家的财政收入，经过从咸和五年（330）至咸和十年（334）的实践，终于出现了"天下无事，时和年丰，百姓乐业，谷帛殷阜，几乎家给人足"的清平局面。总之，魏晋时期生产力水平的提升、农业等经济的繁荣，为文人的文献整理和文学创作提供了根本保障。

另一方面，魏晋文人大多都有较好的家境，经济比较富裕。这是与该期的门阀制度和庄园经济密切相关的。由于门阀制度的盛行，为庄园经济的发展提供了重要的政治基础。庄园经济的快速发展，不仅是魏晋时期社会经济发展的重要表现，更是文人阶层经济状况的主要表征。庄园经济产生于西汉，发展于东汉，成熟于魏晋。魏晋时期的庄园经济与该期的世家豪族具有高度的一致性和同一性。即庄园经济的主人就是世族豪门，也只有世族豪门才有资格和条件拥有和经营自己的庄园。不管是曹魏时期从

---

① ［唐］房玄龄等：《晋书》卷二十六《食货志》，中华书局，1974，第791页。
② ［南朝梁］沈约：《宋书》卷六十六《何尚之传论》，中华书局，1974，第1739页。
③ ［南朝梁］沈约：《宋书》卷五十四《列传第十四》，中华书局，1974，第1540页。
④ ［唐］房玄龄等：《晋书》卷二十六《食货志》，中华书局，1974，第792—793页。

事文献整理和文学创作的代表文人，还是两晋时期从事文献整理和文学创作的代表文人，大都出身于统治阶层。这包括当时执掌国家大权的执政者和在中央与地方担任重要行政职务的上层官员，前者如三国时期的曹氏家族和两晋时期的司马氏家族；后者如曹魏时期的王粲、杨修、王象，两晋时期的王肃、杜预等。干宝在《晋纪总论》中曾如此书写西晋时期的社会经济："太康之中，天下书同文，车同轨，牛马被野，余粮栖亩，行旅草舍，外闾不闭，民相遇者如亲，其匮乏者，取资于道路，故于时有'天下无穷人'之谚。虽太平未洽，亦足以明吏奉其法，民乐其生，百代之一时矣。"[①] 尽管干宝的书写有溢美之词，但也不能完全认为是子虚乌有，应该是有其现实生活基础的。对此我们打开史籍中有关对两晋文人生活享乐侈靡之风的描绘就不难理解了。当时文人这一生活风尚的形成可能有诸多方面的原因，但有一点是毋庸置疑的，那就是当时不少文人之所以追求生活的享乐侈靡，就是他们拥有追求该生活的经济条件。这在何曾、石崇、王恺等文人身上，皆有典型的表现。

我们还应注意的是，即使魏晋时期有些从事文献整理和文学创作的文人，其经济条件不富裕，也只是相对于当时的统治阶层和士族阶层而言的，并不是经济拮据得无法满足从事文献整理和文学创作的需要。何况当时真正有从事文献整理和文学创作超拔才能的文人，往往是作为人才被同道或统治者所关注，并予以推荐和选用的。对此我们只要看看文人的生活履历，就不难明白。如西晋时期的左思，是出身寒门庶族文人的典型代表，在他一生中也根本不存在，因为经济原因而无法从事文献整理和文学创作的情况。

其次，文人书写载体和传播媒介——纸张的普及和低廉的价格，为魏晋文人从事文献整理和文学创作提供了便利和保障。据史料记载，纸发明于西汉，但此时的纸张表面粗糙，属于厚纸类型，主要用途并不是书写。用于书写的纸张，是由东汉时期蔡伦发明的"蔡侯纸"。史云："自古书契多编以竹简，其用缣帛者谓之为纸。缣贵而简重，并不便于人。伦乃造意，用树肤、麻头及敝布、鱼网以为纸。元兴元年奏上之，帝善其能，自是莫不从用焉，故天下咸称'蔡侯纸'。"[②] 纸张发明之前，文人从事文献整理和文学创作的载体和传播媒介，主要是帛简。帛的成本高，价格贵，一般文人是无法利用帛自由从事文献整理和文学创作的。而竹简的制

---

① ［清］严可均辑校：《全晋文》卷一百二十七，河北教育出版社，1997，第 1308 页。
② ［南朝宋］范晔撰，［唐］李贤等注：《后汉书》卷七十八《宦者列传·蔡伦传》，中华书局，1965，第 2513 页。

作则比较麻烦，书写不仅费力，且可以书写的文字有限，文人从事文献整理和文学创作受到了极大限制，也不是一般文人就能容易利用竹简，来从事文献整理和文学创作的。所以"蔡侯纸"出现以后，逐步取代了帛简这类文人用于文献整理和文学创作的载体与传播媒介。这在东汉后期已有表现。如崔瑗曾在《与葛元甫书》中曰："今遣奉书钱千为赞，并送《许子》十卷。贫不及素，但以纸耳。"① 马融的《与窦伯向书》也曰："孟陵奴来赐书，见手迹，欢喜何量？次于面也。书虽两纸，纸八行，行七字，七八五十六字，百二十言耳。"② 延笃《答张奂书》也云："离别三年，梦想言念，何日有违。伯英来，惠书盈四纸，读之三复。喜不可言。"③ 这说明在东汉后期文人之间的日常书信已开始用纸张来书写了。

曹魏时期，作为书写载体的纸张，因其价格低廉，携带、书写方便，又有所普及，成为文人文献整理与文学创作的重要凭借。这在当时文人的文献整理与文学创作实践中，有典型的反映。如《后汉书·董祀传》载曹操曾与蔡文姬纸笔，让其书写所诵忆的四百余篇作品。就是连魏文帝曹丕，也曾以纸抄写自己所著的《典论》及诗赋送与张昭。此外，文人之间往来的书信，以纸为书写媒介，也较之前有了发展。应场的《报庞惠恭书》中就曰："曾不枉咫尺之路，问蓬室之旧，过意赐书，辞不半纸。"④ 不过，简牍、帛素还是此时文人用于文献整理与文学创作的重要载体。如《三国志·吴书·赵达传》载："又有书简上作千万数，著空仓中封之，令达算之。达处如数……饮酒数行，达起取素书两卷，大如手指，达曰：'当写读此，则自解也。吾久废，不复省之，今欲思论一过，数日当以相与。'滕如期往，至乃阳求索书，惊言失之，云：'女婿昨来，必是渠所窃。'"⑤ 杨修《答临淄侯笺》也曰："又尝亲见执事，握牍持笔，有所造作，若成诵在心，借书于手，曾不斯须少留思虑。"⑥ 以上文献中的"书简""握牍持笔"就是简书，"素书"就是帛书。可知，简帛书写在曹魏时期还是比较普遍的。据有学者统计：《三国志》有关书写载体的记载凡40处：书简7处，其中注引文献4处；竹帛16处，其中注引文献5处；版书12处，其中注引文献6处；纸本15处，其中注引文献9处，纸、帛、简互

① ［清］严可均辑校：《全后汉文》卷四十五，河北教育出版社，1997，第428页。
② ［清］严可均辑校：《全后汉文》卷十八，河北教育出版社，1997，第181页。
③ ［清］严可均辑校：《全后汉文》卷六十一，河北教育出版社，1997，第592页。
④ ［清］严可均辑校：《全后汉文》卷四十二，河北教育出版社，1997，第397页。
⑤ ［晋］陈寿撰，［南朝宋］裴松之注：《三国志》卷六十三《吴书·赵达传》，中华书局，1982，第1424—1425页。
⑥ ［南朝梁］萧统编：《文选》卷四十，上海书店，1988年影印，第562页。

用者 3 处。关于'竹帛'的记载大多是'名称垂于竹帛''书名竹帛''竹帛不能尽载''著勋竹帛'等隐语，泛指史书，并非具体书写载体的记录。除去有关'竹帛'的这些记载，纸张与简帛的使用频率大致相当。……可见，三国时期，纸张已经开始流行于书写领域，但简帛这种传统的书写载体也还在大量使用。这是简、帛、纸等多种书写载体并行使用的时代，纸简的替代经历了较长的历史过程。"① 这一结论是符合历史实际的。

两晋时期，文人在文献整理与文学创作活动中，纸张书写日益占据主导，逐渐取代了简帛书写。我们阅读此时的文献，就会发现文人在从事经史子集等诸类文献整理活动中，运用的书写载体多为纸张。如荀勖在整理汲冢书时，就曾以纸作为书写载体整理《穆天子传》等典籍。其《上〈穆天子传〉序》曰："汲郡收书不谨，多毁落残缺，虽其言不典，皆是古书，颇可观览。谨以二尺黄纸写上，请事平以本简书及所新写，并付秘书缮写，藏之中经，副在三阁。"② 再如陈寿去世之后，皇上下诏遣吏就陈寿门下抄写他著述的《三国志》，用的书写载体也是纸张。王隐《晋书》载："陈寿卒，诏下河南，遣吏赍纸笔，就寿门下，写取《国志》。"③ 又如王隐在著述《晋书》时，遭虞预诽谤黜归于家，后得征西将军庾亮供其纸笔，《晋书》方得以完成。《晋书·王隐传》云："太兴初，典章稍备，乃召隐及郭璞俱为著作郎，令撰晋史。豫平王敦功，赐爵平陵乡侯。时著作郎虞预私撰《晋书》，而生长东南，不知中朝事，数访于隐，并借隐所著书窃写之，所闻渐广。是后更疾隐，形于言色。预既豪族，交结权贵，共为朋党，以斥隐，竟以谤免，黜归于家。贫无资用，书遂不就，乃依征西将军庾亮于武昌。亮供其纸笔，书乃得成，诣阙上之。"④ 再如虞预，为使著作吏书写《起居注》有充足的纸张，还写了《请秘府布纸表》，向皇上申请了布纸四百枚作为专用。其文曰："秘府中有布纸三万余枚，不任写御书，而无所给。愚欲请四百枚，付著作吏，书写《起居注》。"⑤ 从以上诸例可以看出，两晋时期，纸张已成为文人文献整理的主要书写载体。

不仅如此，纸张还被此时文人广泛运用于诏奏、书信、诗赋等诸种文体的创作之中。如《晋书·王浑传》所引王浑的奏书中，就建议以纸笔授给那些勤心政化、兴利除害的地方官员，以供他们书写所见所闻，便

① 吴大顺：《汉魏六朝纸张发明与书写进程考论》，《图书馆理论与实践》2013 年第 1 期。
② ［清］严可均辑校：《全晋文》卷三十一，河北教育出版社，1997，第 322 页。
③ ［唐］欧阳询撰，汪绍楹校：《艺文类聚》卷五十八《杂文部四·纸》，上海古籍出版社，1999，第 1053 页。
④ ［唐］房玄龄等：《晋书》卷八十二《王隐传》，中华书局，1974，第 2143 页。
⑤ ［清］严可均辑校：《全晋文》卷八十二，河北教育出版社，1997，第 854—855 页。

于统治者了解地方政风民俗。其文有云："可令中书指宣明诏，问方土异同，贤才秀异，风俗好尚，农桑本务，刑狱得无冤滥，守长得无侵虐。其勤心政化兴利除害者，授以纸笔，尽意陈闻。以明圣指垂心四远，不复因循常辞。"① 再如楚王司马玮被处死之时，从怀中拿出的诏令，也是以青纸书写的。《晋书·楚王玮传》载："玮临死，出其怀中青纸诏，流涕以示监刑尚书刘颂曰：'受诏而行，谓为社稷，今更为罪。托体先帝，受枉如此，幸见申列。'"② 又如孙秀也曾多次用青纸私改赵王司马伦的诏书。《晋书·赵王伦传》云："孙秀既立非常之事，伦敬重焉。秀住文帝为相国时所居内府，事无巨细，必咨而后行。伦之诏令，秀辄改革，有所与夺，自书青纸为诏，或朝行夕改者数四，百官转易如流矣。"③ 又如刘暾曾求纸笔以奏郭彰。《晋书·刘暾传》曰："其后武库火，尚书郭彰率百人自卫而不救火，暾正色诘之。彰怒曰：'我能截君角也。'暾勃然谓彰曰：'君何敢恃宠作威作福，天子法冠而欲截角乎！'求纸笔奏之，彰伏不敢言，众人解释，乃止。"④ 尤其值得注意的是，此时的傅咸还专门创作了《纸赋》，对纸张作为一种书写载体，顺时人书写所需而起，以及其廉价、方便等方面的优点进行了赞美："盖世有质文，则治有损益，故礼随时变，而器与事易。既作契以代绳分，又造纸以当策。夫其为物，厥美可珍。廉方有则，体洁性贞。含章蕴藻，实好斯文。取彼之弊，以为此新。揽之则舒，舍之则卷。可屈可伸，能幽能显。"⑤ 可知，纸张作为一种文人书写的载体，两晋时期与之前相比，在文人文献整理和文学创作中所运用的广度和普及程度确实是前所未有的。东晋后期，统治者又以行政命令的手段，宣布以纸张作为书写载体，取代之前的简帛书写载体。其标志就是东晋安帝元兴年间（402—404），桓玄废晋安帝自称楚帝之后下的一道诏令，文曰："古无纸，故用简，非主于敬也。今诸用简者，皆以黄纸代之。"⑥ 最终完成了以纸代简的历史转变。

总之，魏晋时期社会经济的发展，为文人进行相关文献整理和文学创作提供了必要的经济支撑。该期造纸技术的成熟，使纸张成为一般性书写材料，并最终由官府下令以纸代简，书写载体的改革成为"完成时"，图

---

① ［唐］房玄龄等：《晋书》卷四十二《王浑传》，中华书局，1974，第1204页。

② ［唐］房玄龄等：《晋书》卷五十九《楚王玮传》，中华书局，1974，第1597页。

③ ［唐］房玄龄等：《晋书》卷五十九《赵王伦传》，中华书局，1974，第1602页。

④ ［唐］房玄龄等：《晋书》卷四十五《刘暾传》，中华书局，1974，第1280页。

⑤ ［唐］欧阳询撰，汪绍楹校：《艺文类聚》卷五十八《杂文部四·纸》，上海古籍出版社，1999，第1053页。

⑥ ［唐］徐坚：《初学记》卷二十一《文部·纸》引《桓玄伪事》，中华书局，1962，第517页。

籍形制进入新的发展阶段。纸张轻便廉价，易于书写、装帧和运输。纸张的普及不仅使文人的抄书、誊写文稿、制作副本和创作等更加便捷，而且便于他们从事大部头文献的编撰、修订与书写。由于纸张形制多样，有诸如"五色笺"等不同规格，① 传承了简牍帛书时代的文献分级传统，更好地满足文人文献整理与创作中的不同用途，进而推动了该期文献形制和创作的革新。所以，魏晋文人文献整理和创作的繁荣，在一定程度上是建立在该期的经济发展和纸张的普及这一物质基础之上的。

第二节　政治的动荡和诸种斗争的尖锐

魏晋时期，是我国历史上政治极其动荡和诸种斗争异常尖锐的时期。这种政治生态为文人的文献整理与文学创作的发展演变提供了独特的环境。对统治者而言，他们需要文人为巩固自己的统治和战胜自己的政治对手服务，而服务的有效方式之一就是借助于文献整理与文学创作；对文人来说，他们为了在这种动辄得咎或者稍有不慎就身首异处的险恶政治争夺中得以生存保命，借助于文献整理与文学创作不失为一种有效的手段。

第一，统治者借助于文人的文献整理与文学创作为自己的政治统治服务，是魏晋政治生态促进文人文献整理与文学创作发展的动因之一。借助于文人的文献整理与文学创作为自己的政治统治服务，从先秦以来就是统治者治国理政的传统。这种传统的形成，既缘于统治者本身政治的需求，又缘于文人政治的理想，又是文献典籍和文学作品的政治功能所致。这一传统经过两汉时期的继承发展，至魏晋时期又得到了进一步的巩固和加强。

一方面，为了使文人的文献整理和创作组织得更加富有成效，魏晋统治者在进一步完善文献整理和图书管理机构设置的同时，还配备了专门的专业管理人员。这种机构的设置与专业人员的配备，魏晋之前就出现了。如延熹二年（159），桓帝"初置秘书监官"，② "秘书监一人，秩六百石"，③

---

① 参见《晋书》中的《何曾传》《愍怀太子传》《刘卞传》《葛洪传》等篇及《真诰》《太平御览》卷六百五十等，中华书局，1974。
② ［南朝宋］范晔撰，［唐］李贤等注:《后汉书》卷七《孝桓帝纪》，中华书局，1965，第306页。
③ ［南朝宋］范晔撰，［唐］李贤等注:《后汉书》卷七《孝桓帝纪》注引《汉官仪》，中华书局，1965，第306页。

"掌典图书古今文字，考核异同"。① 可见东汉后期，统治者不仅加强了对文书、档案与图书诸项工作的管理，而且还呈现出向专业化、职业化（考核异同）方向发展的趋势。不过，总体来说还不够完善和科学。魏晋时期，统治者进一步完善了有关文献整理和图书管理的机构，充实了管理队伍，使其更加细化、完善和科学，其专业化和职业化得到了有效提升。如建安十八年（213），曹操称魏王，设立了整套官职，包括"置秘书令，典尚书奏事，即中书之任也。兼掌图书秘记"。② 曹丕称帝后，又对秘书官署进行了调整。黄初初，他将秘书令的职辖一分为二，分设秘书立中书，"置中书令，典尚书奏事，而秘书改令为监。……掌艺文图籍"。③ 曹丕的这一举措，使中书、尚书、秘书三者分立，分工职责更加明确，使东汉桓帝设立的秘书监得到了恢复与发展，进一步突出了国家图书机构的专业化与职业化。对此，杜佑的《通典·职官·秘书监》记载更加系统：魏武帝"置秘书令，典尚书奏事。文帝黄初初，乃置中书令，典尚书奏事，而秘书改令为监，掌艺文图籍之事"。④ 据洪饴孙的《三国职官表》，魏时的秘书官署设长官一人，即秘书监，六百石，第三品；下设秘书丞二人，四百石，多从秘书郎升迁；设秘书郎四人，四百石。⑤ 这表明，曹魏时期统治者对文献整理和图书的组织管理更加细化、完善，也愈加科学、规范。

两晋时期，统治者继承了曹魏加强文献整理和图书管理机构建设的传统。《晋书·职官》载："中书监及令……及晋因之，并置员一人。中书侍郎……及晋，改曰中书侍郎，员四人。中书侍郎盖此始也。及江左初，改中书侍郎曰通事郎，寻复为中书侍郎。中书舍人，案晋初初置舍人、通事各一人，江左合舍人通事谓之通事舍人，掌呈奏案章。后省，而以中书侍郎一人直西省，又掌诏命。秘书监……及晋受命，武帝以秘书并中书省，其秘书著作之局不废。惠帝永平中，复置秘书监，其属官有丞，有郎，并统著作省。著作郎，周左史之任也。……及晋受命，武帝以缪徵为中书著作郎。元康二年，诏曰：'著作旧属中书，而秘书既典文籍，今改中书著作为秘书著作。'于是改隶秘书省。后别自置省而犹隶秘书。著作郎一人，

---

① ［宋］李昉等：《太平御览》卷二百三十三引《东观汉记》，中华书局，1960，第 1106 页上。
② ［唐］李林甫等撰，陈中夫点校：《唐六典》卷十《秘书省》"秘书监"条，中华书局，1992，第 295 页。
③ ［南朝梁］沈约：《宋书》卷四十《百官志下》，中华书局，1974，第 1246 页。
④ ［唐］杜佑撰，王文锦等点校：《通典》卷二十六《职官八·秘书监》，中华书局，1988，第 732—733 页。
⑤ ［清］洪饴孙：《三国职官表》，载二十五史刊行委员会编：《二十五史补编》第二册，开明书店，1937，第 2776 页。

谓之大著作郎，专掌史任，又置佐著作郎八人。著作郎始到职，必撰名臣传一人。……协律校尉，汉协律都尉之职也，魏杜夔为之。及晋，改为协律校尉。"①从文献整理和图书管理机构与专职人员配备来看，两晋时期较曹魏时期更加完善和齐备。这既为文人的文献整理提供了保证，又在一定程度上鼓励了文人的文献整理与相关文学创作的开展。

两晋时期有名的学者，诸如荀勖、华峤、司马彪、张载、张亢、张协、虞预、荀崧、王隐、干宝、孙盛、郭璞、谢沈、李充、徐广等，都有在秘书监任职的经历。而这些文人既是当时著名的学者，又是著名的文献整理专家，还是有名的文学家，多有文献整理成果和创作的文学作品传世。如荀勖，"年十余岁能属文"，②后"领秘书监，与中书令张华依刘向《别录》整理记籍。……及得汲郡冢中古文竹书，诏勖撰次之，以为《中经》，列在秘书"。③文中的《中经》就是《中经新簿》，是由荀勖整理编成的当时的国家藏书目录。有研究者指出："该目收书 1885 部、20935 卷，分为甲乙丙丁四部，甲部收经书，有六艺及小学；乙部收古诸子家、近世诸子家、兵书、兵家、数术等；丙部收史书，有史记、旧事、皇览簿、杂事等；丁部收文集，有诗赋、图赞、汲冢书等。荀勖在图书编目方面的重要贡献在于承前启后，他继承了汉代刘向、魏国郑默的编目方法，把图书编目同校勘文字结合起来，注意对图书版本的研究；他进一步肯定并采用了郑默《中经》的四部分类方法，对后世产生了深远影响。"④再如华峤，史载："博闻多识，属书典实，有良史之志，转秘书监，加散骑常侍，班同中书。寺为内台，中书、散骑、著作及治礼音律，天文数术，南省文章，门下撰集，皆典统之。初，峤以《汉纪》烦秽，慨然有改作之意。会为台郎，典官制事，由是得遍观秘籍，遂就其绪。起于光武，终于孝献，一百九十五年，为帝纪十二卷、皇后纪二卷、十典十卷、传七十卷及三谱、序传、目录，凡九十七卷。……峤所著论议难驳诗赋之属数十万言……所撰书十典未成而终，秘书监何劭奏峤中子彻为佐著作郎，使踵成之，未竟而卒。后监缪徵又奏峤少子畅为佐著作郎，克成十典，并草魏晋纪传，与著作郎张载等俱在史官。永嘉丧乱，经籍遗没，峤书存者五十余卷。"⑤华峤不仅是当时著名的文献整理者，而且其儿子华彻、华畅先后为

---

① ［唐］房玄龄等：《晋书》卷二十四《职官》，中华书局，1974，第734—736页。
② ［唐］房玄龄等：《晋书》卷三十九《荀勖传》，中华书局，1974，第1152页。
③ ［唐］房玄龄等：《晋书》卷三十九《荀勖传》，中华书局，1974，第1154页。
④ 曹之：《中国古籍编撰史》，武汉大学出版社，2015，第73页。
⑤ ［唐］房玄龄等：《晋书》卷四十四《华峤传》，中华书局，1974，第1264—1265页。

佐著作郎完成了华峤所未完成的十典。再如李充，征北将军褚裒"引为参军，充以家贫，苦求外出。……遭母忧。服阕，为大著作郎。于时典籍混乱，充删除烦重，以类相从，分作四部，甚有条贯，秘阁以为永制。累迁中书侍郎，卒官。充注《尚书》及《周易旨》六篇、《释庄论》上下二篇、诗赋表颂等杂文二百四十首，行于世"。① 李充所从事的文献整理和取得的丰富成果，以及所创作的诗赋表颂等杂文二百四十首，既与他好学、深厚的学养有关，也与其任大著作郎的职责和责任有关。正是因为他任大著作郎时，看到典籍混乱，才删除烦重，以类相从，分作四部，对典籍进行了重新整理。尤其可贵的是，他在整理过程中借鉴了刘向、荀勖等人文献整理的合理方法，并结合自己对文献的认识，编就了《晋元帝四部书目》，把史部由甲乙丙丁中"丙"的位置，调为"乙"的位置，此后四部中的经子史集的顺序变为了经史子集，并得到了后代学者的认可、接受和继承。

另一方面，魏晋时期的统治者常常以行政命令的手段，组织文人进行相应的文献整理和文学创作。当然，这一现象在魏晋以前就出现了。如西汉的高祖、武帝、元帝、成帝，东汉的光武帝、章帝、明帝、和帝、灵帝等，都曾以不同形式，命令当时的文人或进行文献整理，或进行文学创作。《后汉书》卷八十上《文苑列传》载："建初中，肃宗博召文学之士，以（傅）毅为兰台令史，拜郎中，与班固、贾逵共典校书。"② 李尤，史载："和帝时，侍中贾逵荐尤有相如、杨雄之风，召诣东观，受诏作赋，拜兰台令史。稍迁，安帝时为谏议大夫，受诏与谒者仆射刘珍等俱撰《汉记》。"③ 刘珍，史载："邓太后诏使与校书刘騊駼、马融及《五经》博士，校定东观《五经》、诸子传记、百家艺术，整齐脱误，是正文字。永宁元年，太后又诏珍与騊駼作建武已来名臣传，迁侍中、越骑校尉。……著诔、颂、连珠凡七篇。又撰《释名》三十篇，以辩万物之称号云。"④ 由上述文献不难看出，东汉后期帝王诏令文人从事文献整理与文学创作，已成为重要的文化现象。这对文人的文献整理与文学创作的发展起到了重要的推进作用。

曹魏时期，统治者在继承汉代统治者组织文人进行文献整理和文学创作这一传统的同时，还亲自参与到文人文献整理与文学创作的队伍中来，

---

① ［唐］房玄龄等：《晋书》卷九十二《李充传》，中华书局，1974，第2390—2391页。
② ［南朝宋］范晔撰，［唐］李贤等注：《后汉书》卷八十上《文苑列传·傅毅传》，中华书局，1965，第2613页。
③ ［南朝宋］范晔撰，［唐］李贤等注：《后汉书》卷八十上《文苑列传·李尤传》，中华书局，1965，第2616页。
④ ［南朝宋］范晔撰，［唐］李贤等注：《后汉书》卷八十上《文苑列传·刘珍传》，中华书局，1965，第2617页。

成为其中的一员。如曹操，史称："自作兵书十万余言，诸将征伐，皆以新书从事：临事又手为节度，从令者克捷，违教者负败。"①《三国志·魏书·杜夔传》也云："表子琼降太祖，太祖以夔为军谋祭酒，参太乐事，因令创制雅乐。夔善钟律，聪思过人，丝竹八音，靡所不能，惟歌舞非所长。时散郎邓静、尹齐善咏雅乐，歌师尹胡能歌宗庙郊祀之曲，舞师冯肃、服养晓知先代诸舞，夔总统研精，远考诸经，近采故事，教习讲肄，备作乐器，绍复先代古乐，皆自夔始也。"②杜夔等人创制雅乐，就是受曹操之命所为。魏国建立后，曹氏父子组织文人进行文献整理和文学创作的举措得到了进一步加强。如袁涣曾对曹操说："'今天下大难已除，文武并用，长久之道也。以为可大收篇籍，明先圣之教，以易民视听，使海内斐然向风，则远人不服可以文德来之。'太祖善其言。"③《三国志·魏书·刘劭传》也曰："黄初中，为尚书郎、散骑侍郎。受诏集五经群书，以类相从，作《皇览》。明帝即位，出为陈留太守，敦崇教化，百姓称之。征拜骑都尉，与议郎庾嶷、荀诜等定科令，作《新律》十八篇，著《律略论》。……劭尝作《赵都赋》，明帝美之，诏劭作《许都》、《洛都赋》。时外兴军旅，内营宫室，劭作二赋，皆讽谏焉。……景初中，受诏作《都官考课》。"④如此等等。作为统治者的曹氏父子，或亲自参与，或组织文人开展了大量的文献整理与文学创作的实践。这些由曹魏统治者参与和组织的文人文献整理与文学创作活动，是推动文人文献整理和文学创作发展的最直接动力。

两晋时期，统治者组织文人开展文献整理与文学创作的活动，较曹魏时期又有所推进。如司马昭登基后，因患前代律令本注烦杂，曾令贾充等十多位文人整理当时的法律。《晋书·刑法志》载："文帝为晋王，患前代律令本注烦杂……于是令贾充定法律，令与太傅郑冲、司徒荀颉、中书监荀勖、中军将军羊祜、中护军王业、廷尉杜友、守河南尹杜预、散骑侍郎裴楷、颍川太守周雄、齐相郭颀、骑都尉成公绥、尚书郎柳轨及吏部令史荣邵等十四人典其事，就汉九章增十一篇，仍其族类，正其体号，改旧

---

① ［晋］陈寿撰，［南朝宋］裴松之注：《三国志》卷一《魏书·武帝纪》裴注引《魏书》，中华书局，1982，第54页。

② ［晋］陈寿撰，［南朝宋］裴松之注：《三国志》卷二十九《魏书·方技传》，中华书局，1982，第806页。

③ ［晋］陈寿撰，［南朝宋］裴松之注：《三国志》卷十一《魏书·袁涣传》，中华书局，1982，第335页。

④ ［晋］陈寿撰，［南朝宋］裴松之注：《三国志》卷二十一《魏书·刘劭传》，中华书局，1982，第618—619页。

律为《刑名》、《法例》，辨《囚律》为《告劾》、《系讯》、《断狱》，分《盗律》为《请赇》、《诈伪》、《水火》、《毁亡》，因事类为《卫宫》、《违制》，撰《周官》为《诸侯律》，合二十篇，六百二十条，二万七千六百五十七言。……泰始三年，事毕，表上。"①晋武帝司马炎，也在泰始五年（269），使傅玄、荀勖、张华等文人各造正旦行礼及乐歌诗。②晋怀帝司马炽，自幼专玩史籍，继位之后常与群官讨论众务、考经籍。③东晋建立之后，元帝司马睿、明帝司马绍、成帝司马衍等，也以不同的形式诏令相关机构和文人对礼乐文献进行了整理。④尤为值得一提的是，晋武帝时期，组织当时著名的学者荀勖、和峤、束皙、卫恒、杜预、张华、挚虞、王接等，对汲冢书进行了系统整理。《晋书·荀勖传》载："及得汲郡冢中古文竹书，诏勖撰次之，以为《中经》，列在秘书。"⑤这一文献整理活动，标志着晋代文人文献整理达到了一个新的高度，成为中国古代文人文献整理史上的典范。

第二，魏晋时期统治阶层为了服务于自己的政治统治，对文人的文献整理和文学创作有了新需求，这一新需求也有效推动了文人文献整理和文学创作的新发展。如此时文人对《论语》《老子》《庄子》《易经》的整理、佛教僧人对佛教经典的翻译，道教文献的大量出现，以及相应的文学创作等，就是其中的典型代表。这些文献的整理，一方面是缘于魏晋时期文人的文化趣尚，如史家所云："朝寡纯德之人，乡乏不贰之老，风俗淫僻，耻尚失所，学者以老庄为宗而黜《六经》，谈者以虚荡为辩而贱名检，行身者以放浊为通而狭节信，进仕者以苟得为贵而鄙居正，当官者以望空为高而笑勤恪。"⑥另一方面，则缘于文人的文化趣尚对统治者的影响。所以，此时文人的文献整理呈现出新的面貌。魏晋时期，援道入儒或以儒释道或佛玄双修，成为文人对待文化、接受文化、解释文化的基本态度。《晋书·王戎传》载："魏正始中，何晏、王弼等祖述《老》《庄》，立论以为：'天地万物皆以无为本。无也者，开物成务，无往不存者也。阴阳恃以化生，万物恃以成形，贤者恃以成德，不肖恃以免身。故无之为用，无爵而贵矣。'"⑦这就是正始玄学的"崇无论"，实质而言是为执政者的政治服务

---

① ［唐］房玄龄等：《晋书》卷三十《刑法志》，中华书局，1974，第927页。
② ［唐］房玄龄等：《晋书》卷二十二《乐上》，中华书局，1974，第685页。
③ ［唐］房玄龄等：《晋书》卷五《孝怀帝纪》，中华书局，1974，第125页。
④ ［唐］房玄龄等：《晋书》卷二十三《乐下》，中华书局，1974，第697页。
⑤ ［唐］房玄龄等：《晋书》卷三十九《荀勖传》，中华书局，1974，第1154页。
⑥ ［唐］房玄龄等：《晋书》卷五《孝愍帝纪》，中华书局，1974，第135—136页。
⑦ ［唐］房玄龄等：《晋书》卷四十三《王戎传》，中华书局，1974，第1236页。

的。此外，何晏还著有《论语集解》、王弼还著有《周易注》《老子注》等著作。《晋书·卢谌》载："谌字子谅，清敏有理思，好《老》《庄》，善属文。……撰《祭法》，注《庄子》，及文集，皆行于世。"①《晋书·刘毅传》著录刘毅上疏曰："今之中正，不精才实，务依党利，不均称尺，务随爱憎。……是以上品无寒门，下品无势族。暨时有之，皆曲有故。慢主罔时，实为乱源。"②何晏著《论语集解》，王弼作《周易注》《老子注》，卢谌撰《祭法》、注《庄子》，刘毅的上疏等，皆是该期统治者对文人的文献整理和文学创作新需求的代表成果。

对此，我们还可以通过该期文人的文献整理与文学创作的成果，予以证明。如王弼在《老子指略》中就指出了法家、名家、儒家、墨家和杂家各家的不足，提出了"以无为本"的思想主张："天下之物，皆以有为生，有之所始，以无为本，将欲全有，必反于无也。"③其"以无为本"的崇无思想实际是为当时的曹魏政治做张本的。还有郭象的《庄子集解》中所提出的"独化"思想等，同样是借助于文献整理为当时政治服务的。文人对谱牒、总集等文献的整理与从事的相关文学创作，也是为满足统治者政治上的新需要而产生的。如挚虞、束皙等人的文献整理和文学创作，就是如此。《晋书·挚虞传》载："虞以汉末丧乱，谱传多亡失，虽其子孙不能言其先祖，撰《族姓昭穆》十卷，上疏进之，以为足以备物致用，广多闻之益。……元康中，迁吴王友。时荀顗撰《新礼》，使虞讨论得失而后施行。……后历秘书监、卫尉卿……自元康以来，不亲郊祀，礼仪废弛。挚虞考正旧典，法物灿然。"④《晋书·束皙传》也载："转佐著作郎，撰《晋书·帝纪》、十《志》，迁转博士，著作如故。初，太康二年，汲郡人不准盗发魏襄王墓，或言安釐王冢，得竹书数十车。……皙在著作，得观竹书，随疑分释，皆有义证。迁尚书郎。……皙才学博通，所著《三魏人士传》、《七代通记》、《晋书·纪》、《志》，遇乱亡失。其《五经通论》、《发蒙记》、《补亡诗》、文集数十篇，行于世云。"⑤上文所引文献中，挚虞所撰《族姓昭穆》十卷，束皙参与整理的"汲冢书"，以及其所著《三魏人士传》《七代通记》《晋书·纪》《晋书·志》《五经通论》《发蒙记》《补亡诗》、文集数十篇等，政治目的也都是非常明显的。

① ［唐］房玄龄等：《晋书》卷四十四《卢谌传》，中华书局，1974，第 1259 页。
② ［唐］房玄龄等：《晋书》卷四十五《刘毅传》，中华书局，1974，第 1274 页。
③ ［三国魏］王弼注，楼宇烈校释：《老子道德经注校释》下篇，中华书局，2008，第 110 页。
④ ［唐］房玄龄等：《晋书》卷五十一《挚虞传》，中华书局，1974，第 1425—1426 页。
⑤ ［唐］房玄龄等：《晋书》卷五十一《束皙传》，中华书局，1974，第 1432—1434 页。

这种情况在该期文人的史书编纂中表现得最为典型。魏晋统治者为了巩固自己的政治统治和笼络人心，极力标榜自己政治权力的合法性和合理性，贬斥其他政治权力的僭伪，于是就广泛召集文人编修史书，以明自己的正统。曹魏政权为确立自己是三国中的正统，前后组织卫觊、缪袭、韦诞、应璩、王沈、阮籍、孙该、傅玄等文人，编修国史，内容和笔法须经统治者认可，以明其统治的正统地位。对此《史通·古今正史》云："魏史，黄初、太和中始命尚书卫觊、缪袭草创纪传，累载不成。又命侍中韦诞、应璩，秘书监王沈，大将军从事中郎阮籍，司徒右长史孙该，司隶校尉傅玄等，复共撰定。其后王沈独就其业，勒成《魏书》四十四卷。其书多为时讳，殊非实录。"① 由此引发了之后史学家有关魏、蜀谁为正统这一问题的长期论争。直至东晋史学家习凿齿为此专撰《汉晋春秋》的出现，对魏、蜀谁为正统的问题进行了系统讨论，才使该争论告一段落。《晋书·习凿齿传》载："是时（桓）温觊觎非望，凿齿在郡，著《汉晋春秋》以裁正之。起汉光武，终于晋愍帝。于三国之时，蜀以宗室为正，魏武虽受汉禅晋，尚为篡逆，至文帝平蜀，乃为汉亡而晋始兴焉。引世祖讳炎兴而为禅受，明天心不可以势力强也。凡五十四卷。"② 统治者为宣扬自己政治权力的正当性和正统性，指责对方的非正当性和非正统性，所以才出现了不同政治权力之间竞相组织文人编修史书的现象。这一政治目的，也是该期文人编修史书兴盛的一个重要原因。

第三，文人为了实现自己的参政理想，除入仕之外，还往往把文献整理和文学创作作为参政的一条途径。这也成为魏晋时期文人文献整理和文学创作发展的政治因素，如此也催生了一批文献整理与文学创作的成果。《三国志·魏书·王粲传》云："粲劝表子琮，令归太祖。太祖辟为丞相掾，赐爵关内侯。太祖置酒汉滨，粲奉觞贺曰：'方今袁绍起河北，仗大众，志兼天下，然好贤而不能用，故奇士去之。刘表雍容荆楚，坐观时变，自以为西伯可规。士之避乱荆州者，皆海内之俊杰也；表不知所任，故国危而无辅。明公定冀州之日，下车即缮其甲卒，收其豪杰而用之，以横行天下；及平江、汉，引其贤俊而置之列位，使海内回心，望风而愿治，文武并用，英雄毕力，此三王之举也。'后迁军谋祭酒。魏国既建，拜侍中。博物多识，问无不对。时旧仪废弛，兴造制度，粲恒典

---

① ［唐］刘知几著，［清］浦起龙通释，王煦华整理：《史通通释》卷十二《古今正史》，上海古籍出版社，2000，第321页。

② ［唐］房玄龄等：《晋书》卷八十二《习凿齿传》，中华书局，1974，第2154页。

之。"① 文中王粲称赞曹操北灭袁绍、南下荆州，是"文武并用，英雄毕力，此三王之举"，其中"文武并用"中的"文"，就包含了文人的文献整理与文学创作。王粲不仅是这样称赞曹操的，而且是这样为曹魏政权效力的。这从"魏国既建，拜侍中。博物多识，问无不对。时旧仪废弛，兴造制度，粲恒典之"的描述中，就可得到印证。同时，王粲不仅整理过《尚书》，有《尚书问》；创作过歌颂曹操的诗作《从军行五首》；还通过创作对文献典籍和文学的政治教化作用进行了书写，其代表就是《荆州文学记官志》。其文曰："夫文学也者，人伦之首，大教之本也。乃命五业从事宋衷新作文学，延朋徒焉，宣德音以赞之，降嘉礼以劝之，五载之间，道化大行。耆德故老綦毋闿等，负书荷器自远而至者，三百有余人。……遂训六经，讲礼物，谐八音，协律吕，修纪历，理刑法，六略咸秩，百氏备矣。"② 再如卫觊，《三国志·魏书·卫觊传》云："魏国既建，拜侍中，与王粲并典制度。……受诏典著作，又为《魏官仪》，凡所撰述数十篇。"③ 裴松之注引《魏书》也曰："初，汉朝迁移，台阁旧事散乱。自都许之后，渐有纲纪，觊以古义多所正定。"④ 卫觊整理的《魏官仪》以及以古义正定的朝中纲纪，不仅得到了曹魏统治者的认可，而且在曹魏统治者的治国实践中得到了实施。所以，卫觊的文献整理活动，也就成为其参与国家政治的一种重要形式。

两晋时期，文人也继承了之前文人借助于文献整理与文学创作参与政治的风尚。例如这个时期文人整理的经部著作被列为十三经的有杜预的《春秋左氏传集解》、韩康伯的《周易注解》、范宁的《春秋谷梁注疏》等，就是如此。西晋杜预的《春秋左氏传集解》和《春秋释例》，唐代的张说在《孔子堂杜预赞》中云："猗欤杜侯，发挥孔圣。《春秋》既立，王道以正。"⑤ 在对杜预《春秋左氏传集解》和《春秋释例》等著作予以评价时，张说以"发挥孔圣"概括杜预为《春秋》做出的贡献，而《春秋》又是为王道服务的著作，即张说所云"《春秋》既立，王道以正"。故杜预整理《春秋》的政治目的自然也就是其应有之义了。东晋韩康伯的《周易注

---

① ［晋］陈寿撰，［南朝宋］裴松之注:《三国志》卷二十一《魏书·王粲传》，中华书局，1982，第598页。

② 俞绍初辑校:《建安七子集》卷三，中华书局，2005，第137页。

③ ［晋］陈寿撰，［南朝宋］裴松之注:《三国志》卷二十一《魏书·卫觊传》，中华书局，1982，第611—612页。

④ ［晋］陈寿撰，［南朝宋］裴松之注:《三国志》卷二十一《魏书·卫觊传》，中华书局，1982，第611页。

⑤ ［清］董浩等编:《全唐文》卷二百二十六，中华书局，1983，第2282页。

解》三卷，是在王弼等人注的基础上补注而成的，以祖述王弼、阐发玄理为主。王弼的《周易注》《周易略例》，重在阐发万物发生发展变化的理论，目的是为统治者的政治统治寻找理论依据。韩康伯的《周易注解》既然是承王弼等人的思想而来，其为政治服务的目的也就不言自明。东晋范宁的《春秋谷梁注疏》，《晋书·范宁传》载："时以浮虚相扇，儒雅日替，宁以为其源始于王弼、何晏，二人之罪深于桀纣。乃著论曰：'……王何叨海内之浮誉，资膏粱之傲诞，画螭魅以为巧，扇无检以为俗。郑声之乱乐，利口之覆邦，信矣哉！吾固以为一世之祸轻，历代之罪重，自丧之衅小，迷众之愆大也。'宁崇儒抑俗，率皆如此。"① 由此判定，范宁之所以作《春秋谷梁注疏》，也是其崇儒抑俗的表现，其政治价值也是不言而喻的。再如袁宏整理《后汉纪》，就是出于"通古今，笃名教"的政治目的。他在所作的自序中曰："今因前代遗事，略举义教所归，庶以弘敷王道，补前史之阙。"② 可见，袁宏修史的政治目的是非常自觉的。

这种政治目的性，在此时文人的文学创作中也有明显的体现。如西晋王沈的《释时论》、鲁褒的《钱神论》、杜嵩的《任子春秋》等，皆为疾时之作。《晋书·惠帝纪》载："及居大位，政出群下，纲纪大坏，货赂公行，势位之家，以贵陵物，忠贤路绝，谗邪得志，更相荐举，天下谓之互市焉。高平王沈作《释时论》，南阳鲁褒作《钱神论》，庐江杜嵩作《任子春秋》，皆疾时之作也。"③《晋书·隐逸列传·鲁褒传》也云："元康之后，纲纪大坏，褒伤时之贪鄙，乃隐姓名，而著《钱神论》以刺之。"④ 成公绥的《钱神论》也是如此。其文曰："路中纷纷，行人悠悠，载驰载驱，唯钱是求。朱衣素带，当途之士，爱我家兄，皆无能已。执我之手，说分终始，不计优劣，不论能否，宾客辐凑，门常如市。谚言钱无耳，何可闇使，岂虚也哉！"⑤ 东晋时期李充的《学箴》、陶潜的《归去来兮辞》等作品，也是针对时政而创作的。李充，史载："幼好刑名之学，深抑虚浮之士，尝著《学箴》……庶以祛困蒙之蔽，悟一往之惑乎！其辞曰……"⑥ 文中不仅道出了李充创作《学箴》的直接动因，而且还详细书写了李充自己创作《学箴》的目的在于祛虚浮之士对老庄的困蒙之蔽、悟虚浮之士对老庄的

① ［唐］房玄龄等：《晋书》卷七十五《范宁传》，中华书局，1974，第1984—1985页。
② 袁宏：《〈后汉纪〉袁宏自序》，［晋］袁宏撰，李兴和点校：《袁宏〈后汉纪〉集校》，云南大学出版社，2008，第1页。
③ ［唐］房玄龄等：《晋书》卷四《惠帝纪》，中华书局，1974，第108页。
④ ［唐］房玄龄等：《晋书》卷九十四《隐逸列传·鲁褒传》，中华书局，1974，第2437页。
⑤ ［清］严可均辑校：《全晋文》卷五十九，河北教育出版社，1997，第616—617页。
⑥ ［唐］房玄龄等：《晋书》卷九十四《隐逸列传·李充传》，中华书局，1974，第2389页。

一往之惑，纠正虚浮之士的虚浮士风，其政治用意是非常鲜明的。陶潜，史称："素简贵，不私事上官。郡遣督邮至县，吏白应束带见之，潜叹曰：'吾不能为五斗米折腰，拳拳事乡里小人邪！'义熙二年，解印去县，乃赋《归去来》。"①　其言语中蕴含了对当时官场政治生态的强烈不满。可见，魏晋文人借助于文献整理与文学创作表达自己的政见，也是该期文献整理和文学创作发展的因素之一。

　　第四，文人为了远离统治者之间的政治斗争归隐山林，耽玩典籍，或从事文献整理，或从事文学创作，是魏晋文人文献整理与文学创作发展的另一动力。通过文献整理和文学创作等著书立说的形式远离政治，也是先秦以来古代文人安身立命的途径之一。这一途径经过两汉文人的大量实践，至东汉后期已成为文人文献整理与文学创作的重要途径。如郑玄，《后汉书·郑玄传》载："及党事起，乃与同郡孙嵩等四十余人俱被禁锢，遂隐修经业，杜门不出。时任城何休好《公羊》学，遂著《公羊墨守》、《左氏膏肓》、《谷梁废疾》；玄乃发《墨守》，针《膏肓》，起《废疾》。"②　荀爽，《后汉书·荀淑传》云："后遭党锢，隐于海上，又南遁汉滨，积十余年，以著述为事，遂称为硕儒。"③　张奂，《后汉书·张奂传》曰："时禁锢者多不能守静，或死或徙。奂闭门不出，养徒千人，著《尚书记难》三十余万言。"④　以上所举东汉后期的郑玄、荀爽和张奂等，他们不仅是当时隐逸文人的代表，也是在隐逸生活实践中，或从事文献整理，或从事文学创作的文人代表。

　　魏晋时期，文人的文献整理与文学创作也有不少是在隐逸的生活状态下完成的。所以，在归隐期间文人从事文献整理与文学创作，既是其文化生活的重要组成部分，也是其文献整理与文学创作成果得以产生的一个主要方式。如鲁胜，《晋书·隐逸列传·鲁胜传》载："尝岁日望气，知将来多故，便称疾去官。中书令张华遣子劝其更仕，再征博士，举中书郎，皆不就。其著述为世所称，遭乱遗失，惟注《墨辩》，存其叙曰：'……今引说就经，各附其章，疑者阙之。又采诸众杂集为《刑》《名》二篇，略解指归，以俟君子。其或兴微继绝者，亦有乐乎此也！'"⑤　向朗，《三国志·蜀

①　[唐]房玄龄等：《晋书》卷九十四《隐逸列传·陶潜传》，中华书局，1974，第2461页。
②　[南朝宋]范晔撰，[唐]李贤等注：《后汉书》卷三十五《郑玄传》，中华书局，1965，第1207—1208页。
③　[南朝宋]范晔撰，[唐]李贤等注：《后汉书》卷六十二《荀淑传》，中华书局，1965，第2056页。
④　[南朝宋]范晔撰，[唐]李贤等注：《后汉书》卷六十五《张奂传》，中华书局，1965，第2142页。
⑤　[唐]房玄龄等：《晋书》卷九十四《隐逸列传·鲁胜传》，中华书局，1974，第2433—2434页。

书·向朗传》云:"自去长史,优游无事垂三十年,乃更潜心典籍,孜孜不倦。年逾八十,犹手自校书,刊定谬误,积聚篇卷,于时最多。"① 再如郭琦,《晋书·隐逸列传·郭琦传》载:"少方直,有雅量,博学,善五行,作《天文志》、《五行传》,注《谷梁》、《京氏易》百卷。"② 又如郭瑀,《晋书·隐逸列传·郭瑀传》载:"隐于临松薤谷,凿石窟而居,服柏实以轻身,作《春秋墨说》、《孝经错纬》,弟子著录千余人。"③ 还有孟陋,《晋书·隐逸列传·孟陋传》曰:"陋少而贞立,清操绝伦,布衣蔬食,以文籍自娱。……注《论语》,行于世。"④ 又如宋纤,《晋书·隐逸列传·宋纤传》载:"少有远操,沈靖不与世交,隐居于酒泉南山。……纤注《论语》,及为诗颂数万言。"⑤ 以上所举鲁胜、向朗、郭琦、郭瑀、孟陋和宋纤等文人,只是该期归隐文人中的代表。他们的文献整理成果与相关文学创作就是他们在隐逸时期整理和创作的。他们之所以选择归隐,主要的原因就是要摆脱当时现实政治,而文献整理和文学创作又成为他们归隐之后一种生活的慰藉和价值呈现。该期文人的部分史部、礼仪、道家和道教、玄学、医学、方技、佛教等文献的整理和相关文学作品的创作,也可作如是观。

可见,统治者借助于文人的文献整理与文学创作为自己的政治统治服务;统治阶层对文人的文献整理和文学创作的新需求;文人把文献整理和文学创作作为参政的一条途径;以及文人为了远离统治者之间的政治斗争归隐山林,耽玩典籍,或从事文献整理,或从事文学创作等,是魏晋文人文献整理与文学创作发展的重要政治动因。

第三节 统治者的喜好与文化政策

王国维曾说过"一代有一代之文学"⑥,指出了文学发展的时代规律。实际而言,文化和学术也是如此。一代不仅有一代之文化,而且一代也有一代之学术,一代也有一代之文人的文献整理与文学创作。而一代之所以

---

① [晋]陈寿撰,[南朝宋]裴松之注:《三国志》卷四十一《蜀书·向朗传》,中华书局,1982,第1010页。
② [唐]房玄龄等:《晋书》卷九十四《隐逸列传·郭琦传》,中华书局,1974,第2436页。
③ [唐]房玄龄等:《晋书》卷九十四《隐逸列传·郭瑀传》,中华书局,1974,第2454页。
④ [唐]房玄龄等:《晋书》卷九十四《隐逸列传·孟陋传》,中华书局,1974,第2442—2443页。
⑤ [唐]房玄龄等:《晋书》卷九十四《隐逸列传·宋纤传》,中华书局,1974,第2453页。
⑥ 王国维:《宋元戏曲考》,东方出版社,1996,第1页。

有一代之文人的文献整理与文学创作，既与这一时代的政治、经济有关，也和该时代统治者的喜好和文化政策存在着千丝万缕的联系。所以，魏晋时期文人文献整理与文学创作的变化发展，是和魏晋时期统治者的喜好和文化政策存在着因果方面的逻辑关联的。

首先，魏晋时期统治者对文化学术的喜好，直接推动了文人文献整理与文学创作的展开和发展。因为，统治者对文化学术的喜好，不仅会对文人的文献整理与文学创作产生直接的影响，而且还有意无意地左右文人对待文化学术的态度，从而引导和制约着文人的文献整理和文学创作。宋代的晁公武曾云："自汉武帝之后，虽世有治乱，无不知崇尚典籍。"[1] 晁公武通过对汉武帝之后诸类图书典籍的整理，发现了自西汉武帝以后大多帝王皆有"崇尚典籍"的喜好。

这一特点在魏晋时期的统治者身上得到了多方面的体现。据《后汉书》《三国志》《晋书》等史籍记载，魏晋时期不少统治者表现出对文化典籍的偏爱，成为该期文人文献整理和文学创作相互促进兴盛的一大动因。《三国志·魏书·武帝纪》裴松之注引《魏书》曰："（太祖）文武并施，御军三十余年，手不舍书，昼则讲武策，夜则思经传，登高必赋，及造新诗，被之管弦，皆成乐章。"[2] 曹操既是三国时期群雄之中喜爱典籍和文学创作，并能够长期坚持一以贯之的典范，又是以自己的言传身教，教授子女形成了良好家风的楷模。这不仅在文帝曹丕、明帝曹叡等身上都有很好的体现，而且得到了不同程度的继承和发展。如曹丕，《三国志·魏书·文帝纪》云："帝好文学，以著述为务，自所勒成垂百篇。又使诸儒撰集经传，随类相从，凡千余篇，号曰《皇览》。"[3] 曹丕之所以"好文学，以著述为务"，就与曹操的影响和教育密不可分。这在其《典论·自叙》中也有明确的书写："上雅好诗书文籍，虽在军旅，手不释卷，每每定省从容，常言人少好学则思专，长则善忘，长大而能勤学者，唯吾与袁伯业耳。余是以少诵诗、论，及长而备历五经、四部，《史》《汉》、诸子百家之言，靡不毕览。"[4] 曹叡也喜爱经籍，史云："帝容止可观，望之俨然。自在东宫，不交朝臣，不问政事，唯潜思书籍而已。……听受吏民士庶上

① ［宋］晁公武撰，孙猛校证：《郡斋读书志校证》卷一，上海古籍出版社，1990，第 1 页。
② ［晋］陈寿撰，［南朝宋］裴松之注：《三国志》卷一《魏书·武帝纪》裴注引《魏书》，中华书局，1982，第 54 页。
③ ［晋］陈寿撰，［南朝宋］裴松之注：《三国志》卷二《魏书·文帝纪》，中华书局，1982，第 88 页。
④ ［晋］陈寿撰，［南朝宋］裴松之注：《三国志》卷二《魏书·文帝纪》裴注引《典论》，中华书局，1982，第 90 页。

书，一月之中至数十百封，虽文辞鄙陋，犹览省究竟，意无厌倦。"① 这些记载，从不同侧面反映了曹氏三祖对文化学术的热爱与自觉追求。曹王芳、高贵乡公曹髦等，也皆爱好典籍。《三国志·魏书·三少帝纪》裴松之注引《魏氏春秋》曰："（甘露元年）二月丙辰，帝宴群臣于太极东堂，与侍中荀顗、尚书崔赞、袁亮、钟毓、给事中中书令虞松等并讲述礼典，遂言帝王优劣之差。"② 甘露元年（256）夏四月丙辰，帝幸太学，与《易》博士淳于俊讨论《连山》《归藏》《周易》的有关问题。"讲《易》毕，复命讲《尚书》"。③ 又与博士庾峻探讨了《尚书》中的相关问题。之后"复命讲《礼记》"。④ 又和博士马照讨论了有关《礼记》的问题。同书裴松之注引傅畅《晋诸公赞》也曰："帝常与中护军司马望、侍中王沈、散骑常侍裴秀、黄门侍郎钟会等讲宴于东堂，并属文论。名秀为儒林丈人，沈为文籍先生，望、会亦各有名号。"⑤ 由此不难看出，高贵乡公曹髦对文化学术典籍的喜爱，以及研读的深入与细致。否则，他与诸位博士的讨论也不会如此广泛、具体。

三国时期吴国的统治者，也多喜爱文化典籍。如孙权，"少时历《诗》《书》《礼记》《左传》《国语》……省三史、诸家兵书"；⑥ 末帝孙皓也"才识明断""好学"，⑦ 曾要求华覈主修国史，认为华覈"研精坟典，博览多闻，可谓悦礼乐敦诗书者也。当飞翰骋藻，光赞时事，以越杨、班、张、蔡之畴"；⑧ 表现出对史书的偏好和重视。

两晋时期，统治者对文化典籍的喜爱与之前相比，有过之而无不及。如晋宣帝司马懿，"博学洽闻，伏膺儒教"。⑨ 晋怀帝司马炽，"专玩史籍，

---

① ［晋］陈寿撰，［南朝宋］裴松之注：《三国志》卷三《魏书·明帝纪》裴注引《魏书》，中华书局，1982，第 115 页。
② ［晋］陈寿撰，［南朝宋］裴松之注：《三国志》卷四《魏书·三少帝纪》，中华书局，1982，第 134 页。
③ ［晋］陈寿撰，［南朝宋］裴松之注：《三国志》卷四《魏书·三少帝纪》，中华书局，1982，第 136 页。
④ ［晋］陈寿撰，［南朝宋］裴松之注：《三国志》卷四《魏书·三少帝纪》，中华书局，1982，第 138 页。
⑤ ［晋］陈寿撰，［南朝宋］裴松之注：《三国志》卷四《魏书·三少帝纪》裴注引《晋诸公赞》，中华书局，1982，第 138 页。
⑥ ［晋］陈寿撰，［南朝宋］裴松之注：《三国志》卷五十四《吴书·吕蒙传》裴注引《江表传》，中华书局，1982，第 1274—1275 页。
⑦ ［晋］陈寿撰，［南朝宋］裴松之注：《三国志》卷四十八《吴书·孙皓传》，中华书局，1982，第 1162 页。
⑧ ［晋］陈寿撰，［南朝宋］裴松之注：《三国志》卷六十五《吴书·华覈传》，中华书局，1982，第 1467 页。
⑨ ［唐］房玄龄等：《晋书》卷一《高祖宣帝纪》，中华书局，1974，第 1 页。

有誉于时"。① "在东宫，恂恂谦损，接引朝士，讲论书籍。……至于宴会，辄与群官论众务，考经籍"。② 简文帝，"留心典籍，不以居处为意，凝尘满席，湛如也"。③ 由上述文献中所用的 "专玩史籍""考经籍""留心典籍" 等表述，就可看出他们对文化典籍的喜爱程度。尽管有些晋代帝王本纪中并无直接关于其喜爱文化典籍的记载，但就此时社会普遍重视文化与贵族士族重视家族文化的习尚而言，喜爱文化典籍，重视自己的文学修养，乃是两晋统治者的共同倾向。这一倾向在该期的史类文献整理中，表现得尤其典型。正如金毓黻先生在论魏晋时期私家作史兴盛的原因时所说："自班固自造《汉书》，见称于明帝，当代典籍史实，悉集于兰台东观，于是又命刘珍等作《汉纪》，以续班书，迄于汉亡，而未尝或辍。自斯以来，撰史之风，被于一世，魏晋之君，亦多措意于是，王沈《魏书》，本由官撰；陈寿《国志》，就家迻写；晋代闻人，有若张华、庾亮，或宏奖风流，或给以纸笔，是以人竞为史，自况马、班，此原于君相之好尚者二也。"④ 在此金先生就明确指出了晋代统治者对史类典籍的好尚，是该期文人私家修史兴盛的一大原因。这一结论也从史类典籍的层面，揭示了两晋统治者的喜好对该期文人文献整理与文学创作的重要影响。

受统治者喜好文化典籍的影响，魏晋时期文人喜爱文化典籍、注重自我文学素养的提升也成为文人的主要追求之一。如曹魏时期的 "建安之杰" 曹植与建安七子、何晏、王弼、竹林七贤，两晋时期的三张、二陆、两潘、一左，以及郭璞、葛洪、干宝、挚虞、郭象、袁宏、李充、孙绰、许询等文人，就是以喜爱文化典籍和文学创作而著称的典型代表。即使那些不以文学创作为人所称的文人，也对文化学术与文学表现出极大的喜爱。如郑冲，史载："清恬寡欲，耽玩经史，遂博究儒术及百家之言。……及高贵乡公讲《尚书》，冲执经亲授，与侍中郑小同俱被赏赐。……时文帝辅政，平蜀之后，命贾充、羊祜等分定礼仪、律令，皆先咨于冲，然后施行。……初，冲与孙邕、曹羲、荀顗、何晏共集《论语》诸家训注之善者，记其姓名，因从其义，有不安者辄改易之，名曰《论语集解》。成，奏之魏朝，于今传焉。"⑤ 齐王司马攸，史云："爱经籍，

---

①　[唐] 房玄龄等：《晋书》卷五《孝怀帝纪》，中华书局，1974，第115页。
②　[唐] 房玄龄等：《晋书》卷五《孝怀帝纪》，中华书局，1974，第125页。
③　[唐] 房玄龄等：《晋书》卷九《简文帝纪》，中华书局，1974，第223页。
④　金毓黻：《中国史学史》，河北教育出版社，2000，第105页。
⑤　[唐] 房玄龄等：《晋书》卷三十三《郑冲传》，中华书局，1974，第991—993页。

能属文,善尺牍,为世所楷。"① "就人借书,必手刊其谬,然后反之。"②
还有王沈,史云:"正元中,迁散骑常侍、侍中、典著作。与荀顗、阮籍
共撰《魏书》,多为时讳,未若陈寿之实录也。时魏高贵乡公好学有文才,
引沈及裴秀数于东堂讲宴属文,号沈为文籍先生,秀为儒林丈人。"③尤其
值得注意的是,此时的文人对文化典籍的爱好,不仅涉及了儒家、法家、
道家和道教,还涉及了新兴的玄学和传入中土的佛教。所以,与之前相
比,魏晋时期文人喜爱文化典籍和文学创作不仅有了进一步的发展,而且
所涉猎的广度和达到的深度皆有了一个大的飞跃,从而为其从事文献整理
和文学创作打下了丰厚的知识基础。

其次,魏晋时期统治阶层采取了许多有利于文人文献整理和文学创
作的文化政策,这也是该期文人文献整理和文学创作得以相互影响、相互
推进的一个重要原因。从文化政策层面支持文人文献整理和文学创作的
发展,最早自先秦时期就开始了。如先秦时期的"左史记言,右史记事",
采诗、献诗等就是这一文化政策的典型例证。汉武帝"罢黜百家,独尊儒
术"的统治方略确立以后,统治阶层的文化政策,对文人文献整理和文学
创作的规范与引导作用,更加彰显,可以说成为文人文献整理和文学创作
的指导原则。汉代统治者推行的崇儒术、置五经博士等文化政策,就是有
力的说明。

魏晋时期,有不少文人的文献整理和文学创作成果,在一定意义上就
是受统治者所推行的文化政策影响的结果。如《三国志·魏书·荀彧传》
裴松之注引《彧别传》曰:"是时征役草创,制度多所兴复,彧尝言于太
祖曰:'……宜集天下大才通儒,考论六经,刊定传记,存古今之学,除
其烦重,以一圣真,并隆礼学,渐敦教化,则王道两济。'彧从容与太祖
论治道,如此之类甚众,太祖常嘉纳之。"④从荀彧向曹操的建议以及曹操
所持的态度来看,曹操对文化的建设发展是很重视的。曹丕继承并延续
了曹操的文化政策。史载:"(黄初五年)夏四月,立太学,制五经课试之
法,置《春秋谷梁》博士。"⑤曹叡和曹王芳对文化学术也非常重视,这点
在他们的诏令中皆有不同的表现。史曰:"(太和)四年春二月壬午,诏

① [唐]房玄龄等:《晋书》卷三十八《齐王攸传》,中华书局,1974,第 1130 页。
② [唐]房玄龄等:《晋书》卷三十八《齐王攸传》,中华书局,1974,第 1135 页。
③ [唐]房玄龄等:《晋书》卷三十九《王沈传》,中华书局,1974,第 1143 页。
④ [晋]陈寿撰,[南朝宋]裴松之注:《三国志》卷十《魏书·荀彧传》,中华书局,1982,
    第 317—318 页。
⑤ [晋]陈寿撰,[南朝宋]裴松之注:《三国志》卷二《魏书·文帝纪》,中华书局,1982,
    第 84 页。

曰：'世之质文，随教而变。兵乱以来，经学废绝，后生进趣，不由典谟。岂训导未洽，将进用者不以德显乎？其郎吏学通一经，才任牧民，博士课试，擢其高第者，亟用；其浮华不务道本者，皆罢退之。'戊子，诏太傅三公：以文帝《典论》刻石，立于庙门之外。"①《三国志·魏书·三少帝纪》也云："（正始）二年春二月，帝初通《论语》，使太常以太牢祭孔子于辟雍，以颜渊配。"②"（正始七年）冬十二月，讲《礼记》通，使太常以太牢祀孔子于辟雍，以颜渊配。"③不仅如此，齐王曹芳在正始六年（245）十二月"辛亥，诏故司徒王朗所作《易传》，令学者得以课试"。④"（甘露二年）五月辛未，帝幸辟雍，会命群臣赋诗。侍中和逌、尚书陈骞等作诗稽留，有司奏免官，诏曰：'吾以暗昧，爱好文雅，广延诗赋，以知得失，而乃尔纷纭，良用反仄。其原逌等。主者宜敕自今以后，群臣皆当玩习古义，修明经典，称朕意焉。'"⑤这些文化政策的实施，都不同程度地促进了文人文献整理和文学创作的发展。

不仅曹魏的统治者如此，其他地方割据者也重视文化学术，并采取了切实有效的文化政策。如《三国志·魏书·刘表传》裴松之注引《英雄记》曰：刘表为荆州牧时，"乃开立学官，博求儒士，使綦毋闿、宋忠等撰《五经章句》，谓之后定"。⑥刘表所统治的荆州，在当时能够成为重要的文化学术中心，在很大程度上就得力于其所采取的文化政策和贯彻落实。刘备在定蜀后，为改变学业衰废的现状，乃鸠合典籍，沙汰众学，任命许慈、胡潜、孟光、来敏等文人，典掌旧文。《三国志·蜀书·许慈传》云："先主定蜀，承丧乱历纪，学业衰废，乃鸠合典籍，沙汰众学，（许）慈、（胡）潜并为学士，与孟光、来敏等典掌旧文。"⑦他在去世前，还不忘教育后主，要重视对文化典籍的学习。《三国志·蜀书·先主传》裴松

---

① ［晋］陈寿撰，［南朝宋］裴松之注：《三国志》卷三《魏书·明帝纪》，中华书局，1982，第97页。

② ［晋］陈寿撰，［南朝宋］裴松之注：《三国志》卷四《魏书·三少帝纪》，中华书局，1982，第119页。

③ ［晋］陈寿撰，［南朝宋］裴松之注：《三国志》卷四《魏书·三少帝纪》，中华书局，1982，第121页。

④ ［晋］陈寿撰，［南朝宋］裴松之注：《三国志》卷四《魏书·三少帝纪》，中华书局，1982，第121页。

⑤ ［晋］陈寿撰，［南朝宋］裴松之注：《三国志》卷四《魏书·三少帝纪》，中华书局，1982，第139页。

⑥ ［晋］陈寿撰，［南朝宋］裴松之注：《三国志》卷六《魏书·刘表传》，中华书局，1982，第212页。

⑦ ［晋］陈寿撰，［南朝宋］裴松之注：《三国志》卷四十二《蜀书·许慈传》，中华书局，1982，第1023页。

之注引《诸葛亮集》载先主遗诏敕后主曰:"勿以恶小而为之,勿以善小而不为。惟贤惟德,能服于人。汝父德薄,勿效之。可读《汉书》、《礼记》,间暇历观诸子及《六韬》、《商君书》,益人意智。闻丞相为写《申》、《韩》、《管子》、《六韬》一通已毕,未送,道亡,可自更求闻达。"① 东吴的孙权、孙亮、孙休等,也采取了有效措施,组织文人定朝仪、撰史籍、校定众书等。《三国志·吴书·吴主传》裴松之注引《文士传》曰:"(郑)胄字敬先,沛国人。父札,才学博达,权为骠骑将军,以札为从事中郎,与张昭、孙邵共定朝仪。"② 《三国志·吴书·韦曜传》也云:"孙亮即位,诸葛恪辅政,表曜为太史令,撰《吴书》,华覈、薛莹等皆与参同。孙休践阼,为中书郎、博士祭酒。命曜依刘向故事,校定众书。……孙皓即位,封高陵亭侯,迁中书仆射,职省,为侍中,常领左国史。……又皓欲为父和作纪,曜执以和不登帝位,宜名为传。"③ 东吴时期文人的文献整理和文学创作成果,有不少就是统治者所采取的文化政策的直接结果。

两晋时期,统治者同样重视文人的文献整理和文学创作,并推行了有利于文人文献整理和文学创作开展的文化政策与措施。如晋文帝司马昭,《晋书·郑冲传》载:"时文帝辅政,平蜀之后,命贾充、羊祜等分定礼仪、律令,皆先咨于冲,然后施行。"④ 与文帝相比,武帝司马炎对文人的文献整理与文学创作更为重视。他"崇儒兴学",大藏图书,置五经博士十九人,广招学生,重用文人,大兴文教,⑤ 宣扬"孝治",东汉后期以来经学颓败的局面得到一定改善,《孝经》的地位亦迅速上升。同时,他还强化了秘书机构的职能,提升了其行政地位,以高级文臣掌管其职事。《晋书·荀勖传》载:"领秘书监,与中书令张华依刘向《别录》,整理记籍。又立书博士,置弟子教习,以钟、胡为法。……及得汲郡冢中古文竹书,诏勖撰次之,以为《中经》,列在秘书。"⑥ 晋武帝还命张华以司空领著作、贾谧以常侍为秘书监,这就将文化事业提升到国家战略层面。出于安抚三国旧臣、吴蜀豪族的目的,晋武帝不仅命陈寿整理诸葛亮之著述,还亲自过问《六代论》是否为曹植之作,并下诏裁决,这些举措有效地引领

① [晋]陈寿撰,[南朝宋]裴松之注:《三国志》卷三十二《蜀书·先主传》,中华书局,1982,第891页。

② [晋]陈寿撰,[南朝宋]裴松之注:《三国志》卷四十七《吴书·孙权传》裴松之注引《文士传》,中华书局,1982,第1143页。

③ [晋]陈寿撰,[南朝宋]裴松之注:《三国志》卷六十五《吴书·韦曜传》,中华书局,1982,第1461—1462页。

④ [唐]房玄龄等:《晋书》卷三十三《郑冲传》,中华书局,1974,第992页。

⑤ [唐]房玄龄等:《晋书》卷七十五《荀崧传》,中华书局,1974,第1977页。

⑥ [唐]房玄龄等:《晋书》卷三十九《荀勖传》,中华书局,1974,第1154页。

了西晋的重文风气。此外，晋武帝还曾下诏，令"自泰始以来，大事皆撰录，秘书写副。后有其事，辄宜缀集以为常"。① 秘书机构撰集"故事"成为惯例，有力地促进了两晋文人文献整理的繁荣。

东晋沿用旧制而有所损益，但统治者重视文教、文献整理和文学创作的意识更加明确，曾多次组织实施整理秘府藏书的文化工程。东晋的中宗元帝司马睿、孝武帝司马曜等，就是其中的代表。晋元帝认为，经学乃"经国之务，为政所由"，② 并命令李充等广泛开展文献搜集和整理活动。《晋书·干宝传》也载："中兴草创，未置史官，中书监王导上疏曰：'夫帝王之迹，莫不必书，著为令典，垂之无穷。……陛下圣明，当中兴之盛，宜建立国史，撰集帝纪……敕佐著作郎干宝等渐就撰集。'元帝纳焉。宝于是始领国史。……著《晋纪》，自宣帝迄于愍帝五十三年，凡二十卷，奏之。其书简略，直而能婉，咸称良史。……宝以此遂撰集古今神祇灵异人物变化，名为《搜神记》，凡三十卷。……宝又为《春秋左氏义外传》，注《周易》《周官》凡数十篇，及杂文集皆行于世。"③ 孝武帝司马曜任徐广为秘书郎，典校秘书省。《晋书·徐广传》云："孝武世，除秘书郎，典校秘书省。增置省职，转员外散骑侍郎，仍领校书。……桓玄辅政，以为大将军文学祭酒。义熙初，奉诏撰车服仪注，除镇军咨议，领记室，封乐成侯，转员外散骑常侍，领著作。……十二年，勒成《晋纪》，凡四十六卷，表上之。"④ 同时，孝武帝还尊师重教，礼敬"微人"徐邈，晚年"有托重之意"，⑤ 释放出用人不唯门第的信号；他又喜好作诗，"宴集酣乐之后，好为手诏诗章以赐侍臣"，⑥ 此举进一步助推了西晋以来的崇文风气。

此外，在宗教文献整理方面，由于魏晋时期的统治者大都对宗教采取了包容和引导的策略，以"为我所用"和"润饰鸿业"为宗教政策及文化管理方针，因此宗教获得官方的许可和保护。例如东吴大帝孙权优待名僧、道士，曾修习道术；宣太子孙登则喜好黄老道家，其《临终上疏》就体现出这一政治主张和思想偏好。又如吴末帝孙皓喜好巫觋之术，以术士陈训为奉禁都尉；⑦ 西晋贾后及郭槐皆好巫蛊之术；东晋初年儒生韩友

① ［唐］房玄龄等：《晋书》卷三《武帝纪》，中华书局，1974，第60页。
② ［唐］房玄龄等：《晋书》卷七十五《荀崧传》，中华书局，1974，第1978页。
③ ［唐］房玄龄等：《晋书》卷八十二《干宝传》，中华书局，1974，第2149—2151页。
④ ［唐］房玄龄等：《晋书》卷八十二《徐广传》，中华书局，1974，第2158页。
⑤ ［唐］房玄龄等：《晋书》卷九十一《徐邈传》，中华书局，1974，第2358页。
⑥ ［唐］房玄龄等：《晋书》卷九十一《徐邈传》，中华书局，1974，第2356页。
⑦ ［唐］房玄龄等：《晋书》卷九十五《艺术列传·陈训传》，中华书局，1974，第2468页。

因占卜术而为官。① 其他诸如陈卓、韩杨、李遐、郭璞等众多方术之士纷纷被委以官职。此种利禄之途既开，则文人势必专心钻研相关技术，由此自然涌现出一大批方技文献整理成果。同时，东晋明帝、孝武帝及恭帝均信奉佛教，简文帝亦曾兴建佛寺，且长期事奉道教；而咸康至隆安年间，"沙门不敬王者"在论争中也成为事实。这些又在一定程度上提高了僧人和佛教的地位，对东晋"非佛即道"思想氛围的形成产生了重要的作用。受此影响，此期文人的宗教文献整理与文学创作也取得了比较丰硕的成果。

综上所述，魏晋时期统治者对文化学术的偏好，以及采取的一系列有利的文化政策，从不同方面推动了文人文献整理与文学创作的展开，成为该期文人文献整理和文学创作得以发展不可或缺的一大因素。

第四节 文人主体意识的自觉

魏晋时期，对文人的文献整理和文学创作产生重要影响的另一关键因素，就是文人文献整理与文学创作的主体意识。自从春秋时期立德、立功、立言"三不朽"提出之后，随着文人的不断实践，三不朽观念就积淀成为古代文人永恒追求的价值目标。在中国古代，文人的立德、立功、立言是借助诸种文献典籍来承载的，而诸种文献典籍的创造者、传播者又是文人。所以，文人的文献整理和文学创作的发展与文人从事文献整理和文学创作主体意识的演进之间，也存在着密切的逻辑关联。就中国古代文人文献整理和文学创作主体意识演进的历史来看，魏晋时期是一个发生新变的时期，即与之前相比，文人从事文献整理和文学创作的主体意识开始步入一个自觉的新阶段。

先秦时期，文人的文献整理和文学创作在很多情况下是合一的。因为在文字产生之前，我们先人的创作是以口头表达为主的。这种作品也是以口耳相传的形式传承的。只是文字产生以后，人们才把先人口耳相传下来的作品用文字记载下来。这种记载的过程，既是文人文献整理的过程，也是其再次创作的过程。因为文人在记载过程中，有意无意地就会对原来口耳相传的文本，或予以修饰润色，或对感到不太满意的地方予以修改甚至再创造，或把自己的观点直接加入其中。这是先秦时期文人文献整理的普遍现象。如春秋时期的采诗、献诗、删诗等，不仅是文人文献整理活动，

---

① ［唐］房玄龄等：《晋书》卷九十五《艺术列传·韩友传》，中华书局，1974，第2476—2477页。

也是文人的创作活动。因为这些采诗、献诗、删诗等活动，文人不仅承担着对风诗的搜集，或采集或删选等职能，更重要的是，还承担着为统治者政治服务的职能，所采之诗、所献之诗、所删之诗还要满足统治者观政的需要；再加上这些风诗在语言和表达上，并不一定完美和恰当，所以采诗者、献诗者、删诗者就会有意无意地对自己所搜集的风诗给予一定的再创作，最后呈献给统治者的风诗与其所搜集的原始的风诗就会存在一定的差异。再如该期的诸子散文与历史散文，一方面是该期文人对诸子散文与历史散文整理的成果，另一方面又包含着该期文人对这些诸子散文与历史散文的创造性再创作。所以对此时的文人而言，他们的文献整理和文学创作是混而不分的、合二为一的。该期文人从事文献整理和文学创作的主体意识也不像后来那么清晰，自觉性还不明显。

两汉时期，文人的文献整理与文学创作的主体意识，尽管与先秦时期相比有了一定的发展，但总体上还没有发生本质的变化，仍处于不自觉的阶段。一方面，该期文人的文献整理和文学创作多是或由国家政治层面主导和组织的，或是受统治者的意志支配的，是国家政治意志的体现。就文人的文献整理来说，由国家政治层面主导和组织的占绝对优势。如西汉初期萧何、韩信、张苍、叔孙通以及西汉后期刘向等人的文献整理，均是由执政者主导的。这种以国家政治意志形式来组织的文献整理，在东汉初期和中期仍处于主导地位。东汉初年，光武登基之后组织的对儒家经典的搜集整理；章帝时，令诸儒等会集白虎观讲议《五经》同异等，莫不如此。即使有些文人的文献整理，并不是由统治者组织或下令开展的，但也多是受统治者的意志支配的，是与国家的统治意识形态相适应的，或者是为其服务的。这可从东汉时期文人所从事的古今文经学的文献、谶纬文献、史类文献的整理等例证中，得到印证。这就决定了文人从事文献整理的主体意识，是以统治者的执政意志为转移的，还未自觉。就此时文人的文学创作而言，也多受统治者意志的支配。如两汉文人所创作的辞赋作品，或是受命之作，或是歌功颂德之作，或是劝百而讽一之作；再如此时文人的乐府诗歌的创作等，也多是为统治者的政治服务的。这在班固的《两都赋序》中，有具体的书写。但对创作这些作品的文人而言，因为他们从事文学创作的主体意识是受统治者的政治意志主导的，是以政治为价值目的的，所以他们的主体意识并没有走向自觉。

另一方面，该期文人文献整理与文学创作所依据的价值标准，不是由文人作为文献整理和文学创作者个人所掌控的，而是以统治者的思想意志为准则的，带有浓郁的政治特征。特别是汉武帝之后采取董仲舒"罢黜百家，独尊儒术"的建议，儒家思想成为统治者治国理政的主导思想。受此影响，该期文人也必须以儒家思想作为文献整理和文学创作的指导原则和遵守的标准。这从西汉宣帝时的石渠阁会议和东汉章帝时的白虎观会议，宣帝、章帝亲临称制；汉代文人许多受命而作的作品中，就能窥见其端倪。该期文人所进行的文献整理活动即使不是皇帝亲临称制的，也是受统治者之命而开展的；他们所创作的作品即使不是受命而作的，也多是遵循依经立义的原则而创作的。如西汉孔安国对《尚书》《古文孝经》的整理和《尚书序》《古文孝经训传序》的相关创作，就是如此。从其创作的《尚书序》《古文孝经训传序》这两篇书写其文献整理的作品来看，孔安国不管是对《尚书》的整理，还是对《古文孝经》的训传，或是承诏而为，①或是为了让"后学者睹正谊之有在"，才"发愤精思，为之训传"②的。其文献整理所遵守的原则和标准，无外乎执政者的意志和儒家所提倡的维护执政者统治的"正谊"。从这种意义上说，他之所以创作《尚书序》《古文孝经训传序》，其主体意识也是以执政者的政治意志为转移的，其自觉性和自主性也就谈不上了。两汉时期文人的其他文献整理与相关文学创作，就其主体意识而言，大体也可作如是观。

魏晋时期，文人的文献整理和文学创作所彰显的主体意识，有了新的发展。其突出表现就是，与其前文人的主体意识相比，其自觉性和主动性、主导性有了质的飞跃，开始进入了自觉的新阶段。具体而言，主要表现在三个方面：

一是此时的文人表现出强烈的视文献整理和文学创作为人生不朽之功业的自觉意识。这种意识在东汉后期文人文献整理和创作中就有了明显的彰显。如王逸之所以要整理《离骚》，其原因之一就是屈原的《离骚》"名垂罔极，永不刊灭"，③具有不朽的价值，所以要借助于对《离骚》的整理和创作相关的《离骚叙》来实现自己人生的不朽。又如赵岐在《〈孟子〉题辞》中说："论语者，五经之錧辖，六艺之喉衿也。孟子之书，则而象之。"④张舜徽先生在其《广校雠略》中评赵岐语云："赵氏此言，直以拟圣

---

① ［清］严可均辑校：《全汉文》卷十三，河北教育出版社，1997，第383页。
② ［清］严可均辑校：《全汉文》卷十三，河北教育出版社，1997，第384页。
③ ［汉］王逸注，［宋］洪兴祖补注：《楚辞章句补注》卷一，吉林人民出版社，1999，第49页。
④ ［清］严可均辑校：《全后汉文》卷六十二赵岐《〈孟子〉题辞》，河北教育出版社，1997，第599页。

作书昉于孟氏。"①可谓窥探出了赵岐借注《孟子》来实现人生价值不朽的目的。

魏晋时期，文人不仅把文献整理和文学创作作为自己人生价值的不朽追求，而且成为其人生价值追求中的主导，标志着文人视文献整理和文学创作为人生不朽之功业的意识进入全面自觉的时期。如曹植在《与杨德祖书》中云："吾虽德薄，位为藩侯，犹庶几戮力上国，流惠下民，建永世之业，流金石之功。岂徒以翰墨为勋绩、辞赋为君子哉！"②曹植虽然直言将立德、立功作为自己人生不朽的价值追求，但紧接上文之后，他又说道："若吾志不果，吾道不行，亦将采庶官之实录，辩时俗之得失，定仁义之衷，成一家之言，虽未能藏之于名山，将以传之于同好。"③明确将立言作为其"志不果""道不行"之后的名山事业。就曹植的人生履历来看，立言确实成为了他人生追求的不朽价值的主导。他之所以整理自己的辞赋集和作品集，并为自己的作品编有存目，就是这一价值追求的有力例证。正如其《薤露行》所云："孔氏删诗书，王业粲已分。骋我径寸翰，流藻垂华芬。"④再如曹丕，其在《与王朗书》中曰："生有七尺之形，死唯一棺之土，唯立德扬名，可以不朽，其次莫如著篇籍。……故论撰所著《典论》、诗赋，盖百余篇，集诸儒于肃城门内，讲论大义，侃侃无倦。"⑤可知，曹丕曾对自己的诗赋作品进行过整理。又载："初，帝好文学，以著述为务，自所勒成垂百篇。又使诸儒撰集经传，随类相从，凡千余篇，号曰《皇览》。"⑥他的《又与吴质书》也曰："昔年疾疫，亲故多离其灾，徐、陈、应、刘，一时俱逝，痛何可言邪！……顷撰其遗文，都为一集。"⑦对曹丕而言，"好文学，以著述为务"，不仅是其人生的重要组成部分，具有独立的不可替代的不朽价值，而且成为他人生价值的自觉追求。有研究者指出："建安文人普遍存在着'志不果'、'道不行'的缺憾与苦闷。也就是说，在建安时期，立德、立功是作为文人的一种理想而存在的。对建安

---

① 张舜徽：《广校雠略　汉书艺文志通释》卷一《著述体例论十篇》，华中师范大学出版社，2004，第 11 页。

② 赵幼文校注：《曹植集校注》卷一，人民文学出版社，1984，第 154 页。

③ 赵幼文校注：《曹植集校注》卷一，人民文学出版社，1984，第 154 页。

④ 赵幼文校注：《曹植集校注》卷三《薤露行》，人民文学出版社，1984，第 422 页。

⑤ ［晋］陈寿撰，［南朝宋］裴松之注：《三国志》卷二《魏书·文帝纪》裴注引《魏略》，中华书局，1982，第 88 页。

⑥ ［晋］陈寿撰，［南朝宋］裴松之注：《三国志》卷二《魏书·文帝纪》，中华书局，1982，第 88 页。

⑦ ［晋］陈寿撰，［南朝宋］裴松之注：《三国志》卷二十一《魏书·王粲传》裴注引《魏略》，中华书局，1982，第 608 页。

文人来说，立德、立功在大多数情况下，只是一种价值取向的形式，而不能兑现为一种名副其实的功绩。故建安文人的立德、立功、立言的价值取向，真正能够落到实处的就莫过于立言了。这样建安文人的立德、立功亦主要靠立言来彰显了，立言不仅具有它本身所具有的著述撰文的意义，而且被赋予了代立德、立功而立言的意义。至此建安文人价值观的主导由立德、立功到渴求立言的价值转移亦得以产生了。"① 了解至此，我们也就明白杨修为何对曹植说："若乃不忘经国之大美，流千载之英声，铭功景钟，书名竹帛，斯自雅量，素所蓄也。岂与文章相妨害哉！"② 曹丕又为何提出"盖文章经国之大业，不朽之盛事"③ 的观点了。

两晋时期，文人把文献整理和文学创作作为自己立言不朽的追求，更加强烈；视文献整理和文学创作为人生不朽之功业的自觉意识，也更加鲜明。如杜预，《晋书·杜预传》载："预博学多通，明于兴废之道，常言：'德不可以企及，立功立言可庶几也。'……与车骑将军贾充等定律令，既成，预为之注解。"④ "预好为后世名，常言'高岸为谷，深谷为陵'，刻石为二碑，纪其勋绩，一沈万山之下，一立岘山之上，曰：'焉知此后不为陵谷乎！'……既立功之后，从容无事，乃耽思经籍，为《春秋左氏经传集解》。又参考众家谱第，谓之《释例》。又作《盟会图》《春秋长历》，备成一家之学，比老乃成。又撰《女记赞》。"⑤ 在杜预看来，中国古代文人所追求的"三不朽"中，"德不可以企及，立功立言可庶几也"，所以他的立身行事就是按照立功、立言这一目标来规划与实践的。他作为平吴大将，实现了立功的人生追求。之后马上急流勇退，转而著书立说，从事文献的整理和文学创作，最终也实现了立言不朽的价值理想。再如皇甫谧，《晋书·皇甫谧传》载："沈静寡欲，始有高尚之志，以著述为务，自号玄晏先生。著《礼乐》《圣真》之论。后得风痹疾，犹手不辍卷。或劝谧修名广交，谧以为'非圣人孰能兼存出处，居田里之中亦可以乐尧舜之道，何必崇接世利，事官鞅掌，然后为名乎'。"⑥ 从皇甫谧"以著述为务""何必崇接世利，事官鞅掌，然后为名乎"等言论中不难窥知，立言不朽在其

---

① 张振龙：《由余事到主导：建安文人立言价值观的演进历程》，《陕西师范大学学报》2003 年第 1 期。

② ［清］严可均辑校：《全后汉文》卷五十一杨修《答临淄侯笺》，河北教育出版社，1997，第 504 页。

③ ［清］严可均辑校：《全三国文》卷八曹丕《典论·论文》，河北教育出版社，1997，第 91 页。

④ ［唐］房玄龄等：《晋书》卷三十四《杜预传》，中华书局，1974，第 1025—1026 页。

⑤ ［唐］房玄龄等：《晋书》卷三十四《杜预传》，中华书局，1974，第 1031—1032 页。

⑥ ［唐］房玄龄等：《晋书》卷五十一《皇甫谧传》，中华书局，1974，第 1409—1410 页。

人生价值中的主导性和独立性，以及他追求这一价值的高度自觉性。

王隐是此期又一自觉追求立言不朽的文人代表。《晋书·王隐传》载："建兴中，过江，丞相军咨祭酒涿郡祖纳雅相知重。纳好博弈，每谏止之。纳曰：'聊用忘忧耳。'隐曰：'盖古人遭时，则以功达其道；不遇，则以言达其才，故否泰不穷也。当今晋未有书，天下大乱，旧事荡灭，非凡才所能立。君少长五都，游宦四方，华夷成败皆在耳目，何不述而裁之！应仲远作《风俗通》，崔子真作《政论》，蔡伯喈作《劝学篇》，史游作《急就章》，犹行于世，便为没而不朽。当其同时，人岂少哉？而了无闻，皆由无所述作也。故君子疾没世而无闻，《易》称自强不息，况国史明乎得失之迹，何必博弈而后忘忧哉！'"①对此《晋书·祖纳传》也有记载。此时甚至还出现了借抄袭他人著述以求留名的现象，虞预就是有名的例证。史云："时著作郎虞预私撰《晋书》，而生长东南，不知中朝事，数访于隐，并借隐所著书窃写之，所闻渐广。是后更疾隐，形于言色。预既豪族，交结权贵，共为朋党，以斥隐，竟以谤免，黜归于家。"②两晋时期，社会长期处于南北对峙的格局状态，诸种矛盾内外交织，历史事变纷繁复杂。这样的政治现实不仅需要史学家及时地予以书写记载，更需要予以理论的总结，为执政者提供历史借鉴。这就激起了他们的功业理想，而他们实现功业理想的最佳、最现实、最可行的方式，就是通过修史来立言，留名后世。

二是魏晋文人表现出很强的文献整理和文学创作的自主意识。这种自主意识体现为他们在从事文献整理和文学创作过程中，不像之前文人那样，常常以执政者的政治意志作为自己文献整理和文学创作的标准与原则，而是完全依据自己固有的知识体系和价值判断，对所整理的对象、创作的内容予以自主的、创造性的整理与书写。这种自主意识，在东汉后期文人的文献整理与创作实践中就已开始有了明显的体现。具体体现在此时文人在文献整理与相关创作实践中，尽可能地使所整理的文献在原来的基础上更加完善，既要为其以后的流传提供可靠的文本，还要充分彰显自己对整理对象与创作内容的独特理解。如郑玄对《毛诗》的整理，在兼采众长的同时，还不忘表达自己"如有不同，即下己意"③的见解。陈澧先生对此也有评论："郑君注《周礼》、《仪礼》、《论语》、《尚书》，皆与笺《诗》

---

① ［唐］房玄龄等：《晋书》卷八十二《王隐传》，中华书局，1974，第2142—2143 页。

② ［唐］房玄龄等：《晋书》卷八十二《王隐传》，中华书局，1974，第2143 页。

③ ［清］严可均辑校：《全后汉文》卷八十四郑玄《六艺论》，河北教育出版社，1997，第790 页。

之法无异，有宗主，亦有不同，此郑氏家法也。何邵公墨守之学，有宗主而无不同。许叔重异义之学，有不同而无宗主。惟郑氏家法，兼其所长，无偏无弊也。"① 指出了郑玄注经，既不同于何休的"有宗主而无不同"的墨守之学，又不同于许慎的"有不同而无宗主"的重异义之学，而是"兼其所长，无偏无弊"，这才是郑氏家法。还有赵岐所作的"述己所闻，证之《经》《传》，为之章句"② 的《孟子章句》；王逸"以所识所知，稽之旧章，合之经传，作十六卷章句"③ 的《楚辞章句》等，皆是这方面的典范之作。

魏晋时期，文人文献整理和文学创作的自主意识，表现得更为突出。就该期文人的文献整理而言，如曹操对《孙子兵法》的整理，就包含了自己在长期战争实践中积累所得的体会与经验；桓范"抄撮《汉书》中诸杂事，以自意斟酌之"而作的《世要论》④；何晏的《论语集释》、王弼的《周易注》等，也蕴含了他们的玄学思想，彰显出浓郁的援道入儒的色彩；郭象的《庄子注》中，也不乏其对《庄子》内容的独特领悟，其"独化论"就是最好的说明；李充在整理文献时，之所以把史类著作从四部中"丙"部调整到"乙"，固然与当时文人修史之风的盛行、史部文献地位的提升等因素有关，但也是李充文献思想、历史观念的重要表征，带有李充自己的独立见解与判断。诸如此类，无一不是此时文人作为文献整理的主体，其自主意识的典型表征。就该期文人的文学创作而言，如曹植作品中的"骨气奇高，辞采华茂"，⑤ 就是其个性与审美情趣在文学创作中的体现；曹丕《典论·论文》提出的"诗赋欲丽""文以气为主"⑥ 等观点，也是其对文学、不同文体等特质认识、理解的高度概括；陆机《文赋》所说的"诗缘情而绮靡，赋体物而浏亮。碑披文以相质，诔缠绵而凄怆。铭博约而温润，箴顿挫而清壮。颂优游以彬蔚，论精微而朗畅。奏平彻以闲雅，

① 陈澧著，杨志刚编校：《东塾读书记（外一种）》，中西书局，2012，第 213 页。
② ［清］严可均辑校：《全后汉文》卷六十二赵岐《〈孟子〉题辞》，河北教育出版社，1997，第 600 页。
③ ［汉］王逸注，［宋］洪兴祖补注：《楚辞章句补注》卷一，吉林人民出版社，1999，第 48 页。
④ ［晋］陈寿撰，［南朝宋］裴松之注：《三国志》卷九《魏书·曹爽传》裴注引《魏略》，中华书局，1982，第 290 页。
⑤ ［南朝梁］钟嵘著，曹旭集注：《诗品集注（增订本）》卷上，上海古籍出版社，2011，第 117 页。
⑥ ［清］严可均辑校：《全三国文》卷八曹丕《典论·论文》，河北教育出版社，1997，第 91 页。

说炜晔而谲诳"① 等，不完全是对前人文体观的简单继承，而是洋溢着自己对诗、赋等十种文体的感悟；石崇、潘岳等文人组织的金谷宴集，王羲之等文人组织的兰亭集会等，这些文人宴集的唱和之作，也寄予了他们对社会、人生等方面的所思、所感与所悟；如此等等，也无一不是此时文人作为文学创作的主体，其自主意识的自然流露。

三是魏晋文人的文献整理和文学创作，还彰显出文人对所整理对象、书写内容的自主评介和独立的价值判断，这也是该期文人文献整理和文学创作中文人主体意识自觉的重要表征。一方面，此时文人对所整理对象、书写内容的自主评介和独立的价值判断，表现在他们的语言表达之中。如荀悦在《〈汉纪〉序》中，在表达自己整理编撰《汉纪》的目的时，把达道义、章法式、通古今、著功勋、表贤能"五志"② 作为自己整理《汉纪》的追求，体现了作者以整理《汉纪》来明志的价值指向，蕴含着作者对整理对象的自主评介和判断。再如曹植在《前录自序》中也提到，自己在整理自己的赋作时，是以"雅颂"为参照的，主要保留了"雅好慷慨"③ 的作品。我们从中亦不难认识到，作者整理自己辞赋作品的原则、标准，以及对自己创作的辞赋作品的态度和评价。此时不仅文人作为文献整理者，在自己创作的书写文献整理内容的作品中对自己的文献整理进行了评价，而且还出现了文人在自己创作的作品中对其他文人文献整理的评价。如孔融的《答虞仲翔书》，就对虞仲翔整理的《周易注》给予了高度评价。其文曰："示所著《易传》，自商瞿以来，舛错多矣。去圣弥远，众说骋辞。曩闻延陵之理乐，今睹吾子之治《易》，乃知东南之美者，非但会稽之竹箭焉。"④ 把虞翻的《周易注》称之为与"会稽之竹箭"相提并论的"东南之美"，评价不可谓不高。这些评价与魏晋之前相比，较少受政治和统治者意志的影响，是文人本身主观价值观念的体现，也是文人作为文献整理和文学创作的主体，其主体意识全面自觉的表现。

另一方面，魏晋文人对所整理对象、书写内容的自主评介和独立的价值判断，还表现为他们积极推介和传播其文献整理与文学创作的成果，让自己的朋友、同行等其他文人阅读和评价，彰显出对自己所整理对象、书写内容价值的高度自信和肯定。如曹魏的三曹和建安七子中，就不乏把自

① ［晋］陆机著，张少康集释：《文赋集释》，上海古籍出版社，1984，第71页。
② ［清］严可均辑校：《全后汉文》卷六十七荀悦《〈汉纪〉序》，河北教育出版社，1997，第645页。
③ 赵幼文校注：《曹植集校注》卷三《前录自序》，人民文学出版社，1984，第434页。
④ 俞绍初辑校：《建安七子集》卷一，中华书局，2005，第18页。

己的作品主动送给其他文人阅读、评判的例证。曹植就曾把自己创作的作品整理之后，送给陈琳、杨修等人；曹丕也把自己创作的作品整理之后，分别抄写一通送给孙权和张昭。两晋时期，这种现象又得到了进一步的发展。如左思的《三都赋》完成之后，主动请皇甫谧、张华等人评价推介；孙绰作成《天台赋》后，主动送给范启等人评点；袁宏《名士传》成书后，主动拿给谢安观看，等等。这些行为，在一定意义上开启了唐代文人以诗文"温卷"干谒的风气。其他如庾阐的《扬都赋》等，也是如此。又如陆机、蔡氏（失名，见于二陆书信）、王氏（失名，撰《主失》）等，干脆将自己的作品集或子书送给亲朋好友，以便互相评点、修订文稿。再如孙盛完成一代政治之实录著作《晋阳秋》之后，为躲避桓氏父子的政治审查，而私下抄录副本送到北方保存，南方旧本则被迫进行删改，由此形成了南北两个不同版本。① 在文人各种创作作品大量涌现的魏晋时期，这种积极传播自我著述成果的风气，在为文人作品的复制、传播提供契机的同时，也在一定程度上昭示出文人对所整理对象、书写内容价值的自信和肯定。这也成为推进魏晋文人文献整理和文学创作发展演进的原因之一。

综上所述，魏晋文人的文献整理与文学创作中所彰显的文人作为文献整理和文学创作主体的意识，确实充溢着新的色彩。这种新色彩的典型表征，就是文人文献整理和文学创作的主体意识走向了全面自觉。这主要体现在，此时文人的文献整理和文学创作实践，不仅表现出强烈的视文献整理与文学创作为人生不朽之功业的自觉意识，很强的文献整理和文学创作的自主意识；而且还蕴含着对整理对象、书写内容的自主评介和独立的价值判断。这些都从不同层面促进了该期文人文献整理和文学创作的发展变化。

第五节　社会风俗习惯

社会风俗习惯是在社会诸种制度影响下形成的被人们普遍认可、接受和遵守的行为方式或规范。它具有自发性、稳定性、群体性和现实的规范性、指导性等特点。魏晋时期，是中国古代社会风俗习惯发生重要变化和转型的时期。其突出表现，就是该期社会形成了一种重史尚文风尚。这一风尚对文人的文献整理和文学创作也产生了不容忽视的影响。

---

① ［唐］房玄龄等：《晋书》卷八十二《孙盛传》，中华书局，1974，第 2148 页。

一般来说，社会风俗习惯尤其是社会上层的风气，往往能够主导和引领一时的学术风气和文化风尚。魏晋时期，社会上层的风气对文人文献整理与创作的影响和干预，表现得非常显著。

第一，高门文人夸耀门第、标榜物产的风气促进了史部谱牒、杂传及地记等文献整理及其相关创作的兴盛。高门文人夸耀门第、标榜物产的风气，虽然可以追溯到东汉后期以前，但其成为一种社会风俗并对文人产生重要影响，应是在东汉后期。经过曹魏、西晋社会上层文人的实践，至东晋时期，已发展成一种对当时的文化学术与文学创作影响巨大的习尚。

评论文人出身门第之风的兴起，与汉代士族的发展存在着密切关联。有学者指出，汉代"士族的发展似乎可以从两方面来推测：一方面是强宗大姓的士族化，另一方面是士人在政治上得势后，再转而扩张宗族的财势。这二方面在多数情形下当是互为因果的社会循环"。① 士族的形成，尽管在西汉中后期已显出端倪，但它对社会政治、文化等产生大的影响，却是东汉以后。其重要关联就是东汉政权的建立，在一定程度上是以士族为基础的，这就为士族向政治领域的渗透提供了条件。随着士族的发展与势力的不断增强，士族身份在社会中的优越地位日益彰显，甚至成为他们猎取名利的重要凭借和资本。影响所及，文人出身门第之高低，成为其仕途顺达与否的关键因素。所以，文人的出身门第自然成为社会关注的重点。这种情况到东汉后期士大夫分化后，更加突出。有学者在论述东汉后期士大夫的分化时说："士大夫复有上层与下层之分化。而所谓上层与下层之分化者，其初犹以德行为划分之标准，稍后则演为世族与寒门之对峙，而开南北朝华素悬隔之局。"② 这种世族与寒门出身的差异，也成为当时文人日常生活中谈论人物的一大内容。《后汉书·孔融传》曰："融幼有异才。年十岁，随父诣京师。时河南尹李膺以简重自居，不妄接士宾客，敕外自非当世名人及与通家，皆不得白。融欲观其人，故造膺门。语门者曰：'我是李君通家子弟。'门者言之。膺请融，问曰：'高明祖父尝与仆有恩旧乎？'融曰：'然。先君孔子与君先人李老君同德比义，而相师友，则融与君累世通家。'"③ 李膺之所以"非当世名人及与通家"不予接见，孔融之所以自称"我是李君通家子弟"，就是因为在李膺等人看来，出生门第高低是衡量文人地位高低的重要尺度。曹魏时期，重视出生门第不仅成

---

① 参见《士与中国文化》，上海人民出版社，1987，第 222 页。
② 参见《士与中国文化》，上海人民出版社，1987，第 302—303 页。
③ ［南朝宋］范晔撰，［唐］李贤等注：《后汉书》卷七十《孔融传》，中华书局，1965，第 2261 页。

为人们的共识，社会上层行事决策的依据，而且演变为一种影响文人日常行为的风尚。如《后汉书·袁绍传》载："（袁绍）累世台司，宾客所归，加倾心折节，莫不争赴其庭，士无贵贱，与之抗礼，辎軿柴毂，填接街陌。"① 无怪乎李贤注引《英雄记》云："绍不妄通宾客，非海内知名不得相见。"② 灵帝驾崩后，袁绍对董卓废嫡立庶之提议持不同意见，勃然横刀长揖而出，董卓欲购募求袁绍，城门校尉伍琼等劝董卓云："袁氏树恩四世，门生故吏遍于天下，若收豪杰以聚徒众，英雄因之而起，则山东非公之有也。不如赦之，拜一郡守，绍喜于免罪，必无患矣。"③ 董卓也不得不"以为然，乃遣授绍渤海太守，封邟乡侯"。④ 可见，出身门第既是文人自我安身立命的资本，亦是文人托身依附的凭借，已成为当时文人处世交友的自觉意识。王符的《潜夫论·论荣》云："今观俗士之论也，以族举德，以位命贤，兹可谓得论之一体矣，而未获至论之淑真也。"⑤ 同书《交际》也云："虚谈则知以德义为贤，贡荐则必阀阅为首。"⑥ 仲长统的《昌言》则直接把"选士而论族姓阀阅"称之为当时社会中的"三俗"之一。其文曰："天下士有三俗：选士而论族姓阀阅，一俗；交游趋富贵之门，二俗；畏服不接于贵尊，三俗。"⑦ 建安以后，由于政治上的割据与曹操"唯才是举"的实施，文人重视高门的社会习尚尽管受到了一定的冲击，但并没有得到真正的改变。尤其是曹叡登基以后，采用陈群的"九品中正制"，在一定意义上又为文人重视高门的社会习尚提供了理论和政策上的依据。

两晋时期，文人重视高门的习尚更加突出，至东晋时期形成了门阀制度。影响所及，两晋文人出于攀比门第的心理，在公开争论门阀高低的同时，还常常涉及当地的名士与土地物产之盛，这在一定程度上是对东汉后期以来谈论人物之风的继承与发展。如"诸葛令、王丞相共争姓族先

---

① ［南朝宋］范晔撰，［唐］李贤等注：《后汉书》卷七十四上《袁绍传》，中华书局，1965，第 2373 页。

② ［南朝宋］范晔撰，［唐］李贤等注：《后汉书》卷七十四上《袁绍传》，中华书局，1965，第 2374 页。

③ ［南朝宋］范晔撰，［唐］李贤等注：《后汉书》卷七十四上《袁绍传》，中华书局，1965，第 2375 页。

④ ［南朝宋］范晔撰，［唐］李贤等注：《后汉书》卷七十四上《袁绍传》，中华书局，1965，第 2375 页。

⑤ ［汉］王符著，王继培笺，彭铎校正：《潜夫论笺》卷一《论荣》，中华书局，1979，第 34 页。

⑥ ［汉］王符著，王继培笺，彭铎校正：《潜夫论笺》卷八《交际》，中华书局，1979，第 355 页。

⑦ ［清］严可均辑校：《全后汉文》卷八十九《昌言》下，河北教育出版社，1997，第 833 页。

后"，^① 就是对孔融论汝颖人物优劣、东吴的虞翻标榜会稽地方人物之盛^② 等谈论人物之风的继承。而王济与孙楚"各言其土地人物之美"^③ 等，则增加了之前文人谈论人物较少涉及当地风物之美的新内容，其不能不说是一大的发展和新的开拓。

两晋文人重视出身门第、彼此夸耀、标榜物产的风尚，对文人文献整理和文学创作的影响主要体现在两个方面：一方面，门第及其文化学术本身成为文人文学创作书写的主要内容，所以此时出现了书写文人门第高低及其文化学术修养高低的作品。如左思的《咏史诗》、刘毅的《上疏请罢中正除九品》、束晳的《九品议》、王沈的《释时论》等，就是书写文人门第高低的代表之作。《晋书·文苑传·王沈传》载："少有俊才，出于寒素，不能随俗沈浮，为时豪所抑。仕郡文学掾，郁郁不得志，乃作《释时论》。"^④ 文中对于门阀制度下"公门有公，卿门有卿"^⑤ 与"京邑翼翼，群士千亿，奔集势门"^⑥ 等不良习尚，进行了生动展示。

另一方面，两晋文人重视出身门第、标榜风物之风，促进了文人对有关反映文人出生门第及其文化学术内容文献的整理。如此时文人的文献整理中有关地方风物之美的成果，就与此种风习密切相关。如皇甫谧的《高士传》六卷，《逸士传》一卷；裴秀的《冀州记》《吴蜀地图》《舆地图》以及《禹贡地域图》十八篇；嵇康的《圣贤高士传赞》（又作《高士传》）三卷；张华的《神异经注》一卷、《博物志》十卷、《张公杂记》一卷、《杂记》十一卷；陈寿的《益都耆旧传》十卷、《汉名臣奏》三十卷、《魏名臣奏事》四十卷；东晋干宝的《搜神记》三十卷；李充的《益州记》三卷；常璩的《华阳国志》十二卷；释道安的《四海百川水源记》一卷；习凿齿的《襄阳耆旧记》五卷；袁宏的《竹林名士传》三卷；裴启的《语林》十卷；祖台之的《志怪》二卷；刘彧的《长沙耆旧传赞》三卷；郭澄之的《郭子》三卷，等等。由此可见，两晋时期，文人编撰整理的有关地方风物的文献是很丰富的。上述典籍中书写的地方风物，也成为该期文学中一道亮丽的风景。实际上，两晋时期文人的文献整理与文学创作不仅是

---

① ［南朝宋］刘义庆著，［南朝梁］刘孝标注，余嘉锡笺疏，周祖谟、余淑宜、周士琦整理：《世说新语笺疏》下卷下《排调》，中华书局，1983，第 791 页。

② ［晋］陈寿撰，［南朝宋］裴松之注：《三国志》卷五十七《吴书·虞翻传》裴注引《会稽典录》，中华书局，1982，第 1325—1326 页。

③ ［南朝宋］刘义庆著，［南朝梁］刘孝标注，余嘉锡笺疏，周祖谟、余淑宜、周士琦整理：《世说新语笺疏》上卷上《言语》，中华书局，1983，第 86 页。

④ ［唐］房玄龄等：《晋书》卷九十二《文苑传·王沈传》，中华书局，1974，第 2381 页。

⑤ ［唐］房玄龄等：《晋书》卷九十二《文苑传·王沈传》，中华书局，1974，第 2382 页。

⑥ ［唐］房玄龄等：《晋书》卷九十二《文苑传·王沈传》，中华书局，1974，第 2383 页。

相辅相成、相互影响和相互促进的，而且在不少情况下也是你中有我、我中有你的。

由于士族门阀制度根植于家族血缘的地域性，与姓氏谱牒相映成趣，所以该期文人对地理典籍及博物学著作的整理取得了辉煌成就。不仅如此，受此时重视出身门第、彼此夸耀、相互标榜风尚的影响，出现了著作郎职位被门阀子弟把持的现象，导致了史官职能的丧失和史学话语权的下移，① 客观上刺激了该期私修史籍的大量涌现。如曹魏时期文人整理的史部文献八十一种，两晋时期文人整理的史部文献二百三十九种，出现了在中国古代史学史上著名的史学家及其编撰的史学著作。如荀悦的《汉纪》三十篇，缪袭、卫觊等合著的《魏史》，鱼豢的《典略》八十九卷、《魏略》三十八卷，王沈的《魏书》四十八卷，陈寿的《三国志》六十五卷、《古国志》五十卷，华峤的《后汉书》九十七卷，司马彪的《九州春秋》十卷、《续汉书》八十三卷、《古史考》二十五篇，王隐的《晋书》九十三卷、《删补蜀记》（一作《蜀记》）七卷，谢沈的《后汉书》一百二十二卷、《晋书》三十余卷，孙盛的《魏氏春秋》二十卷、《晋春秋》三十二卷、《晋阳秋别本》和《蜀世谱》，习凿齿的《汉晋春秋》四十七卷，袁宏的《后汉纪》三十卷，等等。此外，魏晋时期，起居注、史注、传记、谱牒、方志以及佛教、道教史料等书籍也大量出现，促成了史类文献整理的空前繁荣。之所以如此，除《史记》《汉书》开创了使该期学者有所取法与依归的纪传体史书的体例，官制度的完备，政权分立、南北对峙，统治者各标榜自己政权为正统与是己非人，经学地位的下降与史学、文学在取士考试中地位的取得等原因以外；还在于"各高门世族，为了追溯其祖宗的功德，明其渊源所自，定其贵贱等差，以相标榜，以为依据，修史以溯源，就成了他们维护门阀制度的重要手段，从而使得私家修史之风格外盛行"。② 唐代史学家柳芳在论述魏晋谱牒学时指出："魏氏立九品，置中正，尊世胄，卑寒士，权归右姓已。其州大中正、主簿，郡中正、功曹，皆取著姓士族为之，以定门胄，品藻人物。晋、宋因之，始尚姓已。然其别贵贱，分士庶，不可易也。于时有司选举，必稽谱籍，而考其真伪。故官有世胄，谱有世官，贾氏、王氏谱学出焉。由是有谱局，令史职皆具。过江则为'侨姓'，王、谢、袁、萧为大；东南则为'吴姓'，朱、张、顾、陆

---

① ［唐］魏徵、［唐］令狐德棻：《隋书》卷三十三《经籍志二》，中华书局，1973，第992页。

② 高敏：《试论魏晋南北朝时期史学的兴盛及其特征和原因》，《史学史研究》1993年第3期。

为大；山东则为'郡姓'，王、崔、卢、李、郑为大；关中亦号'郡姓'，韦、裴、柳、薛、杨、杜首之；代北则为虏姓，元、长孙、宇文、于、陆、源、窦首之。"① 虽然柳芳论述的是魏晋谱牒学的发展兴盛与门阀制度的关系，但该期其他史类典籍的大量出现，实际上也与门阀制度存在着内在的关联。

　　第二，魏晋时期杂书的大量问世，亦导源于当时上层社会的汰侈生活习气。吴末韦昭在《博弈论》中，就曾指斥当时上层文人的博弈之风。其文曰："今世之人多不务经术，好玩博弈，废事弃业，忘寝与食，穷日尽明，继以脂烛。当其临局交争，雌雄未决，专精锐意，心劳体倦，人事旷而不修，宾旅阙而不接，虽有太牢之馔，《韶》《夏》之乐，不暇存也。至或赌及衣物，徙棋易行，廉耻之意弛，而忿戾之色发。"② 此时的"王孙公子，优游贵乐，婆娑绮纨之间，不知稼穑之艰难，目倦于玄黄，耳疲乎郑、卫，鼻餍乎兰麝，口爽于膏粱；冬沓貂狐之缊丽，夏缋纱縠之翩飘；出驱庆封之轻轩，入宴华房之粲蔚；饰朱翠于楹梲，积无已于箧匮；陈妖冶以娱心，湎醽醁以沉醉；行为会饮之魁，坐为博弈之帅"。③ 受此种贵游风气的影响，高门子弟不学无术，"不知《五经》之名目""不闲尺纸""笔不狂简"；④"省文章既不晓，睹学士如草芥；口笔乏乎典据，牵引错于事类"。⑤ 传统的文章学术反而被轻视，而旁门左道及游戏娱乐则成为"专业"；围绕在他们身旁的各色人物于是大出风头，"都邑之内，游食滋多，巧伎末业，服饰奢丽，富人兼美，犹有魏之遗弊，染化日浅，靡财害谷，动复万计"。⑥ 谶纬瑞应、医卜占式、相法星命、俳优小说、蹴鞠弹棋、望气志怪、书画博物等史家所谓的"小道""艺术"⑦，便因"市场需求"而具备了繁衍滋盛的土壤，一时涌现出一大批专业人才，"棋圣""书

---

① ［宋］欧阳修、［宋］宋祁：《新唐书》卷一百九十九《儒学中·柳冲传》，中华书局，1975，第5677—5678页。
② ［晋］陈寿撰，［南朝宋］裴松之注：《三国志》卷五十三《吴书·韦曜传》，中华书局，1982，第1460页。
③ ［晋］葛洪撰，杨明照校笺：《抱朴子外篇校笺》上册卷四《崇教》，中华书局，1991，第148页。
④ ［晋］葛洪撰，杨明照校笺：《抱朴子外篇校笺》下册卷三十四《吴失》，中华书局，1991，第149页。
⑤ ［晋］葛洪撰，杨明照校笺：《抱朴子外篇校笺》上册卷四《崇教》，中华书局，1991，第148页。
⑥ ［唐］房玄龄等：《晋书》卷三十八《齐王攸传》，中华书局，1974，第1132页。
⑦ 《晋书》卷九十五《艺术列传》云："详观众术，抑惟小道。"参见［唐］房玄龄等：《晋书》卷九十五《艺术列传》，中华书局，1974，第2467页。

圣""画圣""木圣"等技术型人才纷纷被拔高至"圣"（圣人）的地位。[①]
文人整理的相关文献典籍和创作的相关作品也大量问世。倘若深入探寻其
思想根源与"学术传统"，则恐怕与汉魏以来长盛不衰的文人游艺风习[②]和
交游风尚[③]不无关系。对此，笔者已撰有专文探讨，[④]此不赘述。

　　第三，魏晋时期，医药方术类文献的大量编撰，与当时文人的实用主
义观念有一定的关联。一方面，魏晋时期气候急剧变化，自然灾害频繁，
疾疫多发。《三国志》《晋书》中，颇多极端气候与灾害疾疫的记载，百姓
因之死亡者不计其数，文人亦在劫难逃。如建安文人多死于疾疫，西晋挚
虞"以馁卒"，[⑤]诚所谓"人命危浅，朝不虑夕"。[⑥]在这样的环境下，文人
普遍重视养生御疾之术。如皇甫谧久病成医，亲纂医方；何琦"善养性，
老而不衰"；[⑦]显宦如贾充、司马攸、荀勖者等，亦曾为病重的晋武帝"参
医药"。[⑧]对此，梁陶弘景的《本草经集注·序录》有明确记载。其文曰：
"自晋世以来，有张苗、宫泰、刘德、史脱、靳邵、赵泉、李子豫等，一
代良医。其贵胜阮德如、张茂先、裴逸民、皇甫士安，及江左葛稚川、蔡
谟、殷渊源诸名人等，并亦研精药术。"[⑨]另一方面，受嵇康等"竹林七贤"
及何晏等文人饮酒服药名士风流的影响，两晋时出现了文人编撰整理医药
养生文献的现象。如曹歙、王珉等人撰集的养生方，祖纳与人论编撰医
方[⑩]等，均属此类。当然，此时方士及宗教徒对医术的推广，也为此类文
献的编撰增加了助力。如王熙、范汪等医士对旧方的总钞和类纂，《黄庭

---

①　王明：《抱朴子内篇校释（增订本）》卷十二《辩问》，中华书局，1986，第225页。

②　参见胡娅：《汉魏之际文人的游艺风习与文学》，硕士学位论文，信阳师范学院，2016。

③　参见金秋：《东汉末年文人交游活动与文学创作》，硕士学位论文，信阳师范学院，2017。

④　笔者在《汉魏之际游艺与文学关系的新变》等文章中，对此问题有具体分析。参见张振龙：《汉魏之际游艺与文学关系的新变》，《华中师范大学学报》2017年第5期，第104—113页。

⑤　[唐]房玄龄等：《晋书》卷五十一《挚虞传》，中华书局，1974，第1427页。

⑥　[唐]房玄龄等：《晋书》卷八十八《李密传》，中华书局，1974，第2275页。

⑦　[唐]房玄龄等：《晋书》卷八十八《何琦传》，中华书局，1974，第2293页。

⑧　[唐]房玄龄等：《晋书》卷四十《贾充传》，中华书局，1974，第1169页。

⑨　[南朝梁]陶弘景编，尚志钧、尚元胜辑校：《本草经集注（辑校本）》卷一《序录》，人民卫生出版社，1994，第24页。

⑩　陶弘景《本草经集注·序录》载："晋时有一才情人，欲刊正《周易》及诸药方，先与祖纳共论，祖云：'辨释经典，纵有异同，不足以伤风教，方药小小不达，便寿夭所由，则后人受弊不少，何可轻以裁断。'祖公此言，可谓仁识，足为水镜。"参见[南朝梁]陶弘景编，尚志钧、尚元胜辑校：《本草经集注（辑校本）》卷一《序录》，人民卫生出版社，1994，第29—30页。

经》①《黄白中经》《神仙经黄白之方》等道教经典，其成书就与方士及宗教徒对医术的推广有一定的关联。陶弘景所谓的"《范汪方》百余卷，及葛洪《肘后》，其中有细碎单行经用者，所谓出于阿卷是。或田舍试验之法，殊域异识之术"，②就说明了这一点。

第四，魏晋时期的其他社会风俗，对文人文献整理与创作的影响亦不容忽视。东汉以来品评人物的风气，有力促进了相关文学书写的发展，出现了文人摹写耳目相貌、喜怒音容的作品；③民间的"十二相法"，亦催生了占卜书的大量问世；④鬼神信仰，则刺激了道教劾鬼术及符箓的兴盛；民间的盗墓风俗，则促成了汲冢竹书等出土文献的面世，等等。上述现象从不同方面印证了魏晋时期社会风俗习惯对文人文献整理与创作所产生的影响。

要之，魏晋时期，社会经济的发展和纸张的普及，为文人的文人文献整理与文学创作奠定了坚实的物质基础；极其动荡和争斗异常尖锐的政治生态，为文人文献整理和文学创作提供了独特的时代环境；统治者的喜好与文化政策，为文人文献整理和文学创作提供了政策上的保障；文人主体意识的提升，使文人文献整理和文学创作走向了全面自觉；诸种社会风俗习惯的形成，为文人文献整理和文学创作增添了新的素材。这些因素共同构成了魏晋文人文献整理和文学创作的生态环境，它们之间的相互影响和相互促进，最终造就了魏晋时期文人文献整理和文学创作的繁盛局面。

---

① 欧阳修《删正黄庭经序》云："世传《黄庭经》者，魏晋时道士养生之书也。"（转引自詹石窗：《道教文学史》，上海文艺出版社，1992，第44—45页。）后世道教徒亦不乏相似之论，故此处以《黄庭经》为养生之书。

② ［南朝梁］陶弘景编，尚志钧、尚元胜辑校：《本草经集注（辑校本）》卷一《序录》，人民卫生出版社，1994，第24—25页。

③ 案：《艺文类聚》中收录有孙楚《笑赋》、傅玄《口诫》、左思《白发赋》、祖台之《荀子耳赋》、张韩《不用舌论》、嵇含《白首赋序》等。从《类聚》所引《相书》《相法》《相书杂要》等内容来看，这些书均可能与汉晋相书有关。

④ 习惯上，占卜之类的方技也被纳入道教的麾下。葛洪《抱朴子内篇·杂应》云："或问：'将来吉凶，安危去就，知之可全身，为有道乎？'抱朴子曰：'仰观天文，俯察地理，占风气，布筹算，推三棋，步九宫，检八卦，考飞伏之所集，诊訞讹于物类，占休咎于龟筴，皆下术常伎，疲劳而难恃。'"参见王明：《抱朴子内篇校释（增订本）》卷二十《祛惑》，中华书局，1986，第272页。

结　语

由前述各章的探讨和分析可知，与前代相比，魏晋时期文人的文献整理确实呈现出新的风貌，彰显出自己的特征。缘此，魏晋时期文人文献整理与文学创作的关系也进入了一个新的阶段。具体而言，魏晋时期文人文献整理与文学创作之间，不仅二者的双向互动更为密切，而且二者互为表里，具有文本沟通性、艺术继承性、价值趋同性，在文化发展过程中是一种同构、互文的关系，在相互分离中相互作用，文人文献整理的文学化与文学作品的典籍化互相补充，彼此成就。在魏晋时期的文化语境中，虽然"文学"与"文章学术"的分野较之前更为明确，但"文学"大体上仍是"文章学术"，文章与学术互为张本，其联结点在于文化典籍。学术问题经由文章阐发观念、交换思想、传达新知，从而在争议中实现发展，在发展中升华争议；文章创作以学术思想为依托，并从经史子集等文献中汲取创作材料和灵感，完善语言和表达方式，从而更好地实现明理、言志、抒情的功用，达成应用价值与审美价值的统一，并固定为新的典籍文献而被继续传承。文明成果在持续的文人文章创作和文献整理活动中被不断经典化，"文献"因而成为"文化"最核心的物质载体，文人的文献整理与文学创作因此具备天然的双向互动关系。这里不妨借用马克思对生产、分配、交换、消费四者关系的经典论断作为类比性描述：文人的文献整理与文学创作，"每一方表现为对方的手段；以对方为媒介；这表现为它们的互相依存；这是一个运动，它们通过这个运动彼此发生关系，表现为互不可缺，但又各自处于对方之外"。①

自汉末文人有意作文、专志著述以来，文人文献整理与文学创作的双向互动关系便具备了人为选择与可以改变的现实可能性。文献典籍的本质是信息的物质载体，其文本本身隐含着话语预设，是政治话语和意识形态的物化形态。传世文献的面貌取决于文献整理者，整理者的价值取向与取

---

① ［德］马克思：《〈政治经济学批判〉导言》，载中共中央马克思恩格斯列宁斯大林著作编译局编译：《马克思恩格斯选集》第 2 卷，人民出版社，1995，第 11 页。

舍标准因而具备重要意义。一般而言，整理者对文献的整理主要有篡改与完善两种选择，前者主要由官方意识形态主导，后者则主要出自文人的个人意愿。魏晋时期，随着官方意识形态对文人思想控制力的弱化，文人在文献整理方面获得了较大的自主裁量权。在道家、道教等思想的影响下，魏晋时期不少文人认为："五经四部，并已陈之刍狗，既往之糟粕。"① 于是逐渐以"玄学"理论重新阐释经学；部分学者如王接等，甚至主张通过调整经学文献的位次，来达到"六经注我"的自我表达需求。这尽管在当时未必有很多学者群起呼应，但在客观上推动了该期文人的精神解放进程。

随着道家、道教思潮对史学的渗透，魏晋史学思想和史学叙事发生了文学化转向，引发了文人史学观念及其学术规范的革新，史学逐步挣脱了经学的束缚而获得独立。门阀制度把控人事权，高门子弟不学无术而窃据著作郎之职，严重破坏了秘书官制，不仅导致了史官话语权的旁落，而且激发了非史官文人的史学担当意识。同时，杂史、杂传记大量诞生，部分文本"张皇鬼神，称道灵异"，并促成了"史官志怪体""史官博物体"的分娩，志人小说、志怪小说公然跻身于史部，史官文人群体甚至以此逞才自高，进而强化了史官及非史官文人的崇文倾向，文献整理与文学创作同样成为魏晋文人偏好的"名山事业"。此时的博物风尚，更使得文人自觉兼领了史官的部分职能，以至于文学创作也流露出浓郁的"史官意识"和史学笔法，辞赋几乎被用作史传的别体，不仅被用来抄撮史实，甚至被直接用以记叙个体的行状（如张敏的《奇士刘披赋》和《神女赋（并序）》等）。不仅如此，连同碑、颂、铭、赞等表彰性文字，亦呈现出极强的叙事化（传记化）倾向，其叙事性因素被两晋文人有意识地加强，以至于部分抹杀了不同文体间的分野，产生了诸如"碑文似赋"② 之类的著名公案。文章与史记在书籍这一载体上沟通交融，文学叙事亦呈史学化趋势。在此背景下，身为文献整理者的文人同时又是文学创作者，魏晋文献整理经过文人的自觉追求和努力达到汉末以来的最高峰。

在这种人为选择作用的不断强化及其效力的影响下，魏晋时期文人的文献整理与文学创作之间的双向互动更加频繁，交互作用的发生层面愈发深入，互相渗透的表现和特征更加明显。二者在内容、形式、思想等层面均有全面的、实质性的立体互动，其互动基本是同步进行、互为因果的，没有明确的先后次序，也几乎不存在"时差"。作为其结果，我们看到魏晋时期文人的文献整理与文学创作均取得重要进展。在形式层面，文

① 王明：《抱朴子内篇校释（增订本）》卷二十《祛惑》，中华书局，1986，第351页。

② 程章灿：《论"碑文似赋"》，《东方丛刊》2008年第1期。

献分类与文体分类均大大增多，相近体式得到区分或合并，且文体类别多与文献类别呈现出某种对应关系。在内容层面，文献整理的内容与文学创作的内容均得到大幅度拓展，均吸收容纳了外来文献及外来思想，文人文献整理与文学创作之间也表现出映射或对应关系。在思想理论层面，文人文献整理与文学创作均实现了相关理论的自我体系化建设，并吸纳了域外的部分优秀思想成果，且二者在"类"的概念和"分类"的标准问题上具有理念上的某种交叉和重叠，其中"以类相从"的理念堪称代表。综而言之，文人文献整理与文学创作的互动关系模式可以概括为"文献整理的文学化，文学创作的典籍化"。通常情况下，分类越细，说明分类意识越强，专门化水平越高；参与人员愈多，参与度愈高，说明认识程度愈深；相关理论越多、体系化程度越高，说明相关实践活动的成熟度越高。该期文化事业在文人文献整理与文学创作的互动作用中同时达到这些条件，很好地处理了创新性与传承性之间的关系，达到了整体平衡，从而造就了魏晋时期乱世背景下灿烂辉煌的文化图景。因此，我们可以认定，魏晋时期文人的文献整理与文学创作之间的双向互动，不仅是真实存在的，而且是相当成功的。单从文人群体的角度来看，这主要得益于该期文人价值心理的变迁和学术风气的转向，刘师培所谓的"研究各家不独应推本于经，亦应穷源于子。盖一时代有一时代流行之学说，而流行之学说影响于文学者至巨"，[①] 便是这层意思。

从技术层面讲，文人文献整理与文学创作的相互影响是细致入微、无所不至的。文人的文献整理不仅为文人的文学创作提供了创作内容、灵感及大量典故；而且文人在阅读和整理文献的过程中，渗透、明晰并改造乃至重构了对文学概念、功能与价值的认识，改变了文人的创作心理与态度，革新了文人的创作技巧与文体实践，影响了文学创作的演进与发展方向。反之，文人的文学创作为文人的文献整理提供了新对象、新内容、新方法、新思路，并在批评过程中为其提供价值评估及方向参考。相较而言，经部文献与文学创作的互动主要体现在意识形态层面，史部文献及出土文献与文学的互动主要集中于创作态度及内容风格方面，子部文献与文学的互动主要集中于论说技巧及逻辑架构层面，集部文献与文学的互动主要集中于文学的风格批评及文体的文学史研究方面，佛道宗教文献与文学的互动主要集中于个体文学宗尚及文体试验方面（各种文章变体的有益尝试）。这种多层面、全方位、跨学科的互动造就了魏晋时期文化事业的

---

① 刘师培：《中国中古文学史　汉魏六朝专家文研究》，商务印书馆，2010，第 140 页。

繁荣。

目前学界一般认为，魏晋时期文人宗教文献整理对于文学发展的影响程度超过了其他文献，其中佛教文献的作用尤其明显。如果从中古文学嬗变的长远趋势来判断，这种看法是有道理的。魏晋文人整理的佛教文献，对中国本土文学的文体、内容、思辨方式等确实产生了重要影响，但若是单就魏晋时期文学发展的过程而言，这一观点存在商榷之处。魏晋时期，佛教始终依附于黄老道家之学，直到东晋灭亡，其附庸地位也未曾发生根本改变，因此该期的"宗教文献"不过是魏晋文人所谓的"道家"文献。尽管学界目前对魏晋时期佛教与文学关系的研究比对道家、道教与文学关系的研究在整体上更加深入、全面，但事实上，魏晋时期道家、道教文献对文学发展的影响明显更胜一筹，它所确立起来的"玄学文学"话语体系、自然主义审美旨趣和崇尚自然之美的山水田园文学范式，经过玄学家、道教徒及隐逸文人的共同努力而最终代表了自然主义文学传统在中古时期的正统路径和地位。崇尚自然的魏晋名士，也因此而彪炳于当代文坛，见载于史册。以陶渊明等为代表的非主流"名士"，亦开创了纵贯晋唐的洗练文风，使得文学别开生面。① 正是在该期"道家"的推动下，《诗》《骚》时代以来的诗骚两大传统重新实现了互渗状态下的合流，魏晋文人的文学创作呈现出"形式主义"（靡丽文风）与"内容主义"（玄学文学及宗教文学）双峰并峙的奇特景观。

严格来讲，文人文献整理的成果与创作的文学作品均是意识和信息的流动载体，探索其"来龙"之后则必然导向其"去脉"。因此，从信息传播的角度，总结文人文献整理与文学创作的互动关系所带来的文化启示，才是值得特别关注的。从文人文化活动发展与文学嬗变的长远趋势来看，魏晋时期文人的经史子集四部文献、佛道宗教文献及出土文献三个系统的文献整理成果，其庞杂的内容及崭新的思想观念无形中渗透于文献整理者的既有知识结构及价值观念体系，实现了对魏晋文人心理及其对文学之理性认识层面的深刻改造，使之自觉以文学的方式传播新思想，发现并阐释新问题，从而对文人文学创作的变革与发展产生了革命性影响。这种效果

---

① 钱穆先生在《中国文化传统中之士》一文中指出："（陶潜）于政事，洵可谓无所贡献。然其诗，则脍炙人口，愈后愈普及，愈陈旧愈新鲜，历千年而不衰益盛。……在其前，有古诗三百首，有屈原《离骚》与《楚辞》，然皆富有政治性。惟陶渊明诗，乃确然见其为社会性，为田园诗，为山林诗，为草野平民诗。然而其诗亦能影响及于上层政治，殆可谓与《诗》《骚》为鼎足之三。在两晋南北朝时代，只陶渊明诗一集，已可上媲三代两汉，下视唐、宋、明、清，成为中国文化史一新页，一贯相承，而不待他求矣。"参见钱穆：《宋代理学三书随劄·附录》，生活·读书·新知三联书店，2016，第209页。

是两种作用的合力：一是提供"燃料"和动力，促进文学向前演进；二是促使文人总结文学发展的经验和教训，修正文学发展的轨迹。这种思维方式反过来又影响着文人文献整理的思想与实践。总之，在双方因素的综合作用下，魏晋时期形成了文人文学创作及其成果的典籍化和文人文献整理活动及其成果的文学化的良性循环发展模式。

相较于曹魏时期的文人文学创作而言，两晋文人的文学创作尽管因"形式主义文风"而饱受诟病，但这并不妨碍其"体物""缘情""言志"的时代意义和张扬文人自由意志的文化史及人性史价值。魏晋文人的文学创作，是情感内容与语言形式（包括文体形式）的统一体，传承和发扬的主要是《诗》《骚》的"兴寄"精神（包括各种形式隐晦的政治话语），总体上仍是"文质彬彬"的雅正文学。但是，当我们抛开魏晋文人精致的文本形式和繁缛的话语内容之后，便不难发现无论是雅正文学还是"玄学文学"，无论是"宗教文学"还是"山水清音"，其内容不外乎情志、义理、景物三端，而联结言、象、意三者的纽带，除了文人的高超才学便是其卓越的思辨能力。文人的高超才学是一字一句辛苦习得的，文人卓越的思辨能力则是长年累月锻炼所致，皆是真实不虚的个人修养。山水文学兴起之前，晋人作品的主要内容是情、理两端。西晋文人惯以"情"为言，"景"被用作陪衬；东晋文人则惯以"理"（主要是玄学义理及佛经义理等）为言；文人行文的润滑剂，均为才藻，所谓"汉世迄今，辞务日新，争光鬻采，虑亦竭矣"。[①] 文人文学创作凭借的，是真才实学和真情实感。山水文学兴起以后，晋人诗文开始重视"体物"和描摹的形似。史载："自近代以来，文贵形似，窥情风景之上，钻貌草木之中。吟咏所发，志惟深远；体物为妙，功在密附。故巧言切状，如印之印泥，不加雕削，而曲写毫芥。故能瞻言而见貌，即字而知时也。"[②] 文人关切的主要是自然物象及其投影的真实不虚。所以，魏晋时期的文学，总体上可以概括为"求真的文学"。其中，藻饰文学讲求真才学，山水文学讲求真物象，玄学文学和宗教文学则讲求真感悟。清代黄子云在《野鸿诗的》中云："诗不外乎情、事、景、物，情、事、景、物要不离乎真实无伪。一日有一日之情，有一日之景，作诗者若能随境兴怀，因题著句，则固景无不真，情无不诚矣。

---

① ［南朝梁］刘勰撰，范文澜注：《文心雕龙注》卷九《养气》，人民文学出版社，1958，第 646 页。

② ［南朝梁］刘勰撰，范文澜注：《文心雕龙注》卷十《物色》，人民文学出版社，1958，第 694 页。

不真不诚，下笔安能变易而不穷？是故康乐无聊，惯栽理语。"① 无论是真情、真事还是真景物，其所展现的无非是文人的真想法、真姿态、真才学和真性情。尽管表达方式和文本形式千差万别，但书写的都是魏晋文人的真实生存状态和生命体悟，亦即对"真我"的表现和张扬，以及对"人"和"我"的终极价值与现实定位的大胆探索。正是在这个意义上，魏晋时期文人文学创作远超其前而达到了新的高度。

当然，魏晋文人的文献整理与文学创作的价值，不仅仅体现在对前代文人文献整理与文学创作的继承与发展上，而且还体现在对以后文人的文献整理与文学创作产生的重要影响上。

第一，受魏晋统治者对文人文献整理与文学创作态度的影响，南朝以后的历代统治者也彰显出对文献整理与文学创作的高度重视。这主要表现在，他们一方面建立和完善了诸种官修图书的机构，另一方面又组织文人开展了大量的文学创作活动。南朝大体延续了晋时秘书监与著作局的设置，但秘书官与著作官的分工日益明确，前者总揽与图书文献相关的事务，后者专门承担国史的修撰；隋代为促进佛经翻译，创立了国立译场，设翻经馆和翻经学士；唐代又设置了重要的修史机构——史馆，负责编撰国史，配有监修国史、史官和勤杂等工作人员；宋代的三馆和秘阁的馆阁，元代的燕京编修所、平阳经籍所、翰林国史院、蒙古翰林院，明代的翰林院，清代的翰林院、地方官书局等，都为官修图书提供了有力保障。南朝以后的统治者对文献整理的重视程度，由此可见一斑。不仅如此，南朝以后的统治者还组织开展了大量的图书典藏工作。据统计，魏晋时期文人编撰的诸种官私书目有十九种，南北朝时期文人编撰的各种官私书目则达到了四十三种之多；就规模较大的文人从事的典藏活动而言，魏晋时期四次（曹魏时期一次，晋代三次），南北朝时则达到了十五次（刘宋至少有两次，南齐一次，梁代至少有六次，北魏两次、北齐一次、北周至少有三次）。② 唐宋以后，统治者组织开展的图书的典藏工作更加频繁与多样。

与文人的文献整理一致，南朝以后历朝统治者皆不同程度地组织开展了文人的文学创作活动。其中最典型的莫过于帝王与群臣雅士宴集、游览之时，或诏令赋诗作文，或相互唱和。如南朝的宋明帝、梁武帝，唐代的太宗、玄宗，宋代的太祖、太宗、仁宗、徽宗，清代的圣祖、高宗等，都在其执政期间组织并参与了形式多样的赋诗作文和唱和赠答活动。这既

---

① ［清］张潮、［清］杨复吉、［清］沈楙惠等编纂：《昭代丛书》第三册《壬集补编》卷四十八黄子云《野鸿诗的》，上海古籍出版社，1990，第 2583 页中。

② 曹之、马刘凤：《魏晋南北朝书目编撰及其背景考略》，《图书馆论坛》2008 年第 6 期。

为文人文献整理的开展奠定了文献基础，也使文人的文献整理与文学创作之间相互影响、相互推进的关系得到了强化。

第二，南北朝之后，文人文献整理与文学创作的意识更加自觉。一方面，文人从事文学创作和集类文献整理的意识更加自觉。尤其是隋唐科举制施行后，文学创作成为文人入仕的主要途径，自觉从事文学创作与对自己作品、其他文人作品等集部文献的整理成为文人生活的常态。如唐代的白居易先后十余次把自己创作的诗歌整理成集，并抄写复本。再如南朝以后诸种文学总集大量出现，成为集部文献整理的一大景观。像南朝萧统编的《昭明文选》、徐陵编的《玉台新咏》等；唐代佚名编的《唐写本唐人选唐诗》、殷璠编的《河岳英灵集》、元结编的《箧中集》、令狐楚编的《御览诗》、芮挺章编的《国秀集》、姚合编的《极玄集》、高仲武编的《中兴间气集》、韦縠编的《才调集》、韦庄编的《又玄集》等；宋代李昉编的《文范英华》、姚铉编的《唐文粹》、吕祖谦编的《宋文鉴》、陈起编的《江湖集》、洪迈编的《万首唐人绝句》、真德秀编的《文章正宗》等；金元时期元好问编的《中州集》、房祺编的《河汾诸老诗集》、苏文爵编的《元文类》等；明代冯惟讷编的《古诗纪》、梅鼎祚编的《历代文纪》、胡震亨编的《唐音统签》、张溥编的《汉魏六朝百三名家集》等；清代文人整理的诗歌总集主要有沈德潜的《古诗源》《唐诗别裁》《明诗别裁》《清诗别裁》、彭定求等人的《全唐诗》、王士禛的《唐人万首绝句选》、朱彝尊的《明诗综》、孙洙的《唐诗三百首》等；文总集主要有严可均的《全上古三代秦汉三国六朝文》、许连的《六朝文絜》、董诰等人的《全唐文》、吴楚材和吴调侯的《古文观止》、姚鼎的《古文辞类纂》、张金吾的《金文最》等，就是其中的代表成果。

另一方面，文人对经史子文献的整理也更加自觉。南北朝之后，就官修文献而言，经、史、子类图书无不是统治者文献整理的重要内容。如唐太宗贞观四年（630），令中书侍郎颜师古于秘书省考订《易》《诗》《书》《礼》《春秋》"五经"，又命孔颖达、颜师古、王恭、王琰等为经文作义疏，即《五经正义》；唐代统治者不仅下令撰修了国史，还下令修撰了《梁书》《陈书》《北齐书》《周书》《晋书》《隋书》等。此外，宗教典籍也成为南北朝之后的文人文献整理中的有机组成部分。正如有研究者所云："魏晋南北朝时期是佛经翻译的重要时期，就主持者而言，古代佛经翻译活动有私译、官译两个大类：私译是民间私人译经；官译是译场译经。官译是古代佛经翻译出版活动的主体。这个时期的译经形式开始由个人私译转为集体官译。"① 尤其是南北朝时期，佛经翻译更加系统，不仅包括大、小乘佛经文献，还有经、律、论等佛经文献。隋代，又创立了国家译场，唐代译场内有译主，具体负责佛经翻译工作，为佛经翻译提供了组织机构方面的保障，使佛经翻译迈进了更加自觉的阶段，译出了大量高质量的佛经，唐代由此被称作译经史上的"全盛时期"。南宋郑樵之所以整理了大量文献，也基于自己的自觉意识，这在他的《上宰相书》中有具体的书写。清代赵翼的《宋人好名誉》也曰："历朝以来，《宋史》最繁。且正史外又有稗乘杂说，层见叠出。盖其时士大夫多尚名誉，每一巨公，其子弟及门下士必记其行事，私相撰述。如《王文正公遗事》、《丁晋公谈录》、《杨文公谈录》、《韩忠献遗事》及《君臣相遇传》、《钱氏私志》、《李忠定靖康传信录》、《建炎进退志》、《时政记》之类，刊刻流布。而又有如朱子《名臣言行录》之类扬光助澜，是以宋世士大夫事迹传世者甚多，亦一朝风尚使然者也。"② 可见，宋代文人编撰之风之盛。宋代文人的许多文献整理（即撰述）既是其"尚名誉"的表现，也是其"尚名誉"的结果。明清时期的文人继承并发展了宋代文人文献整理的传统，其文献整理与文学创作的意识更加自觉。

第三，文人作为文献整理者把文学创作视为一大目的，为文学创作服务的意识更加明确。尽管古代文人从事文献整理的目的多种多样，或为政治，或为教化，或为备史，但为了文学创作也是其重要的目的。古代文人整理文献的目的之一，就是提高自身的文学创作素养。如文人对集部文献的整理，在某种意义上就是为当时与后来的文人提供可以借鉴的范文。南朝梁萧统的《昭明文选》和宋代洪迈的《万首唐人绝句》等，就是这方面的代表。这就进一步加强了文人文献整理与文学创作之间的联系，使两者之间的关系更趋密切，形成有效的良性互动。所以，中国古代特别是南北朝以后，出现了许多以文献整理和文学创作见长的专家，即集文献整理与文学创作等于一身的专家。如南朝的谢灵运、王融、殷芸、任昉、徐陵、梁武帝萧衍、梁元帝萧绎、萧统、刘义庆、沈约等，唐代的韩愈、元稹、白居易、杜牧等，宋代的苏洵、欧阳修、曾巩、王安石、司马光、黄庭坚、范成大、朱熹、杨万里、陆游等，元代的方回、吴澄、虞集等，明代的杨维桢、刘基、宋濂、杨慎、李攀龙、王世贞等，清代的钱谦益、顾炎武、王夫之、黄宗羲、朱彝尊、王士禛等。正是因为这些文人文献整理与

① 霍艳芳:《中国图书官修史》，武汉大学出版社，2014，第 62 页。
② ［清］赵翼著，栾保群、吕宗力点校:《陔余丛考》卷十八《宋人好名誉》，河北人民出版社，1990，第 282 页。

文学创作活动的不断开展，形成了中国古代文人文献整理与文学批评、文学创作、文学鉴赏、文化传承、文化创新等相互关联的特有文化景观，进一步密切了文人的文献整理与文学创作的关系。

第四，文献整理类别和形式得到了拓展和深化。如类书，起始于曹魏时期曹丕组织编纂的《皇览》，之后无论是公还是私皆有纂著。南朝梁武帝时期的《华林遍略》六百二十卷、隋炀帝时的《桂苑珠丛》一百卷、唐代欧阳询的《艺文类聚》一百卷、宋代的《太平御览》《太平广记》《文苑英华》《册府元龟》四大类书、明代的《永乐大典》、清代的《古今图书集成》等，就是代表。如抄撰，作为古籍的一种著作方式，尽管出现于汉代，但"抄撰"一词却出现于南北朝，并成为当时文人从事古籍整理的重要形式。史载可考的抄撰者，有谢灵运、王俭、沈麟士、陆澄、何佟之、庾于陵、贺场、沈约、袁峻、张缅、任昉、王僧孺、丘迟、庾仲容、庾诜、裴子野、王筠、杜之伟、庾肩吾、陆瑜等，其中袁峻、庾仲容、王筠、张缅、陆瑜成果最丰。曹之先生将南北朝称作"抄撰图书的黄金时代"，认为"抄撰之作的影响是深远的，它形成了古籍中的两大门类——类书和史钞"。① 再如实录，兴起于南朝的梁。南宋王应麟在《玉海》卷四十八《艺文》中指出："实录起于萧梁，至唐而盛。杂取编年、传记之法而为之，以备史官采择。"② 如《隋书·经籍志》著录的南朝梁周兴嗣的《梁皇帝实录》三卷，以及谢昊的《梁皇帝实录》五卷等。唐代实录修撰走向大盛，"完成了从'今上实录'向'前上实录'的过渡"。③ 再如唐代出现了专门记载一朝一代典章制度的会要体，德宗贞元年间苏冕撰有《会要》四十卷，成为开古代文人编撰会要体风气之先者，此后会要体成为史部政书中的一个重要类别。这些在宋之后都得到了很好的继承与发展。南宋陈傅良在《嘉邸进读通鉴节略序》中云："本朝国书，有日历，有实录，有正史，有会要，有敕令，有御集；又有百司专行指挥典故之类；三朝以上，又有宝训；而百家小说私史与大夫行状志铭之类，不可胜纪。"④ 由此可见，受魏晋文人文献整理的影响，南北朝之后文人文献整理的类别与形式更加丰富和多样。

第五，有效推动了四部分类法的定型与成熟。随着文人文献整理内

---

① 曹之：《古代抄撰著作小考》，《河南图书馆学刊》1999 年第 2 期。
② ［宋］王应麟辑：《玉海》卷四十八《艺文·实录》，江苏古籍出版社、上海书店，1987 年影印，第 903 页下。
③ 霍艳芳：《中国图书官修史》，武汉大学出版社，2014，第 100 页。
④ ［元］马端临：《文献通考》卷一百九十三引陈傅良《建隆编自序》，中华书局，1986，第 1638 页。

容和类别的日益丰富，文人对文献内容、功能、特点等方面的认识也日趋深入，反映在文人对所整理文献的分类上也逐渐科学与规范。汉代刘向的《七略》创立了图书的六分法（《六艺略》《诸子略》《诗赋略》《兵书略》《术数略》《方技略》），曹魏时期郑默的《中经》开创了我国古代文献典籍四分法的先河，西晋荀勖的《中经新簿》继承了郑默的文献典籍四分法，使之更加明确，成为甲乙丙丁。史载："魏氏代汉，采掇遗亡，藏在秘书中、外三阁。魏秘书郎郑默，始制《中经》，秘书监荀勖，又因《中经》，更著《新簿》，分为四部，总括群书。一曰甲部，纪六艺及小学等书；二曰乙部，有古诸子家、近世子家、兵书、兵家、术数；三曰丙部，有史记、旧事、皇览簿、杂事；四曰丁部，有诗赋、图赞、《汲冢书》。大凡四部合二万九千九百四十五卷。但录题及言，盛以缥囊，书用细素。至于作者之意，无所论辩。"① 东晋李充深感当时典籍混乱，于是"删除烦重，以类相从，分作四部"，② 编制了《晋元帝四部书目》，调整了乙部和丙部两类文献典籍的位置，让史部排为第二，子部居为第三，最终确定了经史子集四部的次序，被誉为"甚有条贯，秘阁以为永制"。③ 至唐代《隋书·经籍志》的出现，标志着经史子集四部分类法的正式定型；后又经宋金元文人文献整理的进一步实践，到清代馆臣整理的《四库全书总目》，经史子集四部分类法达至顶峰，成为中国古代文献典籍划分的标准与原则。

毋庸讳言，魏晋时期文人的文献整理与文学创作之间的互动关系非常复杂，所涉及的知识领域也非常广阔，理论素养要求极高。而笔者限于学养和精力，对一些重要命题的论述只能"点到为止"，希望能起到"抛砖引玉"的作用，引发学界对于相关问题的进一步探讨和阐发。

---

① ［唐］魏徵、［唐］令狐德棻：《隋书》卷三十二《经籍志一》，中华书局，1973，第906页。

② ［唐］房玄龄等：《晋书》卷九十二《文苑列传·李充传》，中华书局，1974，第2391页。

③ ［唐］房玄龄等：《晋书》卷九十二《文苑列传·李充传》，中华书局，1974，第2391页。

附录一　曹植创制"鱼山梵呗"的文化与地域因素

一、佛道关系背景下曹植创制"鱼山梵呗"的再审视

曹植是否创制了"鱼山梵呗",考之正史并无明文记载,然佛家典籍却对其传说记载不绝。这些典籍主要有南朝刘敬叔的《异苑》、刘义庆的《宣验记》、释僧祐的《出三藏记集》与释慧皎的《高僧传》,唐代释道宣的《广弘明集》、释道世的《法苑珠林》、窥基的《法华玄赞》,宋代赞宁的《宋高僧传》等。对此学界主要有肯定与否定两种观点。尤其是近年来否定之论不断,但并不能令人信服。我们认为要判定曹植是否创制了"鱼山梵呗",其关键之一就是要厘清曹植是否受过佛教的影响,而这又与曹植生活时代佛教和道教的佛道关系密切相关。虽然目前学者在探讨"鱼山梵呗"这一问题时对佛教和道教的关系有所涉及,但或偏重于佛教,或偏重于道教,缺乏佛道关系背景下对曹植创制"鱼山梵呗"全面系统的审视。为此笔者不揣谫陋,也谈谈自己的看法。笔者仍然坚持在无确凿证据发现之前,还不应否定曹植创制"鱼山梵呗"这一传说的真实性。因为对此尽管正史无载,但如结合曹植所处时代佛教与道教关系背景下佛教的方术化、曹植对待方术的态度、曹植交往的文人与作品等诸种情势,便不难发现曹植存在着接受佛教影响的可能。所以典籍所谓"原夫梵呗之起,亦兆自陈思",[①] 并不全是子虚乌有。

(一)佛教的方术化

就佛教从汉代传入中土之后与道教的关系而言,佛教并不是作为一种

---

① [南朝梁]释慧皎撰,汤用彤校注,汤一玄整理:《高僧传》卷十三《经师》,中华书局,1992,第508页。

独立的文化现象被中国文人所看待的，而是依附于道教而存在的，呈现出浓郁的方术化特征。不管是对汉代的统治者而言，还是对汉代一般的文人来说，佛教常被视为道教方术的一种。汤用彤先生在论述汉代佛教流传的情况时曾言："佛教在汉世，本视为道术之一种。其流行之教理行为，与当时中国黄老方技相通。其教因西域使臣商贾以及热诚传教之人，渐布中夏，流行于民间。上流社会，偶因好黄老之术，兼及浮屠，如楚王英、明帝及桓帝皆是也。至若文人学士，仅襄楷、张衡略为述及，而二人亦擅长阴阳术数之言也。"① 在此汤先生指出，从东汉明帝到东汉后期，在国人看来，佛教通常是被作为道教道术的一种，黄老之术和浮屠是混而未分的，所以出现了上层社会中如楚王英、明帝、桓帝等，因喜爱黄老之术而兼及浮屠的现象，文人学士中如襄楷、张衡等，因擅长阴阳术数之言而述及浮屠的情况。

这在相关文献中皆有明确的记载。史云："（楚王刘英）晚节更喜黄老，学为浮屠斋戒祭祀。八年，诏令天下死罪皆入缣赎。英遣郎中令奉黄缣白纨三十匹诣国相曰：'讬在蕃辅，过恶累积，欢喜大恩，奉送缣帛，以赎愆罪。'国相以闻。诏报曰：'楚王诵黄老之微言，尚浮屠之仁祠，洁斋三月，与神为誓，何嫌何疑，当有悔吝？其还赎，以助伊蒲塞桑门之盛馔。'因以班示诸国中傅。英后遂大交通方士，作金龟玉鹤，刻文字以为符瑞。"② 文中不仅说明了楚王刘英把黄老和浮屠一同祭祀，而且其行为还受到了统治者的肯定，所以明帝才下诏还其缣帛，"以助伊蒲塞桑门之盛馔"。与此相关的还有《后汉书·西域传》上的记载："世传明帝梦见金人，长大，顶有光明，以问群臣。或曰：'西方有神，名曰佛，其形长丈六尺而黄金色。'帝于是遣使天竺问佛道法，遂于中国图画形像焉。楚王英始信其术，中国因此颇有奉其道者。后桓帝好神，数祀浮图、老子，百姓稍有奉者，后遂转盛。"③ 此文与前面所引文字相比，其所传达的信息更为丰富，既为我们展示了因受明帝、楚王刘英的影响，中土也出现了奉其道者这一史实，又传达了东汉后期佛教经桓帝的提倡和实践，以至于"百姓稍有奉者，后遂转盛"，获得了进一步的发展。襄楷和张衡是此时文人中信奉佛教的典型代表。《后汉书》卷三十下载："襄楷字公矩，平原隰阴

①　汤用彤：《汉魏晋南北朝佛教史》上，中华书局，1983，第83页。
②　［南朝宋］范晔撰，［唐］李贤等注：《后汉书》卷四十二《楚王英传》，中华书局，1965，第1428—1429页。
③　［南朝宋］范晔撰，［唐］李贤等注：《后汉书》卷八十八《西域传》，中华书局，1965，第2922页。

人也。好学博古，善天文阴阳之术。"① 襄楷曾上疏桓帝云："又闻宫中立黄老、浮屠之祠。此道清虚，贵尚无为，好生恶杀，省欲去奢。今陛下嗜欲不去，杀罚过理，既乖其道，岂获其祚哉！或言老子入夷狄为浮屠。浮屠不三宿桑下，不欲久生恩爱，精之至也。天神遗以好女，浮屠曰：'此但革囊盛血。'遂不眄之。其守一如此，乃能成道。今陛下淫女艳妇，极天下之丽，甘肥饮美，单天下之味，奈何欲如黄老乎？"② 作为善天文阴阳之术的襄楷，在上桓帝的疏中以黄老、浮屠的清虚无为，"好生恶杀，省欲去奢"，尤其是浮屠的戒色思想来讽劝桓帝，可见他对浮屠思想的接受、理解与楚王刘英相比已有所深化。《后汉书》卷五十九云：张衡"善机巧，尤致思于天文、阴阳、历算。……安帝雅闻衡善术学，公车特征拜郎中，再迁为太史令。遂乃研核阴阳，妙尽璇机之正"。③ 东汉安帝时，以善术学闻名的张衡，也接受过佛教的影响，其作品中就有对佛教的书写。如其《西京赋》中的"舍利颬颬，化为仙车"④"眳藐流眄，一顾倾城。展季桑门，谁能不营"？⑤ 文中在直接运用"舍利""桑门"这些佛教词语的同时，还把"舍利"与神仙方术相提并论，视为方术的有机组成部分。正如日本学者野上俊静等人所云："后汉之世，神仙、方术、图谶等之迷信，非常风行，将黄帝与老子神仙化的方士，因善行咒术而获得世人的信仰。对于这种现象的中国人，当外国沙门到达时，见到穿着奇装异服，并对偶像（佛像）烧香礼拜，诵持着汉人所听不懂的经文，举行着宗教仪式，给予中国的印象，不过也是方士之类；他们舍弃世俗的生活方式，与道家的隐逸之士相比，也没有不自然的感觉。伴随这一印象，佛陀也被比作黄帝和老子来加以想象。"⑥ 总体来说，这个时期统治者和文人对佛教的认识还是比较表层的，对佛教所宣传的教义和教理还没有深入理解，常常表现出以道教的方术来同化或比附，使佛教呈现出鲜明的方术化特征。

东汉后期的灵帝时期，佛教被视为道教方术的一种仍是国人对待佛教的态度。如《道行经》就是此时被翻译成为汉文的重要佛教经典，根

① ［南朝宋］范晔撰，［唐］李贤等注：《后汉书》卷三十下《襄楷传》，中华书局，1965，第1075页。
② ［南朝宋］范晔撰，［唐］李贤等注：《后汉书》卷三十下《襄楷传》，中华书局，1965，第1082—1083页。
③ ［南朝宋］范晔撰，［唐］李贤等注：《后汉书》卷五十九《张衡传》，中华书局，1965，第1897—1898页。
④ ［汉］张衡著，张震泽校注：《张衡诗文集校注》，上海古籍出版社，2009，第78页。
⑤ ［汉］张衡著，张震泽校注：《张衡诗文集校注》，上海古籍出版社，2009，第85页。
⑥ ［日］野上俊静等撰：《中国佛教史概说》，圣严法师译，台湾商务印书馆，1998，第15页。

据《道行经后记》的记载，当时参与翻译《道行经》的共七人，他们分别是负责口授的天竺菩萨竺朔佛、传译的月支菩萨支谶、笔受的河南洛阳孟元士，以及侍者南阳张少安和南海子碧，劝助者孙和与周提立。其中洛阳孟元士、南海子碧的名字曾出现在立于灵帝光和年间（178—184）的《三公碑》《神君碑》的碑文之中，这一史实被汤用彤先生所发现。他说："按《三公碑》云：'或有隐遁辟语言兮，或有恬淡养浩然兮，或有呼吸求长存兮。'白石神君祠祀之立，由于巫人盖高之请求（参看《曝书亭集跋语》）。此项祭祀，均涉于神仙家言。元士、子碧如为《般舟》译时助手，则汉末佛教信徒仍兼好道术方技，汉代佛教之特性，于此又可窥见也。"① 可见，灵帝时期佛教被视为道教方术仍是文人的习尚。

曹植生活的建安和魏初时期，佛教与道教的关系虽然出现了佛道两者彼此颉颃②和佛教玄学化的趋势③，但由于是佛教与道教相互颉颃、佛教玄学化的初始阶段，佛道混而未分的现象仍占主导，故从根本上讲，两者的关系并没有发生大的改变。这在该期牟子所作的《理惑论》中就有体现。如牟子在解释"佛"的特性时说："佛者谥号也，犹名三皇神、五帝圣也。佛乃道德之元祖，神明之宗绪。佛之言觉也。恍惚变化：分身散体，或存或亡；能小能大，能圆能方；能老能少，能隐能彰；蹈火不烧，履刃不伤；在污不染，在祸无殃；欲行则飞，坐则扬光：故号为佛也。"④ 可见，在牟子看来，"佛"的特性与道家的"道"和神仙、神人毫无二致。再如牟子在谈到佛教"道"的内涵时说道："道之言导也，导人致于无为：牵之无前，引之无后；举之无上，抑之无下；视之无形，听之无声；四表为大，缥缈其外；毫厘为细，间关其内。故谓之道。"⑤ 佛教所追求的境界和道教所追求的境界也有极大的相似之处，佛教的方术化倾向依然十分突出。

佛教的这种方术化特征，在此时西来的僧人身上也有表现。其原因主要在于，这些西来的僧人为了让中国人尤其是统治者和文人接受佛教，不得不主动迎合中华文化，学习中华文化。这样与佛教有相似之处，且在文

---

① 汤用彤：《汉魏晋南北朝佛教史》上，中华书局，1983，第49—50页。
② 参见［日］福井文雅：《佛道二教的相互关系史》，载［日］福井康顺等监修：《道教》第二卷，上海古籍出版社，1992。
③ 汤用彤：《汉魏晋南北朝佛教史》上，中华书局，1983，第85—87页。
④ ［南朝梁］释僧祐撰，李小荣校笺：《弘明集校笺》卷一《牟子理惑论》，上海古籍出版社，2013，第14页。
⑤ ［南朝梁］释僧祐撰，李小荣校笺：《弘明集校笺》卷一《牟子理惑论》，上海古籍出版社，2013，第15页。

人与统治阶层中颇为流行的道教方术也就自然成为僧人学习的对象，所以他们常常兼及方术。如《出三藏记集》载：安世高"七曜五行之象，风角云物之占，推步盈缩，悉穷其变。兼洞晓医术，妙善针脉，睹色知病，投药必济。乃至鸟兽鸣呼，闻声知心"。① 支谦也"博览经籍，莫不究练，世间艺术，多所综习"。② 安世高和支谦作为东汉末年和建安时期来华传播佛教的西域僧人，为了达到传播佛教的目的，也积极学习中国当时盛行的方术，成为西域僧人接受道教方术的代表。

由上可知，从汉代佛教传入中土开始，一直到曹植生活的时代，佛教被视为道教方术的一种是当时国人对待佛教的普遍风尚，从而使佛教呈现出明显的方术化特征。这是曹植所处时代佛教和道教即佛道关系的大的背景，也是其创制"鱼山梵呗"传说的重要背景，而这一背景也决定了曹植创制"鱼山梵呗"传说存在的可能性。当然这还要取决于曹植对待道教方术的态度、与可能接受过佛教影响的文人和方术之士是否有过交往等因素。

（二）曹植对待方术的态度

在曹植生活的建安时期和魏初，道教与佛教的关系总体上继承了东汉的遗风，佛教被视为道教方术之一种的状况并无根本改变。受时代道教与佛教关系这一文化生态的影响，对曹植和同时代的其他文人来说，佛教与道教的方术也是混而未分的。现在重要的问题，是我们要通过对相关文献的分析，来探讨曹植对待道教神仙方术的态度是肯定的还是否定的。这是因为曹植对待道教方术的态度如何，是我们判定其是否受到佛教影响，进而是否具备创制"鱼山梵呗"可能性的重要依据。那么，曹植对待道教方术的态度究竟如何呢？

据文献记载，曹植对待道教方术的态度有一个前后发展变化的过程。在曹植生活的前期，曹植认为道教的神仙长生之术是虚妄的，但对那些可以疗疾和养生的方术还是肯定的。如他在《辨道论》中就曾直接表达了这一观点："夫神仙之书、道家之言，乃云：傅说上为辰尾宿；岁星降为东方朔；淮南王安诛于淮南，而谓之获道轻举；钩戈死于云阳，而谓之尸逝

---

① ［南朝梁］释僧祐撰，苏晋仁、萧錬子点校：《出三藏记集》卷十三《安世高传》，中华书局，1995，第 508 页。

② ［南朝梁］释僧祐撰，苏晋仁、萧錬子点校：《出三藏记集》卷十三《支谦传》，中华书局，1995，第 516 页。

枢空。其为虚妄甚矣哉！"①曹植认为其父曹操之所以招致天下方术之士聚之魏国，是因为"诚恐此人之徒，接奸诡以欺众，行妖恶以惑民，故聚而禁之也"，②并不是为"观神仙于瀛洲，求安期于边海，释金辂而顾云舆，弃文骥而求飞龙"。③而对于神仙长生之术，"自家王与太子及余兄弟，咸以为调笑，不信之矣"。④表现出对神仙长生之术的怀疑。但是，这只是曹植对神仙之书、道家之言中所宣传的神仙长生之术可以助人成仙长生不死的否定，表明的是其对神仙长生之术能够使人成仙长生的态度，并不能代表他对待所有方术的态度。因为神仙长生之术只是方术中的部分内容，并不是方术的全部。缘此，我们自然不能以曹植对神仙长生之术的态度来等同于曹植对待所有方术的态度，曹植怀疑甚至否定神仙长生之术，并不等于他怀疑和否定所有方术，更不能得出他怀疑和否定那些具有疗疾、养生等功效的方术的结论。相反，曹植不但不反对可以疗疾、养生的方术，反而还表现出对这些方术的极大兴趣。如他在《辨道论》中表达对神仙长生之术的态度后，接着又云："余尝试郤俭，绝谷百日，躬与之寝处，行步起居自若也。夫人不食七日则死，而俭乃如是。然不必益寿，可以疗疾，而不惮饥馑乎！左慈善修房内之术，差可终命。然自非有志至精，莫能行也。甘始者，老而有少容，自诸术士咸共归之。然始辞繁寡实，颇有怪言。余尝避左右，独与之谈，问其所行；温颜以诱之，美辞以导之。"⑤

在曹植生活的后期，随着曹植对道教道术了解的深入，其对神仙长生之术的看法也发生了改变。如其后来创作的《释疑论》就记载了他的这一变化："初谓道术，直呼愚民诈伪空言定矣！及见武皇帝试闭左慈等令断谷，近一月，而颜色不减，气力自若。常云可五十年不食。正尔，复何疑哉！令甘始以药含生鱼而煮之于沸脂中，其无药者，熟而可食；其衔药者，游戏终日，如在水中也。又以药粉桑以饲蚕，蚕乃到十月不老。又以住年药食鸡雏及新生犬子，皆止不复长。以还白药食犬，百日毛尽黑。乃知天下之事不可尽知，而以臆断之，不可任也。但恨不能绝声色，专心以学长生之道耳。"⑥作者开篇就说自己起初认为，道教的道术是愚民诈伪的空言，但了解了左慈、甘始等人方术的效果之后，对道教的道术有了新的认识，不仅转而以肯定的态度待之，而且还说自己如今才"知天下之事，

---

① 赵幼文校注：《曹植集校注》卷一，人民文学出版社，1984，第187页。
② 赵幼文校注：《曹植集校注》卷一，人民文学出版社，1984，第188页。
③ 赵幼文校注：《曹植集校注》卷一，人民文学出版社，1984，第188页。
④ 赵幼文校注：《曹植集校注》卷一，人民文学出版社，1984，第188页。
⑤ 赵幼文校注：《曹植集校注》卷一，人民文学出版社，1984，第188页。
⑥ 赵幼文校注：《曹植集校注》卷三，人民文学出版社，1984，第396页。

不可尽知，而以臆断之，不可任也。但恨不能绝声色，专心以学长生之道耳"。知道了这些，我们对曹植为何创作《游仙诗》或许会有更全面的理解。尽管他创作的《游仙诗》有抒发自己追求自由之情的需要，但也与他对道教的方术并不完全反对的态度应有一定的关联。

曹植对待道教方术的态度如此，其父曹操、其兄曹丕等人对待道教方术的态度也是这样。如曹操、曹丕对道教方术的益寿、强身健体等功效也持肯定的态度。西晋张华的《博物志》中有云："（魏武帝）好养性法，亦解方药，招引方术之士，庐江左慈、谯郡华佗、甘陵甘始、阳城郗俭无不毕至，又习啖野葛至一尺，亦得少多饮鸩酒。"① 曹操不仅喜好养性之法，而且还招引庐江的左慈、谯郡的华佗、甘陵的甘始、阳城的郗俭等方术之士，亲自实践他们的养性之术。同时他还主动向掌握延年益寿、强身健体之术者学习、请教。如他在《与皇甫隆令》中就说过："闻卿年出百岁，而体力不衰，耳目聪明，颜色和悦，此盛事也。所服食施行导引，可得闻乎？若有可传，想可密示封内。"② 曹丕对导引之术也颇感兴趣，且还经常付诸实践。《困学纪闻》卷二十《杂识》载《唐六典》注引崔寔《政论》云："熊经鸟伸延年之术。故华佗有六禽之戏，魏文有五搥之锻。"③ 不仅如此，他们还对善于养生、导引之术的文人予以重用。如华佗"晓养性之术，时人以为年且百岁而貌有壮容"，④ "太祖闻而召佗，佗常在左右"，⑤ "得病笃重"期间，还使其"专视"⑥；沛国人朱建平"善相术，于闾巷之间，效验非一。太祖为魏公，闻之，召为郎。文帝为五官将，坐上会客三十余人，文帝问己年寿，又令遍相众宾"。⑦ 周宣善占卜，尤精于解梦，曹丕经常向其请教，并"以宣为中郎，属太史"。⑧ 可见，曹操、曹丕

① ［晋］陈寿撰，［南朝宋］裴松之注：《三国志》卷一《魏书·武帝纪》裴注引张华《博物志》，中华书局，1982，第54页。
② 夏传才校注：《曹操集校注》，河北教育出版社，2013，第198页。
③ ［清］王应麟撰，翁元圻注：《困学纪闻》卷二十《杂识》，商务印书馆，1935，第1482页。
④ ［晋］陈寿撰，［南朝宋］裴松之注：《三国志》卷二十九《魏书·方技传·华佗传》，中华书局，1982，第799页。
⑤ ［晋］陈寿撰，［南朝宋］裴松之注：《三国志》卷二十九《魏书·方技传·华佗传》，中华书局，1982，第802页。
⑥ ［晋］陈寿撰，［南朝宋］裴松之注：《三国志》卷二十九《魏书·方技传·华佗传》，中华书局，1982，第802页。
⑦ ［晋］陈寿撰，［南朝宋］裴松之注：《三国志》卷二十九《魏书·方技传·朱建平传》，中华书局，1982，第808—809页。
⑧ ［晋］陈寿撰，［南朝宋］裴松之注：《三国志》卷二十九《魏书·方技传·周宣传》，中华书局，1982，第811页。

对于道教的方术并不反对。

　　总之，曹植对道教的方术是肯定的，尤其是到了他人生的后期，他对道教的神仙长生之术也改变了之前所持的怀疑态度。其父曹操、其兄曹丕对道教方术的态度也与曹植相仿。正像我们在前文所分析的，在曹植生活的时代，佛教只是道教方术的一种，而曹植又肯定方术，且生活在其父、其兄也爱好方术这一家庭之中，这就为曹植通过道教的方术接受佛教影响奠定了在自身与家庭文化方面的基础，不仅使其接受佛教影响成为可能，而且为其创制"鱼山梵呗"准备了可能的条件。

（三）曹植交往的文人及其作品

　　曹植接受佛教影响的可能性，还可以从与其交往的文人及其作品中找到支撑。首先，从曹植交往的文人来看，其中就有可能受佛教影响者，曹植在和这些人的交往中自然也就有可能接受佛教的影响。如曹操、曹丕、邯郸淳、曹冲和方术之士等，就是其中的代表。

　　有关曹操、曹丕可能与佛教有关的文献，一方面，是与方术之士的联系。曹植在《辩道论》所提到的甘陵甘始、庐江左慈、阳城郄俭等方术之士，和曹操、曹丕父子皆有程度不同的交往。以这个时期道教和佛教的关系而论，佛教被视为道教方术的一种，我们不能排除这些方术之士中就存在着与佛教有关联者，或者就有接受佛教影响者。缘此，曹操、曹丕在与可能受过佛教影响的方术之士交往的过程中，也存在着通过这些方术之士接受佛教影响的可能，不管他们之间是有意的还是无意的。另一方面，是曹操、曹丕与佛教有关的材料。据南朝刘宋时期陆澄的《法论目录》载，曹操曾在写给孔融的书信中谈到了佛教。尽管书信的具体内容今已不存，但汤用彤先生认为："陆序有曰：'魏祖答孔，是知英人开尊道之情。'（《祐录》卷十二）《弘明集后序》亦云：'魏武英鉴，书述妙化。'……以汉代方术浮屠之关系言之，则魏武书中称述佛教，或亦有其事也。"[①] 至于曹丕与佛教相关的例证，则是延康元年（220）曹丕登基前，在家乡谯县犒劳将士时称："乃陈秘戏：巴渝丸剑，奇舞丽倒，冲夹踰锋，上索踰高，舡鼎缘橦，舞轮擿镜，骋狗逐兔，戏马立奇之妙技，白虎青鹿，辟非辟邪，雨龙灵龟，国镇之怪兽，瓖变屈出，异巧神化。"[②] 其中来自西南地区的

────────

① 汤用彤：《汉魏晋南北朝佛教史》上，中华书局，1983，第88—89页。
② ［宋］洪适：《隶释·隶续》之《隶释》卷十九《魏大飨碑》，中华书局，1985，第185页下。

"巴渝丸剑"等杂技幻术中，就隐含着早期佛教活动。① 从以上两个角度，我们皆可判定曹操、曹丕都存在着接受佛教影响的可能。由此推知，曹植同样有可能通过曹操、曹丕而接触佛教。

邯郸淳曾任临淄侯文学，和丁廙、丁仪、杨修合称曹植的"四友"，与曹植交往颇深。曹冲是曹植的兄弟，其关系自不必多说。而邯郸淳、曹冲恰恰也存在受佛经影响的极大可能性。如邯郸淳编撰的俳谐小说《笑林》，今存佚文二十余条，其中两条应与佛经故事有一定关联。第一条见宋代李昉等编《太平广记》卷二六二引《笑林》曰："有民妻不识镜，夫市之而归。妻取照之，惊告其母曰：'某郎又索一妇归也。'其母亦照曰：'又领亲家母来也。'"② 钱钟书先生疑此故事滥觞于《杂譬喻经》③，因为《杂譬喻经》中也记载有相似的故事，此不赘引。第二条见《续谈助》引《笑林》曰："平原人有善治伛者，自云：'不善，人百一人耳。'有人曲度八尺，直度六尺，乃厚货求治。曰：'君且卧。'欲上背踏之。伛者曰：'将杀我！'曰：'趣令君直，焉知死事？'"④《百喻经》卷三有"医治脊偻喻"，也与此类似。再如曹冲，陈寅恪先生认为，《三国志》所载曹冲称象的故事即是受口头流传的佛经故事影响而成。⑤ 由钱钟书先生和陈寅恪先生的判断可知，在曹植生活的时代，佛教对邯郸淳、曹冲等文人影响的可能性不仅存在，而且很大。而邯郸淳、曹冲等人，或是与曹植有过长期交往的生活经历，或是曹植的弟弟，这就使曹植在与他们交往的过程中，可能受到佛教的影响。这也为我们提供了曹植受佛教影响的间接佐证。

曹植一生中还与方术之士有过密切的接触。这些方术之士主要有郗俭、左慈、甘始、华佗等，这在其《辩道论》《释疑论》中有明确的记载。在建安时期和魏初，由于佛教仍被国人视为道教的一种道术，这些与曹植交往的方术之士中，或存在着受佛教影响者，他们也会有意无意地对曹植产生影响。

其次，从曹植的作品中也可以寻出其可能受佛教影响的蛛丝马迹。南朝刘宋时期刘敬叔的《异苑》卷五有云："陈思王曹植，字子建。尝登鱼山、临东阿，忽闻岩岫里有诵经声，清通深亮，远谷流响，肃然有

① 何志国：《东汉外来杂技幻术与佛像关系及影响》，《民族艺术》2016年第1期。
② ［宋］李昉等编：《太平广记（全十册）》卷二六二引《笑林》第六册，中华书局，1961，第2051页。
③ 钱钟书：《管锥编》第二册，中华书局，1979，第751页。
④ 鲁迅校录：《古小说钩沉》，齐鲁书社，1997，第42页。
⑤ 陈寅恪：《寒柳堂集》，生活·读书·新知三联书店，2009，第177页。

灵气。不觉敛衿祗敬，便有终焉之志。即效而则之。今之梵唱，皆植依
拟所造。一云陈思王游山，忽闻空里诵经声，清远遒亮。解音者则而
写之，为神仙声。道士效之，作步虚声也。"① 从这则文献中我们可以得
知，曹植创制"鱼山梵呗"的传说与道教的"神仙声""步虚声"之间
的关联，而这种关联又正好与此时佛教和道教的关系相一致。我们认为
这两者不是偶然的巧合，或是人为的附会，而是有一定依据的。因为这
种关联不仅仅是当时佛教与道教之间关系的反映，更重要的是，我们还
可以征之于曹植创作的作品。如曹植创作的游仙文学作品中就出现了
与"步虚曲"中"步虚"相似的词语，像《游仙》诗中"意欲奋六翮，
排雾陵紫虚"② 中的"陵紫虚"；《驱车篇》诗中"隆高贯云霓，嵯峨出
太清"③ 中的"出太清"；《仙人篇》诗中"万里不足步，轻举凌太虚"④
中的"凌太虚"等，就是代表。我们认为这些词语和"步虚"皆是道教
中的词语，其含义大体相当。尤其值得一提的是，曹植的游仙诗中还出
现了与道教中的"步虚曲"非常相似的描绘。如其《仙人篇》云："仙
人揽六箸，对博太山隅。湘娥拊琴瑟，秦女吹笙竽。玉樽盈桂酒，河
伯献神鱼。四海一何局！九州安所如？韩终与王乔，要我于天衢。万
里不足步，轻举凌太虚。飞腾踰景云，高风吹我躯。回驾观紫薇，与
帝合灵符。"⑤ 诗中对仙人伴随着仙乐在虚空中盘旋飞行意境的展示，与
后来道教中的"步虚曲"在本质上几无差别，两者的境界也非常相似，
而这种境界又与"鱼山梵呗"的境界又有一致之处。此外，在其《列
女传颂》中还残留有"尚卑贵礼，来世作程"⑥ 一句，其中"来世"一
词，我们尽管不能否认是对《书·仲虺之诰》中成汤所云"予恐来世以
台为口实"⑦ 一语中"来世"的引用，但我们也不能完全排除曹植受佛教
轮回报应和神不灭思想影响的可能。因为此时佛教的轮回报应和神不灭
思想已传入中土，并和道教的浴神不死之说相资为用，这在《牟子理惑
论》中就有表现。其文云："佛经前说亿载之事，却道万世之要。太素未
起，太始未生，乾坤肇兴，其微不可握，其纤不可入。佛悉弥纶其广大

---

① ［南朝宋］刘敬叔：《异苑》，载上海古籍出版社编：《汉魏六朝大观》，上海古籍出版社，
1999，第 641 页。
② 赵幼文校注：《曹植集校注》卷二，人民文学出版社，1984，第 265 页。
③ 赵幼文校注：《曹植集校注》卷三，人民文学出版社，1984，第 404 页。
④ 赵幼文校注：《曹植集校注》卷二，人民文学出版社，1984，第 263 页。
⑤ 赵幼文校注：《曹植集校注》卷二，人民文学出版社，1984，第 263 页。
⑥ 赵幼文校注：《曹植集校注》卷三，人民文学出版社，1984，第 528 页。
⑦ 李民、王健译注：《尚书译注》，上海古籍出版社，2004，第 110 页。

之外，剖析其窈妙之内，靡不纪之。"① "怀善者应之以祚，挟恶者报之以殃。"② "人临死，其家上屋呼之；死已，复呼谁？或曰呼其魂魄。牟子曰：神还则生，不还，神何之呼？曰成鬼神。牟子曰：是也，魂神固不灭矣，但身自朽烂耳。"③ 牟子所云在当时应该不是个案，而是代表了一部分文人的看法。曹植作为当时文化领域的代表文人之一，很可能也接受了这种思想，或者说存在着受这种思想影响的极大可能。

综上所述，佛教传入中土时，由于受当时社会上颇为流行的道教方术的影响，从而被视为道教方术的一种。曹植生活的时代，佛教和道教的这种关系并没有发生大的改变。这种文化生态就为曹植接受佛教的影响，奠定了坚实的文化基础。只要曹植对道教的方术有所接触，与可能接受过佛教思想的文人和方术之士有过交往，就存在着佛教作为道教的方术来影响曹植的可能，进而也存在着曹植创制"鱼山梵呗"的可能。经过对相关文献的分析，我们发现曹植不仅与道教的方术有过接触，且表现出一定的兴趣，同时还与可能接受过佛教影响的邯郸淳、左慈、华佗等文人和方术之士有过密切往来，更在其作品中出现了可能与佛教有着一定关联的思想和词语。我们认为，曹植一生中受过佛教影响的可能性不仅存在，而且极大。佛教典籍中对曹植创制"鱼山梵呗"传说的记载，是有一定依据的，在没有发现可靠证据之前，不能轻易予以否定。

二、曹植创制"鱼山梵呗"传说的地域因素

在中国佛教传播和发展史上，曹植是否创制了"鱼山梵呗"，因为正史并无明确记载，所以有关其传说的真伪至今仍是学界争论的一个问题。近年来随着学界对该问题探讨的不断深入，不管是研究的视角上还是研究的理路上，较之前皆有了一定的开拓与深化，为我们认识和把握这一问题提供了重要的参照与启发。金溪和王小盾先生的《"鱼山梵呗"考辨》④，就是其中的代表。该文在给我们带来重要启示的同时，也引起了笔者对该问题的进一步深入的思考。为此笔者曾撰文从佛道关系的角度，对曹植

① ［南朝梁］释僧祐撰，李小荣校笺：《弘明集校笺》卷一，上海古籍出版社，2013，第17页。
② ［南朝梁］释僧祐撰，李小荣校笺：《弘明集校笺》卷一，上海古籍出版社，2013，第35页。
③ ［南朝梁］释僧祐撰，李小荣校笺：《弘明集校笺》卷一，上海古籍出版社，2013，第27页。
④ 金溪、王小盾：《鱼山梵呗传说考辨》，《文史》2013年第1辑。

"鱼山梵呗"的传说进行了再审视。① 由于受论题所限，有些想法无法在文中具体阐明。这里主要从空间地域的角度，对曹植创制"鱼山梵呗"的可能性予以新的观照。通过对曹植一生的活动地域和当时佛教传播流行地域的梳理比较，我们发现两者存在着较高的重合度和一致性。这种重合度和一致性既为曹植接受佛教的影响提供了地域上的可能，也使曹植创制"鱼山梵呗"具有了空间地域因素上的支撑。我们认为，从空间地域的因素来审度，曹植接受佛教影响的可能性不仅存在，而且很大。缘此，其创制"鱼山梵呗"的传说也就不全是空穴来风了。

（一）曹植生活和活动的主要地域

曹植生于汉献帝初平三年（192），卒于魏明帝太和六年（232），享年四十一岁。从其成长和活动的经历来看，其一生生活和活动的地域主要经历了以鄄城为主、以许都为主、以邺城为中心，以及以鄄城、雍丘、东阿和陈地等为中心四个阶段。

第一，以鄄城为主的时期。从曹植出生的汉献帝初平三年（192）至建安元年（196）九月献帝都许前，曹操主要以鄄城为根据地。史云：献帝初平二年（191），"袁绍因表太祖为东郡太守，治东武阳"。② 初平三年（192），"（鲍）信乃与州吏万潜等至东郡迎太祖领兖州牧"。③ 赵幼文先生《曹植年表》云，此年"曹操或徙家由东武阳而居鄄城"。④ 我们认为是有道理的。⑤ 建安元年（196）献帝迁都许昌之后，曹操的根据地也随之迁至许都。自汉献帝初平三年（192）至建安元年（196）献帝都许，曹植不仅出生于鄄城，也主要生活在鄄城。

第二，以许都为主的时期。这个时期开始于曹植五岁时的建安元年（196）九月献帝都许，到其十三岁时的建安九年（204）为止。建安元年（196）献帝都许后，虽然曹植在《陈审举表》中称"臣生乎乱，长乎

---

① 张振龙：《佛道关系背景下曹植"鱼山梵呗"传说的再审视》，《世界宗教研究》2019年第4期。

② ［晋］陈寿撰，［南朝宋］裴松之注：《三国志》卷一《魏书·武帝纪》，中华书局，1982，第9页。

③ ［晋］陈寿撰，［南朝宋］裴松之注：《三国志》卷一《魏书·武帝纪》，中华书局，1982，第9页。

④ 赵幼文校注：《曹植集校注》附录三，人民文学出版社，1984，第564页。

⑤ 关于曹植的出生地，目前学界主要有沛国谯、山东武阳和鄄城三种观点。（董尚峰：《东阿王曹植小传》，载曲绪宏、董尚峰主编：《东阿王曹植》，山东友谊出版社，2000，第26页。）笔者认为，鄄城说较为可信，故采用此说。

军"①，但实际上大部分时间生活在许昌。对此，文献有明确记载："建安元年春正月，太祖军临武平，袁术所置陈相袁嗣降。太祖将迎天子，诸将或疑，荀彧、程昱劝之，乃遣曹洪将兵西迎，卫将军董承与袁术将苌奴拒险，洪不得进。汝南、颍川黄巾何仪、刘辟、黄邵、何曼等，众各数万，初应袁术，又附孙坚。二月，太祖进军讨破之，斩辟、邵等，仪及其众皆降。天子拜太祖建德将军，夏六月，迁镇东将军，封费亭侯。秋七月，杨奉、韩暹以天子还洛阳，奉别屯梁。太祖遂至洛阳，卫京都，暹遁走。天子假太祖节钺，录尚书事。洛阳残破，董昭等劝太祖都许。九月，车驾出轘辕而东，以太祖为大将军，封武平侯。自天子西迁，朝廷日乱，至是宗庙社稷制度始立。天子之东也，奉自梁欲要之，不及。冬十月，公征奉，奉南奔袁术，遂攻其梁屯，拔之。于是以袁绍为太尉，绍耻班在公下，不肯受。公乃固辞，以大将军让绍。天子拜公司空，行车骑将军。是岁用枣祗、韩浩等议，始兴屯田。"②可知，建安元年（196）九月献帝都许，曹操为大将军，封武平侯，十月被拜为司空，同时其"家属由鄄城徙许"。③之后的八年间，除建安二年（197）曹操带军至宛；三年（198）东征吕布；四年（199）攻黎阳；五年（200）征刘备，与袁绍战于官渡；八年（203）四月进军邺城，八月征刘表等之外，皆在许都。直到建安九年（204）攻下邺城后，曹操才把自己的大本营安在邺城。

第三，以邺城为中心的时期。这个时期自建安九年（204）曹操占领邺城，"家属迁居邺"④开始，一直到建安二十四年（219）。尽管建安十六年（211），曹植被封平原侯；建安十九年（214），徙封临淄侯；但曹植并未至封地，而是住在邺城。⑤这十六年间，曹植随其父几次出征。如建安十一年（206）八月，曹操东征海贼管承，至淳于，建安十二年（207）正月还邺；同年五月北征乌桓，建安十三年（208）正月还邺；同年七月南征刘表，约次年年底或建安十五年（210）初还邺；建安十六年（211）七月，曹操西征马超等，在经过洛阳时，曹植创作了《送应氏诗》二首、《洛阳赋》，建安十七年（212）正月还邺；同年十月征孙权，建安十八年（213）四月还邺；建安二十年（215）三月曹操西征张鲁，二十一年（216）二月还邺。其他时间，曹植皆生活在邺城。

① 赵幼文校注：《曹植集校注》卷三，人民文学出版社，1984，第445页。
② ［晋］陈寿撰，［南朝宋］裴松之注：《三国志》卷一《魏书·武帝纪》，中华书局，1982，第13—14页。
③ 赵幼文校注：《曹植集校注》附录三，人民文学出版社，1984，第565页。
④ 赵幼文校注：《曹植集校注》附录三，人民文学出版社，1984，第567页。
⑤ 徐公持：《曹植生平八考》，《文史》第10辑，中华书局，1980，第199—202页。

第四，以鄄城、雍丘、东阿和陈地等为中心的时期。主要从建安二十五年（220）二月到曹植去世。建安二十五年（220）正月，曹操至洛阳，不久病逝，二月葬于高陵。曹植参加了曹操的葬礼，之后与诸侯就国。其中"植与诸侯并就国"的"国"，徐公持先生认为是临淄；① 俞绍初先生依据《求祭先王表》考证，认为此次曹植并非真正就国，而是居住于鄄城。② 我们认为俞绍初先生的观点较为可信。黄初二年（221）春，曹植醉酒悖慢，劫胁使者，自招罪衅；四月或更早徙居京都，又一次到了洛阳，未及定罪，遣归临淄，行至延津，贬爵安乡侯，作《谢初封安乡侯表》，又转回京都洛阳，在洛阳居住直到七月，遂转鄄城侯。③ 黄初三年（222）四月，立为鄄城王，作《封鄄城王谢表》。黄初四年（223）五月至洛阳会节气，七月还国，同年秋冬之间改封为雍丘王。太和元年（227）徙封浚仪，但仍住在雍丘。④ 太和三年（229）十二月，徙封东阿，又从雍丘迁到东阿，作《转封东阿王谢表》。太和五年（231）冬，明帝诏诸王朝，曹植入洛；太和六年（232）正月会元正，作《元会诗》。太和六年（232）二月，以陈四县封为陈王，十一月薨，葬鱼山。由此可见，在曹植人生的晚期，居住在鄄城四年，雍丘六年，东阿两年，陈地九个月。

从曹植一生生活和活动的地域来看，其早期从汉献帝初平三年（192）至建安元年（196）九月都许前，主要以鄄城为主。中期从建安元年（196）九月都许至建安九年（204），主要以许都为主；自建安九年（204）到建安二十四年（219），主要以邺城为中心。晚期从建安二十五年（220）到太和六年（232）十一月，曹丕和曹叡执政期间，曹植除受诏入朝到洛阳之外，主要以鄄城、雍丘、东阿和陈地等为中心往来迁徙。

（二）曹植生活时代佛教主要传播的地域

佛教在两汉之际传入中土之后，其传播地域是有限的。但到了东汉后期，其传播出现了较快的发展，传播的地域也得到了拓展。从曹植生活时代佛教传播的地域来看，当时洛阳、许昌，以徐州为中心的河南、安徽、江苏、山东的交会之地和山东的西北部等，皆有佛教流传。

第一，洛阳是曹植生活时代佛教传播的主要地区。洛阳作为当时的

---

① 徐公持：《曹植生平八考》，《文史》第 10 辑，中华书局，1980，第 204 页。
② 俞绍初：《关于曹植初次就国的问题》，《郑州大学学报》1984 年第 3 期。
③ 徐公持：《曹植生平八考》，《文史》第 10 辑，中华书局，1980，第 207—211 页。
④ 徐公持：《曹植生平八考》，《文史》第 10 辑，中华书局，1980，第 215—217 页。

政治、经济、文化中心，不仅是中华文化传播的集中地，也是佛教文化传播的重镇。这在东汉明帝时期就有突出的表现。《牟子理惑论》云：东汉明帝时，"于洛阳城西雍门外起佛寺，于其壁画千乘万骑，绕塔三匝。又于南宫清凉台，及开阳城门上作佛像"。①《魏书·释老志》对此也有记载，不再赘引。桓帝时期，洛阳更是许多西域来华僧人进行译经传法活动的场所，正如严耕望先生所言："当时洛阳朝野，佛教气氛必已相当浓厚，故此种译经工作能得到支持，臻于盛况。桓帝祠浮屠于宫中，民间亦不乏知有浮屠者，正为此种气氛之一印证。"②

曹植生活的时期，僧人在洛阳的译经活动也未间断。《般舟三昧经记》载："《般舟三昧经》，光和二年十月八日，天竺菩萨竺朔佛于洛阳出。菩萨法护。时传言者月支菩萨支谶，授与河南洛阳孟福字元士，随侍菩萨张莲字少安笔受。令后普著。在建安十三年于佛寺中校定，悉具足。"③"又有沙门支曜、康巨、康孟详等，并以汉灵献之间（公元一六八至一八九年，公元一九〇至二二〇年），有慧学之誉，驰于京洛。"④高僧支娄迦谶、支曜、康巨、康孟详等皆居住在洛阳，从事佛经的翻译与传播活动。

曹丕称帝后，定洛阳为都城。在曹丕执政的黄初元年（220）、黄初三年（222）及曹叡执政的太和三年（229），西域的焉耆、于阗、鄯善、龟兹、大月氏等先后遣使来到洛阳，奉献礼品。这些交往中就可能存在文化方面的往来，也不排除有佛教文化的交流。魏明帝时期就曾大起浮屠。《魏书·释老志》曰："魏明帝曾欲坏宫西佛图。外国沙门乃金盘盛水，置于殿前，以佛舍利投之于水，乃有五色光起，于是帝叹曰：'自非灵异，安得尔乎？'遂徙于道东，为作周阁百间。佛图故处，凿为濛氾池，种芙蓉于中。"⑤唐释道世《法苑珠林》卷四十引《汉法内传》所载更为详细，其文曰："魏明帝洛城中本有三寺。其一在宫之西，每系舍利在幡刹之上，辄斥见宫内。帝患之，将毁除坏。时有外国沙门居寺，乃赍金盘成水，以贮舍利，五色光明，腾焰不息。帝见叹曰：非夫神效，安得尔乎！乃于道

---

① ［南朝梁］释僧祐撰，李小荣校笺：《弘明集校笺》卷一，上海古籍出版社，2013，第41页。

② 严耕望：《魏晋南北朝佛教地理稿》，上海古籍出版社，2007，第3页。

③ ［南朝梁］释僧祐撰，苏晋仁、萧鍊子点校：《出三藏记集》卷七《般舟三昧经记》，中华书局，1995，第268页。

④ ［南朝梁］释慧皎撰，汤用彤校注，汤一玄整理：《高僧传》卷一《译经上》，中华书局，1992，第11页。

⑤ ［北齐］魏收：《魏书》卷一百一十四《释老志》，中华书局，1974，第3029页。

东造周间百间，名为官佛图精舍矣。"①虽然《汉法内传》是南北朝时的伪书，但有关这一史实的记载还是可信的。对此，任继愈先生分析云："随着印度和西域外交使节、商旅、僧侣来魏地人数的增加，魏政府建立一些供他们参拜和居住使用的佛塔、佛寺（'官佛图精舍'），以及民间因地制宜建些佛寺，都是可能的。《汉法本内传》虽是南北朝时的伪书，但其中某些说法当是有根据的。"②可见，洛阳作为魏国的政治、经济、文化中心，佛教也得到了一定的传播和发展。

第二，中原的许昌也是当时佛教流传的重地。汉末献帝和三国时期的朱士行就是许昌人。据《高僧传》卷四《朱士行传》载："朱士行，颍川人，志业方直，欢沮不能移其操。少怀远悟，脱落尘俗，出家已后，专务经典。昔汉灵之时，竺佛朔译出《道行经》，即《小品》之旧本也，文句简略，意义未周。士行尝于洛阳讲《道行经》，觉文章隐质，诸未尽善，每叹曰：'此经大乘之要，而译理不尽，誓志捐身，远求大本。'"③由"少怀远悟，脱落尘俗，出家已后，专务经典"的描述来审度，朱士行在出家之前就有可能受到了佛教思想的影响。《出三藏记集》卷七《般舟三昧经记》载："《般舟三昧经》……又言，建安三年，岁在戊子，八月八日于许昌寺校定。"④虽然学界对许昌寺的命名有不同看法，但以地名来命名的观点却得到了多数学者的认可。我们认为，这不仅符合当时佛寺命名的一般规律，也符合佛教在许昌传播流传的实际。曹魏时期，佛教在许昌也得到了较好的传播。唐代靖迈《古今译经图纪》卷一载："沙门昙柯迦罗者，此云法时印度人也。幼而才敏质像瓃玮，寻读一览文义悉通，善《四围陀妙五明论》，图谶运变靡所不该，自谓在世无过于己。尝入僧坊，遇见《法胜毗昙》，殷勤寻省莫知旨趣，乃深叹曰：佛法钩深。因即出家，诵大、小乘经及诸毗尼，以文帝黄初三年岁次壬寅，游化许洛。"⑤这说明在曹植生活的时期，许昌也是佛教流播不可忽视的地区之一。

第三，以徐州为中心的河南、安徽、江苏、山东的交会之地以及山

---

① ［唐］释道世著，周叔迦、苏晋仁校注：《法苑珠林校注》卷四十《舍利篇》，中华书局，2003，第1268页。
② 任继愈主编：《中国佛教史》第一卷，中国社会科学出版社，1981，第162页。
③ ［南朝梁］释慧皎撰，汤用彤校注，汤一玄整理：《高僧传》卷四《义解一》，中华书局，1992，第145页。
④ ［南朝梁］释僧祐撰，苏晋仁、萧錬子点校：《出三藏记集》卷七《般舟三昧经记》，中华书局，1995，第268页。
⑤ 《大正新修大藏经》第五十五册，台北佛陀教育基金会印，1990，第351页上。

东的西北地区，是曹植生活时代佛教流传的另一个重要区域。早在东汉明帝时期就信仰佛教的楚王刘英，于建武十七年（41）被封为楚王，于建武十八年（42）到达封地。其封地楚就处于以徐州为中心的河南、江苏、安徽、山东等交会之地。刘英虽然后来遭到了打压，楚地的佛教受到了一定的影响，但以后又有了进一步的发展。东汉桓帝时的严佛调就是徐州下邳人，被称为"汉地第一个出家者"①，"成为佛教在徐州地域早期传播所造就的杰出释家人物"。② 汉末灵帝、献帝之际丹阳的笮融，是陶谦的同乡。当时陶谦为徐州牧，笮融依附陶谦，为下邳相，其督粮的广陵、下邳、彭城三郡也属于这一地区。笮融不仅是当时崇佛的重要代表，而且还大建佛寺。史载："笮融者，丹杨人，初聚众数百，往依徐州牧陶谦。谦使督广陵、彭城运漕，遂放纵擅杀，坐断三郡委输以自入。乃大起浮图祠，以铜为人，黄金涂身，衣以锦采，垂铜槃九重，下为重楼阁道，可容三千余人，悉课读佛经，令界内及旁郡人有好佛者听受道，复其他役以招致之，由此远近前后至者五千余人户。每浴佛，多设酒饭，布席于路，经数十里，民人来观及就食且万人，费以巨亿计。"③ 可见笮融曾从事建塔、立寺、造像、课读佛经、浴佛等多种佛教活动。陶谦在献帝初平四年（193）任徐州牧，笮融死于兴平二年（195），所以笮融崇佛之事当在初平四年（193）至兴平二年（195）之间。由此可知，当时以徐州为中心的河南、江苏、安徽、山东等交会之地，佛教又获得了较快的传播和发展。我们认为，这是与该地区的地域优势密切相关的。就像许理和所指出的那样："大约在公元 1 世纪中期，佛教已经渗入淮北地区、河南东部、山东南部和江苏北部。我们容易解释帝国这一区域存在外来群体：这个区域最重要的城市彭城是一个繁华的商业中心；它实际上坐落于横跨大陆的丝绸之路从洛阳向东延伸至东南地区的大路上，而外国人习惯于从西路通过丝绸之路进入中国。"④

山东的西北地区也是曹植生活时代佛教流播的地域之一，这应与楚王英有一定的关联。史云：济南安王"（刘）康在国不循法度，交通宾客。其后，人上书告康招来州郡奸猾渔阳颜忠、刘子产等，又多遗其缯帛，案图书，谋议不轨。事下考，有司举奏之，显宗以亲亲故，不忍穷竟其事，

---

① 任继愈主编：《中国佛教史》第一卷，中国社会科学出版社，1981，第 145 页。
② 王健：《汉代佛教东传的若干问题研究》，《宗教学研究》2004 年第 1 期。
③ ［晋］陈寿撰，［南朝宋］裴松之注：《三国志》卷四十九《吴书·刘繇传》，中华书局，1982，第 1185 页。
④ ［荷］许理和著：《佛教征服中国》，李四龙等译，江苏人民出版社，1998，第 38 页。

但削祝阿、隰阴、东朝阳、安德、西平昌五县"。① 所削的祝阿、隰阴、东朝阳、安德、西平昌五县，就在山东的西北部。明帝时，楚王刘英曾因与渔阳颜忠造作图书而被处罚，此则文献又提到济南王康由于和颜忠有交往也受到了牵连。这从一个侧面表明，刘康应受到过颜忠与刘英崇佛思想的影响。此外，东汉桓帝时期的襄楷，是山东平原隰阴人，平原隰阴就是济南安王刘康之前的封地，所以襄楷也受到了该地区佛教文化的影响。《后汉书》卷三十下载："襄楷字公矩，平原隰阴人也。好学博古，善天文阴阳之术。"② 襄楷曾上疏桓帝云："又闻宫中立黄老、浮屠之祠。此道清虚，贵尚无为，好生恶杀，省欲去奢。今陛下嗜欲不去，杀罚过理，既乖其道，岂获其祚哉！或言老子入夷狄为浮屠。"③ 不难推知，襄楷对佛教已有一定的认识和了解。

可见，曹植生活的时代，佛教在中土的传播区域是比较广泛的。不仅当时的洛阳、许昌，成为佛教传播的集中地，而且以徐州为中心的河南、安徽、江苏、山东的交会之地和山东的西北部等皆有佛教流传。据严耕望先生的研究："南阳、颍川、许昌、梁国、会稽、南海、苍梧、交趾等地皆已有佛教踪迹。然则东汉末年佛教以首都洛阳为中心，其流布自洛阳、南阳以东豫、兖、青、徐，东南逾江至丹阳、会稽以及岭南，皆或多或少有些佛教信仰。"④

（三）曹植可能接受佛教的地域

只要我们对曹植主要活动的地域和曹植生活的时代佛教在中土传播的地域予以总体审视，就很容易发现，这两方面存在着较高的重合度与一致性。这种重合度与一致性不仅存在于曹植生活的早期，而且存在于其生活的中期和晚期，其中比较集中的地域有许昌、洛阳和鄄城、东阿等地。

首先，许昌作为曹魏时期佛教传播的主要地区，既是曹植早年生活的地区，也是曹植可能接受佛教影响的地区之一。建安元年（196）汉献帝迁都许昌，曹操此年也携家从山东的鄄城来到许昌，直到建安九年（204）占据邺城之后，才又举家迁居邺城。曹操一家以许昌为安居之地前后九年

---

① ［南朝宋］范晔撰，［唐］李贤等注：《后汉书》卷四十二《济南安王康传》，中华书局，1965，第1431页。
② ［南朝宋］范晔撰，［唐］李贤等注：《后汉书》卷三十下《襄楷传》，中华书局，1965，第1075页。
③ ［南朝宋］范晔撰，［唐］李贤等注：《后汉书》卷三十下《襄楷传》，中华书局，1965，第1082页。
④ 严耕望：《魏晋南北朝佛教地理稿》，上海古籍出版社，2007，第4页。

时间，其间曹植虽然也随曹操出征而离开过许昌，但大部分时间是生活在许昌的。此时是曹植一生中，生活相对自由又充满理想的时期。他对诸种文化的接受、学习，也相对比较自由。而此时，许昌又是佛教传播相对比较盛行的时期。据《出三藏记集》卷七《般若三昧经记》云："建安三年，岁在戊子，八月八日在许昌寺校定。"①可知，建安时期许昌寺就已经拥有了可以校定佛教经典的高僧，已发展成为具有一定规模的佛教寺院。这说明在此之前，佛教在许昌已经历了一个比较长的历史发展，否则就不会出现具有一定规模的佛寺和拥有一些可以校定佛教经典的高僧。我们推断，这里的僧人不只从事佛教经典的翻译工作，还应从事宣扬佛教教理的活动。这些佛教活动和佛教文化，曹植是有机会通过直接或间接的方式来接触的。金溪和王小盾先生认为："当时曹植年纪尚幼小，并不具备创作梵呗的动机和条件。"②我们认为，这个时期曹植确实还不具备创作梵呗的动机和条件，但是不能否认曹植此时有接受佛教影响的可能，更不能否认这种可能为曹植晚年创作梵呗积累了佛教方面的知识。

这从曹丕、曹植等兄弟从小所接受的教育和阅读的广泛性等方面，也可以得到间接证明。如曹植与邯郸淳第一次见面时的场景："植初得淳甚喜，延入坐，不先与谈。时天暑热，植因呼常从取水自澡讫，傅粉。遂科头拍袒，胡舞五椎锻，跳丸击剑，诵俳优小说数千言讫。"③文中所述曹植跳胡舞五椎锻等表明，曹植对西域的文化不仅有所接触，而且还进行过认真学习，不然也不会向邯郸淳展示自己这方面的技艺了。曹植与邯郸淳的此次见面，应在建安十五年（210）曹操还邺之后。建安十三年（208）七月，曹操南征刘表，邯郸淳应在此时归附曹操；十二月赤壁大战，约次年年底或建安十五年（210）初还邺。由此判定，曹植对胡舞五椎锻的学习当在建安十三年（208）曹操南征刘表之前。而此时曹植主要生活在许昌和邺城，曹植学习胡舞五椎锻的地点为许昌的可能性较大。缘此，曹植在许昌生活时期接触佛教并受其影响的可能性就更大了。

其次，洛阳作为曹魏时期佛教僧众聚集的中心以及佛教文化汇集与传播的中心，曹植曾先后多次到过此地，所以洛阳是曹植可能接受佛教影响的另一地区。就曹植的一生而言，其在洛阳的活动时间并不算长，也不十分集中。据文献记载，曹植一共到过洛阳五次。一次是建安十六年（211）

---

① ［南朝梁］释僧祐撰，苏晋仁、萧錬子点校：《出三藏记集》卷七《般舟三昧经记》，中华书局，1995，第268页。

② 金溪、王小盾：《鱼山梵呗传说考辨》，《文史》2013年第1辑，第95—131页。

③ ［晋］陈寿撰，［南朝宋］裴松之注：《三国志》卷二十一《魏书·王粲传》裴注引《魏略》，中华书局，1982，第603页。

七月曹操西征马超等，曹植随军出征经过洛阳，创作了《送应氏诗》二首、《洛阳赋》；第二次是建安二十五年即黄初元年（220）正月，曹操去世，曹植至洛阳奔丧，二月曹操归葬于高陵；第三次是黄初二年（221）春，曹植因醉酒悖慢，劫胁使者，被诏至洛阳待罪，四月被贬爵安乡侯；第四次是黄初四年（223）五月至洛阳会节气，七月还国；第五次是太和五年（231）冬入洛，参加太和六年（232）正月的会元正。其五次至洛阳，除第一次随军出征、第二次因曹操去世而至洛阳之外，其余三次是因为待罪或朝会而到洛阳的。尽管后三次每次至洛阳的时间并不很长，但也不算短。据徐公持先生考证："曹植于黄初、太和中虽多次到皇都，或待罪，或朝会，可是历时长达三、四个月者，唯贬爵安乡侯时一次，其余各次最多不超过两个月。"①

　　洛阳是当时佛教文化的中心，就曹植每次停留在洛阳的时间而言，他还是有充分的时间和机会直接或间接接触佛教的。金溪和王小盾先生认为，从曹丕即位起，"正史中对曹植赴京师的明确记载，只有黄初四年五月至七月这一次'朝京师'。……在这两个月里，曹植并无人身自由……甚至连性命都受到了威胁。在这种情况下，曹植是否可能与洛阳的西域僧人频繁接触，探讨佛教问题？这是殊足怀疑的"。②我们认为，这种判断既不全面也不够客观。且不说曹丕即位之前，单从曹丕即位始至其去世，曹植就到过洛阳两次；魏明帝太和五年（231）冬又有一次。仅仅就黄初四年五月至七月的洛阳之行来说，曹植是否与佛教有接触，或者说是否受佛教思想的影响，并非只有通过与洛阳的西域僧人接触探讨佛教问题这一渠道。曹植完全可以通过间接的渠道或方式，如通过与受过佛教思想影响的人接触来接受佛教的影响。即使这一次的洛阳之行，曹植确实没有受到佛教的影响，也不能否认曹植在其他几次停留在洛阳时仍存在着受佛教思想影响的可能。更何况《魏书·释老志》《汉法内传》均明确指出洛阳帝宫之西就有佛寺，这无疑为曹植接触佛教提供了地域上的方便。金溪、王小盾先生并没有完全否定曹植在太和五年入洛期间存在着受佛教影响的可能性："在这一次朝见中，曹叡对曹植甚为关照，君臣叔侄之间，关系似乎有所缓和；但是，此时距曹植改封陈王仅有数月。即便曹植在这次进京时与僧侣有所接触，但他是否能够借此在短时间内创作佛教乐曲？这仍然是值得怀疑的。"③可见，他们对曹植创作佛教

————————
① 徐公持：《曹植生平八考》，《文史》第 10 辑，中华书局，1980，第 211 页。
② 金溪、王小盾：《鱼山梵呗传说考辨》，《文史》2013 年第 1 辑，第 103 页。
③ 金溪、王小盾：《鱼山梵呗传说考辨》，《文史》2013 年第 1 辑，第 103 页。

乐曲持怀疑态度。我们认为，不能把曹植接受佛教影响的时间简单等同于其创作佛教乐曲的时间，前者是后者的原因，后者是前者的结果，结果是可以在原因出现之后，又经过一定时间的孕育才出现的。即使存在其创作的佛教乐曲并不是此次在洛期间完成的可能，但此次在洛期间可能接受的佛教影响所打下的基础，为其在去世之前创制"鱼山梵呗"这样的佛教乐曲提供了可能。

所以，曹植在洛期间，尤其是其后三次在洛期间接受佛教的影响是完全有机会的。对于一位有出色文化修养的文人而言，接受一种新的文化并不像一般人那样复杂，也不像一般人那样需要花费较长的时间。魏文帝于黄初五年（224）十二月下诏曰："自今，其敢设非祀之祭，巫祝之言，皆以执左道论，著于令典。"[1] 明帝于青龙元年（233）闰五月，"诏诸郡国山川不在祠典者勿祠"。[2] 对文帝、明帝的这两项诏令，金溪和王小盾先生认为："虽非专门针对佛教而言，但文帝、明帝所禁的'非祀之祭'，实际上也包括佛教在内。"[3] 但若换一种思维，就会得出另外一种认识。即从魏文帝、魏明帝禁祀的诏令，我们可以窥知在曹魏时期，官府与民间社会对祭祀的重视，或者说祭祀风气的盛行，甚至影响到了曹魏国家行政管理的成效。否则，文帝、明帝也不会接连下诏予以禁止。曹植至洛生活在这样的一个环境之中，尽管其活动受到一定的限制，但接受这个环境之中的佛教文化的影响应该不是一件难事。

再次，山东西南部、西北部是佛教较早传入和流行的地域，曹植生活的鄄城、东阿等地正好位于这一区域，故鄄城、东阿等地是曹植可能接受佛教影响的又一重要地区。由本文第二部分的论述可知，东汉中期以后，山东西南部、西北部就成为当时佛教流传的重要区域。就楚王刘英、襄楷、笮融等人的活动来看，当时佛教在山东这些区域的流传不仅比较广泛，而且对民众的影响也比较深入。到建安二十五年（220），佛教在山东经过一百多年的传播和发展，其区域应该在之前的基础上有所扩大。曹植五岁之前就生活于鄄城，建安二十五年（220）至太和六年（232）去世前，中间除在河南雍丘六年、陈地九个月以及被诏至洛阳离开山东的封地外，一直在鄄城、东阿等地往返迁移、居住生活。鄄城处于山东的西南

① ［晋］陈寿撰，［南朝宋］裴松之注：《三国志》卷二《魏书·文帝纪》，中华书局，1982，第 84 页。

② ［晋］陈寿撰，［南朝宋］裴松之注：《三国志》卷三《魏书·明帝纪》，中华书局，1982，第 99 页。

③ 金溪、王小盾：《鱼山梵呗传说考辨》，《文史》2013 年第 1 辑，第 100 页。

部，是佛教较早流行的区域。东阿处于山东的西部，也应是佛教较早传入的地区。由于山东西南部、西北部皆有佛教传播，东阿处于两地的交会之处，故是佛教传播的必经之地。曹植在鄄城、东阿等地生活多年，接受该地佛教影响的可能性是非常大的。

尤其是黄初六年（225）魏明帝曹叡即位后，其对待曹植的态度和曹丕相比有所缓和，曹植的生活也相对自由一些，接触佛教并受其影响的概率就更大了。这不仅取决于此时曹植的生活有了比以前更大的自由度，而且他正处于人生中一个新的低谷时期。曹植原以为曹叡的登基可以给自己的人生带来渴望已久的转机，但结果却令其极度失望，他不可能不产生心灰意冷之感。这在其《求自试表》中有明确的表现，其文曰："虽身分蜀境，首悬吴阙，犹生之年也。如微才弗试，没世无闻，徒荣其躯而丰其体，生无益于事，死无损于数，虚荷上位而忝重禄，禽息鸟视，终于白首，此徒圈牢之养物，非臣之所志也。"① 即使曹植以前没有接触过佛教，当他心无归依的时候，也会将社会上流传甚广的佛教作为心灵的慰藉。就像他在《释疑论》中所称自己晚年对待神仙方术的态度一样，尽管早年内心并不真的相信它，但晚年却有了明显的转变。② 所以曹植在山东生活的时期，有充分的机会、条件接触该地区的佛教，并深受佛教文化的影响。

综上所述，三国曹魏时期，尤其是汉献帝初平三年（192）至明帝太和六年（232）这四十一年间，曹植生活和活动的地域主要经历了以鄄城为主、以许都为主、以邺城为中心，以及以鄄城、雍丘、东阿和陈地等为中心四个阶段。从佛教传播的地域来看，当时洛阳、许昌不仅成为佛教传播的集中地，而且以徐州为中心的河南、安徽、江苏、山东的交会之地和山东的西北部等地皆有佛教流传。就曹植主要活动的地域和同时期佛教在中土传播的地域来审视，两者存在着较高的重合度和一致性。这种重合度和一致性既存在于曹植生活的早期，也存在于其生活的中期和晚期，比较集中的地域有许昌、洛阳和鄄城、东阿等地。这不仅为曹植接受佛教的影响提供了地域上的可能性，而且为我们进一步认识和理解曹植的"鱼山梵呗"提供了地域上的佐证。

从空间地域因素而言，曹植一生中是有相当多的机会接触佛教并接受佛教影响的，因此不能完全否定曹植创制"鱼山梵呗"的可能性。因为曹植接受过佛教的影响，是其创制"鱼山梵呗"的重要基础和前提。从这个

---

① 赵幼文校注：《曹植集校注》卷三，人民文学出版社，1984，第369—370页。
② 张振龙：《佛道关系背景下曹植"鱼山梵呗"传说的再审视》，《世界宗教研究》2019年第4期。

意义上说，曹植创制"鱼山梵呗"的传说也就不是空穴来风了，而是有其地域方面的依据的。

附录二　曹植作品中的文献整理书写

　　在我国古代文化发展史上，文人所从事的文献整理作为文人生活中文化活动的一种重要类型，在推动中华优秀传统文化的不断传承和创新发展的同时，对文人的文学书写也产生了影响。因为，文人既是文献整理的主体，也是文学书写的主体，文人的文献整理活动也会有意无意地成为文人文学书写的内容，而且这一书写内容也会随着历史的演进而发展变化。因此，探讨古代文人作品中的文献整理书写也是古代文学研究中的内容之一。但就目前学界的相关研究而言，虽然有些成果也提到了文人创作的书写文献整理的作品，但多是在研究文人的人生履历和文学观念等问题时才有所涉及，不管是研究的领域、深度，还是研究的全面性和系统性等方面，皆远远不够。尤其是这些成果并没有把文人作品中所书写的文献整理作为古代文学的一种题材类型来研究，也就是说并没有视这些作品为文人创作的书写文献整理的文学。这不能不说是古代文学研究中的一大缺憾。实际上，这些作品不仅是文人创作的书写文献整理的文学，而且是古代文学百花园中的一朵奇葩。所以，对古代文人作品中的文献整理书写予以全面系统研究，是有其独特价值的。在中国古代文人创作的书写文献整理的文学历史变迁中，建安是一个重要的转型时期；而在建安时期创作书写文献整理作品的文人中，作为"建安之杰"的曹植，又具有导夫先路的典范意义。为此，本文主要从曹植生活时代的史实和文学作品出发，在全面梳理相关文献的基础上，对曹植作品中的文献整理书写进行专题探讨。敬请方家批评指正。

一、序文中的文献整理书写

　　曹植作品中有不少关于文献整理内容的书写，其中他创作的序文就是书写文献整理比较集中和典型的文体。具体而言，曹植创作的序文不仅有对其文献整理活动的直接书写，而且有对其文献整理活动的间接书写。这些序文中的文献整理书写,在继承前人序文创作中书写文献整理传统的基础上又有了创造性发展,从而使序文这一文体成为曹植书写自己文献整理活动的一种重要文体。

首先,曹植创作的序文对其集中整理自己的辞赋作品这一文献整理活动进行了直接书写。这类序文尽管现存不多,却具有典型性,代表就是《前录自序》。献帝建安二十一年(216),曹植整理自己的辞赋为《前录》。关于此次文献整理的情况,作者在《前录自序》中有大体的书写。其文曰:"故君子之作也,俨乎若高山,勃乎若浮云。质素也如秋蓬,摛藻也如春葩。氾乎洋洋,光乎皜皜,与雅颂争流可也。余少而好赋,其所尚也,雅好慷慨,所著繁多。虽触类而作,然芜秽者众,故删定别撰,为前录七十八篇。"① 由序文书写的内容可知,曹植对自己的辞赋作品进行集中整理的概况:一是他整理自己辞赋的基本标准,是"俨乎若高山,勃乎若浮云。质素也如秋蓬,摛藻也如春葩。氾乎洋洋,光乎皜皜,与雅颂争流"的君子之作;二是从"触类而作"来判定,他是按照所创作辞赋的主题类别进行整理的,体现出以类相从的整理原则;三是整理的原因,是自己"少而好赋",创作的辞赋虽然数量繁多,但芜秽者也不少,有必要整理编撰一部自己比较满意的辞赋选;四是整理的方式,主要是"删定别撰",也就是删除修改和另撰;五是这个辞赋选共有七十八篇,名为《前录》。应该说《前录自序》尽管篇幅不长,但内容还是比较全面的。这种对自己的辞赋作品进行集中整理的书写,在历史上应该是第一次。

从曹植将自己的辞赋选本命名为《前录》可以推断,曹植在整理这一选本时是有规划的,那就是还要对自己已经创作的非辞赋类作品和以后创作的辞赋及非辞赋类作品进行整理,所以将此次整理的辞赋选定名为《前录》,以示区别。正如有研究者所推断:"曹植既然在序文中谈到将赋集命名为《前录》,则他此时已经编定了其他作品,他很可能是为了和后边的诗集、文集相区别,否则《前录》的'前'就无所指。"② 我们认为,这一推断是有一定道理的。后来,曹植再次对自己的作品进行了整理。这在《晋书·曹志传》中就有间接的反映。其文曰:"(晋武)帝尝阅《六代论》,问志曰:'是卿先王所作邪?'志对曰:'先王有手所作目录,请归寻按。'还奏曰:'按录无此。'帝曰:'谁作?'志曰:'以臣所闻,是臣族父同所作。以先王文高名著,欲令书传于后,是以假托。'帝曰:'古来亦多有是。'顾谓公卿曰:'父

---

① 赵幼文校注:《曹植集校注》卷三,人民文学出版社,1984,第434页。
② 刘群栋、屠青:《读曹植作品序文发疑》,《贵州社会科学》2006年第6期。

子证明，足以为审。自今已后，可无复疑。'"①可知，曹植在完成《前录》的整理之后，又对自己创作的作品进行了比较全面的集中整理，所以才会有其全部作品编目的留存。尽管我们无法确知曹植全部作品编目的具体情况，但他后来对自己作品又进行了集中整理，则是确定无疑的。

其次，曹植创作的序文间接反映了他曾对自己的作品又进行过搜集、修改、润饰、抄写等整理工作。有关这些整理工作，虽然没有直接记载的相关文献，但从曹植一些文学作品的序文中可以窥探出一些信息。有研究者通过对曹植《离思赋序》《叙愁赋序》《赠白马王彪序》等序文中书写称呼上的错位现象、《文帝诔序》《王仲宣诔序》等序文中书写时间上的疑问、《离思赋序》《叙愁赋序》《神龟赋序》《文帝诔序》等序文中"时"字的用法等方面的分析，认为曹植"曾经亲手编定过自己的作品全集，并著有目录，同时，他在整理作品时追忆起创作时的情景，对自己的一部分作品追加了序文，用以说明创作时的背景或目的。这样，我们把曹植的作品序文判定为晚年所作，很多序文中的矛盾或者错误也就可以得到合理的解释了。所以，笔者以为曹植在晚年编定自己作品目录时，也将自己的作品抄录整理了一份，并给一部分作品追加了序文，这个本子很可能就是后来的三十卷本曹植集"。②对这一结论本身的正确与否，我们在此不予评说，但其所云曹植"在整理作品时追忆起创作时的情景，对自己的一部分作品追加了序文，用以说明创作时的背景或目的"这一观点，确为卓识，对认识曹植的相关序文具有重要的启示意义。在此我们需要进一步阐明的是，曹植的这些文献整理活动不一定仅仅集中于晚年，应该贯穿于献帝建安二十一年（216）完成《前录》整理工作后，至魏明帝太和六年（232）去世前这一时段。同时，曹植对自己作品的整理，还应包括对自己的作品进行文体、内容上的分类，甚至语言上的润色修饰、订正等工作。这些不仅是与他对待文学创作的态度和对文学审美价值的追求密切相关的，也是由他在《前录自序》中提出的"删定别撰"这一整理方式所决定的。

就拿其《离思赋序》来说，其文云："建安十六年，大军西讨马超，太子留监国，植时从焉。意有忆恋，遂作离思赋云。"③建安十六年，曹丕被封为五官中郎将。据《三国志·魏书·武帝纪》载："建安十六年春正

---

①　[唐] 房玄龄等：《晋书》卷五十《曹志传》，中华书局，1974，第 1390 页。

②　刘群栋、屠青：《读曹植作品序文发疑》，《贵州社会科学》2006 年第 6 期。

③　赵幼文校注：《曹植集校注》卷一，人民文学出版社，1984，第 40 页。

月，天子命公世子（211）丕为五官中郎将，置官属，为丞相副。"①有学者认为，"太子"应为"世子"。②但我们认为，此序是在曹丕被立为太子后，曹植对自己的《离思赋》进行整理时又重新创作的。这时曹丕已为太子，所以序中就径称曹丕为"太子"了。如若此序作于建安十六年（211），序中就不会称曹丕为"太子"。曹丕也创作有《感离赋》，其序曰："建安十六年，上西征，余居守。老母、诸弟皆从，不胜思慕，乃作赋曰……"③曹植的《离思赋》与曹丕的《感离赋》应为同时之作。曹植的《离思赋》与《离思赋序》之所以出现时间上的矛盾，就是因为曹植的《离思赋》写于建安十六年，而《离思赋序》却是曹植后来对《离思赋》进行整理时所加。同样的情况还有曹植的《宝刀赋序》。其文曰："建安中，家父魏王，乃命有司造宝刀五枚，三年乃就，以龙、虎、熊、马、雀为识。太子得一，余及余弟饶阳侯各得一焉。其余二枚，家王自仗之。"④建安二十一年（216）夏五月，曹操为魏王。据《三国志·魏书·武帝纪》载，建安二十二年（217）十月，天子以曹丕为太子。⑤又，曹操《百辟刀令》云："往岁作百辟刀五枚适成，先以一与五官将。其余四，吾诸子中有不好武而好文学者，将以次与之。"⑥前文已述，建安十六年（211），曹丕为五官中郎将；二十二年（217）为太子。《百辟刀令》中称曹丕为五官将，则此令应作于建安十六年（211）曹丕被封为五官中郎将之后，建安二十二年（217）被立为太子之前。而曹植的《宝刀赋》应与曹操《百辟刀令》作于同时。由此推知，曹植的《宝刀赋序》作于《宝刀赋》之后，也是曹植后来整理自己作品时创作的。由序中的"建安中"也可判定，这不仅是曹操造宝刀的时间段，也是曹植书写《宝刀赋》和《宝刀赋序》的时间段，所以才以"建安中"来笼统言之。

最后，曹植创作的序文还间接书写了自己对其他文人作品进行的整理。曹植在对自己创作的作品进行整理的同时，对其他文人创作的作品也进行过部分的整理，这在其创作的序文中也有间接的反映。曹植在《七启序》中称："昔枚乘作《七发》，傅毅作《七激》，张衡作《七辩》，崔骃作

① ［晋］陈寿撰，［南朝宋］裴松之注：《三国志》卷一《魏书·武帝纪》，中华书局，1982，第34页。
② 赵幼文校注：《曹植集校注》卷一注［一］，人民文学出版社，1984，第41页。
③ 夏传才、唐绍忠校注：《曹丕集校注》，河北教育出版社，2013，第58页。
④ 赵幼文校注：《曹植集校注》卷一，人民文学出版社，1984，第159页。
⑤ ［晋］陈寿撰，［南朝宋］裴松之注：《三国志》卷一《魏书·武帝纪》，中华书局，1982，第49页。
⑥ 夏传才校注：《曹操集校注》，河北教育出版社，2013，第170页。

《七依》，辞各美丽，余有慕之焉！遂作《七启》，并命王粲作焉。"①他在《酒赋序》中云："余览杨雄《酒赋》，辞甚瑰玮，颇戏而不雅，聊作《酒赋》，粗究其终始。"②可知，曹植对枚乘的《七发》、傅毅的《七激》、张衡的《七辩》、崔骃的《七依》等前代士人创作的"七"体以及杨雄创作的《酒赋》等作品，曾进行过搜集、分类、抄录等整理工作。曹植通过对这些作品的研读和比较，得出或"辞各美丽，余有慕之"，或"辞甚瑰玮，颇戏而不雅"的总体评价，以便于自己在仿作中继承这些作品的优长，弥补其中的不足。因此，从文本所蕴含的深层意义来审度，这些序文确实间接书写了曹植对其他士人创作的文学作品进行过搜集、分类、抄录等文献整理活动。只不过这种对其他文人创作的文学作品的整理书写并不是直接的，而是间接的，不是十分明显。

总之，曹植创作的序文中对文献整理的书写，有不同的彰显。这既体现为曹植的《前录自序》对自己创作的辞赋等作品的集中整理进行了直接书写，又体现为曹植在其他序文中对自己创作的作品进行搜集、修改、润饰、抄写以及对其他文人创作的作品进行搜集、分类、抄录等整理的间接书写。

二、书信中的文献整理书写

曹植的文学作品中对文献整理的书写，不仅表现在他创作的序文中，在他创作的书信中也有一定的表现。曹植创作的书信，是他创作的序文之外另一对文献整理书写比较突出的文体。相对于曹植创作的序文而言，他创作的书信对文献整理活动的书写比较广泛和自由。

曹植创作的书信中关于文献整理活动的书写，主要有三：一是关于曹植与建安其他文人之间对彼此创作的作品进行传阅、批评、修改，以及他人创作的作品让曹植指正、润色等整理活动的书写。如《三国志》卷十九《魏书·陈思王植传》裴松之注引《典略》载曹植的《与杨德祖书》曰："世人著述，不能无病。仆常好人讥弹其文；有不善者，应时改定。昔丁敬礼尝作小文，使仆润饰之，仆自以才不能过若人，辞不为也。敬礼云：'卿何所疑难乎！文之佳丽，吾自得之。后世谁相知定吾文者邪？'吾常叹此达言，以为美谈。"③信中不仅提到了曹植与其他文人之间经常对对方创

---

①　赵幼文校注：《曹植集校注》卷一，人民文学出版社，1984，第6页。
②　赵幼文校注：《曹植集校注》卷一，人民文学出版社，1984，第125页。
③　[晋]陈寿撰，[南朝宋]裴松之注：《三国志》卷十九《魏书·陈思王植传》裴注引《典略》，中华书局，1982，第559页。

作的文学作品予以评议，然后予以修改完善；还专门说到了丁敬礼让曹植帮其润饰文学作品之事。在我们看来，无论是曹植与其他文人之间相互传抄彼此创作的作品，指出其中的不足，再予以修改完善；还是丁敬礼请曹植帮忙修饰润色自己的文学作品，都是曹植书信中关于文献整理书写的重要例证。就实质而论，这些例证一方面是曹植与其他文人所从事的文献整理的一种形式；另一方面，也是曹植与其他文人所从事的文献整理的有机组成部分。

二是关于曹植整理抄录自己的作品后送给朋友，让朋友予以修改、定稿等文献整理活动的书写。如他在《与杨德祖书》中称："今往仆少小所著辞赋一通相与。"① 可见，曹植曾将自己创作的辞赋作品搜集整理之后，书写一份送给杨修，让其修改和定稿。杨修在回信中写道："伏想执事，不知其然，猥受顾锡，教使刊定。"② 文中的"刊定"，意为修改、定稿；所谓"教使刊定"，就是请杨修帮助修改、定稿。对此，学界有不同看法。有学者认为，这是曹植整理自己的辞赋集《前录》后，送给杨修，让其修改和定稿。如姚振宗在《隋书经籍志考证》卷三十九之三云："案传注引《典略》：'临淄侯植与杨修书云："今往仆少小所著辞赋一通相与。"修答书云："猥受顾赐，教使刊定。"'似即此前录尝以属杨修审定者，时为建安十九年，徙封临菑之后事也。"③ 也有学者认为，曹植请杨修修改、定稿的辞赋作品，与曹植自己整理的辞赋选《前录》不是同一件事。因为曹植在《前录自序》中书写得非常明确，《前录》是由自己编定完成的。如卢弼《三国志集解》卷十九录胡玉缙驳姚氏之说云："景初中诏撰植前后所著，前后犹先后耳，各为一事。否则《前录》七十八篇，为三十卷；《后录》二十余篇，为二十卷，不应《后录》俱系长篇文字。况业经诏撰，讵有仍其所自定者。以此知《通志略》所载两本，非景初本。其三十卷本。非自定《前录》。《唐志》先二十、后三十，亦无所谓颠倒也。姚说殊嫌牵合傅会。"④ 我们认为，胡玉缙的观点比较符合实际。这说明曹植不仅亲手对自己创作的辞赋进行了"删定别撰"等整理工作，还让杨修对自己的辞赋作品进行修改、定稿等整理工作。

曹植抄录自己的作品让建安其他文人予以修改的情况，并不少见。除

---

① 赵幼文校注：《曹植集校注》卷一，人民文学出版社，1984，第 154 页。
② 张兰花、程晓菡校注：《三曹七子之外建安作家诗文合集校注》，河北教育出版社，2013，第 107 页。
③ [清] 姚振宗撰，刘克东、董建国、尹承整理：《隋书经籍志考证》卷三十九之三，清华大学出版社，2014，第 1744 页。
④ 卢弼集解：《三国志集解》卷十九，上海古籍出版社，1957，第 39 页。

杨修外，曹植还曾把自己创作的《龟赋》抄与陈琳，让陈琳修改。陈琳的《答东阿王笺》中对此就有所书写。其文曰："昨加恩辱命，并示《龟赋》，披览粲然。"① 正是曹植先将自己创作的《龟赋》抄写一份送给陈琳请其修改，才会有陈琳的回复。从现存的《与陈琳书》残篇来看，其中尽管没有关于曹植让陈琳修改《龟赋》的内容，但由陈琳的《答东阿王笺》可知，曹植的《与陈琳书》中应有对这一内容的书写，只是没有留存下来。不然，陈琳书信也就成为无源之水、无本之木了。以上所举，皆可说明曹植与建安其他文人之间传抄作品相互修改、订正等，已是一种比较普遍的文献整理活动。

三是关于曹植对民间文学文献进行整理及其借文献整理成一家之言这一价值追求的间接书写。曹植书信中对民间文学文献进行整理的间接书写，具体体现在他的《与杨德祖书》中的这段文字："夫街谈巷说，必有可采；击辕之歌，有应风雅，匹夫之思未易轻弃也。"② 这表明曹植对"街谈巷说""击辕之歌""匹夫之思"等民间文学也给予了必要的关注。这种关注极有可能的方式之一，就是对这些民间文学进行了搜集或分类等方面的整理，从而为自己的创作提供必要的知识储备。对曹植而言，这些作品具有或"必有可采"，或"有应风雅"，或"未易轻弃"等方面的价值，可成为自己文学创作的有机营养。

曹植书信中对其借文献整理成一家之言这一价值追求的间接书写，也表现在他的《与杨德祖书》中。其文曰："若吾志未果，吾道不行，则将采庶官之实录，辩时俗之得失，定仁义之衷，成一家之言，虽未能藏之于名山，将以传之于同好；非要之皓首，岂今日之论乎！"③ 信中所说的"成一家之言"，既包含作者的诸种文学作品的创作，也包括作者对自己创作的文学作品的整理。如果没有文学创作，立言不朽的价值追求就无从谈起；有了文学创作，倘若没有对这些创作的作品进行必要的整理，使其得以完整的保存和流传，立言不朽的理想照样是空谈。对此，曹植是有清醒认识的，正如他在《求自试表》中所云："每览史籍，观古忠臣义士，出一朝之命，以殉国家之难，身虽屠裂，而功勋著于景钟，名称垂于竹帛，未尝不拊心而叹息也。"④ 可见，曹植所从事的相关文献整理也是他所说的"成一家之言"的应有之义。

---

① [南朝梁]萧统编，[唐]李善注：《文选》卷四十，上海古籍出版社，1986，第1823页。
② 赵幼文校注：《曹植集校注》卷一，人民文学出版社，1984，第154页。
③ 赵幼文校注：《曹植集校注》卷一，人民文学出版社，1984，第154—155页。
④ 赵幼文校注：《曹植集校注》卷三，人民文学出版社，1984，第370页。

要之，在曹植的书信作品中，不仅有关于曹植与建安其他文人之间对彼此创作的作品进行传阅、批评和修改，他人创作的作品让曹植指正和润色等整理活动的书写；也有曹植把自己的作品抄写整理之后，送给朋友，让朋友刊定等文献整理的书写；还有曹植对民间文学文献进行整理及其借文献整理成一家之言这一价值追求的间接书写。只是与曹植序文中对文献整理的书写相比，显得比较广泛与自由而已。

三、诗、碑、赋、赞等作品中的文献整理书写

曹植作品中对文献整理活动的书写，除了序文和书信之外，还体现在他创作的诗、碑、赋、赞等作品中。诗、碑、赋等作品中对文献整理的书写，既不像序文那样集中和典型，也不如书信那么广泛与自由；相比而言，不仅相对较少，而且零散。赞体文是曹植创作的一种书写其文献整理活动的特殊文体，凸显出文献整理与文学创作的双重特征。

曹植创作的诗、碑、赋、赞等作品中对文献整理活动的书写，可以从以下方面予以说明。一是对前代文人所从事的文献整理的书写，主要有诗、碑、赞等作品。如他的《薤露行》曰："天地无穷极，阴阳转相因。人居一世间，忽若风吹尘。愿得展功勤，输力于明君。怀此王佐才，慷慨独不群。麟介尊神龙，走兽宗麒麟。虫兽岂知德，何况于士人。孔氏删诗书，王业粲以分。骋我迳寸翰，流藻垂华芬。"[1] 其《制命宗圣侯孔羡奉家祀碑》云："昔仲尼姿大圣之才，怀帝王之器，当衰周之末，而无受命之运，□生乎鲁卫之朝，教化乎洙泗之上。栖栖焉、皇皇焉、欲屈己以存道，贬身以救世，当时王公终莫能用。乃追考五代之礼，修素王之事，因鲁史而制《春秋》，就太师而正《雅》《颂》。俾千载之后，莫不采其文以述作，印其圣以成谋，咨可谓命世大圣，亿载之师表者已。"[2]《薤露行》中的"孔氏删诗书，王业粲以分"，《制命宗圣侯孔羡奉家祀碑》中的"追考五代之礼，修素王之事，因鲁史而制《春秋》，就太师而正《雅》《颂》"，就是对孔子对《诗经》《春秋》等经典进行整理的概括表达。再如《汉武帝赞》中赞汉武帝曰："世宗光光，文武是攘。威武百蛮，恢拓土疆。简定律历，辨修旧章。封天禅土，功越百王。"[3] 其中的"简定律历，辨修旧章"，就是对汉武帝时期的文献整理活动的赞颂。

---

① 赵幼文校注:《曹植集校注》卷三，人民文学出版社，1984，第 433 页。
② 赵幼文校注:《曹植集校注》卷二，人民文学出版社，1984，第 227—228 页。
③ 赵幼文校注:《曹植集校注》卷一，人民文学出版社，1984，第 85 页。

二是对当代文人所从事的文献整理的间接书写。如他的《七启》云："赞典礼于辟雍，讲文德于明堂，正流俗之华说，综孔氏之旧章。"①这虽然是作者借镜机子之口来叙述圣宰是如何治国理政的，但其中关于他们赞典礼、讲文德、正流俗、综旧章等文化活动的书写，却流露出了圣宰治国理政与他们赞典礼、讲文德、正流俗、综旧章等文化活动之间的密切关联。而他们的赞典礼、讲文德、正流俗、综旧章等文化活动，其中任何一项又都与他们对相关文献的整理息息相关。所以，这表面来看是对圣宰治国理政的叙述，实际上蕴含有对其相关文献整理活动的书写，只不过不是那么明显罢了。

三是对曹植自己对前代文献整理的书写。其代表就是曹植创作的赞体文。现存曹植创作的赞体文，赵幼文的《曹植集校注》收 33 篇，王巍的《曹植集校注》收 37 篇，后者所收较全。37 篇中涉及人的 29 篇、涉及物的 5 篇、涉及事的 3 篇。这些赞体文，不管是以人为书写对象的，还是以物、事为书写对象的，都是作者经过对相关的人、物和事的文献，分别进行收集、阅读、选择、提炼和整合概括等之后的一种文学书写。就具体文本而言，它们是一篇篇十分简短的四言作品；就每一篇文本的背后来说，它们无不是曹植对相关文献进行整理之后的结晶。所以，曹植的这些赞体文，在一定程度上既是他对相关文献整理的成果，又是他对相关文献整理结果的文学书写。如《黄帝赞》曰："少典之孙，神明圣哲。土德承火，赤帝是灭。服牛乘马，衣裳是制。云氏名官，功冠五帝。"②据《周易·系辞下》载："神农氏没，黄帝、尧、舜氏作，通其变，使民不倦，神而化之，使民宜之。《易》穷则变，变则通，通则久。是以'自天佑之，吉无不利'。黄帝、尧、舜垂衣裳而天下治，盖取诸《乾》《坤》。刳木为舟，剡木为楫，舟楫之利，以济不通，致远以利天下，盖取诸《涣》。服牛乘马，引重致远，以利天下，盖取诸《随》。"③《左传·昭公十七年》云："昔者黄帝氏以云纪，故为云师而云名。"④《史记·五帝本纪》载："黄帝者，少典之子，姓公孙，名曰轩辕。生而神灵，弱而能言，幼而徇齐，长而敦敏，成而聪明。……炎帝欲侵陵诸侯，诸侯咸归轩辕。轩辕乃修德振兵，治五气，蓺五种，抚万民，度四方，教熊罴貔貅貙虎，以与炎帝战于阪泉之野。三战，然后得其志。……官名皆以云命，为云师。置左右大监，监

---

① 赵幼文校注：《曹植集校注》卷一，人民文学出版社，1984，第 12 页。
② 赵幼文校注：《曹植集校注》卷一，人民文学出版社，1984，第 72 页。
③ 廖名春点校：《周易》下经《系辞下》，辽宁教育出版社，1997，第 54—55 页。
④ 杨伯峻编著：《春秋左传注（修订本）》，中华书局，1990，第 1386 页。

于万国。……有土德之瑞，故号黄帝。"① 裴骃《史记集解》引应劭语曰："黄帝受命，有云瑞，故以云纪事也。春官为青云，夏官为缙云，秋官为白云，冬官为黑云，中官为黄云。"②《汉书·古今人表》亦曰："少典。炎帝妃，生黄帝。"③ 上述文献中有关黄帝生平事迹的记载，在曹植的《黄帝赞》中皆有体现。可见，曹植的《黄帝赞》在很大程度上就是其在综合《周易·系辞下》《左传·昭公十七年》《史记·五帝本纪》《汉书·古今人表》等经史典籍以及东汉应劭等文人撰写的典籍中与黄帝有关的文献之后书写的。其《汉武帝赞》曰："世宗光光，文武是攘。威振百蛮，恢拓土疆。简定律历，辩修旧章。封天禅土，功越百王。"④ 赞文中对武帝的重要功绩，诸如征伐南越，开辟疆域，任命李延年为协律都尉确定正音的律管，修改立法采用《太初历》，整理审核典章制度，封泰山，祭天神等，进行了概括性的书写。既要言不烦，又突出了武帝的伟大成就和历史地位，确实如作者所云"功越百王"。曹植能够以如此简练的语言对刘彻的历史功绩和地位予以比较准确的评价、定位，是建立在他对《史记·孝武本纪》以及其他反映西汉武帝时期的政治、经济、文化等文献典籍的搜集、查阅、摘录等基础之上的。曹植的颂、诔、论等作品，在某种程度上也可作如是观。

可见，曹植创作的诗、碑、赋、赞等作品中对文献整理活动的书写，与他创作的序文、书信中对文献整理活动的书写相比，呈现出不同的特点。一方面，曹植的诗、碑、赋等作品中对文献整理活动的书写不仅相对较少和零散，且多是对前代、同时代文人所从事的具有典范意义的文献整理的书写；另一方面，曹植的赞体文主要是对曹植自己对前代文献综合整理的书写，是文学作品对文献整理活动进行书写的一种特殊方式。

由于曹植所从事的文献整理是一个动态的过程，与之相应，其创作的作品中对文献整理的书写也有一个发展的历史。这一历史正是与他所从事的文献整理活动密切相关的。曹植对自己作品的整理，既是对自己作品的搜集、抄写与编辑，又是对自己作品的删削、润饰与订正，这一整理自始至终伴随着作者对自己作品的检验、反思和自我评价，从而形成了对自己作品整理删定的标准。这种标准不仅是构成其文学思想的重要元素，也是

---

① [汉]司马迁:《史记》卷一《五帝本纪》，中华书局，1982，第1—6页。
② [汉]司马迁:《史记》卷一《五帝本纪》，中华书局，1982，第7页。
③ [汉]班固撰，[唐]颜师古注:《汉书》卷二十《古今人表》，中华书局，1962，第866页。
④ 赵幼文校注:《曹植集校注》卷一，人民文学出版社，1984，第85页。

其从事文学创作实践的有力指导，并且随着实践的不断开展，他也会有意或无意地强化这一标准。如此一来，通过什么样的技巧、运用什么样的语言等，不得不成为他为达到这一标准而思考的问题。曹植《前录自序》中所表达的文学审美价值标准，就是其所从事的文献整理实践的结果。所以说，曹植所从事的文献整理活动对其文学创作的影响是显而易见的。这在其文学创作中，已成为一种自觉的追求。这种自觉追求常常表现为，在其创作中有意无意地把前代圣贤的文献整理作为激励自己的典型。这在其作品中也有相应的书写。总之，曹植作品中的文献整理书写，体现在诸种文体之中，大大拓展了文学书写的题材，在古代文人创作的书写文献整理题材的文学演进史上，有其独特的文学价值。

附录三 汉魏之际文人文献整理文学的成熟

在问题展开之前，先对本文提出的"文献整理文学"这一概念予以必要的说明和界定。这一概念的提出，笔者主要出于四个方面的考虑：一是从中国古代文人的泛文学或大文学的文学观念，即从古代文人心目中的文学的实际内涵来立论的；二是在中国古代，不仅书写文人文献整理的作品确实存在，而且数量相当可观，古代文学的研究者不能忽视这一历史及其存在；三是书写文人文献整理的作品，自有其重要的作用与价值，且是其他题材的文学无法取代的；四是这一在题材上具有特殊意义的文学至今没有引起古代文学研究界应有的关注，即使有部分学者的研究成果对此有所论及，也多限于文献学领域。即使有少数学者论及文人的文献整理对文学的影响，也没有把这类作品作为文学对象和一种文学类型来研究，这也是与其在古代文学史上的实际地位不相符的。基于以上四点，笔者认为把古代文人书写文献整理内容的作品作为文学中的一种题材类型予以全面系统的专题研究，不仅是可行的，也是十分必要的，更是具有独特的理论价值和现实意义的。笔者在此提出的"文献整理文学"，特指古代文人创作的以文人的文献整理为书写对象或主题的文学。

在我国古代文学发展史上，有关对文人文献整理的书写源远流长。与古代文学史上其他类型的文学一样，文献整理文学作为一种文学的类型，从产生、发展到独立也经过了一个较长的历史演进过程。在这一演进过程中，从东汉和帝到三国魏明帝时期的汉魏之际是一个重要的节点。因为这个时期是我国古代社会发生重要转型的时期，与此相一致，文人的文献整理在继承前代的基础上，也有了创造性的发展。受此影响，文人文学书写的主题也得到了新的开拓。其重要表现之一，就是文人的文献整理作为文人文学书写的一项主要内容发生了质的变化，标志着文献整理文学作为古代文学百花园中的一种题材类型走向了成熟。这不仅体现在文人的文献整理作为文人文学书写的对象获得了独立，出现了大量以书写文人文献整理为主要内容的文学作品和以文献整理文学书写著称的作家，而且体现在文人将文献整理作为自己文学书写对象的主体意识也发生了质的变化，开始步入自觉的新阶段。但就学界目前对该问题的研究而言，专门研究文人文献整理文学的成果还不多见，有鉴于此，本文主要对汉魏之际文人文献整理文学的确立予以专题探讨，敬请方家批评指正。

一、文献整理作为文人文学书写的对象走向独立

　　文人的文献整理作为古代文人的一项重要文化学术活动，被文人创作的文学作品所书写，成为文人文学作品的主要内容，也经历了一个长期的发展演变过程。汉魏之际以前，文人创作中也有对文献整理的书写，但并没有将其作为文学作品的主要内容，文人文献整理作为文人创作的对象还没有独立。到了汉魏之际，由于文人文献整理活动的进一步开展，文人创作的文学作品中对于文献整理内容的书写也发生了质的变化，文献整理作为文人文学书写的对象实现了从不独立到独立的跨越。

　　先秦时期，文人的文献整理作为文人文学书写的内容，其表现还不是十分明显，特别是还没有作为相对独立的内容被文人创作的文学作品所书写。在很多情况下，文人文献整理是作为当时的政治、教化等的依附形式出现的。如《国语》《左传》中对采诗、献诗、陈诗等文献搜集整理的记载，就是作为统治者观政的一种形式被展示的，是为政治服务的，而不是将采诗、献诗、陈诗等文献整理活动作为独立对象来呈现的。《左传·襄公十四年》载："自王以下各有父兄子弟以补察其政。史为书，瞽为诗，工诵箴谏，大夫规诲，士传言，庶人谤，商旅于市，百工献艺。故《夏书》曰：'遒人以木铎徇于路，官师相规，工执艺事以谏。'正月孟春，于是乎有之，谏失常也。"①《国语·周语上》云："故天子听政，使公卿至于列士献诗，瞽献典，史献书，师箴，瞍赋，矇诵，百工谏，庶人传语，近臣尽规，亲戚补察，瞽、史教诲，耆、艾修之，然后王斟酌焉，是以事行而不悖。"②《礼记·王制》曰："天子五年一巡守。岁二月，东巡守至于岱宗，柴而望祀山川。觐诸侯，问百年者就见之，命大师陈诗，以观民风。命市纳贾，以观民之所好恶，志淫好辟。"③由上述文献可知，先秦时期文人的采诗、献诗、陈诗等，一方面是其整理《诗经》的活动；另一方面文

---

①　杨伯峻编著：《春秋左传注（修订本）》，中华书局，1990，第1017—1018页。
②　[春秋]左丘明撰，[三国吴]韦昭注，胡文波校点：《国语》卷一《周语上》，上海古籍出版社，2015，第7页。
③　[汉]郑玄注，[唐]孔颖达疏，龚抗云整理：《十三经注疏·礼记正义》卷十一，北京大学出版社，1999，第360—363页。

人采诗、献诗、陈诗的目的又是文人作诗的重要动因。文人之所以作诗，在一定程度上就是借助于采诗、献诗、陈诗等活动，使自己的诗作得以发挥作用。由此也决定了作诗者在确定书写内容时，不得不把文人采诗、献诗、陈诗的标准作为重要的考量。由此推知，采诗、献诗、陈诗等文献整理本身并不是被《左传》《国语》《礼记》的作者作为独立的内容来书写的。

另外，《左传》等历史散文在记载诸侯国历史大事时，也有不少关于文人文献整理内容的书写，但其只是作为历史大事的附属材料或支撑说明材料来记载的，是为这些历史事件所表达的主题服务的，文人文献整理内容的本身并不具有相对独立性。如《国语·鲁语》中记载的"正考父校商之名颂者十二篇于周太师，以《那》为首"；①《论语·子罕》中记载孔子之言曰"吾自卫反鲁，然后乐正，《雅》《颂》各得其所"，② 等等。这些虽然都是我们所熟知的文人所从事的文献整理的实践，但并不是作为独立的表现对象来展现的，而是作为正考父和孔子等人众多事迹中的一个事例被描写的。正考父整理《商颂》，只是鲁国大夫闵马父用来解释何为"恭"的例证。孔子整理音乐，使《诗经》中的《雅》《颂》各得其所，主要是表达自己周游列国十四载虽然没有实现仁政的理想，但可以借此恢复周礼，使其得以流传后世。所以对正考父和孔子整理文献本身而言，他们记载的目的也不是为文献整理本身。

西汉到东汉中期，文人的文献整理作为文学书写的内容，虽然与先秦时期相比有了一定的发展，但就文人文献整理本身作为文学书写内容的独立性、主导性而言，并没有发生本质的变化，仍处于量变的阶段。如司马迁《史记》、班固《汉书》中的帝王本纪和人物传记，在展示执政者在治国理政方面的重大方略和描写重要文人的生平事迹等内容时，也有不少对文献整理内容的书写，但其只是作为帝王在思想文化方面所采取的政策，或重要文人生平履历的内容来书写的。这些史传散文中所出现的文人文献整理的内容，还没有从国家政治和文人众多生平事迹中独立出来，更谈不上作为文人文学书写的主导内容了。此时也出现了文人在其整理文献的序文中书写自己整理该文献的缘起、过程等情况，如孔安国的《尚书序》《古文孝经训传序》，就是如此。在这两篇序文中，孔安国对《尚书》《古文孝经》的成书、流传以及自己为其作传的原因等进行了书写，但从严格

---

① [春秋]左丘明撰，[三国吴]韦昭注，胡文波校点：《国语》卷五《鲁语下》，上海古籍出版社，2015，第143页。

② [宋]朱熹：《四书章句集注·论语集注》卷五《子罕》，中华书局，1983，第113页。

意义上来说，孔安国对文人文献整理内容的书写还不能作为文人文学书写对象独立的标志。究其原因在于，这种情况在该期文人的文学创作中只是个案，还不普遍；就孔安国文献整理的主体意识而言，其或是"承诏"①而为的，或是为纠正"诸儒各任意巧说"②而为的，其创作文献整理文学的自主意识还没有觉醒。西汉后期，刘向、刘歆父子的文献整理活动，在各自的作品中有比较具体详细的描写和展现。如刘向的《别录》、刘歆的《七略》等，就是叙述他们自己文献整理情况的专题文章。就主要内容而言，这些作品与孔安国的《尚书序》《古文孝经训传序》一样，都是以文献整理为主要书写内容的。但就其本质予以审视，一是该期文人对文学的整体看法仍没有摆脱文化学术的大范畴，文学仍依附于政治和经学；二是该期文人创作这些以书写自己文献整理为内容的作品的目的并不是为了文献整理文学，而是为了政治和学术。正是在这种意义上，文献整理作为文学创作中书写的对象还不具有独立性。

汉魏之际，文人文献整理作为其创作所书写的内容发生了质的变化，摆脱了作为国家政治和文人众多生平事迹的支撑材料，为国家政治和士人的文化学术功绩等服务的地位，成为文人文学创作书写的独立对象，从而具有了相对独立的价值意义。具体而言，这主要表现在以下两个方面。一方面，文人文献整理成为文学创作中书写的唯一内容，彻底摆脱了依附于政治、文化、学术、道德教化等的地位。如曹植的《前录自序》云："故君子之作也，俨乎若高山，勃乎若浮云。质素也如秋蓬，摛藻也如春葩。泛乎洋洋，光乎皭皭，与雅颂争流可也。余少而好赋，其所尚也，雅好慷慨，所著繁多。虽触类而作，然芜秽者众，故删定别撰，为前录七十八篇。"③在序文中，作者陈述了自己对自己创作的辞赋作品进行整理的情况。自己对自己赋作的整理，也是这篇序文书写的唯一内容。再如王逸的《离骚叙》，王逸在叙中首先追述了孔子所从事的定经术、删诗书、正礼乐、作《春秋》等文献整理活动，然后对战国诸子和屈原等人创作的动因、目的，以及西汉武帝时期的刘安和成帝时期的刘向、东汉章帝时期的班固与贾逵等人整理《离骚》的得失进行了概括和评介，为自己整理《楚辞》作了张本。值得注意的是，王逸还对屈原及其作品作出了自己的判断，不仅指出"今若屈原，膺忠贞之质，体清洁之性，直若砥矢，言若丹青，进不隐其谋，退不顾其命，此诚绝世之行，

---

① ［清］严可均辑校：《全汉文》卷十三，河北教育出版社，1997，第383页。
② ［清］严可均辑校：《全汉文》卷十三，河北教育出版社，1997，第384页。
③ 赵幼文校注：《曹植集校注》卷三，人民文学出版社，1984，第434页。

俊彦之英也。而班固谓之'露才扬己','竞于群小之中，怨恨怀王，讥刺椒、兰，苟欲求进，强非其人，不见容纳，忿恚自沉'，是亏其高明，而损其清洁者也"，① 还提出了"《离骚》之文，依托《五经》以立义"② 的观点。在王逸看来，正是因为屈原词赋的博远，才会使后世之名儒博达之士将其作为自己著造词赋时学习和仿效的对象："莫不拟则其仪表，祖式其模范，取其要妙，窃其华藻。"③ 这是在当时儒学仍占主导地位的文化生态环境中，对屈原作品中所蕴含的文学价值的肯定和认可。尽管总体来说王逸还没有摆脱经学的价值原则，但与班固等人相比，无疑是一个可喜的超越。与王逸的《离骚叙》相一致，高诱的《淮南子叙》、曹操的《孙子兵法序》、曹丕的《叙诗》《叙繁钦》《叙陈琳》等，皆是这方面的代表。

另一方面，在该期文人创作的文学作品中，即使文人的文献整理不是该作品所书写的唯一内容，也彰显出独立的品质。如曹丕《又与吴质书》曰："昔年疾疫，亲故多离其灾，徐、陈、应、刘，一时俱逝，痛何可言邪！……顷撰其遗文，都为一集。"④ 曹丕对建安诸子作品的整理，成为其写给吴质的书信的重要内容之一。再如刘桢的《鲁都赋》云："崇七经之旨义，删百氏之乖违。"⑤ 刘桢不仅直接道出了自己整理《诗》《书》《礼》《乐》《易》《春秋》《论语》等儒家经典的态度，还抒发了自己整理儒家经典的志向。他之所以对《诗》《礼》等残简遗篇进行整理，就是因为对《诗》《礼》的兴趣爱好和崇敬之情："采逸礼于残竹，听遗诗乎达路。"⑥ 曹植在《与杨德祖书》中述及对自己创作的辞赋进行编辑一事："今往仆少小所著辞赋一通相与。"⑦ 曹植还将编辑后的作品赠送给杨修，请其刊定。对此杨修的《答临淄侯笺》有云："猥受顾赐，教使刊定。"⑧ 这些对文献整理内容的书写，虽然不是文学作品中所表达的唯一主题，却具有自身的独立价值。在这些作品中，有关文献整理的内容与其他内容一起，共同构成了文学作品的整体，与其他内容是比肩共存的。这与汉魏之际以前文人

① [汉]王逸注，[宋]洪兴祖补注：《楚辞章句补注》，吉林人民出版社，1999，第48页。
② [汉]王逸注，[宋]洪兴祖补注：《楚辞章句补注》，吉林人民出版社，1999，第49页。
③ [汉]王逸注，[宋]洪兴祖补注：《楚辞章句补注》，吉林人民出版社，1999，第49页。
④ [晋]陈寿撰，[南朝宋]裴松之注：《三国志》卷二十一《魏书·王粲传》裴注引《魏略》，中华书局，1982，第608页。
⑤ 俞绍初辑校：《建安七子集》卷七《鲁都赋》，中华书局，2005，第200页。
⑥ 俞绍初辑校：《建安七子集》卷七《鲁都赋》，中华书局，2005，第200页。
⑦ 赵幼文校注：《曹植集校注》卷一《与杨德祖书》，人民文学出版社，1984，第154页。
⑧ [晋]陈寿撰，[南朝宋]裴松之注：《三国志》卷十九《魏书·陈思王植传》裴注引《典略》，中华书局，1982，第560页。

创作的描写文献整理内容的文学作品中，文人的文献整理只是作为作品中其他内容的附庸，在本质上具有明显的不同。

总体来看，汉魏之际文人所创作的以书写文人文献整理为内容的文学作品，对创作主体的文人而言，文献整理具有了独立于其他内容之外的价值意义。这与汉魏之际以前文人创作的反映文人文献整理内容的作品相比，确实是一个质的飞跃。它标志着在中国古代文献整理文学发展史上，文人的文献整理作为文学书写的对象获得了独立。

二、文献整理文学作品与作家的大量出现

文人的文献整理作为古代文人一项重要的文化学术活动，被文人创作的文学作品所书写，成为文人文学作品的内容，先秦时期就出现了，但把文人的文献整理作为文学书写的主题来表现，是在西汉时期；而文献整理文学作品和作家大量出现，则是在汉魏之际。随着该期文人文献整理实践的进一步发展，文人创作的文学作品对文人文献整理内容的书写也达到了一个新的水平。该期文人创作的文献整理文学作品不仅开始大量出现，成为文学百花园中的一朵奇葩，而且出现了一批以创作文献整理文学著称的作家。

首先，受该期文人文献整理实践的影响，文人创作的书写文献整理活动本身的文学作品开始大量出现，成为该期文坛上一道亮丽的风景。汉魏之际以前，文人创作的以书写文人文献整理为内容的作品就已出现，如吕不韦的《吕氏春秋序意》，孔安国的《尚书序》《古文孝经训传序》，相传为孔安国所作的《家语序》，孔衍的《上成帝书辩家语宜记录》，郑昌的《请删定律令疏》，相传为毛苌所作的《毛诗序》，司马迁的《太史公自序》，元帝刘奭的《议律令诏》，刘向的《战国策书录》《管子书录》《晏子叙录》《孙卿书录》《韩非子书录》《列子书录》《邓析书录》《说苑叙录》《别录》，刘歆的《上山海经表》《移书让太常博士并序》《与扬雄书从取〈方言〉》《七略》，范升的《奏难〈费氏易〉〈左氏春秋〉立博士》，班彪的《史记论》，卫宏的《诏定〈古文尚书〉序》，严遵的《道德指归说目》，班固的《两都赋序》，贾逵于建初元年（76）创作的《条奏〈左〉氏长义》等，共24篇。这些作品虽然也是以书写文人文献整理为主要内容的，也属于文人创作的文献整理文学，但这并不能说明文人创作的文献整理文学已成熟了。因为这些作品不仅是文人受命而为的，而且文人在创作这些作品时大多不是积极主动的。这就决定了这些文献整理文学的创作主体在创

作这些作品时，在主观意识上并没有将这些作品视作文献整理文学。此时文人的文学观念与先秦时期相比，尽管有了一定的发展，但总体来说文人的文学观念还不十分明确。

汉魏之际，文人创作的文献整理文学作品不仅在数量上有了一个大的增长，而且文人创作的主观倾向也更加明确。这个时期文人创作的文献整理文学作品，据我们不完统计，主要有杨终的《上言宣令诸儒论考五经同异》，鲁丕的《上疏论说经》，安帝的《诏校定东观书》，徐防的《〈五经〉宜为章句疏》，孔通的《〈春秋左氏传义诂〉序》，崔瑗的《南阳文学颂》，许慎的《〈说文解字〉序》《〈说文解字〉后叙》，马融的《书序》，胡广的《王隆〈汉官篇解诂〉叙》，何休的《〈春秋公羊传解诂〉序》，许冲的《上书进〈说文〉》，颖容的《〈春秋释例〉序》，蔡邕的《上汉书·十志疏》（又名《戍边上章》）、《历数议》《〈月令〉问答》《明堂月令论》《〈月令〉篇名》，卢植的《始立太学石经上书》，应劭的《奏上删定律令》《〈风俗通义〉序》，王逸的《〈楚辞章句〉叙》《离骚经》《九歌》《天问》《九章》《远游》《卜居》《渔父》《九辩》《招魂》《大招》《惜誓》《招隐士》《七谏》《哀时命》《九怀》《九叹》，郑玄的《〈尚书大传〉叙》《〈诗谱〉叙》《〈孝经注〉叙》《六艺论》《自序》，赵岐的《〈孟子〉题辞》《〈孟子〉篇叙》，孔融的《答虞仲翔书》《与诸卿书》，荀悦的《汉纪序》《汉纪序二》《汉纪后序》《经籍论》，刘洪的《上言王汉〈月食注〉之失》，陈琳《答东阿王笺》，王粲的《荆州文学记官志》《尚书问》，应场的《文质论》，杨修的《答临淄侯笺》，仲长统的《〈尹文子〉序》，曹操的《〈孙子兵法〉序》，曹丕的《叙诗》《叙陈琳》《叙繁钦》《与大理王朗书》《又与吴质书》《追崇孔子诏》，王朗的《论乐舞表》，吴质的《答东阿王书》，卞兰的《赞述太子赋表》，曹植的《〈前录〉序》《画赞序》《与吴季重书》《与杨德祖书》，缪袭的《撰上仲长统昌言表》《奏改〈安世哥〉为享神哥》《乐舞议》，刘劭的《新律序略》，高诱的《〈吕氏春秋〉序》《〈淮南子〉叙》，三国吴赵爽的《〈周脾算经〉序》，刘熙的《〈释名〉序》等，共 80 篇。同时，还出现了与士人的文献整理直接相关的文学批评的作品，如王逸的《离骚经》《九歌》《天问》《九章》《远游》《卜居》《渔父》《九辩》《招魂》《大招》《惜誓》《招隐士》《七谏》《哀时命》《九怀》《九叹》，曹丕的《典论·论文》，等等。此外，该期文人创作的其他文学中也涉及了对文献整理的书写。如刘桢的《鲁都赋》云："若乃考王道之去就，览万代之兴衰。发龙图于金縢，启洛典乎石扉。崇七经之旨义，删百氏之乖违。"①"覃思图籍，阐迪德谟。蕴包古今，撰集丘素。"②"举成均之旧志，建学校乎泗滨。表泮宫之宪肆，有唐虞之《三坟》。"③"采逸礼于残竹，听遗诗乎达路。览国俗之盛衰，求群士之德素。"④曹植的《薤露行》曰："孔氏删诗书，王业粲已分。骋我径寸翰，流藻垂华芬。"⑤这些文学作品的出现，标志着文人创作的文献整理文学在数量上确实达到了一个新的高度。

其次，汉魏之际还出现了以文献整理和文献整理文学创作著称的学者型作家。这些学者型作家的主要业绩就体现在文献整理和文献整理文学的创作上，他们也是以此著称当时文坛和留名后世的。这些学者型作家主要以贾逵、鲁丕、马融、何休、服虔、颍容、许慎、郑玄、王逸、高诱、赵岐、卢植、蔡邕、荀爽、荀悦、曹丕、王朗等为代表。贾逵，史载："逵所著经传义诂及论难百余万言，又作诗、颂、诔、书、连珠、酒令凡九篇，学者宗之，后世称为通儒。"⑥鲁丕，贾逵称其"道艺深明"。⑦马融，史云："才高博洽，为世通儒……注《孝经》、《论语》、《诗》、《易》、《三礼》、《尚书》、《列女传》、《老子》、《淮南子》、《离骚》，所著赋、颂、碑、诔、书、记、表、奏、七言、琴歌、对策、遗令，凡二十一篇。"⑧何休，史载："为人质朴讷口，而雅有心思，精研《六经》，世儒无及者。"⑨"作《春秋公羊解诂》，覃思不窥门，十有七年。又注训《孝经》、《论语》、风角七分，皆经纬典谟，不与守文同说。又以《春秋》驳汉事六百余条，妙得《公羊》本意。休善历算，与其师博士羊弼，追述李育意以难二传，作《公羊墨守》、《左氏膏肓》、《谷梁废疾》。"⑩服虔，史载："有雅才，善著文论，作《春秋左氏传解》，行之至今。又以《左传》驳何休之所驳汉事

①　俞绍初辑校：《建安七子集》卷七，中华书局，2005，第200页。
②　俞绍初辑校：《建安七子集》卷七，中华书局，2005，第200页。
③　俞绍初辑校：《建安七子集》卷七，中华书局，2005，第200页。
④　俞绍初辑校：《建安七子集》卷七，中华书局，2005，第200页。
⑤　赵幼文校注：《曹植集校注》卷三《薤露行》，人民文学出版社，1984，第433页。
⑥　[南朝宋]范晔撰，[唐]李贤等注：《后汉书》卷三十六《贾逵传》，中华书局，1965，第1240页。
⑦　[南朝宋]范晔撰，[唐]李贤等注：《后汉书》卷二十五《鲁丕传》，中华书局，1965，第884页。
⑧　[南朝宋]范晔撰，[唐]李贤等注：《后汉书》卷六十上《马融传》，中华书局，1965，第1972页。
⑨　[南朝宋]范晔撰，[唐]李贤等注：《后汉书》卷七十九下《儒林列传下·何休传》，中华书局，1965，第2582页。
⑩　[南朝宋]范晔撰，[唐]李贤等注：《后汉书》卷七十九下《儒林列传下·何休传》，中华书局，1965，第2583页。

六十条。举孝廉，稍迁，中平末，拜九江太守。免，遭乱行客，病卒。所著赋、碑、诔、书记、《连珠》、《九愤》，凡十余篇。"① 颍容，史云："博学多通，善《春秋左氏》……著《春秋左氏条例》五万余言，建安中卒。"② 许慎，史云："少博学经籍……以《五经》传说臧否不同，于是撰为《五经异义》，又作《说文解字》十四篇，皆传于世。"③ 郑玄，史载："所注《周易》、《尚书》、《毛诗》、《仪礼》、《礼记》、《论语》、《孝经》、《尚书大传》、《中候》、《乾象历》，又著《天文七政论》、《鲁礼禘祫义》、《六艺论》、《毛诗谱》、《驳许慎五经异义》、《答临孝存周礼难》，凡百余万言。"④ 正如史家所论："自秦焚《六经》，圣文埃灭。汉兴，诸儒颇修艺文；及东京，学者亦各名家。而守文之徒，滞固所禀，异端纷纭，互相诡激，遂令经有数家，家有数说，章句多者或乃百余万言，学徒劳而少功，后生疑而莫正。郑玄括囊大典，网罗众家，删裁繁诬，刊改漏失，自是学者略知所归。"⑤ 王逸，史载："著《楚辞章句》行于世。其赋、诔、书、论及杂文，凡二十一篇。又作《汉诗》百二十三篇。"⑥ 高诱，被卢见赞曰："继郑氏而博学多识者，唯高氏。"⑦ 赵岐，史云："多所述作，著《孟子章句》、《三辅决录》传于时。"⑧ 卢植，史载："作《尚书章句》、《三礼解诂》。时始立太学《石经》，以正《五经》文字。"⑨ "所著碑、诔、表、记凡六篇。"⑩ 曹操称："故北中郎将卢植，名著海内，学为儒宗，士之楷模，国之桢干

---

① [南朝宋]范晔撰，[唐]李贤等注：《后汉书》卷七十九下《儒林列传下·服虔传》，中华书局，1965，第2583页。

② [南朝宋]范晔撰，[唐]李贤等注：《后汉书》卷七十九下《儒林列传下·颍容传》，中华书局，1965，第2584页。

③ [南朝宋]范晔撰，[唐]李贤等注：《后汉书》卷七十九下《儒林列传下·许慎传》，中华书局，1965，第2588页。

④ [南朝宋]范晔撰，[唐]李贤等注：《后汉书》卷三十五《郑玄传》，中华书局，1965，第1212页。

⑤ [南朝宋]范晔撰，[唐]李贤等注：《后汉书》卷三十五《郑玄传》，中华书局，1965，第1212—1213页。

⑥ [南朝宋]范晔撰，[唐]李贤等注：《后汉书》卷八十上《文苑列传上·王逸传》，中华书局，1965，第2618页。

⑦ 《清代诗文集汇编》编纂委员会编：《清代诗文集汇编》，上海古籍出版社，2010，第268册，第40页。

⑧ [南朝宋]范晔撰，[唐]李贤等注：《后汉书》卷六十四《赵岐传》，中华书局，1965，第2124页。

⑨ [南朝宋]范晔撰，[唐]李贤等注：《后汉书》卷六十四《卢植传》，中华书局，1965，第2116页。

⑩ [南朝宋]范晔撰，[唐]李贤等注：《后汉书》卷六十四《卢植传》，中华书局，1965，第2119页。

也。"①蔡邕，史云："其撰集汉事，未见录以继后史。适作《灵纪》及十意，又补诸列传四十二篇，因李傕之乱，湮没多不存。所著诗、赋、碑、诔、铭、赞、连珠、箴、吊、论议、《独断》、《劝学》、《释诲》、《叙乐》、《女训》、《篆艺》、祝文、章表、书记，凡百四篇，传于世。"②荀爽，史载："著《礼》、《易传》、《诗传》、《尚书正经》、《春秋条例》，又集汉事成败可为鉴戒者，谓之《汉语》。又作《公羊问》及《辩谶》，并它所论叙，题为《新书》。凡百余篇，今多所亡缺。"③荀悦，史云："性沉静，美姿容，尤好著述。"④"帝好典籍，常以班固《汉书》文繁难省，乃令悦依《左氏传》体以为《汉纪》三十篇，诏尚书给笔札。辞约事详，论辨多美。"⑤"又著《崇德》、《正论》及诸论数十篇。"⑥曹丕，史载："年八岁，能属文。有逸才，遂博贯古今经传诸子百家之书。"⑦"初，帝好文学，以著述为务，自所勒成垂百篇。又使诸儒撰集经传，随类相从，凡千余篇，号曰《皇览》。"⑧裴注引《魏书》曰："论撰所著《典论》、诗赋，盖百余篇，集诸儒于肃城门内，讲论大义，侃侃无倦。"⑨其又被史家评为"天资文藻，下笔成章，博闻强识，才艺兼该"。⑩王朗，史载："著《易》、《春秋》、《孝经》、《周官》传，奏议论记，咸传于世。"⑪上述文人皆是在文献整理和文献整理文学创作方面成就卓著的作家。与汉魏之际以前相比，这也是一个明显的发展

---

① ［南朝宋］范晔撰，［唐］李贤等注:《后汉书》卷六十四《卢植传》，中华书局，1965，第2119页。

② ［南朝宋］范晔撰，［唐］李贤等注:《后汉书》卷六十下《蔡邕传》，中华书局，1965，第2007页。

③ ［南朝宋］范晔撰，［唐］李贤等注:《后汉书》卷六十二《荀爽传》，中华书局，1965，第2057页。

④ ［南朝宋］范晔撰，［唐］李贤等注:《后汉书》卷六十二《荀悦传》，中华书局，1965，第2058页。

⑤ ［南朝宋］范晔撰，［唐］李贤等注:《后汉书》卷六十二《荀悦传》，中华书局，1965，第2062页。

⑥ ［南朝宋］范晔撰，［唐］李贤等注:《后汉书》卷六十二《荀悦传》，中华书局，1965，第2063页。

⑦ ［晋］陈寿撰，［南朝宋］裴松之注:《三国志》卷二《魏书·文帝纪》裴注引《魏书》，中华书局，1982，第57页。

⑧ ［晋］陈寿撰，［南朝宋］裴松之注:《三国志》卷二《魏书·文帝纪》，中华书局，1982，第88页。

⑨ ［晋］陈寿撰，［南朝宋］裴松之注:《三国志》卷二《魏书·文帝纪》裴注引《魏书》，中华书局，1982，第88页。

⑩ ［晋］陈寿撰，［南朝宋］裴松之注:《三国志》卷二《魏书·文帝纪》，中华书局，1982，第89页。

⑪ ［晋］陈寿撰，［南朝宋］裴松之注:《三国志》卷十三《魏书·王朗传》，中华书局，1982，第414页。

变化。

所以，就文人从事文献整理和文献整理文学创作的总体情况来看，文献整理文学作品、以文献整理和文献整理文学创作著称的文人虽然在汉魏以前就已出现，但就文人身份而言还没有独立。汉魏之际，文献整理文学作品、以文献整理和文献整理文学创作著称的文人，不仅在数量上有了较大的增加，其身份也获得了相对独立。

三、文人书写文献整理文学主体意识的自觉

就中国古代文人文献整理的主体意识演进的历史来看，汉魏之际也是一个发生新的变化的时期。其突出表现，就是文人从事文献整理文学书写的主体意识与之前相比，开始步入一个自觉的新阶段。

先秦时期，文人从事文献整理和文学创作在很多情况下是合一的。因为在文字产生之前，我国先民的创作是以口头表达为主的，其创作的作品也是以口耳相传的形式传承的。文字产生以后，人们才把那些口耳相传下来的作品用文字记载下来。这种记载的过程既是文人文献整理的过程，也是其再次创作的过程。这是因为文人在记载过程中，就会有意无意地对原来口耳相传的文本或予以修饰润色，或对不太满意的地方予以修改甚至再创造，或把自己的观点直接加入其中。这是先秦时期文人文献整理的普遍现象。如春秋时期的采诗、献诗等，既是文人的文献整理活动，也是文人的创作活动。在这些采诗、献诗等活动中，文人不仅要负责对风诗的收集或采集，更重要的是，还承担着为执政者服务的政治功能，所采之诗、所献之诗还要满足统治者观政的需要。再加上采诗者、献诗者还会不自觉地对自己所收集的风诗给予一定的再创作，所以最后呈献给执政者的风诗与其所搜集的原始风诗就会存在一定的差异。再如孔子作《春秋》，既是对有关春秋历史文献的整理，又是对这些历史文献的创造性编纂。这种情况在诸子散文与历史散文中，可能表现得更为明显。如孔子的弟子及再传弟子对《论语》的整理，是他们依据孔子生前的言行整理而成的。他们不可能原封不动地把孔子生前的言语记载下来，更不用说《论语》中还记载有不少孔子以外的人的言行。这说明孔子的弟子和再传弟子在整理《论语》的过程中，有意无意地掺入了自己的创造。因此《论语》既是孔子弟子和再传弟子整理孔子言行方面的文献的成果，也是他们再次进行创作的结果，是文献整理和创作高度合一的典型体现。此外，先秦左丘明为解释《春秋》整理而成的《左传》，不单单是对《春秋》的解释，还对其中的史

实给予了补充、完善和丰富。这也是对《春秋》的一种再创作。由此可见，先秦文人的文献整理和文学创作是混而不分的。此外，先秦文人对文学的认识和理解是模糊的，把文献整理作为文学书写主题的意识也是模糊不清的，其意识的自觉更无从谈起了。

与先秦文人相比，两汉文人把文献整理作为书写内容的主体意识尽管有了一定的发展，但总体上并没有发生本质的变化，仍处于不自觉的阶段。其主要表现在以下几个方面。

一是该期文人的文献整理活动多是由国家政治层面主导和组织的，是国家政治意志的体现。正如《汉书·司马迁传》所载："惟汉继五帝末流，接三代绝业。周道既废，秦拨去古文，焚灭《诗》《书》，故明堂石室金鐀玉版图籍散乱。汉兴，萧何次律令，韩信申军法，张苍为章程，叔孙通定礼仪，则文学彬彬稍进，《诗》《书》往往间出。自曹参荐盖公言黄老，而贾谊、朝① 错明申韩，公孙弘以儒显，百年之间，天下遗文古事靡不毕集。"② 《汉书·艺文志》云："汉兴，改秦之败，大收篇籍，广开献书之路。迄孝武世，书缺简脱，礼坏乐崩，圣上喟然而称曰：'朕甚闵焉！'于是建藏书之策，置写书之官，下及诸子传说，皆充秘府。至成帝时，以书颇散亡，使谒者陈农求遗书于天下。诏光禄大夫刘向校经传诸子诗赋，步兵校尉任宏校兵书，太史令尹咸校数术，侍医李柱国校方技。每一书已，向辄条其篇目，撮其指意，录而奏之。会向卒，哀帝复使向子侍中奉车都尉歆卒父业。歆于是总群书而奏其《七略》，故有《辑略》，有《六艺略》，有《诸子略》，有《诗赋略》，有《兵书略》，有《术数略》，有《方技略》。"③ 这种由国家政治层面组织的文献整理，在东汉初期和中期一直处于主导地位。光武登基之后，非常重视对儒家经典的收集整理。如《后汉书·儒林列传》云："昔王莽、更始之际，天下散乱，礼乐分崩，典文残落。及光武中兴，爱好经术，未及下车，而先访儒雅，采求阙文，补缀漏逸。先是四方学士多怀协图书，遁逃林薮。自是莫不抱负坟策，云会京师，范升、陈元、郑兴、杜林、卫宏、刘昆、桓荣之徒，继踵而集。"④ 又如章帝曾令诸儒等会集白虎观，讲议五经同异。对此，《后汉书·肃宗孝章帝纪》云："（建初四年十一月）下太常，将、大夫、博士、议郎、郎官

---

① 笔者按："朝"通"晁"。
② ［汉］班固撰，［唐］颜师古注：《汉书》卷六十二《司马迁传》，中华书局，1962，第 2723 页。
③ ［汉］班固撰，［唐］颜师古注：《汉书》卷三十《艺文志》，中华书局，1962，第 1701 页。
④ ［南朝宋］范晔撰，［唐］李贤等注：《后汉书》卷七十九上《儒林列传上》，中华书局，1965，第 2545 页。

及诸生、诸儒会白虎观，讲议《五经》同异，使五官中郎将魏应承制问，侍中淳于恭奏，帝亲称制临决，如孝宣甘露石渠故事，作《白虎议奏》。"① 该期文人的文献整理虽然在其创作中有所反映（刘向、刘歆父子所创作的一些《叙录》，班固所创作的《两都赋序》等，就是其中的代表），文人的文献整理也成为作品书写的主要内容，甚至是唯一内容，但对创作这些文献整理文学作品的文人而言，他们的主体意识还没有走向自觉。他们从事文献整理的主体意识并不是自觉的，而是承诏而为的，这也就决定了他们创作的文献整理文学作品是以政治为价值目的的。因此，从文人创作的主体意识来审度，其创作文献整理文学的意识还未自觉。

二是该期文人创作文献整理文学作品所书写的文献整理的价值标准，或者说文人整理文献的标准，不是由文人作为文献整理的主体所能掌控的，而是以执政者的政治意志为转移的，带有浓郁的政治特征。特别是汉武帝采取董仲舒"罢黜百家，独尊儒术"的建议之后，儒家思想成为统治者治国理政的主导思想，受此影响，文人必须以儒家思想作为文献整理的指导原则和价值标准。西汉宣帝时的石渠阁会议，东汉章帝时的白虎观会议，宣帝、章帝亲临称制，就是证明。该期文人所进行的文献整理活动，即使不是皇帝亲临称制的，也是受统治者之命而开展的。孔安国的《尚书序》曰："承诏为五十九篇作传，于是遂研精覃思，博考经籍，采摭群言，以立训传，约文申义，敷畅厥旨，庶几有补于将来。《书序》，序所以为作者之意，昭然义见，宜相附近，故引之各冠其篇首。定五十八篇既毕，会国有巫蛊事，经籍道息，用不复以闻，传之子孙，以贻后世。"② 其《古文孝经训传序》云："《古文孝经》初出于孔氏，而今文十八章，诸儒各任意巧说，分为数家之谊，浅学者以当《六经》。其大，车载不胜，反云孔氏无《古文孝经》，欲矇时人。度其为说，诬亦甚矣。吾愍其如此，发愤精思，为之训传。悉载本文，万有馀言。朱以发经，墨以起传，庶后学者睹正谊之有在也。"③ 由《尚书序》《古文孝经训传序》来看，孔安国无论是对《尚书》的整理还是对《古文孝经》的训传，或是承诏而为，或是有鉴于"诸儒各任意巧说，分为数家之谊，浅学者以当《六经》，其大，车载不胜，反云孔氏无《古文孝经》，欲矇时人。度其为说，诬亦甚矣"，为了让"后学者睹正谊之有在"，故"发愤精思，为之训传。悉载本

① ［南朝宋］范晔撰，［唐］李贤等注：《后汉书》卷三《肃宗孝章帝纪》，中华书局，1965，第138页。
② ［清］严可均辑校：《全汉文》卷十三，河北教育出版社，1997，第383页。
③ ［清］严可均辑校：《全汉文》卷十三，河北教育出版社，1997，第384页。

文，万有馀言。朱以发经，墨以起传"。其文献整理所遵守的原则和标准，
是执政者的意志和儒家所提倡的维护执政者统治的"正谊"。从这种意义
上说，孔安国创作《尚书序》《古文孝经训传序》，其主体意识也是以执政
者的政治意志为转移的，其自觉性和自主性也就无从谈起了。西汉刘向、
刘歆父子和东汉班固等人创作的文献整理文学作品，就创作的主体意识而
言，大体也可作如是观。

汉魏之际，文人所创作的书写文人文献整理内容的文学作品所表现
出来的主体意识有了新的发展。其突出表现，就是与前代文人创作的文献
整理文学作品中所彰显的主体意识相比，其自觉性和主动性、主导性有了
质的飞跃，开始进入了自觉的新时期。一是此时的文人表现出强烈的视文
献整理为人生不朽之功业的自觉意识。这种意识虽然从孔子整理文献时就
有表现，但在孔子之后从事文献整理的文人看来，其政治上为统治者而进
行文献整理的意识则居于主导地位。西汉司马迁整理《史记》时，继承了
孔子借整理文献来实现人生不朽的价值传统，但对从事文献整理的群体来
说，司马迁的这种追求并不占主导。直到汉魏之际，视文献整理为自己人
生不朽价值的追求才成为从事文献整理的群体的价值主导。如王逸的《离
骚叙》云："屈原之词，诚博远矣。自终没以来，名儒博达之士著造词赋，
莫不拟则其仪表，祖式其模范，取其要妙，窃其华藻，所谓金相玉质，百
世无匹，名垂罔极，永不刊灭者矣。"[①] 在王逸看来，屈原的《楚辞》具有
不朽的价值，所以要借助于对《楚辞》的整理来实现自己人生的不朽。蔡
邕在《月令篇名论》中介绍了自己作《月令章句》的原因及目的。其文
曰："问者曰：'子何为著《月令说》也？'曰：'予幼读《记》，以为《月
令》体大经同，不宜与《记》书杂录并行，而记家记之又略，及前儒特
为章句者，皆用其意传，非其本旨。又不知《月令》征验布在诸经，《周
官》、《左传》皆实与《礼记》通等，而不为征验，横生他意，纷纷久矣。
光和元年，予被于章，离重罪，徙朔方，内有狁犹敌冲之衅，外有寇虏锋
镝之艰，危险凛凛，死亡无日。过被学者闻，家就而考之，亦自有所觉
悟，庶几颇得事情，而讫未有记著于文字也。惧颠蹶陨坠，无以示后来聪
直君子，而怀之朽腐，窃诚思之。书有阴阳升降，天文历数、事物制度可
假以为本，敦辞托说，审求历象，其要者莫大于《月令》。故遂于忧怖之
中，昼夜密勿，昧死成之，旁贯五经，参互群书，至及国家律令制度，遂
定历数，尽天地三光之情。辞繁多而曼衍，非所谓理约而达也。道长日

---

① ［汉］王逸注，［宋］洪兴祖补注：《楚辞章句补注》，吉林人民出版社，1999，第49页。

短，与危殆竞，取其心尽而已。故不能复加删省，盖所以探赜辨物，庶几多识前言往行之流也。苟便学者，以为可览，则余死而不朽也。'"① 再如王逸《九思序》云："刘向、王褒之徒，咸嘉其义，作赋骋辞，以赞其志。则皆列于谱录，世世相传。"② 也可作如是观。又如赵岐在《〈孟子〉题辞》中说："孟子退自齐、梁，述尧舜之道而著作焉。此大贤拟圣而作者也。七十子之畴会集夫子所言，以为《论语》。《论语》者，五经之錧辖，六艺之喉衿也。孟子之书，则而象之。"③ 张舜徽先生在《广校雠略》中评赵岐语云："赵氏此言，直以拟圣作书昉于孟氏。"④ 这种追求，在曹植、曹丕等人所创作的文献整理文学作品中也有明确的反映。曹植的《薤露行》曰："孔氏删诗书，王业粲已分。骋我径寸翰，流藻垂华芬。"⑤ 可见，曹植借文献整理实现人生不朽的追求不仅是强烈的，也是自觉的。

　　二是此时的文人表现出鲜明的文献整理的自主意识。这种自主意识大体表现为他们在从事文献整理的过程中，不再以执政者的政治意志作为自己文献整理的标准和原则，而是自主地和创造性地整理，尽可能地使所整理的文献在原来的基础上更加完善，在为后世提供可靠的文本的同时，充分彰显自己对整理对象的独特理解。如郑玄对《毛诗》的整理，在兼采众长的同时，充分表达了自己的见解。他在《六艺论》中称："注《诗》，宗毛为主。毛义若隐略，则更表明；如有不同，即下己意，使可识别也。"⑥陈澧先生评曰："郑君注《周礼》、《仪礼》、《论语》、《尚书》，皆与笺《诗》之法无异，有宗主，亦有不同，此郑氏家法也。何邵公墨守之学，有宗主而无不同。许叔重异义之学，有不同而无宗主。惟郑氏家法，兼其所长，无偏无弊也。"⑦ 在陈澧先生看来，郑玄注经既不同于何休的"有宗主而无不同"的墨守之学，又不同于许慎的"有不同而无宗主"的重异义之学，而是"兼其所长，无偏无弊"，这才是郑氏家法。桓范"抄撮《汉书》中诸杂事，以自意斟酌之"而作的《世要论》;⑧ 赵岐所作的"述己所

---

① ［汉］蔡邕著，邓安生编：《蔡邕集编年校注》卷二，河北教育出版社，2002，第534页。
② ［汉］王逸注，［宋］洪兴祖补注：《楚辞章句补注》，吉林人民出版社，1999，第309页。
③ ［清］严可均辑校：《全后汉文》卷六十二，河北教育出版社，1997，第599页。
④ 张舜徽：《广校雠略 汉书艺文志通释》卷一《著述体例论十篇·论拟古著书之始》，华中师范大学出版社，2004，第11页。
⑤ 赵幼文校注：《曹植集校注》卷三，人民文学出版社，1984，第433页。
⑥ ［清］严可均辑校：《全后汉文》卷八十四，河北教育出版社，1997，第790页。
⑦ 陈澧著，杨志刚编校：《东塾读书记（外一种）》，中西书局，2012，第213页。
⑧ ［晋］陈寿撰，［南朝宋］裴松之注：《三国志》卷九《魏书·曹爽传》裴注引《魏略》，中华书局，1982，第290页。

闻，证之《经》《传》，为之章句"①的《孟子章句》；王逸"以所识所知，稽之旧章，合之经传，作十六卷章句"②的《楚辞章句》等，皆是这方面的典范之作。

　　三是此时文人创作的文献整理文学中，还彰显出文人对所整理对象的自主评介和独立的价值判断，这也是该期文人文献整理文学中文人主体意识自觉的重要表征。如东汉史学家荀悦在《〈汉纪〉序》中阐述自己整理编撰《汉纪》的目的时说："夫立典有五志焉：一曰达道义，二曰章法式，三曰通古今，四曰著功勋，五曰表贤能。于是天人之际，事物之宜，粲然显著，罔不能备矣。"③荀悦将达道义、章法式、通古今、著功勋、表贤能"五志"作为自己整理《汉纪》的追求，体现了他借助整理《汉纪》来明志的价值指向，蕴含着自己对整理对象的自主评介和独立的价值判断。再如曹植的《前录自序》云："故君子之作也，俨乎若高山，勃乎若浮云。质素也如秋蓬，摛藻也如春葩。泛乎洋洋，光乎皭皭，与雅颂争流可也。余少而好赋，其所尚也，雅好慷慨，所著繁多。虽触类而作，然芜秽者众，故删定别撰，为前录七十八篇。"④我们不仅可以很清晰地掌握作者整理自己辞赋作品的价值标准，而且还可以窥探出作者对自己创作的辞赋作品的态度和评价。该期文人作为文献整理者，他们在自己创作的文献整理文学中不仅对自己的文献整理进行了评价，还有对其他文人所整理文献的评价。如孔融的《答虞仲翔书》就对虞仲翔整理的《周易注》给予了高度评价。其文曰："示所著《易传》，自商瞿以来，舛错多矣。去圣弥远，众说骈辞。曩闻延陵之理乐，今睹吾子之治《易》，乃知东南之美者，非但会稽之竹箭焉。又观象云物，察应寒温，原其祸福，与神会契，可谓探赜穷道者已。"⑤把虞翻的《周易注》称之为与"会稽之竹箭"相提并论的"东南之美"，评价不可谓不高。这些评价与汉魏之际前相比，较少受政治和执政者意志的影响，是文人本身主观价值观念的体现。可见，汉魏之际文人所创作的文献整理文学中所彰显的文人作为书写主体和文献整理主体的意识确实呈现出新的色彩。

　　在中国古代文学创作发展史上，文人所创作的文献整理文学，到汉魏之际发生了质的飞跃，步入相对独立发展时期，作为中国古代文学中的一

① ［清］严可均辑校：《全后汉文》卷六十二，河北教育出版社，1997，第600页。
② ［汉］王逸注，［宋］洪兴祖补注：《楚辞章句补注》，吉林人民出版社，1999，第48页。
③ ［清］严可均辑校：《全后汉文》卷六十七，河北教育出版社，1997，第645页。
④ 赵幼文校注：《曹植集校注》卷三《前录自序》，人民文学出版社，1984，第434页。
⑤ 俞绍初辑校：《建安七子集》卷一，中华书局，2005，第18页。

种题材类型走向成熟。该期文人所创作的以书写文人文献整理为内容的文学作品，对创作主体的文人而言，具有了与其他内容比肩的价值意义，作为文学所书写的内容获得了独立；文献整理文学作品、以文献整理和文献整理文学创作著称的文人，不仅在数量上有了较大的增加，而且文人身份也获得了相对独立；文人所创作的文献整理文学中所彰显的文人作为创作主体和文献整理主体的意识也表现出不同于之前的新色彩，标志着文人创作文献整理文学的意识走向了自觉。

汉魏之际，文人创作的文献整理文学作为古代文学百花园中一朵鲜艳的奇葩，在丰富古代文学题材的同时，也开拓了文学的创作领域，为此后文人的文学创作提供了借鉴和新的创作方向。此后文人创作的文献整理文学多是以这个时期的文献整理文学为最初范本的，在书写内容、体例格式、语言，尤其是文献整理的方法、思想和理论等方面，无不深受其影响，形成了中国古代文人别具特色的文献整理文学传统。这一传统既有别于其他题材类型的文学精神和风貌，又与其他题材类型的文学有着这样或那样的不同层面上的相互联系。诸如文献整理文学与其他文学文体的演进，文献整理文学的内容与古代文学内容的拓展，文献整理文学中的观念、思想和理论与古代文学观念、思想和理论的生成发展，等等，皆存在着不同程度的内在逻辑关联。所以，开展对中国古代文人创作的文献整理文学的专题研究，以及文献整理文学与古代其他题材类型的文学的比较研究，应该是可以有所作为的，并且是能有所作为的。

附录四　曹操创作对历史的接受及其价值

曹操作为汉魏之际社会转型时期最具代表性的人物之一，其历史地位和价值是不言而喻的，所以从古至今一直深受学者们的关注。尤其是进入新世纪后，有关曹操墓发掘鉴定的报道，又为学界对曹操的研究增加了驱力。据我们不完全统计，2000 年以来发表的有关曹操研究的学术论文近1100 篇，学位论文 38 篇，研究内容涉及曹操墓、曹操的生平经历、曹操形象的演变、曹操的创作等方面。就曹操的创作而言，其价值不仅表现在文学层面上，而且还体现在历史层面上。从历史的维度进行观照，曹操在创作中通过对历史人物及其事迹的运用，以及对当时重要历史事件的书写和再现，彰显出对历史的独特的评判和理解，蕴含着丰富的价值意义。但从目前学界关于曹操研究的相关成果来看，对曹操创作所反映出来的曹操对待历史的态度及其价值，部分研究者在对曹操创作的主旨以及其作品中的引用进行探讨的时候有所涉猎。如钱钰玫的硕士学位论文《论曹操公文写作的历史贡献》[1]，主要从招贤纳才、发展农业、管治社会、服务军事等方面，对曹操公文写作成就其军国大业的作用进行了论述；刘晓阳的硕士学位论文《曹操散文研究》[2]，在对曹操散文的思想内容进行分析时，指出曹操的散文真实呈现了曹操一生所经历的重要事件；笔者的《曹操创作对引〈诗〉传统的发展及其文学影响》[3] 等论文，涉及对曹操创作中所用有关历史人物及其事迹的分析。尽管这些成果也论述到了曹操创作中对历史的接受等问题，但由于不是对曹操创作中对历史接受的专题探讨，故相关论述既不全面深入，又缺乏对其价值的深度透视，存在着一定的缺憾。有见于此，本文主要从曹操的作品入手，对曹操创作中对历史的接受及其价值进行专题研究，敬请方家指教。

---

[1]　钱钰玫：《论曹操公文写作的历史贡献》，硕士学位论文，广西师范学院，2011。
[2]　刘晓阳：《曹操散文研究》，硕士学位论文，山东大学，2014。
[3]　张振龙：《曹操创作对引〈诗〉传统的发展及其文学影响》，《华中师范大学学报》2015年第 2 期。

一、曹操创作对历史接受的总体表现

曹操创作对历史的接受，总体而言主要表现在两个方面。

一是多用雄主、贤相、节士、武将和良母等历史人物及其事迹，或借助他们的地位、作用、影响，或借助他们的才能、治国谋略、道德人格等，用以阐明事理，表明自己的观点和主张。雄主有舜、周武王与周文王、齐桓公与晋文公、汉高祖和汉武帝、汉宣帝和光武帝等。如《辟蒋济为丞相主簿西曹属令》云："舜举皋陶，不仁者远。"[1] 舜作为原始社会时期的氏族领袖，任命大公无私的皋陶掌管刑法，致使不仁之人远离而去。所以《论语·颜渊》云："舜有天下，选于众，举皋陶，不仁者远矣。"[2] 在此令中，曹操把自己辟蒋济为丞相主簿西曹属和舜任命皋陶掌管刑法相提并论，重在表明自己的知人善任。又如曹操在建安十七年（212）平定冀州之后，盐铁恢复官营，任命王修为司金中郎将专门负责此事。王修认为该工作平凡，不利于自己建功立业，就给曹操写了封信，《与王修书》就是曹操写给王修的回信。在信中，曹操希望王修不要受别人议论的左右，尽己之能，安心工作，并借用汉宣帝任用萧望之之事勉励他："昔宣帝察少府萧望之才任宰相，故复出之，令为冯翊。"[3] 西汉宣帝时，萧望之有宰相之才，宣帝欲重用他，先任其为冯翊的地方官，萧望之认为是降职，称病不去赴任，宣帝就派侍中侯金安告诉冯翊如此做的用意。曹操在此将自己任王修为司金中郎和汉宣帝用萧望之为冯翊地方官相比，是让王修明白，此举不是不重用他、疏远他，正是重用他的表现。曹操在创作中通过对这些雄主的运用，达到了自喻明志的目的。

贤相有吕尚、傅说、伊尹、管仲、萧何、曹参、陈平、张良、萧望之等。如《善哉行三首》其一云："齐桓之霸，赖得仲父。后任竖刁，虫流出户。"[4] 春秋时期，齐桓公虽然在管仲的辅佐下成就了霸业，但由于后来不听管仲遗言，任竖刁等人，朝政日乱，以致桓公死后诸子相伐无人收尸。曹操通过对这一史实的叙述，从反面说明作为独霸一方的雄主，善于采纳贤臣的建议，是实现政局稳定、清明的保证。又如《举贤勿拘品行令》曰："萧何、曹参，县吏也，韩信、陈平负污辱之名，有见笑之耻，卒

---

[1] 夏传才校注:《曹操集校注》，河北教育出版社，2013，第126页。

[2] [宋] 朱熹:《四书章句集注·论语集注》卷六《颜渊》，中华书局，1983，第139页。

[3] 夏传才校注:《曹操集校注》，河北教育出版社，2013，第140页。

[4] 夏传才校注:《曹操集校注》，河北教育出版社，2013，第8页。

能成就王业,声著千载。"① 曹操在此主要运用了《史记》中《萧相国世家》《曹相国世家》《陈丞相世家》所载萧何、曹参、陈平等人的事迹。萧何与曹参皆出身县吏,陈平被称为盗嫂受金,尽管他们或出身贫贱,或品行有污,但皆帮助其主实现了帝王之业。曹操运用这些贤相的事迹,既突出了贤相对治国理政的重要性,又取得了为自己"唯才是举"的主张张本的效果。

节士有介子推、伯夷、叔齐、伯成子高等。如《听田畴谢封令》云:"昔伯成弃国,夏后不夺,将欲使高尚之士,优贤之主,不止于一世也。"②伯成即伯成子高,相传是尧时的一个诸侯,尧让位于舜,舜让位给禹,伯成子高便辞职去种田,夏禹为成其名,就顺从了他的意愿。建安十二年(207),因田畴有功,曹操封其为亭侯,食邑五百户,但田畴坚持不受,于是曹操便下了这道令,借伯成子高弃国,夏后不夺的典故,来成就田畴的清高之名。又如《度关山》云:"世叹伯夷,欲以厉俗……许由推让,岂有讼曲?"③《史记·伯夷列传》载:伯夷,商末孤竹国君的长子,其父死后,与其弟叔齐互相让国,后弃国逃走,商亡后隐居首阳山;许由,传说中的隐者,尧曾让天下于他,许由不受,隐于箕山之下,尧又召为九州长,由不欲闻之,洗耳于颍水之滨。曹操的这首《度关山》写于其辞去济南相返乡之后。曹操三十岁任济南相,为实现自己的政治理想,进行了一系列政治上的革新,遭到地方豪强的反对,不得不在中平四年(187)托病辞官返乡。曹操当时的心境很容易与伯夷、许由产生共鸣,二人自然成为他创作中抒情言志的对象。曹操作品中对这些节士事迹的运用,多是为了彰显其人格节操,或喻人,或喻己。

武将有孙武、穰苴、赵奢、窦婴、赵括、吴起、乐毅、蒙恬、霍去病等。如《劳徐晃令》云:"且樊、襄阳之在围,过于莒、即墨,将军之功,逾孙武、穰苴。"④曹操在此引用春秋时吴国孙武、齐国司马穰苴两位名将及其事迹,用以彰显徐晃的军事才能和战功。再如《分租与诸将掾属令》曰:"昔赵奢、窦婴之为将也,受赐千金,一朝散之,故能济成大功,永世流声。"⑤赵奢,战国时赵国名将,大破秦军,赵王赐其封赏,他将赏赐全部分给部下;窦婴,汉景帝时平定七国之乱的大将,他将所得千斤赏

① 夏传才校注:《曹操集校注》,河北教育出版社,2013,第166页。
② 夏传才校注:《曹操集校注》,河北教育出版社,2013,第113页。
③ 夏传才校注:《曹操集校注》,河北教育出版社,2013,第1页。
④ 夏传才校注:《曹操集校注》,河北教育出版社,2013,第176页。
⑤ 夏传才校注:《曹操集校注》,河北教育出版社,2013,第99页。

金放在廊檐下，让部下自己取用。曹操此令就是效法古人赵奢、窦婴的做法，将自己的租税所得分与诸将。这一做法为彰显曹操与诸将同甘共苦的精神提供了有力支撑。

良母有孟母、赵括之母、太任、太姒等。如《善哉行三首》其二云："既无三徙教，有闻过庭语。"①《列女传》载：孟母为教育孟轲，曾三次搬家，选择邻居。曹操以孟母教子的故事反证自己幼时没有受到良好的母教。又如《败军抵罪令》云："故赵括之母，乞不坐括。"②《史记·廉颇蔺相如列传》记载：赵括为战国时赵国名将赵奢之子，虽熟读兵书，但不会作战；公元前260年，秦攻赵，赵王用赵括伐廉颇，赵括母上书劝阻，赵王不听；赵母请求不要因赵括打了败仗而处罚她，赵王答应了。后赵括果然大败，赵母因有言在先而免于罪。曹操引用此事重在说明败军抵罪古已有之，从而为自己整顿军纪颁布《败军抵罪令》提供依据。曹操创作中运用的良母事迹尽管较少，但也表明了曹操对历史人物及其事迹接受的广泛性和多样性。

二是通过文学这一样式对当时重要的历史事件予以书写和再现。如曹操的令、书、表、檄等应用文体，"是英雄麾下的乱世简写，是诗人马背上的日常情怀，是能臣理治天下的机巧智慧，是一段历史的细节和人事的密码。从文章内容来看，所涉范围极广，涵盖了他一生的军旅生涯和所有政教领域，包括举荐大臣、外交往来、辞谢官爵、上献贡物、军事指挥、任免官吏、论功行赏、抚恤将士、选贤任能、屯田兴农、重教兴学、自明心志以及私人书信等诸多方面，不仅翔实地再现了汉末三国时期的历史风貌，更直接而生动地反映出操刀者曹操的谋略和智慧"。③对此学界已有专题探讨，不再赘述。此外，曹操还运用诗歌对当时的重要历史事件进行了生动展示。如《薤露行》云："惟汉二十二世，所任诚不良。沐猴而冠带，知小而谋强。犹豫不敢断，因狩执君王。白虹为贯日，己亦先受殃。贼臣持国柄，杀主灭宇京。荡覆帝基业，宗庙以燔丧。播越西迁移，号泣而且行。瞻彼洛城郭，微子为哀伤。"④这是一首叙述汉末何进召董卓进京以致乱政的史诗。《后汉书·董卓转》载，中平六年（189），汉灵帝刘宏死后，少帝刘辩即位，何太后临朝。其兄何进拜太将军，欲谋诛宦官。太后不听，何进犹豫不决，私召董卓带兵进京，以胁迫太后。董卓于是来京，屯

① 夏传才校注：《曹操集校注》，河北教育出版社，2013，第10页。
② 夏传才校注：《曹操集校注》，河北教育出版社，2013，第85页。
③ 钱敏芳：《曹操诗文研究》，硕士学位论文，陕西师范大学，2004，第34页。
④ 夏传才校注：《曹操集校注》，河北教育出版社，2013，第4页。

关中。不幸谋泄，张让、段珪在嘉德殿杀何进，袁术烧南宫，欲讨宦官，段珪等劫少帝、陈留王夜出。董卓闻讯，带兵急进，在北邙遇见，废少帝为弘农王，立陈留王为帝，即汉献帝。后闻东方起兵，于是毒杀弘农王，徙都长安。洛阳几十万人相随，途中人马互相践踏，死者无数。董卓又烧洛阳城，致百里之内没有人烟。这首《薤露行》真实地再现了这一历史景象。开篇从所任不良写起，指出乱因。中间叙述何进私召董卓进京，因其"知小谋强""犹豫不敢断"而致乱身死。"贼臣"六句，写董卓乱国及其造成的灾难。末二句借古事抒情，发出感慨。再如《蒿里行》云："关东有义士，兴兵讨群凶。初期会盟津，乃心在咸阳。军合力不齐，踌躇而雁行。势利使人争，嗣还自相戕。淮南弟称号，刻玺于北方。铠甲生虮虱，万姓以死亡。白骨露于野，千里无鸡鸣。生民百遗一，念之断人肠。"① 这首诗叙述了汉末关东诸郡守讨伐董卓，因各怀异志，互相攻灭，造成丧乱的历史事实。《三国志·魏书·武帝纪》云："初平元年春正月……同时俱起兵，众各数万，推绍为盟主。太祖行奋武将军。二月，卓闻兵起，乃徙天子都长安。卓留屯洛阳，遂焚宫室。……太祖到酸枣，诸军兵十余万，日置酒高会，不图进取。太祖责让之……袁绍与韩馥谋立幽州牧刘虞为帝，太祖拒之。绍又尝得一玉印，于太祖坐中举向其肘，太祖由是笑而恶焉。"② 诗的前半部分，用高度凝练的语言书写了关东诸郡守从共讨董卓到因各怀私利而离散分裂、自相残杀的过程；后半部分则通过典型事例和景象的描绘，记录了军阀纷争的事实及其给民众带来的深重灾难。这种对历史的书写和再现，尽管没有正史记载得那样具体详尽，却更概括简洁，具有正史无法比拟的文学色彩和人文内涵，实现了文学与历史的完美统一。

综上所述，曹操创作中对历史的接受，虽然只是表现在对雄主、贤相、节士、武将和良母等历史人物及其事迹的运用，以及对当时重要的历史事件的书写、再现两个方面，但其对历史接受的取舍标准和关注点却具有示范的意义。这不仅体现在他接受历史人物及其事迹的目的和重心不同，而且在借助于文学这一样式来书写和再现历史的时候，达到了文学与历史结合的新境界。

---

① 夏传才校注：《曹操集校注》，河北教育出版社，2013，第6页。
② [晋]陈寿撰，[南朝宋]裴松之注：《三国志》卷一《魏书·武帝纪》裴注引《魏略》，中华书局，1982，第6—8页。

二、曹操创作对历史接受的主要价值

如果我们对曹操创作中对历史人物及其事迹的运用和对历史事件的书写、再现予以切实分析，就可以发现其不仅彰显出曹操对历史的独特的自我评判和理解，而且具有一定的史料价值和文学史价值，并借助文学这一载体对历史进行了有效传播。

其一，曹操创作中对历史的接受，彰显出他对历史的独特评判和理解。这种评判和理解，有的表现为赋予所用历史人物及其事迹以前所未有的意义。如《决议田畴让官教》云："昔夷、齐弃爵而讥武王，可谓愚暗，孔子犹以为'求仁得仁'。" ① 此处用的是《史记·伯夷列传》中所载伯夷和叔齐的事迹。伯夷与叔齐的所作所为，孔子认为是仁德的表现，曹操却认为是愚暗不明事理之举。如《明罚令》云："闻太原、上党、西河、雁门，冬至之后百有五日皆绝火寒食，云为介子推。子胥沉江，吴人未有绝水之事，至于子推独为寒食，岂不偏乎？" ② 这里分别借用了《左传·僖公二十四年》中所载介子推的事迹，以及《史记·伍子胥列传》中记载的伍子胥的事迹。曹操认为人们从冬至后第一百○五天起，绝火寒食数日，以此来纪念晋国的介子推；而吴国的伍子胥死后，尸体被沉于江中，吴人却并未因此以不饮水来纪念伍子胥，是失之偏颇的。这些历史人物及其事迹早已盖棺定论，然曹操却不拘于传统的评价历史的价值标准，提出了和传统不同的观点，彰显出其不拘于历史成说的质疑精神，赋予其创作中所用历史人物及其事迹以新的意义。

有的着意强调所用历史人物及其事迹的正面价值，对其不足的一面则有意淡化。如《敕有司取士勿废偏短令》中说："陈平岂笃行，苏秦岂守信邪？而陈平定汉业，苏秦济弱燕。" ③ 运用了《史记》中《陈丞相世家》《苏秦列传》记载的陈平、苏秦两人的相关事迹；《求贤令》中云："若必廉士而后可用，则齐桓其何以霸世！今天下得无有被褐怀玉而钓于渭滨者乎？" ④ 运用了《史记》中《管晏列传》《齐太公世家》记载的管仲、吕尚等人的有关事迹。以上这些历史人物及其事迹被曹操运用时，或突出了他们忠于其主的一面，或突出了他们的才能，而忽视了他们品行中偏短的方面。曹操在运用这些历史人物及其事迹时，合理地扬其所长、弃其所短，

---

① 夏传才校注：《曹操集校注》，河北教育出版社，2013，第 122 页。
② 夏传才校注：《曹操集校注》，河北教育出版社，2013，第 94 页。
③ 夏传才校注：《曹操集校注》，河北教育出版社，2013，第 157 页。
④ 夏传才校注：《曹操集校注》，河北教育出版社，2013，第 126 页。

不以其短而弃其所长的理性态度和务实精神，对我们今天正确地对待和接受历史人物、历史事件，仍有不容忽视的借鉴意义。

有的则随曹操所表达的观点不同而发生变化，这主要体现在曹操创作中对同一历史人物及其事迹的运用上。如《让县自明本志令》云："孤闻介子推之避晋封者，申胥之逃楚赏，未尝不舍书而叹，有以自省也。"① 《明罚令》云："子胥沉江，吴人未有绝水之事，至于子推独为寒食，岂不偏乎？"② 两道令中都运用了《左传·僖公二十四年》中所记介子推之事，但两者所蕴含的意义却不相同。前者把介子推逃避封赏之举视为自励的典范；后者则把人们为纪念介子推而绝火寒食看作陈规陋习。再如《决议田畴让官教》云"昔夷、齐弃爵而讥武王，可谓愚暗"；《授崔琰东曹掾教》云"君有伯夷之风，史鱼之直，贪夫慕名而清，壮士尚称而厉"。④ 两者都运用了《孟子·万章下》《史记·伯夷列传》中所载伯夷的事迹，前者把伯夷弃爵讽刺武王的行为视为不明事理的愚暗之举；后者却认为伯夷之风能使"贪夫慕名而清"。这表明曹操在创作中对同一历史人物及其事迹的运用，其意义并不是一成不变的，而是根据创作时的目的和主张的不同而变化的。这充分体现出曹操对历史人物及其事迹的接受不仅做到了学以致用，而且能够具体问题具体分析，既注意到了其积极的一面，也关注到了其消极的一面，对我们今天正确地接受历史人物及其事迹不无启发意义。

其二，比较客观地书写了汉末的历史事实，与正史相互补充、相互印证，具有一定的史料价值。曹操的令、书、表、檄等应用文体，本身就属于历史文献的有机组成部分，其史料价值不言自明。曹操的《薤露行》《蒿里行》虽然描写的都是东汉末年的董卓之乱，但侧重点不同。《薤露行》主要展示董卓之乱的前因后果，《蒿里行》则注重再现军阀之间的争权夺利，进一步加剧社会动荡，并造成生灵涂炭的事实。正如方东树先生在《昭昧詹言》卷二中所说："《蒿里行》，此言袁绍初意本在王室，至军合不齐，始与孙坚等相争，而绍弟亦别自异心。'铠甲'四句，极写伤乱之惨，而诗则真朴雄阔远大。"⑤ "魏武帝《薤露》，此用乐府题，叙汉末时事。所以然者，以所咏丧亡之哀，足当挽歌也。而《薤露》哀君，《蒿里》哀臣，亦有次第"。⑥ 《薤露行》重在讥刺何进智小谋大，所

---

① 夏传才校注:《曹操集校注》，河北教育出版社，2013，第135页。
② 夏传才校注:《曹操集校注》，河北教育出版社，2013，第94页。
③ 夏传才校注:《曹操集校注》，河北教育出版社，2013，第122页。
④ 夏传才校注:《曹操集校注》，河北教育出版社，2013，第114页。
⑤ 河北师院中文系古典文学教研组编:《三曹资料汇编》，中华书局，1980，第41页。
⑥ 河北师院中文系古典文学教研组编:《三曹资料汇编》，中华书局，1980，第41页。

托非人，犹豫不决，处事不慎，引狼入室，导致东汉倾覆；《蒿里行》则重在阐述以袁绍为盟主的关东诸郡守因争势夺利，各怀私心，逡巡不前，最终四分五裂，互相残杀，使国家陷入军阀混战之局。曹操在从不同角度对汉末董卓之乱的历史予以再现的同时，还巧妙地运用历史典故发表己见。如《薤露行》中的"沐猴而冠带"①，运用《史记·项羽本纪》中的"人言楚人沐猴而冠耳"②之语；《蒿里行》中的"初期会孟津，乃心在咸阳"，③运用《尚书·泰誓》中"惟十有三年春，大会于孟津"，④《尚书·康王之诰》中"虽尔身在外，乃心罔不在王室"，⑤《史记·高祖本纪》中所载陈恢对刘邦说"臣闻足下约，先入咸阳者王之"⑥等语义，做到了纪实与历史相结合。钟惺在《古诗归》卷七中说："汉末实录，真诗史也。"⑦曹操的这些诗作，不仅比较客观地书写了汉末董卓之乱的历史事实，与正史相互补充，相互印证，具有一定的史料价值；而且还表现了曹操作为一个政治家、军事家、文学家，情系天下、关心民瘼的情怀与敢于担当、坚守正义的气度。

其三，曹操创作中对历史的接受继承和发展了先秦以来的文学传统，具有一定的文学史价值。在曹操以前，文学中对历史的反映是比较真实的，作者往往以历史的旁观者来客观地书写历史，较少直接对历史给予主观的评价，所以文学中的"诗史"传统尚未明显。但曹操在继承先秦以来的文学传统的同时，开启了对历史予以文学表达的新方式。即曹操在其创作中，一方面通过自己的接受，赋予了前代历史人物及其事迹以丰富的内容，蕴含了自己的评价；另一方面，曹操是作为参与者、见证者，从亲历者的角度对自己所处时代的重要历史事件予以文学的书写和再现的，寄寓了自己的所见、所感与所思，使其创作的作品真正具有了明代钟惺所说的"诗史"意义，这在中国古代文学史上应该说是开风气之先的。曹操这种对历史的文学表达，对后世产生了重要的影响。其典型表现就在于，其逐渐取代了先秦以来的历史散文和汉代史传散文的文学传统，继续朝着"诗史"的方向演进，真正扮演了先秦以来的历史散文和汉代史传散文的文学角色；与此同时，使先秦以来的历史散文和汉代史传散文愈益成为历史的

---

① 夏传才校注：《曹操集校注》，河北教育出版社，2013，第4页。
② [汉]司马迁：《史记》卷七《项羽本纪》，中华书局，1959，第315页。
③ 夏传才校注：《曹操集校注》，河北教育出版社，2013，第6页。
④ 江灏、钱宗武注译：《今古文尚书全译》，贵州人民出版社，1990，第204页。
⑤ 江灏、钱宗武注译：《今古文尚书全译》，贵州人民出版社，1990，第414页。
⑥ [汉]司马迁：《史记》卷八《高祖本纪》，中华书局，1959，第359页。
⑦ 河北师院中文系古典文学教研组编：《三曹资料汇编》，中华书局，1980，第18页。

真实记录，成为真正的历史著作。这就造成先秦以来文史不分的传统，开始了文学与历史著作的分离，各自朝自己的方向发展，担当起各自的责任。这种对历史的文学表达不仅很快得到了建安其他文人的认可，并被广泛付诸实践，而且成为后世文学的一大特征。庾信的"赋史"类作品和杜甫的"诗史"类作品，应与曹操对历史的文学表达有着文学史方面的内在关联。由此可见，曹操创作中对历史的文学表达的新方式，对后世文学的影响是不可低估的。

其四，借助文学这一载体对历史进行了有效传播。曹操之前的文人、与他同时代的其他文人和其后文人的创作中对历史人物及其事迹的运用和对历史事件的再现，也对历史进行了有效传播，但曹操的特殊身份，使其创作对历史的传播更为有效。一方面，曹操作为当时政坛的主要领导者之一，其政治影响力和号召力是其他文人所无法比拟的。其典型表现就是，曹操常常借助于诏令等应用性文体，以行政命令的方式来贯彻自己的主张，这就使其作品的传播不可避免地带上了政治强制性的色彩；而且曹操对历史人物及其事迹的运用能够做到恰如其分，在无形中增加了被读者接受的可信度。另一方面，曹操作为当时文坛的重要领导者之一，他所创作的作品也自然地成为当时文人学习的对象。马克思在《〈黑格尔法哲学批判〉导言》中指出："理论在一个国家的实现程度，决定于理论满足这个国家的需要的程度。"① 理论的发展是如此，文学的发展有时也是如此。建安文人对文学的需要，在一定程度上取决于曹操政治集团对文学的需要。这既是建安文学发展繁荣的一个重要原因，又是建安时期文学得到有效传播的一个重要原因。《三国志·魏书·武帝纪》裴松之注引《魏书》曰："御军三十余年，手不舍书，昼则讲武策，夜则思经传，登高必赋，及造新诗，被之管弦，皆成乐章。"② 就是很好的证明。

综上所述，曹操创作中对历史人物及其事迹的运用和对重要历史事件的再现，从历史的真实性来看，是以真实的历史人物及其事迹和当时重要的历史事件为基础的，是文学中的历史真实；从艺术的真实性而言，根据创作的需要对真实的历史人物及其事迹和重要的历史事件进行有意的取舍，并蕴含自己的评价与理解，是文学中建立在历史真实基础上的艺术真实，最终实现了文学历史化与历史文学化的有机统一。

---

① 中共中央马克思恩格斯列宁斯大林著作编译局译：《黑格尔法哲学批判》，人民出版社，1963，第 10 页。

② ［晋］陈寿撰，［南朝宋］裴松之注：《三国志》卷一《魏书·武帝纪》裴注引《魏略》，中华书局，1982，第 54 页。

三、曹操创作对历史接受的原因

曹操创作中之所以长于运用历史人物及其事迹，长于书写和再现当时重要的历史事件，是有其必然性的。大体而言，有五个方面的原因。

其一，与汉魏之际的社会政局密切相关。在中国古代发展史上，尤其是在社会政局发生转关的时期，执政者多从历史上寻求支撑自己治国理政思想的史实，作为自己政治主张得以顺利贯彻实施的有力证据。这种传统形成于春秋战国时期，该期诸子学说的表达和阐发，大多是建立在前代历史这一史实基础之上的。汉代以后，政论散文家、史传散文家的作品以及文人的表疏、帝王的诏令等文体，也经常借助于前代的历史人物及其事迹来表达自己的观点和主张。曹操生活的汉魏之际，社会政局十分动荡，借用历史上成功者和失败者的实例来阐明自己治国理政的理想与主张，也就自然地成为其创作中的一种选择。尤其是文献典籍中对政局转关时期的圣君贤臣及其事迹的记载，更易成为曹操创作中的借鉴之资。

其二，与曹操崇尚历史的意识与渊博的历史知识密不可分。中华民族自古以来就有强烈的崇尚历史的意识，这种意识主要源于重实际而轻虚幻的传统。梁启超对此曾有论述："要而论之，胚胎时代之文明，以重实际为第一义。重实际故重人事，其敬天也，皆取以为人伦之模范也；重实际故重经验，其尊祖也，皆取以为先例之典型也。于是乎由思想发为学术。其握学术之关键者有二职焉：一曰祝，掌天事者也……二曰史，掌人事者也。吾中华既天、祖并重，而天志则祝司之，祖法则史掌之。史与祝同权，实吾华独有之特色也。重实际故重经验，重经验故重先例，于是史职遂为学术思想之所荟萃。周礼有大史、小史、左史、内史、外史。'六经'中若《诗》輶轩所采、若《书》、若《春秋》，皆史官之所职也；若《礼》、若《乐》，亦史官之支裔也。"①曹操也深受这种崇尚历史的意识的影响。《三国志·魏书·蒋济传》裴松之注云："魏武作《家传》，自云曹叔振铎之后。"②振铎是周文王之子、武王之弟，封于曹，因之为姓。尽管此说并未得到广泛的认可，但曹操借此提高自己家世的意图是十分明显的，表现出浓郁的崇尚历史的意识。光和三年（180）六月，汉灵帝"诏公卿举

---

① 梁启超：《论中国学术思想变迁之大势》，上海古籍出版社，2006，第9—10页。
② ［晋］陈寿撰，［南朝宋］裴松之注：《三国志》卷十四《魏书·蒋济传》裴注，中华书局，1982，第455页。

能通《古文尚书》、《毛诗》、《左氏》、《谷梁春秋》各一人，悉除议郎"。①
曹操"以能明古学，复征拜议郎"。②《后汉书志·百官二》云："凡大夫、
议郎皆掌顾问应对，无常事，唯诏令所使。"③议郎实际上是皇帝的政务咨
询顾问，担任此职的人一般要具备渊博的历史知识。曹操被任为议郎，说
明他是具备这一职位所需要的渊博的历史知识的。这些也为曹操在创作中
运用历史人物及其事迹、书写和再现当时重要的历史事件，打下了坚实的
基础。

　　其三，和汉代文人引史助文的创作倾向有关。汉代文人引史助文创
作倾向的形成，一方面是受先秦时期以来文人创作引用传统的影响。刘勰
在《文心雕龙·事类》中论述用典的历史发展时云："事类者，盖文章之
外，据事以类义，援古以证今者也。昔文王繇易，剖判爻位……至于崔班
张蔡，遂捃摭经史，华实布濩，因书立功，皆后人之范式也。"④这表明文
人在创作中运用历史人物及其事迹，是为了表情达意或验证现实。这种传
统从《周易》就开始了，至东汉时期，崔骃、班固、张衡、蔡邕等人在创
作中采集摘取经史，使作品华实并茂，成为后人创作的范式。另一方面是
深受汉代经学的影响。皮锡瑞在《经学历史》中说："汉崇经术，实能见
之施行。……皇帝诏书，群臣奏议，莫不援引经义，以为据依。国有大
疑，辄引《春秋》为断。一时循吏多能推明经意，移易风化，号为以经术
饰吏事。"⑤受经学的影响，皇帝的诏书、群臣的奏议，莫不援引经义，依
经立义由此成为文人的创作表达方式之一。依经立义的表达方式与先秦以
来文人创作引用传统的互推互涌，使汉代文人引史助文创作的风尚得以形
成。尤其是东汉以后，引史助文成为文人创作的重要倾向。刘勰的《文心
雕龙·才略》云："然自卿渊已前，多俊才而不课学；雄向已后，颇引书以
助文：此取与之大际，其分不可乱者也。"⑥《隋书·经籍志》也云："自后

---

① [南朝宋]范晔撰，[唐]李贤等注：《后汉书》卷八《孝灵帝纪》，中华书局，1965，第
　　344页。
② [晋]陈寿撰，[南朝宋]裴松之注：《三国志》卷一《魏书·武帝纪》裴注引《魏书》，
　　中华书局，1982，第3页。
③ [晋]司马彪撰，[梁]刘昭注补：《后汉书志》卷二十五《百官二》，中华书局，1965，
　　第3577页。
④ [南朝梁]刘勰撰，范文澜注：《文心雕龙注》卷八《事类》，人民文学出版社，1958，第
　　614—615页。
⑤ [清]皮锡瑞著，周予同注释：《经学历史》，中华书局，2004，第67页。
⑥ [南朝梁]刘勰撰，范文澜注：《文心雕龙注》卷十《才略》，人民文学出版社，1958，第
　　699—700页。

汉以来，学者多钞撮旧史，自为一书。"① 可以看出，曹操创作中的事典多取自历史人物及其事迹，是渊源有自的。

其四，与先秦以来的文史传统观念有关。自有文字以来，凡是文字记载的文本一般都被视作对历史的记载。《孟子·离娄章句下》云："王者之迹熄而《诗》亡，《诗》亡然后《春秋》作。晋之《乘》，楚之《梼杌》，鲁之《春秋》，一也：其事则齐桓、晋文，其文则史。"② 孟子认为，《诗经》与晋之《乘》、楚之《梼杌》、鲁之《春秋》一样，都是记载历史的著作。《春秋》之前的历史是靠《诗经》来记载的，《春秋》就是对《诗经》传统的继承，《诗》亡以后，记载历史的任务才由《春秋》来承担。司马迁在《史记·孔子世家》中云："古者《诗》三千余篇，及至孔子，去其重，取可施于礼义，上采契后稷，中述殷周之盛，至幽厉之缺。"③ 在司马迁看来，《诗经》是经过孔子删节而成的，《诗经》中的作品，都是对周朝历史的记载，一部《诗经》实际上就是一部反映周朝兴衰的史书。在中国古代尤其是先秦时期，文史哲往往是混而为一的。我们认为，这是与先秦以来文人的文史传统观念密切相关的。在古人看来，不仅历史著作是反映历史的，文学著作、哲学著作和经学著作也是反映历史的。可以说，一切皆史是我国古代文人文史传统观念的重要特征。从某种程度上说，曹操创作中对历史人物及其事迹的运用和对重要历史事件的再现，也是先秦以来文人文史传统观念在其创作中的自然表现。

其五，与曹操的志向和个性有关。曹操恰逢生活在社会政治动荡的汉魏之际，时代环境与其家庭影响以及其从小所受的教育，培育了他胸怀天地、情系百姓的广阔胸襟和统一天下的志向。许劭对曹操的评价是"治世之能臣，乱世之奸雄"，④ 可谓是曹操志向和个性的最好注脚。曹操的这种志向和个性不仅使其善于权变，也使当时的有识之士对其满怀期待。如桥玄曾谓曹操曰："天下将乱，非命世之才不能济也，能安之者，其在君乎！"⑤ 王儁对刘表曰："曹公，天下之雄也，必能兴霸道，

---

① [唐] 魏徵、[唐] 令狐德棻：《隋书》卷三十三《经籍志二》，中华书局，1973，第962页。

② 杨伯峻译注：《孟子译注》，中华书局，2010，第177页。

③ [汉] 司马迁：《史记》卷四十七《孔子世家》，中华书局，1982，第1936页。

④ [晋] 陈寿撰，[南朝宋] 裴松之注：《三国志》卷一《魏书·武帝纪》裴注引孙盛《异同杂语》，中华书局，1982，第3页。

⑤ [晋] 陈寿撰，[南朝宋] 裴松之注：《三国志》卷一《魏书·武帝纪》，中华书局，1982，第2页。

继桓、文之功者也。"①可见，曹操具有政治家的高瞻远瞩、军事家的谋略、文学家的情感等。这些特征促使曹操在创作中选择历史人物、历史事件时，自然地把目光投射到决定历史转关和发展的重大历史人物、历史事件上。而在中国古代发展史上，决定历史转关和发展的重要历史人物，莫过于历朝历代的帝王将相。具体一点说，就是成就霸业的贤君明主，以及帮助贤君明主成就霸业的文武大臣。这表明曹操的志向和个性，对其创作中接受什么样的历史人物和历史事件也产生了比较大的影响。

综上所述，曹操作为汉魏之际历史转关时期的代表人物，其历史地位是十分重要的。《三国志·魏书·魏武帝纪》陈寿评曹操曰："汉末，天下大乱，雄豪并起，而袁绍虎眎四州，强盛莫敌。太祖运筹演谋，鞭挞宇内，揽申、商之法术，该韩、白之奇策，官方授材，各因其器，矫情任算，不念旧恶，终能总御皇机，克成洪业者，惟其明略最优也。抑可谓非常之人，超世之杰矣。"②在此，陈寿从政治、思想、军事、用人、谋略等角度，对曹操进行了评价。其实，我们从曹操在创作中对历史的接受和评价，以及表现出来的识见与精神气度等方面，也可以透视出其"非常之人，超世之杰"的一面。对此，我们应给予应有的关注，并结合当下的实际，予以合理继承和发展。

---

① [晋]陈寿撰，[南朝宋]裴松之注：《三国志》卷一《魏书·武帝纪》裴注引皇甫谧《逸士传》，中华书局，1982，第31页。
② [晋]陈寿撰，[南朝宋]裴松之注：《三国志》卷一《魏书·武帝纪》，中华书局，1982，第55页。

附录五　汉魏之际文人关系中文学类型的确立

在我国古代文学发展史上，文人关系与文学存在着密切的内在关联。因为文人既是文人关系的主体，也是文学创作的主体。文人的关系怎样对文学的演变，尤其是对文人的文学创作具有直接的重要影响。依据我国古代文人关系的性质，我们可把文人关系分为政治、文化、学术、文学等不同类型。文人关系的类型不同，对文人文学创作产生的影响也不相同。所以从文人关系的角度探讨古代文人的文学创作与文学的发展，应是一条可行的有效途径。我们认为从东汉中期至魏明帝太和年间的汉魏之际，作为我国古代社会发生重要转型的时期，文学之所以也发生了巨大变革，固然有多种原因，但该期文人关系性质的变化是其重要原因之一。因为与之前相比，该期文人关系有了新的发展，出现了文人以文学来构建彼此关系的新情况。这主要表现在文学不仅成为该期文人之间建立关系的一大目的和内容，而且还成为他们借以建立相互关系的一种主导形式，文学作为文人关系的一种崭新类型获得了确立。就目前学界已有的相关研究成果而言，尽管学者们在研究该期社会文化的变迁、儒生与文吏的合流、文人的交游活动等问题时，对文人关系中的文学因素有所涉及，但并没有明确把文人关系中的文学类型作为论题来提出，更不用说进行系统深入的研究了。而对这一论题的探究，对我们认识和把握该期文人的文学创作与文学风貌又不是可有可无的。有鉴于此，对汉魏之际文人关系中文学类型的确立进行专题研究，其必要性也就不言而喻了。

"文人"作为中国古代一个重要的社会群体，是从先秦时期的"士人"阶层演化而来的，其内涵有一个长期的演变过程。东汉以后，尤其是汉魏之际"文人"才逐步从"士人"阶层中分离出来，其内涵也进入了一个新的阶段。考虑到"文人"演变的历史实际，先秦至东汉初期使用"士人"称谓，汉魏之际则使用"文人"称谓。本文中的"文人关系""士人关系"分别指"文人""士人"作为独立的主体，彼此之间和与其他社会成员之间所建立的联系。由于古代"文人""士人"从其产生时起，就与政

治存在着千丝万缕的联系，不少统治者本身就是"文人"或"士人"，其
与"文人"或"士人"的关系也直接影响着古代文学的发展。有鉴于此，
本文中的"文人关系"或"士人关系"主要关注"文人"彼此之间或"士
人"彼此之间的关系，以及他们与统治者之间的关系两个层面。这是需要
予以说明的。

一、文人关系中文学目的从自然到自觉的转变

从文人关系的目的来看，在我国古代文人关系发展史上，到了汉魏之
际，文学才摆脱了自然依附于政治、文化、学术等目的的附庸地位，作为
文人建立人际关系追求的目的之一，发生了从自然到自觉的转变，为文人
关系中文学类型的确立提供了目的上的条件。

先秦时期，士人建立人际关系的目的主要体现在两个方面。其一是建
立在势利基础之上的。这首先表现在士人与统治者的关系上，此时君臣、
宾主的关系就是其中的代表。如韩非子认为，君臣之间就是买卖的利益关
系："主卖官爵，臣卖智力。"① 在韩非子看来，君臣之间之所以建立关系，
就是因为各有自己的利益目的。再如《史记·孟尝君列传》载：孟尝君被
齐王毁废失位之后，宾客争相远离而去，后又得势，宾客又纷纷而至，原
因就在于："富贵多士，贫贱寡友，事之固然也。"② 此后赵国的廉颇经历了
同样的遭遇。《史记·廉颇蔺相如列传》记载，廉颇失势之时，故客尽去；
及复用为将，得势之时，客又复至，针对其客前后态度的变化，廉颇颇有
感触，直接辞退其客。其客却曰："吁！君何见之晚也？夫天下以市道交，
君有势，我则从君，君无势则去，此固其理也，有何怨乎？"③ 不管是齐国
孟尝君的宾客，还是赵国廉颇的宾客，皆把势利作为自己与孟尝君、廉颇
交往的目的。这一目的对这些士人而言，既是明确的，也是自觉的。因为
他们不仅认识到了富贵多士、贫贱寡友这一道理自然的一面，而且还把势
利作为了自己与其主交往的目的主动地去追求。你富贵有势对我有利就投
靠你，你贫贱无势对我没利就离你而去，势利在士人交往的目的中彰显出
不可替代的地位和价值。其次还表现在士人与士人之间的关系上。如《战
国策·秦策三》云："天下之士，合从相聚于赵，而欲攻秦。秦相应侯曰：
'王勿忧也，请令废。秦于天下之士，非有怨也，相聚而攻秦者，以己

---

① 陈奇猷校注：《韩非子集释（增订本）》卷十四《外储说右下》，中华书局，1958，第
772 页。
② ［汉］司马迁：《史记》卷七十五《孟尝君列传》，中华书局，1982，第 2362 页。
③ ［汉］司马迁：《史记》卷八十一《廉颇蔺相如列传》，中华书局，1982，第 2448 页。

欲富贵耳。'"① 面对当时天下之士相聚赵国，共同谈论合纵盟约攻打秦国的情势，秦相应侯范雎告诉秦王无须担心。因为范雎清楚地知道这些士人"相聚而攻秦者"，只是"欲富贵耳"。难怪战国后期的荀子发出了这样的感叹："今之所谓士仕者，汙漫者也，贼乱者也，恣睢者也，贪利者也，触抵者也，无礼义而唯权势之嗜者也。"②

其二是建立在道统基础之上的。一方面，这可以通过先秦时期士人与统治者之间的关系予以说明。该期追求自己学派道统的士人在与统治者建立关系时，就彰显出对自己学派道统这一目的的积极捍卫。如《孟子·万章下》载："缪公亟见于子思曰：'古千乘之国以友士，何如？'子思不悦曰：'古之人有言曰，事之云乎，岂曰友之云乎！'子思之不悦也，岂不曰以位，则子君也，我臣也，何敢与君友也。以德，则子事我者也，奚可以与我友？千乘之君，求与之友而不可得也，而况可召与？"③ 鲁缪公待子思以友，子思不悦，原因就是他要以师自居，不愿下居友位。《战国策·齐策》载赵威后与齐使之言曰："於陵子仲尚存乎？是其为人也，上不臣于王，下不治其家，中不索交诸侯。此率民而出于无用者，何为至今不杀乎？"④ 赵威后认为子仲上不臣于王，下不治其家，中又不索交诸侯，他的存在似乎没有任何价值，但我们却从子仲的身上看到了士人对自己理想的"道"的坚守精神。所以春秋战国诸子学派的士人，不仅把道统作为了他们建立关系的目的，而且表现出强烈的自觉意识。

另一方面，这在先秦时期诸子学派内部成员之间的关系中也有鲜明的体现。儒家、道家、法家、墨家等各家代表人物和其弟子之间之所以能够结成密切的或师徒或师兄弟的关系，就在于其各有自己学派所提倡和自觉追求的道统这一共同目的。如孔子与其弟子所追求的"仁学"，孟子和其弟子所追求的"仁政"，荀子和其弟子所追求的"隆礼重法"，韩非子和其弟子所追求的"法、术、势"，老子、庄子和其弟子所追求的"自然之道"，墨子和其弟子所追求的"兼爱、非攻"等，无不这样。这也就是孔

---

① [汉] 高诱注：《战国策》卷五《秦三》，上海书店，1987，第44页。
② [清] 王先谦撰，沈啸寰、王星贤点校：《荀子集解》卷三《非十二子篇》，中华书局，1988，第100—101页。
③ [清] 焦循撰，沈文倬点校：《孟子正义》卷二十一《万章下》，中华书局，1987，第721页。
④ [汉] 高诱注：《战国策》卷十一《齐四》，上海书店，1987，第96页。

子为何说"士志于道"①"道不同，不相为谋"②的原因所在。

　　西汉至东汉初期，由于政治上的一统与思想上的儒学独尊所引起的社会风气和士人价值取向的变化，士人关系的目的也发生了变化，政治和经学成为士人建立相互关系的重要目的。这在该期士人与统治者之间、士人彼此之间的交往中皆有体现。如汉初的吴王刘濞、梁孝王刘武、淮南王刘安等之所以广招士人，士人之所以纷纷前来投靠他们，其目的主要是政治的。西汉武帝以后儒学成为统治者治国的指导思想，儒家经学也就自然成为士人之间建立关系的一大目的。《汉书·儒林传》赞云："自武帝立《五经》博士，开弟子员，设科射策，劝以官禄，迄于元始，百有余年，传业者浸盛，支叶蕃滋，一经说至百余万言，大师众至千余人，盖禄利之路然也。"③《后汉书·儒林列传》云："及光武中兴，爱好经术，未及下车，而先访儒雅，采求阙文，补缀漏逸。先是四方学士多怀协图书，遁逃林薮。自是莫不抱负坟策，云会京师，范升、陈元、郑兴、杜林、卫宏、刘昆、桓荣之徒，继踵而集。于是立《五经》博士，各以家法教授，《易》有施、孟、梁丘、京氏，《尚书》欧阳、大小夏侯，《诗》齐、鲁、韩，《礼》大小戴，《春秋》严、颜、凡十四博士，太常差次总领焉。"④这两则文献描写了经学因统治者的喜爱和提倡，在士人中传播发展的盛况，展示了经学是士人与统治者之间、士人与士人之间交往的目的这一史实，以及他们对这一目的的追求所达到的自觉程度。不难看出，先秦至东汉初期，势利、道统、政治与经学作为士人建立彼此关系的目的，不仅被他们所认同和接受，而且成为士人一种自觉的追求。就此期士人关系建立目的的总体情况而言，虽然也涉及了文学，但这在很大程度上只是他们在追求势利、道统、政治与经学等目的时的一种自然显现，文学还未独立成为他们追求的目的，更谈不上自觉。如战国后期，"楚襄王既登阳云之台，令诸大夫景差、唐勒、宋玉等并造《大言赋》"。⑤西汉初期，"吴王濞招致四方游士，阳与吴严忌、枚乘等俱仕吴，皆以文辩著名"。⑥东汉"明帝永平十七年，

---

① ［宋］朱熹：《四书章句集注·论语集注》卷二，中华书局，1983，第71页。
② ［宋］朱熹：《四书章句集注·论语集注》卷八，中华书局，1983，第169页。
③ ［汉］班固撰，［唐］颜师古注：《汉书》卷八十八《儒林列传》，中华书局，1962，第3620页。
④ ［南朝宋］范晔撰，［唐］李贤等注：《后汉书》卷七十九上《儒林列传上》，中华书局，1965，第2545页。
⑤ ［清］严可均辑校：《全上古三代秦汉三国六朝文》，中华书局，1958，第72页下栏。
⑥ ［汉］班固撰，［唐］颜师古注：《汉书》卷五十一《邹阳传》，中华书局，1962，第2338页。

神雀五色翔集京师……帝召贾逵，敕兰台给笔札，使作《神雀颂》。①上文所叙述的楚襄王令景差、唐勒、宋玉等创作的《大言赋》，邹阳等"以文辩著名"而被吴王刘濞招纳，明帝使贾逵作《神雀颂》等，所涉及的不管是士人与统治者之间的关系，还是士人彼此之间的关系，皆与文学有关。但就他们之间建立关系的目的而论，并不是为了文学，文学是自然依附于政治的，是为实现其政治目的服务的。因为景差等只是楚襄王的御用文人，吴王刘濞招邹阳等人主要是为了树立自己的政治威望，明帝使贾逵作《神雀颂》主要是为自己润色宏业。所以文学在他们建立关系的目的上，也就自然失去了文学本身的独立价值，其地位也就无法与政治相提并论了，更不用说他们把文学作为彼此建立关系的目的来自觉追求了。此时士人关系中势利、道统、经学等目的所涉及的文学也是如此。

汉魏之际，除政治、经学等被文人继续作为建立相互关系的目的之外，又出现了文学被文人作为建立彼此关系目的的新情况。这时的文学在文人交往目的中的价值得到了前所未有的彰显，不仅摆脱了之前依附于势利、道统、政治、经学的附庸地位走向了独立，而且作为文人之间建立关系追求的目的之一，也发生了从自然到自觉的转变。这种转变在汉魏之际的和帝、安帝时期就有了一定程度的显现。该期不少文人就因自己的文学实绩和文学才能被举荐升迁，举荐者与被举荐者之间以及被举荐者与统治者之间之所以发生联系，就是因为被举荐者的文学实绩和文学才能。而文人的文学才能又属于文人重要的文学素质，所以文人的文学实绩和文学才能在成为他们建立关系的直接目的同时，文学的地位、作用也得到了提高和凸显，有效推动了文学作为文人建立关系追求的目的从自然向自觉的发展。如李尤"少以文章显。和帝时，侍中贾逵荐尤有相如、杨雄之风，诏诣东观，受诏作赋，拜兰台令史"。②李尤之所以被贾逵引荐诏诣东观，受诏作赋，拜为兰台令史，就是要发挥他的"以文章显""有相如、杨雄之风"的文学创作优长。刘毅"少有文辩称，元初元年，上《汉德论》并《宪论》十二篇。时刘珍、邓耽、尹兑、马融共上书称其美，安帝嘉之，赐钱三万，拜议郎"。③刘毅之所以受到安帝的嘉奖，拜为议郎，是为了使他的"有文辩称"和被刘珍、邓耽、尹兑、马融等文人称美的文学创作才

---

① [汉]刘珍等撰，吴树平校注:《东观汉记校注》卷十五《贾逵》，中州古籍出版社，1987，第613页。
② [南朝宋]范晔撰，[唐]李贤等注:《后汉书》卷八十上《文苑列传上》，中华书局，1965，第2616页。
③ [南朝宋]范晔撰，[唐]李贤等注:《后汉书》卷八十上《文苑列传上》，中华书局，1965，第2616页。

能有施展的平台。胡广"既到京师，试以章奏，安帝以广为天下第一。旬月拜尚书郎，五迁尚书仆射"。① 胡广在旬月之间就被拜为尚书郎，五迁尚书仆射，也是为了利用他的章奏天下第一的文才。上述事例所反映的文人关系中的文学这一目的，是与当时以笺奏课文吏的仕进制度密切相关的。文学作为文人建立人际关系的目的，虽然还没有真正走向自觉，但其自觉程度较之前却有了明显的提升。

东汉后期的桓帝、灵帝时期，文学作为文人建立相互关系目的的意识愈益明确和自觉。如边让，史载："少辩博，能属文。作《章华赋》，虽多淫丽之辞，而终之以正，亦如相如之讽也。其辞曰……大将军何进闻让才名，欲辟命之，恐不至，诡以军事征召。既到，署令史，进以礼见之。让善占射，能辞对，时宾客满堂，莫不羡其风。府掾孔融、王朗并修刺候焉。议郎蔡邕深敬之，以为让宜处高任，乃荐于何进曰……让后以高才擢进，屡迁，出为九江太守，不以为能也。"② 何进以军事征召边让，蔡邕向何进推荐边让，都是为了利用边让的辩博和能属文之才。再如蔡邕，他在东汉后期之所以声名鹊起，在很大程度上也是因为他的文学实绩和才能。与蔡邕建立关系的文人、统治者，不管是与他交游，还是和他一起从事文献整理、品评、游艺、文学创作等活动，无不是基于蔡邕所取得的非凡的文学实绩和超拔的文才。史载："（蔡）邕前在东观，与卢植、韩说等撰补《后汉记》。"③ "中平六年，灵帝崩，董卓为司空，闻邕名高，辟之。"④ "（董）卓重邕才学，厚相遇待，每集宴，辄令邕鼓琴赞事，邕亦每存匡益。"⑤ 蔡邕被召东观，董卓辟蔡邕并"厚相遇待"，其关系的建立有一个共同的目的，即蔡邕的文学实绩和才能。再如刘表，其于汉献帝初平元年（190）受诏为荆州刺史，采取抚定民心的措施，提倡儒术，广交当地豪族，使荆州成为当时的一个文化中心，许多文人云集于此。对此刘跃进先生有具体论述："仅关中一地，汉末战乱中，'人民流入荆州者十馀万家'。从此至建安十三年约近二十年间，荆州成为汉末之一重要的文化中

---

① [南朝宋] 范晔撰，[唐] 李贤等注:《后汉书》卷四十四《胡广传》，中华书局，1965，第1505页。

② [南朝宋] 范晔撰，[唐] 李贤等注:《后汉书》卷八十下《文苑列传下》，中华书局，1965，第2640—2647页。

③ [南朝宋] 范晔撰，[唐] 李贤等注:《后汉书》卷六十下《蔡邕列传下》，中华书局，1965，第2003页。

④ [南朝宋] 范晔撰，[唐] 李贤等注:《后汉书》卷六十下《蔡邕列传下》，中华书局，1965，第2005页。

⑤ [南朝宋] 范晔撰，[唐] 李贤等注:《后汉书》卷六十下《蔡邕列传下》，中华书局，1965，第2006页。

心和经济中心。其中有文学作品传世者如祢衡、王粲、繁钦、邯郸淳、诸葛亮、傅巽等，均为一时之选。此外，学者名士如赵岐、和洽、刘廙、杜夔、刘巴、宋忠（衷）等也曾云集于此。所以王粲对曹操说'士之避乱荆州者，皆海内之俊杰也'。"① 当时文人云集荆州的原因虽然有很多，但刘表重文学、艺术无疑是其中一个重要的原因。这恰好满足了当时文人喜好文学、艺术以及实践自己文学、艺术才能的需求。

建安时期文人汇集邺下，依附于曹氏父子，文学所起的作用更为重要，文人之间把文学作为建立关系的目的来追求的自觉意识更加突出。《三国志》卷十九《魏书·陈思王植传》载："时邺铜爵台新成，太祖悉将诸子登台，使各为赋。植援笔立成，可观，太祖甚异之。"② 曹操组织的这次活动，完全是以文学创作为目的的。尽管此次活动是由曹氏家族成员参加的一次家族活动，但就曹操的地位和影响来说，他的这一举措无疑以自己的实际行动向曹丕、曹植兄弟宣告了文学创作作为文人建立关系目的的独立性、自觉性和合法性。从东汉后期开始，家族文学作为文学的重要组成部分，就远远超出了家族本身的意义而具有了影响文学发展方向的引领价值。曹氏家族的这次活动，在一定程度上更是如此。此后，曹丕、曹植兄弟在邺下西园、南皮等地自发组织的，由建安其他文人参与的以文学为目的的活动，就是典型的表现。正如史家所云："始文帝为五官将，及平原侯植皆好文学。粲与北海徐干字伟长、广陵陈琳字孔璋、陈留阮瑀字元瑜、汝南应场字德琏、东平刘桢字公干并见友善。"③ "自颍川邯郸淳、繁钦、陈留路粹、沛国丁仪、丁廙、弘农杨修、河内荀纬等，亦有文采，而不在此七人之例。"④ 这里明确指出，曹丕、曹植兄弟与王粲等六子之间之所以建立好友关系，就是因为他们有一个皆好文学的共同目的，而且这一文学目的是独立于其他目的之外的，是文人特别看重和自觉追求的。颍川邯郸淳、繁钦、陈留路粹、沛国丁仪、丁廙、弘农杨修、河内荀纬等人虽然也有文采，但由于与王粲等六子相比，他们的文学才能有所逊色，所以在曹丕、曹植兄弟那里的地位也就无法与王粲等六子等同了。由此可知，建安文人不仅把文学作为了彼此交往的重要目的，而且文学才能的高低还

① 刘跃进：《秦汉文学编年史》下编，商务印书馆，2006，第610页。
② [晋]陈寿撰，[南朝宋]裴松之注：《三国志》卷十九《魏书·陈思王植传》，中华书局，1982，第557页。
③ [晋]陈寿撰，[南朝宋]裴松之注：《三国志》卷二十一《魏书·王卫二刘傅传》，中华书局，1982，第599页。
④ [晋]陈寿撰，[南朝宋]裴松之注：《三国志》卷二十一《魏书·王卫二刘傅传》，中华书局，1982，第602页。

决定了文人之间关系的远近疏密。如此一来，文学在文人建立关系目的中的地位也得到了进一步提升，与政治相比也毫不逊色，成为文人自觉追求的"经国之大业，不朽之盛事"，① 具有了与"经国"同等重要的不朽的意义。

总之，在我国古代文人关系发展史上，至汉魏之际，文学在文人建立相互关系的目的上，不仅摆脱了之前从属于势利、道统、政治、经学等目的的自然状态，而且成为他们主动的自觉追求，发生了从自然到自觉的重大转变。

二、文人关系中文学内容从依附到独立的发展

从文人关系的内容来看，我国古代的文人关系发展到汉魏之际，文学作为文人交往的一项内容经历了从依附到独立的发展，为文人关系中文学类型的确立提供了内容上的条件。

先秦时期，士人关系的建立在内容上居于独立地位的，是与他们建立关系时所追求的势利、道统等目的相一致的权力富贵、治国理政、道德伦理教化。如齐国的齐威王、齐宣王等与稷下士人集团成员之间，楚国的楚襄王与景差、唐勒、宋玉之间，儒家、道家、墨家等诸子学派内部成员之间等关系的建立，即是其中的代表。虽然其中也涉及了文学的内容，但文学常常是作为权力富贵、治国理政、道德伦理教化的一部分出现的，是依附于权力富贵、治国理政、道德伦理教化之上的，还不具有自己的独立性。在春秋时期的政治、外交等活动中，士人之间的引《诗》、赋《诗》和诵《诗》，表面来看《诗》成为他们建立关系中的对象，但实际上他们关注的不是《诗》的文学审美内容，而是《诗》的政治、伦理道德等意义，他们并没有把《诗》视为文学作品。这种情况在春秋时期是一种普遍现象。再如孔子教育自己的儿子孔鲤时强调："不学诗，无以言。"② 《论语·阳货》也记载了孔子的一段话："小子！何莫学夫诗？诗，可以兴，可以观，可以群，可以怨。迩之事父，远之事君。多识于鸟兽草木之名。"③ 在孔子看来，《诗》是一部能够提高语言表达能力，有助于抒发情感、了解他人、和人交流、针砭时政、加强道德礼乐修养、增长知识的教科书。孔子的话语中尽管也包含了《诗》的文学意义，但总体来说，孔子并没有

---

① ［清］严可均辑校：《全上古三代秦汉三国六朝文》，中华书局，1958，第 1097 页下栏。
② ［宋］朱熹：《四书章句集注·论语集注》卷八，中华书局，1983，第 173 页。
③ ［宋］朱熹：《四书章句集注·论语集注》卷九，中华书局，1983，第 178 页。

把《诗》视为文学作品。先秦是我国古代士人这一社会阶层的形成期，该期士人的身份非常复杂。范文澜先生曾把当时的士人分为学士、策士、方士或术士、食客四类。就这四类士人彼此之间建立关系的内容而言，尽管丰富多样，但居于独立地位的是权力富贵、治国理政、道德伦理教化，文学只是为这些内容服务的。这同样可以从该期士人的谈论、交游和创作等活动所展现的他们建立关系的内容中得到印证。如此时士人谈论活动所展现的他们建立关系的内容，处于独立地位的有社会政治、治国方略、伦理教化、德行修养等；士人交游活动所展现的他们建立关系的内容，处于独立地位的有道统理想、势利等；士人创作活动所展现的他们建立关系的内容，处于独立地位的有政治主张、人生理想等。文学作为士人构建相互关系的内容在这些活动中还未独立，而是依附于其他内容而存在的。

西汉到东汉初期，由于受执政者以儒家作为治国思想理念的影响，再加上士人身体力行的现实实践，士人之间建立关系的内容也与儒家所倡导的孝道、忠君等思想密切相关，处于独立地位的主要体现在治国理政、经明行修等方面。这同样能够从该期士人关系建立的内容中得到说明。像西汉初期藩王与士人之间关系的建立，西汉武帝与宫廷士人之间关系的建立，所彰显的独立内容就是以治国理政为主的；像西汉和东汉初期太学、郡学以及兰台、东观等士人之间关系的建立，所彰显的独立内容就是以经明行修等为主的。当然这个时期士人关系建立的内容中也有与文学相关的，但主要是依附于治国理政、经明行修等内容而存在的，文学的独立地位和价值均被治国理政、经明行修等内容所遮蔽了。史云："宣帝循武帝故事，招选名儒俊材置左右。更生以通达能属文辞，与王褒、张子侨等并进对，献赋颂凡数十篇。"《后汉书·班固传》也云："及肃宗雅好文章，固愈得幸，数入读书禁中，或连日继夜。每行巡狩，辄献上赋颂，朝廷有大议，使难问公卿，辩论于前，赏赐恩宠甚渥。"刘向、王褒、张子侨等献给宣帝的赋颂，班固献给肃宗的赋颂，皆是歌功颂德的。表面上看这些赋颂好像是联系他们之间关系的独立内容，但实质上这些赋颂无论是对统治者而言还是对士人来说，其作为文学的文学性是服务于政治性的。因为这些赋颂生成的目的是政治的，所书写的内容也是以统治者的意志为转移

---

① 范文澜：《中国通史简编（修订本）》第一编，人民出版社，1964，第249页。

② ［汉］班固撰，［唐］颜师古注：《汉书》卷三十六《刘向传》，中华书局，1962，第1928页。

③ ［南朝宋］范晔撰，［唐］李贤等注：《后汉书》卷四十下《班固传》，中华书局，1965，第1373页。

的，所以赋颂作为士人建立相互关系的内容，其文学本身的地位和价值并未独立。

汉魏之际尤其是建安时期，随着文人立言价值观从余事到主导的转变，① 文人交往中的文学内容日益增加，其地位也愈益重要，实现了从依附到独立的发展，成为文人之间建立关系的独立内容之一。这可从两个方面予以说明：一方面，此时文人的文学创作本身作为文人活动中的有机组成部分，成为文人在活动中彼此交往的一项独立内容。此种情况在东汉安帝至灵帝时期文人的游艺活动和游艺文学创作中，就有了一定程度的彰显。像马融的《樗蒲赋》《围棋赋》，王符的《羽猎赋》，王延寿的《千秋赋》，边韶的《塞赋并序》，蔡邕的《弹棋赋》等，就是代表。到了建安之后，曹氏兄弟与建安诸子之间、建安诸子之间所开展的游艺活动与创作的游艺文学作品更是如此。像应玚的《驰射赋》《校猎赋》《西狩赋》《斗鸡诗》，刘桢的《大阅赋》《斗鸡诗》《射鸢诗》，陈琳的《武猎赋》，王粲的《弹棋赋序》《围棋赋序》《投壶赋序》《羽猎赋》，曹植的《射雉赋》《斗鸡诗》《名都篇》，丁廙的《弹棋赋》，曹丕的《弹棋赋》《校猎赋》《夏日诗》《艳歌何尝行》《诗·行行游且猎》《艳歌何尝行》《诗·巾车出邺宫》，邯郸淳的《投壶赋》等，就是他们在游艺活动中创作的，也是以描写文人所开展的游艺活动为内容的。所以，这些作品就具有了双重的价值，它们既是文人游艺活动中的内容，也是文人在活动中彼此建立关系的内容，并且其文学地位是独立的，是不依附于其他内容而存在的，彰显的是文学本身所具有的审美和娱乐功能。这个时期文人在交游活动中创作的同题共作与赠答的作品，如应玚的《公宴诗》《侍五官中郎将建章台集诗》，刘桢的《公宴诗》《又赠徐幹》《赠五官中郎将四首》，曹植的《赠徐幹》等，同样既是文人交游活动中的内容，又是文人在活动中彼此建立关系的内容，其地位也是独立的。不仅如此，此时还出现了以反映文人文学创作为内容的作品。如曹植的《薤露行》云："孔氏删诗书，王业粲已分。骋我迳寸翰，流藻垂华芬。"② 刘桢的《赠五官中郎将诗四首》其四曰："赋诗连篇章，极夜不知归。君侯多壮思，文雅纵横飞。"③ 诗中对作者文学创作的描写，或是为了立言不朽，或是为了展示文学的才华等。在这些活动中，文学作为文人活动的有机内容，不仅是文人之间建立关系内容中文学内容的具体展

---

① 张振龙：《由余事到主导：建安文人立言价值观的演进历程》，《陕西师范大学学报》2003 年第 1 期。
② 赵幼文校注：《曹植集校注》卷三，人民文学出版社，1984，第 433 页。
③ 俞绍初辑校：《建安七子集》卷七，中华书局，2005，第 189 页。

示，而且与活动中的其他内容相比，也具有了独立的文学价值。

　　另一方面，作家作品作为客体，也独立成为该期文人之间建立关系的对象。像建安诸子、曹氏兄弟在交游、谈论等活动中相互交流的内容之一，就是对作家作品的谈论和品评，文学在他们开展的这些活动中扮演了重要角色，成为彼此建立关系内容的独立部分。如曹植的《与杨德祖书》，文中既有对邺下文学创作的盛况、建安诸子文学成就的称道，如"今世作者可略而言也：昔仲宣独步于汉南；孔璋鹰扬于河朔；伟长擅名于青土；公干振藻于海隅；德琏发迹于大魏；足下高视于上京。当此之时，人人自谓握灵蛇之珠，家家自谓抱荆山之玉"①；又有对陈琳创作的严厉批评，如"以孔璋之才，不闲于辞赋，而多自谓能与司马长卿同风；譬画虎不成，反为狗也。前有书嘲之，反作论盛道仆赞其文"。②文中既指出了文人文学创作的不易，要想创作出好的文学作品，就要倾听他人的批评意见，反复修改、润色，如"世人之著述不能无病，仆尝好人讥弹其文，有不善者，应时改定。昔丁敬礼尝作小文，使仆润饰之。仆自以才不过若人，辞不为也。敬礼谓仆：卿何所疑难？文之佳恶，吾自得之，后世谁相知定吾文者耶！吾尝叹此达言，以为美谈"；③又阐述了文人文学批评与文学修养之间的关系，批评者要想掌握批评文学作品的本领，就要具有很高的文学修养，如"盖有南威之容，乃可以论于淑媛；有龙泉之利，乃可以议于断割。刘季绪才不能逮于作者，而好诋诃文章，掎摭利病。昔田巴毁五帝、罪三王、訾五霸于稷下，一旦而服千人。鲁连一说，使终身杜口。刘生之辩，未若田氏；今之仲连，求之不难，可无叹息乎！人各有好尚：兰茝荪蕙之芳，众人之所好，而海畔有逐臭之夫；《咸池》、《六茎》之发，众人所同乐，而墨翟有非之之论，岂可同哉"！④此外，作者还提出了自己的辞赋观点："辞赋小道，固未足以揄扬大义，彰示来世也。"⑤

　　针对曹植的《与杨德祖书》，杨修写了回信《答临淄侯笺》。在回信中，杨修也发表了自己对文学的看法。首先，杨修赞美了曹植写给自己的这封信，称："损辱嘉命，蔚矣其文。诵读反复，虽讽《雅》《颂》，不复过此。"⑥其次，杨修肯定了王粲等人的文学实绩，对于曹植把自己与王粲等人相提并论实不敢当，称："若仲宣之擅汉表，陈氏之跨冀域，徐刘之

---

① 赵幼文校注：《曹植集校注》卷一，人民文学出版社，1984，第153页。
② 赵幼文校注：《曹植集校注》卷一，人民文学出版社，1984，第153页。
③ 赵幼文校注：《曹植集校注》卷一，人民文学出版社，1984，第153—154页。
④ 赵幼文校注：《曹植集校注》卷一，人民文学出版社，1984，第154页。
⑤ 赵幼文校注：《曹植集校注》卷一，人民文学出版社，1984，第154页。
⑥ ［清］严可均辑校：《全上古三代秦汉三国六朝文》，中华书局，1958，第757页下栏。

显青豫，应生之发魏国，斯皆然矣。至于修者，听采风声，仰德不暇，自周章于省览，何遑高视哉。"① 接着，杨修对曹植非凡的文学才能和文学成就给予了高度颂扬，称："体发旦之资，有圣善之教。远近观者，徒谓能宣昭懿德，光赞大业而已，不复谓能兼览传记，留思文章。今乃含王超陈，度越数子矣。观者骇视而拭目，听者倾首而竦耳。非夫体通性达，受之自然，其孰能至于此乎？又尝亲见执事，握牍持笔，有所造作，若成诵在心，借书于手，曾不斯须，少留思虑。仲尼日月，无得逾焉。修之仰望，殆如此矣。"② 之后，杨修将曹植所赠的辞赋比之为《吕氏》《淮南》，自己不敢妄加评论，称："伏想执事，不知其然，猥受顾锡，教使刊定。《春秋》之成，莫能损益。《吕氏》《淮南》，字直千金，然而弟子箝口，市人拱手者，圣贤卓荦，固所以殊绝凡庸也。"③ 最后，杨修发表了自己对赋颂的主张，作为对曹植"辞赋小道"观点的回应，称："今之赋颂，古诗之流，不更孔公，风雅无别耳。修家子云，老不晓事，强著一书，悔其少作。若此仲山、周旦之俦，为皆有愆邪！群侯忘圣贤之显迹，述鄙宗之过言，窃以为未之思也。若乃不忘经国之大美，流千载之英声，铭功景钟，书名竹帛，斯自雅量，素所畜也，岂与文章相妨害哉？"④ 就曹植的《与杨德祖书》、杨修的《答临淄侯笺》而言，这两篇文学作品不仅是两人建立关系的具体表现，也是两人建立关系的具体内容。就两人建立关系的具体内容来说，其中心议题就是围绕文学来展开的，文学也就自然成为曹植、杨修两人关系得以建立和维系的独立对象。

再如曹丕的《典论·论文》《与吴质书》，吴质的《答魏太子笺》，陈琳的《答东阿王笺》等，也是如此。这些作品中所讨论的建安作家作品，从文学的意义上来说，不仅是独立的，也是建安诸子、曹氏兄弟之间关系得以建立的主要内容之一。这在该期文人的辞赋、诗歌创作和其他活动中也有体现。如应玚《公宴诗》中的"辨论释郁结，援笔兴文章"；⑤ 刘桢《赠五官中郎将四首》其二中的"清谈同日夕，情昐叙忧勤"；⑥ 以及邯郸淳与曹植初见时所讨论的数千言"俳优小说"和"古今文章赋诔"⑦ 等，

① ［清］严可均辑校：《全上古三代秦汉三国六朝文》，中华书局，1958，第757页下栏。
② ［清］严可均辑校：《全上古三代秦汉三国六朝文》，中华书局，1958，第758页上栏。
③ ［清］严可均辑校：《全上古三代秦汉三国六朝文》，中华书局，1958，第758页上栏。
④ ［清］严可均辑校：《全上古三代秦汉三国六朝文》，中华书局，1958，第758页上栏。
⑤ 俞绍初辑校：《建安七子集》卷六，中华书局，2005，第171页。
⑥ 俞绍初辑校：《建安七子集》卷七，中华书局，2005，第189页。
⑦ ［晋］陈寿撰，［南朝宋］裴松之注：《三国志》卷二十一《魏书·王粲传》裴注引《魏略》，中华书局，1982，第603页。

就是典型的例证。

可见，汉魏之际尤其是建安时期，文人通过文学来展示才能，成为文人之间建立关系内容中的一大景观。文学作为文人交往的内容，摆脱了之前依附于权力富贵、治国理政、道德伦理教化、经明行修的从属地位，成为与它们并肩的主要内容之一，其地位、价值也得到了前所未有的提升，完成了从依附到独立的飞跃发展。

三、文人关系中文学形式从辅助到主导的跨越

汉魏之际，文人交往中出现了借助文学这一形式来建立彼此关系的新现象。文学作为此时文人关系建立的形式之一，实现了从辅助到主导的跨越，为文人关系中文学类型的确立提供了形式上的支撑。

先秦时期，士人把势利、道统等作为建立相互关系追求的主要目的，把权力富贵、治国理政、道德伦理教化等作为交往的独立内容。受此影响，他们也相应地将政治、文化、学术等作为建立彼此关系的主导形式。如《论语·颜渊》记载曾子之言曰："君子以文会友，以友辅仁。"① 朱熹注曰："讲学以会友，则道益明；取善以辅仁，则德日进。"② 曾子所说的"以文会友"的"文"，虽然包含文学，但主要是指文化学术。这说明在曾子看来，君子之间的关系是建立在文化学术这一形式之上的。又如《中庸》有云："天下之达道五，所以行之者三：曰君臣也，父子也，夫妇也，昆弟也，朋友之交也：五者天下之达道也。仁、知、勇三者，天下之达德也，所以行之者一也。"③ 君臣是借助于政治这一形式而建立关系的，朋友是以共同的文化学术爱好等志趣这一形式为基础建立关系的。虽然《中庸》中的"五达道"不是针对士人关系来说的，但士人关系应是其应有之义。

西汉至东汉初期，士人关系的建立多是对先秦时期的继承。不过相对来讲，西汉武帝采取董仲舒的建议"罢黜百家，独尊儒术"，受儒学思想影响的政治、文化、学术等成为士人之间建立关系的主导形式。如此时太学、郡学中经师、太学生等彼此之间的关系，就多是借助于受儒学思想影响的政治、文化、学术等建立的。这从东汉班固的《白虎通》中，也可以得到证明。班固在《白虎通·三纲六纪》中云："三纲者，何谓也？谓

---

① ［宋］朱熹：《四书章句集注·论语集注》卷六《颜渊》，中华书局，1983，第140页。
② ［宋］朱熹：《四书章句集注·论语集注》卷六《颜渊》，中华书局，1983，第140页。
③ ［宋］朱熹：《四书章句集注·中庸章句》，中华书局，1983，第28—29页。

君臣、父子、夫妇也。六纪者，谓诸父、兄弟、族人、诸舅、师长、朋友也。"① "三纲六纪"中的君臣是建立在政治这一形式上的，师长是建立在文化学术这一形式上的，朋友是建立在共同的爱好等志趣这一形式上的。这个时期士人的志趣在很大程度上是以深受儒学思想影响的政治、文化、学术等来体现的，士人之间有无共同的志趣，一般情况下是通过有无相同的政治、文化、学术等爱好来表现的。所以朋友关系的建立在一定意义上说，也是以深受儒学思想影响的政治、文化、学术等形式为基础的。如此一来，《白虎通》中所说的"三纲六纪"，就有君臣、师长、朋友是建立在政治、文化、学术等形式上的。尽管班固《白虎通》中的"三纲六纪"并不是专对士人关系而言的，却包含了士人关系；既是士人交往应遵循的原则，也是士人交往在现实生活实践中的具体体现。这说明政治、文化、学术，也是该期士人关系得以建立的主导形式。

当然，先秦到东汉初期，士人关系建立的形式中也有与文学这一形式相联系的情况，但总体而言，与政治、文化、学术等主导形式相比，文学只是处于辅助的地位。如在春秋时期的政治、外交等活动中，士人所引、所赋、所诵之《诗》就是其中的代表。尽管《诗》是文学作品，但无论是对听《诗》者来说，还是对引《诗》、赋《诗》、诵《诗》者而言，《诗》并不是被作为文学来看待的，而是被作为文化、学术来看待的。所以此时的《诗》从文学本身而言还没有独立，士人在政治、外交等活动中所借助的《诗》这一形式的文学意义也就大打折扣了，其只是作为文化、学术这一主导形式的辅助形式而存在的，自然也就无法成为士人之间借以建立关系的一种主导形式。如班固在《两都赋序》中云："故言语侍从之臣，若司马相如、虞丘寿王、东方朔、枚皋、王褒、刘向之属，朝夕论思，日月献纳。而公卿大臣御史大夫倪宽、太常孔臧、太中大夫董仲舒、宗正刘德、太子太傅萧望之等，时时间作。"② 这些言语侍从之臣虽然常常通过辞赋等形式，或与统治者之间或彼此之间建立联系，不管这种联系对他们而言是积极主动的还是消极被动的，均是以"或以抒下情而通讽谕，或以宣上德而尽忠孝"③ 的政治教化为主导的，文学也是政治这一主导形式的辅助形式。这是此时士人借助于辞赋等形式，或与统治者之间或彼此之间建立

---

① [清]陈立撰，吴则虞点校：《白虎通疏证》卷八《三纲六纪》，中华书局，1994，第373页。

② [南朝梁]萧统编，[唐]李善等注：《六臣注文选》卷一，中华书局，1987，第23页下栏。

③ [南朝梁]萧统编，[唐]李善等注：《六臣注文选》卷一，中华书局，1987，第24页上栏。

关系的普遍特征。又如《汉书·枚皋传》载：枚皋"从行至甘泉、雍、河东、东巡狩，封泰山，塞决河宣房，游观三辅离宫馆，临山泽，弋猎射驭狗马蹴鞠刻镂，上有所感，辄使赋之。为文疾，受诏辄成，故所赋者多"。①《汉书·王褒传》云："上（宣帝）令褒与张子侨等并待诏，数从褒等放猎，所幸宫馆，辄为歌颂，第其高下，以差赐帛。"②枚皋、王褒、张子侨等人创作的受命之赋，都是统治者意志的体现，文学本身则成了为统治者歌功颂德的工具，其主导性也就无从谈起了。同时，这些士人作为创作主体，不仅被统治者作为"俳优畜之"，③就连他们自己也视己为俳倡。所以与之前相比，只能说他们在和统治者建立关系时，所借助的文学这一辅助形式的文学色彩浓郁了，但仍没有实现从辅助到主导的跨越。

汉魏之际，文人之间在建立关系时除继续借助政治、文化、学术等形式外，又进行了开拓性的创新和发展，把文学从之前的辅助形式中解放出来，赋予了它真正的文学价值，使其成为文人之间建立关系的主要形式之一，实现了从辅助到主导的跨越。这在东汉后期的顺帝到灵帝时期就有明显的表现。如崔琦，史载："少游学京师，以文章博通称。初举考廉，为郎。河南尹梁冀闻其才，请与交。冀行多不轨，琦数引古今成败以戒之，冀不能受。乃作《外戚箴》。"④边韶，史载："以文章知名，教授数百人。韶口辩，曾昼日假卧，弟子私嘲之曰：'边孝先，腹便便。懒读书，但欲眠。'韶潜闻之，应时对曰：'边为姓，孝为字。腹便便，《五经》笥。但欲眠，思经事。寐与周公通梦，静与孔子同意。师而可嘲，出何典记？'嘲者大惭。韶之才捷皆此类也。桓帝时，为临颍侯相，征拜太中大夫，著作东观。再迁北地太守，入拜尚书令。"⑤赵壹，史云："恃才倨傲，为乡党所摈，乃作《解摈》。后屡抵罪，几至死，友人救得免。壹乃贻书谢恩曰……"⑥"及西还，道经弘农，过候太守皇甫规，门者不即

---

① [汉]班固撰，[唐]颜师古注：《汉书》卷五十一《枚皋传》，中华书局，1962，第2367页。

② [汉]班固撰，[唐]颜师古注：《汉书》卷六十四下《王褒传》，中华书局，1962，第2829页。

③ [汉]班固撰，[唐]颜师古注：《汉书》卷六十四上《严助传》，中华书局，1962，第2775页。

④ [南朝宋]范晔撰，[唐]李贤等注：《后汉书》卷八十上《文苑列传上》，中华书局，1965，第2619页。

⑤ [南朝宋]范晔撰，[唐]李贤等注：《后汉书》卷八十上《文苑列传上》，中华书局，1965，第2623—2624页。

⑥ [南朝宋]范晔撰，[唐]李贤等注：《后汉书》卷八十下《文苑列传下》，中华书局，1965，第2628页。

通，壹遂遁去。门吏惧，以白之。规闻壹名大惊，乃追书谢曰……"①史载："边让"少辩博，能属文"②；"大将军何进闻让才名，欲辟命之，恐不至，诡以军事征召。既到，署令史，进以礼见之。让善占射，能辞对，时宾客满堂，莫不羡其风。府掾孔融、王朗并修刺候焉。议郎蔡邕深敬之，以为让宜处高任，乃荐于何进曰……"③高彪，史载："有雅才而讷于言。尝从马融欲访大义，融疾不获见，乃覆刺遗融书曰……"④"后郡举孝廉，试经第一，除郎中，校书东观，数奏赋、颂、奇文，因事讽谏，灵帝异之。时京兆第五永为督军御史，使督幽州，百官大会，祖饯于长乐观。议郎蔡邕等皆赋诗，彪乃独作箴曰……"⑤崔琦、边韶、赵壹、边让、高彪等文人，他们无论是被当时的统治者结交，还是被当时的其他文人结交，靠的就是"以文章博通称""以文章知名""恃才倨傲""能属文""有雅才"等文学实绩和文学才能。他们与统治者、其他文人进行交流、沟通的主导形式之一，也是文学创作。像赵壹"为乡党所摈，乃作《解摈》"；为感激友人救命之恩，"乃贻书"谢恩；拜见皇甫规未果，"规闻壹名大惊，乃追书"谢罪；京兆第五永于长乐观宴请百官，蔡邕、高彪等文人也是以创作赋诗等文学作品助兴的，等等。这表明借助于文学这种形式进行交流愈来愈被该期文人所认可、接受和实践，文学在文人借以建立相互关系的诸种形式中的主导性也日益突出。

特别是到了建安时期，文人借助于文学独立地进行交往，文学由此真正成为文人之间建立关系的主导形式之一。这在建安文人的交游、创作、谈论和游艺等活动中皆有典型的表现。他们在这些活动中或活动之后，彼此之间借助于文学这一形式交流、沟通，已成为普遍现象。其中有借助诗歌的，像建安七子之间、建安七子与曹氏兄弟之间的赠答诗、宴会诗、游览诗、斗鸡诗等；有借助辞赋的，像建安七子之间、建安七子与曹氏兄弟之间的抒情赋、游艺赋、咏物赋、征行赋等；有借助散文的，像建安七子之间、建安七子与曹氏兄弟之间的来往书信和大量的表、疏、记、

①　[南朝宋]范晔撰，[唐]李贤等注：《后汉书》卷八十下《文苑列传下》，中华书局，1965，第2633页。
②　[南朝宋]范晔撰，[唐]李贤等注：《后汉书》卷八十下《文苑列传下》，中华书局，1965，第2640页。
③　[南朝宋]范晔撰，[唐]李贤等注：《后汉书》卷八十下《文苑列传下》，中华书局，1965，第2645—2646页。
④　[南朝宋]范晔撰，[唐]李贤等注：《后汉书》卷八十下《文苑列传下》，中华书局，1965，第2649页。
⑤　[南朝宋]范晔撰，[唐]李贤等注：《后汉书》卷八十下《文苑列传下》，中华书局，1965，第2650页。

赞、序等；可谓文体多样，形式丰富。如孔融荐祢衡，"衡始弱冠，而融年四十，遂与为交友。上疏荐之曰……"①祢衡于黄射大会宾客之时，作赋以娱乐。史云："（黄）射时大会宾客，人有献鹦鹉者，射举卮于衡曰：'愿先生赋之，以娱嘉宾。'衡揽笔而作，文无加点，辞采甚丽。"②借助于文学形式进行交流的例证，在建安文人关系中不胜枚举。刘勰《文心雕龙·时序》云："自献帝播迁，文学蓬转，建安之末，区宇方辑。魏武以相王之尊，雅爱诗章；文帝以副君之重，妙善辞赋；陈思以公子之豪，下笔琳琅；并体貌英逸，故俊才云蒸。仲宣委质于汉南，孔璋归命于河北，伟长从宦于青土，公干徇质于海隅，德琏综其斐然之思，元瑜展其翩翩之乐，文蔚休伯之俦，于叔德祖之侣，傲雅觞豆之前，雍容衽席之上，洒笔以成酣歌，和墨以藉谈笑，观其时文，雅好慷慨，良由世积乱离，风衰俗怨，并志深而笔长，故梗概而多气也。"③钟嵘《诗品序》云："降及建安，曹公父子，笃好斯文；平原兄弟，郁为文栋；刘桢、王粲，为其羽翼。次有攀龙托凤，自致于属车者，盖将百计。彬彬之盛，大备于时矣。"④这两则史料虽然是刘勰和钟嵘对建安作家作品繁荣景象的总结与概括，但从中我们也可以窥探出该期文人关系在很多情况下是借助于文学这一主导形式而建立的。因为此时作家群体的形成和文人创作的繁荣，其重要基础就是建安诸子、曹氏父子之间的交流、相互切磋和文学创作的互动、作品的相互流通，而这些皆是通过文学这一主导形式来展开的，所以刘勰与钟嵘对建安作家作品繁荣景象的论述，正是建安诸子、曹氏父子通过文学这一主导形式建立文人关系的典型体现。

汉魏之际，文学开始从作为士人之间建立关系所借助的政治、文化、学术等主导形式的辅助形式中解放出来，逐步成为文人之间建立关系的主导形式之一。尤其是经过建安时期建安诸子、曹氏父子等文人的大量实践，文学成为文人借以交往和促进彼此关系巩固与发展的一种主导形式，实现了从辅助到主导的跨越。

当然，汉魏之际文人关系中文学类型的确立，并不意味着它与文人关

---

① [南朝宋]范晔撰，[唐]李贤等注：《后汉书》卷八十下《文苑列传下》，中华书局，1965，第2653页。

② [南朝宋]范晔撰，[唐]李贤等注：《后汉书》卷八十下《文苑列传下》，中华书局，1965，第2657页。

③ [南朝梁]刘勰撰，范文澜注：《文心雕龙注》卷九《时序》，人民文学出版社，1958，第673—674页。

④ [南朝梁]钟嵘著，曹旭集注：《诗品集注（增订本）》卷上，上海古籍出版社，2011，第20页。

系中的政治、文化、学术等类型毫无联系，相反，它却以独立的姿态与文人关系中的政治、文化、学术等类型相互渗透、相互吸纳、相互影响、相互促进，更加有效地参与了文人关系的建构，实现了文学与政治、文化、学术等相互之间的深度融合和贯通，赋予文学以更加丰富的内涵，增强了文学的厚度和张力。这是由文人的身份、文学渊源、文学的价值功能等因素所决定的。汉魏之际，文人关系中文学类型的确立，不仅拓展了古代文人关系构建的渠道，提高了文学在文人交往中的价值和地位，彰显了文学在文人关系构建中所具有的独特艺术魅力，推动了文学的繁荣发展；而且为以后文人关系的开拓创新提供了借鉴。可以说，汉魏之际以后的文人关系无不受到它的影响。继建安文人文学群体之后，竹林七贤、二十四友等文人文学群体代代层出不穷，就是最好的表征，其文学价值是值得重视的。

主要参考文献

一、经典古籍

［春秋］左丘明撰，［三国吴］韦昭注，胡文波校点:《国语》，上海：上海古籍出版社，2015。

［春秋］左丘明传，［晋］杜预注，［唐］孔颖达疏:《春秋左传正义》，北京：中华书局，1980。

［汉］毛亨传，［汉］郑玄笺，［唐］孔颖达疏:《毛诗正义》，北京：中华书局，1980。

［汉］司马迁:《史记》，北京：中华书局，1982。

［汉］河上公、［唐］杜光庭等注:《道德经集释》，北京：中国书店，2015。

［汉］班固撰，［唐］颜师古注:《汉书》，北京：中华书局，1962。

［汉］许慎撰，［清］段玉裁注:《说文解字注》，上海：上海古籍出版社，1981。

［汉］蔡邕:《独断》，北京：中华书局，1985。

［汉］蔡邕著，邓安生编:《蔡邕集编年校注》，石家庄：河北教育出版社，2002。

［汉］王符著，汪继培笺，彭铎校正:《潜夫论校正》，北京：中华书局，1985。

［汉］赵岐注，［宋］孙奭疏，龚抗云等整理:《孟子注疏》，济南：山东画报出版社，2004。

［汉］刘珍等撰，吴树平校注:《东观汉记校注》，北京：中华书局，2008。

［晋］陈寿撰，［南朝宋］裴松之注:《三国志》，北京：中华书局，1982。

[晋] 常璩撰，任乃强校注：《华阳国志校补图注》，上海：上海古籍出版社，1987。

[晋] 葛洪撰，杨明照校笺：《抱朴子外篇校笺》，北京：中华书局，1991。

[南朝宋] 范晔撰，[唐] 李贤等注：《后汉书》，北京：中华书局，1965。

[南朝宋] 刘义庆著，[南朝梁] 刘孝标注，余嘉锡笺疏，周祖谟、余淑宜、周士琦整理：《世说新语笺疏》，北京：中华书局，1983。

[南朝梁] 萧子显：《南齐书》，北京：中华书局，1972。

[南朝梁] 沈约：《宋书》，北京：中华书局，1974。

[南朝梁] 释僧祐撰，苏晋仁、萧鍊子点校：《出三藏记集》，北京：中华书局，1995。

[南朝梁] 萧统编：《文选》，上海：上海书店 1988 年影印。

[南朝梁] 刘勰撰，范文澜注：《文心雕龙注》，北京：人民文学出版社，1958。

[南朝梁] 释慧皎撰，汤用彤校注，汤一玄整理：《高僧传》，北京：中华书局，1992。

[南朝梁] 释僧祐撰，李小荣校笺：《弘明集校笺》，上海：上海古籍出版社，2013。

[南朝梁] 陶弘景编，尚志钧、尚元胜辑校：《本草经集注（辑校本）》，北京：人民卫生出版社，1994。

[南朝梁] 钟嵘撰，曹旭集注：《诗品集注》，上海：上海古籍出版社，2011。

[南朝梁] 萧绎撰，许逸民校笺：《金楼子校笺》，北京：中华书局，2011。

[北魏] 郦道元撰，陈桥驿校证：《水经注校证》，北京：中华书局，2007。

[北齐] 魏收：《魏书》，北京：中华书局，1974。

[北魏] 杨衒之著，杨勇校笺：《洛阳伽蓝记校笺》，北京：中华书局，2005。

[北魏] 贾思勰著，石声汉校释：《齐民要术》，北京：中华书局，2009。

[北齐] 颜之推撰，王利器集解：《颜氏家训集解》，上海：上海古籍出版社，1980。

［唐］杜佑：《通典》，北京：中华书局，1984。

［唐］李林甫等撰，陈中夫点校：《唐六典》，北京：中华书局，1992。

［唐］房玄龄等：《晋书》，北京：中华书局，1974。

［唐］魏徵、［唐］令狐德棻：《隋书》，北京：中华书局，1973。

［唐］魏徵等编纂，沈锡麟整理：《群书治要》，北京：中华书局，2014。

［唐］令狐德棻等：《周书》，北京：中华书局，1971。

［唐］李百药：《北齐书》，北京：中华书局，1972。

［唐］姚思廉：《梁书》，北京：中华书局，1973。

［唐］姚思廉：《陈书》，北京：中华书局，1975。

［唐］李延寿：《北史》，北京：中华书局，1974。

［唐］李延寿：《南史》，北京：中华书局，1975。

［唐］欧阳询撰，汪绍楹校：《艺文类聚》，上海：上海古籍出版社，1999。

［唐］刘知几著，［清］浦起龙通释，王煦华整理：《史通通释》，上海古籍出版社，2009。

［唐］许嵩撰，张忱石点校：《建康实录》，北京：中华书局，1986。

［唐］陆德明撰，黄焯断句：《经典释文》，北京：中华书局，1983。

［后晋］刘昫等：《旧唐书》，北京：中华书局，1975。

［宋］司马光编著，［元］胡三省音注：《资治通鉴》，北京：中华书局，1956。

［宋］欧阳修、［宋］宋祁：《新唐书》，北京：中华书局，1975。

［宋］李昉等：《太平御览》，北京：中华书局，1960。

［宋］李昉等编：《太平广记（全十册）》，北京：中华书局，1961。

［宋］张君房编：《云笈七签》，北京：中华书局，2003。

［宋］徐天麟：《西汉会要》，北京：中华书局，1955。

［宋］徐天麟：《东汉会要》，北京：中华书局，1955。

［宋］郑樵：《通志》，北京：中华书局，1987。

［宋］王应麟辑：《玉海》，南京：江苏古籍出版社；上海：上海书店，1987年影印。

［宋］朱熹：《四书章句集注》，北京：中华书局，1983。

［明］张溥著，殷孟伦注：《汉魏六朝百三家集题辞注》，北京：商务印书馆，1961。

［清］阮元校刻：《十三经注疏》，北京：中华书局，1980。

[清] 皮锡瑞著，周予同注释：《经学历史》，北京：中华书局，2004。

[清] 章学诚著，叶瑛校注：《文史通义校注》，北京：中华书局，1985。

[清] 永瑢等：《四库全书总目》，北京：中华书局，1965。

[清] 纪昀总纂：《四库全书总目提要》，石家庄：河北人民出版社，2000。

[清] 杨晨：《三国会要》，北京：中华书局，1956。

[清] 严可均辑校：《全汉文》，石家庄：河北教育出版社，1997。

[清] 严可均辑校：《全后汉文》，石家庄：河北教育出版社，1997。

[清] 严可均辑校：《全三国文》，石家庄：河北教育出版社，1997。

[清] 严可均辑校：《全晋文》，石家庄：河北教育出版社，1997。

[清] 汤球辑，杨朝明校补：《九家旧晋书辑本》，郑州：中州古籍出版社，1991。

[清] 汤球辑补，聂溦萌等点校：《十六国春秋辑补》，北京：中华书局，2020。

[清] 钱绎撰集，李发舜、黄建中点校：《方言笺疏》，北京：中华书局，1991。

[清] 张潮等编纂：《昭代丛书（三）》，上海：上海古籍出版社，1990。

二十五史刊行委员会编：《二十五史补编》，上海：开明书店，1937。

王明编：《太平经合校》，北京：中华书局，1960。

吴承仕著，秦青点校：《经典释文序录疏证》，北京：中华书局，1984。

王明：《抱朴子内篇校释（增订本）》，北京：中华书局，1986。

周天游辑注：《八家后汉书辑注》，上海：上海古籍出版社，1986。

逯钦立辑校：《先秦汉魏晋南北朝诗》，北京：中华书局，1988。

杨伯峻编著：《春秋左传注》，北京：中华书局，1990。

吴云主编：《建安七子集校注》，天津：天津古籍出版社，1991。

李崇智校笺：《〈人物志〉校笺》，成都：巴蜀书社，2001。

周建江辑校：《三国两晋十六国诗文纪事》，郑州：中州古籍出版社，2001。

徐元诰撰，王树民、沈长云点校：《国语集解》，北京：中华书局，2002。

张继禹主编：《中华道藏》，北京：华夏出版社，2004。

费振刚、仇仲谦、刘南平校注:《全汉赋校注》,广州:广东教育出版社,2005.

韩格平主编:《魏晋全书》,长春:吉林文史出版社,2006。

[日] 吉川忠夫、[日] 麦谷邦夫编:《真诰校注》,朱越利译,北京:中国社会科学出版社,2006。

赵超编:《汉魏南北朝墓志汇编》,天津:天津古籍出版社,2008。

赵万里集释:《汉魏南北朝墓志集释》,桂林:广西师范大学出版社,2008。

韩格平等校注:《全魏晋赋校注》,长春:吉林文史出版社,2008。

董治安等主编:《两汉全书》,济南:山东大学出版社,2009。

夏传才主编:《建安文学全书》,石家庄:河北教育出版社,2013。

王承略等主编:《二十五史艺文经籍志考补萃编》,北京:清华大学出版社,2014。

万绳楠:《曹操诗赋编年笺证(手稿本)》,贵阳:贵州教育出版社,2016。

熊明辑校:《汉魏六朝杂传集》,北京:中华书局,2017。

中国文物研究所等编:《新中国出土墓志》,北京:文物出版社,1994—2020。

李德辉辑校:《中古姓氏佚书辑校》,南京:凤凰出版社,2020。

二、今人论著

(一)著作

王国维:《观堂集林》,北京:中华书局,1959。

陈国符:《道藏源流考》,北京:中华书局,1963。

马衡:《凡将斋金石丛稿》,北京:中华书局,1977。

范文澜:《中国通史》,北京:人民出版社,1978。

钱钟书:《管锥编》,北京:中华书局,1979。

胡道静:《中国古代的类书》,北京:中华书局,1982。

张舜徽:《中国文献学》,郑州:中州书画社,1982。

黄侃述,黄焯编:《文字声韵训诂笔记》,上海:上海古籍出版社,1983。

刘汝霖:《汉晋学术编年》,北京:中华书局,1984。

陆侃如:《中古文学系年》,北京:人民文学出版社,1985。

张涤华:《类书流别(修订本)》,北京:商务印书馆,1985。

方师铎:《传统文学与类书之关系》,天津:天津古籍出版社,1986。

汤一介:《魏晋南北朝时期的道教》,西安:陕西师范大学出版社,1988。

申畅、陈方平等编:《中国目录学家辞典》,郑州:河南人民出版社,1988。

胡孚琛:《魏晋神仙道教》,北京:人民出版社,1989。

王运熙、杨明:《魏晋南北朝文学批评史》,上海:上海古籍出版社,1989。

任继愈主编:《中国道教史》,上海:上海人民出版社,1990。

蒋述卓:《佛经传译与中古文学思潮》,南昌:江西人民出版社,1990。

罗宗强:《玄学与魏晋士人心态》,杭州:浙江人民出版社,1991。

戚志芬:《中国的类书、政书和丛书》,北京:商务印书馆,1991。

吴仲强等:《中国图书馆学史》,长沙:湖南出版社,1991。

詹石窗:《道教文学史》,上海:上海文艺出版社,1992。

张可礼:《东晋文艺系年》,济南:山东教育出版社,1992。

钱志熙:《魏晋诗歌艺术原论》,北京:北京大学出版社,1993。

曹之:《中国印刷术的起源》,武汉:武汉大学出版社,1994。

卿希泰主编:《中国道教史》,成都:四川人民出版社,1996。

罗宗强:《魏晋南北朝文学思想史》,北京:中华书局,1996。

徐公持:《魏晋文学史》,北京:人民文学出版社,1999。

李瑞良:《中国古代图书流通史》,上海:上海人民出版社,2000。

郑士德:《中国图书发行史》,北京:高等教育出版社,2000。

朱东润:《中国文学批评史大纲》,上海:上海古籍出版社,2001。

李学勤主编:《中国学术史》,南昌:江西教育出版社,2001。

傅璇琮、谢灼华主编:《中国藏书通史》,宁波:宁波出版社,2001。

范凤书:《中国私家藏书史》,郑州:大象出版社,2001。

张峰屹:《西汉文学思想史》,天津:南开大学出版社,2001。

卢盛江:《魏晋玄学与中国文学》,南昌:百花洲文艺出版社,2002。

唐翼明:《魏晋清谈》,北京:人民文学出版社,2002。

吕友仁主编:《中州文献总录》,郑州:中州古籍出版社,2002。

曹道衡、沈玉成:《中古文学史料丛考》,北京:中华书局,2003。

冯浩菲：《中国古籍整理体式研究》，北京：高等教育出版社，2003。

姜剑云：《太康文学研究》，北京：中华书局，2003。

吴宗国主编：《中国古代官僚政治制度研究》，北京：北京大学出版社，2004。

张舜徽：《广校雠略 汉书艺文志通释》，武汉：华中师范大学出版，2004。

徐凌志主编：《中国历代藏书史》，南昌：江西人民出版社，2004。

姚福申：《中国编辑史》，上海：复旦大学出版社，2004。

唐翼明：《魏晋文学与玄学》，武汉：长江文艺出版社，2004。

吕思勉：《吕思勉读史札记》，上海：上海古籍出版社，2005。

张岂之主编，刘学智副主编：《中国学术思想编年·魏晋南北朝卷》，西安：陕西师范大学出版社，2005。

郝润华：《六朝史籍与史学》，北京：中华书局，2005。

张振龙：《建安文人的文学活动与文学观念》，兰州：兰州大学出版社，2005。

刘师培：《中国中古文学史讲义》，上海：上海古籍出版社，2006。

刘跃进：《秦汉文学编年史》，北京：商务印书馆，2006。

陈文新主编：《中国文学编年史》，长沙：湖南人民出版社，2006。

傅斯年：《中国古代思想与学术十论》，桂林：广西师范大学出版社，2006。

[韩]崔宇锡：《魏晋四言诗研究》，成都：巴蜀书社，2006。

孙永忠：《类书渊源与体例形成之研究》，台北：花木兰文化出版社，2007。

孙昌武：《佛教与中国文学》，北京：中国人民大学出版社，2007。

周少川等：《中国出版通史》，北京：中国书籍出版社，2008。

刘淑芬：《中古的佛教与社会》，上海：上海古籍出版社，2008。

龚贤：《佛典与南朝文学》，南昌：江西人民出版社，2008。

徐芹庭：《易经源流：中国易经学史》，北京：中国书店，2008。

陈传万：《魏晋南北朝图书业与文学》，合肥：合肥工业大学出版社，2008。

刘跃进：《秦汉文学论丛》，南京：凤凰出版社，2008。

余嘉锡：《古书通例》，长沙：岳麓书社，2009。

来新夏：《中国图书事业史》，上海：上海人民出版社，2009。

唐明元：《魏晋南北朝目录学研究》，成都：巴蜀书社，2009。

陈允吉:《佛教与中国文学论稿》,上海:上海古籍出版社,2010。

陈登原:《古今典籍聚散考》,上海:华东师范大学出版社,2010。

李小荣:《汉译佛典文体及其影响研究》,上海:上海古籍出版社,2010。

卢盛江:《魏晋玄学与中国文学》,南昌:百花洲文艺出版社,2010。

陈戍国:《中国礼制史》,长沙:湖南教育出版社,2011。

吴怀东:《三曹与魏晋文学研究》,合肥:安徽文艺出版社,2011。

谢灼华主编:《中国图书和图书馆史》,武汉:武汉大学出版社,2011。

陈德弟:《秦汉至五代官私藏书研究》,天津:天津古籍出版社,2012。

邓骏捷:《刘向校书考论》,北京:人民出版社,2012。

张佩瑶:《传统与现代之间:中国译学研究新途径》,长沙:湖南人民出版社,2012。

梅新林、俞樟华主编:《中国学术编年·清代卷》,上海:华东师范大学出版社,2013。

李山:《中国散文通史》,合肥:安徽教育出版社,2013。

王淑梅:《魏晋乐府诗研究》,北京:社会科学文献出版社,2013。

普慧:《中古佛教文学研究》,西安:世界图书出版西安有限公司,2014。

卫绍生:《魏晋文学的多维观照》,郑州:河南人民出版社,2014。

赵伯雄:《春秋学史》,济南:山东教育出版社,2014。

霍艳芳:《中国图书官修史》,武汉:武汉大学出版社,2014。

范子烨主编:《中古作家年谱汇考辑要》,西安:世界图书出版西安有限公司,2014。

宋桂梅编著:《魏晋儒学编年》,成都:四川大学出版社,2014。

唐燮军:《史家行迹与史书构造——以魏晋南北朝佚史为中心的考察》,杭州:浙江大学出版社,2014。

曹之:《中国古籍编撰史》,武汉:武汉大学出版社,2015。

郭伟玲:《中国秘书省藏书史》,武汉:武汉大学出版社,2015。

陈炎主编:《中国风尚史》,济南:山东友谊出版社,2015。

阳清:《先唐志怪叙事研究》,北京:人民出版社,2015。

朱希祖:《中国史学通论》,北京:商务印书馆,2015。

李梅、郑杰文等:《秦汉经学学术编年》,南京:凤凰出版社,2015。

庄大钧、石静:《魏晋南北朝经学学术编年》,南京:凤凰出版社,2015。

傅刚:《汉魏六朝文学与文献论稿》,北京:商务印书馆,2016。

孙少华、徐建委:《从文献到文本:先唐经典文本的抄撰与流变》,上海:上海古籍出版社,2016。

贾奋然:《文体观念与文化意蕴》,北京:中国社会科学出版社,2016。

傅荣贤:《中国古代图书馆学思想史》,合肥:黄山书社,2016。

段乐川:《魏晋南北朝编辑思想研究》,北京:社会科学文献出版社,2016。

张宏慧:《魏晋南北朝社会生活习俗研究》,郑州:郑州大学出版社,2016。

王余光主编:《中国阅读通史》,合肥:安徽教育出版社,2017。

韩永进主编:《中国图书馆史:古代藏书卷》,北京:国家图书馆出版社,2017。

傅刚:《魏晋南北朝诗歌史论》,北京:商务印书馆,2017。

宋展云:《地域文化与汉末魏晋文学演进》,北京:社会科学文献出版社,2017。

刘运好:《魏晋经学与诗学》,北京:中华书局,2018。

徐冲:《中古时代的历史书写与皇帝权力起源》,上海:上海古籍出版社,2018。

刘全波:《魏晋南北朝类书编纂研究》,北京:民族出版社,2018。

李景文:《刘向文献编纂研究》,北京:人民出版社,2020。

踪凡:《中国赋学文献考》,济南:齐鲁书社,2020。

刘畅:《中国古代著述思想研究》,南昌:百花洲文艺出版社,2021。

徐昌盛:《〈文章流别集〉与魏晋学术新变》,上海:上海交通大学出版社,2021。

聂溦萌:《中古官修史体制的运作与演进》,上海:上海古籍出版社,2021。

蒋振华:《中古道教文学思想史》,北京:人民出版社,2021。

王强:《中古书学系年》,北京:中国文联出版社,2021。

张峰屹:《东汉文学思想史》,上海:上海古籍出版社,2021。

胡大雷:《口辩·文事·笔书:"口笔之辨"与中古文学》,武汉:武汉大学出版社,2022。

顾农:《中国中古文学史》,南京:凤凰出版社,2022。

夏南强等:《类序通论》,武汉:湖北人民出版社,2023。

(二)学位论文

高长山:《蔡邕文学活动综论》,博士学位论文,东北师范大学,2003。

刘惠卿:《佛经文学与六朝小说母题》,博士学位论文,陕西师范大学,2006。

吕昕:《论曹操的兵学成就》,硕士学位论文,华中师范大学,2007。

荆亚玲:《中古汉译佛典文体研究》,博士学位论文,浙江大学,2008。

禹平:《汉代儒生的社会活动研究》,博士学位论文,吉林大学,2008。

李渝刚:《佛教对魏晋六朝志怪小说影响三论》,硕士学位论文,重庆师范大学,2008。

尹玉珊:《汉魏子书研究》,博士学位论文,中国社会科学院,2010。

刘育霞:《魏晋南北朝道教与文学》,博士学位论文,山东大学,2012。

裴媛媛:《汉末六朝杂传提要》,博士学位论文,曲阜师范大学,2012。

冯少飞:《建安文人的文化整理活动与文学功能的演化》,硕士学位论文,信阳师范学院,2013。

黄远明:《陆机作品用典研究》,硕士学位论文,福建师范大学,2015。

杨康:《葛洪〈抱朴子〉与汉晋文学批评演变》,博士学位论文,中国人民大学,2017。

张传东:《魏晋南北朝志怪小说集成书研究》,博士学位论文,山东大学,2018。

(三)期刊论文

傅刚:《"文贵清省"说的时代意义——略谈陆云〈与兄平原书〉》,《文艺理论研究》1984年第2期。

孟昭晋:《曹丕与图书》,《北京大学学报(哲学社会科学版)》1986年第 5 期。

王克奇:《中国古典文献学的开拓者司马迁》,《中国史研究》1986 年第 3 期。

孙昌武:《佛典与中国古典散文》,《文学遗产》1988 年第 4 期。

傅刚:《汉魏六朝文体辨析的学术渊源》,《中国社会科学》2000 年第 2 期。

曹之:《两汉魏晋南北朝古籍编目史略》,《图书情报论坛》2001 年第 2 期。

汤一介:《论中国先秦解释经典的三种模式》,《北京行政学院学报》2002 年第 1 期。

王小盾、马银琴:《从〈诗论〉与〈诗序〉的关系看〈诗论〉的性质与功能》,《文艺研究》2002 年第 2 期。

陈治国:《宋以前曹植集编撰状况考略》,《湖北成人教育学院学报》2003 年第 2 期。

张振龙:《由余事到主导:建安文人立言价值观的演进历程》,《陕西师范大学学报》2003 年第 1 期。

刘跃进:《东观著作的学术活动及其文学影响研究》,《文学遗产》2004 年第 1 期。

刘跃进:《蔡邕的生平创作与汉末文风的转变》,《文学评论》2004 年第 3 期。

张可礼:《别集述论》,《山东大学学报》2004 年第 6 期。

范子烨:《论"简"——中古士人的一种审美观念》,《南京师范大学文学院学报》2005 年第 3 期。

王国强:《论汉代文献整理的思想和方法》,《大学图书馆学报》2005 年第 4 期。

张振龙:《"文章经国之大业,不朽之盛事"的再诠释》,《中国文学研究》2005 年第 4 期。

尚学峰:《汉代经学与文体嬗变》,《长江学术》2007 年第 3 期。

普慧:《佛教对中古议论文的贡献和影响》,《文学评论》2007 年第 4 期。

程章灿:《论"碑文似赋"》,《东方丛刊》2008 年第 1 期。

陈传万:《从书籍编纂看中古文学的兴盛》,《文学遗产》2008 年第 2 期。

张振龙:《广泛地汲取 自觉地创新——建安后期文人用典的总体特

征》,《江汉论坛》2008 年第 9 期。

张振龙:《建安前期文人的用典及其文学观念》,《社会科学研究》2008 年第 6 期。

韩高年:《春秋卿大夫的文献整理及其文化意义——从元典生成看民族精神的确立》,《西北师大学报》2009 年第 5 期。

王齐洲:《"诗言志":中国古代文学观念发生的一个标本》,《清华大学学报》2010 年第 1 期。

许正文:《西汉时期刘向父子的古籍编校与整理》,《延安大学学报》2010 年第 6 期。

张振龙:《建安文人用典的创新特征》,《安徽大学学报》2010 年第 2 期。

邓骏捷:《刘向校本整理模式探论》,《文学与文化》2011 年第 1 期。

于溯:《陈寅恪"合本子注"说发微》,《史林》2011 年第 3 期。

李秀花:《论支遁诗文对汉译佛经之容摄》,《西南交通大学学报(社会科学版)》2011 年第 5 期。

夏德靠:《先秦"家语"文献的编纂、分类及文体意义》,《徐州师范大学学报》2012 年第 1 期。

张振龙:《孔融作品用典的文学史意义》,《齐鲁学刊》2012 年第 1 期。

张振龙:《曹操散文中的语典和事典》,《中州学刊》2012 年第 1 期。

孔德明、邱渊:《汉代皇家所藏汉赋文本的搜集方式》,《新世纪图书馆》2012 年第 2 期。

夏静:《从孔子到〈诗大序〉——儒家早期文学价值观的建构》,《文学评论》2012 年第 5 期。

吴承学、何诗海:《古代文体学要籍叙录(三)》,《古典文学知识》2014 年第 5 期。

李春青:《汉代"论"体的演变及其文化意味》,《清华大学学报》2014 年第 2 期。

张振龙:《曹操创作对引〈诗〉传统的发展及其文学影响》,《华中师范大学学报》2015 年第 2 期。

张振龙:《汉魏之际游艺与文学关系的新变》,《华中师范大学学报》2017 年第 5 期。

徐昌盛:《〈文章流别集〉与总集典范的建立》,《文学遗产》2020 年第 1 期。

何诗海、胡中丽:《从别集编纂看"文""学"关系的嬗变》,《华南师范大学学报》2020 年第 3 期。

徐昌盛：《论傅玄、傅咸父子之于总集发展的贡献》，《中国文化研究》2020 年秋之卷。

石雅梅、许云和：《魏晋南北朝别集序的文学批评意识与文集编辑理念》，《学术月刊》2020 年第 3 期。

徐昌盛：《三国魏代"曹植集"的生成及其集部史意义》，《天中学刊》2021 年第 3 期。

后　记

　　魏晋作为我们古代文学发展史上一个重要的时期，其文学确实呈现出异样的韵致与风采，而其中的韵致与风采又是紧密相连和相得益彰的。正是如此，有关魏晋文学的研究，也成为汉魏六朝文学研究中，被学界研究者所关注的热点之一。1988 年秋，我进入河南大学中文系读书，次年一接触对汉魏六朝文学的学习，就深深被魏晋文学彰显的那种异样的韵致与风采所吸引了。这也促使自小就对文学不是很感兴趣的我，开始了对文学的重新审视，并最终改变了对文学的原有看法。此一改变不当紧，却使我报考了先秦两汉魏晋南北朝的硕士，之后又攻读了博士，开始了我学习和研究汉魏六朝文学的人生之旅，至今已过去三十多个春秋了。

　　三十多年来，随着对汉魏六朝文学的学习，我深深地感受到要对该期文学的研究进行拓展与深化，固然有多种途径，但从文人的现实生活入手，尤其是从文人生活中的文化活动入手，来对汉魏六朝文学进行立体的总体观照和考察，应是有效的途径之一。所以，自 2000 年我随恩师霍松林先生攻读博士学位开始，就有意识地立足汉魏六朝文人的现实生活，来对文学的发生发展予以历史的透视。可以说，2004 年以来我先后主持完成的一项教育部人文社科项目，以及 6 项河南省哲学社会科学规划项目与河南省人才项目；尤其是 2014 年之后主持完成的两项国家社科基金项目和目前主持在研的国家社科基金重点项目，均是围绕这一中心从不同层面来展开的研究。《魏晋文人文献整理与文学创作研究》一书，就是我作为项目负责人，由曾经随我攻读硕士研究生，现任教于黄淮学院文化传媒学院的匡永亮博士参与，我们师生两人共同完成的 2020 年国家社科基金后期资助项目"魏晋文人文献整理与文学创作研究"（项目批准号 20FZBW010）的成果。成果主要从文献整理与文学关系的新视角，对魏晋文人文献整理做了全面考证，透视了其转型发展的表现、特征和轨迹，畅论了魏晋文人文献整理与文学创作相互影响、推动的双向互动关系，探讨了两者发生发展的生态环境，使两者之间的关系研究第一次走向全面化、系统化。这一研究成果，既在一定程度上弥补了魏晋文人文献整理与文学创作研究的不足，又在基础理论研究方面有一定的创新性和发展性，拓展了魏晋文学的研究领域。

这是我们师生的第二次合作。我们的第一次合作，其成果是刊发在《世界宗教研究》2018 年第 2 期的《汉晋佛经翻译中"出经"含义考释》一文。本次合作，匡永亮主要是以他的硕士学位论文《两晋文人典籍整理与文学创作》为基础，独立撰写了其中的两晋部分。具体来说，匡永亮独立撰写了第一章的第二节"两晋文人文献整理考"、第三节"两晋文人佛道文献整理考"，第二章的第二节"两晋文人文献整理的发展"，第三章"魏晋文人文献整理对文学创作的影响"第一节至第五节中的"两晋时期"的内容，第四章"魏晋文人文学创作对文献整理的影响"。我们师生两人合撰了"引言""结语"；我撰写了本书的其他部分，并承担了全书的统稿工作。成果的附录部分，是我在项目研究过程中，对相关问题所进行的专题研讨。这些研讨是对项目某些内容的深化与延展，并作为项目内容的有机组成部分，曾以专题论文的形式在《文学遗产》《世界宗教研究》《东岳论丛》《学术交流》《济南大学学报》等期刊上发表。在此，对给予我极大帮助和支持的以上刊物的主编与责编，致以我最诚挚的谢忱！

本成果之所以能够得以顺利立项和出版，非常感谢立项、结项时匿名评审专家的肯定、鼓励，非常感谢全国哲学社会科学规划工作办公室所给予的基金资助，感谢九州出版有限公司的帮助。同时，也感谢学校领导、社科处多年来给我的大力支持，感谢学界师长长期给我的指导、鼓励和鞭策。拙著出版之际，欣逢信阳师范学院更名成功，2023 年 6 月 7 日中华人民共和国教育部下发了《教育部关于同意信阳师范学院更名为信阳师范大学的函》。作为学校的一名教师，我深为学校的更名成功而倍感自豪与荣幸！在此，真诚地祝福我校百尺竿头，更进一步！

书中的缺失与错漏，祈请学界方家不吝赐教。

张振龙

2023 年 6 月 17 日于河南信阳